余華作品集 2

兄弟
Brother

【下部】

余華

麥田出版

國家圖書館出版品預行編目資料

兄弟／余華著. -- 初版. -- 臺北市：麥田出版：家庭傳媒城邦分公司發行，2005〔民94〕
冊；　　公分. --（余華作品集；2）

ISBN 986-7253-93-4 (上部：平裝)
ISBN 986-173-051-6 (下部：平裝)

857.7　　　　94018389

兄弟（下）

作者　余華
美術設計　王志弘
責任編輯　林秀梅
總經理　陳蕙慧
發行人　凃玉雲
出版　麥田出版
台北市100信義路二段213號11樓
電話：(02)23560933　傳眞：(02)23516320; 23519179
E-mail:bwps.service@cite.com.tw
發行　英屬蓋曼群島商家庭傳媒股份有限公司城邦分公司
台北市民生東路二段141號2樓
書虫客服服務專線：02-25007718　02-25007719
24小時傳眞服務：02-25001990　02-25001991
服務時間：週一至週五09:30-12:00　13:30-17:00
郵撥帳號：19863813　戶名：書虫股份有限公司
讀者服務信箱E-mail:service@readingclub.com.tw
歡迎光臨城邦讀書花園　網址：www.cite.com.tw
香港發行所　城邦（香港）出版集團有限公司
香港灣仔駱克道193號東超商業中心1樓
電話：(852) 25086231　傳眞：(852) 25789337
E-mail:hkcite@biznetvigator.com
馬新發行所　城邦（馬新）出版集團【Cite(M)Sdn. Bhd.(458372U)】
11, Jalan 30D/146, Desa Tasik,
Sungai Besi, 57000 Kuala Lumpur, Malaysia.
電話：(603) 90563833　傳眞：(603) 90562833
印　刷：中原造像股份有限公司
初版一刷：二〇〇六年四月一日
初版十八刷：二〇〇九年三月一日
定價：380元　ISBN 986-173-051-6

兄弟

下

一

逝者已去，生者尤在。李蘭撒手歸西，走上漫漫陰間路，在茫茫幽靈裏尋覓宋凡平消失的氣息，已經不知道兩個兒子在人世間如何漂泊。

宋鋼的爺爺風燭殘年，這個老地主臥床不起，幾天才吃下幾口米飯，喝下幾口水，瘦得只剩下一把骨頭。老地主知道自己要走了，他拉住宋鋼，眼睛看著門外不肯鬆手。宋鋼知道他的眼睛裏在說些什麼，於是在那些沒有風雨的傍晚，宋鋼就會揹上他，在村子裏緩慢地走過一戶戶人家，老地主告別似的看著一張張熟悉的臉。來到村口後，宋鋼站在榆樹下，爺爺趴在他的背上，旁邊是宋凡平和李蘭的墳墓，兩個人無聲地看著落日西沉晚霞消失。

宋鋼覺得背上的爺爺輕得像是一小捆柴草，每個晚上從村口回家，宋鋼將爺爺從背上放下來時，爺爺都像是死去一樣沒有聲息，可是第二天爺爺的眼睛又會跟隨著晨曦逐一睜開，生命之光仍在閃爍。日復一日，老地主彷彿死了，其實活著。宋鋼的爺爺已經沒有力氣說話，也沒有力氣微笑，在命定之日來到的那個黃昏裏，在村口的榆樹下，在宋凡平和李蘭的墳墓旁，老地主突然抬起頭微笑了一下。宋鋼沒有看到爺爺在背上的微笑，只是聽到爺爺在自己的耳邊噝噝地說：

「苦到盡頭了。」

老地主的頭掉落在宋鋼的肩膀上，睡著似的一動不動了。宋鋼仍然揹著爺爺站在那裏，看著通往劉鎮的小路在降臨的夜色裏逐漸模糊起來，轉身在月光裏走進了村子，宋鋼覺得肩膀上爺爺的頭跟隨著他的腳步在晃動。回到家中，宋鋼像往常一樣小心地將爺爺放在了床上，給他蓋好被子。這個晚上老地主兩次微微地睜開了眼睛，想看一眼自己的孫子，可是他只能看到無聲的黑暗，然後他的眼睛永遠閉上了，沒有再次跟隨著晨曦睜開。

宋鋼早晨起床後，不知道爺爺已經離世而去，整整一天都不知道。老地主躺在床上無聲無息，不吃不喝，這樣的情景有過很多次了，宋鋼沒有往心裏去。到了傍晚的時候，宋鋼依然揹起了爺爺，他覺得爺爺的身體似乎僵硬了，在走出屋門時，爺爺的頭從他的肩膀上滑落了，宋鋼騰出一隻手將爺爺的頭在他肩膀上放好了，繼續在村裏一戶戶人家的門前走過，爺爺的頭也繼續跟隨著他的腳步晃動，爺爺的頭在他肩膀上硬梆梆的，像是一塊晃動的石頭。宋鋼走向村口的時候突然感覺到了什麼，爺爺晃動的頭幾次滑落肩膀，宋鋼伸向後面的手摸到了爺爺冰涼的面頰。宋鋼站在了榆樹下，他的手指舉到肩後，貼在了爺爺的鼻孔上，很長時間沒有感受到爺爺的氣息，他感受到自己的手指涼了下來，這時候他知道爺爺真的死了。

第二天上午，村裏的人看著宋鋼彎著腰，左手托著背上死去的爺爺，右胳膊夾著一卷草蓆，右手上還拿著一把鐵鍬，挨家挨戶地走來，神情淒涼地說：

「爺爺死了。」

老地主的幾個窮親戚跟隨著宋鋼來到了村口，村裏其他人也來到了村口，幫助宋鋼將草蓆在地上鋪展，宋鋼小心地將背上的爺爺放在草蓆裏，就像放在床上一樣，幾個窮親戚將草蓆捲起來，繫上三股草繩，這就是老地主的棺材。村裏的幾個男人幫忙掘好了墓穴，宋鋼抱起草蓆裏的爺爺，走到墓穴前雙腿依次跪下，將爺爺放入墓穴裏，然後站起來擦了擦潮濕的眼睛，開始往墓穴裏塡土。看著孤苦伶仃的宋鋼，村裏的幾個女人忍不住掉下了眼淚。

老地主埋葬在宋凡平和李蘭的身旁，宋鋼爲爺爺披麻戴孝十四天，過了頭七和二七之後，宋鋼開始整理起自己的行裝，他把破屋子和幾件破傢俱分送給了幾個窮親戚。剛好村裏有人進城，宋鋼委託他給李光頭捎個口信，讓他告訴李光頭：宋鋼要回來了。

這一天凌晨四點宋鋼就醒來了，他推開屋門看到了滿天星光，想到馬上就要和李光頭見面，他迫不及待地關上屋門，腳步「嚓嚓」地走向了村口。他在村口的月光裏站了一會兒，回頭看了看他生活了十年的村莊，又低頭看了看宋凡平李蘭的舊墳和老地主的新墳，然後走上了月光下冷清的小路，走向了沉睡中的劉鎮。宋鋼告別了相依爲命十年的爺爺，走向了相依爲命的李光頭。

宋鋼手裏提著一個旅行袋，黎明時從南門走進了我們劉鎮，風塵僕僕地回到了從前的家。就是這個旅行袋，李蘭曾經提著它去上海治病，當她提著它從上海回來時得到了宋凡平的死訊，她跪在車站前的地上，將染上宋凡平鮮血的泥土捧進了這個旅行袋，當宋鋼去鄉下和爺爺一起生活時，李蘭將宋鋼的衣服和那袋大白兔奶糖放進了這個旅行袋。現在宋鋼又提著它回來了，旅行袋裏放著幾件破舊衣服，這是宋鋼全部的財產。

昔日的少年，如今已是英俊青年的宋鋼回來了。宋鋼回來的時候，李光頭沒有在家。李光頭知道宋鋼要回來了，他也是凌晨四點就醒來，幸福地等待著宋鋼的回來。天剛亮李光頭就上了街，要去鎖匠那裏給宋鋼配一把鑰匙。李光頭沒有想到宋鋼星光滿天時就上路了，天亮時已經站在了家門口。宋鋼提著旅行袋在門外站了有兩個多小時，那時候李光頭站在大街上等待著鎖匠舖開門。這時的宋鋼已經和他父親一樣高的個子，只是沒有宋凡平魁梧，宋鋼清瘦白皙，他的衣服太短了都掛在腰的上面，他的兩個袖管和兩條褲管都接出來了一截，都是不同顏色的布料接上去的。宋鋼安靜地站在從前的家門口，安靜地等待著李光頭的回家，他的兩隻手輪換地提著那個旅行袋，他沒有把旅行袋放到地上，他不想弄髒這個旅行袋。

李光頭回家時遠遠就看見了宋鋼，看見這個高個子兄弟提著旅行袋站在門口發呆，李光頭飛奔過去，又悄悄地跑到宋鋼身後，抬起腳使勁蹬在了宋鋼的屁股上，宋鋼一個踉蹌後聽到了李光頭的哈哈大笑。接下去兄弟倆在家門口追逐打鬧了足足半個小時，弄得家門口塵土飛揚。李光頭一會兒踢過去左腳，一會兒掃過去右腿，一會兒是螳螂腳，一會兒是掃蕩腿，宋鋼抱著旅行袋蹦蹦跳跳左躲右閃，不讓李光頭碰著他。李光頭像矛一樣進攻，宋鋼像盾一樣防守，兄弟倆哈哈笑個不停，笑出了眼淚，又笑出了鼻涕，最後是彎下腰來咳嗽不止。然後李光頭喘著氣摸出那把新配的鑰匙，交到宋鋼手裏，對宋鋼說：

「開門。」

李光頭和宋鋼像野草一樣被腳步踩了又踩，被車輪蹍了又蹍，可是仍然生機勃勃地成長起來了。

臭名昭著的李光頭，中學畢業後沒有一家工廠願意要他。這時候文化大革命結束了，改革開放開始了。陶青已經是縣民政局的副局長，陶青想到宋凡平慘死在車站前，想到李蘭跪地給他叩頭時叩出了血，陶青接納了李光頭，把他安排到民政局下面的福利廠當工人。福利廠一共十五個人，除了李光頭，還有兩個瘸子、三個傻子、四個瞎子、五個聾子。宋鋼的戶口在劉鎮，他回來後分配進了劉鎮五金廠當工人，也就是劉成功劉作家任職供銷科長的五金廠。

兩個人是同一天拿到第一個月的工資，宋鋼所在的五金廠離家近，宋鋼先回到家中，他站在門口等著李光頭下班回來，宋鋼的右手插在褲子口袋裏，捏著裏面的十八元人民幣，他的右手捏著第一筆工資時，都捏出汗來了。宋鋼看到李光頭下班回來時春風滿面，右手也插在褲子口袋裏，宋鋼知道李光頭也拿到工資了，也把工資捏出汗來了。李光頭走近了，宋鋼喜氣洋洋地問他：

「拿到了？」

李光頭點點頭，他看到宋鋼滿臉的喜氣，也問道：「你也拿到了？」

宋鋼也是點點頭，兩個人進了屋子，彷彿擔心別人來偷來搶似的關上門，還拉上窗簾，兩個人嘿嘿笑個不停，各自把工資拿出來放在床上，總共三十六元，兩個人的錢都被手上的汗水弄潮濕了。兩個人坐在床上，把三十六元錢數了一遍又一遍，李光頭的眼睛閃閃發亮，宋鋼的眼睛瞇成了一條縫。這時的宋鋼已經近視了，他雙手舉起錢看著，快把錢貼到鼻子上了。李光頭提議兩個人的錢放在一起，由宋鋼統一掌管。宋鋼覺得自己是哥哥，應該由他來掌管。宋鋼把床上的錢一張一張撿起來，疊整齊了讓李光頭最後數一遍過過癮，自己也最後數了一遍過過癮，然後幸福地說：

「我從來沒有見過這麼多的錢。」

宋鋼說著在床上站了起來，腦袋碰上了屋頂。宋鋼低著頭解開了他那條接了兩截的長褲，露出裏面也是幾塊舊布料縫製的內褲，內褲的裏側有一個小口袋，宋鋼小心翼翼地將兩個人的工資放進了這個小口袋。李光頭說宋鋼內褲上的小口袋縫製得很精緻，問他是誰縫的？宋鋼說是他自己縫製的，說這條內褲也是自己剪裁自己縫製的。李光頭哇地一聲叫了起來，他說：

「你是男的，還是女的？」

宋鋼嘿嘿笑著說：「我還會織毛衣呢。」

兩個人拿到第一個月的工資後，做的第一件事就是走進人民飯店，每人吃了一碗熱氣蒸騰的陽春麵。李光頭說要吃三鮮麵，宋鋼沒有同意，宋鋼說等以後生活更好了再吃三鮮麵，李光頭覺得宋鋼說得有道理，心想這次是吃自己的，不是吃打聽林紅屁股那些人的，李光頭就點頭同意吃陽春麵。宋鋼走到了開票的櫃台前，解開了褲子，一邊看著櫃台裏開票的女人，一邊在自己的內褲裏摸索著，讓站在身旁的李光頭嘿嘿直笑，櫃台裏那個四十多歲的女人面無表情地等著宋鋼摸出錢來，好像這樣的事她見得多了。宋鋼從內褲裏準確地摸出了一張一元錢，遞給櫃台裏的女人，提著長褲等她找錢回來。兩碗陽春麵一角八分，找回來八角二分後，宋鋼將錢由大到小疊好了，還有兩分的硬幣，又摸索著放回內褲的口袋，然後才繫上外面的長褲，跟著李光頭走到了一張空桌前坐下來。

兩個人吃完了陽春麵，抹著額頭上的汗水一起走出了人民飯店，一起走進了紅旗布店，他們挑選了深藍色卡其布。這次櫃台裏站著的是一個二十多歲的姑娘，宋鋼又是當場解開了長褲，手伸到內褲裏摸索起來。那個姑娘看著宋鋼的這個動作，看著李光頭在一旁壞笑，臉一下子就紅了，她扭過頭去，有一句沒一句地找她的同事說話。這次宋鋼摸索了很長時間，一邊摸著一邊還在嘴裏數著，當他把錢摸出來時，剛好是布料的價錢，一分不少，一分不多。當那個姑娘面紅耳赤地接過去時，李光頭驚奇地問宋鋼：

「你什麼時候學會這瞎子本領？」

宋鋼瞇縫著眼睛，看著那個滿臉羞色的姑娘，他的近視眼沒有看清楚姑娘臉紅了，他笑著繫上長褲，笑著對李光頭說：

「把錢從小到大疊整齊了，就知道第幾張是什麼錢了。」

然後兩個人抱著深藍色的卡其布，一起走進了張裁縫的鋪子，每人訂做了一套中山裝。宋鋼第三次解開長褲，第三次伸手在褲襠裏摸索起來。張裁縫把皮尺掛在脖子上，看著宋鋼的手在自己的褲襠裏摸索，笑著說：

「很會找地方藏錢……」

宋鋼把錢摸出來遞給了張裁縫，張裁縫還舉到鼻子前，聞了聞說：「還有屌氣味呢……」

近視眼睛的宋鋼覺得張裁縫聞了聞他的錢，他走出裁縫鋪子後瞇縫著眼睛問李光頭：

「他是不是聞我們的錢了？」

李光頭知道宋鋼的眼睛近視已經很嚴重了，他說要去眼鏡店給宋鋼配一付近視眼鏡，宋鋼連連搖頭，說等以後生活更好了再配近視眼鏡。剛才不吃三鮮麵，李光頭點頭同意，這次不配眼鏡，李光頭不答應了。李光頭站在大街上對著宋鋼吼叫起來：

「等以後生活更好了，你的眼睛也瞎啦！」

李光頭的突然發火把宋鋼嚇了一跳，他瞇縫著眼睛看到街上很多人都站住腳來看他們了，宋鋼讓李光頭說話輕點聲。李光頭壓低聲音，狠狠地告訴宋鋼，若他今天不去配眼鏡，他們就分家。然後李光頭大聲對宋鋼說：

「走，我們配眼鏡去。」

李光頭說著大搖大擺地走向了眼鏡店，宋鋼猶豫不決地跟了上去。兩個人不再像剛才那樣並肩而行，而是一前一後走向我們劉鎮的眼鏡店，兩個人的神態像是剛剛打過一架，李光頭像是勝利者得意洋洋地走在前面，宋鋼像是被打敗了，十分窩囊地跟在後面。

一個月以後，李光頭和宋鋼穿上了他們深藍色的卡其布中山裝，宋鋼還戴上了一付黑邊近視眼鏡，李光頭在眼鏡店裏買下了最貴的一付鏡架，讓宋鋼眼圈都紅了，一方面是心疼花了很多錢，另一方面又深受感動，覺得自己的這個兄弟眞是好。宋鋼剛剛戴上那付黑邊近視眼鏡，剛剛走出眼鏡店時，不由哇地一聲叫了起來，他驚喜萬分地對李光頭說：

「好清楚啊！」

宋鋼告訴李光頭，戴上近視眼鏡以後，整個世界像是剛剛洗過一遍似的清楚。李光頭哈哈地笑，他說宋鋼現在有四隻眼睛了，看到漂亮姑娘趕緊拉一下他的衣服。宋鋼點著頭嘿嘿地笑著，一本正經地爲李光頭看起了街上的姑娘。兄弟倆穿著嶄新的卡其布中山裝，用深藍的顏色走在我們劉鎮的大街上，讓幾個坐在街邊下象棋的老人看見了驚奇不已，他們說昨天這兩個人還穿得跟叫花子似的，今天穿得像是兩個縣裏的領導了。他們感慨地說：

「眞是佛靠金裝，人靠衣裝啊。」

宋鋼身材挺拔，面容英俊，像個學者那樣戴著黑邊眼鏡；李光頭身材粗短，雖然穿著中山裝，可是滿臉的土匪模樣。這兩個人總是形影不離地走在我們劉鎮的大街上，劉鎮的老人伸手指著他們說：

一個文官，一個武官。劉鎮的姑娘就不會這麼客氣了，她們私下裏議論這兩個人：一個像唐三藏，一個像豬八戒。

二

宋鋼悄悄熱愛上了文學，他對五金廠的供銷科長劉作家十分尊敬。劉作家的辦公桌上堆了一疊文學雜誌，說起話來虛無縹緲。劉作家喜歡高談闊論地說文學，在廠裏抓住一個人就會滔滔不絕，可惜五金廠的工人們聽不懂他的話，只能滿臉傻笑地看著劉作家，私底下議論紛紛，議論這個劉作家說文學的時候是在說中國話，還是說外國話？爲什麼讓人一句也聽不懂。工人們的議論也傳到了劉作家的耳中，劉作家心裏不屑地想：

「這些粗人。」

文學愛好者宋鋼來了以後，劉作家如獲至寶，宋鋼不僅聽懂了劉作家的文學思想，而且滿臉的虔誠，該點頭的時候就點頭，該笑的時候就笑出聲來。劉作家很高興，酒逢知己千杯少，只要碰上了宋鋼就會說個沒完沒了，有一次兩個人在廁所裏撒完尿，劉作家拉住宋鋼，站在尿池旁說了兩個多小時。全然不顧廁所裏臭氣熏天，也全然不顧坐在那裏拉屎的人啊啊喊叫和哼哼低吟。劉作家有了宋鋼這個學生以後，覺得自己是文學導師了。原先那些粗人讓他一點導師的感覺也沒有，他就是把嘴皮子磨薄了，那些粗人還是一臉的傻笑，連換一種表情都不會。劉作家開始把他辦公桌上的文學雜誌借給宋鋼閱讀了，他拿起一本《收穫》，小心翼翼地用袖管擦乾淨上面的灰塵，又當著宋鋼的面，一頁一頁地檢查了一遍，說這本《收穫》沒有一個地方是髒的，也沒有一個地方是破的。他告訴宋鋼，讀完後還給他的時候，他也要一頁頁地檢查，他對宋鋼說：

「損壞了要罰款。」

宋鋼把劉作家的文學雜誌拿回家，如饑似渴地閱讀起來，然後自己開始悄悄地寫小說了。宋鋼的小說寫了半年，先是三個月寫在廢紙上，又在廢紙上修改了三個月，半年後才工整地抄寫到方格紙上。宋鋼的第一個讀者當然是李光頭，李光頭拿過來宋鋼的小說時驚叫一聲：

「這麼厚。」

李光頭一頁一頁數下去，一共有十三頁。數完後李光頭崇敬地看了看宋鋼，對宋鋼說：

「你眞是了不起，寫了十三頁啊！」

李光頭開始讀小說時又驚叫了一聲：「你的字寫得眞好啊！」

李光頭認眞地將宋鋼的小說讀完，他不再驚叫了，開始沉思起來。宋鋼緊張地看著李光頭，他不知道自己的第一篇小說寫得是否通順？他擔心這篇小說寫得亂七八糟，他緊張地問李光頭：

「通順嗎？」

李光頭一聲不吭，繼續沉思著。宋鋼心裏發虛了，他問李光頭：「是不是寫得很亂？」

李光頭還是在沉思，宋鋼絕望了，心想肯定是自己寫得毫無章法，讓李光頭讀了什麼都不知道。

這時候李光頭的嘴裏突然吐出一個字來：

「好！」

李光頭說完這個「好」字後，又加了一句「寫得眞好」。李光頭認眞地告訴宋鋼，這是一篇好小說，雖然還沒有好到魯迅巴金那裏，也好到劉作家和趙詩人前面去了。李光頭揮舞著手欣喜地說：

「有了你以後，劉作家和趙詩人從此暗無天日了。」

宋鋼又驚又喜，這個晚上他激動地失眠了。在李光頭的鼾聲裏，他把已經倒背如流的小說又讀了五遍，越讀越覺得沒有李光頭誇獎得那麼好。他心想李光頭是自己的兄弟，自然要說他的好。可是李光頭的讚揚又很有道理，李光頭還舉例說明了這篇小說什麼地方寫得好，宋鋼重讀的時候覺得李光頭說好的地方眞是很不錯。宋鋼鼓起勇氣，決定把小說拿給劉作家指正一下。要是劉作家也說他寫得好，那他可能眞是寫得不錯了。

第二天宋鋼忐忑不安地把自己的小說拿給劉作家，劉作家先是一愣，他沒料到自己的弟子也寫起小說來了。那時劉作家手裏拿著擦屁股紙，正要去廁所拉屎，他把宋鋼十三頁的手稿壓在擦屁股紙的上面，一邊讀著一邊走向廁所；進了廁所以後一隻手解開褲子，一隻手拿著宋鋼的小說還在讀；然後他一邊哼哼啊啊地拉屎，一邊繼續讀著宋鋼的小說。劉作家拉完屎，宋鋼的小說也讀完了，他從廁所裏出來，把半張沒用完的擦屁股紙壓在宋鋼小說的上面，雙眉緊蹙地走回了供銷科的辦公室。整整一個上午，劉作家都坐在辦公室裏評點宋鋼的小說，他手裏捏著一支紅筆，把宋鋼小說的每一頁都塗改了，又在最後一頁的空白處洋洋灑灑地寫下了三百多字的評語。下班的時候，宋鋼忐忑不安地出現在供銷科辦公室的門口，劉作家一臉嚴肅地向宋鋼招了一下手，宋鋼走進了辦公室，劉作家把十三頁小說還給宋鋼，一臉嚴肅地說：

「我的意見都寫在上面了。」

宋鋼接過自己的小說時心裏涼了半截，上面被劉作家用紅筆糊塗亂抹以後已經面目全非，讓宋鋼覺得自己的小說可能是有很多問題。這時劉作家得意地從抽屜裏拿出自己的一篇小說，遞給宋鋼，讓他拿回家認眞讀一讀。劉作家的神態彷彿是將一篇傳世佳作遞給宋鋼，他說：

「你看看我是怎麼寫的。」

這天晚上宋鋼把劉作家的塗改和評語認眞讀了幾遍，宋鋼越讀越迷茫，不知道劉作家在說些什麼？宋鋼也把劉作家的新作認眞讀了幾遍，也是越讀越迷茫，不知道好在什麼地方？李光頭看到宋鋼廢寢忘食，好奇地湊上去，先是拿起劉作家給宋鋼小說的評語讀了一遍，讀完後他說：

「胡說八道。」

接著李光頭又拿起劉作家的新作，先是數了數，同樣的方格紙只有六頁，他拿在手裏不屑地抖了抖，說才這麼一點。然後李光頭讀了起來，還沒讀完就扔到了一旁，對宋鋼說：

「乾巴巴的，沒意思。」

李光頭打著呵欠躺到了床上，翻身以後鼾聲就起來了。宋鋼繼續認眞讀著自己被塗改了的小說和劉作家的新作。雖然劉作家的塗改和評語讓他感到迷茫和失望，尤其是那段評語，幾乎把宋鋼的小說全盤否定，只是在最後說上了兩句鼓勵的話。宋鋼仍然覺得劉作家這樣做是良藥苦口，畢竟劉作家的塗改和評語是花了工夫的。宋鋼覺得自己應該投桃報李，也應該在劉作家新作最後一頁的空白處寫下一段評語。宋鋼開始認眞地寫起了評語，先是寫上一些讚揚的話，最後才指出某些不足之處。宋鋼不像劉作家那樣，評語都寫得塗塗改改，他先在廢紙上寫出草稿，又修改了幾遍，然後才認眞抄寫到劉作家新作的最後一頁上。

宋鋼第二天上班時將新作還給劉作家時，劉作家坐在椅子裏架起了二郎腿，滿臉微笑地等待著宋鋼的歌功頌德，他沒想到宋鋼說了一句：

「我的意見寫在最後一頁上。」

劉作家當時的臉色就變了，他迅速翻到自己新作的最後一頁，果然看到了宋鋼的評語，而且還指出了他小說的不足之處。劉作家勃然大怒了，從椅子裏跳起來拍了一下桌子，伸手指著宋鋼的鼻子吼叫起來：

「你，你，你，你怎麼敢在太歲頭上動土……」

劉作家氣得說話都結巴了，宋鋼站在那裏呆若木雞，他不明白劉作家爲什麼憤怒，他支支吾吾地說著：

「我動什麼土了……」

劉作家拿起自己的小說，翻到最後一頁指給宋鋼看：「這，這是什麼？」

宋鋼不安地回答：「是我寫的意見……」

劉作家氣得將自己的小說狠狠摔在了地上，馬上又心疼地撿了起來，他一邊撫摸著自己的小說，一邊繼續衝著宋鋼叫道：

「你，你怎麼敢在我的手稿上亂塗亂寫……」

宋鋼終於明白劉作家爲什麼憤怒了，他也不高興了，他說：「你也在我的手稿上亂塗亂寫了。」

劉作家聽後一愣，隨即更加憤怒了，劉作家接二連三地拍著桌子說：「你是什麼？老子是什麼？你的手稿？老子在你手稿上面拉屎撒尿都是抬舉你，操你媽的……」

宋鋼也憤怒了，他向前走了兩步，伸手指著劉作家說：「你不能罵我媽，你罵我媽，我就……」

「你就什麼？」劉作家舉起了拳頭，看到宋鋼比自己高出半頭，他又把拳頭放下了。

宋鋼猶豫了一下後說：「我就揍你。」

劉作家吼叫道：「你口出狂言。」

平時恭恭敬敬的宋鋼竟然敢說要揍劉作家，劉作家氣得拿起桌子上一瓶紅墨水就潑了過去。紅墨水潑在了宋鋼的眼鏡上、臉上和衣服上，宋鋼摘下染上紅墨水的眼鏡，放進了上衣口袋，然後伸出雙手像是要掐劉作家脖子似的衝上去。供銷科的其他人趕緊撲上去拉住了宋鋼，把宋鋼往門外推。劉作家趁機退到了牆角，指揮著他手下的幾個供銷員：

「把他扭送到派出所去。」

供銷科的幾個人把宋鋼推回到了他的車間，宋鋼一身紅墨水，臉色通紅地坐在一條長凳上，他的臉上還有縱橫交叉的紅墨水在流淌。供銷科的幾個人站在一旁說了一堆安慰的話，宋鋼車間裏的工人也圍過去打聽發生了什麼事，供銷科的人向他們講解了宋鋼和劉作家衝突的全過程。有人問爲什麼發生衝突，供銷科的幾個人立刻迷惑起來，他們搖著手擺著頭說：

「他們文人之間的事，我們弄不懂。」

宋鋼坐在那裏一言不發，他不明白平時溫文爾雅的劉作家怎麼突然像個潑婦一樣罵人了，這個劉作家說出來的話比村裏種田的農民還要粗野難聽。宋鋼心裏忿忿不平，心想劉作家怎麼可以這樣說話，就是村裏的農民也不應該這樣說話。圍在身邊的人都走開了，宋鋼起身走到水池那裏清洗了他的黑邊眼鏡，又清洗了臉上的紅墨水。洗掉了臉上的紅墨水，宋鋼的臉色就鐵青了，他鐵青著臉回到自己的車間，中午下班後又鐵青著臉回到家中。

李光頭回家後看到宋鋼坐在桌前生氣，衣服上的紅墨水像是一張地圖。李光頭問宋鋼發生了什麼事？宋鋼就把前後經過告訴了李光頭，李光頭聽完後一句話沒說，轉身走出了家門，他知道劉作家住在哪條小巷裏，他要去教訓一下這個不識抬舉的劉作家，他粗短的身材搖晃著走去。

李光頭走在大街上的時候就見到了劉作家，劉作家剛從那條小巷裏拐出來，手裏提著個醬油瓶，奉老婆之令出來買醬油。李光頭站住腳，對著劉作家喊叫：

「喂，小子，過來。」

劉作家聽著這話覺得十分熟悉，他扭頭看到李光頭耀武揚威地站在街道對面向他招手，他想起來小時候他和趙成功還有孫偉經常這樣叫著這個李光頭，要給這個李光頭吃掃蕩腿，現在李光頭竟然這樣叫他了。劉作家知道他是爲宋鋼的事來找他的，他遲疑了一下，提著醬油瓶橫穿大街走到了李光頭面前。

李光頭指著劉作家的鼻子就是一頓臭罵：「你這個王八蛋，你竟敢把墨水潑到我家宋鋼身上，你他媽的不想活啦……」

劉作家氣得哆嗦了幾下。他在宋鋼面前舉起拳頭又放下了，是因爲宋鋼比他高半個腦袋，這個李光頭比他矮半個腦袋，他就沒什麼可擔心了。他也想回罵李光頭幾句，眼看著街上的群眾圍了上來，劉作家覺得還是應該注重自己的形象，他冷冷地說：

「請你嘴裏乾淨一點。」

李光頭冷冷一笑，左手一把揪住劉作家胸前的衣服，右手捏成拳頭舉了起來，李光頭兇狠地叫道：

「老子的嘴就是髒，老子還要把你乾淨的臉揍髒了。」

李光頭的氣勢讓劉作家膽怯了，他看著眼前這個李光頭雖然矮了半個腦袋，可是十分的粗壯。劉作家努力想擺脫李光頭的手，當著圍觀群眾的面，他要努力保持自己的作家形象，他一邊輕輕拍著李光頭抓住自己衣服的手，希望李光頭自覺鬆開，一邊文雅地說：

「我是知識分子，我不和你糾纏……」

「老子揍的就是知識分子。」

劉作家的話還沒有說完，李光頭的右拳已經一、二、三、四揍了上去，揍得劉作家的腦袋左右搖晃。李光頭乘勝追擊，五、六、七、八又揍上去四記重拳，劉作家的身體也搖晃起來，一下子跪倒在地。李光頭左手一使勁，把劉作家提了起來，然後九、十、十一、十二再往劉作家臉上揍了四拳，劉作家手裏的醬油瓶掉到了地上，砰地一聲碎了。劉作家昏迷了似的渾身癱軟了，李光頭的左手使勁提著他，不讓他倒地，右拳像是在擊打沙袋，繼續往劉作家的臉上狠揍。把劉作家的眼睛揍得腫成了一條縫，把劉作家的鼻子嘴巴揍得鮮血淋淋。李光頭一共往劉作家的臉上揍了二十八拳，把劉作家揍成了一個車禍受害者。最後李光頭提著劉作家的左手沒勁了，鬆開後劉作家的身體像沙袋似的掉了下去，李光頭趕緊從後面抓住劉作家的衣服。劉作家跪在了地上，李光頭左手拉著他的衣領，不讓他倒地，李光頭笑嘻嘻地對圍觀的群眾說：

「這就是知識分子……」

說完李光頭的右拳開始狠擊劉作家的背部，一口氣揍出了十一拳，揍得劉作家嘴裏「嗨唷嗨唷」地響，李光頭發現劉作家的聲音變了，不再是尖聲細氣了，開始發出一系列沉重的聲響。李光頭滿臉驚奇地對圍觀的群眾說：

「聽到了吧，這個知識分子在喊勞動號子啦……」

然後李光頭像是做起了科學實驗，往劉作家背上狠揍一拳，聽劉作家喊叫「嗨唷」一聲。李光頭一連揍了五拳，劉作家像是事先約好了一連喊叫了五聲「嗨唷」的勞動號子。李光頭滿臉的興奮，一邊揍著劉作家，一邊對圍觀的群眾說：

「我把他的勞動人民本色給揍出來啦！」

這時的李光頭自己也汗流浹背了，他的左手一鬆，劉作家的身體完全掉在了地上，像一頭死豬似的癱在了那裏。李光頭擦擦額上的汗水，心滿意足地說：

「今天到此爲止。」

李光頭意猶未盡，他想起來劉作家還有一個知識分子同黨趙詩人，就對圍觀的群眾說：

「趙詩人也是個知識分子，你們轉告他，半年內我要揍他一頓，也要把他的勞動人民本色給揍出來。」

李光頭揚長而去，劉作家躺在街上的梧桐樹旁滿臉是血，來去的群眾圍在那裏看上一會兒，指著地上的劉作家議論紛紛。李光頭對準劉作家的五官揍了二十八記重拳，把劉作家揍得神志不清了，癱瘓似的躺在地上。直到幾個五金廠的工人上班走過時，看到他們的劉科長被人揍得滿臉是血，眼睛轉溜溜，咧著嘴傻笑，趕緊把他抬到了醫院。

劉作家躺在醫院急診室的病床上，一口咬定揍他的人不是李光頭，是李逵。那幾個五金廠的工人不知所云，問他：

「哪個李逵？」

劉作家咳嗽著，嘴裏吐著鮮血說：「就是《水滸傳》裏的那個李逵。」

幾個工人驚訝不已，說那個李逵不是在劉鎮，是在書裏。劉作家點著頭說，那個李逵就是從書裏跑出來揍了他一頓。幾個工人忍不住笑了，笑著問他，李逵為何要從書裏跑出來揍他呢？劉作家趁勢罵了李逵幾句，說那是個有勇無謀的馬大哈，渾身的肌肉都長到腦子裏去了，這個馬大哈李逵得到了錯誤情報，走錯了地方，揍錯了人。最後劉作家繼續咳嗽著，繼續吐著血，聲音嗡嗡地說：

「李光頭哪是我的對手。」

幾個五金廠的工人心想壞了，他們拉住醫生，打聽他們的劉科長是不是被揍成個傻子精神病了？醫生搖擺著手說，還沒有這麼嚴重，說劉科長只是被人揍出了妄想性回憶，醫生說：

「睡一覺醒來就好了。」

李光頭揚言下一個挨揍的是趙詩人，這話傳到趙詩人耳中，趙詩人氣得臉色蒼白，他鼻子裏放屁似的一連哼出了五、六聲，很少說髒話的趙詩人忍不住罵了一聲：

「這個小王八蛋。」

趙詩人對我們劉鎮的群眾說，想當初，也就是十一、十二年前，這個李光頭吃了他多少掃蕩腿，這個李光頭哭著喊著摔著跟斗，一口氣摔出去半條街。趙詩人聲稱李光頭是人渣，十四歲就到廁所裏去偷看女人屁股，被他趙詩人生擒活捉以後懷恨在心，一直想伺機報復。趙詩人回想起當年揪著李光頭遊街時的無限風光，蒼白的臉色紅潤了起來，說話的聲音也宏亮了。有群眾說李光頭也要把趙詩人的勞動人民本色給揍出來，趙詩人的臉色又蒼白了，他氣得聲音直發抖，他說：

「我先揍他，你們看著吧，我先把這個勞動人民揍成個知識分子，揍得他從此不說髒話，揍得他以禮待人，揍得他尊老愛幼，揍得他溫文爾雅……」

有群眾笑著說：「你這麼揍下去，不就把他揍成個李詩人了嗎？」

趙詩人聽後一愣，隨即喃喃地說：「揍成個李詩人也無妨。」

趙詩人在大街上口出狂言，回到家裏就發虛了。他心裏七上八下，想想自己要是和劉作家打架，就是大戰一百回合，自己可能只是略占上風，而且把握並不大。想想李光頭把劉作家揍得毫無還手之力，把劉作家揍出了妄想性回憶，讓劉作家錯把李光頭當李逵了，成了劉鎮群眾飯後茶餘的笑料；想想自己可能也是同樣的下場，甚至更加不如。趙詩人覺得李光頭是那種嘴上無毛辦事不牢的愣頭青，揍起人來不知道輕重死活，他對準劉作家的臉蛋揍了二十八拳，揍出了劉作家從未有過的妄想性回憶，他要是對準自己的臉蛋揍上八十二拳，還不把自己揍得一輩子呆頭呆腦，揍成妄想性人生了。這麼一想後，趙詩人能不上街就不上街了，有時迫不得已必須上街的話，趙詩人走路時也像個偵察兵那樣探頭探腦，眼觀六路耳聽八方，一旦發現有李光頭的敵情，立刻竄進一條小巷躲藏起來。

劉作家挨揍後在醫院裏躺了兩天，在家裏躺了一個月。李光頭被陶青叫到民政局的辦公室臭罵一頓後，就什麼事也沒有了。此後有群眾當面問起李光頭：為何要把知識分子劉作家，揍成了勞動人民劉成功？李光頭矢口否認，他嬉笑著說：

「我沒揍他，是李逵揍了他。」

劉作家被李光頭揍進了醫院，揍到了床上下不來，宋鋼心裏不安了，雖然劉作家那天的所作所爲讓宋鋼很生氣，可是李光頭把劉作家揍成那樣，宋鋼覺得也不對。宋鋼一直想去探望劉作家，又怕李光頭不高興，這事就拖了下來。眼看著劉作家馬上就要傷癒復出，馬上就要回到五金廠供銷科上班了，宋鋼覺得不能再拖下去了，他支支吾吾地對李光頭說：

「應該去探望一下劉作家。」

李光頭揮了一下手說：「要去，你自己去，我不去。」

宋鋼繼續支支吾吾，他說把人家打傷了，去探望的話，總得提點什麼過去。李光頭不知道宋鋼要說什麼，他問：

「你吞吞吐吐想說什麼？」

宋鋼只好實話告訴李光頭，他想買幾個蘋果去探望劉作家。李光頭一聽蘋果，馬上吞起了口水，說自己這輩子還沒吃過蘋果呢，他說：

「這不便宜那個勞動人民了？」

宋鋼不再說話了，他低頭坐在桌前。李光頭知道宋鋼心裏不安，就拍拍宋鋼的肩膀說：

「行，你就買幾個蘋果去探望那個勞動人民吧。」

宋鋼感激地笑了，李光頭搖著頭對宋鋼說：「我不在乎那幾個蘋果，我是擔心，我費了很大的勁才揍出了他的勞動人民本色，我擔心他一吃上蘋果，知識分子的嘴臉又吃出來了。」

宋鋼在街上的水果舖子買了五個蘋果，他先是回到家裏，把裏面最大最紅的那個蘋果挑出來，給李光頭留著，另外四個蘋果他放進了舊書包。宋鋼揹著舊書包來到劉作家家中，那時候劉作家早已康復，坐在院子裏和鄰居聊天，聽到宋鋼在門外向人打聽，他立刻站起來，走進屋子躺到了床上。

宋鋼小心翼翼地走進劉作家的屋子，劉作家閉著眼睛躺在床上，宋鋼走到床前，劉作家睜開眼睛看他一眼就閉上了。宋鋼在劉作家的床前站了一會兒，輕聲說了一句：

「對不起。」

劉作家的眼睛睜開來，看了宋鋼一眼又閉上了。宋鋼站了一會兒，打開書包把裏面四個蘋果拿了出來，放在劉作家床前的桌子上，他輕聲對劉作家說：

「我把蘋果放在桌子上了。」

劉作家一聽說蘋果，不僅眼睛睜開了，整個身體都張開似的坐了起來。他看見桌上的四個蘋果，立刻滿臉歡笑，他對宋鋼說：

「你眞是客氣。」

劉作家說著拿起一個蘋果在床單上擦了擦，迫不及待地放進嘴裏咬了一口。劉作家幸福的眼睛瞇成了一條縫，他清脆地一口一口咬著蘋果，清脆地在嘴裏嚼著蘋果，就是往肚子裏吞的聲音都是清脆的。正如李光頭意料的那樣，劉作家吃完一個蘋果後，馬上把知識分子的嘴臉吃出來了。劉作家眉飛色舞地和宋鋼談起了文學，好像他們之間什麼事都沒有發生過。

三

半年過去了，李光頭沒有機會把趙詩人的勞動人民本色給揍出來，他也忘記了自己對劉鎮群眾許下的諾言，他越來越忙了，他當上了福利廠的廠長。李光頭剛去的時候，兩個瘸子是福利廠的正副廠長，沒過半年兩個瘸子都心甘情願地聽從李光頭的指揮了。

這時的李光頭只有二十歲，已經是個李廠長了。福利廠原來只有兩個瘸子、三個傻子、四個瞎子、五個聾子的時候，年年虧損，年年要到陶青那裏去申請救助。陶青掌握的民政經費本來就少，年年都要拆東牆補西牆。福利廠是陶青一手創建起來的，陶青指望福利廠能夠解決十四個殘疾人的吃飯問題，福利廠不僅沒有掙錢，他年年還要往裏面貼錢彌補虧損。陶青收留李光頭是因為李蘭給他叩頭叩破了額頭，沒想到李光頭去的第一年就讓福利廠扭虧為盈了，不僅十四個殘疾人的工資解決了，還上繳了五萬七千兩百二十四元的利潤。第二年更是不得了，上繳到陶青這裏的利潤高達十五萬之多，人均利潤達到一萬元。縣長見了陶青都是滿臉笑容，說陶青是全中國最闊的民政局長，然後悄悄請求陶青從福利廠上繳的利潤裏拿出一些來，讓他去塡補縣裏的財政窟窿。

陶青因此榮升爲局長，他幾年沒有去福利廠看看了，這天他開完會散步著走進了福利廠。陶青早就知道福利廠的兩個瘸子廠長不管事了，成了兩個擺設，李光頭是個實際的廠長了。陶青還知道李光頭進了福利廠不到半年，就帶著兩個瘸子、三個傻子、四個瞎子和五個聾子到照相館去拍了一張全家福，然後帶著這張全家福的照片上了長途汽車去了上海。李光頭上車前在蘇媽的點心店裏買了十個饅頭做乾糧，他在上海奔波了兩天，跑了七家商店和八家公司，拿著福利廠全家福的照片到處給人看，指著照片上的人一個個告訴那些商店和公司的領導，哪個是瘸子，哪個是傻子，哪個是瞎子，哪個是聾子，最後指著照片上的自己說：

「只剩這個，不瘸不傻不瞎不聾。」

李光頭到處博得人們的同情，他把十個饅頭吃光後，終於在一家大公司拿到了加工紙盒的長期合同，然後才有了福利廠現在的輝煌。

陶青走進福利廠的時候，瘸子副廠長剛好從廁所裏出來，陶青問他廠長在哪裏？瘸子副廠長回答說，廠長正在車間裏幹活。陶青讓他把廠長叫來，自己走進了廠長辦公室。陶青看到牆上掛著那張全家福的照片，他記得上次來的時候辦公室裏有兩張桌子，兩個瘸子廠長正在下象棋，一邊下棋一邊悔棋，一邊悔棋一邊對罵。現在只有一張桌子了，陶青心裏有些奇怪，難道瘸子正廠長把瘸子副廠長趕出辦公室了？陶青在辦公桌後的椅子裏剛坐下，李光頭就跑進來了，李光頭還沒進門就在外面喊叫了：

「陶局長，陶局長你來啦！」

陶青看到李光頭也是很高興，他笑著對李光頭說：「你幹得不錯。」

李光頭謙虛地搖搖頭說：「才剛開始，還要努力。」

陶青讚許地點點頭，問李光頭是不是很滿意現在的工作？李光頭連連點頭，說他很喜歡現在的工作。陶青和李光頭聊了一會，往門外望瞭望，心想那個瘸子廠長怎麼還不來？車間就在隔壁，瘸子廠長走路是慢了一點，也應該來了。陶青問李光頭：

「你們廠長怎麼還不過來？」

李光頭聽後先是一愣，隨即伸手指著自己的鼻子說：「我來了呀，我就是廠長。」

「你是廠長？」陶青吃了一驚，他說，「我怎麼不知道？」

李光頭笑著說：「你工作太忙，我不好意思來打擾你，所以沒有告訴你。」

陶青的臉色沉下來了，他問李光頭：「原來的兩個廠長呢？」

李光頭搖著頭說：「已經不是廠長了。」

陶青明白了為什麼辦公室裏只有一張桌子了，他指著桌子問李光頭：「這是你的辦公桌？」

李光頭點著頭說：「是。」

陶青嚴肅地說：「廠長的任免應該通過組織，先是民政局領導討論通過，再上報縣政府批准……」

李光頭連連點頭，他對陶青興奮地說：「對，對，你說得對，你正式把原來的廠長免了，再正式任命我當廠長。」

陶青沉著臉說：「我沒有這個權力。」

「陶局長你太謙虛了，」李光頭嘿嘿笑著伸手指著陶青說，「誰當福利廠的廠長，還不是你說了算數？」

陶青哭笑不得，他說：「不懂規矩。」

接下去的情景更是讓陶青哭笑不得，自封爲廠長的李光頭帶著陶青去參觀糊紙盒的車間，十四個殘疾人都口口聲聲叫李光頭爲「李廠長」，就是原來的兩個瘸子廠長也是恭恭敬敬地叫「李廠長」。李光頭廠長站在陶青局長身旁使勁鼓掌，十四個殘疾人也跟著使勁鼓掌，李光頭還嫌掌聲太輕，對他手下的十四個忠臣喊叫道：

「陶局長來看望我們大家啦！把掌聲給我鼓出鞭炮的響聲來！」

十四個忠臣拼命鼓掌了，把十四具身體都鼓得發動起來了。李光頭還嫌不夠，他揮手說：

「大聲喊，歡迎陶局長！」

兩個瘸子和四個瞎子扯破了嗓子喊：「歡迎陶局長。」

五個聾子張著嘴笑著，不知道兩個瘸子和四個瞎子在喊些什麼，李光頭急忙跑上去，讓五個聾子看著他的嘴巴，李光頭的嘴一張一合像是浮出水面的魚嘴一樣，終於讓五個聾子找對了口形。五個聾子裏有三個還是啞巴，只有兩個不啞的聾子喊出了聲音，喊出來的「歡迎陶局長」響得震耳欲聾，李光頭十分滿意，兩個大拇指全對他們豎起來了。接著李光頭又發現了新問題，三個傻子不會喊叫「陶局長」，他們喊著「歡迎李廠長」。這讓李光頭很丟面子，李光頭趕緊跑到三個傻子前面，像是教他們唱歌似的教他們喊「歡迎陶局長」，李光頭的兩條胳膊上下舞動著，嗓子都喊啞了，三個傻子還是喊著「歡迎李廠長」。陶青忍不住哈哈大笑了，李光頭不好意思地對陶青說：

「陶局長，給我一點時間，你下次來，我保證他們會喊『陶局長』了。」

「不用啦，」陶青擺擺手說，「他們『李廠長』倒是喊得很利索。」

陶青走出車間時回頭看了看兩個瘸子廠長，對李光頭說：「我以爲這兩個廠長是兩個擺設，現在才知道連擺設都不是。」

兩個月以後，李光頭正式被任命爲福利廠的廠長。李光頭被叫到陶青的辦公室，陶青把縣政府批覆的任命檔給李光頭讀一遍，李光頭激動得臉色通紅，他告訴陶青，福利廠的三個傻子已經可以很利索地叫「陶局長」了。陶青嘿嘿地笑，然後他語重心長地告訴李光頭，正式任命他當廠長有很大的阻力，因爲他過去犯過錯誤。陶青像是對自己的心腹說話那樣，低聲告訴李光頭，別人都視李光頭爲他的嫡系，他要李光頭從此注意自己的形象，改一改滿身的土匪習氣。最後陶青給李光頭下達利潤指標，他伸出兩根手指說：

「你今年要上繳二十萬利潤。」

李光頭伸出三根手指：「我上繳三十萬，達不到這個指標我就辭職。」

陶青滿意地點點頭，李光頭捲起縣政府批覆的任命檔就要往口袋裏塞，陶青指著任命檔說：

「你這是幹什麼？」

李光頭說：「我拿回家。」

陶青搖了搖頭說：「你眞是不懂規矩，這檔是要拿到組織部備案的，你現在是國家幹部了。」

「我是國家幹部了？」李光頭一臉的受寵若驚，他說，「那我更應該拿回家給宋鋼看看了。」

陶青想起了十二年前的宋鋼，一個可憐又可愛的孩子。陶青猶豫了一下，同意李光頭把任命檔拿回家給宋鋼看一看，但是他要求李光頭下午就把檔交還回來。李光頭出門的時候給陶青鞠躬，他真誠地說：

「謝謝陶局長讓我當廠長。」

陶青拍拍他的肩膀說：「謝什麼，你都先斬後奏了。」

李光頭把「先斬後奏」聽進去了，他嘿嘿地笑，當他走出民政局的院子，「先斬後奏」再從他嘴裏出來時，完全變味了。

李光頭手裏拿著縣政府批覆的任命檔，路上見到認識的人就把檔展開來給他們看，得意洋洋地告訴他們，他現在是李廠長了。在橋上遇到童鐵匠時，李光頭拉著他乾脆坐到了橋欄上，擺開架勢講起了自己是怎麼當上福利廠廠長的，他告訴童鐵匠，他早就是實際的福利廠廠長了，他抖動著手裏的任命檔說：

「這張紙只是給個名份。」

「對。」童鐵匠叫了一聲，他說，「好比是結婚證，誰還憋到結婚那天，早睡到一起了，結婚證就是給個名份，這叫合法化。」

「對，就是合法化。」李光頭也叫了起來，他對童鐵匠說：「用陶局長的話說，我是先把人家姑娘的肚子搞大了，人家姑娘只好嫁給我了，這叫先斬後奏。」

李光頭回到家裏時，宋鋼已經做好了午飯，擺好了碗筷坐在桌前等著李光頭。李光頭小人得志地在桌旁坐下來，不屑地看一眼桌上的飯菜，嘴裏嘟噥地說：

「堂堂李廠長天天吃這些破菜爛飯……」

宋鋼不知道李光頭是正式的廠長了，他以為李光頭還是那個自封的廠長，他嘿嘿笑了一聲，端起飯碗自己吃了起來。李光頭這時才把那張任命檔展開來，伸到了宋鋼的眼睛下面，宋鋼嘴裏嚼著飯菜看完了任命檔，驚喜地從椅子裏跳了起來，宋鋼嗡嗡地叫著，滿嘴的飯菜讓他說不出準確的話來，他一口將飯菜吐到了手掌上，深深地吐了一口氣，大叫起來：

「李光頭，你眞的是……」

李光頭鎮定自若地糾正宋鋼的話：「是李廠長。」

「李廠長，你眞的是李廠長啦！」

宋鋼興奮地叫著在屋子裏蹦跳，嘴裏一聲聲叫著「李廠長」，捏著飯菜的拳頭對準李光頭的胸膛接連捶打了三拳，拳頭裏的飯菜飛濺出來，飛濺到了李光頭的臉上。李光頭抹著臉上宋鋼嚼過的飯菜，哈哈笑個不停。宋鋼的拳頭還要往他胸膛上捶打，李光頭跳起來躲閃著宋鋼的拳頭。就像宋鋼提著旅行袋從鄉下回來時那樣，兩個人蹦蹦跳跳地在屋子裏嬉笑打鬧，這次是宋鋼追打李光頭，李光頭滿屋子亂跑躲閃著宋鋼的拳頭。他們把椅子凳子全部碰倒在地，把桌子也撞斜了，碗裏飯菜全潑在了桌子上。宋鋼這才收回了自己的拳頭，想起來拳頭裏還沾有剛才吐出來的飯菜，他拿起抹布擦了擦手，將潑在桌子上的飯菜收拾到碗裏，又把倒地的椅子扶起來，然後對著正在笑著喘氣的李光頭做出一個「請」的動作，對李光頭說：

「李廠長，請吃飯。」

李光頭喘著氣搖著頭說：「我堂堂李廠長要吃三鮮麵。」

宋鋼眼睛一亮，揮一下手說：「對，吃三鮮麵，慶祝一下。」

宋鋼不屑地看了一眼桌子上的飯菜，拍著李光頭的肩膀走出了屋子，鎖上屋門向前走了幾步後，宋鋼又站住了，他問李光頭三鮮麵要多少錢一碗？李光頭說三角五分錢一碗。宋鋼點著頭又走回到了屋門前，貼著屋門解開了褲子，手在內褲裏摸索了一會，摸出來了七角錢，放進上衣口袋後，神氣地向前走去了。宋鋼一邊走，一邊對李光頭說：

「你現在是廠長了，我是廠長的哥哥，我不能再當著別人的面去褲襠裏摸錢了，我不能讓我的廠長弟弟丟面子。」

兄弟倆像是凱旋的英雄走在我們劉鎮的大街上，李光頭手裏還捏著那張任命檔，宋鋼兩次停下來，要求李光頭把任命檔再給他看一遍，宋鋼站在大街上朗誦似的大聲讀著任命檔，讀完後由衷地對李光頭說：

「我眞是太高興了。」

兄弟倆走進了人民飯店，宋鋼剛跨進飯店的大門，就對著櫃台裏開票的女人喊叫起來：

「兩碗三鮮麵！」

宋鋼走到開票的櫃台前，從上衣口袋裏摸出了準備好的七角錢，重重地拍在了櫃台上，把裏面開票的女人嚇了一跳，她嘟噥著說：

「才七角錢，就是十元錢也用不著這麼使勁。」

兄弟倆吃完了三鮮麵，滿頭大汗地往回走。一路上李光頭三次展開任命檔給認識的人看，宋鋼兩次站住腳朗誦了兩遍。回家後宋鋼要求他來保管任命檔，他怕李光頭以後會弄丟了。李光頭聽了宋鋼的話以後，滿臉的陶局長表情，滿嘴的陶局長語氣，李光頭說：

「你眞是不懂規矩，這檔是要拿到組織部備案的，我現在是國家幹部了。」

李光頭的話讓宋鋼更加欣喜，他覺得自己的這個弟弟眞是了不起，他把任命檔捧在手裏，要把每個字都吃下去似的讀了最後一遍。讀完後想到以後再也看不到這個任命檔了，宋鋼滿臉的遺憾，隨即他靈機一動，立刻去找來一張白紙，用黑墨水工工整整地將任命檔抄寫下來，又用紅墨水把上面的公章小心翼翼地畫出來。李光頭嘴裏不停地「嘖嘖」，說宋鋼畫出的公章比眞公章還要眞。宋鋼畫完公章後，如釋重負地笑了，將任命檔還給李光頭，拿起自己這張，對李光頭得意地說：

「我們以後可以看這個。」

兄弟倆的工資由宋鋼保管，宋鋼每次花錢都要和李光頭商量，都要徵得李光頭的同意。李光頭正式當上廠長以後，宋鋼自作主張上街給李光頭買了一雙黑皮鞋，宋鋼說李光頭是廠長了，不能再穿那雙破球鞋了，應該穿上一雙亮閃閃的黑皮鞋。李光頭看到宋鋼給他買的黑皮鞋很高興，他數著手指，從縣裏的書記縣長數到縣裏的局長，從縣裏的局長數到幾個大廠的廠長，李光頭說劉鎭有身分的人都穿著黑皮鞋，他說：

「我也是個有身分的人。」

李光頭身上的毛衣也破爛了，而且有幾種顏色混雜在一起，那是李蘭生前用幾件舊毛衣拆下的毛線織出來的。宋鋼上街給李光頭買了一斤半米色的新毛線，下班回家後，他就開始給李光頭織毛衣，他一邊織著一邊貼到李光頭身上比劃著，一個月以後新毛衣織成了，李光頭一穿非常合身，胸前還有波浪的線條，波浪上面是一艘揚帆啓航的船。宋鋼說這胸前揚帆的船象徵了李光頭的遠大前程，李光頭高興地哇噢哇噢直叫，他對宋鋼說：

「宋鋼，你眞是了不起，女人的事你也會做。」

穿上了黑皮鞋的李光頭，每次出門都要穿上深藍色的卡其布中山裝，每個紐釦都扣嚴實了，連風紀釦都扣上。自從穿上宋鋼織出的米色新毛衣以後，李光頭就不再扣中山裝上的紐釦了，他敞開著中山裝大搖大擺地走在街上，爲了讓人清楚地看到他新毛衣上面的波浪和揚帆的船。他的雙手插在褲子口袋裏，將上衣擋在胳膊後面，挺著厚實的胸膛走著，逢人咧嘴微笑。

我們劉鎭的女人從來沒有見過毛衣上還能織出揚帆的船，她們見到李光頭把他圍在中間，五、六隻手同時扯著李光頭的新毛衣，研究上面的船是怎麼織出來的，她們讚嘆不已，她們說：

「上面還有帆呢！」

這時的李光頭仰著臉嘿嘿笑著讓她們欣賞，聽著她們誇獎他身上的船毛衣，她們問他，誰這麼心靈手巧？李光頭驕傲地說：

「宋鋼，宋鋼除了生孩子不會，什麼都會。」

我們劉鎭的女人讚嘆了船的圖案和帆的圖案後，開始研究這毛衣上的是一艘什麼船？她們問李光頭：

「是不是漁船？」

「漁船？」李光頭生氣地說，「這叫遠大前程船。」

她們庸俗的提問讓李光頭十分惱火，他推開她們的手，覺得把遠大前程船的毛衣給她們欣賞，簡直是對牛彈琴。李光頭惱火地走去時，還回頭奚落了她們一句：

「你們，哼，除了會生孩子，還會什麼？」

四

李光頭成了李廠長以後，經常和其他的廠長們一起開會。都是一些身穿中山裝腳蹬黑皮鞋的人物，李光頭和他們笑臉相迎握手致意，幾個月下來李光頭就和他們稱兄道弟了。李光頭從此進入了我們劉鎮的上流社會，於是造就了一副不可一世的嘴臉，他喜歡昂著頭和別人說話。

有一天在橋上突然見到林紅，不可一世的李光頭突然呆頭呆腦了。這時的林紅芳齡二十三，六年多前李光頭偷看到的是一個十七歲美少女，如今的林紅更是風姿綽約。林紅目不斜視地從橋上下來，走到李光頭身旁時，剛好有人喊叫她的名字，她一個轉身長辮子飄揚而起，差一點掃到了李光頭的鼻尖。李光頭如癡如醉地看著林紅下橋沿著街道走去，嘴裏呻吟似的說個不停：

「美啊，美啊……」

兩股鮮血從他的鼻孔裏流了出來，流進了他的嘴巴。李光頭很久沒有見到林紅了，他當了廠長以後差不多忘記了這個劉鎮美人，這天他突然見到林紅時竟然激動地流出了鼻血。李光頭再次名噪一時，差不多和他當年在廁所裏偷看屁股齊名了。我們劉鎮的群眾嘿嘿笑個不停，群眾敲打著手指數了一年又一年，說自從李光頭在廁所裏偷看女人屁股以後，劉鎮再沒有什麼讓人興奮的事情發生了；說這劉鎮是一年比一年沉悶，群眾是越活越消極；現在好了，現在李光頭重出江湖了，鬧出來的仍然是個林紅新聞。

李光頭對群眾的嘲笑不屑一顧，他說那是「獻血」，他說普天之下能爲愛情獻血的，他拍拍自己的胸脯：

「非我莫屬。」

我們劉鎮的老人說話比較客氣，他們說：「有名氣的人，做出的事情來也有名氣。」

這話傳到李光頭耳中，他聽了很舒服，點著頭說：「名人嘛，是非總是比普通人多。」

李光頭曾經把劉作家揍出了妄想性回憶，現在他自己也患上了妄想症，他左思右想，想著林紅從他身旁走過時爲什麼挨得那麼近？林紅飄起的長辮子都快碰上他的鼻尖了。李光頭把鍾情妄想和誇大妄想熔於一爐，他斷定林紅愛上自己了，那怕沒有愛上也是快要愛上了。李光頭心想那天橋上和街上的人實在是太多了，要是深更半夜街上和橋上都是空無一人，林紅肯定會站住腳，肯定會含情脈脈地把他看了又看，把他臉上皮肉裏的血管神經，一根根看進眼裏，銘刻到心裏去。然後李光頭一臉傻笑地告訴宋鋼：

「林紅對我有意思了。」

宋鋼知道林紅，知道這個劉鎮美人是所有劉鎮男人深夜裏的美夢。宋鋼覺得林紅就像是天上的月亮和星星一樣可望而不可及，現在李光頭突然聲稱林紅對自己有意思了，宋鋼驚愕地說不出話來。林紅會喜歡六年多前在廁所裏偷看自己屁股的李光頭嗎？宋鋼一點把握都沒有，他問李光頭：

「林紅為什麼對你有意思？」

「我是李廠長啊！」李光頭拍著胸脯，對宋鋼說，「你想想，這劉鎮上上下下前前後後二十多個廠長裏面，只有我李廠長是個未婚青年……」

「是啊！」宋鋼聽了這話連連點頭，他對李光頭說，「古人說郎才女貌，你和林紅就是郎才女貌。」

「對啊！」李光頭興奮地給了宋鋼一拳，他的眼睛閃閃發亮，他說，「我要說的就是郎才女貌。」

宋鋼的話讓李光頭找到了他和林紅相愛的理論基礎，李光頭開始正式追求林紅了。我們劉鎮很多年輕男子都曾經或者正在追求林紅，這些沒出息的男人後來都一個個知難而退，只有氣度不凡的李光頭鍥而不捨。

李光頭大刀闊斧地追求林紅，他讓宋鋼做他的狗頭軍師，宋鋼讀過幾本破爛的古書，宋鋼說古人打仗前都要派信使前去下戰書，他說：

「不知道求愛前是不是也要派個信使過去？」

「當然要派。」李光頭說，「讓林紅做好準備，要不太突然了，她激動得暈倒了怎麼辦？」

李光頭派遣的信使是我們劉鎮的五個六歲的男孩，他是在去福利廠上班的路上見到他們的，這幾個男孩正在大街上嚷嚷，他們對著李光頭指指點點爭吵不休，有個孩子說這個光腦袋的人就是那個傳說中偷看林紅屁股的人，也是傳說中見了林紅流出鼻血的人；還有一個孩子說不是這個人，是那個叫李光頭的人。李光頭聽到了他們的話，心想連這些小王八蛋都知道自己的種種傳說，自己已經是劉鎮的神話人物了。李光頭站住腳，神氣地招招手，讓孩子們走過來。這幾個流著鼻涕的孩子走上去，仰臉看著我們劉鎮的名人李光頭。李光頭翹起大拇指，指著自己的鼻子說：

「老子就是李光頭。」

幾個男孩呼呼地吸著他們的鼻涕，個個驚喜地看著李光頭。李光頭揮動著手讓他們趕快把鼻涕吸乾淨了，然後問：

「你們也知道林紅？」

幾個男孩點著頭齊聲說：「針織廠的林紅。」

李光頭嘿嘿笑了幾聲，說要交給他們一個光榮的任務，讓他們跑到針織廠的大門口守候著，像夜裏的貓守候著夜裏的老鼠那樣，等林紅下班出來時，就對著林紅大聲喊叫……李光頭學著孩子的腔調喊叫起來：

「李光頭要向你求愛啦！」

幾個男孩咯咯笑著齊聲喊叫：「李光頭要向你求愛啦！」

「對，就是這樣喊。」李光頭讚賞似的挨個拍了拍他們的腦袋，對他們說，「還有一句，『你準備好了嗎？』」

幾個男孩喊叫：「你準備好了嗎？」

李光頭十分滿意，誇獎這幾個孩子學得真快。他伸手數了數，一共有五個男孩，他從口袋裏拿出兩個五分的硬幣，在街旁的小店裏買了十顆硬糖，發給孩子們每人一顆硬糖，剩下的五顆放進了自己的口袋。李光頭告訴五個男孩，先給他們每人一顆，剩下的五顆等他們完成任務以後，再到福利廠來領賞。然後李光頭像是戰場上的軍官指揮士兵衝鋒那樣，向著針織廠的方向一揮手：

「出發！」

五個孩子飛快地將糖紙剝了，飛快地將硬糖放入嘴中，他們站在那裏沒有動，幸福地吃著糖果。李光頭再次揮了一下手，他們還是沒有動，李光頭說：

「他媽的，快去呀！」

他們互相看了看後，問李光頭：「什麼叫求愛？」

「求愛？」李光頭費勁地想了想後說，「求愛就是結婚，就是天黑了一起睡覺。」

五個孩子咯咯直笑，李光頭再次把他粗短的手臂揮向了針織廠，五個孩子排成一隊向前走去，他們一邊走一邊喊叫：

「李光頭要向你求愛啦！結婚啦！睡覺啦！你準備好了嗎？」

「他媽的，回來。」李光頭趕緊把他們叫回來，告訴他們：「不准喊結婚，不准喊睡覺，只能喊求愛。」

這天下午，李光頭的五個愛情信使一路喊叫著走向了針織廠。我們劉鎮的群眾是大開眼界，看著這幾個李光頭的愛情特派員叫叫嚷嚷，群眾做夢都想不到李光頭還會有這樣一手，竟然讓幾個流著鼻涕穿著開襠褲的孩子代表自己去向林紅求愛。群眾一邊笑著一邊搖頭，他們說李光頭肯定是腦子裏有屎有尿了，才會幹這種蠢事；他們說李光頭整天和兩個瘸子、三個傻子、四個瞎子、五個聾子相處在一起，把自己的腦子也相處殘疾了。

當時趙詩人也在現場，他同意群眾的結論。他說自己很早就認識李光頭了，他了解李光頭的底細；他說從前的李光頭雖然不聰明，但是也不傻；他說李光頭自從去了福利廠，尤其是當上了瘸傻瞎聾們的廠長以後，一天比一天傻。趙詩人優雅地說了一句古話：

「這叫近墨者黑，近朱者赤。」

五個孩子吸著鼻涕唱歌似的喊叫，先是把「求愛」喊出去了一條街，接著把「結婚」喊出去了第二條街道，當他們喊到第三條街道時，嘴裏已經在喊叫著「睡覺」了。五個孩子喊叫到了「睡覺」，才想起來李光頭的話，李光頭不准他們喊「睡覺」。他們開始往回喊叫，喊叫起了「結婚」，接著想起來「結婚」也不能喊叫，當他們再往回喊叫時，怎麼都想不起來「求愛」這個詞了。五個孩子站在街道上東張西望，他們用手擦著鼻涕，又把手上的鼻涕擦到屁股上，把屁股上的褲子擦得像是蚰蜒爬過似的亮晶晶，他們仍然沒有想起來「求愛」這個詞。

趙詩人剛好走到這第三條的街道上，趙詩人聽清楚了孩子們的議論，心裏想到李光頭曾經揚言要揍出他勞動人民的本色，頓時一臉壞笑了，他向五個孩子招招手，五個孩子走到他跟前，他低聲告訴他們：

「是『性交』。」

五個孩子互相看來看去，覺得有點像這個詞，又不太像這個詞。趙詩人斬釘截鐵地又說了一遍：

「肯定是『性交』。」

五個孩子立刻點起了頭，他們歡歡喜喜地走向了針織廠。在針織廠的大門口，五個孩子叫叫嚷嚷，看著傳達室裏守門的老頭，對著關上的大鐵門齊聲喊叫：

「李光頭要和你性交啦！」

傳達室裏的老頭先是好奇地豎起耳朵聽，孩子們喊叫了三遍後他才聽清楚，他勃然大怒，提起門後的掃帚衝了出去，五個孩子嚇得四散而逃。老頭揮舞著掃帚破口大罵：

「操你媽，操你奶奶……」

五個孩子戰戰兢兢地重新聚到一起，十分委屈地對守門的老頭說：「是李光頭讓我們來……」

「李光頭，操他媽的。」老頭把掃帚往地上一捅，叫道，「他敢來和老子性交？老子捅爛他的屁眼。」

五個孩子的五個腦袋，像五個撥郎鼓一樣搖晃，他們對著老頭喊叫：「不是和你，是和林紅……」

「和誰都不行。」老頭義正詞嚴地說，「就是和他親媽，也不能性交。」

五個孩子不敢再走近針織廠的大門了，他們躲在不遠處的樹後，眼睛盯著傳達室裏的老頭。老頭一出來，他們立刻轉身逃跑；老頭回到傳達室，他們又小心翼翼地走到那棵樹後探頭探腦。他們按照李光頭的指示，像是夜裏的貓守候著夜裏的老鼠那樣，守候到針織廠下班的鈴聲響起。然後他們看到林紅和一群女工走出來了，五個孩子中間有兩個知道誰是林紅，這兩個孩子使勁向林紅招手，另外三個像哨兵一樣盯著傳達室裏的老頭。兩個孩子壓低聲音喊叫：

「林紅，林紅……」

正和其他女工說說笑笑走來的林紅，聽到了孩子神祕的喊叫，她好奇地站住腳，看著躲在樹後的五個孩子。其他女工也站住了腳，她們嬉笑著說林紅眞是美名遠揚，連穿開襠褲的孩子都知道她。這時五個孩子齊聲對林紅喊叫起來：

「李光頭要和你性交啦！」

有一個孩子還向林紅解釋：「就是在廁所裏偷看你屁股的李光頭。」

林紅立刻臉色慘白，其他女工先是一怔，接著捂住嘴吃吃笑了起來。五個孩子繼續喊叫：

「李光頭要和你性交啦！」

林紅氣得眼淚都出來了，她緊緊咬著自己的嘴唇，飛快地向前走去，其他女工在後面忍不住咯咯笑出聲來了。五個孩子想起來還有一句話沒有喊叫，他們像一群兔子似的追了上去，對著林紅的背影喊：

「你準備好了嗎？」

五個孩子終於完成了李光頭交給他們的光榮任務，一個個高興的滿臉通紅，走在了那群下班的女工中間。那些姑娘摸著他們的腦袋，摸著他們的臉，彷彿無限寵愛著他們，向他們打聽著事情的前前後後。他們一五一十地說著，姑娘們咯咯笑得一個個彎下了腰，一個個都直不起來了。

然後五個孩子跑向了福利廠，福利廠也下班關門了，他們又一路打聽著跑到了李光頭的家門口叫嚷嚷，李光頭和宋鋼從屋裏走出來，五個孩子的五隻右手同時伸向了李光頭，李光頭知道他們是來領賞的，他把口袋裏的五顆硬糖拿出來，一顆顆地放在他們手中，五個孩子飛速地剝了糖紙，將五顆硬糖放進了五個嘴巴裏。李光頭充滿期待地問他們：

「她是不是笑了？」

李光頭做出一副害羞的笑容給孩子們看，問他們：「是不是這樣笑？」

五個孩子搖著頭說：「她哭了。」

李光頭吃驚地對宋鋼說：「這麼激動。」

李光頭繼續充滿期待地問他們：「她一定是臉色通紅？」

五個孩子繼續搖著頭說：「她的臉白了青了。」

李光頭疑惑地看著宋鋼說：「不對呀，她的臉應該是紅了。」

「就是白了青了。」孩子們說。

李光頭開始疑惑地看著五個孩子了，他說：「你們是不是喊錯了？」

「沒有。」孩子們說，「我們就是喊『李光頭要和你性交啦』，我們連『你準備好了嗎』都喊了。」

李光頭哇哇地咆哮起來，像頭野獸似的對著五個孩子咆哮：「誰讓你們喊『性交』啦？他媽的，誰讓你們喊『性交』啦？」

五個孩子渾身哆嗦著，結結巴巴地說著，他們不認識趙詩人，他們說了又說也沒說清楚那個人是誰。他們一邊後退一邊說著，最後是撒腿就跑。李光頭氣得臉色從蒼白到鐵青，比林紅的臉色還要白還要青，他揮舞著拳頭咆哮著：

「那個王八蛋，那個階級敵人，老子一定要把他揪出來，一定要對他實行無產階級革命專政……」

李光頭氣得胸膛裏像是拉風箱一樣呼哧呼哧地響，宋鋼拍著他的肩膀說，生氣沒有用，還是盡快去向人家林紅道歉。第二天下午下班的時候，李光頭和宋鋼一起站在了針織廠的大門口。針織廠下班的鈴聲響起來，裏面的女工成群結隊走出來時，李光頭有些緊張了，他說自己馬上要挺身而出了，他讓宋鋼在一旁察言觀色，若形勢不對宋鋼要趕緊拉拉他的衣服。

林紅遠遠就看見了站在大門外的李光頭，她聽到身邊的姑娘們一聲聲地驚叫，她鐵青著臉走到了大門口，她看到李光頭身旁的宋鋼時，不由多看了他一眼，這是林紅第一次注意到身材挺拔面容英俊的宋鋼。

李光頭看到林紅從大門裏走出來時，悲愴地對著林紅喊叫：「林紅，誤會啦！昨天的幾個小王八蛋喊錯啦！我沒讓他們喊『性交』，我讓他們喊『求愛』，我李光頭要向你求愛！」

那些成群結隊走出來的女工聽到了李光頭悲愴的喊叫，看到了李光頭悲愴的表情，笑得擠成了一團又一團。林紅已經憤怒得麻木了，她神情冷漠地從李光頭身邊走過。李光頭緊跟在她的身後，舉起拳頭捶打著自己的胸膛，都捶打出了鼓的響聲。他讓胸膛發出的鼓聲伴奏自己的喊叫：

「天地良心啊！」

李光頭一點都不理會針織廠女工們咯咯的嗤笑，他繼續悲愴地表白：

「那幾個小王八蛋眞的喊錯啦，有個階級敵人在搞破壞……」

隨即李光頭義憤塡膺了，他的拳頭不再捶打自己的胸膛，開始在頭頂胡亂揮舞，他說：

「那個階級敵人在破壞我們的無產階級革命感情，故意讓那幾個小王八蛋喊『性交』。林紅，你放心，不管那個階級敵人隱藏的有多深，我他媽的一定要把他揪出來，一定要對他實行無產階級革命專政……」

然後李光頭語重心長地說：「林紅，千萬不要忘記階級鬥爭啊！」

這時林紅終於忍無可忍了，她回頭看著叫嚷的李光頭，咬牙切齒地說出了一句有生以來最難聽的話：

「你去死吧！」

這句話讓慷慨激昂的李光頭一下子愣住了，不知道發生了什麼，等針織廠的女工們都走過去了，等她們幸災樂禍的嬉笑也都飄過去了，李光頭這才回過神來，他要快步追上去，宋鋼緊緊拉住了他，宋鋼說別追了，李光頭才悻悻地站住腳，充滿愛意地看著林紅遠去的背影。

然後兄弟兩個走向了自己的家。李光頭一點都沒有失敗的感覺，仍然走得氣宇軒昂。宋鋼反而像個被愛情淘汰的人，垂頭喪氣地走在李光頭身旁。宋鋼憂心忡忡地對李光頭說：

「我覺得林紅對你沒有意思。」

「胡說。」李光頭說完後，又自信地加了一句，「不可能沒有意思。」

宋鋼搖著頭說：「她要是對你有意思，就不會說那句難聽的話了。」

「你懂什麼呀？」李光頭老練地教育起了宋鋼，「女人就是這樣，她越是喜歡你，就越是要裝出討厭你的樣子；她想得到你的時候，就會假裝不要你。」

宋鋼覺得李光頭說得很有道理，他驚訝地看著李光頭說：「你是怎麼知道這些的？」

「社會經驗嘛。」李光頭得意地說，「你想想，我經常和廠長們一起開會，那些廠長都是過來人，都是聰明人，他們都這麼說。」

宋鋼欽佩的點著頭，說李光頭接觸的人不一樣，眼界也不一樣了。李光頭這時候哇地一聲叫了起來，他說：

「有一個成語，說的就是這個道理。」

李光頭拍著自己的腦袋，遺憾地說：「他媽的，我怎麼想不起來了？」

李光頭一路上都在興致勃勃地想著那個成語，他一路上說了十七個「他媽的」，也沒把那個成語想出來。宋鋼也絞盡腦汁地替他想，走到家裏了也同樣沒有想起來。宋鋼進屋後趕緊去找來中學時用過的成語詞典，坐在床上翻閱了半天後，試探地問李光頭：

「是不是欲擒故縱？」

「對！」李光頭歡呼起來，「我要說的就是欲擒故縱。」

這天晚上李光頭拉著宋鋼挑燈夜戰，商量著如何來破解林紅的「欲擒故縱」。到了紙上談兵的時候，宋鋼立刻顯得才華橫溢，他讀過半冊破爛的《孫子兵法》，他閉著眼睛把半冊兵法在腦子裏回憶了一遍，睜開眼睛又分析了一番林紅的敵情，然後誇獎林紅的「欲擒故縱」實在是高深莫測，宋鋼說：

「欲擒故縱了不得，進可攻，退可守。」

接下去宋鋼捧著成語詞典翻來覆去地讀著，他在裏面找到了另外五個成語後，得意地伸出了五根手指，告訴李光頭：

「要用五招戰術，方可破解林紅的欲擒故縱。」

「哪五招？」李光頭欣喜地問。

宋鋼把五根手指一根一根彎下來說：「旁敲側擊，單刀直入，兵臨城下，深入敵後，死纏爛打。」

宋鋼向李光頭解釋，前兩招戰術已經用過了。昨天讓幾個孩子先去喊叫，這是旁敲側擊；今天李光頭親自出馬，這是單刀直入。第三招爲什麼叫兵臨城下？就是不能再一個人去了，李光頭應該把福利廠的全體員工都帶去，讓林紅領略一下李廠長的風采。第四招深入敵後，宋鋼說這是關鍵一役，成敗與否都在這裏了。

李光頭眼睛閃閃發亮地問：「怎麼深入敵後？」

「去她家。」宋鋼說，「深入敵後，就是深入到她家裏去，去把她父母征服了，這叫擒賊先擒王。」

李光頭連連點頭，他問：「死纏爛打呢？」

「天天去追求她，鍥而不捨，直到她以身相許。」宋鋼說。

李光頭猛地拍了一下桌子，對宋鋼大聲喊叫：「宋鋼，你眞不愧是我的狗頭軍師！」

李光頭雷厲風行，第二天下午就兵臨城下了。李光頭帶著十四個瘸傻瞎聾的忠臣在我們劉鎮的大街上招搖過市，我們劉鎮的很多群眾親眼目睹了當時熱鬧的情景，群眾笑疼了肚子，笑啞了嗓子。李光頭擔心兩個瘸子走得太慢會掉隊，就讓他們走在最前面，於是整支求愛的隊伍向前走去時故障不斷，走得七零八落。領隊的兩個瘸子，一個往左瘸，一個往右瘸，走著走著一個走到了大街的最左邊，一個走到了大街的最右邊。讓後面的三個傻子遲疑不決，往左邊跟上幾步，又趕緊退回來再往右邊跟上幾步。三個傻子手挽手一副齊心合力的樣子，他們忽左忽右地走著，把後面用竹竿指路的四個瞎子撞得暈頭轉向，跌倒在地重新爬起來後，只有一個瞎子還在往前走，兩個往後走了，一個走到街邊被一棵梧桐樹擋住了，他手裏的竹竿對著梧桐樹指指點點，嘴裏一聲聲地叫著：

「李廠長，李廠長，這是什麼地方？」

李光頭忙得滿頭大汗，他剛把兩個往後走的瞎子轉過身去，那個正確往前走著的瞎子又被三個傻子撞倒了，梧桐樹那邊的瞎子還在發出一聲聲的求救。多虧了還有五個聾子，李光頭手舞足蹈地指揮他們，讓他們不要走成一排了，讓他們分頭行動，一個去把梧桐樹前的瞎子拉回來，兩個去管好前面的三個傻子，還有兩個趕緊去幫助倒地的瞎子。李光頭像是跳起了街舞，上竄下跳地指揮著五個聾子。一邊指揮著，一邊還對街邊的群眾指點著自己的耳朵，告訴他們：

「這五個是聾子。」

李光頭手忙腳亂地控制著求愛的隊伍，他發現問題的癥結是最前面的兩個瘸子，他飛快地跑上去，讓兩個瘸子互換了位置，讓往左瘸的走在右邊，讓往右瘸的走在左邊。兩個瘸子不再越走越分開了，他們瘸到了一起，走幾步就會互相撞上，分開後再走幾步後又互相撞上了。李光頭繼續跳著街舞，指手劃腳地指揮著五個聾子，五個聾子也明白了自己的使命，兩個走到了隊伍的左側，三個走到了隊伍的右側，他們像憲兵一樣維持起了隊形。

這支求愛的隊伍終於沒有故障了，李光頭擦著滿頭的汗水，面對街邊陣陣哄笑的群眾，像是領導視察般的向他們揮手致意。街邊的群眾七嘴八舌，打聽著這支奇奇怪怪的隊伍要走向何方？李光頭信誓旦旦地告訴他們，他把福利廠的全體工人都帶上了，他要兵臨城下針織廠，要去向林紅宣布自己波浪滔天的愛和群山巍峨的愛，他說：

「我要讓林紅知道，我對她的愛，比山高比海深。」

這是我們劉鎮的今古奇觀，群眾奔相走告，街上閒逛的男女老少共同掉頭走向了針織廠，很多商店裏的售貨員也請假出來了，更多的人是從工廠裏溜出來的，大街上的人是越來越多。我們劉鎮的群眾擁擠推搡，像是波浪包圍著漩渦一樣，包圍著李光頭的求愛隊伍，一起湧向了針織廠。

針織廠守門的老頭興致勃勃，他的眼睛裏望出去全是人，他感嘆不已，他說文化大革命以後就沒有一下子見過這麼多的人，然後他說了一句幽默的話：

「我還以為是毛主席來了。」

有群眾沒有幽默感地說：「毛主席逝世好幾年啦。」

「我知道，」守門的老頭不高興地說，「誰不知道毛主席他老人家逝世了？」

李光頭的求愛隊伍站在了針織廠的大門口，他讓十四個忠臣排成兩隊，兩個瘸子、四個瞎子和兩個會喊叫的聾子站在前排，三個傻子和三個不會喊叫的聾子站在後排。李光頭已經在福利廠的車間裏練習了一個上午，他讓前排的八個瘸瞎聾練習齊聲喊叫，讓後排不會出聲的三個聾子練習使勁鼓掌。至於三個傻子，李光頭吸取了上次陶青來視察時的教訓，知道冰凍三尺非一日之寒，知道他們到了該喊叫「林紅」的時候，喊出來的又是「李廠長」。李光頭花了一個上午的時間，教會他們如何舉起雙手捂住自己的嘴巴。李光頭最擔心的就是這三個傻子，已經站到針織廠大門口了，李光頭又讓三個傻子練習了三次捂緊嘴巴。李光頭把雙手往嘴邊一舉，三個傻子的六隻手掌立刻齊刷刷地捂緊了他們的嘴巴，李光頭一個一個檢查過來，他十分滿意，他說：

「捂得好，捂得水洩不通啦。」

這時候人聲鼎沸，李光頭轉向了黑壓壓的群眾，兩條胳膊抬起來，又使勁地壓下去。像那個名揚世界的指揮家卡拉揚，李光頭的兩條胳膊抬起來七次，壓下去七次，群眾的嘈雜聲終於下來了，只有七零八落的聲音在起起落落，李光頭把食指舉到了嘴邊，身體轉著圈地「噝噝」吹著氣。李光頭的身體一百八十度地轉來轉去，快把自己轉暈了，群眾終於鴉雀無聲，李光頭對著群眾喊叫：

「大家配合一下，好不好？」

「好！」群眾一起喊。

李光頭滿意地點點頭，群眾的聲音又七零八落地起落了，李光頭趕緊把食指舉到嘴邊，「噝噝」吹著氣，身體又轉了起來。

下班的鈴聲還沒有響起來，針織廠的劉廠長是我們劉鎮的著名煙鬼，他抽著煙帶著幾個人走到了大門口，他聽說李光頭兵臨城下，幾乎把全鎮的群眾都帶了過來。三十多歲的劉廠長一天抽三盒香煙，從早到晚手不釋煙，他一邊抽著煙一邊走來，看到大門外黑壓壓烏雲般的人群，嚇了一跳，心想這個李光頭眞是個百分百的王八蛋。煙鬼劉廠長和李光頭經常在一起開會，他們是老熟人了，煙鬼劉廠長很遠就向李光頭招手了，嘴裏熱情地叫著：

「李廠長，李廠長……」

走到了李光頭身旁，煙鬼劉廠長忘記香煙快要燒到手指上，低聲埋怨他：「李廠長，你這是幹什麼?你看看，把大門全堵住了，工人下班怎麼回家？」

李光頭嘿嘿地笑，他說：「劉廠長，你只要讓林紅出來一下，我們對她說上一兩句話，我馬上撤兵，班師回朝。」

煙鬼劉廠長知道只能這樣了，這時他猛地抖了一下右手，扔掉燒到了手指的香煙屁股，他點點頭，重新抽出一支香煙點燃了，猛吸一口後，轉身讓手下一個人去把林紅叫來。

十分鐘以後，林紅出現了，她握緊雙手低著頭走過來，她步伐僵硬像是瘸了一樣。林紅的出現讓群眾山呼海嘯了，李光頭焦急地轉過身去，面對著群眾再次像指揮家卡拉揚了，胳膊一次次抬起來，一次次壓下去。群眾的喊叫漸漸平息下來，李光頭扭頭一看，林紅已經走近了，趕緊對著手下的十四個忠臣一揮手，他的左手在捂住嘴巴的時候，右手豪邁地揮向了天空，後排的三個傻子竟然反應最快，立刻舉手捂住了自己的嘴；其次是後排的三個聾子拼命鼓掌；然後前排八個瘸瞎聾開始齊聲喊叫了：

「林紅！林紅！林紅！」

烏雲般黑壓壓的群眾也跟著喊叫：「林紅！林紅！林紅！」

八個瘸瞎聾接下去喊叫：「請你來當福利廠的第一夫人吧，請你來當福利廠的第一夫人吧……」

群眾嘰嘰喳喳，八個瘸瞎聾喊了四遍以後，群眾才聽清楚了，群眾山呼海嘯地喊叫起來，群眾去蕪存菁，自動改編了口號，群眾喊：

「第一夫人！第一夫人！第一夫人！」

李光頭眼睛閃閃發亮，激動地說：「群眾的呼聲很高啊，群眾的呼聲很高啊……」

低頭走來的林紅這時抬起了頭，她驚恐萬分地站住了腳，看了看黑壓壓的人群，她轉身往回走了。這時意外發生了，三個傻子中的一個，本來好好地捂著自己的嘴巴，林紅抬起頭來的時候，讓他見到了人間美色。這個傻子立刻身不由己了，他用力推開了前面的瞎子，伸開雙臂去追趕林紅了。這個傻子流著口水，一聲聲叫著：

「妹妹，抱抱；妹妹，抱抱……」

群眾先是驚訝的一片耳語高低起伏聲，隨後爆發了飛機投彈轟炸般的大笑聲。李光頭沒想到半路殺出一個花傻子，他一聲聲罵著「他媽的」，衝上去拉住這個花傻子，低聲吼叫：

「他媽的，你給我回去，你這個花傻子。」

花傻子使勁掙脫李光頭的手，喊叫著繼續追趕林紅：「妹妹，抱抱……」

李光頭再次衝上去，這次抱住了他，低聲給他講道理：「林紅不能和你抱，林紅要和我抱；林紅和我抱是第一夫人，和你抱就是傻夫人……」

花傻子被李光頭抱住後不能去追趕林紅了，花傻子很生氣，對準李光頭的左眼就是一拳，揍得李光頭嗷嗷叫了兩聲。李光頭右手扯住花傻子後背的衣服，左手向站在那裏的十三個忠臣連連揮手：

「快給我拿下。」

花傻子背後的衣服被李光頭扯住了，他不知道爲什麼不能往前追趕林紅了，他雙手胡亂揮舞著，像是一個溺水者。十三個忠臣七零八落地跑上來，五個聾子跑在最前面，剩下的兩個傻子東張西望地緊隨其後，兩個瘸子一左一右地瘸了過來，四個瞎子也知道發生了什麼，他們用竹竿敲擊著地面，不慌不忙地走過來。李光頭手下的五個聾子忠臣和兩個瘸子忠臣齊心協力將花傻子摁在了地上，兩個花的傻子忠臣站在一旁呵呵傻笑，四個瞎子忠臣站成一排像是四個糾察，竹竿整齊地敲擊著地面。花傻子被摁倒在地後，嘴裏發出了屠宰場裏殺豬般的喊叫：

「妹妹，抱抱……」

李光頭兵臨城下式的求愛只好草草收場，李光頭左手捂著自己的左眼，指揮著十三個忠臣把花傻子拉回福利廠。兩個瘸子繼續在前面開道，五個聾子和兩個傻子拉扯著花傻子往前走，四個瞎子緊隨其後。花傻子被拉扯著往前走去時仍然一聲聲地喊叫著「妹妹」和「抱抱」，花傻子喊叫時唾沫橫飛，讓拉扯他的五個聾子不停地擦著臉上的唾沫，另外的兩個傻子也是滿臉的唾沫，這兩個傻子沒弄清唾沫的來源，抬頭好奇地看著晴朗的天空，不明白自己的臉上爲什麼會濕漉漉？

我們劉鎮的群眾議論紛紛，都說這天下午最大的看點不是李光頭和林紅，是李光頭和那個花傻子。尤其是花傻子狠揍了李光頭一拳，把李光頭的左眼揍成了一隻青蘋果，疼得李光頭走去時還在呲牙咧嘴。劉鎮的群眾呵呵哈哈地笑，滔滔不絕地說，沒想到李光頭手下的傻子反戈一擊，把李光頭揍成了獨眼龍；眞是俗話說得好，爲朋友兩肋插刀，爲女人插朋友兩刀；這俗話眞是顚簸不破的眞理，用在傻子身上也是千眞萬確。然後群眾浮想聯翩起來，這個李光頭要是再在青腫的左眼睛戴上一個黑眼罩，群眾說：

「李光頭就是一個歐洲海盜啦。」

李光頭兵臨城下以後的第三天，左眼的青腫仍然醒目，他就深入敵後，到林紅家裏去了。這次他讓宋鋼親自陪同，他說隨時需要宋鋼這個狗頭軍師，一旦再次出現意外，宋鋼要立刻獻上妙計。李光頭伸出三根手指，要宋鋼起碼獻上三條妙計，供他篩選。這一高一矮，一個像文官一個像武官，在我們劉鎮的大街上揚長而去。

李光頭一路上嘿嘿笑個不停，他覺得宋鋼讓他深入敵後，去征服林紅的父母，實在是高明的一招。李光頭一路上都在誇獎宋鋼，他豎起大拇指對宋鋼說：

「你這擒賊先擒王，眞是一條毒計。」

宋鋼胳肢窩裏夾著一本文學雜誌，憂心忡忡地走在李光頭的身旁，看著李光頭胸有成竹的模樣，宋鋼心裏七上八下，他給李光頭出的五招戰術，前三招都失敗了，這深入敵後的第四招也怕是凶多吉少。來到了林紅的家門口，宋鋼膽怯地站住腳，告訴李光頭，他不進去了，他在外面等著李光頭。李光頭不答應，說來都來了，爲什麼不進去？拉著宋鋼要一起進去。宋鋼使勁往後退，說他不好意思進去。

「有什麼不好意思？」李光頭在林紅家門口叫了起來，「又不是你去求愛，你在旁邊看著就行了。」

宋鋼臉紅了，他低聲說：「你小點聲，我在旁邊看著你求愛也不好意思。」

「你眞是沒出息。」李光頭無奈地搖了搖頭，「你只能做個狗頭軍師。」

然後李光頭躊躇滿志地走進了林紅家的院子，這個院子裏住著幾戶人家，李光頭大搖大擺走進去的時候，院子裏沒有人，有三扇屋門開著，李光頭笑聲朗朗地叫著：

「伯父，伯母，你們好！」

李光頭冒失地跨進了一戶人家，看到一對年輕的夫妻坐在桌前吃驚地看著他，他趕緊擺擺手，笑聲朗朗地說：

「走錯啦！」

李光頭笑聲朗朗地走進了另一扇敞開的屋門，這次他走對地方了。林紅的父母都在屋子裏，他們不認識李光頭，看到這個身材粗短的年輕人左一聲「伯父」，右一聲「伯母」地走了進來，林紅的父母互相看了看，都在用眼神問對方：這個人是誰？李光頭站在屋子中央左右看了看，笑呵呵地問：

「林紅不在家？」

林紅的父母同時點起了頭，林紅的母親說：「林紅上街去了。」

李光頭點點頭，雙手插進褲袋，走到林紅家的廚房裏東張西望起來，林紅的父母心想這人是誰呀？他們一邊用眼神互相詢問，一邊跟進了廚房。李光頭走到煤球爐旁，彎腰打開地上裝煤球的紙板盒，看到裏面滿是煤球，李光頭直起身體，對林紅的父親說：

「伯父，你昨天剛買了煤球？」

林紅的父親不置可否地點點頭，又搖起了頭說：「前天買的。」

李光頭點點頭表示知道了，走到米缸前，揭開上面的木蓋，看到裏面滿滿一缸大米，回頭說：

「伯父，你昨天剛買了大米？」

林紅的父親這次先是搖頭，隨即又點頭了，他說：「米是昨天買的。」

李光頭將插在褲袋的右手伸出來，摸了摸自己的光頭，自告奮勇地對林紅的父母說：

「以後買煤球買大米這些體力活我全包了，二位老人家不用再辛苦啦。」

林紅的母親終於忍不住了，她問李光頭：「你是誰呀？」

「你們不認識我？」李光頭吃驚地叫了起來，那神情好像還有中國人不知道北京？李光頭拍著胸脯說，「我就是福利廠的李廠長，我大名叫李光，綽號叫李光頭……」

李光頭話音未落，林紅的父母已經臉色鐵青了，原來當初在廁所裏偷看他們女兒屁股就是這個人，如今把他們的女兒氣哭了一次又一次也是這個人。這個劉鎮臭名昭著的流氓，竟然還敢自己找上門來，林紅的父母憤怒地吼叫起來：

「滾！滾！滾出去！」

林紅的父親拿起了門後的掃帚，林紅的母親拿起桌上雞毛撣子，一起舉向了李光頭的光腦袋。李光頭用手護著他的光腦袋，幾個箭步竄出門去了。李光頭竄到院子裏時，其他幾戶人家的男男女女聽到了動靜，全站到院子裏來看熱鬧了。林紅的父母氣得渾身發抖，李光頭一臉的莫名其妙，他像是投降似的舉著雙手，接二連三地向林紅的父母解釋：

「誤會，完全是誤會，我沒讓那幾個孩子喊『性交』，有個階級敵人在搞破壞……」

林紅的父母齊聲喊著：「滾出去！滾出去！」

「真的是誤會。」李光頭繼續解釋，「那個花傻子是半路殺出來的，我也沒辦法……」

李光頭說著轉向了林紅家的鄰居們，他向這些看熱鬧的鄰居解釋：「都說英雄難過美人關，傻子也難過美人關。」

林紅的父母還在喊叫著：「滾出去！」

林紅父親的掃帚打在了他的肩膀上，林紅母親的雞毛撣子在他的鼻樑上揮來揮去。李光頭有點不高興了，他一邊躲閃著，一邊對林紅的父母說：

「不要這樣嘛，以後都是一家人，你們是我的岳父岳母，我是你們的女婿，你們這樣子，以後一家人怎麼相處？」

「放屁！」林紅的父親吼叫著，掃帚抽打在李光頭的肩膀上。

「放你的臭屁！」林紅母親喊叫著，雞毛撣子也抽打在李光頭的腦袋上。

李光頭趕緊竄到了大街上，一口氣竄出去了十多米，看到林紅的父母站在院子門口，沒再追打他，他也站住腳，還想著要繼續解釋。這時林紅父親當著滿街的群眾，用掃帚指著李光頭罵道：

「你是癩蛤蟆想吃天鵝肉！」

「告訴你，」林紅的母親舉著雞毛撣子對他喊叫：「我女兒這朵鮮花不會插在你這堆牛糞上。」

李光頭看了看街上幸災樂禍的群眾，看了看氣急敗壞的林紅父母，再看看站在那裏忐忑不安的宋鋼，李光頭一揮手，宋鋼跟在了他的身後，兄弟兩個走在了我們劉鎮的大街上。李光頭一直認爲自己是個人物，不是千里挑一，也是百裏挑一，沒想到在林紅父母那裏成了一隻癩蛤蟆和一堆牛糞。李光頭走去時覺得損失慘重，他一路罵罵咧咧。

「他媽的，」李光頭對宋鋼說，「英雄也有落難時。」

李光頭在林紅父母那裏遭受了癩蛤蟆和牛糞之恥，讓他窩囊了整整一個星期。一個星期以後，李光頭求愛之心又死灰復燃，重新興致勃勃地追求起了林紅。他用上了宋鋼傳授的最後一招——死纏爛打。他開始在大街上追逐林紅，他讓宋鋼一路陪同，當林紅出現在大街上，他就像個戀人兼保鏢，走在林紅身旁，一直把林紅護送到家門口。當林紅委屈的噙滿淚水，氣得咬破嘴唇的時候，李光頭卻是熱情洋溢，喋喋不休地說著話，他還以未婚夫的身分把宋鋼介紹給林紅，他對林紅說：

「這是我的兄弟宋鋼，我們結婚的時候，宋鋼要做我的伴郎。」

戀人兼保鏢的李光頭，只要看到街上男人的眼睛盯著林紅時，就會舉起拳頭惡狠狠地說：

「看什麼，再看給你一拳。」

五

林紅每次回到家裏就撲到了床上，抱住枕頭痛哭一場。她哭了十次以後，擦乾眼淚不再哭泣了。她知道一個人躲起來哭泣是沒有用的，她必須自己想辦法去對付那個厚顏無恥的李光頭。李光頭的死纏爛打，促使林紅想盡快找個男朋友。這是那個時代年輕姑娘通俗的想法，林紅也不例外，她覺得只要自己有男朋友了，就可以擺脫李光頭的糾纏。林紅將我們劉鎮的未婚男青年在腦子裏過了一遍，她模模糊糊地有了幾個目標，然後梳妝打扮一番，在脖子上圍了一條米色絲巾，走上了我們劉鎮的大街。

以前很少上街的林紅成了我們劉鎮的馬路天使，讓我們劉鎮的男群眾大飽眼福。林紅有時候和她的母親走在一起，有時候和她工廠的女工走在一起，差不多每個傍晚她都在霞光裏走來，又在月光裏走去。那時的林紅知道自己的美麗已經廣爲傳播，知道劉鎮的很多男人對她一片癡情，可是她不知道自己所愛的男人身在何方？她曾經指望父母爲她做主，可是她的父母太容易滿足了，條件稍微不錯的年輕男子託人上門來求親，她的父母就會喜出望外，就會說比那個李光頭好多了。這些年輕男子都進入不了林紅的眼角，更不用說進入她的心裏了。所以她只好親自出馬，親自來挑選一個如意郎君。林紅走來走去，美麗的臉上掛著美麗的微笑，偶爾見到一個面容英俊的年輕男子，她就會認眞看他一眼，隨即扭過頭去一、二、三、四、五，走出去五步後再回頭看他一眼，這時的林紅就會看到一張神魂顚倒的臉。

我們劉鎭被林紅認眞看過兩眼以上的年輕男子一共二十個，有十九個想入非非了，只有宋鋼一個沒有反應。這想入非非的十九個覺得林紅的眼睛裏分明是有話要說，尤其是回頭一望的第二眼，可謂是春色滿園風情戀戀，讓他們心馳神往夜不能寐。

十九個裏面有八個已經結婚了，這八個嘴上唉聲嘆氣，心裏叫苦不迭，後悔自己這麼早就定下了終身大事，連個幸福的擦邊球都沒有打著。八個裏面有兩個的妻子長相醜陋，這兩個更是惱羞成怒，深更半夜了還會從睡夢裏氣急敗壞地醒來，忍不住狠狠地擰了妻子一把，把他們的妻子疼得從睡夢裏尖叫地驚醒，他們嚇得立刻假裝睡著了，用陣陣鼾聲蒙混過關。這兩個已婚男子，一個專擰大腿，一個專擰屁股，他們的妻子苦不堪言。她們不知道自己的丈夫已經心猿意馬，各自看著青腫的大腿和青腫的屁股，以爲自己的丈夫在睡夢裏有性暴力傾向，她們白天的時候喋喋不休地埋怨，到了晚上死活不願意和丈夫睡進一個被窩，說睡在一個被窩裏心裏發毛。

十九個裏面還有九個已經有了女朋友，這九個也同樣唉聲嘆氣叫苦不迭，心想眞是心急喝不了熱粥，趕早的不如趕巧的。他們心裏開始盤算是不是把現任女友甩了，重整旗鼓再去追求林紅。九個裏面有八個患得患失，心想現在的女友雖然不如林紅漂亮迷人，也是花了九牛二虎之力才追求到手，又花言巧語把女友摸了，費盡心機把女友睡了。林紅雖好，畢竟只是看了他們兩眼，實在是虛無縹緲的事情，不像自己的女友已是板上釘釘了。他們心想眼看著鴨子要煮熟了，不能讓它飛了，所以他們對林紅也就是動動心思，沒有實際的作爲。九個裏面的這八個是穩健型愛情追求者，只有一個是風險型愛情追求者，這個風險型開始腳踩兩條船，這一天晚上還和現任女友睡在一起情深似海，第二天就悄悄買了兩張電影票，一張藏在胸前的口袋裏，另一張託人給林紅捎去。

這時的林紅是我們劉鎮的女福爾摩斯，已經把那二十個面容英俊的年輕男子的底細摸清楚了，知道這個送電影票的風險型已經和他的女朋友住在一起了。林紅接過電影票的時候臉上不動聲色，心裏哼了一聲，心想都是快要結婚的人了，還敢來打她的主意。那個時代的人就是這樣僵化保守，男女一旦睡過了就立刻雙雙貶值，新房變舊房，新車變舊車，只能去舊貨市場交易了。林紅知道這個風險型的女朋友是紅旗布店的售貨員，林紅走進了布店，一邊看著各種顏色的花布，一邊和風險型的女朋友聊天，然後將電影票拿出來遞給她，看著她發怔的神色，林紅告訴她，這是她男朋友給的。林紅將眞相一五一十地告訴了這個迷茫憂愁的年輕女子後，警告她：

「你的男朋友是個劉鎮陳世美。」

這個風險型愛情追求者就是曾經大名鼎鼎，後來喪魂落魄的趙詩人。趙詩人當時還蒙在鼓裏，傍晚的時候滿面春風地走向了電影院，有群衆說他還吹著口哨。趙詩人在電影院外面轉悠了半個小時，等裏面的電影放映了，才像個賊一樣悄悄溜了進去。趙詩人從亮的地方走進了暗的地方，他摸到自己的座位坐了下來，看不清身邊那張臉，以爲身邊坐著的就是林紅，他自鳴得意地輕輕叫了幾聲「林紅」，又自鳴得意地說知道她會來的。

接下去趙詩人對著自己的女友傾訴起了對林紅的衷腸，趙詩人輕聲細語詩情畫意，話還沒說完就聽到了類似火車汽笛的喊叫，趙詩人接二連三地挨上了大嘴巴。趙詩人遭此突然襲擊，不知道發生了什麼，他都顧不上自我防衛，啞口無言地伸長了脖子，把自己的臉蛋完全暴露在對方的巴掌之下。他的女朋友極端憤怒以後喊叫都失真了，趙詩人沒聽出來，以為是林紅在搧他的臉，趙詩人十分生氣，心想天底下哪有這樣談情說愛的？趙詩人對著自己的女朋友低聲叫著：

「林紅，林紅，注意影響……」

趙詩人的女朋友這時候說話了，她尖聲叫道：「我打死你這個劉鎮陳世美。」

趙詩人終於看清女朋友的臉了，他驚慌地抱住自己的腦袋，任憑尖叫的女朋友把自己揍得落花流水。當時銀幕上放映的是《少林寺》，看電影的群眾後來都說同時看了兩場《少林寺》，一場是李連杰版，一場是趙詩人版，群眾都說趙詩人版更精彩，說趙詩人的女友好比是武林高手，對著趙詩人狂叫狂揍，其武功比電影裏的李連杰還要高強。趙詩人從此臭名昭著，風頭甚至蓋過了當年偷看屁股的李光頭，女朋友自然是一腳蹬掉了他，做了別人的老婆，給別人生下了一個大胖兒子。趙詩人後悔莫及，從此光棍一條，再無女友史，更無婚姻史。趙詩人痛定思痛之後，對劉作家說：

「什麼叫偷雞不成蝕把米？我就是。」

劉作家嘿嘿笑個不停，想當初自己也是對林紅想入非非，差一點甩了現在的老婆，差一點和趙詩人一樣的下場。劉作家拍拍趙詩人的肩膀，既像是誇獎自己，又像是安慰趙詩人，他說：

「人貴有自知之明。」

十九個想入非非的人裏面只有兩個是正牌單身，這兩個劉鎮之驕子啓動了求愛之程式，都說自己既無婚姻史，也無女友史。有一個還拿著病歷給林紅的父母看，上面寫著無精神病史，無慢性病史。另一個知道後立刻拿上自己父親和母親的病歷，得意洋洋地放在了林紅家的桌子上，像是展開兩幅名畫似的，將兩份病歷翻開來，讓林紅的父母仔細看看，知道他的父母無精神病史，無慢性病史。至於他自己，他拍拍胸脯說連個病歷都沒有。他說自己從生下來到現在都不知道什麼叫生病，身體健康的連個噴嚏都沒打過，小時候看著別人打噴嚏心裏十分好奇，以爲鼻子也會放屁。話音剛落，這人的鼻子裏就一陣發癢了，嘴巴不由自主地張了開來，眼看著一個噴嚏呼之欲出，這人表情張牙舞爪地將噴嚏吞了回去，好像是在吃毒藥，他趕緊用一個打呵欠的假動作掩蓋了自己的噴嚏，接著不好意思地說：

「昨晚沒睡好。」

這兩個正牌單身也就是去了林紅家幾次，見了兩眼林紅不冷不熱的臉，與林紅的父母多說了幾句話，林紅父母客氣的笑容讓他們忘乎所以，立刻擺出了乘龍快婿的嘴臉，一口一個「媽」，一口一個「爸」地叫上了，叫得林紅父母渾身起雞皮疙瘩，連連擺手說：

「別這麼叫，別這麼叫。」

一個還算知趣，改口叫上「伯父」和「伯母」了。另一個的臉皮比李光頭還要厚，繼續叫著「媽」和「爸」，還說遲早都要這麼叫，遲叫不如早叫。叫得林紅的父母沉下了臉，很不高興地說：

「誰是你爸？誰是你媽？」

林紅從心底裏瞧不起這兩個面容英俊的小氣鬼，他們每次都是空手而來，到了林紅家吃晚飯的時候還磨蹭著不願走，想在林紅家白吃一頓飯。有一個倒是給了林紅一把瓜子吃，他坐在林紅家裏說話時右手一直插在褲袋裏，等著林紅父母轉身進了廚房，才從褲袋裏摸出瓜子遞給林紅，那表情像是要送給林紅一顆南非鑽石。林紅看著他手裏的瓜子都被汗水弄潮濕了，瓜子上還有褲袋裏掉下來的線頭。林紅一陣噁心，扭過頭去裝著沒有看見，心想這草包還不如李光頭。

林紅的父母剛開始出於禮節，在吃晚飯的時候看著上門求愛的人坐著不走，也就請他一起吃了晚飯。這兩個正牌單身自從在林紅家吃過一頓晚飯以後，立刻揚言他們和林紅戀愛了，他們逢人就說，而且添油加醋，一個吹噓林紅的母親如何親熱地給他夾菜，另一個聽說後馬上虛構了林紅如何含情脈脈地給他添飯。這兩個正牌單身還讓他們的親朋好友到處去傳播，傳播他們和林紅虛無縹緲的愛情故事。他們的親友覺得這事八字還沒有一撇，張嘴說說容易，要是人家林紅不承認，實在沒面子。這兩個人不是這樣想，眼看著對方張嘴亂說，心想自己也不能落後，一定要在聲勢上壓倒對方，即便最後不成功，他們覺得和林紅談過戀愛也是一段光榮人生，也能讓自己身價倍增，再和別的姑娘談情說愛時就會擁有優越感。

這兩個愛情的炒作者終於狹路相逢了，其中一個正在大街上得意洋洋說著他和林紅的愛情故事，另一個從旁邊走過時實在聽不下去了，站住腳大吼一聲：

「放屁。」

這兩個人就在我們劉鎮的大街上唾沫橫飛地對罵起來，剛開始我們劉鎮的群眾以為他們要打起來了，兩個人一邊罵著一邊將自己的袖管捲起來，捲完了左手的袖管，又同時捲起了右手的袖管。劉鎮的群眾紛紛後退為他們騰出地方，以為一場拳擊大戰馬上就要拉開序幕。這兩個人卻是蹲下身去捲起了褲管，劉鎮的群眾更加興奮，說他們肯定會打個塵土飛揚，打個天昏地暗，打出世界羽量級拳王的風采來。這兩個人把四條褲管都捲到四個膝蓋上面去了，眼看著身上沒什麼東西可以捲了，兩個人還是沒有出拳，還像剛開始那樣對罵，只是增加了抹口水的動作。

就在我們劉鎮群眾焦急萬分的時候，李光頭出現了。李光頭在民政局向陶青彙報完了工作，走回福利廠的路上看到圍滿了人，他拉住一個群眾打聽發生了什麼事？那個群眾誇張地對李光頭說：

「第三次世界大戰馬上就要爆發啦！」

李光頭眼睛閃閃發亮擠了進去，我們劉鎮的群眾看到李光頭擠進來了，情緒更加激昂，說這下有好戲看了，說已經有兩個在這裏雙雄會，再來一個李光頭就是三國演義了。李光頭聽著這兩個指著對方鼻子，抹著自己口水對罵的人，都在說林紅是自己的女朋友。不由勃然大怒，一個箭步衝上去橫在他們中間，伸開雙手抓住這兩個人胸前的衣服，吼叫道：

「林紅是老子的女朋友！」

這兩個人沒想到半路殺出個李光頭，一下子都怔住了。李光頭吼叫著鬆開右邊那個，舉起右拳對準左邊那個人就是兩記重拳，當場把他揍出了烏眼青，緊接著李光頭又如法炮製把右邊那個人也揍出了烏眼青。這天下午李光頭揍了左邊的，再揍右邊的，把這兩個人揍得嗷嗷直叫，痛得都忘記了還手。讓大街上圍觀的群眾急得連連跺腳，好比是眼睜睜看著三國時期的曹操揍了劉備，又揍孫權，劉備和孫權卻不知道聯手還擊。有幾個群眾一急，就把自己急成了諸葛亮，嚷嚷著讓挨揍的兩個人聯起手來和李光頭幹仗，有個群眾把右邊那個當成劉備了，指著他一聲聲地叫：

「聯吳抗魏！趕快聯吳抗魏！」

這兩個人被李光頭揍得暈頭轉向，只覺得天旋地轉，群眾的喊叫早聽不清楚了，他們倒是聽清楚了李光頭的喊叫，李光頭一邊狠揍他們，一邊像個員警似的審問他們：

「說，快說，林紅是誰的女朋友？」

這兩個人都是氣息奄奄地說：「你的，你的……」

我們劉鎮的群眾萬分失望，紛紛搖頭說：「眞是扶不起的阿斗，兩個都是阿斗。」

李光頭扔開了這兩個人，目光兇狠地掃起了圍觀的群眾，剛才的幾個諸葛亮嚇得縮進去了脖子，往後退著不敢說話了。李光頭抬起右手掃了掃我們劉鎮的群眾，警告他們：

「以後誰要是再敢說林紅是他的女朋友，老子就揍得他永世不得翻身。」

李光頭說完揚長而去，很多群眾聽到他走去時洋洋自得地說：「毛主席說得好，槍桿子裏面出政權。」

李光頭把兩個愛情的炒作者揍得刻骨銘心，從此不敢追求林紅了，這兩個人丟盡了顏面，在大街上遇到林紅時，都是低著頭滿臉羞愧地走去。林紅不由莞爾一笑，心想那個土匪惡霸李光頭也算是做了一件好事。

林紅放眼望去，劉鎮的未婚男子們猶如叢生的雜草，竟然沒有一棵參天大樹，林紅倍感蒼涼，彷彿是前不見古人，後不見來者。這時候有一個人變得清晰起來，一個白淨英俊戴著眼鏡的人引起了林紅的興趣和好感，這個人雖然不是大樹，在林紅的眼中也算是一棵小樹，比那些雜草強多了。只要是一棵樹，就有參天的可能，而雜草永遠只能鋪在地上。這個人就是宋鋼。

六

宋鋼是當時的好青年形象，他總在手裏拿著一本書或者雜誌，文質彬彬風度翩翩，見到有姑娘看了自己一眼就會臉紅。李光頭死纏爛打追逐林紅時，宋鋼都在一旁。宋鋼是李光頭追逐愛情時的隨從陪客，這個年輕人恰恰是因爲做了陪同，在林紅眼裏的曝光率立刻高於我們劉鎮其他的年輕人。李光頭追求林紅追得滿頭大汗，不知道林紅已經暗暗看上了一聲不吭的宋鋼。

李光頭傻乎乎地在大街上充當林紅的保鏢，霸道地不准別的男人用眼睛看林紅，宋鋼總是低著頭無聲地走在李光頭的身旁。這時的林紅習慣了李光頭的糾纏，已經從容不迫了，她學會了視而不見，面無表情地走著。林紅在街角拐彎的時候會趁勢看一眼宋鋼，有幾次兩人四目相視，宋鋼立刻驚慌地躲開自己的目光，林紅的嘴角不由露出一絲微笑。當李光頭說著那些令她氣惱的話，她就會不由自主地偷偷看一眼宋鋼，她每次都看到了宋鋼憂傷的眼神。林紅得到了一個信號，知道宋鋼那一刻正在心疼自己，她突然有了幸福的感覺。李光頭差不多每天都在騷擾林紅，林紅也就每天見到宋鋼，見到宋鋼有時候慌張有時候憂傷的眼神，林紅心裏響起泉水流淌般歡快的聲音。她甚至不討厭李光頭了，正是李光頭的糾纏，才讓她每天都見到了宋鋼。到了晚上林紅入睡之時，宋鋼令人難忘的低頭形象，就會無聲地擦過林紅的夢境。

林紅希望有一天的下午或者是傍晚，宋鋼挺拔的身影會出現在她家的門口，像那些上門求愛的人一樣走了進來。林紅覺得那時的宋鋼肯定和那些厚臉皮的求愛者不一樣，宋鋼會在門外害羞地站上很長時間，走進來以後說話也是吞吞吐吐。林紅心想自己喜歡的就是這樣的男人，當她想像宋鋼羞紅的臉色時，忍不住摸了一下自己已經發燙的臉。

有一天的傍晚，宋鋼眞的來到了，他遲疑不決地站在林紅的家門口，聲音顫抖地問林紅的母親：

「阿姨，林紅在家嗎？」

當時林紅在自己的屋子裏，她母親進來告訴她，那個整天和李光頭在一起的年輕人來了。林紅一陣慌亂，正要出去，又退了回來，她悄聲對母親說：

「讓他進來。」

林紅的母親會心一笑，走出去親熱地告訴宋鋼，林紅在裏面的屋子，讓他進去。宋鋼忐忑不安地走向林紅的房間，他不是爲自己來的，他是被李光頭逼迫來的。李光頭死纏爛打了五個月毫無成效，覺得這第五招也沒有一點用處，還是應該深入敵後，可是想到自己在林紅家遭受的牛糞和癩蛤蟆之恥，李光頭覺得不宜親自上門，他就委託狗頭軍師宋鋼前去說媒。宋鋼是一百個不願意，李光頭大發雷霆之後，宋鋼只好硬著頭皮來了。

宋鋼走進林紅的屋子時，林紅背對著他站在晚霞映紅的窗前，正在給自己紮辮子。晚霞映照進來，林紅站在來自天上的光芒裏，楚楚動人的背影在絲絲閃亮，晚風從窗外吹拂進來，輕輕揚起了她身上的白裙，一股神祕的氣息襲擊了宋鋼，宋鋼顫慄了。那一刻宋鋼突然覺得林紅猶如雲上的仙女，她一半的長髮披散在右側的肩背上，另一半的長髮三股糾纏在一起越過了左肩，在她的手裏微微抖動。此刻的霞光恍若紅色的雲霧了，她細長白皙的脖子在宋鋼眼中若隱若現，這時的宋鋼像李光頭手下的花傻子一樣呆頭呆腦了。

林紅聽著身後宋鋼急促的呼吸，從容地紮著自己的辮子。紮完了左邊的辮子後，她的頭輕輕一甩，右手輕輕一撩，披在右背的長髮飛翔似的越過了肩膀，整齊地降落在林紅的胸前，林紅紮起了另一條辮子。這時她細長白皙的脖子在宋鋼的目光裏清晰完整了，宋鋼的呼吸聽上去像是被堵住了，喘不過來了，林紅微微一笑，背對著宋鋼說：

「說話呀。」

宋鋼嚇了一跳，這才想起來自己的使命，他結結巴巴地說：「我是爲李光頭來……」

宋鋼緊張地都忘記自己應該說些什麼了，林紅聽宋鋼說是爲李光頭來的，心裏一沉，她咬了咬嘴唇，猶豫不決之後，點明了告訴宋鋼：

「你要是爲李光頭來，你就出去；你要是爲自己來，你就坐下。」

林紅說完這話不由臉紅了，她聽到身後的宋鋼碰了一下椅子，以爲宋鋼要坐下來，可是她聽到了宋鋼蹣跚的腳步走了出去。宋鋼聽明白了前半句話，沒明白後半句話，林紅轉過身來時，宋鋼已經走出去了。

這天傍晚宋鋼離去以後，林紅氣得掉出了眼淚，她咬牙發誓，再不會給這個傻瓜任何機會了。可是天黑以後，林紅躺在床上時心又軟了，她想想前面那些厚顏無恥的求愛者，再想想宋鋼的言行舉止，林紅覺得宋鋼是個眞正靠得住的男人，而且宋鋼比所有的求愛者都要英俊迷人。

林紅繼續希望著，希望宋鋼會來主動追求她，又是幾個月過去了，宋鋼那邊杳無音信，林紅反而越來越喜歡宋鋼了，差不多每個晚上都會思念宋鋼，思念他低頭的形象，他憂傷的眼神，他偶爾出現的微笑。

時間的流逝讓林紅覺得不能指望宋鋼上門來求愛了，她告訴自己應該主動一些，可是她每次見到宋鋼時，旁邊都有那個土匪惡霸李光頭。終於有過兩次機會在大街上單獨見到宋鋼，當她的眼睛深情地望著他時，他卻是慌張地掉頭走開了，像個逃犯那樣走得急急忙忙。林紅心都酸了，這個宋鋼讓她恨得咬牙切齒，同樣也愛得咬牙切齒。當她第三次單獨見到宋鋼時，林紅知道這樣的機會不多了。那是在橋上，林紅站住了腳，滿臉通紅地叫了一聲：

「宋鋼。」

正要慌張走開的宋鋼聽到林紅的叫聲，渾身哆嗦了一下，他轉著身體看看前後左右，彷彿橋上還有另外一個「宋鋼」。當時橋上還有其他的人，他們都聽到了林紅叫宋鋼的名字，他們的眼睛都看著林紅。林紅雖然臉色通紅，還是當著別人的面對宋鋼說：

「你過來。」

宋鋼像個做錯了事的孩子一樣走上去時，林紅故意大聲說：「你告訴那個姓李的，別再纏著我了。」

宋鋼聽了這句話點點頭竟然準備走開了，林紅低聲對他說：「別走。」

宋鋼以爲自己聽錯了，他不知所措地看著林紅。這時候橋上暫時沒人了，林紅的臉上出現了從未有過的柔情，她悄悄問宋鋼：

「你喜歡我嗎？」

宋鋼嚇得臉色蒼白，林紅羞澀地對他說：「我喜歡你。」

宋鋼目瞪口呆，林紅看到有人走到橋上來了，悄聲說了最後一句話：「明晚八點在電影院後面的小樹林裏等我。」

這一次宋鋼完全聽明白林紅的話了，他整個白天都在神思恍惚。他坐在工廠車間的角落裏左思右想：發生在橋上的一切是不是眞的？宋鋼把當時所有的情景回憶了一遍又一遍，他一會兒滿臉通紅，一會兒又是臉色蒼白；一會兒神情苦惱，一會兒又在嘿嘿傻笑。宋鋼的工友們嘻嘻哈哈地議論他，他一點都沒有意識到，他們大聲喊叫他的名字時，他夢中驚醒似的瞪圓了眼睛看著他們。宋鋼的表情讓工友們笑聲不斷，他們問他：

「宋鋼，你在做什麼美夢？」

宋鋼抬起頭來「嗯」了一聲後，又低頭繼續他的浮想聯翩了。有一個工友捉弄他，對他說：

「宋鋼，該去撒尿啦！」

宋鋼嘴裏「嗯」了一聲，竟然站起來往外走，準備上廁所了。在工友們的捧腹大笑裏，宋鋼走到了車間門口站住了腳，像是想起了什麼，重新走回車間的角落裏坐了下來。工友們一邊笑著咳嗽著，一邊問他：

「你怎麼回來了？」

宋鋼若有所思地回答：「我沒有尿。」

到了傍晚的時候，發生在橋上的情景在宋鋼的回想裏越來越真實了。宋鋼的思緒集中到了林紅潮紅的臉色和發顫的聲音上，還有她飄忽不定的緊張眼神。尤其是林紅悄聲說出的那句「我喜歡你」的話，讓宋鋼每一次回想時，心裏都是一陣狂跳。宋鋼的眼睛閃閃發亮，激動的紅暈在臉上像潮汐一樣起伏。

這時候宋鋼已經坐在家裏了，已經吃過了晚飯。坐在桌前的李光頭滿腹狐疑地看著宋鋼，宋鋼的模樣吃錯了藥似的，像個傻子一樣吃吃笑個不停。李光頭輕輕叫了兩聲：

「宋鋼，宋鋼……」

宋鋼沒有反應，李光頭猛地拍了一下桌子，喊叫道：「宋鋼，你怎麼啦？」

宋鋼這才回過神來，像個正常的宋鋼那樣問李光頭：「你說什麼？」

李光頭把宋鋼看了又看，對他說：「你笑起來怎麼像我手下的花傻子？」

宋鋼看著李光頭滿臉的疑惑，突然不安起來，他躲開李光頭的目光，低頭猶豫了一會兒，抬起頭吞吞吐吐地問李光頭：

「要是林紅喜歡別人了，你怎麼辦？」

「我宰了他。」李光頭乾脆地說。

宋鋼心裏一怔，繼續問：「你是宰了那個男的？還是宰了林紅？」

「當然是宰了那個男的。」李光頭揮了一下手，又抹一下嘴，「林紅不捨得宰，林紅要留著做我老婆呢。」

宋鋼心裏翻江倒海了，繼續試探地問：「林紅要是喜歡我，你怎麼辦？」

李光頭哈哈笑了起來，他的雙手在桌子上拍打著，堅定地說：「不可能。」

看著李光頭自信的模樣，宋鋼心往下沉，面對這個相依為命的兄弟，宋鋼覺得自己不能隱瞞了。他深深吸了一口氣，彷彿陷入到了久遠的回憶之中，宋鋼的思緒時斷時續，艱難地說出了白天在橋上和林紅相遇的全部過程。宋鋼講述的時候，李光頭的眼睛越瞪越圓了，他在桌子上拍打的雙手也漸漸地安靜下來。宋鋼艱難的講述終於結束以後，他長長地鬆了一口氣，開始不安地看著李光頭。宋鋼覺得自己是在等待李光頭的咆哮了，那怕不是咆哮，李光頭也應該是暴跳起來。

宋鋼沒有想到，李光頭竟然安靜地看著自己，他瞪圓了的眼睛眨了幾下後，又變得狹長了。李光頭懷疑地看著宋鋼，問他：

「林紅對你說了什麼？」

宋鋼結巴地說：「她說喜歡我。」

「不可能。」李光頭站了起來，對宋鋼說，「林紅不可能喜歡你。」

宋鋼臉紅了，他說：「為什麼不可能？」

「你想想，」李光頭一屁股坐到了桌子上，居高臨下地開導起了宋鋼，「這劉鎮有多少人在追求林紅，個個條件都比你好，林紅怎麼會看上你呢？你沒爹沒媽，你還是個孤兒……」

宋鋼爭辯道：「你也是個孤兒。」

「我是孤兒。」李光頭點點頭說，接著又拍著胸脯說，「可我是廠長呀。」

宋鋼繼續爭辯道：「林紅可能不在乎這些。」

「怎麼會不在乎？」李光頭搖著頭對宋鋼說，「林紅好比是天上的仙女，你也就是個地上的窮小子，你們……不可能。」

宋鋼想起了一個美麗的傳說，他說：「天上的七仙女也喜歡地上的董永……」

「那是神話故事，那是假的，不是眞的。」李光頭這時發現了什麼，他認眞地看起了宋鋼，指著宋鋼的鼻子問：「你是不是喜歡林紅？」

宋鋼再次臉紅了，李光頭跳下桌子，站到了宋鋼的對面說：「我告訴你，你不能喜歡林紅。」

宋鋼有些不高興，他說：「我爲什麼不能喜歡林紅？」

「媽的。」李光頭驚叫了一聲，他的眼睛又瞪圓了，他喊叫著對宋鋼說，「林紅是我的，你怎麼可以喜歡林紅？你是我兄弟啊，別人可以和我爭搶林紅，你不能和我爭搶。」

宋鋼不知道該說什麼了，他迷茫地看著李光頭。這時李光頭充滿感情地對宋鋼說：

「宋鋼，我們是相依爲命的兄弟，你明明知道我喜歡林紅，你爲什麼也要喜歡她？你這是亂倫啊！」

宋鋼低下了頭，他不再說話。李光頭覺得宋鋼感到羞愧了，他安慰地拍拍宋鋼的肩膀，對宋鋼說：

「宋鋼，我相信你，你不會做出對不起我的事。」

接下去李光頭自作多情了，他看著宋鋼自言自語：「林紅爲什麼不對別人說那句話？爲什麼偏偏對你說？她會不會是拐個彎說給我聽的？」

這天晚上宋鋼失眠了，聽著李光頭甜蜜的鼾聲和來自美夢裏的吃吃笑聲，宋鋼在床上翻來覆去。

林紅美麗的身影和美麗的神態在黑暗裏時隱時現，讓宋鋼心馳神往，有一會兒他忘記了李光頭，於是他品嘗到了什麼是幸福。他的想像在黑暗裏飛翔，他和林紅像一對戀人那樣親密無間地走在我們劉鎮的大街上，接下去的情景是兩個人擁有了一間屋子，像夫妻一樣相親相愛。可是這想像中的幸福曇花一現，接下去往事蜂擁而至，他想到了父親宋凡平慘死在汽車站前的情景；想到了自己和李光頭嚎啕哭叫的情景；想到了爺爺拉著板車讓死去的父親回家，一家人走在鄉間的泥路上放聲大哭，路邊樹上的麻雀飛散時驚慌失措；想到了他和李光頭相依爲命地將死去的李蘭拉回村莊。宋鋼最後想到的是李蘭臨終前拉住他的手，要他好好照顧李光頭。宋鋼淚水漣漣，浸濕了枕頭，這時他痛下決心，他一輩子都不會做出對不起李光頭的事。然後晨光初現，宋鋼終於睡著了。

中午的時候，宋鋼下班前就從五金廠偷偷溜了出去，快步走到了針織廠的大門口，在那裏等待著林紅下班走出來。宋鋼要告訴林紅，今天晚上八點鐘，他不會到電影院後面的小樹林裏去。他只想說這一句話，他覺得這句話已經表明了自己的決心。

宋鋼站在那棵樹下，李光頭的五個愛情特派員就是在這裏對著林紅喊叫「性交」的，當針織廠下班的鈴聲響起時，宋鋼突然感受到了從未有過的痛苦，彷彿是來到了死亡的邊緣，他要說出那句他一生裏最不願意說的話，可是一旦說了出來，宋鋼也就拯救自己了。

林紅和往常一樣走了出來，她身邊的女工也像往常一樣的多。林紅看到了宋鋼遮遮掩掩地站在那棵樹下，她心裏偷偷罵了宋鋼一聲「傻瓜」，心想約他晚上八點見面，他竟然中午就守候在這裏了。林紅身邊的女工們見到宋鋼時，發出了驚奇的嘰嘰喳喳，她們知道這人是李光頭的兄弟，她們掩嘴而笑，悄悄說著，不知道那個李光頭又要玩出什麼離奇的新花招。林紅和眾多的女工走在一起，所以她從宋鋼身邊走過時目不斜視，她只是用眼角的餘光掃了一下那個身影，她覺得那個身影一動不動，像是大樹旁的一棵小樹。林紅又在心裏甜蜜地罵了宋鋼一聲：

「這傻瓜。」

宋鋼確實像個傻瓜一樣站在那裏，林紅從他身邊走過時，他的嘴巴動了一下，連「噝」的聲響都沒有發出來。林紅走遠以後，針織廠所有的女工都走遠以後，宋鋼才意識到剛才林紅對他根本就是視而不見。宋鋼這時突然覺得李光頭的話是對的，李光頭說林紅不可能喜歡他，林紅剛才走過時冷漠的表情證實了這一點。這樣的想法立刻讓宋鋼如釋重負了，他離開了那棵大樹，沿著大街往回走去時感到自己身輕如燕。宋鋼覺得過去的只是一場美夢，他歪著嘴偷偷笑了幾聲，就像是剛從美夢裏醒來，宋鋼開始回味夢中的情景，他覺得假的比眞的好，假的幸福讓他那麼的輕鬆。

到了晚上宋鋼仍然是輕鬆愉快，他哼著小調在煤油爐上給李光頭做了晚飯，又哼著小調和李光頭一起吃了晚飯。李光頭始終疑神疑鬼地看著宋鋼，眼看著八點鐘就要到了，宋鋼一點出門的意思都沒有。李光頭倒是時刻在想著電影院後面的那片小樹林，他坐在桌前看了看窗外的月光，手指敲打著桌面，陰聲怪氣地對宋鋼說：

「你怎麼不出去了？」

宋鋼知道他在說些什麼，搖搖頭不好意思地說：「你說得對，林紅不可能喜歡我。」

李光頭不明白宋鋼爲什麼這樣說話，宋鋼就將自己到針織廠門口的前後經過告訴了李光頭，宋鋼說林紅見到他時像是根本就不認識他。李光頭聽後若有所思地點點頭，隨即猛地拍了一下桌子叫了起來：

「這就對了。」

宋鋼一驚，李光頭站起來，對宋鋼說：「林紅那些話肯定是說給我聽的。」

李光頭滿懷信心地跨出了家門，向著電影院後面的小樹林奔跑過去，跑過了電影院，李光頭想起來自己廠長的身分，不能像個愣頭青那樣胡亂奔跑，立刻修改成了從容不迫的步伐；走近小樹林的時候李光頭又是赴約戀人的身分了，他躡手躡腳地走進了月影搖曳的小樹林。

林紅已經站在那裏了，她故意晚到了一刻鐘，以爲宋鋼早就在這裏了，結果樹林裏空無一人。林紅正在生氣的時候，聽到了身後悄悄的腳步，那腳步聽起來像是要去偷雞摸狗，林紅不由抿嘴一笑，心想文質彬彬的宋鋼竟然還會這樣走路，這時林紅聽到了李光頭粗獷的笑聲：

「哈哈哈……」

林紅嚇了一跳，回頭看到的不是宋鋼，是李光頭。李光頭在月光裏喜笑顏開，大言不慚地說：

「我知道你在這裏等我，我知道你對宋鋼說的話是拐個彎說給我聽的……」

林紅目瞪口呆地看著李光頭，她一時沒有反應過來。李光頭柔情蜜意地埋怨起了林紅：

「林紅，我知道你喜歡我，你直接對我說嘛……」

李光頭說著就要去抓住林紅的手，林紅嚇得尖叫起來：「你走開，你給我走開……」

林紅叫著就往樹林外面跑，李光頭緊隨其後，一聲聲地叫著林紅的名字。林紅跑出樹林以後站住了腳，回頭指著李光頭說：

「你站住。」

李光頭站住了，很不高興地對林紅說：「林紅，你這是幹什麼？天底下哪有這樣談戀愛的……」

「誰和你談戀愛？」林紅氣得渾身發抖，她說，「你這隻癩蛤蟆。」

林紅說著快步走去了，李光頭被罵成了一隻癩蛤蟆，悻悻地站在那裏，眼睜睜地看著林紅走遠了消失了，才抬腳往前走去。李光頭一邊走著，一邊想起了林紅的父母罵過他癩蛤蟆和牛糞，不由氣上心頭，罵罵咧咧地說：

「你爸才是癩蛤蟆，你媽是牛糞，他媽的……」

李光頭像是一隻鬥敗的公雞那樣回到了家中，橫眉豎眼地坐在了桌前，他一會兒憤怒地敲敲桌子，一會兒又泄氣地擦擦額上的汗水。宋鋼手裏拿著一本書坐在床上，不安地看著李光頭，李光頭的樣子讓他預感到發生了什麼，他小心地問李光頭：

「林紅去了小樹林？」

「去啦。」李光頭生氣地說，「他媽的，她罵我是癩蛤蟆……」

宋鋼出神地望著李光頭，他的腦海裏浮現了所有和林紅有關的情景，林紅在橋上對他說的每一句話，還有在林紅的屋子裏，林紅繫著辮子時提醒他的話，現在彷彿就在眼前一樣清晰了。就像水落石出一樣，宋鋼終於確信林紅喜歡自己了。這時李光頭開始認眞地看起了神思恍惚的宋鋼，李光頭發現了新大陸似的對宋鋼說：

「他媽的，林紅可能眞的喜歡你……」

宋鋼痛苦地搖了搖頭，李光頭滿腹狐疑地看著他，試探地問：「你是不是喜歡林紅？」

宋鋼點了點頭，李光頭拍著桌子霸道地叫了起來：「宋鋼，林紅是我的，你他媽的不能喜歡她……你要是喜歡她，我們就不是兄弟啦，我們就是仇人，就是階級敵人啦……」

宋鋼低頭聽著李光頭的喊叫，李光頭把所有想得起來的狠話都喊完了，宋鋼才抬起頭來憂傷地笑了笑，對李光頭說：

「你放心，我不會和林紅相好，我不願意失去你這個兄弟……」

「眞的。」李光頭嘿嘿笑了起來。

宋鋼認眞地點點頭，然後眼淚掉出來了，他擦了擦眼淚後，伸手指指身下的那張床，對李光頭說：

「你還記得嗎？媽媽死前讓我揹著她回家，她就躺在這張床上……」

「我記得。」李光頭點著頭說。

「後來你上街去買包子，記得嗎？」

李光頭再次點了點頭，宋鋼繼續說：「你走後，媽媽就拉著我的手，要我以後一定好好照顧你。我讓媽媽放心，我說只剩下最後一件衣服，我會讓給你穿；只剩下最後一碗米飯，我會讓給你吃。」

宋鋼說完後淚流滿面地笑了，李光頭感動的眼淚汪汪，他說：「你眞的這麼說了？」

宋鋼點點頭，李光頭也擦起了眼淚，他說：「宋鋼，你眞是我的好兄弟。」

七

李光頭繼續貫徹死纏爛打的求愛方針，他不再讓宋鋼陪同了，只要宋鋼和林紅一見面，李光頭說他心裏就是一陣慌張，他要宋鋼躲著林紅，要宋鋼在大街上見到林紅就像見到麻瘋病人那樣躲得遠遠的。李光頭開始學習宋鋼好榜樣，他覺得林紅喜歡宋鋼，是因爲宋鋼溫文爾雅從來不說髒話，而且宋鋼手裏總是拿著一本書，顯得好學上進。李光頭從此改頭換面，這個戀人兼保鏢走在林紅身旁時手裏也有書了，不再惡狠狠地面對我們劉鎮的男群眾，他像一個拉選票的政客那樣面露親切的微笑，見到熟人打了招呼還要握一下手，而且手不釋卷，一邊走著一邊還在讀著。我們劉鎮的群眾見了李光頭這副模樣，都說太陽從西邊出來了。他們看著李光頭手裏翻動著書頁，誦經似的念念有詞地走在林紅身邊。群眾掩嘴而笑，悄悄說林紅身旁少了一個花土匪，多了一個花和尚。李光頭看到街上的群眾對他不倦的閱讀很感興趣，就高聲對群眾說：

「讀書好啊，一天不讀書，比一個月不拉屎還難受。」

李光頭這話是說給林紅聽的，他一說出來就後悔了，心想自己又說粗話了，回家後請教了宋鋼，以後就改成：

「讀書好啊，可以一個月不吃飯，不能一天不讀書。」

劉鎮的群眾不同意李光頭的話，說一天不讀書還能保住性命，一個月不吃飯肯定把自己餓犧牲了。李光頭很不高興地用手指橫掃了群眾一遍，心想這些貪生怕死之徒，他一臉視死如歸地說：

「一個月不吃飯，也就是餓死；一天不讀書，是生不如死。」

林紅面無表情地走著，她聽著李光頭和劉鎮群眾你一言我一語，群眾笑聲朗朗，李光頭高昂亢奮，林紅無動於衷。

李光頭搖身一變成了儒家弟子以後，從此書生意氣，經常妙語連珠，偶爾粗話髒話。林紅聽到李光頭粗話髒話的時候，就會在心裏說：

「狗改不了吃屎。」

林紅知道李光頭是一個什麼貨色，她沒覺得太陽從西邊出來了，心想李光頭那怕有孫悟空的本事，變來變去還是一個癩蛤蟆加牛糞的李光頭；好比孫悟空有七十二變，到頭來也還是猴子一隻。

那天晚上宋鋼沒有赴約來到小樹林，來了一個哈哈大笑的李光頭，林紅氣得咬牙切齒，回到家中就把宋鋼從心裏刪除出去了。幾天以後在大街上遠遠見到宋鋼時，林紅冷笑了幾下，心想這人是個地道的傻瓜，這傻瓜再也沒有機會了。林紅迎面走去，她告訴自己要對宋鋼視而不見。沒想到從遠處走來的宋鋼一看見林紅，立刻轉身躲開了。後來的日子，宋鋼每次見到林紅都是迅速地躲開，完全是李光頭要求的那樣，見到林紅就像是見到了痲瘋病人一樣逃之夭夭。看著一次次遠遠躲開的宋鋼，林紅心裏的驕傲也一次次溜走了，到頭來林紅悵然若失，宋鋼離去的身影讓她感到了失落。

宋鋼重新回到了林紅的心裏，而且根深蒂固了。林紅發現自己心裏奇怪的變化，宋鋼越是躲著自己，自己越是喜歡他。在那些月光明媚或者陰雨綿綿的晚上，林紅入睡的時候總會不由自主地想著宋鋼英俊的容貌，想著宋鋼的微笑，想著宋鋼低頭沉思的模樣，想著宋鋼看到自己時憂傷的眼神，所有的宋鋼都讓林紅倍感甜蜜。久而久之，林紅在入睡之時對宋鋼的回想變成了思念之情，彷彿宋鋼已經是她的戀人了，彷彿是遠在他鄉的戀人，讓她的思念之情猶如細水長流。

林紅相信宋鋼暗戀自己，相信宋鋼躲著她是因爲李光頭。林紅一想到李光頭就氣得臉色蒼白，李光頭窮兇極惡的模樣，讓劉鎮的年輕人都不敢追求她了，劉鎮的那些年輕人在林紅眼裏個個都是窩囊廢。宋鋼不是窩囊廢，林紅這樣想。林紅很多次想像宋鋼主動來追求她的情景，每一次宋鋼都是害羞地來到她的家中，害羞地說出一些不著邊際的話。林紅心想這就是宋鋼，一個不知所措的宋鋼。每當想像消失以後，林紅就會搖頭嘆息，她知道宋鋼永遠不會主動出現在她的家門口，她覺得應該是自己再次主動的時候了。她給宋鋼寫了一張紙條，七行八十三個字，還有十三個標點符號。裏面用了五十一個字臭罵李光頭，剩下的三十二個字要求宋鋼在晚上八點鐘出來，這次約會的地點改到了一座橋下，就是宋凡平在文革中揮舞紅旗的那座橋下。林紅把紙條疊成了蝴蝶的形狀，藏在一條嶄新的手帕裏，在宋鋼下班的時候守候在街邊。林紅紙條裏的最後一句話，就是要求宋鋼赴約的時候將手帕還給她。林紅堅信有了這句話，宋鋼一定會來到。

那是深秋時節，天空裏飄揚著濛濛細雨，林紅撐著一把雨傘站在一棵梧桐樹下，從樹葉上滴落下來的雨水打在她的雨傘上，嘀答嘀答地響著。林紅的眼睛望著灰濛濛的街道，一些雨傘在來來去去，幾個沒有雨傘的年輕人橫衝直撞地奔跑著。林紅看見了宋鋼，在街道對面奔跑過來，宋鋼的外衣沒有穿在身上，而是在他的手上。宋鋼雙手撐開外衣遮擋著濛濛細雨，奔跑過來時他的外衣像旗幟一樣飄揚。林紅趕緊走到街道對面，她用雨傘擋住了宋鋼，她看到宋鋼的身體剎車似的滑了過來，差點撲在了她的雨傘上。林紅移開雨傘時，看到了宋鋼吃驚的表情，林紅將手帕塞到了宋鋼的手中，隨即轉身離去。林紅走出了十多米以後，回頭看了看宋鋼，她看到了一個目瞪口呆的宋鋼，一個雙手捧著手帕不知道發生了什麼的宋鋼。宋鋼的外衣掉落在地，幾隻走過的腳踩在了他的外衣上。林紅扭回頭來，撐著雨傘微笑地走去，接下去的情景她就不知道了。

在這個陰雨綿綿的日子裏，宋鋼喪魂落魄了。宋鋼不知道自己是怎麼回到家中的，他心跳不已地打開了手帕，看到了裏面疊成蝴蝶般的紙條，他雙手顫抖著拆開紙條，林紅疊得十分複雜，讓宋鋼總覺得自己拆錯了。宋鋼花了很多時間才把紙條拆開，他呼吸急促地把林紅寫下的八十三個字讀了一遍又一遍，鄰居下班回來的腳步聲讓他幾次匆忙地將紙條塞進口袋裏，他以爲是李光頭回來了。當鄰居打開了隔壁的屋門後，他才鬆了一口氣，重新將紙條拿出來，繼續心驚肉跳地讀著。然後他抬起頭來，激動不安地望著窗玻璃上歪曲流淌的雨水，心裏已經被撲滅的愛情火焰，因爲這張紙條重新熊熊燃燒。

宋鋼太想去和林紅見面了，他幾次走到了門口，打開屋門後他又想到了李光頭，他的雙腿就跨不出去了，他迷惘地看了看屋外的濛濛細雨，又把屋門關上。最後是林紅紙條裏結尾的那句話，就是要宋鋼把手帕還給她的那句話，讓宋鋼找到了說服自己的理由，他毅然地走了出去。

這時候李光頭應該下班回家了，他恰好有事耽擱在工廠裏，這就給了宋鋼一次機會。宋鋼在讀著林紅紙條時一直害怕李光頭會回來，所以他走出屋門以後一路狂奔到了那座橋下，他知道只要遇到了李光頭，李光頭只要叫住了他，他就沒有勇氣再去那座橋下了。宋鋼走下河邊的台階，站到橋下時是傍晚六點鐘，還有兩個小時，林紅才會來到。

宋鋼渾身哆嗦地站在那裏，頭頂的橋上有很多腳步在走動，發出的聲響像是有很多人在他家的屋頂上走動一樣，他看著逐漸黑暗下來的河水在雨點下波動時點點滴滴，彷彿河水也在哆嗦。宋鋼在橋下百感交集，一會兒激動，一會兒沮喪，一會兒充滿了嚮往之情，一會兒又湧上了絕望之感。他在經歷了一個多小時的焦慮不安之後，天色完全黑暗下來時，他也漸漸平靜下來了。李蘭臨終時哀傷的眼神出現了，宋鋼再一次拒絕了幸福，他暗暗發誓不能對不起李光頭，他告訴自己到這裏來不是和林紅約會，是爲了把手帕還給她。他把林紅的手帕舉到黑暗的眼前，告別似的看了一眼，堅定地放進了口袋，然後他長長地出了一口氣，他覺得自己輕鬆了很多。

林紅是晚上八點半的時候出現的，她撐著雨傘走下了台階，向著橋下張望了一會兒，她看到了一個高高的身影無聲無息地站在那裏，她確定那是宋鋼，不是身材粗短的李光頭，她莞爾一笑，放心地走了過去。

林紅走到了橋下，走到宋鋼身旁時她收起了雨傘，在手裏甩動了幾下，她抬頭看著宋鋼，黑暗裏看不清宋鋼臉上的神色，她聽到了宋鋼緊張不安的呼吸，她感到了宋鋼抬起的右手，她低頭仔細看了看，看到了自己的手帕，心裏「咯噔」一下。她沒有去接宋鋼還給她的手帕，她知道只要接過手帕，那麼這次約會就結束了。她扭過頭去，看著河面上閃爍出來的絲絲亮光，那些亮光來自上面街道的路燈。她聽著宋鋼越來越急促的呼吸，不由偷偷笑了一下，她說：

「說話呀，我不是來聽你喘氣的。」

宋鋼的右手抖動了兩下，聲音哆嗦著說：「這是你的手帕。」

林紅生氣地說：「你就是來還手帕的？」

宋鋼點點頭，仍然哆嗦地說：「是。」

林紅搖了搖頭，在黑暗裏苦苦一笑，然後她抬起頭看著宋鋼，傷心地說：「宋鋼，你不喜歡我？」

宋鋼在黑暗裏仍然不敢面對林紅，他轉過臉去，聲音凄涼地說：「李光頭是我的兄弟……」

「別提那個李光頭，」林紅打斷宋鋼的話，她斬釘截鐵地告訴宋鋼，「哪怕我不和你好，我也絕不會去和李光頭好。」

宋鋼聽了這話以後垂下了頭，他不知道應該說些什麼。林紅看著他彷彿知錯的樣子有些心疼，她咬了咬嘴唇，溫柔地說：

「宋鋼，這是最後一次了，你好好想想，以後不會有這樣的機會了……」

林紅說著聲音憂傷起來，她說：「以後我就是別人的女朋友了。」

林紅說完以後，在黑暗裏充滿期待地看著宋鋼，可是她聽到的仍然是那句話，宋鋼低聲說著：

「李光頭是我的兄弟……」

林紅傷心極了，她轉臉重新看著河面上的亮光，她感到宋鋼拿著手帕的右手一直舉著。她沉默著，宋鋼也沉默著。過了一會，林紅悲哀地問：

「宋鋼，你會游泳嗎？」

宋鋼不知所措地點點頭，他說：「會游泳。」
「我不會游泳，」林紅自言自語，她轉過臉來看著宋鋼，「我跳進河裏會不會淹死？」
宋鋼不知道她為什麼這樣說話，他無聲地看著林紅。林紅伸手在黑暗裏摸了一下宋鋼的臉，宋鋼像是觸電似的渾身震動了一下。林紅指著河水，發誓似的對宋鋼說：
「我最後問你一句：你喜歡我嗎？」
宋鋼嘴巴張了張，沒有聲音。林紅的手仍然指著河水，她說：「你要是說不喜歡，我就立刻跳下去。」
宋鋼被林紅的話嚇傻了，林紅低聲喊叫了：「說呀！」
宋鋼聲音哀求似的說：「李光頭是我的兄弟。」
林紅絕望了，她沒想到宋鋼還是說這句話，她咬牙對宋鋼說：「我恨你！」
說完林紅縱身跳進了河水裏，河面上的亮光在那一瞬間粉碎了。宋鋼看著林紅的身體在黑暗裏跳進了河水，濺起的水花像冰雹一樣砸在他的臉上，他看著林紅的身體消失了，又掙扎著衝破水面。宋鋼這時跳了下去，他跳進了冰冷刺骨的河水裏，他感到自己的身體把掙扎著浮上來的林紅壓了下去，林紅的雙手緊緊抓住了他胸口的衣服，他雙腳踩著河水，雙手使勁將林紅托出水面，林紅嘴裏的水噴了出來，噴在了他的臉上，他抱著林紅的身體，雙腳踩著河水，向著岸邊遊去，他感到林紅的雙手摟住自己的脖子了。
宋鋼把林紅抱上了台階，他跪在台階上，低聲喊叫著林紅的名字，他看到林紅的眼睛睜開了，這時他才意識到自己正抱著林紅，他嚇得趕緊鬆開手，站了起來。林紅的身體斜躺在台階上，她一聲聲咳嗽著，嘴裏吐著河水，然後她捲曲地坐了起來，低垂著頭雙手抱住自己的膝蓋。濕淋淋的林紅在冷風裏渾身發抖，她坐在那裏等待著宋鋼走過來抱住她，就像剛才在河水裏那樣緊緊地抱住她。可是同樣濕淋淋的宋鋼卻只知道站在那裏，只知道自己一陣陣地發抖。林紅傷心地站了起來，慢慢地走上了台階，她的身體搖搖晃晃，宋鋼卻不知道跟上去扶她一下。林紅雙手抱住自己的身體，渾身發抖地走了上去，她感到宋鋼跟在身後，她沒有回頭，一直走到了大街上，這時她聽不到宋鋼的腳步聲了，她仍然沒有回頭，她的淚水在臉上的雨水裏流著，在細雨濛濛的大街上走去。

宋鋼走上大街以後就站住了，他心如刀絞，看著林紅低垂著頭雙手抱著自己的肩膀走去，林紅走在濕漉漉的街道上，細雨在路燈裏像雪花一樣紛紛揚揚，空蕩蕩的街道沉睡般的安靜。宋鋼看著林紅的身影漸漸遠去，他抬起左手擦著眼睛上的淚水和雨水，朝著相反的方向走去了。

李光頭已經躺進被窩了，聽到宋鋼開門進來，他拉亮了電燈，腦袋伸出被窩，叫了起來：

「你跑到哪裏去啦？我等了又等……」

李光頭裹著被子坐起來，看著濕淋淋的宋鋼坐在了凳子上，李光頭沒有注意宋鋼喪魂落魄的神色，他繼續叫著：

「你也不做晚飯，我李廠長辛苦了一天，回到家裏什麼吃的都沒有，連個剩飯剩菜都沒有，我等了又等，只好上街去吃包子了。」

李光頭喊叫後，問宋鋼：「你吃過晚飯了嗎？」

宋鋼迷惘地看著李光頭，那神情像是不認識李光頭，李光頭吼叫了：「他媽的，你吃過沒有？」

宋鋼渾身一顫，他終於聽清了李光頭的話，搖搖頭低聲說：「沒吃過。」

「我知道你沒吃。」李光頭得意地從被窩裏拿出一隻碗來，裏面放著兩個包子，他把碗遞給宋鋼，「快吃，還熱著呢。」

宋鋼嘆息一聲，伸手接過那只碗放在了桌子上，繼續迷惘地看著李光頭。李光頭指著桌上的包子又叫了一聲：

「吃呀！」

宋鋼又嘆息了一聲，他搖著頭說：「不想吃。」

「這是肉包子！」李光頭說。

李光頭看到宋鋼坐著的凳子下面積了一大灘水，水向著四面八方流淌，有幾股水流已經到床底下去了，宋鋼的衣服還在往下淌著水。這時李光頭才注意到宋鋼不是被雨水淋濕的，宋鋼像是剛剛被人從河裏撈上來，李光頭驚訝地說：

「你怎麼像一條落水狗？」

接著李光頭看到了宋鋼右手捏著的手帕，手帕也在濕淋淋地往下滴水，李光頭指著手帕問：

「這是什麼？」

宋鋼低頭看到了自己右手上的手帕，他自己都吃了一驚，他記得自己是拿著手帕跳進河水裏把林紅救到岸上，沒想到手帕還在手裏。李光頭從被窩裏爬了出來，他意識到了什麼，疑神疑鬼地看著宋鋼：

「誰的手帕？」

宋鋼把手帕放在了桌子上，抹了抹臉上的水流，神情黯然地說：「我去見林紅了。」

「他媽的。」

李光頭罵了一聲後，看到宋鋼連著打了三個噴嚏，他沒再罵下去，他讓宋鋼趕快脫了衣服，趕快鑽到被窩裏去，說著他自己也打了一個噴嚏，他立刻縮進了被窩。宋鋼點點頭，從凳子上站了起來，脫下濕淋淋的衣服褲子，他鑽進被窩時想起了什麼，又爬出來從衣服口袋裏摸出了林紅的紙條，這已經不是紙條，是紙團了。宋鋼把濕成一團的紙條遞給李光頭，李光頭滿臉疑惑地接了過去，他問：

「這是什麼？」

宋鋼咳嗽著說：「林紅的信。」

李光頭聽說是林紅的信，半個身體從被窩裏出來了，他小心翼翼地將濕紙團打開來，字跡上的墨水已經化開，模模糊糊像一幅山水畫了。李光頭乾脆跳下了床，站到桌子上面，將紙條展開來貼在耀眼的燈泡上，燈泡把濕紙條烤乾後，李光頭仍然看不清上面寫了些什麼，他只好去問宋鋼：

「林紅寫了什麼？」

宋鋼已經躺進了被窩，他閉著眼睛說：「你把燈關了。」

李光頭趕緊關了電燈，躺進自己的被窩。兄弟兩個躺在兩張床上，宋鋼一邊咳嗽，一邊打著噴嚏，斷斷續續地將晚上的事全部告訴了李光頭。李光頭一聲不吭地聽著，等宋鋼說完了，他輕輕叫了一聲：

「宋鋼。」

宋鋼「嗯」了一聲，李光頭小心地問：「你沒有送林紅回家？」

宋鋼感冒似的嗡嗡地說：「沒有。」

李光頭在黑暗裏無聲地笑了，他再次輕輕地叫了一聲「宋鋼」，宋鋼仍然是「嗯」了一下，李光頭充滿感情地說：

「你眞是我的好兄弟。」

宋鋼那邊沒有反應，李光頭連著叫了幾聲「宋鋼」，宋鋼才答應一聲，李光頭還想和宋鋼說話，宋鋼聲音疲憊地說：

「我要睡覺了。」

宋鋼不斷咳嗽著度過了這個陰雨之夜，有時他覺得自己睡著了，有時他覺得自己仍然醒著，他睡著的時候覺得是昏昏沉沉，彷彿是在水中沉浮；醒著的時候覺得喘不過氣來，彷彿胸口壓了一塊大石頭。直到早晨的陽光從視窗照射進來，陽光讓宋鋼睜開了眼睛，他才覺得自己眞正睡著了。宋鋼看到了一個雨過天晴的早晨，屋簷仍然在滴水，窗玻璃上仍然映著水珠，可是陽光讓整個屋子燦爛起來了。麻雀在屋外的樹上嘰嘰喳喳地鳴叫著，鄰居們響亮地說著話，宋鋼長長地出了一口氣，他終於度過了艱難和壓抑的夜晚，這個美好的早晨讓宋鋼心情舒暢了。宋鋼從床上坐起來，看到李光頭還在蒙頭大睡，他像往常那樣叫了起來：

「李光頭，李光頭，該起床啦！」

李光頭的腦袋從被子裏猛地伸了出來，宋鋼噗哧笑了，李光頭揉著眼睛不知道宋鋼笑什麼，宋鋼說李光頭剛才像烏龜腦袋那樣伸了出來。宋鋼說著表演了起來，他把被子蒙住自己，在被子裏弓起身體聲音嗡嗡地問李光頭，像不像烏龜？隨後腦袋突然伸了出來，並且伸長了脖子定格在了那裏。李光頭揉著眼睛嘿嘿地笑了，他說：

「像，眞像烏龜。」

然後李光頭想起了昨晚發生的事，他吃驚地看著宋鋼。宋鋼像是什麼事都沒有發生那樣跳下了床，從櫃子裏找出一身乾淨衣服穿上，往牙刷上擠上了牙膏，拿起臉盆和杯子，把毛巾搭在肩膀上，打開屋門走到井邊去洗漱了。李光頭聽著宋鋼在井邊和幾個鄰居說話，說話間還有宋鋼輕微的笑聲，李光頭滿腹狐疑地搔了搔腦袋，罵了一聲：

「他媽的。」

宋鋼平靜地度過了這一天，他偶爾也想起了昨晚發生在橋下河水裏的事，想起了濕淋淋的林紅走在濕漉漉的街道上，那一刻他恍惚了一下，隨即他就回過神來，不再繼續想下去了。度過了一個激烈的夜晚之後，宋鋼反而獲得了眞正的平靜。昨晚與林紅生離死別般的經歷，就像是一個故事的結尾，現在這個讓宋鋼喘不過氣來的故事終於結束了，應該是一個新的故事開始的時候了。如同雨過天晴一樣，宋鋼的心情終於晴朗起來了。

這天下班以後，李光頭提著幾個又紅又大的蘋果回家，宋鋼已經做好了晚飯，李光頭一臉壞笑地將蘋果放在了椅子上，一邊吃著飯，一邊繼續壞笑地看著宋鋼。李光頭的壞笑讓宋鋼心裏很不踏實，他不知道李光頭又在打什麼壞主意了。吃過晚飯，李光頭開口說話了，他告訴宋鋼，他去針織廠偵查過了，林紅今天沒有上班，她病了發燒了，一天都躺在家裏的床上。李光頭用手指敲著桌子，對宋鋼說：

「你馬上去林紅家。」

宋鋼吃了一驚，疑惑地看了看滿臉得意的李光頭，又去看看放在椅子上的蘋果，以為李光頭是讓他帶著蘋果去探望林紅。宋鋼搖著頭說：

「我不能去，更不能帶著蘋果去。」

「誰讓你帶蘋果？蘋果是我帶著去的。」李光頭拍著桌子站了起來，將那條已經晾乾疊好的手帕遞給宋鋼，「這個你帶去，還給她。」

宋鋼仍然疑惑地看著李光頭，不知道他葫蘆裏賣的是什麼藥。李光頭站在那裏，眉飛色舞地向宋鋼講解了他的計畫。他讓宋鋼拿著手帕先走進林紅的屋子，他自己提著蘋果守候在屋外。宋鋼走到林紅的床前應該無聲地站著，當昏睡的林紅睜開眼睛看到宋鋼時，宋鋼立刻冷冷地說一句「這下你該死心了吧」，說完後就把手帕扔在林紅的床上，然後轉身出來，一秒鐘都不要耽擱。宋鋼出來以後，就輪到李光頭提著蘋果進去了，對絕望中的林紅進行一番心靈的安撫。李光頭把他的計畫講解完了以後，抹了抹嘴角的口水，得意地對宋鋼說：

「這樣一來，林紅對你就徹底死心了，對我就開始眞正動心了。」

宋鋼聽完了李光頭的計畫後垂下了頭，李光頭被自己的錦囊妙計所陶醉，他興致勃勃地問宋鋼：

「這是不是一條毒計？」

看到宋鋼低垂著頭一言不發，李光頭擺擺手說：「行啦，你該走啦。」

宋鋼難過地搖了搖頭，他不願意去，他說：「那句話我說不出口。」

李光頭不高興了，他伸開左手，用右手把左手的五個手指一個個彎下來，他說：「你想想，你給我出的五招，什麼旁敲側擊、什麼單刀直入、什麼兵臨城下、什麼深入敵後、什麼死纏爛打，沒有一招有用，沒有一條是毒計，你這個狗頭軍師一點都不實用，到頭來全靠我自己想出了一條眞正的毒計……」

說到這裏，李光頭給自己豎起了大拇指，又用大拇指向門外指了指：「快去吧。」

宋鋼還是搖著頭，他咬著嘴唇說：「那句話我真的說不出口。」

「他媽的。」李光頭罵了一聲，然後親切地叫了一聲「宋鋼」，親切地說：「我們是兄弟，你就幫我這一次吧。我對天發誓，這是最後一次，以後我肯定不讓你幫忙了。」

李光頭說著把宋鋼從椅子裏拉了起來，又把宋鋼推到了門外。他把手帕塞到宋鋼手裏，自己提著蘋果，兄弟兩個向著林紅家走去了。這是黃昏時刻，街道仍然在散發著潮濕的氣息，李光頭右手提著蘋果走得神氣活現，宋鋼左手捏著手帕走得心灰意冷。李光頭一路上喋喋不休說了很多鼓勵宋鋼的話，還向宋鋼開出了一張張空頭支票。李光頭向宋鋼保證，當他和林紅相好以後，他首先要做的事就是給宋鋼找一個比林紅還要漂亮的女朋友。劉鎮沒有，就到別的鎮上去找；別的鎮裏沒有，就到市裏去找；市裏沒有，就到省裏去找；省裏沒有，就到全中國去找；全中國沒有，就到全世界去找。李光頭嘿嘿笑著說：

「說不定給你找到一個金髮碧眼的外國女朋友，讓你住洋房，吃洋飯，睡洋床，摟洋姑娘腰，親洋姑娘嘴，生下一男一女土洋結合的雙胞胎……」

李光頭神采飛揚地描繪著宋鋼的洋未來，宋鋼低垂著頭走在我們劉鎮的土包子街上。李光頭說的話宋鋼一句也沒有聽進去，他機械地跟隨著李光頭的腳步往前走，當李光頭站住腳和路上的行人說話時，宋鋼也站住了，抬起頭來迷惘地看著西下的夕陽。李光頭說完繼續往前走，宋鋼重新低垂著頭跟著走去。我們劉鎮的群眾看到李光頭手裏提著蘋果，高聲問道：

「走親訪友吧？」

「豈止是走親訪友。」李光頭得意地回答。

他們來到了林紅家的院子門口，李光頭站住腳拍拍宋鋼的肩膀說：「看你啦！我在這裏等待你勝利的消息。」

李光頭說完又深情地補充了一句，這是他的殺手鐧他說：「記住了，我們是兄弟。」

宋鋼看了看夕陽裏李光頭通紅的笑臉，搖搖頭苦笑了一下，轉身走進了林紅家的院門。宋鋼唐突地出現在林紅家門口時，林紅的父母正在吃晚飯，他們有些吃驚地看著宋鋼，顯然他們知道昨晚發生的事。宋鋼覺得自己應該說兩句話，可是他腦子裏一片空白，什麼話都想不起來了。沒有說話，宋鋼覺得自己的雙腿就跨不進去。在這進退兩難的時候，林紅的母親起身招呼他了：

「進來呀。」

宋鋼的雙腿終於跨進去了，他走到了屋子中間後不知道接下去應該怎樣，他木然地站在那裏。林紅母親微笑著打開了林紅臥室的門，悄聲告訴宋鋼：

「她可能睡著了。」

宋鋼木然地點點頭，走進了那間被晚霞映紅的屋子，他看到林紅睡在床上像小貓那樣安靜，他不安地往前走了兩步，走到了林紅的床前。隆起的被子顯示了林紅柔和的身段，林紅的頭髮遮掩了美麗的臉，宋鋼覺得自己血往上湧，心跳越來越快。也許是感受到了有一個身影移動到了床前，林紅微微睜開了眼睛，她先是嚇了一跳，當她看清楚是宋鋼站在床前時，臉上出現了驚喜的笑容。她閉上眼睛抿嘴笑了一會兒，又睜開眼睛抬起了右手，她的手伸向了宋鋼。

這時宋鋼想起來自己應該做什麼了，他深深地吸了一口氣，乾巴巴地說：「這下你該死心了吧。」

林紅像是被子彈擊中似的渾身一顫，她瞪大眼睛看著宋鋼，那一瞬間宋鋼看見了她眼睛裏的恐懼，隨即她的眼睛痛苦地閉上了，淚水流了出她的眼角。宋鋼渾身哆嗦著把手帕輕輕放在了林紅的被子上，轉身以後逃命似的衝出了林紅的屋子，他走向大門時好像聽到林紅的父母說了什麼，他遲疑了一下後，還是奪門而出了。

守候在外面的李光頭看到宋鋼臉色慘白地跑了出來，那模樣像是死裏逃生，李光頭喜氣洋洋地迎上去，問宋鋼：

「勝利啦？」

宋鋼痛苦地點點頭，眼淚奪眶而出，然後永不回頭似的疾步走去。李光頭看看宋鋼的背影，自言自語地說：

「哭什麼？」

接下去李光頭像是梳理頭髮一樣，摸了摸自己亮閃閃的光頭，又掂了掂手中的蘋果，邁著功成名就的步伐走了進去。

林紅的父母還沒弄清楚發生了什麼時，李光頭進來了，李光頭笑呵呵地叫著「伯父伯母」，笑呵呵地走進了林紅的屋子，笑呵呵地回頭關上了林紅的屋門，關門的時候還對林紅父母神祕地眨了眨眼睛，讓林紅的父母摸不著頭腦，兩個人站在那裏面面相覷。

李光頭笑呵呵地走到了林紅的床前，笑呵呵地說：「林紅，聽說你病了，我買了蘋果來看你。」

此刻的林紅還沒有從剛才的打擊中解放出來，她無聲地看著李光頭，眼神疑惑不解。李光頭看到林紅沒有叫著讓他滾蛋，心裏一陣暗喜，他在林紅的床邊坐了下來，將蘋果一只只拿出來，放在林紅的枕頭旁，同時吹噓道：

「這可是劉鎮有史以來最紅最大的蘋果，我跑了三家水果店才挑選到的。」

林紅仍然是無聲地看著李光頭，李光頭以爲自己馬到成功了，他溫柔地抓起了林紅的右手，一邊撫摸著，一邊就要往自己的臉上貼。這時林紅突然清醒過來了，她猛地縮回自己的手，發出了一聲讓人膽戰心驚的喊叫。

林紅的父母聽到女兒的驚叫，推門衝了進去，看到女兒害怕地縮在床角，手指著李光頭彷彿要拼命一樣，林紅喊著：

「滾！滾出去！」

李光頭還沒來得及解釋，就像上次那樣抱頭鼠竄了。林紅的父母這次沒有用上掃帚和雞毛撣子，他們赤手空拳把李光頭打出門去，打到了大街上。林紅的父母當著圍觀的群眾，再次破口大罵，癩蛤蟆和牛糞也再次用上了，還新加上了流氓、二流子、壞蛋等等超過十個難聽的辭彙。

林紅的父母罵到一半想起了自己的女兒，趕緊跑回屋裏去。李光頭悻悻地站在那裏，覺得自己有一肚子的罵人話，可是一下子又想不起來了。圍觀的群眾嬉笑地看著李光頭，紛紛向他打聽發生了什麼驚天動地的事？

「沒什麼事。」李光頭若無其事地擺擺手，輕描淡寫地說，「也就是愛情引起了一些小小糾紛。」

李光頭說著正要轉身離去，林紅的父母捧著蘋果出來了，他們叫住李光頭，如同向敵人扔手榴彈一樣，把蘋果向李光頭身上砸去。李光頭左躲右閃，等林紅的父母扔完了蘋果回去後，他一臉無辜地對圍觀的群眾搖搖頭，蹲下去將砸破的蘋果一個個撿起來，一邊撿著，一邊告訴群眾：

「這是我的蘋果。」

然後李光頭雙手捧著他的破蘋果神情坦蕩地走去了。我們劉鎮的群眾看著他將一個蘋果往衣服上擦了擦，舉到嘴邊大聲咬了一口，嘴裏嘟噥了一聲「好吃」。李光頭嚼著蘋果走去時，群眾聽到他嘴裏念起了毛主席詩詞：

「而今邁步從頭越，從頭越……」

八

宋鋼從林紅家出來後眼淚奪眶而出，在晚霞消失的時候，沿著劉鎮的大街悲壯地走去。那一刻宋鋼痛苦絕望，眼前不斷閃現著林紅睜大恐懼的眼睛，隨即閉上後淚水流出眼角的情景，這讓宋鋼心裏彷彿刀割般的疼痛。宋鋼咬牙切齒地走在剛剛降臨的夜幕裏，他心裏充滿了對自己的仇恨。從橋上走過時，他想縱身跳進下面的河水裏；走過電線杆時，他想一頭撞上去。有個人推著一輛板車嘎吱嘎吱地過來，板車上放著兩個重疊起來的籮筐，籮筐上掛著一捆草繩，宋鋼迎了上去，隨手抄走草繩，疾步走去。那人放下板車追上去拉住宋鋼的衣服喊叫：

「喂，喂，你幹什麼？」

宋鋼站住腳，兇狠地看著那人說：「自殺，你懂嗎？」

那人嚇了一跳，宋鋼把草繩套在自己脖子上，又伸手往上提了提，還吐了一下舌頭，兇狠地笑了笑，兇狠地說：

「上吊，你懂嗎？」

那人又嚇了一跳，然後目瞪口呆地看著宋鋼走去。他推起板車時嘴裏罵罵咧咧，心想真他媽的倒楣，天沒黑就遇到了一個瘋子，被瘋子嚇了兩跳，還損失了一綑草繩。他推著板車走去時罵個沒完沒了，走完我們劉鎮最長的那條街，一直走到林紅的家門口。那時候李光頭剛好撿起了蘋果，咬著嚼著走過來。那人喊冤似的對李光頭說：

「他媽的，老子倒楣透了，撞上了一個瘋子……」

「你才像個瘋子。」李光頭不屑地說著走去。

宋鋼把那綑草繩套在脖子上以後沒再取下來，像是一條稻草編織出來的圍巾。宋鋼飛快地走著，彷彿向著死亡衝刺過去，他聽到了衣服上發出的颼颼風聲，急速的步履讓宋鋼覺得自己時時踩空了，身體像是波浪上的船隻一樣微微搖晃。宋鋼覺得自己閃電般的走過了那條長長的街道，然後閃電般的拐進了那條小巷，來到了自己的家門口。

宋鋼摸出鑰匙打開了屋門，走進黑暗的屋子後，他想了想才知道應該打開電燈。燈亮了以後，他抬頭看看屋頂的橫樑，心想就在這裏了。他把凳子拿到橫樑下面，身體站到凳子上面，他的手抓住了橫樑，這時他發現手裏沒有草繩，他疑惑地東張西望，不知道草繩忘在什麼地方了，可能是掉在半路上了，他跳下了凳子走到了門口，一陣風迎面吹來，脖子上發出了毛茸茸的聲音，他笑了，原來草繩就掛在脖子上。

宋鋼重新站到了凳子上，取下脖子上的草繩，認真地繫在了橫樑上，認真地打了一個死結。他用力拉了拉，把腦袋伸進了繩套，勒住了自己脖子，他長長地出了一口氣，閉上了眼睛。一陣風吹進來，讓他感到屋門是開著的，睜開眼睛後看到屋門在風中搖擺，他的腦袋從繩套裏出來，跳下凳子去關上了屋門。重新站到凳子上，重新把腦袋伸進了繩套。他閉上眼睛，最後吸了一口氣，又最後吐了一口氣，然後踢翻了腳下的凳子。他覺得自己的身體猛地被拉長了，呼吸猛地被塞住了，這時他模糊地感到李光頭進來了。

李光頭推門而入時，看到宋鋼的身體在半空中掙扎，他失聲驚叫著衝上去抱住宋鋼的雙腿，把宋鋼的身體拼命往上舉，隨後發現這不是辦法，他就像一頭籠中的困獸一樣嗷嗷叫著在屋子裏亂竄。他看到菜刀以後有辦法了，他拿起菜刀，豎起凳子，站上去以後又跳了起來，揮刀將草繩砍斷。宋鋼的身體掉下來時，他也摔倒在地，他趕緊翻身跪在那裏，抬起宋鋼的肩膀使勁搖晃。李光頭哇哇哭著喊叫：

「宋鋼，宋鋼……」

李光頭哭得滿臉的眼淚鼻涕，這時宋鋼的身體動了起來，宋鋼開始咳嗽了。李光頭看到宋鋼活過來了，擦著眼淚鼻涕嘿嘿地笑，笑了幾下以後，他又哭了，一邊哭一邊說：

「宋鋼，你這是幹什麼？」

宋鋼咳嗽著靠牆坐起來，他木然地看著哭泣的李光頭，聽著李光頭一遍遍喊叫著他的名字，他悲哀地張了張嘴，沒有聲音，他又張了張嘴，這次有聲音了，他低沉地說：

「我不想活了。」

李光頭伸手去摸宋鋼脖子上那條紅腫的勒痕，哭叫地罵著宋鋼：「你他媽的死了，我他媽的怎麼辦？我他媽的就你一個親人，你他媽的死了，我他媽的就是孤兒啦。」

宋鋼推開他的手，搖著頭傷心地說：「我喜歡林紅，我比你還要喜歡她，你不讓我和她好，還要我一次次去傷害她……」

李光頭擦乾淨眼淚，生氣地說：「爲一個女人自殺，値得嗎？」

這時宋鋼衝著李光頭喊叫了：「要是換成你，你會怎麼辦？」

「要是換成我，」李光頭也喊叫起來，「我就宰了你！」

宋鋼吃驚地看著李光頭，他用手指著自己說：「我是你的兄弟啊？」

「兄弟也一樣宰了。」李光頭乾脆地叫道。

宋鋼聽了這話怔住了，過了一會兒他嘿嘿笑了起來，他仔細地看著李光頭，看著這個相依爲命的兄弟，這個兄弟剛才的那句話讓宋鋼突然獲得了解放，他覺得自由了，他可以全心全意地投入到林紅那裏去了，而且勢不可擋。宋鋼笑出了聲音，他由衷地對李光頭說：

「你這話說得眞好。」

宋鋼剛才還哭著喊著「不想活了」，現在突然笑聲朗朗了，李光頭心裏一陣發毛，他看著宋鋼像是比賽跳高似的一躍而起，精神抖擻地走向了屋門。李光頭不知道宋鋼要幹什麼，他從地上爬起來，「喂喂」地喊叫，問宋鋼：

「你要幹什麼？」

宋鋼回頭鎮定地說：「我要去見林紅，我要去告訴她，我喜歡她。」

「不能去！」李光頭喊叫著，「他媽的你不能去，林紅是我的……」

「不。」宋鋼堅定地搖著頭說，「林紅不喜歡你，林紅喜歡我。」

李光頭這時又使出了殺手鐧，他動情地說：「宋鋼，我們是兄弟……」

宋鋼幸福地回答：「兄弟也一樣宰了。」

宋鋼說著跨出了屋門，腳步響亮地走去了。李光頭氣急敗壞，一拳打在了牆上，然後痛得齜牙咧嘴，對自己受傷的拳頭又是摸又是呵氣又是吹，嘴裏的嗷嗷叫聲變成了嗞嗞的吹氣聲。等到疼痛緩過來了，看著門外空蕩蕩的黑夜，李光頭對著早已消失的宋鋼喊叫：

「你給我滾！你這個重色輕友，媽的，重色輕兄弟的王八蛋！」

宋鋼走在月光的街道上，深秋的落葉在街上滑行時嗞嗞響著。宋鋼嘿嘿笑個不停，他已經壓抑了很久，現在終於可以釋放自己的幸福了。他大口呼吸著秋夜的涼風，大步走向林紅的家。他沿途走去，他覺得劉鎮的夜晚是那麼美麗，星光滿天，秋風習習，樹影搖曳，燈光和月光交錯在一起，就像林紅的秀髮辮到了一起。寧靜的街道上偶爾出現幾個行人，從路燈下走過時身上彷彿披上了光芒，讓宋鋼驚訝地瞪圓了眼睛；當宋鋼從橋上走過時更是萬分驚訝，他看到波動的河水裏滿載著星星和月亮。

九

這天晚上林紅的父母經歷了大起大落，先是沉默不語的宋鋼走進了林紅的房間，讓林紅傷心絕望；接著厚顏無恥的李光頭又來了，讓林紅失聲驚叫。林紅的父母整個晚上都在唉聲嘆氣，剛剛脫了衣服上床睡覺，又聽到有人敲門了，兩個人你看看我，我看看你，不知道又會來一個什麼人？他們穿上衣服走到門前，敲門聲沒有了，他們議論著是不是聽錯了，正要往回走，敲門聲又響了。林紅的母親隔著門問外面的人：

「誰呀？」

「是我。」宋鋼在門外回答。

「你是誰？」林紅父親問。

「我是宋鋼。」

林紅的父母聽說是宋鋼，氣就上來了，交換了一下眼色後，打開了屋門，他們正要開口訓斥宋鋼，宋鋼幸福滿面地說：

「我回來了。」

「你回來了？」林紅的母親說，「這又不是你的家。」

「莫名其妙。」林紅的父親沉著臉說。

宋鋼臉上的幸福立刻失蹤了，他不安地看著他們，覺得他們說得很有道理。林紅母親想罵他幾句，話到嘴邊時又改了，她冷冷地說：

「我們已經睡覺了。」

林紅的母親說著關上了屋門，兩個人回到床上躺下來以後，林紅的父親想到女兒的遭遇，立刻怒火中燒了，他罵著屋外的宋鋼：

「像個傻瓜。」

「本來就是個傻瓜。」林紅母親狠狠地說。

林紅的母親覺得宋鋼脖子上好像有一條血印，她問林紅父親是不是也看見了？林紅的父親想了想，點了點頭，然後他們熄燈睡覺了。

宋鋼站在林紅家的屋門外懵懵懂懂，他站了很長時間，夜晚靜的連針掉在地上的聲音都沒有，後來有兩隻貓竄到了屋頂上，牠們追逐時叫聲淒慘，宋鋼聽了心裏發抖，這時他才意識到夜深了，他有些後悔，覺得自己不該這時候來敲林紅家的門。他走出了林紅家的院子，重新走在了大街上。

宋鋼走上大街以後又精神煥發了，他練習競走似的讓腳後跟先著地，在我們劉鎮的大街上走過去，又走過來，他來回走了五次，覺得自己仍然有使不完的力氣。這時候已經是凌晨時分了，他這個晚上第七次來到了林紅家的院子門口，他決定停止自己的競走，他要在林紅家門口安營紮寨，一直守候到天亮。

宋鋼靠著一根嗡嗡響著的木頭電線杆蹲了下來，他蹲在那裏不時偷偷地笑，他不知道自己的笑聲正在黑夜裏迴響。林紅家的一個鄰居下了夜班回家時，聽到電線杆發出了笑聲，嚇了一跳，心想連電線杆都會笑了，是不是要發生地震？他仔細一看，看到有東西蹲在那裏，笑聲就是從那裏出來的，他不知道這是什麼動物，嚇得他推開院門逃了進去。這人進了屋鎖上門，躺進被窩時仍然不放心，把被子蒙住腦袋才終於睡著，一覺睡到中午才醒來，醒來後逢人就說天亮前看見了驚人一物，不知道是什麼？說它像人呢？它圓滾滾的；說它像豬呢？沒有那麼胖；說它像牛呢，又沒有那麼大。這人最後肯定地說：

「我見到了原始社會裏的動物。」

林紅的母親天剛亮就起床了，她把馬桶端出來時，看到了滿頭滿身露水的宋鋼站在那裏，她吃了一驚，抬頭看看初升的太陽，心想昨晚上沒有下雨，她明白了，宋鋼在這裏站了整整一夜，全身上下都被露水打濕了。落水狗一樣的宋鋼笑容滿面地看著林紅的母親，林紅母親覺得宋鋼笑得有些稀奇古怪，她放下馬桶就回到了屋裏，對林紅父親說，那個叫宋鋼的人好像在外面站了一夜，她說：

「是不是犯精神病了？」

林紅的父親驚訝地張開了嘴，他像是要去看熊貓似的驚奇地走出去，他看到宋鋼笑眯眯地站在那裏，他好奇地問宋鋼：

「你站了一夜？」

宋鋼高興的點著頭，林紅父親心想站了一夜還這麼高興？轉身回到屋裏對林紅母親說：

「是有點不正常。」

林紅早晨醒來後退燒了，她感覺自己身體好一些了，坐起來後又覺得渾身發軟，她重新躺下。她是這時候知道宋鋼在外面站了整整一夜，她先是一驚，隨即想起了昨晚發生的事，她咬了咬嘴唇，滿腹的委屈讓她湧出了眼淚，她用被子蒙住頭嗚嗚地哭了。林紅哭了一會兒後，用昨晚上宋鋼還給她的手帕擦乾淨眼淚，對她父親說：

「讓他走，我不想見他。」

林紅的父親走了出去，對還在那裏笑瞇瞇的宋鋼說：「你走吧，我女兒不會見你的。」

宋鋼收起了臉上的笑容，不知所措地看著林紅的父親。林紅父親看他站著沒有動，就揮動著雙手，像是驅趕鴨子一樣，驅趕著宋鋼。宋鋼被林紅父親趕出去了十多米，林紅父親站住腳，指著他說：

「走遠點，別再讓我見到你。」

林紅的父親回到屋裏，說把那個傻瓜趕走了，把那個傻瓜趕走比趕鴨子下河困難多了，那個傻瓜走一步就回一次頭，那個傻瓜站著不動好比是灰塵……毛主席說得好：掃帚不到，灰塵就不會自動跑掉。林紅父親一口氣說出了七個傻瓜，林紅聽到第七個「傻瓜」，心裏不舒服了，她扭過頭去，嘟噥著說：

「人家也不是傻瓜，人家就是忠厚。」

林紅的父親對林紅的母親眨了眨眼睛，偷偷笑著走了出去，走到了院子裏，這時一個鄰居從外面買了油條回來，他對林紅父親說：

「剛才被你趕走的那個人又站在那裏了。」

「真的？」

林紅父親說著回到了屋裏，悄悄走到了窗前，撩起窗簾往外面張望，果然看到了宋鋼，他笑著讓林紅母親也來看一眼。林紅母親湊上去，看到宋鋼低垂著腦袋站在那裏，一付喪魂落魄的模樣。林紅母親也忍不住笑了，她對女兒說：

「那個宋鋼又來了。」

林紅看著父母臉上的怪笑，知道他們心裏在想些什麼。她側過身去，面對著牆壁，不讓父母看到她的臉。這時她又想起了昨晚的事，氣又上來了，她說：

「別理他。」

林紅母親說：「你不理他，他就一直這麼站下去。」

「把他趕走。」林紅叫了起來。

這次是林紅母親出去了，她走到忐忑不安的宋鋼面前，低聲對他說：「你先回去，過幾天再來。」

宋鋼迷惑地看著林紅母親，不知道她是什麼意思？林紅母親看清楚了宋鋼脖子上的那道血印，她昨晚上就看見了，她關心地問：

「脖子怎麼了？」

「我自殺了一次。」宋鋼不安地說。

「自殺？」林紅母親嚇了一跳。

「用繩子上吊。」宋鋼點點頭說，接著不好意思地補充道，「沒死成。」

林紅母親神情緊張地回到了屋裏，來到女兒的床邊，說宋鋼昨晚上吊自殺了一次，沒死成。她說昨晚就看見宋鋼脖子上有一道血印，剛才見了比昨晚見到的血印還要深，還要粗。林紅母親說著唉聲嘆氣，她推推面壁躺著的女兒說：

「你出去見他一下吧。」

「我不去。」林紅扭動著身體說，「讓他去死吧。」

林紅說完這話，心裏一陣絞痛。接下去她越來越不安了，她躺在床上，想著站在外面的宋鋼，想著他脖子上的血印，心裏越來越難過，也越來越想去見見外面的宋鋼。她坐了起來，看看自己的父母，她的父母立刻知趣地走到了外屋。林紅沉著臉下床走到外屋，像往常那樣不慌不忙地刷牙洗臉，坐到鏡子前認眞地梳理著自己的一頭長髮，又把長髮辮成了兩根辮子，然後站起來對她的父母說：

「我去買油條。」

宋鋼看到林紅出來時激動的差一點哭了，他像是怕冷似的抱住自己的肩膀，嘴巴張了又張，卻沒有聲音。林紅看了他一眼，面無表情地走向了賣油條的點心店，渾身潮濕的宋鋼跟在她的身後，終於說出聲音來了，他沙啞地說：

「晚上八點，我在橋下等你。」

「我不去。」林紅低聲說。

林紅走進了點心店，宋鋼神情悲哀地站在門口。林紅買了油條出來時看清了宋鋼脖子上的血印，她心頭一顫。這時宋鋼更換了約會地點，他小心翼翼地問：

「我在小樹林等你？」

林紅遲疑了一下後，點了點頭。宋鋼喜出望外，他不知道接下去應該做什麼，繼續跟隨著林紅走到了她家的院子門口。林紅進門時，回頭悄悄給他使了個眼色，讓他趕緊走。宋鋼知道自己應該做什麼了，他使勁地點點頭，看著林紅進去以後，他才轉身離去。

宋鋼腦子昏昏沉沉度過這個難熬的白天，他在工廠上班時睡著了十三次。在車間的角落裏睡了五次，中午吃飯時睡了兩次，與工友打撲克時睡了三次，兩次靠著機床睡，一次上廁所撒尿時頭頂著牆睡著了。然後在傍晚的時候情緒激昂地來到了電影院後面的小樹林，這時候剛剛夕陽西下，宋鋼像個逃犯似的在樹林外的小路上走來走去，樣子鬼鬼祟祟。幾個認識他的人走過去時，叫著他的名字問他在幹什麼？他支支吾吾說不清楚。他們笑著問他是不是丟了錢包？他點點頭；又問他是不是丟了魂？他也是點點頭，他們哈哈大笑地走去。

這個晚上林紅遲到了一個小時，她美麗的身影在月光小路上緩緩走來，宋鋼見到她時激動地揮著手迎了上去，不遠處還有人在走動，林紅低聲說：

「別揮手，跟著我。」

林紅走向了前面的小樹林，宋鋼緊跟在她的身後，林紅再次低聲說：

「離我遠點。」

宋鋼立刻站住了，他不知道應該離開林紅有多遠，站在那裏不動了。林紅走了一會兒發現宋鋼還站在那裏，就低聲叫他：「來呀。」

宋鋼這才快步跟了上去，林紅走進了小樹林，宋鋼也跟進了小樹林。林紅走到樹林的中央，看看四周，確定沒有別人了才站住腳，聽著後面宋鋼的腳步聲越來越近，然後沒有腳步聲，只有呼哧呼哧的喘氣聲了。林紅知道宋鋼已經站在她身後了，林紅站著不動，宋鋼也是站著不動，林紅心想這個傻瓜爲什麼不繞到前面來？林紅等了一會兒，宋鋼還是在她身後站著，還是呼哧呼哧地喘氣。林紅只好自己轉過身去，她看到月光裏的宋鋼正在哆嗦，她仔細地看了看宋鋼的脖子，那道血印隱隱約約，她開口說話了：

「脖子上怎麼了？」

宋鋼開始了漫長的講敘，他結結巴巴，語無倫次地說著，李光頭如何逼著他來說那句話，他說完後回到家中就上吊自殺了，恰好李光頭又回來了，把他救了下來。林紅的眼淚在宋鋼的講敘裏不斷地流出來，宋鋼說完後，結結巴巴地又從頭說起了，林紅伸手捂住了他的嘴，讓他別說了。宋鋼的嘴唇接觸到了林紅的手，他渾身顫抖起來。林紅縮回手，低頭擦了擦眼淚，然後抬頭命令宋鋼：

「取下眼鏡。」

宋鋼急忙取下了眼鏡，拿在手裏不知道下一步做什麼？林紅繼續命令他：

「放進口袋。」

宋鋼把眼鏡放進了口袋，接著又不知道該做什麼了。林紅深情地笑了一下，撲上去摟住了宋鋼的脖子，她的嘴唇貼著宋鋼脖子上的血印，心疼地說：

「我愛你，宋鋼，我愛你……」

宋鋼渾身顫抖地抱住林紅，激動地哭了起來，而且哭得上氣不接下氣。

十

宋鋼和李光頭分家了。他害怕見到李光頭，他是在上班的時候偷偷溜回家中，把自己所有的衣服放進了那只舊旅行袋，把兩個人共有的錢分成兩份，自己拿走一份，另一份放在桌子上，剩下的零錢全歸李光頭，又把李光頭給他配的那把鑰匙壓在了錢的上面，然後關上門，提著旅行袋走出了和李光頭相依爲命的屋子，他搬到五金廠的集體宿舍去住了。

宋鋼和林紅進行了一個多月的地下愛情以後，決定公開他們的戀情了，當然這是林紅的決定。林紅選擇了電影院，那天晚上我們劉鎮的群眾吃驚地看著林紅和宋鋼並肩走入了電影院，林紅吃著瓜子和宋鋼說說笑笑，找到自己的座位後，兩個人並排坐了下來，林紅繼續旁若無人地吃著瓜子，旁若無人地與宋鋼親熱地說著話。倒是宋鋼謙和地和所有認識他的人點頭打招呼，我們劉鎮的男群眾個個百感交集，電影開始放映後，那些沒有結婚的男群眾和已經結婚了的男群眾，差不多一半的時間在看銀幕，另一半時間偷偷看看這兩個人，在兩側的扭著頭，在前面的回過頭，在後面的伸長了脖子。看完電影後，這個晚上不知道多少個多情的男群眾輾轉反側，失眠睡不著，宋鋼讓他們羨慕得死去活來。

接下去林紅和宋鋼時常一起出現在大街上，林紅似乎更漂亮了，她的臉上始終掛著輕鬆的微笑。城裏的老人們伸手指點著她，說這是個泡在蜜罐裏的姑娘。宋鋼走在林紅身邊時幸福得不知所措，幾個月下來後他還是改不了一副受寵若驚的模樣。城裏的老人們說他實在不像一個戀人，說他還不如那個氣勢洶洶的李光頭，李光頭起碼還像個保鏢，這個宋鋼充其量也就是個隨從跟班。

在幸福裏暈頭轉向的宋鋼買了一輛亮閃閃的永久牌自行車，這差不多花去了他全部的積蓄。這永久牌自行車是什麼？在當年就是現在的賓士寶馬了，一年分配到我們縣裏也就是三輛，那年月別說是沒錢了，有錢也買不到亮閃閃的永久牌。林紅的叔叔是五金公司的經理，專管每年三輛永久牌自行車賣給誰，是個威風凜凜的人物，多少人見了他都是點頭哈腰。林紅為了讓宋鋼在我們劉鎮出人頭地，整天纏著她的叔叔，差不多都要哭哭啼啼了，要這個叔叔給她親愛的宋鋼弄一輛永久牌。林紅的父親也是對這個弟弟纏住不放，林紅的母親都快指著鼻子罵這個小叔子。林紅的叔叔萬般無奈，咬咬牙將本來應該給縣人武部部長的永久牌自行車，給了林紅那個親愛的宋鋼。

宋鋼從此春風得意，他騎著永久牌自行車風馳電閃，在我們劉鎮的大街小巷神出鬼沒，亮閃閃的自行車晃得我們劉鎮的群眾眼花撩亂，他還時時按響車鈴，清脆的鈴聲讓群眾聽了不是吞口水就是流口水。他下了車就會拿出塞在座位下面的一團棉線，仔細擦去車上的灰塵，所以他的永久牌是永久地亮閃閃。不管是颳風下雨，還是雪花飄飄，他的永久牌都是一塵不染，比他的身體還乾淨，他一個月也就是洗澡四次，可他的永久牌天天都要擦。

那些日子林紅覺得自己像個公主一樣，每天早晨當清脆的鈴聲在她門外響起時，就知道她的專車，亮閃閃的永久牌自行車到了。她笑吟吟地出門，側身坐在永久牌的後座上，一路欣賞著眾人羨慕的眼神，去她的針織廠上班了。當她每次下班走出廠門時，英俊的宋鋼和亮閃閃的永久牌已經等候在那裏了，她坐上幸福的永久牌，前面的後背是那個讓她幸福的男人，她一上車就會提醒宋鋼：

「打鈴，快打鈴。」

宋鋼立刻將車鈴按出一連串的響聲，林紅側身看著廠裏其他女工們落在後面，優越感油然而升，她們累了一天了，還要靠自己的兩隻腳把她們帶回家，她卻已經坐上專車了。

只要林紅在車上，永久牌的鈴聲就會響個不停，一路上只要見到認識的人，林紅就會提醒宋鋼打鈴，宋鋼每次都是賣力地打出了像街道一樣長的鈴聲來。林紅的微笑裏充滿了自豪，她一路上笑著和認識她的人點頭打招呼。

這時候我們劉鎮的老人們覺得宋鋼像個戀人了，他們說宋鋼騎車的模樣像從前騎馬的將軍，他打出的一串串鈴聲就像馬鞭聲。

宋鋼騎著亮閃閃的永久牌帶著美麗的林紅，遇到誰都要打上一陣子鈴聲，就是見了李光頭他不打鈴了。李光頭還是滿臉的牛氣，昂首挺胸目不斜視地迎面走來。這時候宋鋼反而是一陣心虛，一陣慌張，像個做錯了事的孩子那樣扭過頭去，歪著腦袋騎車了，好像眼睛長在耳朵上。林紅就不一樣了，她看到李光頭時趕緊讓宋鋼打鈴，可是宋鋼打出來的鈴聲總是七零八落，那種一連串的響亮鈴聲他怎麼也打不出來了，林紅知道宋鋼是怎麼了，她馬上伸手摟住宋鋼的腰，把臉貼在宋鋼的後背上，滿臉幸福和驕傲地看著李光頭，看著李光頭故作鎮靜的模樣，林紅就會咯咯地笑，就會指桑罵槐地說：

「宋鋼，你看呀，這是誰家的落水狗？」

李光頭聽到了林紅的話，嘴裏嘟囔地罵出了一連串的「他媽的」，比宋鋼的鈴聲還要長。然後就是一臉的失落，心想自己的女人跟著自己的兄弟跑了，自己的兄弟跟著自己的女人跑了，自己什麼都沒有了，他媽的雞飛蛋打，他媽的竹籃打水一場空。看著宋鋼和林紅的永久牌遠去以後，李光頭才把自信找回來，他自言自語地說：

「來日方長呢，誰是落水狗還難說……」

接下去他開始鼓勵自己了，滿嘴唾沫地說：「老子以後弄一輛超大型永久牌，前面坐西施，後面載貂嬋，懷裏抱個王昭君，背上馱個楊貴妃。老子帶著這古代四大美女騎上他媽的七七四十九天，從當代騎到古代去，再從古代騎到當代來，老子高興了還要騎到未來去……」

林紅和宋鋼的戀情曝光以後，我們劉鎮最大的愛情懸念終於揭曉了，未婚的男青年像是多米諾骨牌倒下似的紛紛死了心。這些死了心的男青年紛紛去找其他未婚的女青年，於是我們劉鎮談情說愛的男女青年，像是雨後的春筍一樣冒了出來，把我們劉鎮的大街弄得甜甜蜜蜜，讓我們劉鎮的老人目不暇接，老人們伸出一根手指說：

「好像都有了，都有女人了……那個李光頭還沒有。」

劉鎮的群眾很少在大街上見到李光頭了，李光頭瘦了一圈，像是得了一場大病。

那天晚上自殺未遂的宋鋼幸福地奪門而出，李光頭暴跳如雷地罵了一個小時，然後鼾聲如雷地睡了八個小時。早晨醒來後看到宋鋼的床還是空著，李光頭屋裏屋外偵察了一遍，沒有發現宋鋼回來的蛛絲馬跡，嘴裏「咦咦」地叫了起來，他不知道宋鋼在林紅的家門口守候了一夜，以為宋鋼是躲著他，李光頭哼哼地說：

「你躲得了一時，躲不了一世。」

第二天宋鋼仍然沒有回家，到了晚上李光頭坐在桌前，想了一條又一條對付宋鋼的計策，可是沒有一條是毒計，李光頭只好全部否決。李光頭最後想出了一條煽情計，就是拉住宋鋼的胳膊，一把眼淚一把鼻涕回憶童年歲月，他和宋鋼的童年血淋淋淚汪汪，兩個孩子舉目無親相依為命。李光頭相信這樣一來，宋鋼肯定會羞愧地低下頭，肯定會難捨難分地把林紅讓給他。李光頭得意洋洋，覺得這才是一條毒計，而且是劇毒之計。李光頭一直等到了深夜，等得李光頭呵欠連連，上下眼皮直打架，宋鋼還是沒有回家，李光頭只好罵罵咧咧上床睡覺了，上床前李光頭環顧屋子，心想跑得了和尚跑不了廟，宋鋼即使有天大的本事，也得回家來，到時再使出他的煽情計。

第三天李光頭下班回家，見到桌子上的錢和鑰匙以後，知道大事不妙了，知道跑掉的和尚不要廟了。李光頭氣得在屋子裏團團轉，把中國話裏面難聽的都找出來罵上一遍，又把抗戰電影裏學來的日本話罵上兩句，還想找幾句美國話，美國話他一句都不知道了，只好啞口無言地坐在床上發呆發癡。李光頭心想自己小看宋鋼了，宋鋼讀過半部破爛的《孫子兵法》，自己的煽情計還沒有使出來，宋鋼搶先使出了三十六計裏的走為上計。

這天晚上李光頭有生以來第一次失眠了，此後一個月他都是茶飯不香睡眠不足。李光頭人瘦了，話也少了，不過走在大街上時仍然威風凜凜，他見到過幾次宋鋼，每次宋鋼都是遠遠地躲開了；他也見到過幾次林紅，每次林紅都和宋鋼走在一起，林紅親熱地捏著宋鋼的手，讓李光頭看在眼裏苦在心裏。後來宋鋼騎上了永久牌，後面坐上了美林紅，風光無限地從李光頭身旁閃閃而去，李光頭已經不是痛苦了，而是覺得自己顏面盡失。

我們劉鎮的群眾都是好記性，都記得李光頭痛揍那兩個愛情炒作者時說的話，李光頭揚言誰敢自稱是林紅的男朋友，他就把誰揍得永世不得翻身。群眾裏有些壞小子在大街上見到李光頭時，就會酸溜溜地對他說：

「林紅不是你的女朋友嗎？怎麼一眨眼成了宋鋼的女朋友了。」

聽了這話，李光頭就會痛心疾首地喊叫：「他要不是宋鋼，我早把他宰啦！早提著他的人頭去笑傲江湖啦！可是宋鋼是誰？宋鋼是我相依為命的兄弟，我只好認命了，只好牙齒打碎了往肚子裏咽。」

宋鋼為林紅上吊自殺，脖子上的血印一個月以後才消失掉，讓林紅想起來眼圈就會發紅。林紅把宋鋼自殺的事情眞相詳細告訴了自己的父母，又忍不住告訴了自己最親近的幾個針織廠女工。林紅的父母和那幾個女工再去告訴別人，一傳十，十傳百，百傳千，宋鋼自殺的故事在我們劉鎮傳播時像細胞分裂一樣快，沒出幾天就家喻戶曉了。我們劉鎮的女群眾對林紅羨慕之餘，就要去盤問自己的現任丈夫或者未來丈夫：

「你能為我自殺嗎？」

劉鎮的男群眾苦不堪言，個個都要口是心非地說上一堆「能能能」，還要裝出一副視死如歸的英勇氣概。這些女群眾問起來沒完沒了，最多那個男群眾回答了一百多次，最少那個也回答了五、六次。有幾個男群眾被逼急了，只好把繩索套進自己的脖子，把菜刀架在自己的手腕，信誓旦旦地說：

「只要你一聲令下，我馬上弄死自己。」

這時候趙詩人無愛一身輕，前面的女朋友跟著別人跑了，後面的女朋友還沒有從別人那裏跑過來，趙詩人正處在愛情的空白時期，他對劉鎮男群眾的遭遇幸災樂禍，心想這些窩囊廢活該受罪。趙詩人揚言，他不會找一個讓自己為她自殺的女朋友，只會找一個讓她為自己自殺的女朋友。趙詩人如數家珍似的說：

「你們看看孟姜女等等，你們看看祝英台等等，眞正的愛情都是女的為了男的自殺。」

趙詩人覺得自己和李光頭是同病相憐，都是在林紅那裏栽了跟頭。自從劉作家挨揍以後，趙詩人一直躲著李光頭，最近的幾次在街上相遇，李光頭都是對趙詩人點點頭就走過去了。趙詩人覺得自己安全了，他開始和李光頭套近乎了，在大街上見到李光頭走來，趙詩人招呼著迎上去，親熱地叫道：

「李廠長，近來可好？」

「好個屁。」李光頭沒好氣地說。

趙詩人嘿嘿笑著拍拍李光頭的肩膀，當著過路群眾的面，滔滔不絕地說起來了。他說李光頭根本不應該把上吊的宋鋼救下來，宋鋼活過來就把李光頭的林紅搶走了，宋鋼要是沒有活過來……趙詩人說：

「愛情的天平還不是向你傾斜了又傾斜？」

李光頭聽了趙詩人的話很不高興，心想這王八蛋竟然敢詛咒宋鋼去死。趙詩人全然不顧李光頭越來越難看的臉色，繼續自作聰明地說：

「這好比是農夫與蛇的故事，農夫看見路上有一條凍僵的蛇，就把蛇放到了胸口，蛇暖和過來後就一口咬死了農夫……」

趙詩人最後忘乎所以地指點起了李光頭：「你就是那個農夫，宋鋼就是那條蛇。」

李光頭勃然大怒了，一把揪住趙詩人的衣服吼叫了：「你他媽的才是那個農夫！你他媽的才是那條蛇！」

趙詩人嚇得面如土色，眼看著李光頭威震劉鎮的拳頭舉起來了，趙詩人急忙伸出雙手抱住李光頭的拳頭，連聲說：

「息怒，李廠長，請你千萬要息怒，我這是一片好意，我是在為你著想……」

李光頭遲疑了一下，覺得趙詩人像是一片好意，他放下了拳頭，鬆開抓住趙詩人衣服的手，他警告趙詩人：

「你他媽的聽著，宋鋼是我的兄弟，就是天翻地覆慨而慷了，宋鋼還是我的兄弟，你他媽的要是再敢說宋鋼一句壞話，我就……」

李光頭停頓了一下，他在「揍」和「宰」兩個字之間猶豫了一下，然後堅定地選擇了「宰」字，他說：

「我就宰了你。」

趙詩人表示同意似的點點頭，轉身就走，心想趕快離開這個粗人。趙詩人匆匆走出了十來步，看到街上的群眾嬉笑地看著自己，趙詩人立刻放慢了腳步，裝出從容不迫的樣子來，同時感嘆地對群眾說：

「做人難啊。」

李光頭看著趙詩人走去時，突然想起了當初狠揍劉作家時許下的諾言，立刻對趙詩人招手了：

「回來，他媽的給我回來。」

趙詩人心裏哆嗦了一下，當著劉鎮眾多的群眾，他不好意思撒腿就逃，他站住腳，爲了顯示自己的從容，他緩緩地轉過身來。李光頭繼續向他招手，李光頭一臉的親熱表情，他對趙詩人說：

「快回來，我還沒把你勞動人民的本色給揍出來呢。」

眼看著群眾興奮起來了，眼看著自己要倒楣了，趙詩人心裏砰砰亂跳，他急中生智地擺擺手說：

「改天吧。」

趙詩人說著伸手指指自己的腦袋，向李光頭解釋：「這裏突然來靈感了，我要趕快回家把靈感記下來，錯過了就沒有了。」

聽說趙詩人的靈感來了，李光頭就揮揮手，讓趙詩人放心地離去。街上的群眾十分失望，他們對李光頭說：

「你怎麼放過他了？」

李光頭看著趙詩人離去的背影，通情達理地對群眾說：「這個趙詩人不容易，他腦子裏懷上靈感，比他肚子裏懷上孩子還要難。」

李光頭說完一副寬容的模樣揚長而去，他走過布店的時候，沉浸在幸福裏的林紅正站在裏面和售貨員說著話，給自己和宋鋼挑選布料做衣服。李光頭沒有看見林紅，也不知道林紅和宋鋼準備結婚了。

十一

林紅準備結婚那天在人民飯店擺上幾桌酒席，把男女雙方的親朋好友都請過來喝喜酒。林紅在一張白紙上把女方親友的名字都寫上了，又拿了一張白紙給宋鋼，讓宋鋼把男方的親朋好友也寫上，宋鋼手裏拿著筆像是舉重似的吃力，半天寫不出一個字來。宋鋼支支吾吾地說自己在世界上只有一個親人，就是李光頭。林紅聽了這話不高興了：

「難道我不是你的親人？」

宋鋼連連搖頭，他說自己不是這個意思，他充滿愛意地對林紅說：「你是我最親的親人。」

林紅幸福地笑了，她說：「你也是我最親的親人。」

宋鋼拿著筆還是寫不出一個字來，他小心翼翼地問林紅，是不是也請李光頭出席婚宴？他說雖然和李光頭沒有交往了，可他們畢竟是兄弟。宋鋼說這些話的時候，一再聲明，要是林紅不答應，他堅決不請李光頭。結果林紅爽快地說：

「請他吧。」

林紅看著宋鋼滿臉的疑惑，噗哧笑了，她說：「寫上吧。」

宋鋼在白紙上寫下李光頭以後，飛快地把自己車間裏工友的名字都寫上了，最後他猶豫了一下，也把劉作家的名字也寫上去。然後宋鋼按照兩張白紙上的名單，塡寫紅色的婚宴請柬了，林紅把頭依偎在宋鋼的肩頭，看著宋鋼漂亮的字體一個個從筆尖下流淌出來，林紅一聲聲驚嘆：

「眞好看，你的字眞好看。」

這天下午，宋鋼拿著請柬，騎著他亮閃閃的永久牌來到了大街拐角處，守候在李光頭下班回家的路上。宋鋼坐在自行車上，伸出一隻腳架在梧桐樹上保持平衡。當李光頭走來時，宋鋼不再騎車躲開了，他遠遠地喊叫，遠遠地揮著手。宋鋼的熱情讓李光頭一臉的莫名其妙，他扭頭看看身後，以爲宋鋼是在和別人打招呼。李光頭走近時，聽見宋鋼喊叫他的名字：

「李光頭。」

李光頭伸手指指自己的鼻子，問宋鋼：「你是在叫我？」

宋鋼熱情地點點頭，李光頭抬頭看看天上的太陽，陰陽怪氣地說：「太陽沒從西邊出來啊。」

宋鋼不好意思地笑了笑，李光頭看著宋鋼坐在永久牌上，右腳架在梧桐樹上，那模樣神氣極了。李光頭越看越羨慕，他說：

「他媽的，你這模樣像是天上的神仙。」

宋鋼立刻跳下自行車，抓住車的把手，也請李光頭上車去做一回天上的神仙。李光頭從來沒有騎過自行車，就是自行車的後座，他的屁股也沒有沾過一次。他卻像個老手一樣抬腿跨過了橫槓，坐上去以後就破綻百出了。他的身體一會兒往右邊斜，一會兒又往左邊倒，雙手抓住車把就像是抓住救命稻草，他的雙手像兩根棍子似的僵硬。宋鋼雙腿夾住自行車的後輪，喊叫著要李光頭身體放鬆，要李光頭將車把扶直了。然後宋鋼在後面推了起來，剛開始李光頭的身體不斷左右搖晃，宋鋼一邊推著，一邊還要伸手去扶住李光頭，不讓他掉下來。慢慢地李光頭找到騎車的感覺了，他身體僵直地坐在自行車上，宋鋼在後面越推越快，李光頭根本沒有蹬車輪，全靠宋鋼在後面推著。宋鋼推著自行車奔跑起來了，李光頭嘗到了什麼是速度，他覺得自己正在劉鎮的街上飛過去，李光頭高興地哇哇大叫：

「好大的風啊！好大的風啊！」

宋鋼在後面推著奔跑，跑得滿頭大汗，跑得上氣不接下氣，跑得眼睛發直，跑得口吐白沫。李光頭聽著風聲颼颼地響，衣服嘩嘩地抖，自己的光頭更是滑溜溜的舒服。李光頭指揮後面的宋鋼：

「快，快，再快一點。」

宋鋼推著自行車跑出了一條街，實在跑不動了，慢慢停下來，再用雙腿夾住後輪，把李光頭從車上扶下來，然後他蹲在地上喘了差不多半個小時的粗氣。李光頭從車上下來後意猶未盡，他雙手撫摸著宋鋼這閃閃的永久牌，回味著剛才風馳電掣的美好感覺，再看看蹲在地上喘不過氣來的宋鋼，李光頭才意識到宋鋼推著他跑完一條街了。李光頭蹲下去像是要幫助宋鋼喘氣，輕輕拍打著他的背，李光頭對他說：

「宋鋼，你眞了不起，你簡直就是一台發動機。」

說完這話，李光頭又遺憾起來，他說：「可惜你是台假發動機，你要是台眞的，我就一路去上海啦。」

宋鋼喘著氣笑了起來，他捧著肚子站起來說：「李光頭，以後你也會有一輛自行車的，到時候我們一起騎到上海去。」

李光頭的眼睛像宋鋼的永久牌一樣亮閃閃了，他拍拍自己的光腦袋說：「對呀，我以後也會有自行車的，我們一起騎車去上海。」

這時宋鋼緩過來了，他遲疑了一下後，有些不安地說：「李光頭，我要和林紅結婚了。」

宋鋼說著將請柬遞給李光頭，請他來喝喜酒。李光頭剛才還是喜氣洋洋的臉色，立刻陰沉了下來，他沒有接請柬，慢慢地轉過身去，獨自一人走去了，一邊走一邊傷心地說：

「生米都煮成熟飯了，還喝什麼喜酒。」

宋鋼呆呆地看著李光頭走去，剛剛恢復的兄弟情誼又煙消雲散了。宋鋼推著他的永久牌沿著街道心事重重地走去，他忘記了騎車。宋鋼回到家裏，把請柬拿出來放在了桌子上。林紅見到給李光頭的請柬又回來了，問宋鋼：

「李光頭不來？」

宋鋼點點頭，不安地說：「他好像還沒死心。」

林紅鼻子裏哼了一聲說：「生米都煮成熟飯了，他還有什麼不死心的？」

宋鋼聽了林紅的話以後吃了一驚，心想這兩個人說話怎麼一種腔調。

林紅和宋鋼在人民飯店擺了七桌酒席，林紅的親友占了六桌，宋鋼的只有一桌，李光頭沒來，那個劉作家也沒來，吃喜酒就要送紅包，他表示不屑于參加宋鋼的婚宴，其實是他不捨得花錢，他伸出小拇指說，宋鋼是個小人物，他從來不吃小人物的飯，不過劉作家施捨似的表示，他會去宋鋼的新房看看，鬧洞房的時候送上自己心裏的一片祝福。宋鋼同一個車間的工友都來了，剛好湊成一桌。熱鬧的婚宴晚上六點開始，每桌都是十菜一湯，雞鴨魚肉一應俱全，白酒喝掉了十四瓶，黃酒喝掉了二十八瓶，十一個微醉，七個半醉，三個全醉。全醉的三個分別趴在三張桌子下面噭噭叫著嘔吐不止，把七個半醉的也勾引的嘔吐了起來，十一個微醉的觸景生情，張開十一張嘴巴，打出了十一串酸甜苦辣之嗝。把我們劉鎮當時最爲氣派的人民飯店弄得杯盤狼藉，弄得像是化肥廠的車間，都聞不到食物的香味了，聞到的全是化學反應的氣味。

這天晚上李光頭也喝醉了。他獨自一人在家裏喝著白酒，喝下足足一斤的白酒，他第一次喝醉了，喝醉以後嗚嗚地哭，又嗚嗚哭著睡著了，天亮醒來時他嘴裏還有嗚嗚聲。鄰居們都聽到了李光頭失戀的哭聲，他們說李光頭的哭聲裏有七情六欲，有時像是發情時的貓叫，有時像是被宰殺時的豬嚎，有時像是吃草的牛哞哞地叫，有時像是報曉的雄雞咯咯叫。鄰居們意見很大，說李光頭吵得他們一夜睡不著，就是睡著了也是噩夢連連。

李光頭嗚咽嚎叫了一個晚上以後，第二天就去醫院做了輸精管結紮手術。他先去了福利廠開好了單位證明，證明上的結紮申請人是李光頭，單位領導簽名同意的也是李光頭，還一本正經地蓋上了公章。李光頭拿著單位證明一臉悲壯地走進了醫院的外科，把單位證明往醫生的桌子上一拍，高聲說：

「我來響應國家計畫生育的號召。」

醫生當然認識大名鼎鼎的李光頭，李光頭走進來劈頭蓋臉就要醫生給他結紮。醫生看著李光頭的手掌像把刀似的在自己的肚子上劃拉著，心想天底下竟然還有這樣的人？又看了看李光頭的單位證明，申請人和批准人都是李光頭，心想天底下竟然還有這樣的證明？醫生忍不住嘿嘿地笑，他說：

「你沒有結婚，沒有孩子，爲什麼要結紮？」

李光頭豪情滿懷地說：「沒有結婚就來結紮，計畫生育不就更加徹底嗎？」

醫生心想天底下竟然還有這樣的道理？醫生低下頭嘿嘿笑個不停，李光頭不耐煩地一把將醫生從椅子裏拉起來，好像是李光頭要給醫生結紮似的，又拉又推地把醫生弄進了手術室。李光頭解開皮帶，推下去褲子，撩上來衣服，躺到了手術台上，然後命令醫生：

「結呀，紮呀。」

李光頭在手術台上躺了不到一個小時就下來了。完成了輸精管結紮壯舉的李光頭，面帶微笑地走出了醫院的大門。他左手拿著結紮手術的病歷，右手捂著肚子上剛剛縫上的傷口，走幾步歇一會兒，來到了林紅和宋鋼的新房。

那時候林紅的針織廠來了二十多個女工，正在大鬧林紅的洞房，劉作家也來了，喜氣洋洋地坐在二十多個姑娘中間，一副夢裏花落知多少的表情。姑娘們從屋頂上吊下來一根繩子，繩子上繫著一只蘋果，嚷嚷著讓新郎和新娘一起咬蘋果。李光頭走了進去，姑娘們一片驚叫，她們都知道李光頭和宋鋼和林紅之間的關係，又像三角關係又不像三角關係，說不清是什麼關係。她們以爲李光頭是來尋釁滋事的，林紅當時也緊張了，李光頭橫著眼睛走進來，林紅覺得他沒安好心。只有宋鋼沒有看出來，他看到李光頭驚喜萬分，心想這個兄弟終於還是來了，宋鋼抽出一支香煙迎上去高興地說：

「李光頭，你終於來了。」

剛剛結紮了的李光頭用右手一撥，就將新郎宋鋼撥到了一邊，他氣勢洶洶地說：

「老子不抽煙。」

屋裏的姑娘們嚇得都不敢出聲，李光頭從容地將結紮病歷遞給林紅。林紅不知道那是什麼，沒有去接，她去看自己的新郎宋鋼。宋鋼伸手去拿，李光頭擋開了他的手，將病歷遞給身邊的一個姑娘，讓她傳遞給林紅。林紅拿著這份醫院的病歷，不知道李光頭是什麼意思，李光頭對她說：

「打開看看，上面寫著什麼？」

林紅打開來看到上面有「結紮」這樣的字，她還是不明白，小聲問身邊的姑娘：

「『結紮』是什麼意思？」

幾個姑娘湊上去看病歷時，李光頭對著林紅說：「什麼叫『結紮』？就是閹割，我剛去醫院把自己閹割了……」

屋裏的姑娘們哇哇地驚叫起來，新娘林紅也是花容失色。那個時期我們劉鎮流行把買來的雄雞閹割了，養成大公雞以後宰殺煮熟，吃起來就會鮮嫩，就會沒有公雞的騷味，劉鎮的群眾都把閹割的公雞叫「鮮雞」。一個姑娘聽說李光頭去醫院把自己閹割了，脫口驚叫起來：

「你是個『鮮人』啦？」

這時候劉作家出頭露臉的時機到了，他慢慢地站起來，從林紅手裏拿過病歷，讀了一遍，滿腹學問地糾正那個姑娘的話，他說：

「不是，閹割和結紮不一樣，閹割後就變成太監了，結紮了還是可以……」

劉作家掃了一眼屋子裏鮮花盛開般的姑娘，下面的話欲言又止了，那個姑娘還在問：

「還可以什麼？」

李光頭不耐煩地對這個姑娘說：「還可以和你睡覺。」

這個姑娘氣得滿臉通紅，咬牙說：「誰也不會和你睡覺。」

劉作家點點頭，表示同意李光頭的意思，補充道：「就是不能生孩子了。」

劉作家的補充讓李光頭滿意地點點頭，他取回了自己的病歷，對林紅說：

「我既然不能和你生兒育女，我也絕不會和別的女人生兒育女。」

說完這話，忠貞不渝的李光頭轉身走出了林紅的新房，他走到門外站住腳，回頭對林紅說：

「你聽著，我李光頭在什麼地方摔倒的，就會在什麼地方爬起來。」

然後李光頭像一個西班牙鬥牛士一樣轉身走了。李光頭一二三四五六七，走出七步時，身後的新房裏鴉雀無聲，當他跨出第八步時，新房裏發出了一陣哄笑聲。李光頭腳步遲疑了起來，他失望地搖了搖頭。這時宋鋼追了出來，宋鋼跑到走路變成了瘸子的李光頭跟前，拉住李光頭的胳膊想說些什麼：

「李光頭……」

李光頭沒有搭理宋鋼，他左手捂住肚子，一瘸一拐悲壯地走上了大街，宋鋼也跟著走上了大街。

李光頭走了一陣子，宋鋼仍然跟在後面，李光頭回頭對宋鋼低聲說：

「你快回去。」

宋鋼搖了搖頭，嘴巴張了張，還是只有一聲：「李光頭……」

李光頭看到宋鋼站著沒有動，低聲喊叫了：「他媽的，你今天是新郎，快回去。」

宋鋼這時把話說出來了：「你爲什麼要斷後？」

「爲什麼？」李光頭神情悽楚地說：「我看破紅塵了。」

宋鋼難過地搖起了頭，看著李光頭沿著街邊緩慢地走去，李光頭走出了十多步以後，回頭真誠地說：

「宋鋼，你以後多保重！」

宋鋼一陣心酸，他知道從此以後兄弟兩人正式分道揚鑣了。看著李光頭一瘸一拐地走去，宋鋼的腦海裏出現了小時候兩人第一次分手的情景，爺爺拉著自己的手站在村口，李蘭拉著李光頭的手在鄉間的小路上越走越遠。

我們劉鎮的西班牙鬥牛士頭也不回地走去了，他在街上遇到了小關剪刀。小關剪刀看見李光頭像一個瘸子走來，左手還捂著肚子，好奇地叫住了李光頭，問李光頭是不是肚子疼上了？李光頭還沒有回答，小關剪刀就自作主張地說：

「蛔蟲，肯定是蛔蟲在咬你的腸子。」

這時的李光頭還沉浸在自己結紮的壯舉裏，他神色悲壯地拉住小關剪刀，舉著手裏的病歷，不屑地說：

「蛔蟲算什麼？」

然後打開病歷給小關剪刀看看，還特意指了指上面的「結紮」兩字。小關剪刀仔細地將李光頭的病歷讀了一遍，一邊讀著一邊埋怨醫生的筆跡太潦草。小關剪刀讀完了病歷，也不知道「結紮」是什麼意思，小關剪刀問：

「什麼叫『結紮』？」

李光頭這時候得意起來了，他驕傲地說：「結紮？就是閹割。」

小關剪刀嚇了一跳，失聲驚叫：「你把自己的屌剪掉啦？」

「怎麼是剪掉？」李光頭很不滿意小關剪刀的話，他糾正道：「不是剪掉，是結紮。」

「這麼說，」小關剪刀問，「你的屌還在？」

「當然在。」李光頭說著右手摸了一下自己的褲襠，補充道，「完好無損。」

接著李光頭豪邁地說：「我本來是想剪掉的，考慮到以後要像女人那樣蹲下來撒尿，不雅觀，所以我結紮了。」

然後李光頭拍拍小關剪刀的肩膀，捂著肚子，揮動著結紮證明，一瘸一拐地走去了。小關剪刀站在那裏笑個不停，指點著李光頭走去的背影，告訴街上的群眾，李光頭把自己結紮了，也就是閹割，不過……小關剪刀實事求是地補充道：李光頭的屌還在。李光頭越走越遠的時候，小關剪刀身邊的群眾越聚越多，群眾興致勃勃地議論著遠去的李光頭，紛紛說自己度過了愉快的一天。這些群眾誰也想不到，十多年以後李光頭成爲了我們全縣人民的GDP。

十二

李光頭的GDP之路是從我們劉鎮福利廠開始的。塞翁失馬，焉知非福？李光頭在林紅這裏跌了愛情的跟頭，轉身就在福利廠連續創造了利潤奇蹟。這時候改革開放進入了全民經商的年代，李光頭左思右想，越想越覺得自己是一個經商的天才，自己率領著兩個瘸子、三個傻子、四個瞎子、五個聾子，都能夠富得流油；若是率領五十個學士、四十個碩士、三十個博士、二十個博士後，還不富成了一艘萬噸油輪？

李光頭腦子一熱，馬上命令手下十四個瘸傻瞎聾的忠臣放下手裏的工作，好像地震了，好像火災了，召開了福利廠歷史上最緊急的一次會議。剛才他還在打電話聯繫一筆業務，放下電話後就決定辭職了。李光頭發表了長達一小時的慷慨演說，裏面用了五十九分鐘給自己歌功頌德，最後一分鐘先是任命兩個瘸子為正副廠長，接著用沉痛和惋惜的語氣宣布：福利廠全體員工一致接受李光頭廠長的辭職申請。李光頭最後眼含熱淚地說：

「謝謝！」

李光頭說完謝謝，轉身疾步走了，十四個瘸傻瞎聾的忠臣坐在那裏一動不動。三個傻子樂呵呵的根本沒聽懂李光頭說了些什麼，李光頭走後三個傻子仍然樂呵呵；五個聾子只看見李光頭的兩片厚嘴唇上下翻動，見他嘴唇突然不動了轉身出去，以爲他是尿急上廁所，聾子們正襟危坐，等待著李光頭回來繼續上下翻動他的厚嘴唇；兩個瘸子你看看我，我看看你，不知道是怎麼回事？五年多前，李光頭也是這樣召開了一次福利廠全體員工大會，突然襲擊地撤掉兩個瘸子的正副廠長職務，自作主張地任命自己爲廠長，現在他又突然襲擊撤掉了自己，又把兩個瘸子廠長給任命回來了；四個瞎子瞪著他們黑暗的眼睛，他們的腦子比那十個瘸傻聾明亮多了，他們最先醒悟過來，知道李光頭一去不回了。有一個瞎子嘿嘿地笑起來，另外三個也跟上嘿嘿笑。三個傻子本來就樂呵呵，見到四個瞎子也樂呵呵，三個傻子不甘示弱，乾脆放聲大笑。五個聾子聽不見笑，可是看得見笑，以爲李光頭尿急走時說了一個笑話，五個聾子的五張嘴巴張開來，兩個笑出的是聲音，三個笑出的是口形。兩個剛剛官復原職的瘸子廠長，這時候反應過來了，知道李光頭辭職不幹了，可是不知道大家爲什麼這麼高興？瘸子正廠長說李廠長平日裏厚待大家，他辭職走了，大家不該這麼高興。瘸子副廠長連連點頭，說正廠長說得對，說出了他副廠長的心聲。四個瞎子嘿嘿笑著說，李廠長好端端的爲什麼辭職走了？還不是升官升到民政局去了。瞎子們瞎說：

「李廠長去做李局長了。」

「有道理。」兩個瘸子恍然大悟。

民政局的陶青局長，一個月以後才知道李光頭辭職不幹了。那時候十四個瘸傻瞎聾幹完了李光頭拉來的最後一筆業務，舊的完成了，新的不再來。兩個瘸子搬回到了廠長辦公室，重操舊業找出了那盤象棋，隔著桌子一邊悔棋一邊互相指著鼻子對罵。剩下的十一個在車間裏無所事事，三個傻子繼續樂呵呵，四個瞎子和五個聾子比賽著打呵欠。

十四個忠臣開始無事想念李廠長了，在四個瞎子的倡議下，在兩個瘸子的批准下，福利廠的十四個忠臣組成一支烏合之眾的隊伍，七零八落地來到了民政局的院子裏，七零八落地喊叫起來：

「李局長，李局長，我們來看望你啦！」

正在主持民政局會議的陶青，隔著窗戶看到十四個瘸傻瞎聾站在院子裏又喊又叫，陶青正在念著中央紅頭文件，院子裏的喊叫讓他十分惱怒，他把紅頭文件往桌子上一拍，生氣地說：

「這個李光頭太不像話了，竟然把福利廠搬到民政局來了。」

陶青局長說著對坐在旁邊的一個科長揮一下手，讓科長出去把他們趕走。科長出去後比局長還要生氣，科長橫眉怒目地訓斥道：

「幹什麼？幹什麼？我們正在學習中央文件。」

兩個瘸子做過領導，知道學習中央文件的重要性，嚇得不敢吱聲了。四個瞎子什麼都看不見，自然不把中央文件放在眼裏，他們聽到科長的訓斥，很不服氣地說：

「你是誰？這麼對我們說話；就是李局長，也不會這麼對我們說話。」

科長看著四個瞎子拄著四根竹竿，說話神氣活現，科長氣得喊叫道：「出去！都給我出去！」

「你進去！你給我們進去！」瞎子們也喊叫，瞎子們說，「你進去告訴李局長，福利廠全體員工想念他了，來看望他了。」

「什麼李局長？」科長莫名其妙地說，「這裏沒有李局長，這裏只有陶局長。」

「你瞎說。」瞎子們說。

科長哭笑不得，心想眞是瞎子說瞎話。這時陶青出來了，陶青滿臉怒色，他還沒有看見李光頭，就衝著十四個瘸傻瞎聾喊叫：

「李光頭，你過來。」

四個瞎子不知道後面出來說話的人是誰？繼續不知天高地厚地說：「你是誰？竟敢這麼叫李局長。」

「什麼李局長？」陶青也是一臉的莫名其妙了。

「哼，連李局長都不知道。」瞎子們哼哼地說，「就是我們福利廠的李廠長，到民政局來做李局長啦。」

陶青看看身邊的科長，不明白四個瞎子在說些什麼？科長立刻去訓斥四個瞎子：

「胡說八道！李光頭來做局長，我們陶局長做什麼？」

四個瞎子啞口無言了，他們這時才想起來民政局已經有一個陶局長了。四個瞎子裏面有一個心裏沒底地說：

「陶局長可能去做陶縣長了。」

「對呀。」另外三個瞎子高興地叫起來。

陶青本來惱羞成怒，聽到瞎子們提拔他當縣長了，噗哧一聲笑了出來，像三個傻子一樣樂呵呵了。陶青這才發現李光頭不在這些人裏面，陶青看見兩個瘸子躲在五個聾子身後，就伸手指著兩個瘸子說：

「你們兩個，過來。」

兩個瘸子知道大事不好了，知道李廠長升官做了李局長是瞎子們瞎說的。兩個瘸子忐忑不安地從五個聾子身後瘸了出來，先是瘸到了兩邊，再轉身瘸到了一起，他們站在了陶青的面前。

接下去陶青終於弄明白李光頭辭職不幹了，這個李光頭辭職一個月了，都沒有到自己這裏來彙報一聲；這個李光頭根本就沒和福利廠員工們商量一下，就宣布全體員工一致接受他的辭職申請。陶青氣得臉色發白，嘴唇哆嗦地說：

「這個李光頭目無組織，目無紀律，目無領導，目無群眾……」

已經十多年沒有說髒話的陶青局長忍無可忍地罵了起來：「這個狗娘養的王八蛋！」

陶青命令兩個瘸子把福利廠的人帶走後，回到會議室不再學習中央紅頭文件了，開會討論李光頭的嚴重錯誤。陶青建議將李光頭從民政系統永遠開除出去，民政局工作會議一致通過陶青局長的建議，然後列印成民政局的紅頭文件準備上報縣政府。陶青拿著列印好的檔最後審讀了一遍，他說：

「對李光頭這種無法無天的人，不能用『辭職』這兩個字，一定要用『開除』。」

十三

李光頭被陶青開除的時候，坐在長途汽車站旁邊蘇媽的點心店裏。李光頭眉飛色舞，一手拿著去上海的車票，一手拿著肉包子。他咬著熱氣騰騰的肉包子，瞇著眼睛美滋滋地嚼著咽著，得意洋洋地告訴蘇媽：從此以後他要爲自己創業了。李光頭看著手裏的車票，差不多一小時過後他就要跳上去上海的汽車了，他抬頭看著點心店牆上的掛鐘，滿臉莊重的表情，嘴裏念念有詞，像是要發射火箭似的倒記時，從十數到了一，然後揮手對蘇媽說：

「一小時以後，我李光頭就要鯤鵬展翅啦！」

李光頭用突然襲擊的方式辭職後，回到家中關起門來，花了半個白天和半個晚上的時間，就確定了李鯤鵬飛翔的方向。李光頭根據自己在福利廠的成功經驗，覺得自己的創業首先要從加工業務開始，積累了資本以後再打造自己的品牌。可是加工什麼呢？李光頭也想做和福利廠一樣的紙盒業務，這個業務他已經熟門熟路了，李光頭想了很久以後還是忍痛割愛了，想到福利廠的十四個可愛的忠臣，李光頭覺得不能去搶他們的飯碗。最後李光頭決定做服裝加工，只要從上海的服裝公司那裏拿到一筆筆訂單，李光頭的事業就會像早晨的太陽一樣冉冉升起。

冉冉升起的李光頭拿著一張世界地圖來到童鐵匠的舖子裏，這時的童鐵匠已經是我們劉鎮的個體工作者協會主席，李光頭自己創業需要資金，他知道從國家那裏是弄不出來一分錢，他的腦子就轉到了童鐵匠這裏。改革開放以後，童鐵匠這些個體戶首先富起來了，他們銀行存摺上的數位越來越大。李光頭笑呵呵地走進了童鐵匠的舖子，一口一個「童主席」，叫得童鐵匠心花怒放，童鐵匠放下打鐵的錘子，揮手擦汗道：

「李廠長，別叫我童主席，叫我童鐵匠，童鐵匠這三字叫起來虎虎有生氣。」

李光頭哈哈笑出了聲音，他說：「別叫我李廠長，叫我李光頭，李光頭三個字也是虎虎有生氣啊。」

然後李光頭告訴童鐵匠，他已經不是李廠長了，他辭職不幹了。李光頭站在童鐵匠的火爐旁，唾沫橫飛地向童鐵匠描繪了自己的宏偉藍圖。他再三提醒童鐵匠，他帶著十四個瘸傻瞎聾都能一年掙幾十萬，要是帶上一百四十個、一千四百個健全人，裏面要是像炒菜撒上味精那樣，再撒些學士碩士博士和博士後進去，那就不知道能掙多少錢了？李光頭數著手指，嘴裏念念有詞地算了起來，算了半個小時也沒有結果。童鐵匠等得滿頭大汗，童鐵匠問他：

「到底能掙多少？」

「實在是算不出來了。」李光頭搖搖頭，瞪圓了眼睛，浪漫地說，「我滿眼望去已經不是鈔票了，是茫茫大海。」

李光頭浪漫之後，馬上又實際了，他補充了一句：「反正是不愁吃、不愁穿、不愁錢包鼓起來。」

接著李光頭像一個攔路搶劫的強盜那樣，向童鐵匠伸出手說：「拿錢來，一百元一份，你拿出多少份錢，以後就分多少份紅利。」

童鐵匠的臉色像爐火一樣通紅，他已經被李光頭的話挑撥得激情燃燒了，他粗壯的右手在胸前的衣服上擦了又擦後，伸出了三根手指，童鐵匠說：

「我出三十份。」

「三十份就是三千元人民幣啊！」李光頭驚叫起來，他羡慕地說，「你眞有錢啊！」

童鐵匠嘿嘿笑了兩聲，不以爲然地說：「三千元人民幣我還是拿的出來。」

李光頭這時展開了世界地圖，他告訴童鐵匠，剛開始是給上海的服裝公司加工服裝，等到時機成熟了，他就要打造自己的服裝品牌，他的服裝品牌名叫「光頭牌」，他要把光頭牌服裝打造成世界第一名牌。他指著世界地圖對童鐵匠說：

「這上面有圓點的地方，都有光頭牌服裝的專賣店。」

童鐵匠發現問題了，他問李光頭：「都是光頭牌？沒有別的牌子？」

「沒有。」李光頭乾脆地說，「要別的牌子幹什麼？」

童鐵匠不高興了，他說：「我出了三千元人民幣，也應該有我一個牌子。」

「有道理。」李光頭聽後連連點頭，「給你一個鐵匠牌。」

李光頭說著扯扯自己的卡其布中山裝說：「這外衣是我的光頭牌，我死活不會讓出來，我還要把光頭牌商標繡在胸口呢。剩下的長褲、襯衣、背心和內褲裏面，你挑選一個。」

童鐵匠覺得李光頭的要求也算合理，他同意挑選剩下的。他對背心和內褲不屑一顧，在長褲和襯衣之間他猶豫不決，心想襯衣是好，商標還能繡在胸口，可是襯衣外面還有一件外衣，只露出一個領子在外面，曝光度太低，他選中了長褲爲他的「鐵匠牌」。童鐵匠指著世界地圖問李光頭：

「上面有圓點的地方，也都有鐵匠牌？」

「當然。」李光頭拍著胸脯說，「有我光頭牌的地方，就有你的鐵匠牌。」

童鐵匠高興地豎起了食指，他說：「爲了我的鐵匠牌，我再加十份，再加一千元人民幣。」

李光頭沒想到在童鐵匠這裏一下子籌到了四千元人民幣，他從童鐵匠的舖子裏出來時笑得合不攏嘴巴。童鐵匠是我們劉鎭個體戶裏的領頭羊，榜樣的力量是無窮的，聽說童鐵匠出了四十份，再說李光頭在福利廠的驕人業績路人皆知，其他的個體戶都在李光頭徐徐展開的世界地圖前報出了他們的份額。

李光頭離開鐵匠舖後，馬上去了裁縫舖，李光頭只花了十分鐘就搞定了張裁縫，他把襯衣的品牌給了張裁縫，世界地圖上的小圓點讓張裁縫看花了眼睛，張裁縫拿著一根針指點著數起了歐洲那一塊，光是一個小國家裏的小圓點，張裁縫都數不過來。想到自己的「裁縫牌」襯衣名揚全世界，張裁縫激動地伸出了一根手指：

「我出十份。」

李光頭闊綽地送給了張裁縫十份，張裁縫出十份的錢拿二十份，李光頭說這送給他的十份是爲了體現張裁縫的技術含量，張裁縫是即將開張的服裝公司的技術總監，他要培訓員工和嚴把品質關。

擁有了五千元人民幣創業資金的李光頭，再接再厲地又拿下了磨剪刀鋪的小關剪刀和撐著油布雨傘拔牙的余拔牙。老關剪刀前些年大病一場，身體垮了以後磨不動剪刀了，常年在家靜養。小關剪刀開始執掌磨剪刀鋪，用他自己的話說是磨剪刀鋪的光杆司令。李光頭把背心的品牌給了小關剪刀，小關剪刀很滿意自己的「剪刀牌」背心，說這背心的兩根掛帶還眞像是剪刀，小關剪刀出了十份一千元人民幣。

離開了小關剪刀，李光頭來到了余拔牙的領地。余拔牙仍然像從前那樣，在街尾撐著一把很大的油布雨傘，雨傘下面一張桌子，左邊仍然放著一排拔牙鉗子，右邊仍然放著幾十顆拔下的壞牙，有顧客的時候自己坐在板凳上，沒顧客的時候自己躺在藤條躺椅裏，這把藤條躺椅修修補補了十多次，上面一塊塊新補上去的藤條讓躺椅看起來像一張劉鎮地圖。眼看著革命從滾滾洪流變成了涓涓細流，如今涓涓細流也不知去向，余拔牙知道革命也老了也退休了，心想這輩子革命不會回來了，余拔牙覺得那十多顆拔錯的好牙不再是革命寶貝了，以後會成爲他拔牙生涯裏的十多個污點了。於是在一個月黑風高的夜晚，余拔牙像個賊一樣偷偷溜出屋去，偷偷地將十多顆好牙扔進了下水道。

這時的余拔牙五十多歲了，聽完李光頭對遠大前程的描繪後，余拔牙異常激動地從他劉鎮地圖似的躺椅裏坐起來，接過李光頭手裏的世界地圖，愛不釋手地看了又看，無限感慨地說：

「我余拔牙活了大半輩子了，還沒有出過我們縣界，我余拔牙什麼風景都沒見過，見來見去的都是張開的嘴巴，我余拔牙就指望你李光頭了，我余拔牙跟著你李光頭當上了富翁以後，他媽的再也不拔牙了，他媽的再也不見那些張開的嘴巴了，我要見風景去，我要到世界各地去旅遊，把這些小圓點全跑遍。」

「眞是遠大志向啊！」李光頭豎起大拇指誇獎余拔牙。

余拔牙意猶未盡，看著桌子上的鉗子不屑地說：「這些鉗子全扔了。」

「別扔了，」李光頭擺擺手說，「你去小圓點見風景時帶上它們，萬一手癢了，你就順便拔幾顆白人的牙，拔幾顆黑人的牙，你拔了這麼多中國人的牙，你當上富翁了，就去拔外國人的牙。」

「有道理。」余拔牙兩眼閃閃發亮說，「我余拔牙撥了三十多年牙了，拔的都是我們縣裏人的牙，連上海人的牙都沒有拔過，我要在這世界地圖上每個小圓點裏都拔掉一顆牙。」

「對。」李光頭叫了起來，「別人是讀萬卷書，行萬里路；你是行萬里路，拔萬人牙。」

接下去是品牌問題了，余拔牙對只剩下內褲品牌十分不滿意，他指著李光頭的鼻子罵了起來：「他媽的，你把長褲襯衣背心給別人了，把內褲給我，你眼睛裏根本沒有我余拔牙。」

「我對天發誓，」李光頭慷慨激昂地說，「我李光頭絕對把你放在眼睛裏，我是沿著街走過來的，誰讓你在街尾，你要是在街頭，長褲襯衣背心還不是讓你先挑選。」

余拔牙仍然不依不饒，他說：「我在這街尾蹲的年份比你年紀還長，你還是一個小王八蛋的時候，一天來幾次，現在翅膀硬了，你就不來了。你爲什麼不先來找我？他媽的，你是不牙疼……」

「這話說得對，」李光頭點頭承認了，「這叫飲水不忘掘井人，牙疼思念余拔牙，我李光頭要是牙疼了，肯定第一個找你余拔牙。」

余拔牙對內褲表達了不滿以後，對「拔牙牌」也不滿意，他說：「難聽。」

「那就叫牙齒牌內褲？」李光頭建議道。

「還是難聽。」余拔牙說。

「齒牌內褲呢？」李光頭又問。

余拔牙想了想後同意了，他說：「『齒牌』可以，我出十份一千元，你要是把背心品牌給我，我就出二十份。」

李光頭旗開得勝，磨了一個上午的嘴皮子就磨出了七千元人民幣，他凱旋而歸的時候，我們劉鎮的王冰棍尾隨其後，這個在文革時期聲稱要做一根永不融化的革命冰棍的王冰棍，如今也是五十多歲了。李光頭在鐵匠舖展開世界地圖時，王冰棍剛好走過，李光頭的高談闊論也進了王冰棍的耳朵，童鐵匠出手就是四千元人民幣，讓王冰棍一陣心驚肉跳。王冰棍繼續尾隨著李光頭，眼看著張裁縫、小關剪刀和余拔牙加在一起又出了三千元人民幣，王冰棍急成了熱鍋上的螞蟻，心想機不可失時不再來，過了這個村就沒那個店，李光頭搖頭晃腦地走出這條街道時，王冰棍從後面扯住了他的衣服，伸出五根手指說：

「我出五份。」

李光頭沒想到半路冒出一個王冰棍都能拿出五百元，自己大名鼎鼎的李廠長就是把全部的錢都湊起來，連分幣都湊進去，也湊不出五百元。李光頭看著王冰棍身上的破舊衣服，齜牙咧嘴了一番，罵了起來：

「他媽的，有錢的全是你們個體戶，兩袖清風的全是我們國家幹部。」

王冰棍點頭哈腰地說：「你也是個體戶了，你馬上就要富得流油了。」

「不是流油，」李光頭糾正道，「是富成一艘萬噸油輪。」

「是啊，是啊。」王冰棍阿諛奉承道，「所以我王冰棍跟定你了。」

李光頭看著王冰棍伸出的五根手指，爲難地搖搖頭說：「不行啊，沒有品牌給你了，最後一條內褲給了余拔牙……」

「我不要品牌，」王冰棍伸出的五根手指搖擺起來，「我只要你分紅。」

「這不行，」李光頭堅決地搖著頭說，「我李光頭做事向來是一碗水端平，童鐵匠、張裁縫、關剪刀、余拔牙都有品牌，你王冰棍沒有，說不過去。」

李光頭說著昂首挺胸地走去了，有了七千元資金的李光頭，對王冰棍的五百元沒有興趣。王冰棍可憐巴巴地跟在後面，五根手指仍然伸著，像是一隻假手。王冰棍一路上哀求著李光頭，指望日後李光頭的萬噸油輪裏，有一些王冰棍油在蠕動。王冰棍訴說著自己的苦難故事，說自己賣冰棍只能掙一個夏季的錢，另外三個季節只能到處打零工餬口，如今年紀大了，零工的活也不好找了。說到後來王冰棍眼淚汪汪，五百元人民幣是他一輩子的積蓄，他要投到李光頭的宏偉藍圖裏去，掙一個幸福的晚年出來。

這時李光頭突然想起了什麼，他站住腳拍了一下自己的光腦袋，叫了起來：「還有襪子呢。」

王冰棍一時沒有反應過來，李光頭看到他五根手指還伸開著，指指他的手說：「縮回去，把你的手指縮回去，我決定收下你的五百元了。我把襪子的品牌給你，就叫冰棍牌襪子。」

王冰棍喜出望外，他縮回去的手在胸前擦了又擦，連聲說著：「謝謝，謝謝……」

「不要謝我，」李光頭說，「要謝前人。」

「前人是誰？」王冰棍沒有聽明白李光頭的話。

「前人都不知道？你眞是老糊塗了。」李光頭用捲起來的世界地圖拍拍王冰棍的肩膀說，「前人就是那個發明襪子的人，你想想，要是那個前人沒有發明襪子，這個世界上就沒有冰棍牌襪子，我就不會收下你王冰棍的錢，我的萬噸油輪裏就沒有你王冰棍的油。」

「是啊，」王冰棍明白過來了，他雙手抱拳對李光頭說，「多謝前人。」

李光頭籌集到七千五百元創業資金以後，馬不停蹄地把我們劉鎮所有的空房子都看了一遍，他選中的廠房是從前的倉庫，這個倉庫曾經關押過宋凡平，那個長頭髮中學生的父親就是在這裏把鐵釘砸進了自己的腦袋。這個倉庫已經空置多年，李光頭把它租了下來，一口氣買進了三十台縫紉機，一口氣招進了三十個附近的農村姑娘，讓張裁縫對她們進行技術培訓。張裁縫說這個倉庫太大了，可以放下兩百台縫紉機。李光頭伸出三根手指說：

「不出三個月，我從上海拉來的服裝加工量就會堆積如山，兩百台縫紉機二十四小時踩動，也來不及做出來。」

李光頭花了一個月的時間，把這些全部安排好以後，他決定去上海了，他說現在是萬事皆備只欠東風。李光頭把買了縫紉機後的全部資金交給張裁縫，要求張裁縫按時交納廠房的租金，按時給三十個農村姑娘發工資，最重要的是張裁縫要在一周內把三十個農村姑娘培訓出來，他說不出一周，上海的第一批服裝加工的布料就會運抵劉鎮。他說自己短期內不會回來，他要像條瘋狗那樣在上海到處亂竄，要把全上海的服裝加工全拉到劉鎮來。他要張裁縫注意一下郵電局的電報，他拉到一筆業務，就會發一份電報回來。最後李光頭抹了一下滿嘴的唾沫，使勁握一下張裁縫的手，豪邁地說：

「這裏就交給你了，我要去上海借東風啦。」

然後李光頭坐在了蘇媽的點心店裏了，他不知道這時候陶青把他開除出民政系統了，他胸前的口袋裏放著自己的全部積蓄四百多元，這是他去上海借東風時的食宿車馬錢，他覺得這四百多元還沒有花完的時候，整個劉鎮已經是縫紉機的響聲此起彼伏了。李光頭第一次去上海爲福利廠拉生意時，也是坐在蘇媽的點心店裏一邊吃著一邊等候著發車，上次他帶著福利廠的全家福照片，這次他帶上的是世界地圖。李光頭吃著包子的時候，也把世界地圖向蘇媽展示開來，地圖上的小圓點讓童鐵匠他們激動的快要精神失常了，現在輪到蘇媽激動了。

這些天蘇媽已經聽說李光頭的遠大志向了，聽說童鐵匠、張裁縫、關剪刀、余拔牙和王冰棍已經加入到李光頭的志向裏去了。蘇媽仍然覺得耳聽爲虛眼見爲實，李光頭吃著包子夸夸其談的時候，蘇媽比王冰棍還要焦急，她迫不及待地也要加入進去。李光頭搖頭晃腦，不同意蘇媽加入進來，他說：

「沒有品牌了，外衣是我的光頭牌，長褲是鐵匠牌，襯衣是裁縫牌，背心是剪刀牌，內褲是齒牌，好不容易想起來還有一雙襪子，也成了冰棍牌了……」

蘇媽說她不要品牌，李光頭堅定地說沒有品牌不行。兩個人你一言我一語，來去說了十多個回合，吃著包子的李光頭突然看到了蘇媽隆起的胸脯，他眼睛一亮叫了起來：

「我怎麼忘記了你是個女的？還有胸罩呢。」

李光頭看一眼吃了一半的肉包子說：「你的品牌就叫肉包子牌胸罩，你出十五份吧，加上送給張裁縫的技術十份，剛好湊成一百份。」

蘇媽高興的都顧不上「肉包子牌胸罩」聽起來不文雅，她欣喜萬分地說：「我前兩天剛去廟裏燒過香，多虧了我前兩天燒過香，今天就遇上你李光頭了……」

蘇媽說完急著要回家去取存摺，再去銀行取錢出來。李光頭說來不及了，他馬上要上車了，他先把蘇媽的十五份記在心裏的帳上。蘇媽不放心，她擔心李光頭從上海拉來了大生意以後，就不認蘇媽的十五份了。蘇媽說：

「記在心裏的帳靠不住，記在紙上的帳才靠的住。」

蘇媽說著就走出門去了，她讓李光頭等著她取錢回來，李光頭吼了兩聲才把蘇媽叫回來，李光頭說：

「我等你，車不等我。」

李光頭一看時間差不多了，提起包捲起世界地圖走出蘇媽的點心店，蘇媽一直跟隨到候車室的大門口，看著李光頭排隊剪票了，蘇媽對著他喊叫：

「李光頭，你回來後不能賴帳，我是看著你長大的。」

李光頭這時想起了童年往事，想起了宋凡平就在外面的空地上被人活活打死，他和宋鋼悲愴哭嚎，就是蘇媽借出她的板車，也是蘇媽讓陶青拉著死去的宋凡平回家……李光頭轉過身來看著蘇媽，動容地說：

「我想起了小時候的事情，我和宋鋼在這裏等媽媽從上海回來，沒有人理睬我們，是你給我們包子吃，讓我們回家去。」

李光頭眼圈紅了，他伸手擦著眼睛走到了剪票口，回頭對蘇媽說：「我不會賴帳的，你放心。」

十四

李光頭鯤鵬展翅去了上海，童鐵匠、張裁縫、關剪刀、余拔牙、王冰棍伸長了脖子翹首以盼，這五個人晚上躺到床上睡覺時，閉上眼睛全是世界地圖上的小圓點，像天上的星星那樣亮閃閃。王冰棍的腦子裏除了密密麻麻的小圓點，還有一艘萬噸油輪在乘風破浪。心潮澎湃的還有蘇媽，想一想世界地圖上的小圓點也是她入睡時的必修課，不過她心裏還是有些不踏實，自己的十五份畢竟沒有記在帳上。李光頭走後，蘇媽提著剛出籠的肉包子，分別走訪了童張關余王五位合夥人，把她加入十五份的前因後果細說了五遍，俗話說拿人家的手短吃人家的嘴軟，童張關余王五個人吃掉了蘇媽的二十只肉包子，五個腦袋都點頭認可了。蘇媽放心了，萬一李光頭賴帳，這五個吃過包子抹過嘴巴的全是證人。

李光頭走後，童鐵匠的舖子成了這些合夥人聚會的場所，天剛黑張裁縫小關剪刀余拔牙王冰棍就會魚貫而入，蘇媽的點心店遠在長途車站，她最晚來，來的時候已是月兒彎彎高高掛了。這六個人坐在一起笑聲朗朗，說起李光頭就是讚不絕口，把李光頭在福利廠的業績掛在嘴邊說個不停，越說越誇大，誇大以後，他們和李光頭合夥的事業就有了一個高高在上的起點。童鐵匠說現在做生意是廣東人的天下，不管是不是廣東人，做生意都得說點廣東話，童鐵匠說：

「這個李光頭回來時肯定是滿嘴的廣東腔，像個港商。」

然後聽取張裁縫的工作彙報，張裁縫爲了培訓三十個農村姑娘，暫時關了自己的裁縫舖子，他說三十個農村姑娘都自己帶著舖蓋來，好在現在是陽春四月了，好在那個倉庫面積大，她們都睡在地上，睡成三排，像是三十個女兵。張裁縫說三十個姑娘裏有聰明的有笨的，聰明的三天就掌握了縫紉的技術，笨的怕是要花上十天半月。童鐵匠說十天半月太慢了，這個李光頭不出一周就會拉來大筆的生意，到時候做不出來怎麼交代？

童張關余王蘇就這麼議論紛紛，眼看著一個星期過去，另一個星期也要過去了，去了上海的李光頭一點音迅都沒有，六個人的話慢慢少了起來，心裏的小算盤也各自撥弄起來。王冰棍第一個沉不住氣，他自言自語：

「這個李光頭會不會逃跑了？」

「胡說。」張裁縫立刻反駁，「他走的時候把錢全交到我手裏了，有什麼可逃跑的？」

童鐵匠點點頭，支援張裁縫的話，他說：「生意上的事情，總會有快有慢，有多有少。」

「是啊，」余拔牙應聲說，「我有時候一天拔十多顆牙，有時候幾天拔不了一顆牙。」

「磨剪刀也一樣，」小關剪刀也說，「有時候忙死，有時候閒死。」

接下去又是兩個星期過去了，李光頭還是音信全無，六個合夥人仍然每天晚上在鐵匠舖聚會，最晚來到的不是蘇媽，是張裁縫了。張裁縫每天下午滿懷希望地來到郵電局，打聽有沒有李光頭從上海發來的電報？郵電局收發電報的人總是在下班前半個小時，看到張裁縫探頭探腦地走進來，一臉討好的笑容，收發電報的人擺一下手，還沒說話，張裁縫的臉立刻陰沉下來了，知道沒有李光頭的電報。收發電報的人剛開口說沒有電報時，張裁縫已經轉身走出了郵電局。張裁縫垂頭喪氣地站在郵電局的門口，直到郵電局下班了，裏面的人一個個走出來，大門上鎖的時候，張裁縫還站在那裏，對郵電局鎖門的人說，如果晚上有他張裁縫的電報，就送到童鐵匠那裏。然後張裁縫茫然若失地走回家中，呆頭呆腦地吃過晚飯，神情黯然地來到鐵匠鋪。

六個合夥人在鐵匠鋪裏盼星星盼月亮，盼著李光頭的電報從上海發過來，盼了一個月零五天了，這個李光頭好比是伸手不見五指的黑夜，沒有一個星星，沒有一絲月光，讓六個合夥人黑燈瞎火的不知道怎麼辦？童張關余王蘇這六個坐在鐵匠鋪裏面面相覷，剛開始個個意氣風發，如今六個人坐在那裏沉默寡言，各想各的心事。小關剪刀忍不住埋怨起來：

「這個李光頭去了上海，怎麼像是肉包子打狗，有去無回啊！」

上次王冰棍懷疑李光頭是不是逃跑了，引來一片反對聲；這次小關剪刀的埋怨，引來了一片共鳴聲。余拔牙首先應和小關剪刀，余拔牙說：

「是啊，拔掉一顆牙，不管是好牙壞牙，都會出血；這個李光頭去了上海，不管有無生意，總該有個音訊吧。」

「我早就說過了，」王冰棍說，「李光頭會不會逃跑了？」

「逃跑是不會的，」張裁縫搖搖頭說，接著嘆息一聲，「可他這麼音信全無，也實在是說不過去。」

蘇媽想到另外一個地方去了，她突然緊張起來，她說：「李光頭會不會是出事了？」

「出什麼事？」小關剪刀問。

蘇媽挨個看看五個合夥人，猶豫不決地說：「不知道該不該說？」

「說呀！」余拔牙急了，「有什麼不該說的？」

蘇媽結巴地說：「上海是大地方，汽車多，李光頭會不會被汽車撞了？躺進醫院出不來了？」

其餘五個合夥人聽了這話默不作聲，心裏都朝著蘇媽說的方向擔心起來，覺得李光頭遇上車禍的可能也不是沒有。五個合夥人都在心裏祈求老天爺保佑李光頭了，保佑李光頭千萬別讓汽車給撞了；就是撞了，也是輕輕擦一下，擦破點皮流點血就夠啦；千萬別把李光頭撞狠了，尤其不能把李光頭撞成個瘸傻瞎聾的綜合殘疾人。

過一了會兒張裁縫開口說話了，他告訴大家，這個月的租金付了，三十個農村姑娘的工資付了，再加上李光頭買進的三十台縫紉機的錢，現在剩下的也就是四千多元了。張裁縫說完後憂心忡忡地補充了一句：

「這可是我們自己的血汗錢啊。」

張裁縫的話讓大家心裏一陣哆嗦，蘇媽也哆嗦了一下，過後一想自己的錢還沒有進去，才放下心來。大家都去看童鐵匠，童鐵匠是個體工作者協會的主席，又是出錢最多的，大家都指望著他拿個主意出來。童鐵匠整個晚上都沒有說話，大家都看著自己了，不說話不行了。童鐵匠長長地嘆了一口氣說：

「再等幾天吧。」

李光頭的電報終於來了，是第二天傍晚的時候到我們劉鎮的。李光頭沒有把電報發給張裁縫，他發給了蘇媽。電報裏只有兩句話，他說蘇媽的肉包子牌胸罩聽起來不雅致，要改成點心牌胸罩。

蘇媽拿著李光頭的電報一路小跑來到了鐵匠舖，沉寂多時的鐵匠舖立刻激動起來了，童張關余王五位拿著電報看了又看，五顆懸著心全放下了，五個臉蛋全通紅起來了。這五個合夥人再加上蘇媽重新意氣風發了，他們笑聲朗朗議論紛紛，都說李光頭去了這麼久才拍回來一個電報，肯定是生意談成了一大堆。他們把李光頭誇獎了一通，又臭罵了一通，說這個李光頭眞是十足的王八蛋，這王八蛋是故意嚇唬他們，嚇得他們心驚肉跳了不知道多少個日日夜夜。

接下去王冰棍從電報裏發現了問題，王冰棍通紅的臉立刻白了，他抖動著手裏的電報說：

「這電報上沒有說生意啊？」

「對啊，」小關剪刀的臉色也跟著王冰棍白了起來，「沒有說生意啊？」

另外四位趕緊拿過去電報再仔細讀了一遍，讀完後互相看來看去，張裁縫第一個出來爲李光頭說話，他說：

「他只要還想著給蘇媽的品牌改名字，應該是談成幾筆生意了。」

「張裁縫說得對，」童鐵匠指指幾個合夥人坐著的那條長凳，「我了解李光頭，他還是個小王八蛋的時候，就天天到我這裏來和這條長凳搞搞男女關係，這個王八蛋與眾不同，他做什麼事都想一口吃成個大胖子……」

「童鐵匠說得對，」余拔牙打斷了童鐵匠的話，「這王八蛋的胃口比誰都大，想當初他來借我的躺椅，借完了躺椅還要借我的油布雨傘，差一點把我的桌子都借走，讓我堂堂拔牙舖做了一天的赤膊麻雀……」

「余拔牙說得對，」小關剪刀也想起了往事，「這王八蛋從小就會做生意，用林紅的屁股騙了我一碗三鮮麵，他吃得那個香噴噴啊，我饞得那個口水嘩嘩地流……」

「你們說得都對，」王冰棍的立場也變過來了，「這王八蛋心比天高，別人富得流油就滿足了，他非要富成一艘萬噸油輪……」

眼看這五位合夥人信心百倍，蘇媽又擔心起自己的十五份來了，她說：「這李光頭拉了大堆的生意回來，要是不認我的十五份了怎麼辦？你們可要替我作證啊！」

「你不用擔心，」童鐵匠指指張裁縫手裏拿著的電報，「這電報就是證據，比我們五個人出來作證強多了。」

蘇媽一聽這話，趕緊從張裁縫手裏搶劫似的拿過來電報，寶貝似的捧在胸前，欣喜地說：

「多虧了我去廟裏燒過香，這李光頭才發電報給我，有了這電報，他就不能賴掉我的十五份了，燒香眞是靈驗啊！」

李光頭發了一份莫名其妙的電報回來，這電報好比是東方紅太陽升，把童張關余王蘇從黑暗中解放出來了。童張關余王蘇六個合夥人也就是喜氣洋洋了半個月，接下去李光頭再次音信全無，六個合夥人白天盼，晚上盼，時時盼，分分盼，最後是秒秒盼了，也盼不來李光頭的一根頭髮絲。李光頭在上海石沉大海了，從此以後他的電報再也沒有來到我們劉鎮。

童張關余王蘇紛紛耷拉起了腦袋，重新開始了心驚肉跳的日日夜夜。兩個月過去了，張裁縫付了第二次倉庫的租金，給三十個農村姑娘發了第二次工資，然後聲音抖動地說：

「我們的血汗錢剩下不到兩千元了。」

大家又是一陣哆嗦，蘇媽仍然跟著哆嗦了兩下，想到自己的錢仍然沒有進去，蘇媽再次放下心來。這時的李光頭在六個合夥人那裏遭遇信譽危機了，余拔牙首先表達了自己的不滿，余拔牙說：

「這王八蛋哪像是在跟我們做生意？這王八蛋像是在跟我們捉迷藏。」

「是啊，」張裁縫這次也應和著說話了，「一根縫衣服的針掉在地上，也會有響聲，這個李光頭沒有一點音訊，實在不應該。」

「別說是一根針了，」小關剪刀十分生氣，「就是放個屁，也會有聲響。」

王冰棍接過去說：「這王八蛋連個屁都不如。」

童鐵匠鐵青著臉，仍然是一聲不吭。其他人的眼睛全責怪地看著童鐵匠，童鐵匠知道他們的意思，他們彷彿在說：若不是他童鐵匠第一個出了四十份四千元人民幣，他們的錢就不會跟進。童鐵匠心想：說起來榜樣的力量是無窮的，可他媽的這榜樣眞不是人做的事情。六個合夥人沉默了一會兒，張裁縫繼續聲音抖動地說：

「再過一個月，剩下的錢就不夠交租金發工資了。」

張裁縫的聲音陰森森的，說完以後眼睛也陰森森地盯著童鐵匠了。童鐵匠覺得另外的幾個人也在陰森森地看著自己的眼睛，只有余拔牙看著他的嘴巴，似乎是在打他嘴裏好牙的主意。童鐵匠深深吸了一口氣說：

「這樣吧，先讓三十個農村姑娘回家，需要的時候再讓她們回來。」

其他幾個合夥人沒有說話，繼續陰森森地看著童鐵匠。童鐵匠知道他們心裏想著倉庫的租金，知道他們誰也不願意將剩下的錢再扔進去了。童鐵匠搖了搖頭，又點了點頭說：

「這樣吧，先把倉庫退了，萬一李光頭眞的拉來了生意，再租回來也不遲。」

幾個合夥人開始點頭了，張裁縫提出一個問題：「三十台縫紉機怎麼辦？」

童鐵匠想了想後說：「按大家出錢的比例，把縫紉機分了，各自搬回家裏。」

張裁縫出面讓三十個農村姑娘回家，又出面把倉庫退了，再出面把三十台縫紉機按出錢比例分了，蘇媽沒有出錢，蘇媽自然沒有分到縫紉機。所有的後事全料理完了，這六個合夥人仍然每天晚上在鐵匠鋪聚會，只是這六個聚在一起時不像是活生生的人了，他們像六個鬼一樣冷冷清清地坐在一起，鐵匠鋪到了晚上也像墓穴一樣悄無聲息。

又是一個月過去了，李光頭還是沒有絲毫音訊。蘇媽第一個不去鐵匠鋪了，接下去張裁縫、小關剪刀和余拔牙也不去了，只有出錢最少的王冰棍鍥而不捨，繼續每天晚上到鐵匠鋪報到，坐在愁眉不展的童鐵匠對面，一會兒嘆氣，一會兒抹眼淚，然後可憐巴巴地問童鐵匠：

「我們的血汗錢就這麼賠了？」

「沒辦法，」童鐵匠雙眼空洞地說，「該割肉的時候，也只好割肉了。」

十五

就在六個合夥人絕望的時候，李光頭風塵僕僕地回來了。這時的李光頭已經離開劉鎮三個月零十一天了，他傍晚的時候走出了我們劉鎮的長途汽車站，還是穿著那身衣服，還是一手提著一個包，一手拿著那張捲起來的世界地圖，他走到了蘇媽點心店裏，在一張桌子前坐下來，蘇媽竟然沒有把他認出來。這個李光頭走的時候是一個亮閃閃的光頭，回來時卻是一頭長髮，而且滿臉的鬍子。李光頭拍一下桌子，大叫一聲：

「蘇媽，我回來啦！」

蘇媽嚇了一跳，指著李光頭的長髮驚叫起來：「你，你，你怎麼是這副模樣？」

「忙死啦，」李光頭晃著腦袋說，「我在上海忙死啦，理髮的時間都沒有。」

蘇媽雙手在胸前捏著，看看站在一旁也在吃驚的女兒蘇妹，小心翼翼地問李光頭：

「生意談成了？」

「餓死啦，」李光頭衝著蘇媽說，「我餓死啦，趕快給我弄五個肉包子。」

蘇媽趕緊讓蘇妹給李光頭端上去肉包子，李光頭抓住一個就往嘴裏塞，聲音嗡嗡地對蘇媽說：

「你馬上去通知童鐵匠他們，到倉庫開會，我吃完包子就來。」

李光頭的神氣讓蘇媽覺得他已經拉到了大筆的生意，蘇媽連連點頭，轉身出門急匆匆地走去了。蘇媽走出二十來米，才想起來那個倉庫已經退掉了，又急匆匆地走回來，站在門口不安地說：

「是不是去童鐵匠那裏開會？」

李光頭嘴裏塞滿了包子，說不出話來了，只好連著點了幾下頭。蘇媽如獲聖旨般地跑向了我們劉鎮的城西巷，她走到張裁縫門前時就大叫起來：

「李光頭回來啦……」

蘇媽連著叫了四聲，把張裁縫、小關剪刀和余拔牙都叫了過來，童鐵匠聽到了叫聲也衝出門來。童張關余這四個人就站在鐵匠舖門口，聽著蘇媽上氣不接下氣地說著李光頭如何神氣活現地走進點心店，如何拍著桌子大聲說話。聽完了蘇媽斷斷續續的介紹，童鐵匠沉吟了片刻，面露笑容地說：

「成了，這事成了。」

「你們想想，」童鐵匠繼續說，「這事要是不成，李光頭還會這麼囂張嗎？還會通知我們開會嗎？早就灰溜溜地躲起來啦。」

張裁縫、小關剪刀和余拔牙三位使勁地點起了頭，高興地罵了起來：「這王八蛋，這王八蛋，這王八蛋……」

童鐵匠笑著問蘇媽：「這王八蛋是不是滿嘴的廣東腔？像個港商？」

蘇媽仔細想了想，搖搖頭說：「還是滿嘴的劉鎮腔。」

童鐵匠有些不信，他說：「總會有幾句上海話吧？」

「上海話也沒有。」蘇媽說。

「這王八蛋倒是不忘本。」童鐵匠誇獎了李光頭一句。

蘇媽點著頭說：「他頭髮很長，像個唱歌的。」

「我明白了，」童鐵匠自作聰明地說，「這王八蛋眞是心比天高，連港商都不放在眼裏，他學起外商來了。你們想想，馬克思和恩格斯都是外國人，都是長頭髮大鬍子。」

「對呀，」蘇媽叫了起來，「他滿臉的鬍子。」

蘇媽這時候是個積極分子，她抹了抹額上的汗水，說還要去通知一聲王冰棍。小關剪刀說剛才還見到王冰棍手裏提著醬油瓶走出城西巷，蘇媽立刻急匆匆地跑出了城西巷，跑向了我們劉鎮的醬油店。

童鐵匠、張裁縫、小關剪刀和余拔牙在鐵匠舖裏坐了下來，四個人興奮地紅光滿面，像是四個精神病患者一樣張嘴呵呵地笑，在鐵匠舖裏胡亂走著胡亂撞著。童鐵匠第一個冷靜下來，他擺擺手讓張關余三個在長凳上坐下來，他說李光頭不知道他們把倉庫退了，把三十台縫紉機分了，讓三十個農村姑娘回家了；他說李光頭知道後可能會暴跳如雷，可能會罵出一堆難聽的話來。童鐵匠對張關余三個人說：

「這個李光頭罵起人來，那張嘴像機關槍一樣突突響。你們千萬不要生氣，千萬要冷靜，就讓他罵上一陣子，等他消氣了，再講講我們的難處。」

「童鐵匠說得對，」張裁縫扭頭對小關剪刀和余拔牙說，「你們一定要冷靜。」

「放心吧，」小關剪刀說，「別說是罵我了，就是罵我爸爸老關剪刀，罵他一個狗血噴頭，我小關剪刀也不會生氣。」

「是啊，」余拔牙說，「這李光頭只要拉來了大筆生意，就是把我祖宗十八代罵上十八遍，我余拔牙仍然笑臉相迎。」

童鐵匠放心了，他環顧自己的鐵匠舖，說舖子裏一把像樣的椅子都沒有，這個李光頭凱旋而歸了，總得弄把好椅子讓他坐坐。童鐵匠話音剛落，余拔牙立刻起身出門，把他的藤條躺椅搬來了。張裁縫和小關剪刀看著這把修補得像劉鎮地圖似的躺椅直搖腦袋，說這把躺椅太寒酸了。童鐵匠也搖了搖腦袋，也說這躺椅寒酸。余拔牙有些不高興，指著自己的寶貝躺椅說：

「看起來是寒酸，躺上去就舒服啦。」

這時蘇媽和王冰棍急匆匆地走進來了，蘇媽進門就說，看見李光頭搖搖晃晃走過來了。童鐵匠趕緊躺到余拔牙的藤條躺椅裏檢驗一下，童鐵匠試躺之後同意余拔牙的話了，他說：

「還算舒服。」

長頭髮大鬍子一副外商模樣的李光頭走進鐵匠舖時，看見他的六個合夥人滿臉幸福的笑容，恭恭敬敬地站在那裏，李光頭哈哈大笑地說：

「久違啦！」

童鐵匠看著風塵僕僕的李光頭，恭敬地要李光頭坐到躺椅裏去，童鐵匠說：「你終於回來啦，你辛苦啦。」

其他五個合夥人也跟著說：「你辛苦啦。」

「不辛苦，」李光頭擺著手說，「做生意不能說辛苦。」

童鐵匠他們連連點頭，嘿嘿笑個不停。李光頭沒有坐到躺椅裏，他一屁股坐在那條長凳上，把提包和世界地圖也放在了長凳上。童鐵匠他們執意要請他坐進余拔牙的躺椅裏，李光頭搖搖頭擺擺手，還對童鐵匠眨了眨眼睛，他說：

「我就坐這長凳，說起來這長凳還是我的老相好。」

童鐵匠哈哈大笑起來，他對張關余王蘇說：「我說過的，李光頭不會忘本。」

李光頭看到六個合夥人全站在那裏，就招呼他們也坐下來。六個合夥人搖晃著六個腦袋，說他們不想坐下，說他們站著很好。李光頭點點頭，同意他們就這麼站著。李光頭架起二郎腿，身體靠在牆壁上，把自己侍候舒服了，臉上露出了聽取工作彙報的表情，他說：

「我走了三個多月，你們這邊進展如何？」

童張關余王蘇啞口無言地互相看來看去，然後張關余王蘇五個全看著童一個了。童鐵匠遲疑了一會兒，上刀山似的向前走了一步，咳嗽了幾下，清理了嗓子，才緩緩地說起話來。童鐵匠把李光頭走後發生的事一五一十地說了一遍，最後說：

「我們也是迫不得已，請你千萬要理解。」

李光頭聽完童鐵匠的話，低下了腦袋。六個合夥人忐忑不安地看著李光頭，心想這王八蛋的腦袋只要抬起來，肯定是一陣王八蛋叫罵聲。李光頭的腦袋抬起來後，出乎他們意料，李光頭寬宏大量地說：

「留得青山在，不怕沒柴燒。」

六個合夥人長長地出了六口氣，六顆懸著的心放下了，六張緊張的臉放鬆後笑了起來。童鐵匠向李光頭保證：

「只要一天，倉庫就能租回來，三十台縫紉機就能搬進去；再給兩天，三十個農村姑娘就能叫回來。」

李光頭點點頭，然後說：「不急。」

不急是什麼意思？六個合夥人瞠目結舌地看著李光頭，李光頭架著二郎腿坐在長凳上，還是一副舒服的模樣。到了關鍵的時候，張關余王蘇五個人的十個眼珠子立刻習慣性地看著童鐵匠一個了，指望童鐵匠出來說話。童鐵匠又是上前一步，小心翼翼地問：

「你走了三個多月，上海那邊進展如何？」

「上海，大地方，」李光頭一聽上海兩字立刻亢奮起來，「掙錢的機會多如豬毛，口水都能換黃金……」

張裁縫謹慎地糾正李光頭的話：「是不是多如牛毛？」

「比牛毛還是少一些，」李光頭實事求是地說，「和豬毛相差無幾。」

六個合夥人看到李光頭突然神采飛揚了，互相發出了欣慰的微笑。李光頭繼續慷慨激昂地說著：

「上海，大地方，走幾步路就是一家銀行，裏面存錢取錢的人排著長隊，點鈔機嘩嘩地響；百貨公司就有好幾層，上上下下跟爬山似的，裏面的人多得像是在看電影；大街上就不用說了，從早到晚都是擠來擠去的，擠得人類不像人類了，擠得像他媽的螞蟻搬家……」

李光頭滔滔不絕地說著上海大地方，唾沫噴在我們劉鎮小地方，噴到了童鐵匠的臉上，童鐵匠伸手擦著臉，看看另外五個合夥人都在呵呵地傻笑，都不知道李光頭已經離題千里了。童鐵匠只好打斷李光頭的話，再次小心翼翼地問：

「你和上海的服裝公司談得生意……」

「談啦，」李光頭沒等童鐵匠把話說完，就得意洋洋地數著手指說起來：「談了不下二十家服裝公司，裏面有三家還是外商……」

小關剪刀驚叫起來，「所以你像馬克思恩格斯了。」

「什麼馬克思恩格斯？」李光頭不明白小關剪刀的話。

張裁縫出來解釋：「你長頭髮大鬍子，我們估計你和外商談過生意了，你就學起外商的模樣來了。」

「什麼外商的模樣？」李光頭還是不明白。

童鐵匠眼見著又要離題千里了，立刻接過去說：「我們說的還是生意，你談得怎麼樣了？」

「談得好啊，」李光頭說，「豈止是生意，就是品牌我也和他們溝通交流過了……」

蘇媽叫了起來：「所以你給我發了電報，把肉包子牌改成了點心牌？」

李光頭仔細想了想，眼睛閃亮地叫了起來：「對，對，對……」

蘇媽得意地看看另外五個合夥人，張關余王四個對著蘇媽連連點頭。童鐵匠心想他媽的又要扯遠了，童鐵匠趕緊對李光頭說：

「你談了二十家服裝公司，談成了幾家？」

這時李光頭長長地「唉」了一聲，這聲嘆息跌進了六個合夥人的耳朵，好比是六盆冷水潑在了六個熱腦袋上，剛剛興奮起來的六個臉色通通陰沉了下去。李光頭挨個看了他們一眼，伸出五根手指說：

「五年前，我去上海爲福利廠拉生意，只要把福利廠殘疾人的全家福照片拿出來，再加上我的眞誠熱情，就會打動一個個公司的一個個業務員，爲福利廠拉來了一筆筆的生意；五年後，我拿著世界地圖爲我們自己去上海拉生意，比五年前更眞誠、更熱情，也更成熟，可是……」

李光頭五根伸開的手指捲了起來，變成了數鈔票的動作，「現在時代不同啦，社會變啦，要靠塞鈔票行賄才能拉來生意，我萬萬沒有想到，不正之風颳得這麼快這麼猛……」

李光頭的五根手指不數鈔票了，又伸直了晃動起來，「才五年時間，就颳遍了祖國大地……」

六個合夥人聽得眼睛發直，童鐵匠忐忑不安地問：「你塞鈔票行賄了沒有？」

「沒有，」李光頭搖搖腦袋說，「當我終於發現行賄這個硬道理時，我口袋裏的錢只夠買一張回來的汽車票了。」

「這麼說，」童鐵匠聲音顫抖地說，「你一筆生意都沒談成？」

李光頭斬釘截鐵地說，「沒談成。」

李光頭的話彷彿是一個晴天霹靂，打得六個合夥人暈頭轉向，啞口無言地互相看來看去。張裁縫第一個反應過來，他看著童鐵匠渾身哆嗦地說：

「我們的血汗錢就這麼賠啦？」

童鐵匠這時候也六神無主了，他看著張裁縫不知道是點頭還是搖頭。王冰棍嗚嗚地哭了，嗚嗚地

說：

「這可是我的救命錢啊！」

蘇媽也跟著「嗚嗚」了兩聲，隨即她想起來自己的錢還沒有進去，馬上不「嗚嗚」了。小關剪刀和余拔牙嚇出了滿頭的冷汗，兩個人驚慌地看著李光頭，結結巴巴地說：

「你，你，你怎麼就賠啦？」

「不能說賠了，」李光頭看著六張喪魂落魄的臉，堅定地說：「失敗乃成功之母，只要你們再給我湊起一百份的錢，我馬上再去上海，我一個個去塞鈔票，一個個去行賄，保證給你們拉來一筆筆大生意。」

王冰棍還在嗚嗚地哭，他抹著眼淚對童鐵匠說：「我是沒錢了。」

童鐵匠看了看滿臉驚慌的余拔牙和小關剪刀，又看了看渾身哆嗦的張裁縫，搖了搖頭，長長地嘆了一口氣說：

「我們哪裏還有錢啊！」

「你們沒錢了？」李光頭滿臉的失望，他揮了揮手說，「那我也沒辦法了，只好賠了，我自己的四百多元也賠進去了。」

李光頭說完看著六個驚慌失措的合夥人，忍不住笑了兩聲，王冰棍指著李光頭對童鐵匠說：

「他怎麼還在笑呢？」

「勝敗是兵家常事，大丈夫贏得起也輸得起。」李光頭伸手指點著六個合夥人，「你們六個垂頭喪氣的，這點風雨都經受不起，像六個俘虜……」

「他媽的，」童鐵匠怒火衝天了，「你才像個俘虜！」

童鐵匠揮起了打鐵的右手，打鐵一樣地打在了李光頭的臉上，一巴掌將李光頭從長凳搧到了地上，童鐵匠吼叫著：

「老子出了四千元啊！」

李光頭捂著臉從地上跳起來，生氣地說：「幹什麼？幹什麼？」

隨即又在長凳上坐下來，又架起了二郎腿，剛剛擺出一副要和童鐵匠明辨是非的架勢。張裁縫、小關剪刀和余拔牙三張嘴吼叫著三聲「一千元」，對著李光頭就是一陣猛踢，踢得李光頭嗷嗷叫著跳到了長凳上，蹲在了長凳上，嘴裏還在喊叫著「幹什麼」。張關余的腳也互相踢到一起，他們自己也疼得嗷嗷叫了。王冰棍最爲悲壯，他像是堵槍眼那樣撲了上去，哀號著他的「五百元」，抱住李光頭的肩膀大口吃肉般地咬了起來，彷彿要從李光頭身上咬下價值五百元人民幣的皮肉來，李光頭殺豬般嚎叫著跳下長凳，使勁甩了幾下才甩掉王冰棍的尖牙利嘴。李光頭一看大事不妙了，拿起他的提包和世界地圖竄出了鐵匠舖，站到了門外後，李光頭覺得自己虎口脫身了，他氣憤地指著屋裏的人喊叫：

「幹什麼？幹什麼？買賣不成仁義在，可以坐下來好好講講道理嘛。」

李光頭本來還想和他們繼續講道理，看到童鐵匠舉著鐵錘衝出來，趕緊說：「今天不講啦！」

李光頭好漢不吃眼前虧，拔腿就跑，跑得比狗比兔子還要快。童鐵匠舉著鐵錘一直追趕到了巷口才站住，對著倉惶而逃的李光頭吼叫道：

「他媽的你聽著，老子以後見你一次，就揍你一次，老子要世世代代揍你下去！」

童鐵匠說完了他的豪言壯語，轉身往回走的時候想到自己的四千元付諸東流，立刻像霜打的秧苗一樣蔫了。他耷拉著腦袋走回鐵匠舖，張關余王四個想到自己的錢都打了水漂，四個都眼淚汪汪了，看著童鐵匠倒提著鐵錘走進來，王冰棍第一個哭出了聲音，張裁縫嗚咽地說：

「我們的血汗錢就這麼賠光啦？」

此話一出，小關剪刀和余拔牙也哭出了聲音。童鐵匠把鐵錘往火爐旁一扔，在余拔牙的藤條躺椅裏坐下來，舉起拳頭捶打起了自己的腦袋，童鐵匠把自己的腦袋當成李光頭的腦袋了，使勁捶打著，都捶打出了「咚咚」的鼓聲。

「我這狗娘養的王八蛋！」童鐵匠痛罵自己，「我怎麼會相信李光頭這狗娘養的王八蛋！」

小關剪刀和余拔牙也忍不住捶打起了自己的腦袋，也忍不住痛罵起了自己：「我們這幾個狗娘養的……」

蘇媽是唯一沒有賠錢的，看著這幾個前合夥人都在狠揍自己痛罵自己，蘇媽的眼淚也掉出來了，她一邊擦著眼淚，一邊喃喃地說：

「我多虧了去廟裏燒過香啊……」

童鐵匠把自己揍得頭暈眼花以後，咬牙切齒地發誓了：「李光頭這王八蛋，老子不把他揍成個瘸子傻子瞎子聾子，老子誓不爲人。」

哭得傷心欲絕的王冰棍聽到童鐵匠的誓言，也擦乾眼淚，一臉風蕭蕭兮易水寒的表情，彷彿要荊軻刺秦王了，他揮著拳頭發誓：

「老子一定把他揍成個殘疾人……」

小關剪刀和余拔牙也狠狠地發誓了，小關剪刀發誓要剪掉李光頭的屌，剪掉李光頭鼻子耳朵，剪掉李光頭的手指腳趾；余拔牙發誓要拔光李光頭嘴裏的牙齒，拔掉李光頭身體裏的骨頭。就是這樣他們仍然不能解氣，他們又剪又拔地繼續發誓，發誓要把李光頭剪拔成一個殘疾大全。

張裁縫是一個斯文人，也像一個義勇軍戰士那樣說話了，他說自己恨啊，恨不得割下李光頭的腦袋。張裁縫爲了證明自己的話不是兒戲，他說自己的床底下藏著一把日本軍刀，雖然生銹了，只要到小關剪刀那裏磨上兩個小時，就亮閃閃地鋒利了，就可以割下李光頭的腦袋了。

蘇媽聽著這五個前合夥人狠話毒話呼呼地說出來，嚇得臉色白了。聽到張裁縫說要割下李光頭的腦袋，她信以爲眞，看著張裁縫文弱書生一樣的手臂，忍不住擔心地說：

「李光頭的脖子像大腿那麼粗，你割得下來嗎？」

張裁縫先是一愣，隨後想了想覺得自己確實沒有把握，他就改口說：「不一定要割下他的腦袋。」

「不割下他的腦袋，」小關剪刀喊叫起來，「也要割下他的兩個蛋子。」

這時候張裁縫搖頭不同意了，他說：「這種下流事我做不出來。」

十六

童張關余王說到做到，他們此後在大街上見到李光頭一次，就出手揍他一次。寫文章的是文如其人，揍人的是揍如其人，這五個人用五種風格揍李光頭。童鐵匠撞見李光頭立刻揚起打鐵的右手，一巴掌搧下去，搧得李光頭跌跌撞撞的時候，童鐵匠已經目不斜視地揚長而去，他從來不揍李光頭第二下，童鐵匠是一錘定音的風格。張裁縫見到李光頭就會恨鐵不成鋼地喊叫起來「你你你」，揍出去的是拳頭，挨到李光頭臉上時變成了一根手指，像縫紉機的針頭一樣密密麻麻地戳一陣李光頭的臉就結束了，張裁縫是一指禪的風格。

余拔牙是職業風格，每次都用拔牙的右手對準李光頭嘴裏的牙齒揍上一拳，揍得李光頭的嘴唇鮮血淋漓，揍得余拔牙的手指上都有牙齒印了，自己拔牙的右手燙傷似的舉到眼前甩動起來，自己疼得「哎喲」直叫了，以爲李光頭被他揍得滿地找牙了，可是下次見到李光頭時，李光頭的嘴裏仍然是一口潔白整齊的牙齒。余拔牙驚奇地讓李光頭張大嘴巴，伸手往李光頭的嘴裏數上一遍，竟然一顆牙齒也不少。所以余拔牙每次揍李光頭嘴巴的時候，總要讚嘆一聲：

「好牙齒！」

小關剪刀是下三路的風格，他相中了李光頭的褲襠，而且聲東擊西，先是對準李光頭的兩條腿一陣猛踢，踢得李光頭彎下了腰劈開了腿，把褲襠暴露出來時，小關剪刀使勁一腳踢在李光頭的兩個蛋子上，李光頭疼得天昏地暗，雙手捂住下身在地上來回翻滾。此後李光頭再遇上小關剪刀時，馬上雙腿夾緊，雙手一前一後捂住褲襠處，任憑小關剪刀如何胡踢亂踹，李光頭也要誓死捍衛他的兩個蛋子。小關剪刀往李光頭的小腿縫踢了一腳又一腳，又往大腿縫踹了一腳又一腳，把自己弄得滿頭大汗了，也弄不開李光頭夾緊的雙腿，小關剪刀急了，一邊踢著踹著，一邊喊叫：

「劈開來，劈開來……」

李光頭連連搖頭，騰出左手指指自己褲襠裏的寶貝說：「它已經結紮啦，你就可憐可憐苦命的它，給它一條生路吧。」

王冰棍的風格是鈍刀子割肉，每次見到李光頭都像剛死了爹媽一樣地哭出聲來，揪住李光頭的衣領一拳又一拳，揍得李光頭雙手抱住腦袋蹲在地上，王冰棍左手按在李光頭肩膀上，支撐著自己的身體，右手一拳又一拳。王冰棍每次都要揍上一個小時，中間有二十分鐘用來喘氣休息。喘氣休息的時候，王冰棍就會抹著眼淚對圍觀的群眾說：

「五百元啊！」

五個債主從春暖花開一路揍到夏日炎炎，把李光頭揍成一個從戰場上回來的傷兵，每次出現在我們劉鎮的大街上時，李光頭不是鼻青臉腫，就是吊著胳膊瘸著腿。這時的李光頭破衣爛衫，頭髮比馬克思長，鬍子比恩格斯多，昔日威風凜凜的光頭不知去向，露出了一副要飯的乞丐模樣。李光頭長髮披肩以後，我們劉鎮的兩大文豪給他取了兩個洋歌星的綽號，劉作家叫他「李披頭四」，趙詩人叫他「李麥可．傑克遜」。劉鎮的群眾聽不懂，他們知道世界上有個唱歌的叫鄧麗君，不知道還有唱歌的叫披頭四和麥可．傑克遜，他們向劉作家和趙詩人打聽，披頭四和麥可．傑克遜何許人也？劉作家和趙詩人故作高深地轉身離去，心想這些粗人連長頭髮的披頭四和長頭髮的麥可．傑克遜都不知道。劉作家和趙詩人對劉鎮群眾的無知深感不滿，轉身離去是出污泥而不染。群眾只好去向李光頭打聽，李光頭雖然也不知道這他們是誰，仍然熱心地回答群眾的提問，他晃著腦袋說：

「都是外國人。」

五個債主的五種揍人風格裏，李光頭最害怕的是小關剪刀的下三路；童鐵匠的巴掌雖然穩准狠，可那是一錘子買賣；余拔牙領教了李光頭牙齒的堅固以後，揍上去的拳頭也就越來越輕了。李光頭最能適應的是張裁縫斯文的一指禪，其次適應的是王冰棍，王冰棍雖然揍起來沒完沒了，可是王冰棍力氣有限，李光頭皮粗肉厚不害怕。沒想到春去夏至，最厲害的是王冰棍了。這時的王冰棍揹起了他的冰棍箱，右手捏著木塊，一路叫賣地拍打著冰棍箱，見到李光頭就用右手裏的木塊揍他了。王冰棍的傳統武器讓李光頭苦不堪言，那木塊硬梆梆地揍在李光頭長髮披肩的腦袋上，揍得李光頭昏頭昏腦。當李光頭抱住腦袋蹲下後，王冰棍乾脆坐在了冰棍箱上，一邊嘆息著他失去的五百元，一邊用木塊拍打著李光頭的腦袋，一邊還在叫賣他的冰棍。李光頭爲了保護自己的腦袋，只好犧牲自己的雙手了。李光頭的雙手又紅又腫，被王冰棍揍成了一對紅燒豬蹄，他仍然緊緊保護著自己的腦袋，心想腦袋最重要，以後還要靠它做生意呢。

蘇媽在街上見到王冰棍一次次用木塊揍李光頭，實在看不下去了，上去拉住王冰棍的手，對他說：

「你這樣會有報應的。」

王冰棍收住了手，可憐巴巴地對蘇媽說：「五百元啊！」

蘇媽說：「不管多少錢，你也揍不回來了。」

王冰棍揹起冰棍箱哀傷地離去後，蘇媽看著雙手抱住腦袋蹲在地上的李光頭，忍不住埋怨起了李光頭：

「你明明知道他們要揍你，你還整天在大街上晃蕩，你不能躲在屋裏不出來嗎？」

李光頭抬頭看看王冰棍走遠了，雙手從腦袋上滑下來，站起身對蘇媽說：

「躲在屋裏還不悶死了。」

李光頭說完甩了甩一頭長髮，若無其事地走去了。蘇媽又是搖頭又是嘆氣，對著走去的李光頭說：

「我多虧了去廟裏燒過香，才沒有賠錢，要不我也要揍你幾下。」

蘇媽看著李光頭走去的背影，再次感嘆歎起來：「燒香眞是靈驗啊！」

我們劉鎮的趙詩人目睹了李光頭一次次挨揍，李光頭一次次都沒有還手。剛開始趙詩人心裏沒底，眼看著五個債主把李光頭從春天揍到了夏天，把李光頭揍得越來越窩囊，就是那個沒有力氣的王冰棍，也能揪住李光頭收放自如地揍上一個小時，趙詩人的膽量就上來了，心想這王八蛋揚言要揍出他趙詩人的勞動人民本色，讓他在劉鎮威風掃地。此仇不報，何以爲人？趙詩人決定當著劉鎮的群眾，找回他失去的面子。

這一天王冰棍揍完了李光頭，背著冰棍箱前腳剛走，趙詩人後腳就到了。趙詩人伸腳踢踢仍然抱住腦袋蹲在地上的李光頭，看著街上來往的群眾，大聲說：

「沒想到你也有今天啊！李光頭成了李麥可．傑克遜，被人揍得都不敢還手。」

李光頭抬頭看了趙詩人一眼，一副懶得搭理他的神態。趙詩人以爲李光頭害怕了，再次踢了踢李光頭，趾高氣揚地說：

「你不是要揍出我勞動人民的本色嗎？怎麼沒見你動手？」

李光頭緩緩地站了起來，趙詩人變本加厲地推了李光頭一把，趙詩人看看街上的群眾，得意地說：

「你動手啊！」

趙詩人的腦袋剛從街上群眾那裏得意洋洋地轉回來，就中了李光頭的一套連環拳。李光頭腫脹的左手揪住趙詩人胸前的衣服，腫脹的右手捏成拳頭對準趙詩人的臉一頓猛揍。趙詩人還沒有反應過來是怎麼回事，已經被李光頭揍得滿臉是血了，鼻血流到了嘴唇上，嘴唇的血流到了脖子上。趙詩人疼得嗷嗷直叫，才知道李光頭雄風猶存。趙詩人雙腿一軟跪在了地上，李光頭仍不鬆手，繼續他的暴揍。李光頭一邊揍著趙詩人，一邊朗朗上口地說著：

「他們揍老子，老子不還手，是老子弄賠了他們的錢；老子沒有弄賠了你小子的錢，老子就要揍死你小子。」

趙詩人被李光頭揍得暈頭轉向，倒是聽清楚了李光頭朗誦詩歌似的鏗鏘有力的話，趙詩人才知道李光頭爲什麼不還手，也知道自己要完蛋啦，趙詩人立刻「嗨唷嗨唷」地叫出了勞動號子。趙詩人都發出了勞動人民的聲音，李光頭還是一拳拳地揍他，趙詩人只好一邊「嗨唷」，一邊對李光頭說：

「出來啦，出來啦。」

「什麼出來了？」李光頭不明白。

趙詩人看到李光頭收住了拳頭，趕緊再「嗨唷」兩聲，雙手抱住李光頭揪著自己胸前衣服的手說：

「聽到了吧，這是勞動人民的聲音，被你揍出來啦。」

李光頭明白過來了，他嘿嘿地笑，他說：「老子聽到了，可是還不夠。」

李光頭說著右拳又舉起來了，趙詩人嚇得又是幾聲「嗨唷」的勞動號子，哀求似的對李光頭說：

「恭喜你，恭喜你……」

李光頭又不明白了：「恭喜我？」

「對，對，對。」趙詩人連連點頭地說，「恭喜你把我勞動人民的本色給揍出來啦。」

趙詩人都這樣說話了，李光頭舉起的拳頭就揍不下去了。李光頭放下拳頭，鬆開趙詩人的衣服，嘿嘿笑著拍拍趙詩人的肩膀說：

「不用客氣。」

李光頭被童張關余王揍了三個月窩囊了三個月以後，終於在我們劉鎮的大街上重新威風凜凜了。我們劉鎮的群眾嬉笑地看著趙詩人狼狽地離去，發現劉作家也在群眾中間，群眾的眼睛兩點成一線了，一會兒看看劉作家，一會兒看看坐在地上喘氣休息的李光頭。群眾紛紛想起了李光頭當初暴揍劉作家的情景，群眾懷舊迎新，指望著李光頭從地上蹦起來，把劉作家的勞動人民本色再揍出來一次。群眾的眼睛盯著劉作家，議論著坐在地上的李光頭，說這個李光頭餓一頓飽一頓都瘦了一圈，又被五個債主揍得鼻青臉腫吊胳膊瘸腿，沒想到揍起那個健康飽滿的趙詩人來，就像老鷹抓小雞，大人揍小孩。群眾看著劉作家總結道：

「真是瘦死的駱駝比馬大。」

劉作家知道群眾話裏有話，知道群眾唯恐天下不亂，知道群眾指望他馬上去步趙詩人後塵。劉作家面紅耳赤了一會兒，想轉身離去，可是一旦離去就給劉鎮群眾茶餘飯後增加一個笑話，劉作家要面子，只好硬著頭皮站在那裏。群眾先用話去挑撥李光頭，李光頭飢腸轆轆靠著梧桐樹坐在地上，正在吞口水充飢，對群眾的話置若罔聞。群眾又用話去挑撥劉作家，說寫文章的人竟然這麼沒出息，這個趙詩人剛才奴顏婢膝的嘴臉，比叛徒漢奸還不如，不僅讓自己丟臉，也讓他的父母丟臉。

「別說是讓他父母丟臉了，」有一個群眾趁機說，「就是劉作家的臉，也讓這個趙詩人丟光啦。」

「是啊。」群眾齊聲同意。

劉作家的臉上青紅皂白，心想這些王八蛋就是要挑起群眾鬥群眾，心想自己千萬不能冒失，千萬不能主動送上門去供李光頭拳打腳踢。可是群眾的眼睛齊刷刷地看著自己，不出來說幾句話是不行了。劉作家隨機應變地向前一步，大聲同意群眾的話，他說：

「是啊，天底下寫文章的臉都被這個趙詩人丟光啦！」

劉作家不愧是我們劉鎮的文豪，他一句話就把古今中外的作家詩人全拉過去做了自己的墊背。劉作家看到群眾愣在那裏，知道自己一舉扭轉了局面，他得意洋洋一發而不可收了，他說：

「連魯迅先生也跟著丟臉啦，還有李白杜甫先生，還有屈原先生，屈先生愛國而投江自盡，也跟著趙詩人丟臉……還有外國的，托爾斯泰先生，莎士比亞先生，更遠的但丁先生，荷馬先生……多少個英名先生啊，全跟著趙詩人丟臉啦！」

群眾呵呵地傻笑起來，李光頭也跟著呵呵地笑，他對劉作家的話十分欣賞，他高興地說：

「我讓這麼多的名人先生丟臉，眞是沒有想到。」

這時候宋鋼騎著亮閃閃的永久牌過來了，看到群眾把大街堵死了，不斷地摁響車鈴，宋鋼急著要去針織廠接他的林紅回家。李光頭一聽鈴聲就知道是宋鋼過來了，他貼著梧桐樹站起來，對著宋鋼叫起來：

「宋鋼，宋鋼，我一天沒吃東西了……」

十七

這時的宋鋼和林紅的新婚生活過去了一年多，他們的永久牌自行車在劉鎮的大街上閃亮了兩年。宋鋼的自行車每天都擦得一塵不染，每天都像雨後的早晨一樣乾淨，林紅每天都坐在後座上。林紅的雙手抱著宋鋼的腰，臉蛋貼著他的後背，那神情彷彿是貼在深夜的枕頭上一樣心安理得。他們的永久牌自行車在大街上風雨無阻，鈴聲清脆地去了又來，來了又去，我們劉鎮的老人見了都說他們是天作之合。

李光頭落難以後，林紅心裏高興。以前一聽到李光頭的名字，林紅立刻臉色難看，現在聽到這個名字，林紅就會忍不住笑出聲音來，她說：

「我早知道他會有今天，這種人……」

林紅鼻子裏哼了幾聲，下面的話不說了，這個李光頭劣蹟斑斑，說多了會引火焚身牽扯到自己的屁股上。林紅說完後就要扭頭去看宋鋼，對宋鋼說：

「你說是不是？」

宋鋼沉默不語，李光頭的境遇讓宋鋼牽腸掛肚寢食難安。宋鋼的沉默讓林紅有些不高興，她推了推宋鋼：

「你說話呀！」

宋鋼只好點點頭，嘴裏卻在喃喃地說：「他做廠長的時候還是很好的……」

「廠長？」林紅不屑地說，「福利廠的廠長能算廠長嗎？」

宋鋼看著自己美麗的妻子，爲自己的幸福露出了感激的笑容。林紅不知道他爲什麼笑了？問他：

「你笑什麼？」

宋鋼說：「我命好。」

宋鋼沉浸在自己的幸福生活裏，可是李光頭如影隨形，就像自己在陽光下的影子一樣揮之不去，讓宋鋼總覺得心裏有一塊石頭壓著似的。宋鋼暗暗埋怨這個李光頭，放著好好的廠長不做，去做什麼自己的生意，結果賠了個血本無歸，欠了一屁股的債務，被人揍得皮開肉綻。

有一天晚上宋鋼夢見李蘭了，剛開始是李蘭拉著他的手和李光頭的手走在劉鎮的大街上，然後是李蘭臨死的情景了。李蘭拉著他的手，要他好好照顧李光頭。宋鋼在夢中哭泣起來，把林紅從睡夢裏驚醒，林紅叫醒他，緊張地問他怎麼了？宋鋼搖了搖頭，想了想夢中的情景，告訴林紅，他夢見李蘭了。宋鋼遲疑了一會兒，繼續說著睡夢裏那個令他心酸的時刻，李蘭拉著宋鋼的手，要他好好照顧李光頭，宋鋼向李蘭保證，只剩下最後一碗飯了，會讓給李光頭吃，只剩下最後一件衣服了，會讓給李光頭穿……林紅打了一個呵欠，打斷宋鋼的話：

「她又不是你親媽。」

宋鋼聽後一怔，他想爭辯幾句，聽到林紅均勻的呼吸響起來，知道她睡著了，就默默地把下面的話吞了回去。林紅對宋鋼和李光頭童年時的經歷模糊不清，她不知道這些經歷對於宋鋼已經刻骨銘心。她只知道宋鋼是自己的丈夫，每天晚上睡覺時都會摟著自己，讓自己甜蜜地進入夢鄉。

結婚以後，家裏的錢由林紅掌管，林紅覺得宋鋼這麼大的個子會比別人餓得快，就在宋鋼的口袋裏放上二角錢和二兩糧票，告訴宋鋼這是給他滋補身體的錢，餓了就去點心店買吃的。細心的林紅每天都要去檢查一下宋鋼的口袋，若錢和糧票花掉了，她就要補進去。婚後的很長時間裏宋鋼沒有花過一分錢和一兩糧票，林紅每次伸進宋鋼的口袋，摸到的都是原來的錢和糧票，有一天林紅生氣了，問宋鋼為什麼不花錢？

「我不餓，」宋鋼笑著說，「結婚以後我就沒有餓過。」

林紅當時也笑了。晚上躺進了被窩，林紅甜蜜地撫摸著宋鋼的胸口，要宋鋼老實告訴她，為什麼不花錢？宋鋼摟著林紅，感動地說了很多話，他說林紅平日裏省吃儉用，一分錢恨不得掰成兩分錢花，有好吃的夾到他碗裏，去商店時想著他缺什麼，從來不想想自己。宋鋼說到最後忍不住坦白了，他說自己確實經常覺得餓，可他還是不捨得花掉口袋裏的錢和糧票。

林紅說宋鋼的身體是屬於她的，要宋鋼替她照顧好自己的身體；要宋鋼發誓，餓了一定去買些吃的。宋鋼如癡如醉，林紅說一句，他就會點一次頭，嘴裏還要「嗯」上一聲。然後林紅睡著了，安靜得像一個嬰兒，氣息輕輕地吐在宋鋼的脖子上。宋鋼長時間難以入睡，他左手摟著林紅，右手撫摸著林紅的身體，林紅的身體熾熱又光滑，像是溫暖的火焰。

接下去林紅仍然是每天從宋鋼的口袋裏摸出來原先的錢和糧票，那時候林紅就會輕輕地搖頭，責怪宋鋼爲什麼還是一分錢不花？宋鋼不再說自己不餓，他實話實說：

「不捨得。」

後來的日子裏，林紅幾次對宋鋼說：「你答應我的。」

宋鋼每次都是固執地回答：「不捨得。」

有一次宋鋼說這話時正騎在自行車上，送林紅去針織廠上班，林紅在後座上抱住他，臉貼在宋鋼的後背，對宋鋼說：

「你就當成是爲我花錢，行嗎？」

宋鋼還是說了一句「不捨得」，然後打出了一串鈴聲。這一次宋鋼口袋裏的錢沒有了，他把林紅送到針織廠，在去五金廠上班的路上遇到了飢腸轆轆的李光頭。李光頭正從地上撿起一截甘蔗頭，一邊咬著一邊走過來。這時的李光頭窮困潦倒，吃了上頓沒下頓，吊胳膊瘸腿的，仍然八面威風。他咬著別人扔掉的甘蔗頭，就像吃著天下第一美味那樣得意洋洋，他看到宋鋼騎車過來，假裝不認識似的扭過頭去。宋鋼看到李光頭的潦倒模樣，心裏一陣難受，他在李光頭面前剎住車，從口袋裏摸出了錢和糧票，跳下車叫了一聲：

「李光頭。」

李光頭咬著甘蔗頭轉過臉來，東張西望了一番，嘴裏說：「誰叫我了？」

「我叫你，」宋鋼說著將手裏的錢和糧票遞過去，「你去買包子吃。」

李光頭本來還想繼續裝模作樣，看到宋鋼遞給自己的錢和糧票後，立刻笑了起來，他一把抓了過去，親熱地說了起來：

「宋鋼，我就知道，你不會不管我，爲什麼？」

李光頭自問自答：「因爲我們是兄弟，就是天翻地覆慨而慷了，我們還是兄弟。」

此後的李光頭只要在大街上見到騎車的宋鋼，就會揮著手把宋鋼叫到面前，再把宋鋼口袋裏的錢和糧票拿走，那模樣理直氣壯，好像那是他自己的錢，暫時存放在宋鋼的口袋裏。

十八

這一天李光頭威風凜凜地揍了趙詩人，又讓劉作家有驚無險了一場，他蹲在梧桐樹下聽著群眾議論紛紛，吞著口水充饑時，聽到永久牌自行車的鈴聲，李光頭知道是宋鋼來了，立刻站起來，理直氣壯地喊叫了：

「宋鋼，宋鋼，我一天沒吃東西了……」

宋鋼聽到了李光頭的叫聲，他的鈴聲立刻熄滅了，雙腳踩著地騎車過去，從群眾中間歪歪扭扭地騎到李光頭跟前，看著叫花子模樣的李光頭，宋鋼搖了搖頭，要從永久牌上下來，李光頭擺著手說：

「不用下來啦，快給錢吧。」

宋鋼在車上踮起雙腳，從口袋裏摸出了兩張一角錢，李光頭神氣活現地接了過去，像是宋鋼欠他的。宋鋼伸手去口袋裏找糧票，李光頭知道宋鋼急著要去針織廠接林紅回家，他驅趕蚊子似的揮著手說：

「走吧，走吧。」

宋鋼從口袋裏摸出糧票遞給李光頭，李光頭晃了晃滿頭的長髮，對宋鋼手上的糧票看了一眼說：

「這個用不上。」

宋鋼問李光頭：「你有糧票？」

李光頭不耐煩地說：「快走吧，林紅在等你。」

宋鋼點點頭將糧票放回口袋，雙腳踩著地從人縫裏騎車出去，出去後還回頭對李光頭說：

「李光頭，我走了。」

李光頭點點頭，聽著宋鋼的鈴聲響起來，看著宋鋼飛快地騎車遠去。李光頭扭回頭來對群眾說：

「我這兄弟太婆婆媽媽了。」

李光頭手裏捏著宋鋼的兩角錢，轉身長髮飄飄地走去。我們劉鎮的群眾目送他走向人民飯店，以為他走進去會一口氣吃掉兩碗陽春麵，沒想到李光頭目不斜視地走過了人民飯店，走進了旁邊一家理髮店。群眾滿臉驚訝，嘴裏「呀呀」地響起來，說這個李光頭是不是餓昏了頭？把剪下的頭髮當成麵條了？有群眾說：

「頭髮和麵條還眞有點像，都是細長細長的。」

另一個群眾補充道：「女人的頭髮像麵條，男人的頭髮太短，不像麵條，像鬍子。」

群眾想像著李光頭把女人的頭髮當麵條吃下去，一個個哈哈地笑。劉作家心想群眾眞是愚蠢，他聲音響亮地糾正群眾的話，說李光頭就是餓死了也不會去吃頭髮，李光頭是要去給自己推個光頭。劉作家說李光頭都餓成魯迅先生筆下的一個人物了，哪個人物他一時想不起來；說這個李光頭有了錢不去塡飽肚子，還想著自己的光頭。劉作家忍不住說起粗話來：

「這他媽的李光頭，眞是個死不悔改的光頭。」

就像劉作家所說的，李光頭從理髮店出來後恢復了他的傳統光頭。第二天中午，我們劉鎭的群眾看著李光頭重新亮閃閃地走在了大街上。李光頭腦袋亮堂了，青腫的臉蛋也泛出了紅光，像是剛吃了一碗肉一條魚。飢腸轆轆的李光頭雖然一副傷兵的模樣，仍然嗓音洪亮地和熟人打著招呼，他打著餓嗝摸著肚子沿街走去，彷彿剛吃了一桌豐盛的酒宴。街上的群眾問他：

「吃了什麼山珍海味？打嗝打個不停。」

「什麼都沒吃。」李光頭摸著空蕩蕩的肚子說，「打出來的是空氣嗝。」

李光頭一路走到了福利廠，他七個多月沒來福利廠了，剛走進福利廠的院子，就聽到兩個瘸子廠長在辦公室裏破口對罵，知道他們又在下棋又在悔棋了。李光頭走到廠長辦公室門口打出一個響亮的空氣嗝，兩個唾沫橫飛的瘸子扭頭一看是李光頭，立刻扔下手裏的棋子瘸著衝出來，嘴裏親熱地叫著：

「李廠長，李廠長……」

兩個瘸子廠長一左一右拉著傷兵李光頭來到了隔壁的車間，裏面三傻四瞎五聾正在發呆打瞌睡，兩個瘸子衝著他們吼叫：

「李廠長來啦！」

李光頭被童張關余王五個人用五種風格揍了三個多月，如今回到福利廠又回到了昔日的輝煌之中。十四個忠臣圍著他，好奇地看著他臉上的青腫，還有紅燒豬蹄似的雙手，「哇哇」地叫著「李廠長」，問他臉怎麼了？手怎麼了？三個傻子挨得最近，噴了李光頭一腦袋的口水。李光頭笑顏逐開地抹著光腦袋上的口水，絕不回答讓他丟面子的問題，而是盡情地享受十四個忠臣的愛戴和擁護。十四個忠臣叫了十多分鐘的「李廠長」，叫聲稀薄之後，李光頭的空氣嗝出來了。李光頭連著打了三個空氣嗝，兩個瘸子廠長羨慕地看著李光頭說：

「李廠長，中午吃了什麼好東西？」

「什麼好東西？」李光頭擺擺手讓十四個忠臣停止喊叫，抬頭問兩個瘸子廠長：「你們誰的鼻子最好？」

瘸子正廠長看看瘸子副廠長，瘸子副廠長看看四個瞎子說：「瞎子的鼻子最好。」

「瞎子是耳朵好，」李光頭搖搖頭，伸手指了指五個聾子說，「聾子是眼睛好。」

李光頭說著看了看兩個瘸子廠長說：「你們是胳膊好。」

然後李光頭對著站在最近的花傻子招招手，讓花傻子把鼻子湊上來聞聞自己打出來的空氣嗝。花傻子呵呵傻笑著把鼻子貼到李光頭的嘴巴上了，李光頭打出了一個空氣嗝，問花傻子：

「聞到了吧？裏面有沒有肉味魚味？」

花傻子仍然呵呵傻笑，李光頭只好搖著頭自己回答：「沒有，沒有肉味也沒有魚味。」

花傻子立刻跟著搖起了頭，李光頭滿意地招招手，讓花傻子的鼻子再次湊上來。李光頭又打出一個空氣嗝，問花傻子聞到米飯的味道沒有？花傻子慣性地搖起了頭，李光頭滿意地笑起來，讓花傻子去聞聞空氣。花傻子抬頭猛吸了幾口空氣後，李光頭問他：

「味道是不是和我的嗝一樣？」

花傻子還是慣性地搖頭，李光頭不滿意了，他自己點著頭說：「我的嗝和空氣一模一樣。」

花傻子看到李光頭點頭了，馬上跟著點起了頭。李光頭重新滿意地笑起來，他對著全部的忠臣說：

「我打出來的是空氣嗝，爲什麼？我一天沒吃東西啦，豈止是一天，我這三個月沒吃過一頓飽飯，我打了三個月的空氣嗝啦。」

兩個瘸子廠長首先驚嘆起來，接著四個瞎子也驚嘆了；五個聾子聽不到李光頭說什麼，看到兩瘸四瞎的驚訝表情，他們的表情也驚訝起來；三個傻子沒有反應過來，還在呵呵傻笑。李光頭趁熱打鐵地伸出了張開的雙手說：

「把你們的口袋全部翻出來，把你們的錢和糧票全部拿出來，讓你們的李廠長好好吃一頓吧。」

兩個瘸子恍然大悟，伸手摸進了他們的口袋；四個瞎子聽到了李光頭的話，也摸起了自己口袋裏的錢和糧票；五個聾子聽不到，可是看得到，他們知道自己的錢和糧票應該貢獻出來了，他們摸的時候把口袋都拉出來掛在外面了。三個傻子呵呵笑著沒有動手，兩個瘸子摸完了自己的口袋後，就去摸三個傻子的口袋，把三個傻子的所有口袋都拉扯出來了，也沒有見到一分錢和一兩糧票，兩個瘸子罵了起來：

「他媽的。」

這些忠臣摸出來的錢都是分幣，摸出來的糧票都是皺巴巴的，全部交到李光頭手上。李光頭低頭認眞地數了一遍，糧票剛好湊成一斤，分幣是四角八分，李光頭抬起頭來，吞著口水遺憾地說：

「要是再有二角六分就好了，我就能吃兩碗三鮮麵了。」

兩個瘸子立刻把自己的口袋拉了出來，表示自己的全部貢獻了。又讓四個瞎子把口袋拉出來，再看看三傻五聾的所有口袋都掛在外面，只好搖著頭對李光頭遺憾地說：

「沒有了。」

李光頭豁達地擺擺手說，「吃不了兩碗三鮮麵，也能吃五碗陽春麵。」

然後李光頭在十四個忠臣的簇擁下走出了福利廠，走向了我們劉鎮的人民飯店。十四個忠臣的二十八個衣服口袋和二十八個褲子口袋全掛在外面，像是剛剛被搶劫了一樣，他們臉上的表情卻像剛領了薪水那樣得意洋洋。仍然是兩個瘸子走在最前面，三個傻子手挽手走在第二排，四個瞎子用竹竿指路跟在最後，李光頭加上五個聾子，三人一組分別走在兩端維持隊形。有了上次兵臨城下針織廠，簇擁著李光頭兵荒馬亂地去向林紅求愛的經驗後，這次全體上街走得秩序井然，竟然走出了儀仗隊的方陣。

他們威風凜凜地走進了人民飯店，李光頭將手裏的分幣一巴掌拍在了開票的櫃台上，剛把皺巴巴的糧票也拍上去，瘸子正廠長搶先開口了：

「五碗陽春麵！」

「胡說。」李光頭糾正道，「不要五碗陽春麵，要一碗三鮮麵和一碗陽春麵。」

瘸子正廠長疑惑地問李光頭：「你不是打了三個月的空氣嗝？」

李光頭晃著光腦袋說：「我就是打他媽的三年空氣嗝，一口氣也吃不下五碗麵條，最多吃兩碗，既然只能吃兩碗，當然要吃一碗三鮮麵。」

瘸子正廠長明白了，他再次大聲對櫃台裏開票的說：「一鮮一春，兩碗麵。」

李光頭對瘸子正廠長「一鮮一春」的概括十分滿意，他點著頭誇獎道：「說得好！」

然後李光頭在一張圓桌前坐了下來，十四個忠臣也圍坐在圓桌前，兩個瘸子坐在李光頭的左右，這樣能夠顯示他們的身分；三個傻子和五個聾子依次坐開去，他們東張西望地看看飯店裏的擺設，又看看飯店外街道上的行人；四個瞎子坐在李光頭的對面，他們最安靜，手柱竹竿仰起臉笑眯眯。

跑堂的端上來兩碗麵條時，看到一張圓桌坐了十五個人，不知道應該將麵條遞給誰？李光頭急忙向他招手說：

「都給我，都給我。」

兩碗熱氣蒸騰的麵條放在了李光頭的面前，李光頭拿起筷子指點著三鮮麵和陽春麵，笑顏逐開地演說起來：

「先吃哪一碗？先吃鮮後吃春，好處是一上來就吃到最好的，壞處是吃完了鮮再吃春，春的美味就吃不出來了，這是急功近利之徒；先吃春再吃鮮，好處是既吃出了春的美味，也吃出了鮮的美味，而且是越吃越美味，這是有遠大志向之士……」

李光頭的演說還沒有結束，就聽到十四張嘴巴裏響起一片吞口水的聲音，李光頭看到三個傻子的口水在六個嘴角盡情流淌了，知道自己再不下嘴，三個傻子就會撲上來了。李光頭大叫一聲：

「先吃他媽的鮮！」

李光頭左手護著陽春麵，右手拿著筷子，整張臉埋在三鮮麵上呼呼地吸起來嚼起來，還有喝起來。李光頭一口氣吃完了三鮮麵，他的臉才抬起來，李光頭擦了擦滿嘴的油膩和滿腦袋的汗珠，聽著十四個忠臣的口水翻滾聲，開始對他們許願：

「我以後有錢了，每天請你們吃一碗三鮮麵。」

十四個忠臣的口水聲浪濤似的響起來，李光頭心想壞了，趕緊埋頭又把陽春麵一口氣吃了下去。李光頭吃完了陽春麵，十四個忠臣的口水聲戛然而止了。李光頭放心地擦起了自己的嘴巴，兩個瘸子、四個瞎子和五個聾子也都伸手擦起了嘴巴，只有三個傻子的口水還在白白流淌。十四個忠臣眼睜睜地看著兩隻空碗，李光頭把兩隻碗裏的湯都喝得一滴不剩。李光頭擦了擦嘴上的油膩，又擦了擦臉蛋上的汗珠，站起來感情衝動地對十四個忠臣說：

「蒼天在上，大地在下，你們在中間，我李光頭對天對地對你們發誓，我決定回來做你們的李廠長啦！」

十四個忠臣愣在那裏，四個瞎子首先反應過來，抬手鼓掌了。兩個瘸子也立刻跟著鼓掌，五個聾子雖然不知道李光頭說了些什麼，看到兩個瘸子廠長鼓掌了，知道自己也應該鼓掌。三個傻子是最後鼓掌的，他們的口水還在流淌。掌聲響了足足五分鐘，李光頭站在那裏昂首挺胸，微笑地接受十四個忠臣的掌聲。然後李光頭在忠臣們的簇擁下走出了人民飯店，走向了陶青的民政局。仍然是來時的方陣，整齊地走在我們劉鎮的大街上。李光頭摸著肚子打著飽嗝，心滿意足地走在瘸子正廠長的身旁。瘸子正廠長聽到李光頭的嗝聲，笑嘻嘻地問他：

「不是空氣嗝了？」

「不是啦！」

李光頭堅定地說，舌頭在嘴裏卷了卷，回味著剛才的嗝，幸福地告訴瘸子正廠長：

「是鮮嗝，三鮮麵的嗝。」

李光頭一路打著鮮嗝走去，快到民政局的時候，李光頭覺得嘴巴裏嗝的味道有些變化了，他舌頭卷了幾圈後，遺憾地對瘸子正廠長說：

「他媽的，先吃下去的三鮮麵消化掉啦。」

「這麼快？」瘸子正廠長吃了一驚，他回頭看著李光頭說：「你還在打嗝呀？」

「現在打的是春嗝啦！」李光頭抹了抹嘴說，「後吃下去的陽春麵現在開始消化了。」

那時候陶青正在民政局主持會議，正在和尚念經似的讀著紅頭文件，聽到院子裏人聲鼎沸，扭頭看到窗外站滿了福利廠的瘸傻瞎聾，陶青放下手裏的紅頭文件，皺著眉頭走出民政局的會議室，迎面撞上了笑容可掬的李光頭。李光頭打著陽春麵的嗝，熱情地握住陶青的手，熱情地說：

「陶局長，我回來啦！」

陶青看看李光頭鼻青臉腫的臉，敷衍地握了一下李光頭紅燒豬蹄似的手，神情嚴肅地問：

「什麼回來啦？」

「我，」李光頭伸手指指自己的鼻子說，「回來當福利廠的廠長啦！」

李光頭話音剛落，四個瞎子帶頭鼓掌了，三個傻子也跟著鼓掌，五個聾子東張西望後也開始鼓掌，只有兩個瘸子廠長沒有鼓掌，他們的手抬起來了，又放了下去，他們發現陶青的臉色很難看，就不敢鼓掌了。

陶青臉色鐵青地說：「不要鼓掌了。」

四個瞎子互相看來看去，掌聲稀薄下來了；三個傻子正在興頭上，顧不上陶青說什麼；五個聾子聽不到，看到瞎子們正在遲疑不決，傻子們還在使勁鼓掌，兩個聾子停下來，三個聾子繼續鼓掌。李光頭一看形勢不妙，趕緊轉身像個樂隊指揮那樣把雙手舉起來，又放了下去，掌聲立刻沒有了。李光頭滿意地轉回身來對陶青說：

「不鼓掌了。」

陶青嚴肅地點點頭，直截了當地告訴李光頭，他當初不辭而別的錯誤十分嚴重，民政局已經將他開除了，所以他不能回到福利廠工作。陶青看看院子裏的整齊站著的十四個瘸傻瞎聾，對李光頭說：

「福利廠雖然……」

陶青說了半句，把「殘疾」兩字咽了下去，改口說：「福利廠也是國家單位，不是你的家，不是你想走就走，想來就來。」

「說得好，」李光頭連連點頭，接著說，「福利廠是國家單位，不是我的家，我李光頭以廠爲家，所以我回來啦！」

「不可能。」陶青斬釘截鐵地說，「你目無組織、目無領導……」

陶青話還沒有說完，有個瞎子開口了，這個瞎子微微笑著說：「李廠長不辭而別，是目無領導；陶局長不理睬我們的要求，是目無群眾。」

李光頭聽了這話嘿嘿地笑出聲來，看到陶青火冒三丈了，立刻不笑了。陶青差一點要罵娘了，看著這些瘸傻瞎聾，又把火氣壓了下去，他想讓兩個瘸子把這些人帶走，兩個瘸子正在往後面躲，陶青知道不能指望他們，就對李光頭說：

「把他們帶走。」

李光頭立刻對十四個瘸傻瞎聾揮手說：「走！」

李光頭和他十四個忠臣走出了民政局的院子，他說下班時間沒到，要十四個忠臣立刻回廠工作。看著十四個忠臣依依不捨七零八落地走去，李光頭心裏突然難受起來，他安慰他們，對著他們喊叫道：

「我李光頭說出的話，就是潑出的水，收不回來的。你們放心，我肯定會回來做你們的李廠長。」

四個竹竿指路的瞎子聽到李光頭的話，站住腳把竹竿夾在大腿裏，抬手鼓掌了；兩個瘸子、三個傻子和五個聾子也站住腳，一起鼓掌。李光頭看到他們鼓掌的時候身體轉過來了，好像又要走過來，心想這些人比宋鋼還要婆婆媽媽，趕緊向他們揮揮手，大步流星頭也不回地走去了。

後來的幾天裏，李光頭找了縣裏的書記縣長，找了縣裏的組織部長，找了縣裏大大小小的官員總共十五人，慷慨激昂地表達了重回福利廠的決心，書記縣長和組織部長還沒等他把話說完，就叫人把他轟了出去。李光頭換一副嘴臉，找到另外的十二個官員可憐巴巴地說了又說，這十二個小官員聽他說完後，給他潑了十二盆涼水，說了十二個斬釘截鐵的「不可能」，告訴他國家是有體制的，出去的人是回不來的。李光頭心想什麼他媽的體制？心想縣政府裏這些王八蛋是敬酒不吃吃罰酒。李光頭一生氣，決定給他們吃罰酒，開始靜坐示威了。李光頭每天上班的時候來到縣政府的大門口，在縣政府大門的中央坐下來，一直到下午下班了，他才和縣政府裏的人一起走在回家的路上。

李光頭盤腿坐在縣政府大門的中央，臉上掛著一夫當關萬夫莫開的表情，剛開始我們劉鎮的群眾不知道他在幹什麼，李光頭主動向他們解釋，走過一個人就要說一遍：

「我是在靜坐示威。」

客。有群眾向他建議，靜坐示威一定要裝出一副可憐模樣，如果再弄斷自己一條腿或者一條胳膊就更好了，只要博得黨和人民的同情，他就能回福利廠了。李光頭聽了群眾的建議，甩了甩腦袋說：

「沒用。」

李光頭扭頭看了一眼身後的縣政府，說自己裝出可憐模樣找了裏面十五個王八蛋，比福利廠的十四個瘸傻瞎聾還要多出一個，他阿諛奉承說好話，他低三下四表決心，結果屁用都沒有。他堅定地告訴群眾，他萬般無奈只好靜坐示威了，而且要一直靜坐下去，靜坐到海枯石爛，靜坐到地球毀滅。群眾聽了他的豪言壯語齊聲叫好，然後問他怎麼才會不靜坐不示威？他伸出兩根手指說：

「一是讓我回福利廠當廠長，二是我把自己坐死了。」

衣衫襤褸的李光頭沒吃的沒喝的，他在去縣政府靜坐的時候就沿途撿些破爛東西，像是易開罐、礦泉水瓶、報紙和紙盒之類的，堆在縣政府的大門口。在縣政府上班的人都知道他收破爛了，也把舊報紙廢紙盒等廢品拿到大門口扔給他。他把縣政府大門旁的空地弄成了一個廢品收購站，他在那裏靜坐示威的時候，看到有群眾拿著報紙走過去，就會喊叫著問報紙讀完了沒有？群眾說讀完了，他就要群眾把報紙扔給他；看到群眾喝著飲料走過時，就叫住他們，讓他們喝完了，把瓶子罐子扔給他再走。有時候看到走過的群眾穿著舊衣服，他就說：

「你這麼有身分的人，穿這麼破的衣服太丟臉，脫下來扔給我吧。」

李光頭想回到福利廠做李廠長，他沒做成廠長，倒是做成了一個破爛，我們劉鎮的群眾開始叫他李破爛了。李光頭開始只是爲了餬口才沿途撿些破爛，沒想到後來因此成名，成了劉鎮的破爛大王，不亞於少年時期的屁股大王。劉鎮群眾的家裏有什麼要扔掉的東西，都會走到縣政府的大門口，讓他去取。那時候他還在靜坐示威，他對待自己的靜坐事業兢兢業業，他說現在不能去取，他認眞記下他們的地址，告訴他們：

「我下班了就來取。」

十九

林紅沉浸在自己的幸福裏，她英俊的丈夫騎著時髦閃亮的永久牌，每天早晨把她送到針織廠，她走進廠門以後一次次回頭，一次次都看到宋鋼扶著自行車站在那裏依依不捨地揮手。到了傍晚的時候，她走出廠門就會看到宋鋼洋溢著幸福的笑容。林紅不知道宋鋼背著自己悄悄接濟李光頭，當她發現時，已經過去一個月了。

林紅第一次發現宋鋼口袋裏的錢和糧票沒有的時候，不由微微一笑，林紅一聲不吭地拿出二角錢和二兩糧票放進宋鋼的口袋。宋鋼站在一旁什麼都沒有說，看著林紅由衷的微笑，宋鋼心裏一陣不安。

林紅不知道李光頭像強盜一樣，每天都把宋鋼口袋裏的錢和糧票要走。她一天又一天地將錢和糧票補充到宋鋼的口袋裏，沒有一天間斷過。林紅起初是高興，覺得宋鋼知道照顧自己身體了，知道餓了就應該去買些吃的。慢慢地林紅覺得奇怪了，以前的宋鋼是一分錢都不捨得花，現在是每天都把錢花乾淨，而且沒有留下零錢。林紅心想不管宋鋼買什麼吃，總會有些零錢剩下。林紅懷疑地看起了宋鋼，宋鋼的眼睛躲躲閃閃，林紅終於問他了：

「你每天都吃了些什麼？」

宋鋼的嘴巴張了張，沒有說話。林紅又問了一次，宋鋼搖搖頭說自己什麼都沒有吃。林紅怔住了，宋鋼躲開林紅的眼睛，不安地說出錢和糧票的去向：

「都給李光頭了。」

林紅無聲地站在屋子中央，這時候她才想起來李光頭已經是個要飯的叫花子了，在此之前她完全忘記了李光頭的存在，她的世界裏只有宋鋼，沒有別人，現在李光頭這個混蛋又闖進來了。林紅屈指一算，一個月下來差不多被李光頭拿走了六元錢，不由流出了難過的眼淚。林紅嘴裏反覆念著「六元錢」，她說要是省著花，能夠讓兩個人生活一個月。

宋鋼低垂著頭坐在床沿上，沒有去看林紅。直到林紅哭著問宋鋼：爲什麼要這麼做？宋鋼這才抬起頭來，看了林紅一眼，輕聲說：

「他是我弟弟。」

「他又不是你的親弟弟，」林紅說，「就是親弟弟，他也該自己養活自己了。」

「他是我的弟弟，」宋鋼不同意林紅的話，繼續說：「他以後會養活自己的，媽媽死前要我照顧……」

「別提你那個後媽。」林紅喊叫著打斷宋鋼的話。

林紅的話讓宋鋼傷心了，他也喊叫起來：「她就是我媽媽。」

林紅吃驚地看著宋鋼，這是宋鋼婚後第一次衝著她喊叫，林紅無聲地搖頭了。林紅說出了「後媽」，宋鋼突然傷心地叫了起來，林紅吃驚之後，覺得自己可能是說錯了，她不再說話，於是屋子陷入到沉默之中。

宋鋼低頭坐在那裏，此刻遙遠的往事雪花紛飛般的來到，他和李光頭的共同經歷彷彿是一條雪中的道路，慢慢延伸到了現在，然後突然消失了。宋鋼思緒萬千，可是又茫然不知所想，彷彿是皚皚白雪覆蓋了所有的道路，也就覆蓋了所有的方向。直到宋鋼低頭看見了林紅站在屋子中央的兩隻腳，他的思緒才回來。他看到林紅的鞋是舊的，鞋上面的褲子是舊的，他知道褲子上面的衣服也是舊的。想到林紅平日裏的省吃儉用，宋鋼心裏難受起來，他覺得自己不應該瞞著林紅把錢給李光頭，他這時候覺得自己確實做錯了。

過了很長時間，看著宋鋼低著頭始終一聲不吭，林紅氣又上來了，她說：

「你說話呀。」

宋鋼抬起頭來，眞誠地看著林紅說：「我錯了。」

林紅一下子心軟了，看著宋鋼眞誠的眼睛，不由嘆息了一聲。然後林紅開始安慰宋鋼了，她說了很多話，說六元錢算不了什麼，就當成是被人偷走的，她還說了一個「破財免災」的成語，她說宋鋼以後不要再和李光頭來往就行了。她說話的時候，又從自己的皮夾裏摸出了兩角錢和二兩糧票，放進了宋鋼的口袋。宋鋼看見了十分感動，他對林紅說：

「我不需要錢了……」

「你需要，」林紅看著宋鋼說，「你一定要花在自己身上。」

這天晚上兩個人躺在床上以後，繼續著他們一如既往的甜蜜。宋鋼充滿愛意地摟著林紅，林紅享受著宋鋼對自己細水長流似的愛，臉上掛著甜蜜的微笑，睡著以後微笑仍然掛在臉上。

第二天下班的時候，宋鋼騎著自行車去針織廠接林紅時，已經在縣政府大門口靜坐示威的李光頭看見了他，立刻跳起來叫住了他。當時宋鋼心裏「咯噔」一下，他捏住剎車，雙腳踮地穩住自行車，聽著李光頭腳步拖踏地走過來，宋鋼突然害怕他再次伸手要錢。這個李光頭偏偏伸出了手，大言不慚地說：

「宋鋼，我一天沒吃沒喝了……」

宋鋼腦子裏「嗡嗡」響了，他的手習慣性地伸進了口袋，捏住了裏面的錢和糧票，然後他臉紅了，他搖著頭說：

「今天沒有……」

李光頭大失所望，伸向宋鋼的手縮了回去，吞著口水垂頭喪氣地說，「我吞了一天口水了，他媽的還要再吞一夜的口水……」

這時候宋鋼鬼使神差地將口袋裏的錢和糧票拿了出來，遞給了滿臉失落的李光頭。李光頭先是一驚，隨後嘿嘿笑了，接過錢時罵了起來：

「他媽的，你也學會捉弄人啦！」

宋鋼苦笑著騎車離去。這個晚上宋鋼最擔心的時刻出現在晚飯以後，林紅的手伸進了宋鋼的口袋，她發現錢和糧票又沒有了。這一次林紅期待著能夠摸到它們，當她確信錢和糧票都沒有以後，突然驚慌起來，她有些害怕地看著宋鋼，希望宋鋼告訴她，這一次是他自己花掉的。當林紅的手伸進口袋的時候，宋鋼痛苦地閉了一下眼睛，睜開眼睛看到林紅害怕的眼神後，宋鋼聲音抖動地說：

「我錯了。」

林紅知道錢和糧票又被李光頭拿走了，她絕望地看著宋鋼，憤怒地喊叫起來：

「你為什麼要這樣做？」

宋鋼羞愧不已，他想解釋事情的前後經過，可是話到嘴邊時還是那一句：

「我錯了。」

林紅氣得眼淚直流，她咬著嘴唇說：「我昨天才給你的錢，你今天就去給李光頭了，你就不能等幾天再給他嗎？你就不能讓我先高興幾天嗎？」

宋鋼恨起了自己，他咬牙切齒想說一句仇恨自己的話，可是說出來仍然是這三個字：

「我錯了。」

「別再說啦！」林紅喊叫起來，「我都聽煩了，你只會說這三個字。」

宋鋼不敢再說話了，他低頭站在屋子的角落裏，像是文革時挨批鬥的父親宋凡平。林紅一邊哭著一邊說著，宋鋼站在那裏一點反應沒有，林紅又氣又傷心，她不願意去理睬宋鋼，她躺到了床上，用被子蒙住自己。宋鋼無聲無息地站了一會兒後，開始在屋子裏走動了，林紅聽到鍋碗的響聲，知道宋鋼在做晚飯了。屋子裏逐漸暗下來，宋鋼做好了晚飯，把飯菜端到桌子上，又準備好了碗筷。林紅心想宋鋼應該走過來說話了，可是宋鋼在桌子旁坐了下來，然後又是死一般的沉寂。林紅氣得咬住了嘴唇，過去了很長時間，屋子裏變得漆黑一團，宋鋼還是一動不動地坐在那裏，好像是在等待著林紅睡醒了起床一起吃飯。

林紅知道宋鋼一直會這麼坐下去，如果林紅在床上躺到天亮的話，宋鋼就會在椅子裏坐到天亮。宋鋼坐在那裏連呼吸都很輕微，像是怕吵著林紅。林紅開始心疼宋鋼了，開始想到宋鋼的種種好處，想到宋鋼對自己的愛，想到宋鋼的善良忠誠，想到宋鋼的英俊瀟灑……想到英俊瀟灑時她不由抿嘴一笑，她忍不住輕輕叫了一聲：

「宋鋼。」

坐在椅子裏的宋鋼霍地站了起來，接下去林紅沒有說話，宋鋼猶豫不決地又要坐下了。林紅看到了宋鋼的身影在黑暗裏的反應，她再次抿嘴一笑，她輕聲說道：

「宋鋼，你過來。」

宋鋼走到了床前，高大的身影俯首下來。林紅繼續輕聲說：「宋鋼，你坐下來。」

宋鋼小心翼翼地在床沿上坐下來，林紅拉住他的手說：「坐進來。」

宋鋼坐了進去，林紅把他的手拉到自己胸前說：「宋鋼，你太善良了，我以後不能再給你錢了。」

宋鋼在黑暗裏點點頭，林紅把他的手貼到了自己臉上，問他：「你沒有生氣吧？」

宋鋼在黑暗裏搖搖頭說：「沒有。」

林紅坐了起來，把宋鋼另一隻手也拉過來，然後溫柔地對宋鋼說：「我不想說李光頭這個人有多壞，他就是一個好人，我們也養不起他。你想想，我們兩個人一個月才多少錢？我們以後還會有孩子，我們要把自己的孩子養大，不能有李光頭這個負擔，李光頭沒有了工作，以後活不下去，會死纏著你……宋鋼，我不是擔心現在，我是擔心以後，你爲我們以後的孩子想想吧，你一定要和李光頭斷絕關係……」

宋鋼在黑暗裏點了點頭，林紅沒有看清，她問：「宋鋼，你點頭了嗎？」

宋鋼點著頭說：「我點頭了。」

林紅停頓了一下，問宋鋼：「我說得對不對？」

宋鋼點頭說：「對。」

這個晚上疾風暴雨之後又是風平浪靜，此後的日子裏宋鋼開始躲避李光頭了。宋鋼下班騎車去針織廠接林紅時，就要經過李光頭靜坐示威的縣政府大門。宋鋼躲開李光頭繞道遠行，讓林紅時常站在針織廠大門口等了又等。以前林紅還沒有跨出廠門，宋鋼就等在那裏了，現在她伸長了脖子左等右等，針織廠的女工都走光了，宋鋼騎著車才匆匆趕到。有一天林紅終於不高興了，沉著臉一聲不吭地坐上了後座，路上不和宋鋼說一句話。回到家裏，林紅開始責怪宋鋼，她說自己站在工廠門口擔驚受怕，擔心宋鋼路上出事了，甚至都想到宋鋼是不是撞上電線杆撞破了腦袋？宋鋼支支吾吾地解釋自己爲什麼遲到，他說是爲了躲避李光頭繞了遠路。聽了這話，林紅立刻響亮地說：

「怕什麼？」

林紅說李光頭這種人，誰越是怕他，他就越是要欺負誰。林紅告訴宋鋼，以後還是從縣政府大門口走，她說：

「你不要去看他，就當沒有這個人。」

宋鋼問她：「他要是叫我呢？」

「你沒有聽到，」林紅說，「就當沒有這個人。」

二十

這時的李光頭已經在縣政府大門口將破爛堆成小山了，他改變了靜坐示威的風格，只是在上班和下班的時候才盤腿坐在大門中央，其他時間進出大門的人不多，他就撅起屁股在破爛裏樂此不疲地翻揀，他的屁股抬得比他的腦袋還高，圍著破爛三百六十五度轉過去又轉過來，像是在沙裏淘金。一聽到縣政府下班的鈴聲，李光頭立刻蹦跳著跑回大門中央，仍然是一夫當關萬夫莫開的表情盤腿坐下。縣政府下班出來的人嘿嘿地笑，說這個靜坐示威的李光頭，比縣長做大會報告時還要神氣。李光頭很滿意這樣的評價，他對著說話者走去的背影響亮地說：

「說得好！」

李光頭一個月沒有見到宋鋼了，宋鋼騎著他的永久牌重新從縣政府大門前經過時，李光頭顧不上自己正在示威，霍地從地上蹦起來，揮舞著雙手大聲喊叫：

「宋鋼，宋鋼……」

宋鋼假裝沒有聽到李光頭的喊叫，可是李光頭的喊叫彷彿是一隻拉扯他的手，他蹬車的雙腿動不了，猶豫了一下後，掉轉車頭慢慢地騎向李光頭。宋鋼忐忑不安，他不知道是否應該告訴李光頭，他口袋裏一分錢也沒有。李光頭興奮地迎上去，將宋鋼從自行車上拉下來，神祕地說：

「宋鋼，我發財啦！」

李光頭右手從口袋裏摸出一塊破舊手錶，左手將宋鋼的腦袋按下來，讓他把手錶看仔細了。李光頭激動地說：

「看見上面的外國字了吧，這是外國牌子的手錶，走出來的都不是北京時間，是格林威治時間，我從破爛裏找出來的……」

宋鋼沒有看到錶上的指標，他說：「怎麼沒有指標？」

「按上三根細鐵絲就是指標了，」李光頭說，「花點小錢修理一下，格林威治時間就嘩嘩地走起來啦！」

然後李光頭將外國手錶放進宋鋼的口袋，慷慨地說：「給你的。」

宋鋼吃了一驚，沒想到李光頭把自己這麼喜歡的東西送給他，他不好意思地將手錶拿出來還給李光頭，他說：

「你自己留著。」

「拿著。」李光頭斬釘截鐵地說，「我十天前就找著這手錶了，我等了你十天，要把手錶送給你，這一個月你跑哪裏去了？」

宋鋼滿臉通紅，不知道應該說些什麼。李光頭以爲他還是不好意思收下手錶，強行將手錶放進宋鋼的口袋，對宋鋼說：

「你每天接送林紅，你需要手錶；我不需要，我是日出出門示威，日落回家睡覺……」

李光頭說著抬起頭來，尋找西下的夕陽，他舉手指著透過樹葉看到的夕陽，豪邁地說：

「這就是我的手錶。」

看到宋鋼臉上的疑惑，李光頭解釋道：「不是這棵樹，是那個太陽。」

宋鋼嘿嘿地笑了，李光頭對宋鋼說：「別笑了，快走吧，林紅在等你呢。」

宋鋼跨上自行車，雙腳支撐著地面，扭頭問李光頭：「這一個月你還好嗎？」

「好！」李光頭揮手驅趕宋鋼，「快走吧。」

宋鋼繼續問他：「這一個月你吃了些什麼？」

「吃什麼？」李光頭瞇起眼睛想了想，搖搖頭說，「忘了，反正沒餓死。」

宋鋼還要說話，李光頭急了，他說：「宋鋼，你太婆婆媽媽了。」

李光頭從後面推起了宋鋼，推出了五、六米遠，宋鋼只好蹬起了自行車，李光頭收住手，看著宋鋼騎車離去，重新走到大門中央，剛剛盤腿坐下，才想起來縣政府的人已經下班走光了，李光頭有些失落地站起來，罵了一聲：

「他媽的。」

接了林紅回家後，宋鋼遲疑了很久，還是沒有把李光頭送給他的手錶拿出來，他想以後再告訴林紅。宋鋼口袋裏沒有錢沒有糧票，可是他還有午飯。那時候他和林紅每天的晚飯都會多做一些，吃完後將剩下的飯菜放進兩個飯盒，這是他們第二天在工廠吃的午飯。宋鋼避開李光頭的那幾天裏，只是偶爾想一想李光頭怎麼樣了？見了李光頭，兄弟情誼又在心裏揮之不去了。這個李光頭撿了一塊沒有指標的外國手錶，寶貝似的藏了十天，專門爲了送給宋鋼，讓宋鋼想起來就感動。第二天吃午飯的時候，宋鋼想到了李光頭，就拿著飯盒騎著自行車來到了縣政府大門口，李光頭撅著屁股埋頭在破爛裏翻揀著什麼，宋鋼騎車到了他身後，他沒有發現。宋鋼摁響了車鈴，李光頭嚇了一跳，回頭看到宋鋼手裏的飯盒，眉開眼笑地說：

「宋鋼，你知道我餓了。」

李光頭說著一把拿過來宋鋼手裏的飯盒，急匆匆地打開來，看到裏面的飯菜沒有動過，李光頭的手停下來了，他說：

「宋鋼，你沒吃？」

宋鋼笑著說：「你快吃吧，我不餓。」

「不可能。」李光頭把飯盒遞給宋鋼說，「我們一起吃。」

李光頭從那堆破爛裏找出來一疊舊報紙，鋪在地上，讓宋鋼坐在報紙上，自己一屁股坐在了地上。兄弟兩個並肩坐在那堆破爛前，李光頭重新拿過來宋鋼手裏的飯盒，用筷子將裏面的飯菜撥弄均勻了，又用筷子在中間挖了一條戰壕，告訴宋鋼：

「這條是三八線，一邊是北朝鮮，一邊是南朝鮮。」

李光頭說著將飯盒塞到宋鋼手裏：「你先吃。」

宋鋼將飯盒推回去：「你先吃。」

「讓你先吃，你就先吃。」李光頭不高興地說。

宋鋼不再推來推去，他左手接過飯盒，右手拿起筷子吃了起來。李光頭伸長脖子往飯盒裏看了看，對宋鋼說：

「你吃得是南朝鮮。」

宋鋼嘿嘿笑了起來，宋鋼吃得慢條斯理，李光頭在一邊急得直吞口水，聽到李光頭的滔滔口水聲，宋鋼停下來了，把飯盒遞給李光頭：

「你吃吧。」

「你先吃完，」李光頭把飯盒推了回去，「你能不能吃得快一點，宋鋼，你吃飯都是婆婆媽媽的。」

宋鋼把剩下的飯菜全部塞進自己嘴裏，他的嘴巴像個皮球一樣鼓起來了。李光頭接過飯盒，吸塵器似的將屬於自己的飯菜嘩啦嘩啦地吃了下去。李光頭吃完了，宋鋼嘴裏的飯菜還沒有全部咽下去，李光頭親熱地拍著宋鋼的後背，幫助他把嘴裏的飯菜咽下去。宋鋼將飯菜咽下去以後，他先是抹了抹嘴，然後抹眼淚了，宋鋼突然回想起了李蘭臨死前說的那些話。看到宋鋼哭了，李光頭嚇了一跳，他說：

「宋鋼，你怎麼啦？」

宋鋼說：「我想起媽媽來了……」

李光頭怔了一下，宋鋼看著李光頭說，「她放心不下你，她要我以後照顧你，我向她保證，只剩下最後一碗飯了，一定讓給你吃；她搖著頭說，最後一碗飯兄弟兩個分著吃……」

宋鋼指著地上的空飯盒說：「我們現在分著吃飯了。」

兄弟兩人回到了過去的傷心時刻，他們坐在縣政府的大門口，坐在堆成小山似的破爛前抹著眼淚，回憶小時候如何手拉手從汽車站前的橋上走下來，看到了死去的宋凡平躺在夏天的烈日下；手拉手在汽車站的出口站到夕陽西下黑夜降臨，等待著李蘭從上海回來……最後的情景是兄弟兩人拉著板車將死去的李蘭帶到鄉下，把他們的母親還給他們的父親。

然後李光頭擦乾眼淚，對宋鋼說：「我們小時候太苦了。」

宋鋼也擦乾了眼淚，點著頭說：「小時候我們到處受人欺負。」

「現在好了，」李光頭笑了起來，「現在誰也不敢欺負我們了。」

「不好。」宋鋼說，「現在還是不好。」

「怎麼不好？」李光頭扭頭看著宋鋼說，「你都和林紅結婚了，還不好？你眞是生在福中不知福。」

「我是說你。」宋鋼說。

「我怎麼了？」李光頭回頭看看身後的破爛，「我也混得不錯。」

「不錯？」宋鋼說，「你工作都沒有了。」

「誰說我沒有工作？」李光頭不高興了，「我靜坐示威就是工作。」

宋鋼搖了搖頭，憂心忡忡地說：「你以後怎麼辦？」

「放心。」李光頭不以爲然地說，「車到山前必有路，船到橋頭自會直。」

宋鋼仍然搖頭，他說：「我都替你急死了。」

「你急什麼？」李光頭說，「我撒尿的不急，你端尿壺的急什麼？」

宋鋼嘆了一口氣，不再說話了。李光頭興致勃勃地問起了那塊外國手錶，問宋鋼拿去修理了沒有？宋鋼撿起地上的飯盒，站起來說要回工廠上班了。宋鋼跨上自行車以後，左手拿著飯盒，右手扶著車把蹬車離去。李光頭在後面見了，不由叫了起來：

「宋鋼，你都會單手騎車啦？」

騎著車的宋鋼笑了，回頭對李光頭說：「單手算什麼？我可以不用手。」

宋鋼說著張開雙臂，像是飛翔一樣騎車而去。李光頭滿臉的驚訝，他追趕著跑過去，喊叫道：

「宋鋼，你眞了不起！」

後來的一個多月裏，宋鋼每個上班的中午都會拿著飯盒來到李光頭跟前，兄弟兩個就坐在那堆破爛前，說說笑笑親密無間將飯盒裏的飯菜分著吃完。宋鋼不敢讓林紅知道，到了晚飯的時候他餓得飢腸轆轆，他怕林紅起疑心，仍然不敢多吃，而且比過去吃得更少。林紅發現宋鋼的胃口小了，擔心地看著宋鋼，問宋鋼最近是不是身體不舒服？宋鋼支支吾吾，說自己的胃口是小了，可是力氣一點沒少，他說身體很好。

世上沒有不透風的牆，一個多月以後，林紅知道了事情眞相。那是針織廠的一個女工告訴林紅的，那個女工前一天請了事假，中午路過縣政府大門口，看到宋鋼和李光頭並肩坐在地上，分吃著飯盒裏的飯菜。第二天那個女工笑嘻嘻地告訴林紅，這兄弟兩個一起吃飯時，看上去比夫妻還要親密。林紅當時正端著飯盒，坐在車間的門口吃著午飯，她一聽這話，臉色立刻變了，放下手裏的飯盒，疾步走出了工廠。

林紅來到縣政府大門口時，兄弟兩個已經吃完飯了，坐在地上笑個不停，李光頭正在高聲說著什麼。林紅鐵青著臉走到他們面前，李光頭先看到她，立刻從地上蹦跳起來，親熱地說：

「林紅，你來啦……」

宋鋼臉色一下子白了，林紅冷冷地看了宋鋼一眼，轉身就走。李光頭剛從破爛裏找出一疊舊報紙，準備請林紅也坐在地上，轉過身來看到林紅走了，失望地對林紅說：

「你人都來了，也不坐一會兒？」

宋鋼不知所措地站著，看著林紅走遠了，才想起來應該追上去。他趕緊跳上自行車，飛快地騎車過去。林紅神色凝重地向前走去，她聽到宋鋼的自行車從後面追上來，來到了她的身邊，聽到宋鋼低聲說著話，要她坐到後座上。林紅彷彿沒有聽到，彷彿身邊根本就沒有宋鋼這個人，她昂首走著，目不斜視。宋鋼不敢再說話了，跳下自行車，推著車默默地跟隨在林紅的身後。他們像是兩個互不相識的人，在我們劉鎮的大街上無聲地走著。劉鎮的很多群眾都看見了，站住腳好奇地看著他們，知道他們之間出現了問題，劉鎮的群眾天生愛管閒事，有人叫著林紅的名字，林紅沒有答應，連一個點頭和一個微笑都沒有。另外的人叫著宋鋼的名字，宋鋼也沒有答應，宋鋼倒是向群眾點頭了，也微笑了。宋鋼的微笑十分古怪，當時趙詩人也在大街上，趙詩人是有了種子就要發芽，他指著宋鋼對劉鎮的群眾說：

「看見了吧，這就是苦笑。」

宋鋼推著自行車追隨著林紅一直走到針織廠的大門口，林紅一路上沒看宋鋼一眼，她走進針織廠大門時仍然沒有回頭去看宋鋼，她感覺到宋鋼站住了，她的腳步遲疑了一下，這一刻她突然心軟了，她想回頭看一眼宋鋼，她還是忍住了，徑直走進了車間。

宋鋼丟了魂似的站在大門外，林紅的身影消失了，他仍然站著，下午上班的鈴聲響過以後，大門裏面空空蕩蕩，他的心裏也是一片空白。宋鋼站了很久，才推著車轉身離去。宋鋼忘記了騎上那輛亮閃閃的永久牌，他推著自行車一路走回到自己上班的五金廠。

宋鋼在煎熬裏度過了這個下午，大部分時間他都是看著車間的牆角發呆，他一會兒茫然若失，一會兒仔細思索，仔細思索的時候他腦子裏什麼都沒有，只好繼續茫然若失了。直到下班的鈴聲響起，他才猛然驚醒，跑出車間跳上自行車，衝鋒似的騎出了五金廠，在我們劉鎮的大街上風馳電掣，來到針織廠大門口時，裏面下班的女工們正在陸續地走出來，宋鋼扶著自行車站在那裏，他看到林紅和幾個女工說著什麼走了過來，他喜悅了一下，隨即心裏又沉重了，他不知道林紅會不會坐上自己的自行車？

宋鋼沒有想到，林紅像往常一樣走到了他跟前，向那幾個女工揮手說著再見，側身坐上了後坐，彷彿什麼事情都沒有發生過。宋鋼先是一愣，隨即長長地鬆了一口氣，跨上自行車滿臉通紅，宋鋼摁響了車鈴一路飛快地騎去。宋鋼重新獲得了幸福，幸福讓他充滿了力量，他的雙腳使勁蹬著，坐在後面的林紅本來雙手抓著座位，車速太快了，她只好去抓住宋鋼的衣服。

宋鋼的幸福曇花一現，林紅回到家裏關上門以後，立刻像中午走在大街上那樣冷若冰霜了。她走到了窗前，拉上窗簾以後沒有走開，像是看著外面的風景那樣一聲不吭地看著窗簾。宋鋼站在屋子中央，過了一會兒喃喃地說：

「林紅，我錯了。」

林紅鼻子裏哼了一聲，繼續站了一會兒，然後回過身來問宋鋼：「什麼錯了？」

宋鋼低著頭，把這一個多月以來和李光頭分著吃午飯的事如實說了出來。林紅一邊聽著一邊搖頭流淚，宋鋼寧願自己挨餓，也要讓那個混蛋李光頭吃飯。看到林紅氣哭了，宋鋼立刻閉上嘴巴，忐忑不安地站在一旁。過了一會兒，看到林紅擦起了眼淚，宋鋼才轉身找出了那塊外國手錶，結結巴巴地告訴林紅，他本來已經不和李光頭交往了，因爲那天騎車從縣政府大門口經過，李光頭叫住他，給了他這塊手錶，讓他重新想起了往日的兄弟情誼。宋鋼喃喃說著，林紅看清了他拿著的那塊手錶，突然喊叫起來：

「指標都沒有，這是手錶嗎？」

林紅終於爆發了，她哭喊著大罵李光頭。從李光頭在廁所裏偷看她屁股罵起，罵到李光頭如何在大庭廣眾死皮賴臉地騷擾她，還帶著福利廠的瘸傻瞎聾來針織廠鬧事，讓她丟盡了顏面，在別人面前抬不起頭來。林紅歷數李光頭的種種罪行，說到最後傷心欲絕，她嗚嗚地哭著，說起了自己跳河自殺，就是這樣了，李光頭還不肯放過她，還逼著宋鋼來對她說「這下你該死心了」，逼得宋鋼也差一點自殺死了。

林紅泣不成聲，她把李光頭罵完以後，罵起了宋鋼，她說結婚以後省吃儉用，就是爲了存錢給宋鋼買一塊鑽石牌手錶，沒想到李光頭用一塊別人扔掉的破爛手錶，就把宋鋼收買了。林紅說到這裏突然不哭了，她擦乾眼淚，苦笑著自言自語起來：

「也不是收買，你們本來就是一家人，是我插進來，把你們分開的。」

林紅哭完了罵完了，擦乾淨眼淚，沉默了很久後，長長地嘆息一聲，然後悲哀地看著宋鋼，聲音平靜地說：

「宋鋼，我想通了，你還是和李光頭一起生活，我們離婚吧。」

宋鋼萬分恐懼地搖起了頭，嘴巴張了幾下沒有聲音。林紅看到宋鋼的神情，不由心疼宋鋼了。她的眼淚又流出來了，她搖著頭說：

「宋鋼，你知道我愛你，可是我實在不能和你這樣生活下去了。」

林紅說著走到櫃子前，取出幾件自己的衣服，放進一個口袋。林紅走到門口，轉身看了看因爲恐懼而發抖的宋鋼，林紅猶豫了一下，還是打開了屋門。宋鋼突然跪下了，聲淚俱下地哀求林紅：

「林紅，你不要走。」

這時的林紅眞想撲上去抱住宋鋼，可是她忍住了，她語氣溫和地說：「我回娘家住幾天，你一個人好好想想，是和我在一起，還是和李光頭在一起？」

「不用想。」宋鋼淚流滿面地說，「我和你在一起。」

林紅雙手捂住自己的臉嗚嗚地哭，她說：「李光頭怎麼辦？」

宋鋼站起來，堅定地對林紅說：「我去告訴他，我要和他一刀兩斷，我現在就去。」

林紅再也忍不住了，撲上去一把抱住了宋鋼。兩個在門後緊緊地抱在了一起，林紅貼著宋鋼的臉輕聲問：

「要我一起去嗎？」

宋鋼堅定地點點頭：「一起去。」

兩個人胸中燃燒著愛的火焰，伸手替對方擦乾了眼淚，然後一起走出了屋門。林紅習慣地走到他們的自行車前，宋鋼搖搖頭，他說不騎車了，他要在路上好好想一想，應該對李光頭說些什麼？林紅有些吃驚地看著宋鋼，宋鋼向她揮一下手，自己向前走去了，她立刻聽話地跟了上去，兩個人走出了小巷，走上了大街。林紅挽著宋鋼的胳膊走去，不停地抬頭看看宋鋼，宋鋼臉上出現了從未有過的剛毅神情，林紅突然覺得自己的丈夫十分強大，這是結婚以來第一次有這樣的感受。此前的宋鋼對她百依百順，什麼都聽她的，現在她覺得以後要聽他的話了。兩個人在落日的餘輝裏走向縣政府的大門，看到李光頭還在擺弄著他的破爛，林紅拉了拉宋鋼的胳膊，問他：

「你想好了怎麼說？」

「想好了。」宋鋼點點頭，「我要把那句話還給他。」

林紅不明白：「哪句話？」

宋鋼沒有回答，他的左手拿開了林紅挽住他右胳膊的手，徑直走向了李光頭。林紅站住了，看著宋鋼高大的背影威風凜凜地走到粗短的李光頭跟前，聽到宋鋼聲音沉著地說：

「李光頭，我有話對你說。」

李光頭覺得宋鋼說話的口氣不對勁，林紅又站在那裏，他滿腹狐疑地看看宋鋼，又去看看宋鋼後面的林紅。宋鋼從口袋裏拿出那塊沒有指標的外國手錶，遞給李光頭。李光頭知道來者不善，他接過了手錶，仔細擦了幾下，戴在了自己的手腕上，他問宋鋼：

「你要說什麼？」

宋鋼緩和了一下語氣，認眞地對李光頭說：「李光頭，自從我爸爸和你媽媽死了以後，我們就不是兄弟了……」

李光頭點著頭打斷宋鋼的話：「說得對，你爸不是我親爸，我媽不是你親媽，我們不是親兄弟……」

「所以，」宋鋼也打斷李光頭的話，「我任何事都不會來找你，你任何事也別來找我，我們從此以後井水不犯河水……」

「你是說，」李光頭再次打斷宋鋼的話，「我們從此一刀兩斷？」

「是的。」宋鋼堅定地點點頭，然後說出了最後那句話，「這下你該死心了吧？」

宋鋼說完這話轉身迎向了林紅，他以勝利者的姿態對林紅說：「那句話還給他了。」

林紅張開雙臂抱住了迎面而來的宋鋼，宋鋼也抱住了林紅，兩個人側身互相抱著向前走去。李光頭摸著光腦袋看著宋鋼和林紅親熱地離去，他不明白宋鋼爲什麼要說「這下你該死心了」，嘴裏嘟囔著說：

「他媽的，我死什麼心啊？」

宋鋼和林紅相擁著走在我們劉鎮的大街上，然後走進了他們住的小巷，當他們回到家裏，宋鋼突然沉默起來，坐在椅子裏一聲不吭。林紅看到宋鋼臉上凝重的表情，知道他心裏的難受，畢竟他和李光頭的兄弟往事太多了，藕斷絲連在所難免，林紅沒有去責怪他，心想過些日子就會好了。林紅相信宋鋼和自己生活的越久，他和李光頭的往事就會越淡。

晚上躺在床上後，宋鋼仍然心情沉重，在黑暗裏忍不住嘆息了幾聲，林紅輕輕地拍拍他，微微抬起頭來，宋鋼習慣地將胳膊伸過去摟住了林紅，林紅依偎著宋鋼，要宋鋼別再想什麼了，好好睡覺。林紅說完後自己先睡著了，宋鋼很久才睡著。這天晚上宋鋼又做夢了，他在夢裏面哭個不停，眼淚流到了林紅的臉上，林紅驚醒後拉亮電燈，宋鋼也驚醒了，林紅看到宋鋼滿臉的淚水，心想可能又夢見他的後媽了。林紅關了燈，安慰似的拍了拍宋鋼，問他：

「是不是又夢見你媽媽了？」

這次林紅沒有說「後媽」，宋鋼在黑暗裏搖了搖頭，仔細回想著夢裏的情景，然後在黑暗裏擦著臉上的淚痕，對林紅說：

「我夢見你和我離婚了。」

二十一

李光頭繼續在縣政府大門口進行著他的示威事業，各類破爛東西每天都堆成一座小山，他沒時間靜坐了，而是在那裏走來走去，將破爛分門別類，再通過不同的銷售管道賣到全國各地去。他盤腿坐在地上，專門花了兩個小時對付了那塊外國手錶，滿頭大汗地按上去了三根長短不一的細鐵絲，然後神氣活現地戴在手腕上。以前他喜歡伸出右手指指點點，有了那塊指標永遠不動的外國手錶後，他的左手忙起來了，只要是個人走過，他的左手就會親熱地揮動。沒過多久，我們劉鎮的很多群眾都看見李光頭左手上的外國錶了，有幾個群眾圍上去，仔細看著他手腕上的外國錶，好奇地說：

「裏面的指針怎麼像鐵絲？」

李光頭不高興了，他說：「凡是指針，都像鐵絲。」

群眾又發現了破綻，他們說：「這錶上的時間不對。」

「當然不對。」李光頭驕傲地說，「我的是格林威治時間，你們的是北京時間，不是一家的。」

李光頭戴著格林威治時間的外國手錶神氣了半年，有一天那塊外國手錶不見了，手腕上換成了一塊嶄新的國產鑽石牌手錶，群眾見了不由驚叫：

「你換手錶啦？」

「換啦，換成北京時間啦。」李光頭晃動著手腕上亮閃閃的新手錶說，「格林威治時間好是好，就是不符合中國國情，所以我換成了北京時間。」

群眾十分羡慕，說這塊全新的鑽石牌手錶從哪裏撿來的？李光頭生氣了，從口袋裏掏出發票給群眾看，李光頭說：

「我自己花錢買的。」

群眾萬分驚訝，一個撿破爛的竟然有錢買一塊鑽石牌手錶？李光頭當場拉開他的破爛外衣，露出了裏面繫在腰間的錢包，他打開錢包的拉鏈，裏面厚厚一疊鈔票。在群眾的驚叫聲裏，李光頭心滿意足地說：

「看見了吧，看見裏面整整齊齊的人民幣了吧。」

群眾個個目瞪口呆，嘴巴張開以後就合不攏了。過了一會兒，有一個群眾想念李光頭的外國手錶，討好地問李光頭：

「你那塊格林威治時間呢？」

「送人了，」李光頭說，「送給我的老部下花傻子了。」

手腕上換成了北京時間的李光頭再接再厲，乾脆在縣政府大門外搭起了一個茅棚。他弄來了竹竿和茅草，在縣政府門口大興土木，福利廠十四個瘸傻瞎聾來了十三個，只有花傻子沒來。四個瞎子站成一隊，一捆一捆地傳送茅草；兩個傻子負責扶住竹竿，兩個瘸子手上有勁，負責紮緊竹竿；五個聾子是生力軍，三個在下面用茅草做成了牆，兩個爬到上面用茅草鋪成了屋頂；李光頭指手劃腳，就是工地總指揮了。他們叫叫嚷嚷，滿頭大汗地幹了三天，茅棚搭成了。李光頭才想起那個花傻子，問瘸子正廠長。瘸子正廠長說，花傻子以前上班下班從來沒有遲到早退，自從戴上了那塊格林威治時間後，就再也沒有來過福利廠了。瘸子正廠長問李光頭：

「是不是格林威治時間把花傻子弄糊塗了？」

「肯定是。」李光頭嘿嘿笑著說，「這就叫時差。」

十三個忠臣浩浩蕩蕩地從李光頭家裏搬來床和桌子，還有被子衣服洗臉盒煤油爐碗筷杯子等等，李光頭得意洋洋地住進了茅棚，在縣政府大門外安營紮寨了。沒過多久，劉鎮的群眾看到郵電局的工人在給李光頭的茅棚安裝電話了，這是劉鎮第一部私人電話，群眾嘴裏嘖嘖不停，紛紛說想不到，想不到啊！李光頭的電話鈴聲從早響到晚，深更半夜了還要響，縣政府裏的人都在說，李光頭的電話比縣長的電話響得次數還多。

李光頭正經做起了破爛生意，他不再白拿群眾的廢品，開始收購了，縣政府大門外的破爛堆成了一座大山，他的茅棚裏也堆滿了廢品，用李光頭的話說，茅棚裏的都是高級破爛。路過的群眾經常看到，他滿臉笑容地坐在這些高級破爛中間，那神態彷彿是坐在珠光寶氣裏。群眾還看到，每個星期都有外地來的卡車，將李光頭分類以後的廢品拉走。李光頭站在茅棚前，看著卡車遠去，手指沾著口水數起了鈔票。

李光頭仍然是衣衫襤褸，他腰間的錢包換了，換成了一個大錢包，裏面的錢充了氣似的將錢包鼓了起來。他胸前的口袋裏放著一個小本子，正面翻過去記著他的破爛業務，反面翻過來記著他以前創辦服裝廠時欠下的債務。

童張關余王五個債主這時候早就死心了，早就自認倒楣了，他們萬萬沒想到，李光頭做上破爛生意掙錢後，竟然還債了。

這天下午，王冰棍揹著冰棍箱從李光頭的茅棚前走過，光著上身只穿了一條短褲的李光頭看見了，急匆匆地從茅棚的廢品裏跑了出來，大聲叫著王冰棍。王冰棍揹著箱子緩慢地轉過身來，看到是李光頭在向自己招手，李光頭喊叫道：

「過來，過來。」

王冰棍站著沒有動，不知道李光頭又在打他的什麼主意。李光頭說要還錢給他，王冰棍以為自己聽錯了，回頭去看看身後是否還有別人。李光頭不耐煩了，指著王冰棍說：

「就是你，我李光頭就是欠了你的債。」

王冰棍將信將疑地走了過來，跟著李光頭走進茅棚，坐在廢品中間。李光頭翻開他的小本子，埋頭計算起了本金和利息。王冰棍好奇地打量著李光頭的茅棚，裏面吃喝用什麼都有，還有一台電風扇呼呼地吹著李光頭，王冰棍羨慕地說：

「你都用上電風扇了。」

李光頭「嗯」了一聲，舉手摁了一下電風扇上的按鈕，電風扇搖著頭吹風了，吹得王冰棍連聲說：

「涼快，涼快……」

李光頭把王冰棍的本金加上利息算出來了，他抬起頭不好意思地說：「我現在錢不多，只能分期還債，我每個月都還，爭取一年內還清。」

李光頭拉開他的大錢包，取出錢點算清楚後，多的放回錢包，少的塞到王冰棍手裏。王冰棍接過錢的時候，雙手顫抖了，嘴唇也顫抖了，他連聲說著沒想到，沒想到李光頭把這些記在本子上，他說自己早就忘記了。王冰棍說著眼睛紅了，他說做夢都沒有想到賠掉的五百元錢還能回來，他指著利息錢說：

「還生出兒子來了。」

王冰棍將錢小心地放進了口袋，彎腰從箱子裏拿出一根冰棍，說自己什麼都沒有，只有冰棍送給李光頭吃。李光頭搖晃著腦袋說：

「我李光頭不拿群眾一針一線。」

王冰棍說這不是群眾的一針一線，是自己的一片心意。李光頭說心意就更不能吃了，他讓王冰棍把冰棍心意放回去，他說：

「你替我做件事吧，去通知童鐵匠、張裁縫、小關剪刀和余拔牙，我李光頭開始分期還債了。」

傍晚的時候，童鐵匠、張裁縫、小關剪刀和余拔牙，還有王冰棍來到了李光頭的茅棚，這五個人站在李光頭的茅棚前，親熱地叫著：

「李廠長，李廠長……」

李光頭光著膀子走出來，揮著手說：「我不是李廠長，我現在是李破爛。」

童張關余王五個嘿嘿地笑，童鐵匠看看另外四個，這四個全看著他，他知道這時候又要自己出馬了，他陪著笑臉說：
「聽說你要還錢了？」
「不是還錢，是還債。」李光頭糾正道。
「還債還錢都一樣，」童鐵匠連連點頭，「聽說還有利息？」
「當然有利息，」李光頭說，「我李光頭好比是人民銀行，你們好比是儲戶。」
童張關余王紛紛點頭稱是，李光頭回頭看看自己的茅棚，說裏面太小了，容不下六個人，就在外面結算。李光頭說著一屁股坐在了地上，拿著小本子嘴裏念念有詞地算起錢來了。李光頭光膀子下面穿著的短褲比抹布還髒，他一屁股坐下去了，五個債主猶豫起來，不知道是不是也應該坐在地上？他們是專門洗了澡穿戴乾淨了，才約好了一起過來的。張關余王四個看著童一個了，童鐵匠心想為了錢，別說是坐在地上了，就是下面是糞便也得坐下去。童鐵匠一屁股坐下去了，另外四個也跟著坐在了地上。六個人坐成一圈，李光頭一個個結算，一個個給錢。債主們拿了錢以後，童鐵匠作為代表說話了，他鄭重其事地向李光頭道歉，說當初不該用拳腳逼債，逼得李光頭鼻青臉腫。李光頭認眞聽完童鐵匠的話，咬文嚼字地說：
「不是逼得我鼻青臉腫，是揍得我鼻青臉腫。」
童張關余王尷尬地笑著，童鐵匠再次代表全體債主說：「從今天起，你什麼時候想揍我們了，盡管揍，我們絕不還手，一年有效期。」
另外四個跟著說：「一年有效期。」
李光頭聽了很不高興，他說：「你們是以小人之心，度我君子之腹。」

李光頭開始還債的消息迅速傳遍我們劉鎮，群眾感慨萬千，都說李光頭是個了不起的人物。說李光頭撿破爛，都能把自己撿成個財主；要是撿黃金，還不把自己撿成個全國首富了。這些話傳到李光頭耳中，他謙虛地說：

「群眾抬舉我了，我小打小鬧，做些餬口的買賣而已。」

謙虛之後，李光頭忍不住要撫今追昔。當初辭職鯤鵬展翅去開服裝廠，賠了個血本無歸；然後回心轉意想回福利廠，回不了福利廠只好靜坐示威，爲了餬口去撿些廢品破爛賣了，沒想到竟然做成了破爛生意，他總結了自己的經驗教訓，告訴劉鎮的群眾：

「生意上的事情，是有心栽花花不開，無心插柳留成蔭。」

二十一

李光頭的破爛生意迅速壯大，我們縣裏的領導終於忍無可忍了，李光頭的破爛貨在政府大門外堆積如山，他們屈指算來，這個李光頭靜坐示威都快有四年了，回收廢品破爛貨也有三年多了，剛開始李光頭只是在大門一側堆了個破爛小山，如今他在大門兩側堆起了四座破爛大山，還招收了十個臨時工，上班下班以縣政府的鈴聲爲准。剛開始群眾只看見外地的卡車將破爛拉走，後來是外地的卡車拉著破爛來了，再由李光頭批發到全國各地去。群眾目瞪口呆，說這個李光頭是不是想做全中國的丐幫幫主？李光頭搖著腦袋，財大氣粗地告訴群眾，他是個生意人，他對權力不感興趣，他已經把劉鎮發展成了華東地區最重要的破爛集散地之一，他說：

「這才是萬里長征的第一步，第二步是全中國，第三步是全世界，這一天不會太遠，當劉鎮成爲全世界的破爛集散地，你們想想，劉鎮就是毛主席所說的『風景這邊獨好』啦。」

我們縣裏的領導都是窮人出生，他們不怕髒，不怕廢品破爛的氣味飄進辦公室。他們就怕上級領導下來視察時，一看見大門外的四座廢品大山就會臉色鐵青。上級領導非常生氣，說這哪像是政府機關，這簡直就是垃圾中心。我們縣裏的領導天不怕地不怕，就怕升不了官。上級領導不高興了，縣裏領導的仕途就大受影響。縣裏的幾個主要領導緊急開會研究，趁著李光頭還沒有把劉鎮變成全世界的破爛集散地，趕緊處理，要不以後就更不好辦了。縣裏的主要領導一致同意，把清除政府大門外的廢品山當成了縣裏的形象工程來抓。他們研究了兩種方案，一是出動武警和民警，強行將李光頭的廢品山清理掉。這個方案很快被否決，自從李光頭撿廢品破爛掙了錢後，首先想到的就是還債，這讓他在群眾中的威望直線上升，已經凌駕於縣長之上了。縣裏的領導知道眾怒難犯，他們說對付一個李光頭沒什麼，就怕有些群眾會趁機尋釁滋事，發洩自己的不滿。於是他們通過了第二種方案，就是滿足李光頭的要求，讓他重新回到福利廠工作，讓他重新去做從前的那個李廠長。這樣既挽救了一個同志，又清理了政府大門外的廢品山。

民政局的陶青局長接到書記縣長的指示，來找李光頭談話了。四年多前陶青開除了李光頭，現在又要自己去把李光頭請回來。陶青走出民政局院子時，心裏很不是滋味。陶青知道李光頭是個什麼貨色，沒有梯子他想著要往上爬，給了他梯子，他就要你揹著他往上爬了。陶青心裏盤算著先要給這小子一個下馬威，再讓他重新回來做那個李廠長。

陶青走到李光頭的四座破爛山的山腳下，李光頭指揮著十個臨時工正在幹得熱火朝天，陶青在李光頭身後站了一會兒，李光頭沒有發現，陶青只好響亮地咳嗽一聲。李光頭轉回身來，看到是昔日的老領導陶青局長，立刻親熱地叫起來：

「陶局長，你來看望我啦。」

陶青一臉局長的威嚴，擺擺手說：「我是路過，順便看一眼。」

「順便看一眼也是看，」李光頭高興地說著，然後對十個幹活的臨時工喊叫起來，「我的老領導老上級陶局長來看望大家了，大家趕快鼓掌歡迎。」

十個臨時工放下手中的活，七零八落地鼓掌了。陶青皺了一下眉，簡單地對著臨時工們點點頭，李光頭不滿足，悄悄對陶青說：

「陶局長，你不對他們說一聲『同志們辛苦啦』？」

陶青搖搖頭說：「不說了。」

「好吧，」李光頭點點頭，對著臨時工們喊叫，「你們幹活吧，我要陪陶局長去辦公室坐坐。」

李光頭殷勤地將陶青請進了他的茅棚，唯一的一把椅子讓給陶青坐，自己坐在了床上。陶青坐在廢品中間，左右看看，這茅棚裏應有盡有，眞是麻雀雖小五臟俱全，陶青還看見了那台電風扇，陶青說：

「你都用上電風扇了。」

「用了兩個夏天了，」李光頭得意地說，「明年就不用了，明年準備安裝一個空調。」

陶青心想這王八蛋是故意這麼說，這王八蛋是在要脅自己，陶青不動聲色地指指茅棚說：

「這裏用空調不合適吧。」

「怎麼不合適？」李光頭問。

「這茅棚透風，」陶青說，「用空調太費電。」

「不就是多交一些電費，」李光頭財大氣粗地說，「有了空調，夏天這茅棚裏就是高級賓館了。」

陶青心裏又罵了一聲「王八蛋」，站起來走到了茅棚外，李光頭趕緊跟出來，殷勤地說：

「陶局長，你不再坐一會兒？」

「不坐了，」陶青搖搖頭說，「還有一個會議在等我。」

李光頭趕緊回頭對十個臨時工說：「陶局長要走啦，大家鼓掌歡送。」

臨時工們的掌聲再一次七零八落地響起來，陶青還是簡單地向他們點點頭。李光頭討好地說：

「陶局長，我就不送了。」

陶青擺擺手，表示不用送。陶青向前走了幾步，假裝想起來什麼，站住腳對李光頭說：

「你過來。」

李光頭立刻跑上去，陶青拍拍他的肩膀低聲說：「你寫個檢討吧。」

「什麼檢討？」李光頭不明白，「爲什麼要我寫檢討？」

「四年多前的事情，」陶青說，「你寫個檢討，認個錯，就可以重新回來做福利廠的廠長了。」

李光頭明白了，他嘿嘿地笑了，不屑地說：「對那個廠長位置，我早就沒興趣了。」

陶青心裏罵著李光頭「王八蛋」，嘴上還是嚴肅地說：「你考慮一下吧，這是一個機會。」

「機會？」李光頭伸手一二三四數了一遍他的四座破爛大山，豪邁地說，「這才是我的機會。」

陶青陰沉著臉繼續說：「我勸你還是考慮一下。」

「不用考慮，」李光頭堅定地說，「我放著這麼大的事業不做，去做什麼福利廠的廠長，這不是讓我丟西瓜撿芝麻嘛……」

陶青沒有辦法讓李光頭回到福利廠，縣長很生氣，批評陶青當初就不該開除李光頭，縣長對陶青說：

「你當初是放虎歸山，現在禍害全縣人民了。」

陶青唯唯諾諾地挨了縣長一通罵，回到民政局找來兩個科長，把他們臭罵了一頓，兩個科長被陶青罵得莫名其妙，不知道自己做錯了什麼？陶青出氣以後再也不管李光頭的破爛事了。眼看著一個月又過去了，李光頭不僅沒走，反而變本加厲，開始堆起了第五座破爛大山。縣長知道不能指望陶青去處理這事了，就派他的心腹，縣政府辦公室主任出馬去對付李光頭。

陶青曾經有恩於李光頭，李光頭自然尊重陶青。那個縣政府辦公室主任，李光頭就不放在眼裏了。縣辦主任來到大門口時，李光頭正在給廢品分類，縣辦主任臉上掛著親熱的笑，嘴裏說著親熱的話，跟在李光頭屁股後面，在破爛山裏走來走去，李光頭一邊處理他的破爛業務，一邊冷淡地應付著縣辦主任。縣辦主任眼看著時間一分一秒過去，這個李光頭是不會對自己熱情了，只好亮出底牌，告訴李光頭：

「縣長請你去他的辦公室。」

李光頭晃著腦袋說：「我現在沒時間。」

縣辦主任拍著李光頭的肩膀，悄悄告訴他，縣長書記副縣長副書記已經研究過了，同意他重新回到福利廠做廠長。讓他趕緊去見縣長，縣辦主任說：

「快去吧，機不可失。」

李光頭一點都不領情，他頭都沒抬地說：「你沒看見我正在日理萬機？」

縣辦主任灰溜溜地回去了，把李光頭說的話告訴縣長，縣長聽了很不高興，將手裏的文件往地上一扔說：

「他算什麼日理萬機，我才是日理萬機……」

縣長在辦公室裏發了一通脾氣後，只好親自到大門口去找李光頭了。過幾天有個副省長要來縣裏視察，縣長必須在副省長來到之前將大門口的五座破爛大山清理掉。雖然縣長在心裏罵罵咧咧，他見了李光頭還是滿臉笑容，他說：

「李光頭，還在日理萬機啊？」

李光頭看到縣長親自來了，放下了手裏的活，抬頭和縣長說話了。他在縣長面前說話就謙虛多了，他說：

「我算什麼日理萬機？您才是日理萬機。」

縣長覺得自己不能在李光頭的破爛山裏面站立太久，讓來去的群眾見到了影響不好，他開門見山地告訴李光頭，縣裏已經同意他返回福利廠工作的申請，前提是他必須在兩天時間內把這五座破爛大山清理乾淨。李光頭聽了縣長的話以後沒吭聲，繼續低著頭收拾起自己的破爛。縣長在一旁站著，等著李光頭的回答，縣長心裏火冒三丈，心想這個李光頭真是不識抬舉。李光頭收拾了一會兒廢品破爛後，看到有個礦泉水瓶裏還有水，擰開瓶蓋將裏面的礦泉水喝乾淨，然後他抹著嘴巴問縣長，他回去當廠長，一個月有多少薪水？

縣長說這個他不清楚，說幹部的薪水國家有規定。李光頭就問縣長一個月掙多少錢，縣長含糊地說也就是幾百元。李光頭嘿嘿笑了，他指著十個滿頭大汗的臨時工，對縣長說：

「他們掙的錢都比你多。」

然後李光頭好心好意地邀請縣長：「縣長，您到我這裏來工作吧，我給您每月一千元，幹得好還有獎金。」

縣長鐵青著臉回去了，回到辦公室以後發了一通更大的脾氣。他把縣政府辦公室主任再次叫了過去，說把李光頭交給他了，可以不惜一切代價，必須在副省長來到之前把大門口的破爛廢品山清理掉。縣辦主任灰頭土臉地來到了大門口，見了李光頭就直截了當地說：

「你說吧，什麼條件你搬走？」

李光頭聽了縣辦主任的話，知道自己的計畫成熟了，他揮著手斬釘截鐵地說，他不會回到福利廠去工作。衣衫襤褸的李光頭口若懸河，他說那點廠長薪水養不活他，他神氣地說：

「再說好馬也不吃回頭草。」

就在縣辦主任不知道如何是好的時候，李光頭換了一副嘴臉，他謙虛地說話了。他說回收廢品破爛也是一番事業，也是建設社會主義，也是爲人民服務，也需要得到政府的支援。他說早就想把這些廢品破爛大山從縣政府大門口撤離了，他也不願意給縣裏領導和全縣人民丟臉，他是苦於沒有別的地方，所以一直在這裏苦苦支撐。

李光頭說得情眞意切，說得縣辦主任連連點頭。李光頭趁熱打鐵，他說縣房產局有幾處街面房子空置著，還有那個他曾經租來創辦服裝廠的倉庫也空置著，倉庫地處偏遠，前面有很大的空地，剛好堆放他的破爛廢品，那幾處空置的街面房可以給他開回收廢品破爛的連鎖店。這樣一來，空置的房子和倉庫利用上了，縣政府大門口的破爛大山也沒有了。李光頭最後說：

「這是兩全其美的事。」

縣辦主任點著頭說回去研究一下，一個多小時以後，縣辦主任和縣房產局局長一起來了，告訴李光頭，縣裏同意將三處空置的街面房子低價租給他，那個空置的倉庫可以讓他免費使用三年，條件是他必須在兩天裏將眼前這五座破爛大山徹底清理掉。

「兩天？」李光頭搖著頭說，「兩天太久了，毛主席說『只爭朝夕』，我一天就清理乾淨。」

李光頭說到做到，他雇用了一百四十個農民，加上十個臨時工和自己，一百五十一個人幹了一天二十四小時，變魔術似的將縣政府大門外的五座破爛大山清理掉了，不僅打掃的乾乾淨淨，還在縣政府大門口整齊地擺上了兩排二十盆萬年青。縣長書記們第二天早晨來上班時，驚得目瞪口呆，以爲自己走錯了地方。驚訝之餘，縣長書記副縣長副書記在大門外流連忘返，縣長這時忍不住說了一句公道話，他說：

「這個李光頭還是有優點的。」

我們劉鎮的群眾已經習慣了李光頭的破爛大山，突然沒有了，群眾發現新大陸似的奔相走告，紛紛來到縣政府大門口，駐足觀望，紛紛說以前不覺得，現在才發現縣政府大門口竟然風景如畫。

一個星期以後，李光頭的李記回收公司開張了。前兩天童鐵匠召集了張裁縫、小關剪刀、余拔牙和王冰棍開會，做出了兩項決定，第一大家湊錢買一堆鞭炮，第二大家將自己所有的親朋好友叫來捧場。李記回收公司開張的這一天，差不多有一百來人前來祝賀，還有兩百多個圍觀的群眾擠在那裏嘻嘻哈哈，鞭炮劈里啪啦地炸了一個多小時。場面十分火爆，像是過年時的廟會。李光頭紅光滿面，仍然穿著那身要飯似的破爛衣服，胸前卻戴了一朵嶄新的大紅花。他站到了一張桌子上，激動地說話結巴了：

「謝謝……謝謝……謝謝……謝謝……謝謝……」

李光頭結結巴巴地說了一堆「謝謝」後，總算是流暢地說起來：「就是家裏有人結婚了，也不會來這麼多人；就是家裏有人死了，也不會來這麼多人……」

下面掌聲雷動，李光頭才把話說流暢了，又激動地說不出來了，他又是擦眼淚又是吸鼻涕，剛剛把眼淚擦乾淨了，嘴巴張了張發現鼻涕堵在嗓子眼了，他又把鼻涕吸到了肚子裏去，終於說出來話來了，他嗚嗚地說：

「過去有一首歌你們都聽過：天大地大不如黨的恩情大，爹親娘親不如毛主席親，千好萬好不如社會主義好，河深海深不如階級友愛深……」

李光頭繼續擦著眼淚，繼續吸著鼻涕，繼續說：「我要把這首歌改一下，唱給你們聽……」

李光頭嗚咽地唱了起來：「天大地大不如黨和你們的恩情大，爹親娘親不如毛主席和你們親，千好萬好不如社會主義和你們好，河深海深不如你們的階級友愛深……」

二十三

李光頭的破爛事業蒸蒸日上，一年以後他弄了一本護照，裏面貼上了日本簽證，竟然要出訪日本，去和日本人做國際破爛業務了。李光頭出國之前專門去找了童張關余王，詢問他們是否願意再次入股？現在的李光頭已經不缺錢了，眼看著自己就要富成一艘萬噸油輪，李光頭想起了這五個從前的合夥人，覺得應該再給他們一個機會，讓他們跟隨著自己的腳步走共同富裕的道路。

李光頭穿著一身破爛衣服來到了鐵匠舖，與上次拿著世界地圖不同，這一次他手裏舉著自己的護照，衝著揮汗打鐵的童鐵匠喊叫：

「童鐵匠，沒見過護照吧？」

這時的童鐵匠聽說過護照，還沒有見過，雙手在自己的圍裙上擦了擦，接過李光頭的護照看了又看，一臉的羨慕神情，翻開往裏面看的時候驚叫一聲：

「裏面貼了一張外國紙啊？」

「這是日本簽證。」

李光頭得意地將護照收回來，小心放進自己破爛衣服的口袋，在他小時候搞男女關係的長凳上坐下來，架起二郎腿，氣勢恢宏地講述起了他破爛事業的遠大前景，他說一個中國已經滿足不了他的業務需要，不知道一個世界能不能滿足他？他先去日本採購一下……童鐵匠問他：

「採購什麼？」

「採購破爛。」李光頭說，「我開始做國際破爛買賣啦。」

然後李光頭詢問童鐵匠願不願意再次入股？他說自己現在是家大業大，和四年多前不一樣了，現在童鐵匠想加入的話，不是一百元一份，是一千元一份了，就是一千元一份，也讓童鐵匠撿了大便宜。李光頭說完後，一副你愛幹不幹的神情看著童鐵匠。

童鐵匠想起了前一次的慘痛教訓，看著衣著破爛的李光頭心裏實在沒底。心想這王八蛋在劉鎮待著，哪裏都不去，還眞做出一些事情來了；這王八蛋要是出了劉鎮，不知道又會闖出什麼大禍來？童鐵匠搖搖頭說自己不入股了，他說：

「我是小富即安，不指望發大財。」

李光頭笑嘻嘻地站起來，一副仁至義盡的表情，走到門口時又掏出了他的護照，對童鐵匠晃了晃說：

「我現在是一名國際主義戰士啦。」

李光頭離開了鐵匠鋪，又分別去了張裁縫和小關剪刀那裏，張裁縫和小關剪刀聽完李光頭的國際破爛事業後，都是猶豫不決，向李光頭打聽童鐵匠是否入股？李光頭搖著腦袋，說童鐵匠小富即安，

沒有遠大志向。這兩個人立刻說自己也是小富即安，也沒有遠大志向。李光頭憐憫地看著他的前合夥人，點點頭自言自語道：

「做一名國際主義戰士是需要勇氣的。」

李光頭前腳走，張裁縫和小關剪刀後腳就進了童鐵匠的舖子，詢問起入股之事。童鐵匠皺眉說：「這李光頭只要一出劉鎮，我心裏就發慌，再說破爛生意也不是一條正道。」

「是啊。」張裁縫和小關剪刀點頭說。

童鐵匠往地上吐了一口痰，繼續說：「四年多前還是一百元一份，如今一千元一份了，還說便宜我們了，這王八蛋的物價漲得也太快了。」

「是啊。」張裁縫和小關剪刀說。

「就是抗戰時期，物價也沒有漲得這麼快。」童鐵匠有些生氣了，「現在是和平時期，這王八蛋還想發國難財。」

「是啊。」張裁縫和小關剪刀說，「這王八蛋。」

李光頭在街上遇到了王冰棍，由於童鐵匠、張裁縫和小關剪刀態度冷淡，李光頭懶洋洋地向王冰棍說起入股之事，完全是一副例行公事的模樣。王冰棍聽著李光頭說完，陷入了沉思，王冰棍也想到了前一次的慘痛教訓，他和童鐵匠不一樣，他繼續往下想，想到了李光頭當初欠債還錢的情景，想到了李光頭絕處還能逢生。接著王冰棍開始想自己可憐的處境，這時的存摺上已經有一千元了，可是一千元給自己養老送終肯定不夠，還不如再賭上一把，輸了就輸了，反正大半輩子活過來了。李光頭站在那裏，看著王冰棍低頭沉思，半天不吱聲，不耐煩地說：

「你幹不幹？」

王冰棍抬起頭問：「五百元只有半份了？」

「半份都便宜你啦。」李光頭說。

「我幹。」王冰棍咬咬牙說，「我出一千元。」

李光頭吃驚地看著王冰棍說：「沒想到你王冰棍竟然還有遠大志向？眞是人不可貌相，海水不可斗量。」

然後李光頭來到了余拔牙這裏。此刻的余拔牙正在遭受職業危機，縣衛生局發出通告，像余拔牙這樣的江湖郎中都要進行考試，合格後發放行醫執照，不合格就要被取消行醫資格。李光頭走過來的時候，余拔牙捧著一本厚厚的《人體解剖學》，閉著眼睛在背誦，他背誦了上半句，就忘了下半句，睜開眼睛看清楚書裏的下半句，閉上眼睛又忘了剛才的上半句。余拔牙的眼睛不停地一閉一睜，像是在做眼保健操。

李光頭走過來躺在了他的藤條躺椅上，余拔牙閉著眼睛時以爲來了一個顧客，睜開眼睛一看是李光頭。余拔牙立刻合上《人體解剖學》，氣憤地對李光頭說：

「你說世上什麼最缺德？」

「什麼最缺德？」李光頭不知道。

「人體最缺德。」余拔牙拍著手裏的《人體解剖學》說，「好端端的一個人體，長了這麼多的器官就不說了，還長了更多的肌肉、血管、神經，我余拔牙一把年紀了，怎麼背誦下來？你說缺德不缺德？」

李光頭點頭同意余拔牙的話：「是他媽的缺德。」

余拔牙感慨萬千，說自己行走江湖三十多年，拔牙無數，人人愛戴，號稱方圓百里第一拔。他媽的縣衛生局突然要考試了，他媽的自己是難過這道門檻了。余拔牙眼圈紅了，自己一世英名，到頭來陰溝裏翻船，栽在這本《人體解剖學》上面了。余拔牙看著我們劉鎮街道來去的群眾，傷心地說：

「群眾眼睜睜地看著方圓百里第一拔沒了，消失了。」

李光頭嘿嘿笑個不停，他伸手拍拍余拔牙的手背，問他是否願意再次入股？余拔牙眯起眼睛，也像幾位前合夥人一樣盤算起來，想到李光頭前一次的失敗，余拔牙心裏沒底了，可是看看手裏的《人體解剖學》，心裏更沒底了。余拔牙左思右想後，打聽起童張關王四位是否也再次入股？李光頭說童張關三個不入股，只有王冰棍一個入股。余拔牙滿臉驚訝了，心想前面已經吃過一次虧了，王冰棍竟然還敢入股？余拔牙自言自語起來：

「這王冰棍哪來的膽量？」

「人家有遠大志向。」李光頭誇獎了王冰棍一句，然後說，「你想想，王冰棍是沒什麼指望的人了，自然指望我李光頭了。」

余拔牙看著手裏的《人體解剖學》，心想自己也是沒什麼指望了，立刻一臉豪邁了，他伸出兩根手指說：

「我余拔牙也是有遠大志向的，我出兩千元，要兩份。」

余拔牙說完就將《人體解剖學》扔到地上，還踩上一腳，拉住李光頭的手慷慨激昂地說起來：

「我余拔牙跟定你李光頭了，你李光頭做破爛都做出了大生意，要是做上不破爛生意，不知道你會做出個什麼來？做出個國家來都難說……」

「我對政權沒有興趣。」李光頭擺手打斷余拔牙的話。

余拔牙意猶未盡，繼續激昂地說：「你的世界地圖呢？上面的小圓點都還在吧？我余拔牙跟著你李光頭發了大財以後，一定跑遍那些小圓點。」

李光頭第二次鯤鵬展翅離開劉鎮時，仍然在蘇媽的點心店裏吃起了肉包子。李光頭咬著包子，從他的破爛衣服裏掏出護照讓蘇媽開開眼界，蘇媽驚奇地拿著李光頭的護照，左看右看，又將護照上的照片和眼前的李光頭比較，蘇媽說：

「照片上的人還眞像是你。」

「怎麼叫像呢？」李光頭說，「他就是我。」

蘇媽繼續愛不釋手地看著李光頭的護照，驚奇地問：「拿著這個就能出國去日本？」

「當然。」李光頭說著將蘇媽手的護照取了回來，對蘇媽說，「你手上都是油膩。」

蘇媽不好意思地在圍裙上擦起了自己的手，李光頭用他的破袖管仔細擦乾淨護照上的油漬。蘇媽看著李光頭一身的破爛衣服說：

「你就穿著這身衣服去日本？」

「你放心吧，我李光頭是不會給國人丟臉的。」李光頭拍拍破爛衣服上的塵土說，「我到了上海就會買一身人模狗樣的衣服穿上。」

李光頭吃飽了肚子，走出蘇媽的點心店時，想起來四年前蘇媽是差點入股，覺得也應該給她一個機會。李光頭站住腳，簡單地說了一下再次入股的事。蘇媽心裏動了一下，馬上想到了上次的賠本買賣，蘇媽心想上次沒有賠進去是她剛好去廟裏燒香了。最近點心店生意好，忙得走不開，已經三個星期沒去廟裏燒香了。蘇媽心想沒有燒香，這事做不得，就搖頭說這次不入股了。李光頭惋惜地點點頭，轉過身去，雄糾糾地走向了我們劉鎮的長途汽車站，第二次鯤鵬展翅了。

二十四

李光頭鯤鵬展翅去了日本的東京、大阪和神戶等地，北海道和沖繩島也沒有放過，他在日本晃蕩了兩個多月，收購了三千五百六十七噸的垃圾西裝。這些垃圾西裝看上去都是嶄新的，都是做工十分考究，都和後來李光頭身穿的義大利裁縫阿瑪尼的西裝一樣筆挺神氣。日本人把這些西裝當成破爛廢品賣給了李光頭，李光頭雇了一艘中國的貨輪，把日本的垃圾西裝運到了上海。李光頭沒敢雇日本的貨輪，他說日本的貨輪太貴，他說就是在日本的碼頭雇人將垃圾西裝搬上貨輪的力氣錢，都比這三千五百六十七噸的垃圾西裝要貴。李光頭在上海的時候就把日本的垃圾西裝出手了，全國各地的破爛大王們那幾天裏雲集上海，聽說把南京路上一家四星級酒店都住滿了，破爛大王們個個都將現金裝在麻袋裏，提著麻袋在四星級酒店的大堂總台登記入住，提著麻袋擠進電梯，提著麻袋走入各自的房間。最後他們麻袋裏的錢全流入到李光頭這裏，李光頭的垃圾西裝通過鐵路、公路和水路發往了全國各地，全國各地的群眾們都脫下了皺巴巴的中山裝，穿上了李光頭從日本弄來的垃圾西裝。

李光頭當然不會忘記劉鎮的父老鄉親，他專門留下五千套垃圾西裝拉回了我們劉鎮。這時候穿西裝已經是件時髦的事了，劉鎮的男青年結婚前都要去做一身西裝，都是請張裁縫做的，張裁縫做了二十多年的中山裝，西裝時髦了，他就做起了西裝，張裁縫說簡單的很，墊肩和中山裝一樣，改個衣領就是西裝了。劉鎮的男青年穿著張裁縫做的土西裝，兩個月以後西裝就變形了，穿在身上東歪西斜了。李光頭的垃圾西裝運到我們劉鎮時，劉鎮轟動了，群眾紛紛撲向了那個倉庫，像是跳進河裏一樣，跳進了李光頭的垃圾西裝裏，東挑西揀，尋找著自己合身的西裝。群眾都說這些西裝新得像是沒有穿過似的，價格卻比舊衣服還要便宜。不出一個月，李光頭拉回來的五千套垃圾西裝就被搶購一空。

那些日子，李光頭的李記回收公司裏比茶館還要熱鬧，李光頭回到劉鎮後，立刻又穿上那身破爛衣服了，神采飛揚地坐在那裏，群眾整天圍著李光頭，聽他一遍遍講述著日本的故事，群眾百聽不厭。李光頭每次講到日本的東西有多貴時，都要呲牙咧嘴一番，李光頭說在日本早晨喝豆漿吃油條的錢，在我們劉鎮差不多可以吃下一頭豬了。那豆漿還少得可憐，不像我們劉鎮的豆漿是滿滿一大碗，日本喝豆漿的碗比我們劉鎮喝茶的茶盅還要小，那油條更是細得跟筷子似的。群眾聽了感慨萬千，都說這個日本不能去，就是豬八戒去了也要餓成個白骨精。

「對，不能去。」李光頭揮著手說，「日本那地方有錢沒文化。」

「日本沒文化？」群眾不明白。

李光頭跳起來，群眾立刻給他閃開一條道，李光頭走到掛在牆上專給破爛廢品記帳的黑板前，拿起粉筆在黑板上寫一個「9」，轉身問群眾：

「這個念什麼?」

群眾說:「9。」

「對。」李光頭又在「9」的後面寫上一個「8」,「這個念什麼?」

群眾說:「8。」

「對。」李光頭滿意地點點頭說,「這兩個都是阿拉伯數字。」

李光頭說著扔掉粉筆,坐回到原來的椅子上說:「日本人連阿拉伯數字都不認識。」

「眞的?」群眾驚訝地紛紛張開了嘴巴。

李光頭架起了二郎腿得意地說:「我李光頭在日本掙著錢了,我李光頭就想消費一下,去哪裏消費呢?當然去最洋氣的地方消費;哪裏最洋氣呢?當然是酒吧。可是我李光頭不知道酒吧在哪裏?也不會說日本話酒吧,說中國話酒吧日本人又聽不懂,怎麼辦?」

李光頭賣起了關子,他抹著嘴巴看起了劉鎮的群眾,欣賞一會兒群眾急切的眼神,才慢條斯理地說:

「我李光頭靈機一動,想到了阿拉伯數字,日本人不懂中國字,總應該懂阿拉伯數字吧?」

群眾紛紛點頭,李光頭繼續說:「我就把『98』兩個數字寫在手掌上,『98』念起來不就是『酒吧』嗎?」

「對呀,」群眾叫起來,「『98』念起來就是『酒吧』。」

「我李光頭萬萬沒有想到,」李光頭說,「給十七個日本人看『98』,十七個日本人全看不懂,不知道我要幹什麼?你們說,日本人是不是沒文化?」

「是沒文化。」群眾齊聲喊叫了。
「可是他們有錢。」李光頭最後說。

二十五

我們劉鎮有身分有面子的人都穿上李光頭弄來的垃圾西裝，沒身分沒面子的也穿上了。劉鎮的男群眾穿上筆挺的垃圾西裝後，得意之情溢於言表，都說自己像個外國元首。李光頭聽了這話嘿嘿笑個不停，說自己眞是功德無量，讓劉鎮一下子冒出來幾千個外國元首。再看看我們劉鎮的女群眾，還是穿著一身身土裏土氣的衣服，男群眾嘲笑她們是土特產品，嘲笑之後站在商店的玻璃前看著自己西裝革履的模糊樣子，紛紛說早知有今日外國元首的派頭，何必當初娶個土特產品。劉鎮的男人裏面只有李光頭一個不穿西裝，李光頭心想再好的西裝也是垃圾衣服，自己這身破爛衣服再破爛也是自己的衣服。李光頭心裏這麼想，嘴上不是這麼說，群眾問他爲什麼還穿著這麼破爛時，他謙虛地說：

「我是做破爛生意的，自然要穿破爛衣服。」

那些日本垃圾西裝上都標有家族的姓氏，標在胸前內側口袋上。劉鎮的群眾剛剛穿上垃圾西裝的時候，對這些衣服裏面的姓氏充滿了好奇，整天站在大街上，掀開衣服互相看看對方穿著誰家的西裝，然後嘻嘻哈哈笑個不停。

那時候趙詩人和劉作家還在做著文學白日夢，他們知道李光頭弄來了一批日本西裝，立刻跑到了李光頭的倉庫裏，紮進了堆積如山的垃圾西裝裏，劉作家花了三個小時找到一套「三島」西裝。趙詩人也不示弱，他花了四個小時找到一身「川端」的西裝。我們劉鎮的兩大文豪得意洋洋，見了人就掀開他們的西裝，讓人看看裏面「三島」和「川端」的姓氏，他們告訴劉鎮的無知群眾，「三島」和「川端」可是兩個了不起的姓氏，日本最偉大的兩個作家就姓「三島」和「川端」，一個叫三島由紀夫，一個叫川端康成。他們說這些話的時候紅光滿面，好像他們穿上「三島」和「川端」的西裝以後，就是我們劉鎮的三島由紀夫和川端康成了。兩大文豪在街上相遇時，先是互相鞠躬，然後寒暄起來。劉作家點頭微笑地對趙詩人說：

「近來可好？」

趙詩人也是點頭微笑：「近來還好。」

劉作家問：「近來有何詩作？」

「近來不寫詩，」趙詩人說，「近來構思散文，題目有了，叫〈我在美麗的劉鎮〉。」

「好題目。」劉作家大聲讚嘆，「和川端康成的名篇〈我在美麗的日本〉只有兩字之差。」

趙詩人矜持地點點頭，問劉作家：「近來有何短篇小說？」

「近來不寫短篇，」劉作家說，「近來構思長篇小說了，題目也有了，叫《天寧寺》。」

「好題目。」趙詩人也是大聲讚嘆，「和三島由紀夫的名作《金閣寺》也是兩字之差。」

劉鎮的兩大文豪再次互相鞠躬，然後一東一西緩緩離去。劉鎮的群眾嘻嘻哈哈地看著他們，說一個小時前還看見這兩個王八蛋站在一起說話，一個小時以後怎麼就變成「近來」了？說這兩個王八蛋好端端的互相鞠躬幹什麼？劉鎮的老人小時候見過日本人，站出來向群眾解釋，說日本人見了面就是互相鞠躬，有群眾指指劉作家和趙詩人的背影，很不服氣地說：

「這兩個明明是劉鎮王八蛋，又不是日本王八蛋。」

余拔牙和王冰棍意氣風發地走在我們劉鎮的大街上。李光頭發了日本垃圾西裝財，這兩個入股以後水漲船高，口袋裏也有錢了。余拔牙扔掉了那本厚厚的《人體解剖學》，收起那套拔牙的行裝，說他收山了，不幹了，說從此以後方圓百里沒有第一拔了，劉鎮的父老鄉親就是牙疼疼死了，他余拔牙也將視而不見。王冰棍立刻步余拔牙後塵，也扔了冰棍箱，聲稱明年夏天再也見不著王冰棍賣冰棍了，劉鎮的父老鄉親就是渴死了，他王冰棍學習余拔牙也是視而不見。

余拔牙穿著「松下」姓氏的西裝，王冰棍穿著「三洋」姓氏的西裝，遊手好閒地在劉鎮的大街上走來走去，兩個人相遇時就會忍不住哈哈地笑，比癩蛤蟆吃了天鵝肉還要高興。笑過以後，余拔牙就會拍拍自己的口袋，問王冰棍：

「有錢了吧？」

王冰棍也是拍拍自己的口袋說：「有錢啦。」

余拔牙小人得志地總結道：「這就叫一步登天。」

然後余拔牙好奇地詢問王冰棍，穿著誰家的西裝？王冰棍威風凜凜地拉開西裝，讓余拔牙看看內側口袋上繡著的「三洋」，余拔牙一聲驚叫：

「是三洋家的，電器大王啊！」

王冰棍笑得合不攏嘴巴，余拔牙不甘示弱地拉開了自己的西裝，王冰棍往裏面看了一眼，看到了「松下」兩字，也是一聲驚叫：

「是松下家，你的也是電器大王啊！」

「都是電器大王，你我是同行。」余拔牙揮手說，接著又補充道，「你我既是同行，也是競爭對手。」

「是啊，是啊。」王冰棍連連點頭。

這時同樣穿著垃圾西裝的宋鋼走過來了。我們劉鎮是個男的都穿上西裝以後，林紅也跑到那個倉庫裏去了，花了兩個小時翻揀，找到這身宋鋼穿著的西裝。宋鋼筆挺的身材穿上筆挺的黑色西裝，一路走來瀟灑滿劉鎮。群眾見了個個讚嘆，說宋鋼穿上西裝以後，比宋玉還要風流，比潘安還要倜儻；說這個宋鋼天生就是穿西裝的命。余拔牙和王冰棍聽了群眾的讚嘆，表面上跟著點頭，心裏實在不服氣。余拔牙招手讓宋鋼走過來，宋鋼走到他們面前，余拔牙問宋鋼：

「你是誰家的？」

宋鋼拉開西裝說：「『福田』家的。」

余拔牙看看王冰棍，王冰棍說：「我沒聽說過。」

「我也沒有聽說過。」余拔牙得意地說，「和『松下』和『三洋』兩家比起來，『福田』確實是無名小卒。」

「不過，」余拔牙建議道，「你如果把『福』字改成『豐』字，就是『豐田』家，那就是汽車大王啦。」

宋鋼笑笑說：「這『福田』穿著合身。」

余拔牙遺憾地向王冰棍搖搖頭，王冰棍也搖了搖頭。雖然身材和模樣不如宋鋼，可是身上的西裝家族把宋鋼的比下去了，余拔牙和王冰棍繼續在大街上意氣風發，走進了他們居住的小巷，走到張裁縫的舖子前站住腳。此刻的張裁縫也穿上了一身垃圾西裝，茫然若失地坐在平時顧客坐的長凳上。余拔牙和王冰棍嬉笑地在門口站著，張裁縫發呆地看著他們。余拔牙笑著問張裁縫：

「你是誰家的？」

張裁縫回過神來，看清了眼前的余拔牙和王冰棍，苦笑地說：「這個李光頭太缺德了，弄來了這麼多的進口衣服，沒人請我做國產衣服了。」

余拔牙對張裁縫的苦衷不感興趣，繼續追問：「你是誰家的？」

張裁縫嘆息一聲，擺著手說：「這往後幾年啊，都沒人請我做衣服了。」

余拔牙不高興了，他喊叫起來：「我在問你是誰家的？」

張裁縫這才醒悟過來，拉開衣服低頭一看說：「『鳩山』家的。」

余拔牙和王冰棍互相看了看，王冰棍問張裁縫：「是革命樣板戲《紅燈記》裏的鳩山？」

張裁縫點點頭說：「就是那個鳩山。」

張裁縫沒有穿著無名小卒家的西裝，讓余拔牙和王冰棍有些失落，王冰棍問余拔牙：

「這鳩山也算個名人吧？」

「是名人，」余拔牙說，「不過是個反面人物。」

王冰棍連連點頭說：「對，是個反面名人。」

余拔牙和王冰棍覺得在張裁縫這裏找回面子了，兩個人躊躇滿志繼續前行，來到了小關剪刀的舖子前。小關剪刀給自己弄了兩套垃圾西裝，一套黑色，一套灰色，穿上以後就不肯磨剪刀了，站在舖子門口賣弄起瀟灑來，上午一套黑西裝，下午一套灰西裝，見了人就滔滔不絕地說話，一邊說著一邊輕輕彈去肩上的頭皮屑，右手彈去左肩的，左手彈去右肩的。劉鎮的男群眾穿上垃圾西裝以後，紛紛掀開衣服互相看看對方是誰家的？這樣的舉動立刻蔚然成風，小關剪刀這才注意到自己的兩套西裝都不是名人世家，小關剪刀爲此鬱悶了好幾天，又焦急了好幾天，然後自己動手摘下胸口的兩個無名家族，繡上去了「索尼（sony）」和「日立」。他不知道索尼和日立不是姓氏，只知道索尼和日立的家電赫赫有名。當余拔牙和王冰棍意氣風發地走過來時，身穿黑色「索尼」西裝的小關剪刀驕傲地迎了上去，搶先問他們：

「你們是誰家的？」

「『松下』家。」余拔牙拉開自己的西裝給小關剪刀看看，又指指王冰棍的西裝說，「他是『三洋』家。」

「不錯，」小關剪刀讚賞地點點頭，「家景都不錯。」

余拔牙嘿嘿笑著問：「你的家景呢？」

「也不錯，」小關剪刀拉開自己的西裝，「『索尼』家的。」

「你也是電器大王啊！」余拔牙叫了起來。

小關剪刀舉起大拇指往身後指了指，得意地說：「我的櫃子裏還掛著一套『日立』家。」

王冰棍驚叫起來：「你自己是自己的同行啊？」

余拔牙補充道：「也是自己和自己的競爭對手。」

「說得對。」小關剪刀很滿意余拔牙的話，他拍拍余拔牙的肩膀說：「這叫挑戰自我。」

余拔牙和王冰棍笑呵呵地離開了小關剪刀的舖子，來到了童鐵匠這裏。童鐵匠穿著一身深藍色西裝，西裝外面掛著他標誌性的圍裙，圍裙上布滿了火星飛濺出來的小孔。童鐵匠穿著西裝打鐵，讓余拔牙和王冰棍看傻了眼，王冰棍輕聲問余拔牙：

「西裝也能當工作服？」

「西裝就是工作服。」童鐵匠聽到了，大聲說著放下手裏的鐵錘，「電視裏的外國人都是穿著西裝上班。」

「是啊，」余拔牙立刻教導起王冰棍來了，「西裝就是外國人的工作服。」

王冰棍看看自己的西裝，有些失落地說：「原來我們穿著的都是工作服。」

余拔牙沒有失落，他興致勃勃問童鐵匠：「你是誰家的？」

童鐵匠從容不迫地取下圍裙，拉開自己的西裝說：「『童』家的」

余拔牙吃了一驚：「日本也有姓童的？」

「什麼日本也有姓童的？」童鐵匠說，「這是老子自己的姓。」

余拔牙糊塗了，他說：「我看見上面繡著一個『童』字？」

「自己繡上去的，」童鐵匠驕傲地說，「我讓老婆拆了原來的日本姓，繡上自己的中國姓。」

余拔牙和王冰棍明白了，余拔牙點著頭說：「自己的姓好是好，就是沒有名氣。」

童鐵匠鼻子裏哼了一聲，套上圍裙不屑地說：「你們這些人，穿上外國衣服就忘記了自己的祖宗，一點骨氣都沒有。爲什麼抗戰時期出了這麼多的漢奸？看看你們這些嘴臉就知道了。」

童鐵匠說著舉起鐵錘狠狠地砸鐵了，余拔牙和王冰棍自討沒趣，轉身走出了童鐵匠的舖子。余拔牙生氣地對王冰棍說：

「他媽的，他有骨氣，他就別穿日本西裝啊……」

「是啊，」王冰棍說，「這不是既要做婊子又要立牌坊嗎？」

我們的縣長也穿上了垃圾西裝，縣長的西裝裏繡著「中曾根」，當時的日本首相叫中曾根康弘。縣長聽說了李光頭弄來的日本西裝，他看著縣政府裏的人穿上後一個個人模狗樣，自己也想弄一套，就讓陶青陪同著到李光頭的倉庫裏去看看。縣長弄了這套「中曾根」的西裝，陶青弄了一套「竹下」西裝。縣長穿上「中曾根」以後覺得十分合體，就像是專門給他量身定制的，他對著鏡子把自己看了又看，心想眞是不看不知道，越看越覺得自己與中曾根康弘有幾份相像。縣長當然不會像余拔牙和王冰棍那樣張揚，不會主動出示他西裝內側口袋上的「中曾根」，當縣長脫下西裝架在椅子上時，別人才無意中看到「中曾根」，不由叫了起來：

「縣長，您穿的是日本首相家的西裝啊！」

縣長心裏高興，臉上還是不以爲然，他擺擺手說：「巧合，純屬巧合。」

當時陶青也在場，陶青心裏很不是滋味，這套「中曾根」是他先發現的，他正要拿起來試穿時，看到縣長瞪了他一眼，陶青不敢去拿「中曾根」了，縣長立刻拿了過去。陶青眼睜睜看著「中曾根」套到縣長身上去了，心裏一百個不高興，臉上還要陪著笑容，嘴裏還要一聲聲誇獎縣長穿上「中曾根」如何合體合身。爲了不暴露自己的政治野心，陶青隨手拿了一套「竹下」穿在身上。此後陶青每天起床穿上「竹下」時，都會念念不忘那套「中曾根」。沒想到半年以後，中曾根康弘不是日本首相了，日本首相的名字叫竹下登了。這時縣長也調走了，陶青升任爲縣長。當上了縣長的陶青站在鏡子前看著自己身上的「竹下」西裝，浮想聯翩感慨萬分，他自言自語：

「眞是天意啊。」

二十六

李光頭在垃圾西裝上發了一筆大財後，首先想到了宋鋼。李光頭覺得自己修成正果了，覺得這時候應該把宋鋼拉進來了，兄弟兩人攜手並進共創偉業。李光頭翻箱倒櫃，找出當年初任廠長時，宋鋼爲他織的毛衣，第二天一早穿在身上，敞開了他的破爛上衣，露出裏面毛衣上的「遠大前程船」，大搖大擺地走在我們劉鎮的大街上。李光頭威風凜凜地來到宋鋼的家門口，自從上次拿著結紮證明來過一次，他已經很多年沒有來過了。李光頭站在那裏，看著宋鋼和林紅的身影在窗前一晃，兩個人開門出來了，李光頭興奮地拉開自己的破爛上衣，滿腔熱情地對宋鋼說：

「宋鋼，你還記得這件毛衣嗎？你還記得這艘『遠大前程船』嗎？宋鋼，讓你說中了，我終於有自己的遠大事業了；宋鋼，我已經是這艘『遠大前程船』的船長了；宋鋼，你來做『遠大前程船』的大副吧……」

宋鋼開門看見李光頭時吃了一驚，他沒想到李光頭一早就站在他的家門口。這幾年他和李光頭沒有說過一句話，就是街上相遇也不到十次，每次他都是騎車迅速離去。當李光頭叫嚷著什麼「遠大前程船」時，宋鋼不安地扭頭去看林紅，林紅倒是神態自若。宋鋼低頭推出了自行車，跨上去以後低頭等著林紅坐上來，林紅側著身子坐了上去。

李光頭繼續滿腔熱情地說：「宋鋼，我昨晚一夜沒睡好，想來想去，你做人太忠厚容易上當，你做不了別的工作，你只能管財務。宋鋼，你要是來管財務，我就一百個、一千個、一萬個放心啦！」

宋鋼蹬起自行車的時候開口說話了，他冷冷地對李光頭說：「我早就對你說過，你該死心了。」

李光頭聽了這話像個傻子一樣了，他沒想到宋鋼這麼無情無意，他愣了一會兒，隨後衝著宋鋼離去的背景破口大罵了：

「宋鋼，你這個王八蛋，你他媽的聽著，上次是你和我一刀兩斷，這次是我和你一刀兩斷，從此以後我們不是兄弟啦！」

李光頭傷心了，他衝著宋鋼和林紅離去的自行車最後喊道：「宋鋼，你這個王八蛋，你把我們小時候的事忘光啦！」

宋鋼騎車離去時聽到了李光頭所有的叫罵，最後一句「你把我們小時候的事忘光啦」，讓宋鋼一下子眼圈紅了。宋鋼無聲地騎車而去，坐在後面的林紅也是一點聲音沒有。宋鋼努力做出來對李光頭的無情無意，全是爲了林紅，林紅沒有反應，宋鋼不安了，騎車拐彎以後，宋鋼輕輕叫了幾聲：

「林紅，林紅……」

林紅嗯了一聲，輕聲說：「這李光頭也是一片好意……」

宋鋼更加不安了，他聲音沙啞地問林紅：「我剛才說錯了？」

「沒說錯。」。

林紅說著雙手摟住了宋鋼的腰，臉貼在宋鋼的後背上。宋鋼放心了，長長地吐了一口氣，他聽著林紅在後面說：

「他再有錢，也是個撿破爛的，有什麼了不起！我們怎麼說，也是有國家工作的，他沒有國家工作，以後很難說。」

李光頭在宋鋼那裏碰了一鼻子灰，回頭想到了福利廠的十四個忠臣。他去民政局找了陶青局長，這時的陶青馬上就要當上縣長了，他自己還不知道。他正在爲福利廠的年年虧損傷透腦筋。李光頭見了陶青，開口就說要把福利廠買下來，陶青一怔，不知道李光頭是眞是假？李光頭用動人的聲調說，這十四個瘸傻瞎聾雖然不是自己的親人，可是勝似自己的親人。陶青心裏一陣竊喜，這個福利廠已經是民政局最大的包袱了，甩都甩不出去，李光頭竟然要掏錢買下來？兩個人一拍即合，握手成交。李光頭買下了福利廠以後，重新裝修後把福利廠改造成了「劉鎮經濟研究所」，門口的牌子也換了。沒過幾天，李光頭覺得「所」這個字太土了，他去過日本，就把「所」改成了「株式會社」，於是福利廠門口的牌子又換成了「劉鎮經濟研究株式會社」。李光頭給十四個忠臣一一發放了聘書，聘請瘸子正廠長爲會長，瘸子副廠長爲副會長，其他十二個都是高級研究員，全體享受大學教授待遇。瘸子會長和瘸子副會長拿到聘書後分外激動，知道從此以後李光頭把他們養起來了，兩個會長眼淚汪汪地問李光頭：

「李廠長，我們研究什麼？」

「研究象棋。」李光頭說，「你們兩個還能研究什麼？」

「知道了。」兩個會長點點頭，繼續問，「株式會社裏的十二個高級研究員研究什麼？」

「十二個高級研究員？」李光頭想了想後說，「四個瞎子研究光明，五個聾子研究聲音，三個傻子研究什麼？他媽的，就讓他們去研究進化論吧。」

李光頭安置好了十四個忠臣以後，又自己出錢從省裏請來了兩個園藝師，雇用人手在縣政府的大門外鋪上草皮，種上鮮花，還建造了一個噴泉。縣政府的大門口立刻成了我們劉鎮群眾的旅遊景點，每到傍晚或者週末，劉鎮的群眾就會扶老攜幼地來到縣政府的大門外，面對美景讚嘆不已。上級領導下來視察時，看到以前的破爛廢品山變成了綠草鮮花和噴泉，也忍不住在大門口站上一會兒，誇獎一會兒。縣裏的領導十分高興，我們那個穿著「中曾根」西裝的縣長親自去拜訪李光頭，代表縣政府和全縣人民感謝李光頭。李光頭不僅沒有小人得志，反而十分慚愧地拉著縣長的手，接二連三地向縣長和縣政府以及全縣人民道歉，說自己以前不該在縣政府大門外堆起破爛大山，他現在出錢鋪草皮種鮮花建噴泉就是爲了彌補自己的過錯。

李光頭成了我們縣領導眼中的紅人，他當上了縣人大代表。半年以後，縣長換成「竹下」西裝的陶青後，李光頭更上一層樓，當上了縣人大常委。李光頭發財以後仍然是衣衫襤褸，就是參加縣人民代表大會時，他也是一身破爛衣服，像個要飯的乞丐那樣走上主席台去發言了。陶青縣長實在看不下去了，在大會上發言時順便要求李光頭注重儀表。陶青縣長說完話，剛剛發言結束走下去的李光頭，一身破爛又走上了主席台，全體人大代表以爲他要當場表態：以後不穿破爛衣服了。沒想到李光頭一張嘴語驚四座，他首先解釋自己爲什麼穿得如此破爛，他說沒錢時要艱苦奮鬥，有錢了更要艱苦奮鬥，他指著自己的破爛衣服說：

「我這是遠學春秋時期越王勾踐臥薪嚐膽，近學文革時期貧下中農憶苦思甜。」

到了年底，李光頭把余拔牙和王冰棍叫到自己回收公司的辦公室，說今年收成不錯，分紅也不錯。余拔牙入了兩千元是兩份，王冰棍入了一千元是一份，余拔牙分紅得到兩萬元，王冰棍得到一萬元。當時還沒有一百元的鈔票，當時最大的鈔票是十元。李光頭將厚厚的二十疊鈔票推到余拔牙面前，又將厚厚的十疊鈔票推到王冰棍面前。這兩個人互相看來看去，不敢相信這是眞的。李光頭靠在椅子裏，像是看電影一樣，嘿嘿笑著看他們。

余拔牙和王冰棍嘴裏念念有詞算了又算，自己的錢入股還不到一年，一下子翻了十倍。余拔牙和王冰棍繼續傻笑，余拔牙喃喃地說：

「兩千元賺了兩萬元，做夢也想不到啊。」

「不是賺了，是分紅。」李光頭糾正余拔牙的話，「你們兩個是我的股東，以後年年都要分紅給你們。」

王冰棍夢遊似的問：「我每年都能拿一萬元？」

「不一定。」李光頭說，「你明年很可能分到五萬元。」

王冰棍中彈似的渾身一抖，差點從椅子裏栽下去。余拔牙目瞪口呆地問：「我是不是十萬元了？」

「當然，」李光頭點頭說，「王冰棍五萬元，你就是十萬元。」

余拔牙和王冰棍的臉上再次出現了懷疑的表情，兩個人互相看著，心想天底下哪裏有這麼好的事？王冰棍小心翼翼地問余拔牙：

「是眞的吧？」

余拔牙點點頭，又搖搖頭說：「不知道。」

李光頭哈哈地笑了，他說：「你們掐一下自己的手，疼就是眞的，不疼就是假的。」

兩個人急忙掐起了自己的手，余拔牙掐著自己的手問王冰棍：「你疼了嗎？」

王冰棍緊張地搖搖頭說：「還沒疼。」

余拔牙也緊張了，他說：「我也沒疼。」

李光頭捧著肚子大笑，他喊叫道：「老子肚子都笑疼了，你們的手還沒掐疼，拿過手來，老子替你們掐。」

余拔牙和王冰棍急忙將手遞給李光頭，李光頭一手抓住一個，使勁一掐，兩個人同時驚叫了：「疼啦！」

余拔牙喜出望外地對王冰棍說：「是眞的。」

王冰棍更是喜形於色，他伸手給余拔牙看：「血都掐出來啦。」

余拔牙和王冰棍這兩張嘴就是我們劉鎮的人民廣播電台，兩個人豐收以後喜氣洋洋，見了劉鎮的群眾就要廣播他們的發財故事。別人聽了羨慕不已，童鐵匠、張裁縫和小關剪刀聽了就是愁眉不展了。那些天裏，張裁縫和小關剪刀天天聚在一起，埋怨童鐵匠，後悔當初沒有入股。兩個人你一言我一語，說到後來變成了童鐵匠阻止他們入股。他們說要是沒有那個童鐵匠出來阻撓，他們現在和余拔牙王冰棍一樣風光了，甚至更加風光。兩個人事後諸葛亮，說他們當時肯定是變賣家產，換了現金全部入到李光頭的破爛事業裏去了。童鐵匠知道這兩個王八蛋天天在交頭接耳地罵自己，他假裝不知道，他坐在自己的舖子裏，也是追悔莫及，心想第一次不該入股時他入了，第二次該入股時他又不入了，自己眞是瞎了眼。童鐵匠坐在那裏摩拳擦掌，把一肚子的氣全出在十根手指上了。後悔的還有蘇媽，李光頭第二次鯤鵬展翅離開劉鎭時，問過蘇媽要不要加入？眼看著財富就要滾滾而來了，蘇媽想到已經很久沒去廟裏燒香，就搖頭拒絕了。蘇媽後來每次想起這事就會感嘆，當時要是去廟裏燒香了，自己肯定會加入，蘇媽逢人就說：

「沒去廟裏燒香，就是不靈。」

從日本回來以後，李光頭知道自己的破爛事業已經達到頂峰，再做下去就要走下坡路了。李光頭開始了新的事業，他首先開了一家服裝廠，李光頭念舊情聘用張裁縫爲技術副廠長，張裁縫感激涕零，胸前掛著一條皮尺，第一個上班，最後一個下班，兢兢業業在車間裏嚴把品質關。服裝廠稍有起色後，李光頭再接再厲，又開了兩家飯店和一家洗浴中心，還弄起了房地產。到了第二年的年底再次分紅時，余拔牙和王冰棍果然分別拿到了十萬元和五萬元的紅利，這次兩個人不再驚心動魄了，兩個人的嘴臉好像這是他們意料之中的，來的時候就各自提著一個旅行袋，往旅行袋裏裝鈔票時的表情，像是往米缸裏倒米一樣輕鬆。

李光頭坐在椅子裏，看著余拔牙和王冰棍從容不迫地將一疊疊鈔票裝進旅行袋，李光頭對他們的表情很滿意，誇獎他們：

「你們成熟了。」

余拔牙和王冰棍矜持地笑了笑，然後安靜地坐在那裏。李光頭低頭沉思了一會兒，抬起頭來對他們說：

「古人云『行商坐賈』，生意做到坐下來的時候才是『賈』，才眞正做成大生意了，跑來跑去的只能做小生意，只是『商』。」

李光頭告訴余拔牙和王冰棍，現在是家大業大，破爛生意還在做，服裝廠工人越招越多，兩家飯店一家洗浴中心生意紅紅火火，還有房地產項目好幾個，自己整天像個貨郎似的東奔西跑，每天都要去各處看看。他說現在還跑得過來，以後要是有了四十個甚至四百個產業，就是買進來一架F16戰鬥機當運輸工具，他也跑不過來了。他本來以爲自己做成大生意了，仔細一想自己還是個「行商」。李光頭說著揮揮手，站起來斬釘截鐵地向余拔牙和王冰棍宣布：他決定做一個「坐賈」，決定學習秦始皇統一中國的做法，成立一家控股公司，把所有的產業全部注入到控股公司裏，他以後就坐在公司裏「賈」了，以中央集權的方式辦公，偶爾去下面各處看看就行了。李光頭看到余拔牙和王冰棍連連點頭，問他們：

「你們知道秦始皇爲什麼要統一中國嗎？」

兩個人互相看看後搖著頭說：「不知道。」

「這是因爲，」李光頭得意地說，「這王八蛋想做大生意，這王八蛋不想做『行商』了，這王八蛋想做一個『坐賈』。」

余拔牙和王冰棍聽得熱血沸騰，兩個人問李光頭：「你『賈』了以後，我們是什麼？」

「你們就是控股公司的股東兼董事，」李光頭指指自己說，「我是董事長兼總裁。」

余拔牙和王冰棍互相看著哈哈地笑，王冰棍笑顏逐開地問李光頭：「我們有沒有董事名片？」

「當然有，」李光頭一時高興地說，「你們還想要什麼職位的話，可以考慮給你們加一個副總裁。」

「要！」余拔牙喊叫起來，他對王冰棍說，「多一個職位總比少一個職位好。」

「是啊，」王冰棍點點頭，又去問李光頭，「還有什麼職位可以給我們？」

「沒有啦，」李光頭生氣了，「哪有這麼多的職位給你們。」

看到李光頭生氣了，余拔牙趕緊推推王冰棍，責備王冰棍：「做人不能貪得無厭。」

余拔牙和王冰棍有了董事副總裁的頭銜以後，名片發得比李光頭的還快。這兩個人站在我們劉鎮的大街上，像是發送廣告似的，見了人就發出一張自己的名片。

童鐵匠和小關剪刀也拿到了他們的名片，張裁縫投靠李光頭以後，小關剪刀沒有朋友了，只好和童鐵匠重建友誼。小關剪刀手裏拿著余拔牙和王冰棍的名片，對童鐵匠說，這兩個王八蛋小人得志亂發名片，連劉鎮的雞鴨貓狗都有他們的名片了。

精明能幹的童鐵匠是我們劉鎮最早步李光頭後塵致富的人，童鐵匠眼看著我們劉鎮群眾的生活越來越好，眼看著鄉下的農民越來越富，他知道繼續打鐵是沒有出路了。他不再給城裏群眾打鐵做菜刀了，也不再給鄉下農民打鐵做鐮刀鋤頭了，有一天他的打鐵舖子突然沒了，變成了一家專賣各類刀具的商店。

童鐵匠不抽煙不喝酒，精神抖擻地站在櫃台後面，看他那雙打鐵的大手又粗又笨，可是數起鈔票來比銀行的職員還要利索，他飛快地用手指沾一下口水，飛快地數著鈔票，都能去和銀行的點鈔機比賽了。

小關剪刀的顧客也是越來越少，童鐵匠的刀具店一開，他就更沒有顧客了。小關剪刀非常生氣，認為童鐵匠砸了他的飯碗，從此斷絕了和童鐵匠的交往，兩個人的友誼又沒有了。

童鐵匠的刀具店生意逐漸紅火起來時，小關剪刀徹底沒有生意了，只好關了磨剪刀的舖子，整天在大街上遊手好閒。同樣遊手好閒的余拔牙和王冰棍經常在大街上和小關剪刀相遇，這三個人又像從前那樣聚到了一起，小關剪刀咬牙切齒地罵童鐵匠，先罵童鐵匠如何阻撓他入股李光頭，後罵童鐵匠如何搶了他的生意，逼迫他關掉了祖宗三代創建起來的磨剪刀舖子，讓他沒有了事業流落街頭。

余拔牙和王冰棍對小關剪刀的處境十分同情，王冰棍向余拔牙建議：「是不是到李總那裏說說，給小關剪刀一份工作？」

「何須李總，」余拔牙說，「我們兩個是副總，別的工作不敢說，看守大門的工作，我們兩個可以安排小關剪刀去做。」

「讓老子看守大門？放屁。」小關剪刀一聽余拔牙的話火就上來了，「老子當初若不是一念之差，現在也是董事副總裁，排名還在你們兩個前面。」

小關剪刀說著氣呼呼地走了，王冰棍驚訝地看看余拔牙，余拔牙不以為然地擺擺手說：

「狗咬呂洞賓，不識好人心。」

小關剪刀痛定思痛，既然在劉鎮混不下去了，何不出去闖蕩一番？想到李光頭第一次出去闖蕩，到了上海血本無歸；第二次出去闖蕩，到了日本腰纏萬貫。小關剪刀心想要闖蕩就應該越遠越好，小關剪刀收拾好行裝，沿著我們劉鎮的大街走向長途汽車站。

這時候春暖花開了，小關剪刀揹著包拉著箱子豪情滿懷地走去，他的父親老關剪刀拄著拐杖可憐巴巴地跟在後面。小關剪刀走去時留下一路的豪言壯語，說他這次出去闖蕩世界比李光頭走得遠看得廣，說他回來時比李光頭見識豐財富多。老關剪刀跟不上他的步伐，距離越拉越遠，疾病纏身的老關剪刀一聲聲哀求兒子別走了，老關剪刀嘶啞地喊叫：

「你不是有錢人的命，別人出去能弄到了錢，你出去弄不到錢。」

小關剪刀對老關剪刀的喊叫充耳不聞，他意氣風發地向我們劉鎮的群眾揮手說再見，我們劉鎮的群眾以爲他要去歐洲美國了，紛紛爲他叫好，向他打聽是先去歐洲，還是先去美國？小關剪刀的回答讓群眾大失所望，他說：

「先去海南島。」

群眾說：「海南島還不如日本遠。」

「是不如日本遠，可是，」小關剪刀說，「比起李光頭第一次去的上海，還是遠多了。」

小關剪刀坐上的長途汽車駛出了劉鎮的車站，老關剪刀才蹣跚走到，他雙手拄著拐杖，看著汽車駛去時捲起的滾滾塵埃，老淚縱橫地說：

「兒子啊，命裏只有八斗米，走遍天下不滿升……」

這時候的李光頭也離開了劉鎮，他去的是上海，他仍然穿著那身破爛衣服走向長途汽車站，他身後跟著一個提包的年輕人，像是他的隨從。有一個群眾見了，問李光頭身後的年輕人是誰？李光頭回答是他的司機。那個群眾笑了又笑，逢人就說李光頭雇用了一個司機，可是沒有汽車，李光頭和他的司機坐著長途汽車去上海了。

幾天以後李光頭回來了，他沒有坐長途客車，他在上海買了一輛紅色的桑塔納轎車，他有專車了。司機開著李光頭的專車，駛進了我們劉鎮，停在了百貨公司的門前。李光頭從他的桑塔納專車裏出來時，身穿一身黑色的義大利阿瑪尼西裝，那身破爛衣服扔在上海的垃圾筒裏了。

李光頭走出桑塔納轎車的時候，群眾沒有立刻把他認出來，群眾已經習慣了李光頭的破爛衣服，突然換上了阿瑪尼西裝，群眾不習慣了，況且那年月坐轎車的都是領導同志。群眾紛紛猜測起來，這個西裝革履的重要人物究竟是誰？覺得他亮閃閃的光頭似曾相識，一時又想不起來，可能在電視裏見過，是不是市裏來的領導？是不是省裏來的領導？就在群眾覺得李光頭可能是來自北京的領導時，手腕上還戴著格林威治時間的花傻子走過來了，響亮地叫上一聲：

「李廠長。」

群眾驚訝萬分，他們恍然大悟地說：「原來是李光頭啊！」

有一個群眾補充道：「這人的臉眞像是李光頭的臉！簡直是一模一樣啊！」

二十七

我們劉鎮天翻地覆了，大亨李光頭和縣長陶青一個鼻孔裏出氣，兩個人聲稱要拆掉一個舊劉鎮，創建一個新劉鎮。群眾說這兩個人是官商勾結，陶青出紅頭文件，李光頭出錢出力，從東到西一條街一條街地拆了過去，把我們古老的劉鎮拆得面目全非。整整五年時間，我們劉鎮從早到晚都是塵土飛揚，群眾紛紛抱怨，說吸到肺裏的塵土比氧氣還多，脖子上沾著的塵土比圍巾還厚；說這個李光頭就是一架B-52轟炸機，對我們美麗的劉鎮進行地毯式轟炸。我們劉鎮的一些有識之士更是痛心疾首，說《三國演義》裏有一個故事發生在劉鎮、《西遊記》裏有一個半故事發生在劉鎮、《水滸傳》裏有兩個故事發生在劉鎮，現在都被李光頭拆掉了。

李光頭拆掉了舊劉鎮，建起了新劉鎮。也就是五年時間，大街寬廣了，小巷也寬敞了，一幢幢新樓房拔地而起，群眾脖子上的塵土沒有了，吸到肺裏的氧氣也多起來了。群眾還是抱怨，說從前的房子雖然舊和小，那是國家分配自己去住；現在的房子雖然大和新，那是要花錢向李光頭去買。俗話說兔子不吃窩邊草，這個李光頭黑心爛肝，把窩邊的草兒吃得一根不剩，賺的全是父老鄉親的錢。劉鎮的群眾繼續抱怨，說現在的錢已經不是錢了，現在的一千元還不如過去的一百元。劉鎮的老人抱怨街道變寬了，中間都是汽車自行車，喇叭從早到晚響個不停，從前的街道雖然窄，兩個人站在兩端說上一天的話也不累，如今站在兩端說話誰也聽不到，站到一起了說話還是要喊叫。從前只有一家百貨公司一家布店，如今超市商場七、八家，服裝店更是雨後春筍般冒了出來，街道兩旁的門面裏掛滿了男男女女五顏六色的衣服。

我們劉鎮的群眾眼睜睜地看著李光頭富成了一艘萬噸油輪。你去我們劉鎮最豪華的餐館吃飯，是李光頭開的；你去最氣派的澡堂洗澡，也是李光頭開的；你去最大的商場購物，還是李光頭開的。我們劉鎮群眾胸前吊著的領帶，腳上穿著的襪子，內衣內褲，皮衣皮鞋，毛衣大衣，西褲西服都是國際名牌，都是李光頭的產品，李光頭代理了二十多家國際名牌服裝的加工業務。我們劉鎮群眾住的房子是李光頭開發的，吃的蔬菜水果是李光頭提供的。這個李光頭還買下了火化場和墓地，劉鎮的死人群眾也得交給李光頭。李光頭爲我們劉鎮群眾從吃到穿、從住到用、從生到死，提供了托拉斯一條龍服務。誰都不知道他做的生意究竟有多少？誰也不知道他一年究竟掙多少？他曾經拍著胸脯說，整個王八蛋縣政府都是靠他交的王八蛋稅來養活的。有人阿諛奉承，說李光頭是我們全縣人民的GDP。李光頭聽了十分滿意，他點著頭說：

「我確實是那個王八蛋GDP。」

余拔牙和王冰棍也跟著油光滿面，王冰棍好吃懶做整天晃蕩在大街上，愁眉苦臉地說著自己不會花錢，說自己是天生的窮人命，錢多得數都數不清了，可是他不知道怎麼花？余拔牙有了錢以後就沒有了蹤影，他一年四季都在外面遊山玩水，五年時間把全中國跑遍了，現在他跟隨著旅遊團開始跑全世界了。福利廠的十四個瘸傻瞎聾，搖身一變成了十四個高級研究員，從此養尊處優，吃吃喝喝睡睡，劉鎮的群眾說他們是十四個紈袴子弟。

這時候我們劉鎮五金廠破產倒閉了，劉作家下崗了，宋鋼也下崗了。劉作家百感交集，沒想到世界變得這麼快，撿破爛的李光頭成了劉鎮的巨富，捧著鐵飯碗的自己失業後走投無路。他在街上見到同樣失業的宋鋼惺惺相惜，他拍著宋鋼的肩膀突然想起了什麼，他說：

「怎麼說，你也是李光頭的兄弟……」

劉作家趁勢罵起了李光頭，說世上還有這種沒心沒肺的人，發財以後管起了別人的閒事，不管自己的兄弟。余拔牙和王冰棍就不去說了，福利廠的十四個瘸傻瞎聾也跟著李光頭混成了十四個劉鎮貴族，自己的兄弟窮得沒飯吃了，這個李光頭反而不管不顧，假裝不知道，假裝沒看見。劉作家借題發揮地說：

「李光頭和你宋鋼，好比是朱門酒肉臭，路有凍死骨。」

「我不是凍死骨，」宋鋼冷冷地說，「李光頭也不是酒肉臭。」

宋鋼失業那天仍然像往常一樣，傍晚時騎車來到了針織廠接林紅。這輛永久牌自行車跟隨宋鋼十多年了，宋鋼十多年裏風雨無阻地接送林紅。這時候針織廠的女工早就有自己的自行車了，而且都是外國名字的牌子，很多人都騎上了電動自行車，我們劉鎮的商場裏已經沒有永久牌自行車賣了。林紅和宋鋼雖然生活不富裕，家裏的彩電、冰箱和洗衣機早就應有盡有，買一輛新的自行車不算什麼了。林紅一直沒有給自己買一輛自行車，是因爲十多年來宋鋼和他的永久牌每天忠誠地接送她。林紅知道永久牌舊了，樣式也老了，其他女工騎著樣式新穎的自行車和電動車遠去時，林紅仍然跳上永久牌的後座，仍然摟住這個騎車男人的腰，仍然甜蜜地微笑著。她已經不是十多年前擁有專車時的幸福了，她的幸福是這個男人和這輛永久牌十多年的忠心耿耿。

宋鋼扶著他的老式永久牌站在針織廠的大門口，這個剛剛失業的男人身披落日的餘輝，目光淒涼地看著工廠鐵柵欄門裏黑壓壓的女工。下班的鈴聲響起，鐵柵欄門打開以後，幾百輛自行車、電動車和輕騎比賽似的衝了出來，鈴聲和喇叭聲響成一片。這巨浪似的車流過去以後，宋鋼看到了林紅，彷彿是被海浪遺忘在沙灘上的珊瑚，林紅在工廠空蕩蕩的路上獨自一人走來。

劉鎮五金廠破產倒閉的消息頃刻之間傳遍全城，林紅是在下午的時候聽說的，當時心裏一沉，她的心情沉重以後再也沒有輕鬆回來，她不是擔心宋鋼的失業，她擔心的是宋鋼如何去承受？林紅走出了工廠的大門，走到宋鋼身旁，仰臉望著一臉苦笑的丈夫，宋鋼嘴巴動了一下，準備告訴林紅他失業了。林紅沒有讓他把話說出來，搶在前面說了：

「我已經知道了。」

林紅看到宋鋼的頭髮上有一小片樹葉，心想他是騎車趕來時穿過樹下掛上的，林紅伸手摘下了宋鋼頭髮上的樹葉，微笑地對宋鋼說：

「回家吧。」

宋鋼點點頭轉身跨上了自行車，林紅側身坐在了後座上。宋鋼騎著他的老式永久牌在我們劉鎮的大街上嘎吱嘎吱響著，林紅雙手抱住他的腰，臉貼在他的後背上。宋鋼感到林紅的雙手比往常更加熱烈地抱住他，林紅的臉蛋比往常更加親密地貼著他，宋鋼微笑了。

回到了家中，林紅走進廚房做起了晚飯，宋鋼將自行車翻過來支在門口的地上，他拿出工具先是卸下了兩個車輪，又卸下兩個腳踏板和中間的三角架，宋鋼將自行車全部拆卸下來，整齊地擺在地上，自己坐在小凳子上拿著一塊抹布，開始仔細擦拭起了自行車的每一個部件。這時天色暗下來了，路燈亮了，林紅做好了晚飯，走到門口叫宋鋼進去吃飯，宋鋼搖搖頭說自己不餓，他對林紅說：

「你先吃。」

林紅端著飯碗搬了把椅子也坐到了門口，一邊吃飯一邊看著坐在路燈下的宋鋼，宋鋼熟練地擦拭著自行車的零件，這樣的情景她已經很熟悉了，她以前經常說宋鋼對待自行車像是對待自己的孩子，這樣的話她不知道說過多少次了？現在她又說了，宋鋼嘿嘿地笑了，將擦拭乾淨的部件組裝起來時，他告訴林紅，他明天就要去尋找新的工作，他不知道新找到的是什麼工作？是在什麼時間上班和什麼時間下班？他說以後不能再接送她了……宋鋼說到這裏站了起來，挺直了有些僵硬的腰，對林紅說：

「你以後要自己騎車上下班了。」

林紅點點頭說：「嗯。」

宋鋼將仔細擦拭乾淨的自行車重新組裝後，在軸承上抹上機油，用抹布擦乾淨自己的手，騎上去在屋門前轉了兩圈，沒有再聽到嘎吱嘎吱的響聲，他滿意地跳下車，又將座位壓低了。然後他將老式永久牌推到了林紅面前，讓她騎上去試一試。林紅已經吃完飯了，她手裏端著給宋鋼準備的飯菜。宋鋼接過飯菜的時候，林紅接過了自行車。宋鋼在剛才林紅坐的椅子裏坐下來，一邊吃著晚飯，一邊看著林紅在路燈下跨上自行車騎了起來。林紅在宋鋼面前騎了三圈，她說感覺很好，說這十多年的永久牌騎起來像是新車一樣。宋鋼發現問題了，他起身將飯碗和筷子放在椅子上，林紅從自行車上下來後，宋鋼再次將座位壓低了，再次讓林紅坐上去試試，看到林紅坐在車座上雙腳同時踮著地，宋鋼放心地點點頭，他囑咐林紅：

「你捏住剎車的時候，雙腳一定要踮地，這樣你就不會摔倒。」

二十八

這時候宋鋼和林紅原來的家拆掉了，他們搬到了街邊新樓房的第一層；蘇媽的點心店也從汽車站搬了過來，就在林紅家的對面；拆遷搬過來的還有趙詩人，住在第二層，就在林紅宋鋼家的樓上。趙詩人故意把自己的床放在他們床的上面，夜深了人靜了，趙詩人就躺在床上凝神細聽，想聽一些鴛鴦戲水的雲雨之聲，什麼都沒有聽到，趙詩人趴到地上，耳朵貼著水泥去聽，還是什麼都沒有聽到。趙詩人心想天底下還有什麼聲響都沒有的床上夫妻？宋鋼和林紅結婚這麼多年了，一直沒有孩子，趙詩人覺得問題一定出在宋鋼身上，他斷定宋鋼是個性無能。趙詩人悄悄把自己的想法告訴了劉作家，然後說：

「這對夫妻晚上睡在床上像是兩把無聲手槍。」

宋鋼下崗失業以後自尋出路去做了搬運工，在我們劉鎮的碼頭扛大包，把船上的貨物扛到岸上的倉庫裏，又把岸上倉庫裏的貨物扛到船上。宋鋼拿的是計件工資，扛的大包越多，掙的錢也越多。在碼頭到倉庫的那條一百多米的街道上，宋鋼賣命地扛著大包來回奔走，別人也就是扛上一包，宋鋼常常一口氣扛上兩包。坐在街邊聊天的老人，每天都聽著宋鋼拉風箱似的呼吸聲，「呼哧呼哧」地響了過去，又「呼哧呼哧」地響了過來。汗水浸濕了宋鋼的衣褲，看上去像是剛從河水裏爬上來一樣，宋鋼的球鞋裏也都是汗水，扛著大包來回奔走時，兩隻球鞋也在「嘰咕嘰咕」地響著。我們劉鎮的幾個老人搖頭說：

「這個宋鋼啊，要錢不要命。」

宋鋼的工友們扛著大包跑上三、四個來回，就會喘著粗氣一個個坐到了河邊的石階上休息了，他們喝著水，抽著煙，說上半小時的話，才起身重新去扛大包。宋鋼從來沒有在河邊的石階上坐下來，他要扛上七、八個來回，直到自己臉色慘白嘴唇哆嗦，身體也搖晃了，他知道自己快不行了，他把肩上的大包放進船裏，踏著跳板走到岸上，看到坐在石階上的工友向他招手，他覺得自己已經沒有力氣走到十米遠的石階那裏，他下了跳板立刻倒在地上，他的休息就是直挺挺地躺在潮濕的草地上，青草從他的脖子和衣領之間生長出來，河水在他的胳膊旁邊蕩漾，他雙眼緊閉，劇烈的呼吸讓他的胸脯急促地起伏著，裏面的心臟似乎像拳頭一樣捶打著他的胸口。

宋鋼躺在地上休息可以更快地恢復體力，他每次直挺挺躺下時，坐在不遠處石階上的工友們就要嘿嘿地笑，說宋鋼是拼命三郎。那時的宋鋼累得聽不到他們在說些什麼了，他只覺得天旋地轉，緊閉的雙眼一團漆黑，直到眼皮在陽光的照射下重新明亮起來，胸口的呼吸平穩了，這時候也就是休息了十來分鐘，他聽到了工友在叫他的名字，他緩緩地從地上爬起來，看到還在休息的幾個工友向他招手，向他舉起了水杯，還有一個舉著香煙要扔給他，他輕輕笑著擺擺手，走到碼頭的自來水龍頭前，擰開水籠頭喝下一肚子水，隨後又扛起兩個大包奔走起來了。

宋鋼幹了兩個多月的搬運活，他掙的錢比工友們多兩倍，比以前在五金廠的鐵飯碗工資多四倍。宋鋼第一次把工資交給林紅的時候，林紅吃了一驚，她沒有想到宋鋼幹搬運活會掙這麼多的錢，她數著錢對宋鋼說：

「你現在一個月掙得比以前四個月還多。」

宋鋼微微一笑地說：「其實下崗也沒什麼不好。」

林紅知道這是宋鋼拼了命掙來的錢，她勸宋鋼不要這麼拼命，她說：「錢多錢少都能活下去。」

宋鋼每天傍晚回家時，都是耷拉著腦袋，而且臉色灰白，累得彷彿說話的力氣也沒有了，吃過晚飯以後倒頭就睡。以前的宋鋼睡著以後十分安靜，只有均勻的呼吸聲，現在的宋鋼睡著後鼾聲如雷，中間還夾雜著沉重的嘆息聲。有幾次把林紅吵醒了，林紅醒來以後就睡不著了，聽著宋鋼雜亂的鼾聲和偶爾響起的喊叫聲，林紅憂心忡忡，覺得宋鋼在睡夢裏都是疲憊不堪。

到了早晨，宋鋼醒來後又生機勃勃了，臉色也紅潤起來，林紅又放心了。宋鋼笑容滿面地吃過早飯，提著午餐的飯盒，迎著朝陽腳步「咚咚」地走去了，林紅推著老式永久牌走在宋鋼身邊，兩個人一起走出了五十米左右，在街道拐角處站住腳，宋鋼看著林紅跨上自行車，叮囑她騎車要小心，林紅點點頭往西騎車而去，宋鋼扭頭往東走向了碼頭。

宋鋼只幹了兩個月的搬運工，第三個月就扭傷了腰。當時宋鋼左右扛起兩個大包，剛剛走下跳板時，船上有人叫了他一聲，他轉身太快，聽到自己的身體裏「咔嚓」一聲，宋鋼知道壞了，他把兩個大包摔到地上，身體試著動一下，感覺後腰一陣刺疼，他雙手護著後腰，苦笑地看著兩個扛著大包走向下跳板的工友，兩個工友看著宋鋼的模樣嚇了一跳，問他怎麼了？宋鋼苦笑地說：

「可能骨頭斷了。」

兩個工友趕緊扔下肩上的大包，扶著宋鋼走到河邊的石階上坐下來，問他哪裏的骨頭斷了？宋鋼指指後腰，說自己剛才轉身時聽到裏面「咔嚓」一聲。兩個工友一個讓他舉起雙手，一個讓他搖晃腦袋。看到宋鋼的雙手舉起來了，腦袋也搖晃了，兩個工友放心了，告訴宋鋼後腰上只有一根脊樑骨，脊樑骨要是斷了，上半身就癱瘓了。宋鋼立刻再次舉舉雙手，再次晃晃腦袋，然後他也放心了，他右手護著後腰說：

「聽到裏面咔嚓一聲，我以爲是骨頭斷了。」

「是扭傷，」工友告訴他，「扭傷時也有聲響。」

宋鋼嘿嘿地笑了起來，工友讓他回家去，他搖搖頭說就在石階上坐一會兒。宋鋼在河邊的台階上坐著休息了一個多小時，他幹了兩個多月的搬運工，第一次在工友們休息的地方坐下來，石階上扔滿了煙蒂，十幾隻白瓷茶杯沿著石階整齊地排列下去，每只茶杯上都用紅油漆寫著工友自己的名字。宋鋼笑了，他覺得明天自己也應該帶一只茶杯來，也應該是白瓷的，那個倉庫裏就有一桶紅油漆，只要用一根樹枝酌上紅油漆，就可以在白瓷杯子上寫下自己的名字。

宋鋼在蕩漾的河水旁坐了一個多小時，看著工友們嗨唷嗨唷喊著勞動號子，扛著大包來來回回熱火朝天，他忍不住站了起來，活動了一下腰，感覺沒有剛才的刺疼了，他覺得自己沒問題了，踏上跳板走入船艙，想到自己剛才扭傷過，他猶豫了一下，沒有扛起兩個大包，只扛起了一個，他剛剛把大包扛到肩上，使勁直起腰的時候，他發出了痛苦的喊叫，然後一頭栽倒了，那個大包壓住了他的頭和肩膀。

幾個工友搬開大包，把宋鋼拉起來時，劇烈的疼痛讓宋鋼嗷嗷直叫，他的身體彎得像是一隻河蝦，兩個工友小心翼翼地將宋鋼抬起來，扶到另一個工友的背上，那個工友揹著宋鋼走出船艙，走下跳板時，宋鋼還在嗷嗷地喊叫。工友知道宋鋼的傷勢很嚴重了，他們拉來了一輛板車，把宋鋼放上去時，宋鋼疼得殺豬般的喊叫。工友拉著板車走上了那條石板鋪成的街道，宋鋼彎著身體躺在板車裏呻吟不止，板車顛簸一下，宋鋼就要長長地呻吟一聲。宋鋼知道工友們要送他去醫院，板車上了大街以後，宋鋼呻吟著說：

「不要去醫院，我要回家。」

幾個工友互相看了看，拉著板車往宋鋼的家走去了。這天下午，在我們劉鎮的大街上，躺在板車裏的宋鋼和坐在轎車裏的李光頭迎面相遇，疼痛難忍的宋鋼看到了他昔日的兄弟，李光頭沒有看到宋鋼，他坐在紅色的桑塔納轎車裏，胳膊摟著一個妖豔的外地女子，正在哈哈大笑。桑塔納轎車從板車前駛過時，宋鋼嘴巴張了張，可是沒有聲音，他只是在心裏喊叫了一聲：

「李光頭。」

二十九

林紅快要下班的時候知道宋鋼受傷了，她臉色蒼白地騎著自行車匆匆回家，急切地打開屋門後，看到宋鋼彎腰側身躺在昏暗的床上，睜著眼睛無聲地看著自己。林紅關上門走到床前坐下來，伸手心疼地撫摸宋鋼的臉，宋鋼看著林紅羞愧地說：

「我扭傷了。」

林紅當時眼淚就下來了，她俯身抱住了宋鋼，輕聲問：「醫生怎麼說？」

林紅動了宋鋼的身體，宋鋼疼得緊閉雙眼，這次他沒有喊叫，等到疼痛緩過來以後，他才睜開眼睛對林紅說：

「沒去醫院。」

「爲什麼？」林紅緊張地問。

「我扭傷了腰，」宋鋼說，「躺幾天就行了。」

林紅搖搖頭說：「不行，一定要去醫院。」

宋鋼苦笑一下說：「我現在不能動，過幾天再去吧。」

宋鋼在床上躺了半個月，才能夠下床走路，他的腰仍然無法挺直。宋鋼彎著腰，在林紅的陪同下去了一次醫院，拔了四個火罐，配了五副外傷膏藥，就花掉了十幾元錢，宋鋼心疼不已，心想再這麼下去，兩個多月掙來的搬運苦力錢，治腰傷都不夠。宋鋼沒再去醫院，他覺得扭傷和感冒一樣，治療能痊癒，不治療也能痊癒。

宋鋼在家裏休息了兩個月以後，可以挺直身體了，他重新出門去尋找工作。那些日子，宋鋼整天用手捂著腰，步履蹣跚地走在我們劉鎮的大街小巷，到處尋找工作，可是誰會要這麼一個腰中無力的人？宋鋼迎著朝陽滿懷信心地走出家門，夕陽西下時他一臉苦笑地出現在家門口，林紅看到他的神態就知道什麼結果也沒有。林紅努力讓自己高興起來，好言安慰宋鋼，說只要省吃儉用，她一個人的工資也能養活自己和宋鋼。晚上躺進了被窩，林紅就會用手輕輕撫摸宋鋼受傷的腰，告訴宋鋼，只要有她在，不用擔心以後的事。宋鋼感動地說：

「我對不起你。」

這時的林紅是在強作歡笑，針織廠連續幾年效益不好，現在開始裁員了。那個煙鬼劉廠長打起了林紅的主意，幾次把林紅叫到自己的辦公室，關上門以後悄聲告訴林紅，兩次裁員的名單裏都有林紅，是他用筆劃掉的，然後滿眼睛色情地盯上了林紅豐滿的胸脯。這個五十多歲的劉廠長煙齡四十年了，滿嘴的黑牙，嘴唇都是黑乎乎的，他看著林紅時一臉的淫笑，兩個下垂的眼袋像是兩顆瘤子。

林紅在他的對面如坐針氈，知道他的弦外之音，這個男人讓她感到陣陣噁心，隔著桌子都能聞到他渾身的煙臭，可是想到受傷在家的宋鋼已經失業了，自己不能再丟掉工作，林紅只能微笑地坐在那裏，心裏盼望著立刻有人敲門進來。

煙鬼劉廠長手裏晃動著一支鋼筆，說就是用這支鋼筆劃掉裁員名單裏林紅的名字。看到林紅笑而不答，煙鬼劉廠長俯身向前，悄聲說：

「你也不說一聲謝謝？」

林紅微笑地說一聲：「謝謝。」

煙鬼劉廠長進一步說：「怎麼謝我？」

林紅繼續微笑地說：「謝謝你。」

煙鬼劉廠長用鋼筆敲打著桌子，聲東擊西地說出了幾個女工的名字，她們爲了不被裁掉，如何主動送上門來和他睡覺。林紅仍然微笑著，煙鬼劉廠長色瞇瞇地看著林紅，再次問她：

「你打算怎麼謝我？」

「謝謝你。」林紅還是這樣說。

「這樣吧，」煙鬼劉廠長放下手裏的鋼筆，起身繞過桌子說，「讓我像抱妹妹一樣抱抱你吧。」

林紅看到他繞著桌子走過來了，立刻起身走到門口，她打開屋門時微笑地對煙鬼劉廠長說：

「我不是你妹妹。」

林紅微笑著走出了煙鬼劉廠長的辦公室，她聽到身後劉廠長罵娘的聲音，她仍然微笑著走回自己工作的車間。可是下班後，林紅騎著老式永久牌回家時，想到煙鬼劉廠長色瞇瞇的眼睛和那些聲東擊西的話，心裏不由充滿了委屈。

林紅幾次想把這些告訴宋鋼，可是宋鋼疲憊的神情和臉上的苦笑，她話到嘴邊又吞了回去，林紅心想這時候把自己的委屈告訴宋鋼，對宋鋼只會是雪上加霜。日子一天又一天的過去，宋鋼還是沒有找到工作。林紅想起李光頭來了，這時的李光頭越來越富有，手下的各類員工已經超過一千人了。有一個晚上，林紅遲疑了一會兒後，提醒宋鋼：

「你去找找李光頭。」

宋鋼低頭不語，心想當初自己絕情絕意要和李光頭一刀兩斷，現在李光頭成功了有錢了，自己再上門去哀求他，這樣的事做不出來。看到宋鋼沒有說話，林紅補充了一句：

「他不會不管你……」

這時宋鋼抬起頭來倔強地說：「我和他已經一刀兩斷了。」

這一刻林紅在煙鬼劉廠長那裏遭受的委屈差一點脫口而出，可是她咬咬嘴唇還是忍住了，隨後她無奈地搖起了頭，不再說什麼。

宋鋼知道自己的身體不能再幹重體力活了，他找不到工作，開始盤算自己做些小生意。他告訴林紅，自己尋找工作在街上走來走去時，經常看到農村來的小女孩在叫賣白玉蘭，用細鐵絲串起來，一串兩朵五角錢，劉鎮的姑娘買下以後戴在胸前掛在辮子上，看上去很美，宋鋼說到這裏羞澀地笑了笑。宋鋼說他了解清楚了，這些白玉蘭是從苗圃買來的，平均一朵白玉蘭的成本只有五分錢。林紅吃驚地看著宋鋼，她很難想像宋鋼這樣一個大男人挎著竹籃在大街上叫賣白玉蘭，宋鋼真誠地對林紅說：

「讓我試試吧。」

林紅同意了，心想就讓他試一試。宋鋼第二天一早就挎著竹籃出門了，竹籃裏放了一圈細鐵絲和一把小剪刀，走了一個多小時到了鄉下的苗圃。他買下了那些含苞待放的白玉蘭後，席地坐在苗圃的花草中間，拿出小剪刀剪去白玉蘭的枝葉，又用細鐵絲小心翼翼地將白玉蘭兩朵一組地串起來，然後讓它們整齊地躺在竹籃裏，挎上竹籃滿臉幸福地走上了鄉間小路。

宋鋼在陽光裏眯縫著眼睛，看著遙遠的地平線走去。他走了十多分鐘，感到自己出汗了，他擔心陽光會將這些飽滿的白玉蘭曬焉了，他走進路旁的田地，蹲下來摘了幾片南瓜葉子，蓋在白玉蘭上面，他仍然不放心，又到附近的池塘裏去弄些水灑在上面。然後他放心地向前走去了，他不時低頭看一眼竹籃裏的白玉蘭，它們躲藏在寬大的南瓜葉下面，有幾次他輕輕揭開南瓜葉看了看下面的白玉蘭，他微笑的神態彷彿是看了一眼襁褓中的嬰兒。宋鋼覺得自己很久沒有這樣高興了，他走在寬廣田野裏纖細的小路上，經過一個池塘就要給竹籃裏的白玉蘭灑上一次水。

宋鋼走回劉鎮時已經過了中午，他顧不上吃午飯就站到了大街上，開始出售他的白玉蘭了。他小心翼翼地將南瓜葉子插在竹籃的四周，於是這些白玉蘭躺在綠色包圍裏了。宋鋼挎著竹籃站在一棵梧桐樹下，微笑地看著每一個走過的人，有人注意到他竹籃裏的白玉蘭，看上一眼就走過去了。曾經有兩個姑娘將他的白玉蘭看了又看，嘴裏讚嘆著說，這些白玉蘭躺在綠葉中間真是又美麗又可愛。這時候機會出現了，宋鋼仍然只是微笑地看著那兩個姑娘。她們走開後，宋鋼後悔了，覺得自己剛才應該叫賣幾聲，那兩個姑娘可能不知道他是在賣白玉蘭。

然後一個叫賣白玉蘭的農村小女孩走過來了，她左手挎著竹籃，她的右手拿著一串白玉蘭，一邊走著一邊喊叫：

「賣白玉蘭啊！」

宋鋼左手挎著竹籃跟在小女孩的後面，他的右手也拿起了一串白玉蘭，前面的小女孩喊叫一聲「賣白玉蘭」，後面的宋鋼就會靦腆地跟著說一聲：

「我也是。」

農村小女孩見到年輕的姑娘走過來，立刻迎上去喊叫：「姊姊，買一串白玉蘭吧。」宋鋼也迎了上去，他猶豫了一下，還是說：「我也是。」

宋鋼跟著農村小女孩走出了半條街，跟著說出了十多遍「我也是」，小女孩不高興了，她回頭生氣地對宋鋼說：

「你不要跟著我。」

宋鋼站住了，茫然地看著小女孩走去。這時王冰棍捧著肚子哈哈笑著走過來，王冰棍在大街上遊手好閒了一天，他看著宋鋼手裏拿著一串白玉蘭，不知道如何叫賣？只知道跟在人家小女孩後面說「我也是」。王冰棍肚子都笑疼了，他走上來指點宋鋼，他說：

「你不能跟在人家屁股後面……」

「爲什麼不能跟在後面？」宋鋼說。

「我是賣冰棍出身的，」王冰棍得意地說，「你跟在後面，人家買了前面的，誰還會買你後面的？這好比是釣魚，不能兩個人站在一起釣，要分開。」

宋鋼明白地點點頭，右手拿著白玉蘭，左手挎著竹籃向著小女孩的反方向走去。王冰棍又想起了什麼，叫住宋鋼：

「人家小女孩見了姑娘叫『姊姊』，你不能這麼叫，你要叫『妹妹』。」

宋鋼遲疑了一下說：「我叫不出口。」

「那就別叫了，」王冰棍抹著嘴角的口水說，「反正你不能叫人家姑娘『姊姊』，你都三十多歲了。」

宋鋼虛心地點點頭，正要轉身走去，王冰棍又叫住了他，從口袋裏摸出一元錢遞給宋鋼說：

「我買兩串。」

宋鋼接過王冰棍手裏的錢，遞過去兩串白玉蘭，嘴裏連聲說著：「謝謝……」

「你記住了，」王冰棍雙手接過兩串白玉蘭，放在鼻子上聞了聞說，「我王冰棍是第一個買你白玉蘭的，以後你要是做鮮花生意，我王冰棍要來入股。」

王冰棍說著露出了一副投資銀行家的神態，得意地告訴宋鋼：「我成功地入股了破爛生意，再入股一次鮮花生意也是可以的。」

王冰棍將兩串白玉蘭舉在嘴鼻處，一邊聞著一邊走去，他使勁地吸氣，那貪婪的樣子不像是聞花，像是在吃著兩根奶油冰棍。

宋鋼學會了叫賣白玉蘭，雖然聲音靦腆，他還是一聲聲叫出來了。接下去他無師自通了，他知道應該站在服裝店的門口，這裏的姑娘比別處多，他沒有走進去打擾那些正在挑選衣服的姑娘，耐心地等待著她們走出來，然後遞上去白玉蘭，謙恭和文雅地說：

「請你買一串白玉蘭。」

宋鋼英俊的臉上有著感人的微笑，我們劉鎮的姑娘喜歡這樣的微笑，她們一個個買下了宋鋼手裏純潔的白玉蘭。有幾個姑娘認識宋鋼，知道他的腰受傷了，關心地問起了他的身體？宋鋼微笑著說腰傷痊癒了，只是不能再幹重活。他不好意思地說：

「所以我賣花了。」

宋鋼挎著竹籃走遍了我們劉鎮的服裝店，他在每一個服裝店門口都要站上很長時間，每賣出一串白玉蘭，他的臉上都會出現感激的微笑。他一天沒吃東西了，也不覺得餓，一家服裝店關門打烊，他就去另一家，他忘記了時間，不知道已經很晚了。他的身影徜徉在月光和燈光裏，竹籃裏的白玉蘭一串串賣了出去，只剩下最後一串時，最後的一家服裝店也要關門了，宋鋼轉身正要離去時，一個買下很多衣服的姑娘提著大包小包跟上來，她看中了宋鋼竹籃裏最後的白玉蘭，她拿出皮夾問宋鋼，白玉蘭多少錢？

宋鋼低頭看看竹籃裏最後兩朵白玉蘭，充滿歉意地說：「我不捨得賣了。」

那個姑娘疑惑地看著宋鋼說：「你不是賣花的？」

「我是賣花的，」宋鋼不好意思地說，「這最後兩朵是留給我老婆的。」

姑娘點點頭表示明白了，她收起皮夾往外走。宋鋼跟在後面誠懇地說：「你住在哪裏？我明天給你送過去，不收錢。」

「不用。」姑娘頭也不回地走去了。

宋鋼回家時已經是晚上十點多了，他看到屋門敞開著，林紅站在門前的燈光裏正在眺望，她看著喜氣洋洋走來的宋鋼，長長地鬆了一口氣，然後抱怨起來：

「你去哪裏了？我都急死了。」

宋鋼笑容滿面地拉起林紅的手，一起走進屋子，關上門以後，宋鋼來不及坐下，就滔滔不絕地講述起了自己一天的經歷。林紅已經很久沒有看到宋鋼如此神采飛揚了，宋鋼的左手還挎著竹籃，一邊講述著，一邊從口袋裏摸出一把零錢，數錢的時候還在講述著自己如何叫賣白玉蘭。數完手裏的錢，他幸福地告訴林紅，他這一天掙了二十四元五角錢，他把錢遞給林紅時說：

「本來我可以掙二十五元的，最後的五角錢我不捨得掙了……」

宋鋼說著從竹籃裏拿出最後的兩朵白玉蘭，放到林紅手裏，講述了那個姑娘要買下，而他怎麼不賣，他對林紅說：

「這是給你留著的，我不捨得賣。」

「應該賣掉，」林紅乾脆地說，「我不要什麼白玉蘭……」

林紅看到宋鋼眼睛裏熱情的火焰一下子熄滅了，她不再往下說，取下宋鋼左手上的竹籃，讓他坐下趕緊吃飯。宋鋼這時才覺得自己餓了，他端起飯碗狼吞虎嚥地吃了起來。林紅走到鏡子前，將那串白玉蘭掛在了辮子上，又將辮子放在了胸前，坐到了宋鋼身旁，她希望宋鋼能夠看見自己辮子上的白玉蘭。宋鋼沒有去看林紅的辮子，他看到的是林紅臉上幸福的笑容，他的幸福也立刻重新高漲了，再次滔滔不絕說起來，把剛才說過的話又說了一遍，最後他感嘆起來，他說沒想到這麼輕鬆的工作，掙得錢竟然和幹搬運工差不多。這時林紅假裝生氣了，她推了宋鋼一把說：

「你看見了沒有？」

宋鋼終於看見了林紅辮子上的兩朵白玉蘭，他的眼睛閃閃發亮了，他問林紅：「你喜歡嗎？」

「喜歡。」林紅點點頭。

這天晚上宋鋼美好地睡著了，聽著宋鋼均勻的呼吸，林紅覺得宋鋼很久沒有這樣安寧地進入睡眠了。林紅一直沒有睡著，她將白玉蘭放在枕頭上，呼吸著花的芬芳，感慨著宋鋼對自己的忠誠和愛，這時那個色情劉廠長帶給她的委屈也算不了什麼了。然後林紅對宋鋼的前程憂心忡忡起來，她覺得賣花這樣的工作誰也不能做一輩子，況且宋鋼這麼一個高大的男人，整天挎著竹籃叫賣白玉蘭，實在是一份沒有顏面的工作。

林紅的擔憂很快成爲了現實，針織廠的女工七嘴八舌，一天到晚譏笑起了宋鋼，她們說從來沒有見過男人賣花的，更沒有見過宋鋼這樣高高大大的男人賣花；她們嬉笑著說，宋鋼叫賣白玉蘭的時候嗓門倒是很小，一點不像大男人，像個小姑娘那樣秀氣。她們背著林紅說，當著林紅的面也說，說得林紅都臉紅了。林紅回到家中忍不住就要和宋鋼生氣，她讓宋鋼別再賣花了，別再丟人現眼了。倔強的宋鋼不同意，可是他叫賣白玉蘭的利潤越來越少，我們劉鎮很多的姑娘認識宋鋼，她們不是掏錢向宋鋼買花，是伸手向宋鋼要花。宋鋼不好意思拒絕，他長途跋涉去了鄉下的苗圃買了白玉蘭，又精心製作成兩朵一串，結果被這些姑娘一串串地要走了。那些在林紅面前譏笑宋鋼的針織廠女工，見了宋鋼也大言不慚地要上一串，戴在胸前掛在辮子上，見了林紅還要笑著說：

「這是你家宋鋼送給我的。」

林紅聽到這樣的話，轉身走開。傍晚回到家裏，林紅見到宋鋼就發火了，她關上門壓低嗓音，發狠地說：

「不准你再賣花了。」

這對宋鋼來說是一個漫長的夜晚，林紅覺得很累，吃了幾口飯就去睡了，宋鋼也吃得很少，他在桌旁坐了很久，左思右想覺得叫賣白玉蘭確實不是一條出路。他惆悵失落，剛剛有了的工作現在又沒有了。夜深人靜以後，宋鋼悄聲躺在了林紅的身旁，聽著林紅睡著以後輕微的呼吸，宋鋼心裏逐漸寧靜下來。宋鋼不知道林紅在針織廠遭受的委屈，不知道那個煙鬼劉廠長已經對林紅動手動腳了。宋鋼第二天早晨醒來時，看到林紅已經起床了，正在衛生間裏漱口洗臉。宋鋼趕緊下了床，穿好衣服後走了出去，他走到衛生間門口，林紅看了他一眼，滿嘴的牙膏泡沫沒有說話，宋鋼說：

「我不再賣花了。」

宋鋼說完猶豫了一下後走到門口，這時林紅從衛生間裏出來叫住了他，問他去哪裏？他站住腳回頭說：

「我去找工作。」

林紅手裏拿著毛巾說，「吃了早飯再去。」

「不想吃。」宋鋼搖搖頭，打開了屋門。

「別走。」

林紅說著摸出錢塞到宋鋼的口袋裏，讓宋鋼自己上街去買吃的。林紅抬頭看到宋鋼臉上的微笑時，心裏一陣難受，不由低下了頭。宋鋼笑著拍拍林紅的背，轉身打開屋門走了出去。林紅跟到門口看著宋鋼走去，彷彿宋鋼要出遠門了，林紅輕聲囑咐：

「小心點。」

宋鋼回過身來點點頭，接著走去了。林紅再次叫住了宋鋼，她突然懇切地說：

「你去找找李光頭吧。」

宋鋼怔了一下，隨即堅定地搖頭了，他說：「不找他。」

林紅嘆了一口氣，看著自己倔強的丈夫在日出的光芒裏走上了大街。宋鋼開始了尋找新工作的漫漫征途，接下去的一年裏宋鋼早出晚歸，堅持不懈地尋找著掙錢的機會。他的面容迅速憔悴，當他傍晚時分拖著疲憊的身體回到家中，在桌前沉默地坐下來，林紅都不敢去看他的眼睛，知道他又一次無功而返了。宋鋼滿臉的羞愧，無聲地吃過晚飯，無聲地躺到了床上，第二天的日出把他照醒時，他又滿懷信心地走出了家門。這一年裏，宋鋼找到過一些臨時的工作，比如看守大門看守倉庫的人有事要離開一天，他就去代替一天掙一天的錢；商場裏售貨的，賣電影票的，賣汽車票的，賣輪船票的有事要離開一天，他也趕緊跑去代理一天。宋鋼成了我們劉鎮的首席代理，最多的時候有二十多份工作等待著他去代理，可是一年時間下來他的工作日還不到兩個月。

林紅的臉色一天比一天憂鬱，她經常嘆息了，有時說話也難聽了，雖然她的嘆息，她說出難聽的話不是因爲宋鋼，是因爲那個讓她想起來就噁心的煙鬼劉廠長。可是宋鋼認爲是自己的原因，他回到家裏總是低垂著頭，說話也越來越少。宋鋼雖然掙得錢很少，可是他把掙到的全部上交給林紅，自己一分錢都不留。最讓他難過的就是交錢給林紅的時候，他拿出少的可憐的錢遞過去，這已經是他全部的努力了，那時的林紅總是搖搖頭，哀傷地扭過臉去，輕聲說：

「你自己留著。」

宋鋼聽了這話心如刀絞。宋鋼扭傷了腰兩年以後，終於在劉鎮的水泥廠找到了一份長期工作，一年十二個月都可以去上班了，如果他願意，週六和周日還可以加班。宋鋼愁眉不展的臉上重新有了笑容，當初在永久牌自行車上的自信也回到了臉上。找到工作的宋鋼沒有回家，他激動地來到了針織廠的大門口，等待著林紅下班從裏面走出來。當針織廠女工們騎著她們樣式新穎的自行車和電動車，還有輕騎蜂擁出來後，林紅推著他們的老式永久牌落在後面，林紅出來時，宋鋼臉色通紅地迎了上去，低聲告訴林紅：「我有工作了。」

林紅看著宋鋼興奮的神態，心裏一酸，她讓宋鋼騎車，自己像過去那樣坐在後座上，她雙手摟著宋鋼，臉貼在他的後背上。這天晚上，林紅突然發現宋鋼一下子老了很多，額頭和眼角爬滿了皺紋，以前濃密的頭髮現在稀少了，她心疼自己的丈夫，躺在床上時給宋鋼的腰部做了很長時間的按摩。這個晚上兩個人像新婚之夜那樣緊緊抱在一起，過去的幸福回來了。

那些日子宋鋼加倍努力地工作，他怕自己會再次失業。宋鋼在水泥廠的工作沒人願意幹，就是往袋子裏裝水泥，雖然他戴著口罩，他每天還是要吸入大量的水泥塵埃，兩年以後他的肺徹底壞了，林紅心疼地哭了很多次。宋鋼再次失業了。他沒去醫院打針吃藥，他怕花錢。

宋鋼重新做起了他的首席代理，肺壞了以後他十分自覺地不再睡到床上去了，他怕自己的肺病會傳染給林紅，他要求睡在沙發上。林紅不答應，說宋鋼不願意和她一起睡在床上的話，她就睡到沙發上。宋鋼沒有辦法，只好睡在林紅的腳旁。偶爾有一份工作需要宋鋼去代理一天，宋鋼也會戴著口罩出門，他不願意把肺病傳染給其他人。那怕是烈日炎炎的夏天，他也要戴著口罩出門。宋鋼是我們劉鎮唯一四季出門都要戴口罩的人，只要看到一個戴口罩的人在慢慢地走過來，我們劉鎮屁大的孩子都知道他是誰了，他們說：

「首席代理來啦。」

三十

李光頭已經顧不上宋鋼了，他伸出兩根手指，說自己是白天掙錢，晚上掙女人。他說自己忙得不亦樂乎，除了錢和女人，什麼都不知道了。李光頭一直沒有結婚，和他睡過的女人多得不計其數，連他自己都記不清了，有人問他究竟睡過多少女人？他想了又想，算了又算，最後不無遺憾地說：

「人數沒有我的員工多。」

李光頭不僅睡了我們劉鎮的女人，還睡了全國各地的女人，睡了港澳台等海外僑胞的女人，就是外國女人他也睡過十多個。我們劉鎮偷偷和他睡覺的，公開和他睡覺的，是什麼樣的女人都有，高的矮的，胖的瘦的，俊的醜的，年輕的和年紀大的。群眾說這個李光頭胸懷寬廣，只要是個女人他都來者不拒，甚至牽頭母豬到他的床上，他也照樣把母豬給幹了。有些女人和他偷偷睡了，偷偷拿了錢就走了；還有一些女人和他睡了以後，拿了錢以後還要到處炫耀，她們不是炫耀自己和李光頭睡覺了，她們炫耀的是李光頭的床上功夫，說李光頭如何厲害如何了得，說李光頭簡直不是人，簡直是頭牲口，說這個李光頭一上床就像機關槍一樣突突突突地沒完沒了，多少個女人被他幹得兩腿抽筋，多少個女人從他的床上下來都像是死裏逃生。

李光頭的緋聞比戰場上的硝煙還要多，和他睡過的女人裏有一些想永久占有他的財富。第一個這麼做的是個二十來歲的姑娘，一個從鄉下到劉鎮來打工的姑娘，她抱著自己初生的嬰兒闖到了李光頭的辦公室，幸福滿面地問李光頭，應該給孩子取個什麼名字，李光頭睜大眼睛看著姑娘，沒有認出來她是誰？李光頭滿臉疑惑地問：

「這干我屁事？」

這個姑娘當場嚎啕大哭，她說世上哪有親爹不認自己親生兒子的。李光頭把姑娘看了又看，想了又想，怎麼也想不起來和她有過一腿。他問姑娘：

「你眞的和我睡過？」

「怎麼沒有？」姑娘抱著嬰兒衝到李光頭跟前，讓李光頭看看清楚，她哭著說，「你看看，你看看，眉毛像你，眼睛像你，鼻子像你，嘴巴像你，額頭像你，下巴像你……」

李光頭看了嬰兒兩眼，覺得除了像個嬰兒以外，其他什麼都不像。姑娘又揭下了嬰兒的尿褲，對李光頭說：

「他的屌都和你的一模一樣。」

李光頭勃然大怒，這個姑娘竟然把李光頭的大屌和嬰兒黃豆似的小屌相提並論。李光頭吼了一聲後，他公司的幾個手下把這個又哭又叫的姑娘拖了出去。

這個姑娘開始在李光頭公司的大門口示威了，她每天都抱著嬰兒坐在那裏，她對所有過路的人和圍觀的人哭訴，說李光頭的良心被狗叼了，被狼吃了，被老虎嚼爛了，被獅子當屎拉出去了。幾天以後另一個女人抱著個嬰兒也加入了進來，她說手裏抱著的是李光頭的親生女兒，這個女人也是一把眼淚一把鼻涕，訴說著當初李光頭是如何把她騙到床上去的，如何讓她懷上了，她哭得比前一個還要悲傷，她說在生女兒的時候，李光頭都沒去看她一眼。接下去第三個女人來了，手裏拉著一個四、五歲的小男孩，她倒是沒哭，她比前兩個都冷靜，她義正詞嚴地控訴李光頭，說李光頭當初山盟海誓，要和她結婚要和她白頭到老，她才上了李光頭的賊床，才有了這個李光頭的孽種，她指著自己的兒子說，按年齡的話，她兒子應該是李光頭家的太子。話音剛落，第四個女人來了，拉著一個七、八歲的男孩，她上來就說，她的兒子才是李家的太子。

聲稱和李光頭睡過的女人越聚越多，最後有三十多個女人帶著三十多個孩子，堵在李光頭公司門前的大街上，日復一日地掉眼淚，日復一日地控訴李光頭的風流罪行。她們嘰嘰喳喳擠在那裏，把李光頭公司門前的大街變成了一個小商品市場。爲了爭奪公司門前的一個有利位置，爲了一兩句標榜自己的話，這些女人互相之間打起來了，扯頭髮吐口水，抓破臉抓破衣服，從早到晚都是女人的謾罵和孩子的哭叫。

李光頭公司的員工們都沒法上班了，李光頭公司門前的大街也交通堵塞了。縣婦聯主任帶著全體人馬出面做這些女人的工作，苦口婆心地勸說她們，要她們相信政府，政府一定會處理好她們和李光頭的糾葛，讓她們回家去。她們死活不走，她們集體對著縣婦聯主任哭訴，要求縣婦聯出來維護她們正當的權利，要縣婦聯逼迫李光頭和她們結婚成親。縣婦聯主任哭笑不得，說國家法律規定一夫一妻，李光頭不可以把你們三十多個都娶過去。

縣交通局長給李光頭打電話，說縣裏最重要的大街堵塞一個月了，全縣的經濟形勢本來一片大好，現在這條運輸大動脈塞住了，全縣的經濟明顯受到了影響。陶青縣長也給李光頭打電話了，他說李光頭是縣裏最有影響的人物，說這個事件處理不好，不僅李光頭損失很大，整個縣的榮譽都會受到損害。李光頭在電話裏嘿嘿地笑，說讓她們鬧吧。陶青縣長說都有三十多個女人出來鬧事了，再不制止會越來越多。李光頭說：

「越多越好，這叫蝨子多了不怕咬。」

這些鬧事的女人裏面，有些確實和李光頭睡過，有些是認識沒睡過，有些根本不認識李光頭。和李光頭睡過的女人裏，有幾個覺得自己的孩子可能眞是李光頭的種，這幾個女人的膽識自然與其他女人不一樣，她們一商量，覺得整天在這裏示威又累又渴又餓，又沒有結果，還不如告到法院去。

李光頭成了被告，開庭那天法院內外是人山人海，李光頭西裝革履胸前還戴著一朵小紅花，他剛剛參加完下面一個子公司的開業儀式，他像個新郎似的笑呵呵地在人群裏走進了法庭，然後像是準備做報告似的坐進了被告席。李光頭在法庭上坐了兩個小時，他興致勃勃地聽著那些女人的陳述，像是一個孩子在聽故事一樣聽得入迷。當陳述的女人哭哭啼啼地說著自己和李光頭的美好往事時，李光頭聽得紅光滿面，他時常驚訝地咧嘴叫起來：

「眞的？眞的是這樣？」

兩個小時的聽證以後，李光頭覺得自己累了，女人們陳述的故事也是越來越重複，可陳述的女人們還不到一半。李光頭覺得差不多了，他舉手向法官申請要求發言，法官同意後，李光頭從胸前的口袋裏小心翼翼地拿出了他的殺手鐧，就是十多年前醫院的結紮手術病歷。

結紮手術的病歷遞到法官手上，法官看清楚以後捂著肚子笑了足足有兩分鐘，然後大聲宣布李光頭是無辜的，說李光頭十多年前就將自己結紮了，他根本沒有生育的能力。群眾一片愕然，幾分鐘的寂靜無聲之後，法庭裏爆發出了鬨堂大笑。那三十多個原告個個目瞪口呆，她們互相看來看去都是一樣的表情。這時候法官告訴李光頭，他可以用誹謗罪和詐騙罪起訴這些女人，十多個女人臉色慘白，有兩個嚇得當場暈倒，有四個哇哇大哭，有三個想偷偷溜走，被群眾及時發現給推了回來，還有幾個確實和李光頭睡過覺的女人底氣就是不一樣，她們聲稱不服法官判決，她們嚷嚷著要上訴，她們說即便孩子不是李光頭的，就憑李光頭把她們給睡了這一條，把她們比生命還要寶貴的處女膜給毀了這一條，她們也要上訴到底，市裏中級法院不行，去省裏的高級法院，再不行就去北京的最高法院，還不行就去海牙國際法庭。

群眾趁火打劫，對她們說：「你們告李光頭把你們睡了，李光頭也可以告你們把他睡了；你們要他賠償處女膜，他還要你們還他童子身呢。」

法庭像個養雞場一樣亂鬨鬨，群眾都站在李光頭一邊，他們痛訴這些女騙子，要求法官把這些女騙子統統繩之以法。法官怎麼敲桌子，怎麼喊叫都沒用。後來是李光頭從被告席上站起來，他連連向群眾作揖，連連向群眾鞠躬，群眾才漸漸安靜下來，李光頭說話了，他說：

「父老鄉親們，謝謝你們，謝謝……」

李光頭感情衝動地擦了擦眼睛，繼續說：「我李光頭有今天這番事業，全仗父老鄉親們的支持提拔，我今天向你們說句心裏話，我李光頭確實睡了很多女人，可是我李光頭慘啊，我李光頭長這麼大了，沒見過一次處女膜……」

劉鎮的父老鄉親笑得前仰後合，他們捧著肚子亂聲叫好！李光頭擺著手讓他們安靜下來，繼續演講：

「我當初爲什麼要結紮，就是因爲我愛的女人跟別人結婚了……從此我自暴自棄，生活不檢點，睡了那麼多的女人，有屁用？不檢點的男人睡來睡去，睡到的也都是些不檢點的女人。我今天才明白一個道理，說句粗話，只有睡了一個有處女膜的女人，才眞叫和女人睡覺了；說句文雅的話，只有和眞正愛你的女人睡了，才眞叫和女人睡覺了。可是沒有一個女人眞正愛過我李光頭，所以我李光頭睡了再多的女人也等於沒睡，還不如自己跟自己睡……」

劉鎮的父老鄉親笑得喘不過氣來了，法庭裏喘息聲和大笑聲此起彼伏，李光頭不高興了，他揮著手大聲喊叫：

「我不是在講笑話……」

劉鎮的父老鄉親慢慢安靜下來後，李光頭眞誠地指著自己的胸口說：「我說的是心裏話……」

李光頭擦了擦潮濕的眼睛，繼續他的眞情表白：「實話告訴你們，我李光頭已經不會談戀愛了，我曾經和幾個好姑娘談過戀愛，都沒有成功，爲什麼？因爲我已經是個浪蕩子了……」

李光頭開始講道理了：「談戀愛嘛，人家姑娘總會有些小情緒，這時候我就火冒三丈，我就忍不住罵娘了，我就對人家姑娘吼叫起來，『他媽的，你什麼態度？』幾次吼叫，好姑娘就跑掉啦！」

李光頭停頓一下，然後苦笑著說：「爲什麼？因爲我已經習慣付錢和女人睡覺了，拿了我的錢和我睡覺的女人當然態度好啊，我和女人睡覺跟做生意一樣，一點點的愛都沒有，我李光頭已經不會尊重女人了，不會尊重女人，也就不會談戀愛了，我李光頭慘啊！」

在父老鄉親的鬨堂大笑裏，李光頭結束了他的演講，他擦了擦眼睛，抹了抹口水，然後伸手指著那三十多個原告，大度地說：

「她們也不容易，她們在我公司門前鬧了一個月，就算她們在我這裏上了一個月的班吧……」

李光頭轉身對他手下一個人說：「通知財務總監，給她們每人發一千元錢，算是一個月的工資。」

父老鄉親是一片歡呼聲，那些原告也都紛紛放下懸著心，鬆了憋在胸口的氣，心想雖然偷雞不成，可也沒有蝕把米，而且最終還是賺了一把米錢。李光頭在群眾的歡呼聲裏滿面春風地走出法院，鑽進了他的桑塔納轎車前，還轉身向歡呼的群眾揮手致意，進了轎車後又搖下了車窗玻璃，轎車駛去時他仍然在向群眾揮手。

這次事件以後，李光頭格外珍惜自己的結紮手術病歷，多虧了當初一氣之下的結紮，才在今天給自己解除了這麼大的麻煩，心想這個世界上很多好事都是歪打正著。他將病歷上的這一頁小心撕了下來，請工匠精心裱了起來，掛在了他收藏的齊白石畫和張大千畫的中間。

我們劉鎮的群眾紛紛覺得李光頭當初的結紮確是英明之舉，設想一下，假如這個李光頭當初不結紮的話，我們劉鎮的大街小巷不知道會有多少個小李光頭在躥來躥去，而且這中間還會有幾個金髮碧眼高鼻子的小李光頭。

然後群眾浮想聯翩，開始編造起了李光頭的結紮前傳。他們把當年李光頭失戀後的結紮說得神乎其神，說他拿了根草繩套住脖子，把自己吊在一根樹枝上，結果草繩靠不住斷了，樹枝靠不住也斷了，李光頭摔了個嘴啃泥；接著李光頭去投河自盡，跳進了河裏才想起來自己會游泳，又死不成了，李光頭從河裏爬上來說一聲：他媽的不死啦。回到家裏就脫下褲子，把屌掏出來擱在砧板上，舉起菜刀正要剁的時候，他突然想撒尿了，撒完尿回來就捨不得自己的屌了。他就去找來削筆刀，準備把自己的兩個蛋子削下來，結果兩個蛋子嚇得縮成一個了，李光頭看著它們實在是可憐，實在是不忍心下手，然後他才去醫院讓醫生動手把自己結紮了。

李光頭十多年前的結紮手術曝光以後，劉鎮的群眾再次關注起了林紅，他們對林紅指指點點，多少人爲她惋惜，多少人爲她搖頭。群眾裏的有些女性幸災樂禍，說林紅是聰明面孔笨肚腸，說這就叫紅顏薄命。群眾裏的有些男性爲林紅辯護，他們說誰也沒有先見之明，就是算命先生，也只會算別人的命，算不了自己的命。他們說要是人人都有先見之明，從前的皇上就不會丟了江山，現在的林紅也不會丟了李光頭。

三十一

我們劉鎮兩大文豪之一的劉作家，那天也去了法庭旁聽，親眼目睹了那場令人捧腹大笑的鬧劇，親耳聆聽了李光頭慷慨激昂的演講，劉作家激動的晚上睡不著了，心想自己是遇上了一個千載難逢的好題材，於是披衣起床，連夜趕寫了一篇洋洋萬言的報導〈百萬富翁呼喚愛情〉。劉作家在報導裏充分使用了高、大、全的寫作風格，給李光頭塗脂抹粉，把李光頭幾百人次地玩弄女性美化成是幾百人次的戀愛失敗，說李光頭一腔熱血地投身到純潔的戀愛之中，結果幾百次戀愛下來，李光頭沒有遇到一個處女，遇到的全是生活不檢點的蕩婦。劉作家還在報導裏追根尋源，把李光頭十四歲在廁所裏偷看屁股的故事也寫了出來，說少年李光頭上廁所時剛剛坐下來哼叫了兩聲，屎還沒有拉出來，褲袋裏的一把鑰匙不小心滑落出去，掉進了下面的糞池，就在少年李光頭轉身將腦袋塞下去尋找鑰匙時，一個趙某人進去了，不由分說揪住了少年李光頭，誣陷他是在偷看女人屁股，又揪住他遊街走遍了劉鎮的大街小巷。劉作家把我們劉鎮的另一大文豪趙詩人寫成了趙某人，一個不分青紅皂白的糊塗蟲。然後劉作家在報導裏動情地寫道：一個純潔上進的少年從此蒙受不白之冤，可是這個少年沒有沉淪，小小年紀就忍辱負重，長大成人後勵精圖治，終於成就了一番偉大事業。

這篇報導首先發表在我們市裏的晚報上，沒出兩個月，全國幾百家地方小報紛紛轉載。李光頭讀了這篇報導，他對報導的內容十分滿意，尤其是寫他少年時期上廁所鑰匙從褲袋裏滑出，掉進糞池的章節，李光頭讚不絕口，他左手拍著桌子，右手抖著報紙大聲喊叫：

「這個王八蛋劉作家眞有才華，一把鑰匙就把劉鎮有史以來最大的冤假錯案平反啦！」

然後李光頭一臉嬉笑地說：「歷史終究是公正的。」

李光頭對劉作家報導的標題略有意見，他伸出五根手指說自己怎麼也有五千萬的個人資產，劉作家只是把他寫成個百萬富翁，不過他不計較這些，他對手下的人說：

「一個沒見過錢的人，能寫個『百萬』也不容易。」

這篇報導在不斷地轉載裏，也不斷地改頭換面，標題改成了〈千萬富翁呼喚愛情〉，李光頭讀到了，這次他對標題比較滿意，他手裏抖動著那張千里之外的地方小報說：

「這篇寫得實事求是。」

劉作家的報導在全國轉了一圈後又回來了，我們省裏的報紙也轉載了，這次標題變成了〈億萬富翁呼喚愛情〉，李光頭讀到後，謙虛地笑了笑說：

「言過其實，言過其實了。」

劉作家沒有想到自己的一篇報導竟然有幾百家報紙轉載，差不多趕上李光頭玩弄女性的總人數了。劉作家終於出名了，終於一吐多年來沒人知道他的鬱悶之氣，他笑容滿面地走在我們劉鎮的大街上，手裏都揮動著一張匯款單，逢人就說：

「天天都有匯款單，天天都要去郵局。」

然後他大聲感嘆：「做名人眞累。」

劉作家因爲一篇報導出名後，趙詩人後悔莫及，後悔自己那天沒有去法庭旁聽，後悔自己沒有搶先去報導李光頭，趙詩人指著報紙上李光頭少年時在廁所裏的段落，痛心疾首地告訴劉鎮的群眾：

「這是我的題材啊！被劉作家偷去啦……」

我們劉鎮的兩大文豪冤家路窄，在童鐵匠超市的開張儀式上相遇了。這時的童鐵匠已經擁有三家商店了，眼看著超市這個新鮮事物在祖國大地上如雨後春筍般湧現出來，童鐵匠與時俱進，在我們劉鎮也開張了一家三千平米的超市。童鐵匠把開張儀式弄得風風火火，他請不來陶青縣長，請來了縣長祕書；請不來局長們，請來了科長們。李光頭忙著洽談生意接受採訪也來不了，他派人送了最大的花籃。余拔牙正乘坐歐洲之星火車從米蘭去巴黎，路過瑞士邊境時發來了賀電，請王冰棍代爲宣讀。王冰棍拿著余拔牙的賀電讀不出來，上面兩行外國字，不知道是義大利字，還是法國字？童鐵匠興高采烈地拿過去，向著圍觀的群眾揮動起來：

「外國友人也來賀電啦！」

童鐵匠也請到了我們劉鎮的兩位社會名流，劉作家和趙詩人。趙詩人見到劉作家臉色鐵青，劉作家見到趙詩人滿面春風，兩個人站在一起誰也不說話。本來兩個人還算相安無事，童鐵匠介紹來賓時的一席話讓兩個人衝突起來。童鐵匠先是指著劉作家說：

「這位就是名作〈百萬富翁呼喚愛情〉的作者。」

群眾掌聲熱烈，劉作家紅光滿面。童鐵匠接著介紹趙詩人了，他說：「這位就是〈百萬富翁呼喚愛情〉裏的重要角色趙某人。」

群眾沒有掌聲了，響起了一片嬉笑聲。劉作家在報導裏把他寫成個「趙某人」，趙詩人已經惱羞成怒，現在童鐵匠這麼一說，趙詩人再也按捺不住，當場指著劉作家的鼻子痛斥道：

「有本事就直接寫『趙詩人』，沒本事才遮遮掩掩寫個什麼『趙某人』。」

劉作家滿臉的微笑，請趙詩人不要生氣，他說：「你這個年紀生氣很容易中風。」

劉作家笑裏藏刀的一番話，把趙詩人原本鐵青的臉色氣得通紅了，趙詩人當著眾多的群眾，責問劉作家：

「明明是我的題材，憑什麼你寫了？」

「什麼你的題材？」劉作家假裝糊塗。

「李光頭在廁所裏偷看女人屁股的題材，」趙詩人伸手指了指圍觀的群眾，「劉鎮有點年紀的男男女女都記得，是我活捉了他，是我揪著他遊街……」

「說得對，」劉作家連連點頭，「李光頭偷看屁股確是你的題材，這個我沒寫，我寫得是李光頭尋找鑰匙，尋找鑰匙是我的題材。」

群眾鬨堂大笑，稱讚劉作家說得有理。趙詩人啞口無言，通紅的臉色又氣成了鐵青。童鐵匠看到兩個人鬥起來了，心想不能壞了自己的開張儀式，大手一揮，喊叫一聲放鞭炮。鞭炮劈哩啪啦炸響了，群眾立刻忽略了劉作家和趙詩人，興趣全跑到鞭炮上去了。

劉作家的報導讓李光頭名揚天下，報紙廣播電視的記者紛紛來到我們劉鎮，對李光頭進行密集如雨的採訪。李光頭早晨睜開眼睛就是接受採訪，到了晚上閉上眼睛終於可以睡覺了，手機又響了，千里之外的記者開始電話採訪李光頭了。最多的時候有四個攝影機對著他拍，有二十三個照相機的鎂光燈對著他閃，有三十四個記者對著他集體提問。

李光頭興奮的像是一隻小狗看到了一堆肉骨頭，他知道百年一遇的商機來了，他在回答記者關於愛情的問題時，總是巧妙地把話題轉到他的生意上。他夸夸其談說了幾句愛情誓言後，立刻扯到他貧窮凄慘的童年，說他爲什麼叫李光頭，就是因爲家裏太窮了，連理髮的錢都不夠，每次理髮母親都讓理髮師給他推個光頭，這樣一年可以少花幾次理髮錢。說到童年，李光頭總是聲淚俱下，然後抹一把眼淚，大聲感謝改革開放，感謝黨和政府，感謝全縣人民，感謝說完了就開始講述自己如何創業，如何成就今天這番偉大事業。說到這裏他連連擺手，謙虛地解釋起來，說他並不覺得自己的事業偉大，是報紙上說偉大，他就跟著報紙說自己偉大了。

接下去報紙廣播電視上出現的李光頭，不再是個愛情棄兒的形象，開始是以一個成功企業家的形象出現了。李光頭不愧是李光頭，也就是兩個星期的時間，他就把全國各地所有的報導都擰過來了，都擰到他的生意上了。李光頭的公司也出了大名，大筆大筆的銀行貸款跟在記者的屁股後面來了，大堆大堆的合作夥伴跟在銀行貸款的屁股後面來了，有全國各地的富翁，有港澳台的富翁，有海外華僑的富翁，都要來投資，都要和李光頭一起開工廠開公司。各級政府也是大力支持李光頭，原來他想上個新項目，一兩年都批不下來，現在一個月批文就下來了。

這些日子李光頭一天也就睡上兩三個小時，一邊接受採訪一邊與人洽談生意，他每天都要發出幾十張名片，每天都要收進幾十張名片。前來與他洽談生意的有不少是騙子，李光頭是什麼人？他一眼就能看出誰是眞正與他合作，誰是想來套他的錢財。他瞇著眼睛跟人談生意，人家以爲他睡著了，可他比誰都清醒。他跟誰都願意合作，有個前提就是必須先把合作資金打到他公司的帳號上，誰要是想讓他把自己的資金打出來，那是癡人說夢，這個李光頭別說是自己公司的錢了，他就是放個屁也不會讓那些騙子聞。

李光頭只對記者們出手闊綽，請記者吃，請記者喝，請記者玩，記者走的時候還會帶走大堆的禮物。對前來洽談業務的他是一毛不拔，他就在自己公司的咖啡廳裏和他們談，他跟洽談業務的玩AA制（均攤費用），他說：

「這是國際通行的規則，各付各的帳。」

李光頭的咖啡廳是全中國最黑的黑店，北京上海五星級酒店裏用進口咖啡豆當場磨出來的咖啡，也就是四十元一杯，他這裏一杯即溶的雀巢咖啡要收一百元。騙子們心裏叫苦不迭，從前的周瑜是賠了夫人又折兵，現在的自己是騙不到錢財，還折了咖啡錢。

我們劉鎮的旅館業、餐飲業和零售業突飛猛進，大批的外地人像雪花飄揚似的來到，他們在劉鎮住，在劉鎮吃，在劉鎮的商店進進出出買東西。他們來自全國各地，他們都有自己的方言土話，到了我們劉鎮都說上普通話了。我們劉鎮的群眾從來都是只說自己的土話，現在也卷著舌頭說起普通話來了。對外地人卷著舌頭說話，回到家裏說話時不小心舌頭也卷起來了，吃飯時舌頭卷起來說普通話了，夫妻上床後舌頭也卷起來說普通話了。

我們劉鎮的群眾天天看到李光頭，打開報紙看到李光頭在笑，聽廣播聽到李光頭在笑，看電視看到李光頭在笑。李光頭不僅自己出名，讓我們劉鎮也出名了。我們劉鎮已經有一千多年的命名史，這些日子裏大家忘記了劉鎮這個鎮名，大家張口閉口李光頭說習慣了，說到劉鎮時自然而然地說成了李光頭鎮。外地人開車經過時，也會搖下車窗玻璃問街上的群眾：

「這是李光頭鎮嗎？」

三十二

李光頭如日中天的時候，宋鋼戴著口罩仍然在尋找他的代理工作，可憐巴巴地走在劉鎮梧桐柏樹下的街道上。林紅一次次被那個煙鬼劉廠長叫到辦公室，煙鬼劉廠長關上門以後不再是言語色情了，開始手腳色情了。他把自己的椅子搬到林紅身旁，假裝愛憐地撫摸起了林紅的手，林紅真想站起來狠狠地給他一巴掌，可是想到失業的宋鋼，她忍住了，只是甩開煙鬼劉廠長的手。煙鬼劉廠長得寸進尺，滿嘴黑牙的嘴親起了林紅的臉，林紅直想作嘔，她一把推開煙鬼劉廠長，起身走到門口。當她準備開門的時候，煙鬼劉廠長從後面抱住了她，一隻手在林紅胸口捏了起來，另一隻手伸進她的褲子，使勁把林紅往沙發那邊拉過去。林紅雙手緊緊抓住門的把手，她知道只有打開屋門才能救出自己，她大聲喊叫，煙鬼劉廠長慌張了一下，林紅趁機打開了屋門，外面有人走來，煙鬼劉廠長立刻鬆開了手，林紅一個箭步跨到門外，聽著煙鬼劉廠長在裏面罵罵咧咧，她整理了一下自己的衣服和頭髮，然後匆匆走去。這時候還沒有下班，林紅騎上她的自行車已經衝出了廠門，流著眼淚在我們劉鎮的大街上騎車回家。
宋鋼剛剛回家，剛剛在沙發裏坐下來，還沒有摘下口罩，看到林紅哭著推門進來了。宋鋼不知道發生了什麼事？緊張地站了起來。林紅看到宋鋼以後哭得更加傷心了，宋鋼急切地問她出了什麼事？林紅嘴巴張了張，看到宋鋼戴著口罩的可憐模樣，還是沒有把煙鬼劉廠長欺負她的事說出來，她心想宋鋼已經是不堪重負了。林紅之所以一直忍受著煙鬼劉廠長，就是因爲宋鋼失業了，林紅心想要是宋鋼在李光頭那裏有一份很好的工作，她就不用去忍受那種屈辱了，林紅眼淚汪汪地對宋鋼說：
「你去找找李光頭吧……」
看到宋鋼遲疑了一下後，再次倔強地搖了搖頭，林紅忍不住喊叫了，她流著眼淚喊叫：
「當初李光頭發財了，想著你這個兄弟，專門來找你，你一口就把人家回絕了。」
「當初你也在。」宋鋼喃喃地說。
「你和我商量了嗎？」林紅衝著宋鋼哭喊道，「這麼大的事，你不和我商量，就一口回絕人家了。」
宋鋼低下了頭，林紅看到宋鋼低下頭，氣得連連搖頭：「你就會低頭……」
林紅不斷地搖頭，她不明白宋鋼爲什麼這麼倔強？人家是不見棺材不掉淚，這個宋鋼是見了棺材也不掉淚。林紅決定親自去找李光頭，她把自己的想法告訴宋鋼，她說別說是曾經相依爲命的兄弟，就是一起長大的夥伴，李光頭也應該給一份工作。林紅擦乾眼淚，對宋鋼說：
「我不會說別的，我只說你的病，只問他願不願意給你一份工作。」
林紅說著打開衣櫃，想穿上一身漂亮衣服去找李光頭。林紅把所有的衣服都拿出來，放在床上挑選了差不多一個小時，她一邊哭著一邊挑選，她發現像樣一點的衣服都是很多年前買的，而且這些衣服也早就過時了，她已經幾年沒有買衣服了。林紅流著眼淚，穿上一身雖然過時還算像樣的衣服，已經發胖的她穿上這身過時的衣服時，緊得像是綳帶裹在她的身上一樣。

宋鋼看在眼裏，難過在心裏，他覺得自己太對不起林紅了，他從沙發裏站了起來，堅定地說：

「我去。」

宋鋼走上了大街，走向了李光頭的公司，我們劉鎮最貧窮的人走向了最富有的人，他們曾經是兄弟，現在仍然是兄弟。宋鋼走進了李光頭的公司，他站在大堂裏張望了一會兒，看到李光頭坐在咖啡廳裏，正在和記者高談闊論，他走到李光頭身後輕輕叫了一聲：

「李光頭。」

已經很多年沒人這樣叫李光頭了，人們都是叫他「李總」，突然有人在後面叫他「李光頭」，李光頭心想是誰呀？回頭一看是戴著口罩的宋鋼，宋鋼的眼睛在口罩上面的鏡片裏微笑。李光頭趕緊站起來，對記者們說：

「我失陪一下。」

李光頭拉著宋鋼走進了電梯，又進了自己的辦公室，他關上門後對宋鋼說的第一句話就是：

「摘下你的口罩。」

宋鋼的嘴在口罩裏說：「我有肺病。」

「去你媽的肺病。」李光頭一把摘下了宋鋼的口罩，他說，「在自己兄弟面前用不著這一套。」

宋鋼說：「我怕傳染給你。」

李光頭說：「老子不怕。」

李光頭讓宋鋼在沙發裏坐下來，自己坐在他身邊，他對宋鋼說：「你他媽的終於來看我了。」

宋鋼張望著李光頭巨大氣派的辦公室，不由欣喜地說：「要是媽媽還活著，看到你的辦公室，不知道會有多麼高興？」

李光頭聽了這話，心裏一陣感動，他扶著宋鋼的肩膀說：「宋鋼，你的身體怎麼了？我這些年太忙，都顧不上你了。我聽說你傷了病了，一直想來看你，別的事一忙又忘記了。」

宋鋼苦笑一下，講述起了自己如何做搬運工扭傷了腰，後來去水泥廠又弄壞了肺。李光頭聽完後，從沙發裏跳起來指著宋鋼破口大罵：

「你這個王八蛋，你到處找工作，你就是不來找我李光頭。你這個王八蛋，你看看把自己弄成什麼樣子了，腰壞了肺也壞了。你這個王八蛋，你爲什麼不來找我？」

李光頭的叫罵讓宋鋼心裏高興，讓宋鋼覺得他們仍然是兄弟，宋鋼笑著說：「我現在來找你了。」

「現在晚啦，」李光頭氣急敗壞地說，「現在你是個廢人啦。」

宋鋼點點頭，同意李光頭的話，然後他不好意思地對李光頭說：「你能不能給我一份工作？」

李光頭嘆著氣搖著頭，重新在宋鋼身邊坐下來，拍拍他的肩膀說：「先治病吧，我派人送你去上海最好的醫院治病，先把病治好了。」

宋鋼搖著頭說：「我找你不是爲了治病，是要一份工作。」

「他媽的，」李光頭罵了一聲，隨後說：「也行，你先到我公司掛個副總裁，你愛來就來，不愛來就在家裏睡覺，你還是先把病治好了。」

宋鋼還是搖著頭說：「我幹不了這份工作。」

「你這個王八蛋，」李光頭又罵起來了：「你能幹什麼？」

「別人都叫我『首席代理』，」宋鋼自嘲地笑了笑，「我只能幹些打掃衛生，分發信件報紙的工作，其他的我確實幹不了，我沒有那個能力……」

「你這個王八蛋眞是沒出息，林紅嫁給你眞是瞎了眼。」李光頭氣得連連搖頭，「我李光頭怎麼能讓宋鋼幹這種活……」

李光頭罵了一陣後，知道再罵宋鋼也沒用，他對宋鋼說：「你先回家吧，還有一幫記者等著我呢，你的事以後再說。」

宋鋼重新戴上口罩，他從李光頭公司出來後心裏充滿了幸福，李光頭罵了他不知道多少個「王八蛋」，李光頭罵的越多，宋鋼越是高興，他覺得李光頭還像過去一樣，他們還是兄弟。

宋鋼回家後喜氣洋洋，他摘下了口罩坐在了沙發上，笑著對林紅說：「李光頭還是和過去一模一樣，他罵了我很多個王八蛋，他罵我沒出息，說你嫁給我是瞎了眼……」

林紅開始也是一臉的高興，聽著聽著她有些糊塗了，她問宋鋼：「李光頭給你工作了？」

「他讓我先去治病。」宋鋼說。

林紅疑惑地問：「他沒有給你工作？」

「他要我做副總裁，我沒答應。」宋鋼說。

「爲什麼？」林紅問。

「我沒有這個能力。」宋鋼說。

林紅的眼淚再次流了出來，她擦著眼淚忍不住說了一句：「你眞是個扶不起的阿斗。」

宋鋼不安起來，低聲說：「他讓我先去治病。」

「哪裏有錢給你治病？」林紅傷心地哭著。

這時候有人敲門了，林紅擦乾眼淚，把門打開一條縫，看到李光頭公司的財務總監站在門外，這人悄悄地向林紅招招手，讓她出來。林紅怔了一下，然後擦著眼睛走了出去。林紅跟著李光頭的財務總監走出了三十多米遠，財務總監站住腳，塞給林紅一張銀行存摺，說裏面有十萬元，戶頭是林紅的名字，這是李光頭給林紅和宋鋼的生活費和醫藥費；財務總監說，李光頭怕宋鋼不願意拿錢，所以讓他把存摺交給林紅，要林紅保密，別讓宋鋼知道。李光頭的財務總監臨走時對林紅說：

「李總說宋鋼病得不輕了，趕緊帶他去醫院治病。李總說不要擔心花錢，以後每隔半年都會往這個存摺裏打進去十萬元，還不夠的話，你就說一聲，李總說了，你們的事，他要管到底。」

林紅手裏拿著十萬元的銀行存摺，目瞪口呆地站在那裏，十萬元意味著什麼？這是林紅有生以來想都沒有想過的數目。她看到過路的人都盯著手裏的存摺看，她嚇了一跳才醒悟過來，拿著存摺趕緊往家裏走，走到門口時改變主意了，李光頭的財務總監告訴她不能讓宋鋼知道，她轉身去了銀行，從存摺裏取出兩千元，準備明天送宋鋼去醫院治病。然後她慢慢地往家中走去，她的腦海裏不斷浮現出過去那個咧嘴大笑的李光頭，這時的林紅突然覺得李光頭是個很好的男人，自己當初討厭他實在是不應該。

三十三

劉作家風光了不到兩個月，突然發現自己過時了，又像從前那樣沒人注意了，匯款單也不來了。劉作家憤憤不平，他一手締造了家喻戶曉的李光頭，自己卻被迅速地遺忘。來了那麼多的記者，個個撲向李光頭，沒有一個記者關心他，甚至沒有一個記者認眞看過他一眼。他曾經在大街上攔住過幾個記者，告訴他們，最早關於李光頭的那篇報導就是他寫的。幾個記者嘴裏嗯嗯了幾聲，就急匆匆地跑向李光頭的公司，急匆匆地要去採訪李光頭，因爲去晚了，這一天就會輪不上，就要等到第二天。

劉作家穿著皺巴巴的西服，鬍子拉碴頭髮蓬亂，一雙黑皮鞋滿是灰塵，變成灰皮鞋了。外來的人不理他，他就找我們劉鎭的群眾，他只要拉住一個劉鎭的群眾就是嘮嘮叨叨，歷數他在李光頭出名上的豐功偉績，他的嘮叨到了最後總是那句話：

「我是爲他人作嫁衣裳啊。」

劉作家的嘮叨一傳十，十傳百，百傳千，就傳到李光頭耳朵裏去了。李光頭讓手下的人去把劉作家找來，李光頭說：

「我要開導開導他。」

李光頭的兩個手下找到劉作家時，劉作家正站在大街上啃著一隻蘋果，李光頭的兩個手下走過去告訴他：李光頭要見他。劉作家一陣激動將嚼爛的一片蘋果咽到氣管裏去了，他彎著腰憋紅了臉，咳嗽連連捶胸頓足地跟著李光頭的兩個手下走去。他一直捶胸頓足到李光頭的公司門前，終於將堵在氣管裏的蘋果碎片咳了出來。他彷彿死裏逃生似的地大口喘氣，將剛才氣管堵住時憋出來的眼淚擦了又擦，對李光頭的兩個手下說：

「我知道李總會來找我的，我一直在等著李總來找我，我知道李總的爲人，我知道李總是飲水不忘掘井人……」

劉作家走進了李光頭一百平米的辦公室，那時候李光頭正在電話裏跟人洽談生意。劉作家東張西望，嘴裏嘖嘖不停，等李光頭放下電話，劉作家笑容滿面地說：

「早聽說您的辦公室有多麼氣派，今日一見果眞名不虛傳啊。我去過縣長的辦公室，縣長的辦公室夠大了，可是跟您的一比，也不過是個衛生間。」

李光頭冷冷地看著劉作家，看得劉作家心裏的激動一下子就沒了。李光頭橫著眼睛對他說：

「聽說你在外面造謠滋事？」

劉作家的臉色刷地白了，他連連搖頭，連連說：「沒，沒，沒有……」

「他媽的。」李光頭拍一下桌子，又罵了一聲，「他媽的。」

劉作家聽了兩聲「他媽的」，身體跟著抖了兩次。劉作家心想完了，心想這個李光頭眼下大紅大紫，這個李光頭要對付他，還不就是拿著拍子去拍蒼蠅一樣容易。李光頭冷笑著問他：

「你說什麼？你說你為我作嫁衣裳？」

劉作家點頭哈腰地說：「對不起，李總，對不起，我說錯話了……」

李光頭扯了扯胸前的西服，問劉作家：「這衣服是你作的嫁衣？」

劉作家連連搖頭：「不是，不是……」

「你知道這衣服是什麼牌子？」李光頭驕傲地說：「這是阿瑪尼，阿瑪尼是誰？是義大利人，是世界上最有名的裁縫，你知道這衣服值多少錢？」

劉作家開始連連點頭：「一定很貴，一定很貴……」

李光頭伸出兩根手指：「兩百萬里拉。」

劉作家一聽說「兩百萬」，嚇得腿肚子直哆嗦。這個土包子哪裏知道義大利里拉是什麼錢？他只覺得外國錢比中國錢貴。他張著嘴喊叫起來：

「我的媽呀，兩百萬……」

李光頭看著劉作家驚慌失措的樣子，微微一笑地說：「我給你一個忠告，管好自己的嘴。」

劉作家繼續點頭：「是，是，一定管好，俗話說禍從口出，我以後一定管好。」

李光頭給了劉作家一個下馬威以後，表情變了，友好地說：「坐下吧。」

劉作家一下子沒有反應過來，李光頭又說了一聲讓他坐下，他才小心翼翼地坐了下來。李光頭親切地對他說：

「那篇報導我讀了，你這王八蛋是個才子，你是怎麼想到那把鑰匙的？」

劉作家鬆了一口氣，高興地回答：「那是靈感。」

「靈感？」李光頭覺得有些費勁，「他媽的，別說深奧的話，說容易的話。」

劉作家意味深長地笑了起來，腦袋探向李光頭，悄悄說：「從前我也經常在廁所裏偷看屁股，我有經驗……」

「眞的？你也偷看？」李光頭興奮地問，「什麼經驗？」

「用鏡子，」劉作家起身開始表演了，「把鏡子伸下去照女人的屁股，看鏡子裏的屁股，這樣既不會掉下去，又可以警惕別人進來。」

「他媽的，」李光頭拍起了自己的腦門，「老子當初怎麼就沒想到鏡子？」

「可是您看到林紅的屁股了，」劉作家奉承地說，「我也就是看看童鐵匠老婆的屁股。」

「他媽的。」李光頭兩眼閃閃發亮地說，「你這王八蛋確實是個才子，我李光頭一生有三愛，愛錢愛才愛女人，你這王八蛋是我的第二愛。本公司現在是大公司了，大公司都需要一個新聞發言人，我覺得你這王八蛋是個合適的人選……」

劉作家成了李光頭的新聞官。幾天以後劉鎮的群眾再見到他時，已經不是一個土包子了，他穿著筆挺的西服，皮鞋擦得鋥亮，白襯衣紅領帶，頭髮梳理得整整齊齊。當李光頭從桑塔納裏鑽出來時，他跟在屁股後面也鑽了出來。他的綽號也換了，換成了劉新聞。劉新聞牢記李光頭的忠告，要管好自己的嘴，從此以後劉鎮的群眾再想從他嘴裏套出話來，比拔掉他的門牙還難。他私下裏對朋友說：

「我不能再像從前那樣隨便說話了，我現在是李總的喉舌了。」

李光頭沒有看錯人，劉作家不該說話時是悶棍子砸不出一個屁來，該說話時又是巧舌如簧。當我們劉鎮的群眾津津樂道于李光頭的緋聞時，劉作家就會出來更正：

「李總是單身男子，單身男子和女人睡覺不叫緋聞。什麼叫緋聞？就是丈夫和別人的老婆睡覺，老婆和別人的丈夫睡覺。」

劉鎮的群眾問他：「別人的老婆和李光頭睡了，算不算有緋聞？」

「有緋聞，」劉作家點點頭，「不過這緋聞在別人那裏，李總這裏還是乾淨的。」

劉作家的緋聞論傳到了李光頭的耳朵裏，李光頭十分讚賞，他說：「這王八蛋說得有理，像我李光頭這樣的單身男子，哪怕睡遍古今中外的女子，也睡不出個緋聞來。」

劉作家改頭換面成爲劉新聞以後，第一件事就是處理堆積如山的來信，這些來自全國各地的信件都是自稱是處女的女性寫來的。一個億萬富翁沒有品嘗過愛情的滋味，沒有見過處女的貞相，讓全國各地多少女性想入非非，她們紛紛寫信向李光頭表達純貞的愛情。這裏面有少女也有少婦，有良家女也有賣淫女，有城市的也有農村的，有女中學生，女大學生，女碩士，女博士，她們在信裏都說自己是處女，還有一個女教授也自稱是處女，她們在信裏或者是暗示或者是明說，都要把自己的珍藏至今的處女膜獻給我們劉鎮的李光頭。

郵局的郵車每天都會將一麻袋的來信扔在公司的傳達室，然後由公司裏兩個強壯的小夥子扛進劉作家，現在應該是劉新聞的辦公室。剛剛上任的劉新聞勤奮工作，他的辦公室就在李光頭的隔壁，他也像李光頭一樣忙得每天只睡兩三個小時，他閱讀大量的處女來信，從中間挑選出一些有價值的讀給李光頭聽。李光頭忙得喘氣的時間都快沒有了，劉新聞只能見縫插針分段朗讀給李光頭聽。李光頭撒尿時讀一段，李光頭拉屎時讀一段，李光頭吃飯時讀一段；李光頭出門時他跟在後面讀著，李光頭鑽進了桑塔納，他也鑽進去繼續讀著。到了深更半夜，李光頭回家躺到床上了，劉新聞就站在床邊讀，讀到李光頭睡著了，劉新聞就在他腳旁躺下來也睡一會。李光頭醒來，劉新聞趕緊跳起來繼續讀，讀到李光頭刷完牙洗完臉吃完早點，讀到李光頭到了公司的辦公室日理萬機後，劉新聞才趕緊去刷自己的牙，洗自己的臉，吃自己的早點，接著又趕緊把自己埋進堆積如山的信件之中，趕緊去處理新的處女來信了。

那些日子劉新聞和李光頭形影不離，處女的信件像是興奮劑一樣刺激著李光頭，一想到全國有那麼多的處女膜排成長城一樣的隊伍在期待著他，李光頭的雙手就會激動地忍不住去搔自己的大腿。劉新聞挑選的都是最精彩最感人的篇章，劉新聞朗讀的時候，李光頭兩眼閃閃發亮，他像個幼稚園的孩子一樣天眞地驚叫起來：

「眞的？眞的？」

到後來李光頭離不開這些處女來信了，它們成爲了李光頭的精神支柱，他像是吸毒上了毒癮一樣，當他累了的時候，就會讓劉新聞讀一段，又立刻精神飽滿地投入到工作之中。他在接受採訪時，他在洽談生意時，也常常忍不住了，像是毒癮發作了，他必須要溜出來讓劉新聞讀上一段，才能紅光滿面地重新坐到記者們和生意夥伴們的面前。那一陣子他常常忘了自己的新聞官應該叫劉新聞，他常常把劉新聞叫成「處女信」。劉新聞也是人，也要上廁所拉屎撒尿，有時候李光頭想聽聽處女來信，想來一針精神海洛因，一下子又找不到劉新聞，就會站在走廊上焦急萬分地喊叫：

「處女信呢？他媽的處女信跑哪裏去啦？」

這時劉新聞就會提著褲子從廁所裏衝鋒出來，他在衝鋒的時候一隻手提著褲子，一隻手拿著信已經在朗讀起來了。

三十四

記者們像潮水一樣湧來，又像潮水一樣退走。也就是三個月，李光頭交際花似的忙了三個月以後，突然發現沒有記者了。雖然前來洽談合作的人還在斷斷續續地來到，可是記者沒了，李光頭立刻閒下來了。前兩天李光頭如釋重負，他說自己終於可以像個人那樣睡覺了，他一覺睡了十八個小時，醒來後還說自己沒睡夠。他的劉新聞一覺睡了十七個小時，醒來了也說沒睡夠。劉新聞躺在家裏的床上，李光頭也躺在家裏的床上，劉新聞通過電話給李光頭朗讀了兩個小時的處女來信，直到電話那頭傳來李光頭打雷一樣的呼嚕聲，劉新聞才放下處女來信，眼睛一閉也是鼾聲四起。李光頭和他的劉新聞各自再睡了五個小時，然後兩個人眼睛紅腫地在公司見面了。

接下來的一個星期裏，李光頭懶洋洋地躺在辦公室的沙發上，聽著劉新聞口乾舌燥地朗讀著處女來信。雖然處女們的來信仍然像精神海洛因刺激著他，可是記者們突然消聲匿跡了，讓李光頭很不適應，他在聽著那些處女們的肺腑之言時開始走神了，他打斷劉新聞的朗讀，自言自語地說：

「這些王八蛋記者爲什麼集體失蹤了？」

劉新聞站在李光頭的沙發前，他說報紙廣播電視的記者就是這麼王八蛋，哪裏有熱點就往哪裏撲。就像狗一樣，哪裏有根骨頭就往哪裏撲。

李光頭霍地坐起來說：「難道我李光頭已經不是根骨頭啦？」

劉新聞支支吾吾地說：「李總，您不能這麼比喻自己……」

李光頭重新在沙發裏躺下來，滿臉惆悵地繼續聽劉新聞朗讀處女信。李光頭思緒萬千，聽著聽著突然紅光滿面地坐起來了，他喊叫了一聲：

「不行，我還得是根骨頭。」

源源不斷的處女來信讓李光頭靈機一動，他說要搞一個全國性的處女膜奧林匹克大比賽。劉新聞一聽也是兩眼放光，接下去李光頭滔滔不絕，他在辦公室裏走來走去，一口氣說出了二十個王八蛋，他說要讓那些王八蛋記者統統像瘋狗一樣撲回來，要讓王八蛋電視直播處女膜比賽，要讓王八蛋網路也在網上直播，要讓王八蛋贊助商紛紛掏出他們的王八蛋錢，要讓王八蛋廣告布滿大街小巷，要讓那些王八蛋漂亮姑娘穿上三點式王八蛋比基尼在大街小巷走來走去，要讓我們劉鎮所有的王八蛋群眾大飽一下王八蛋眼福。他說還要成立一個王八蛋大賽組委會，要找幾個王八蛋領導來當王八蛋主任和王八蛋副主任，要找十個王八蛋來當王八蛋評委，說到這裏他強調一下，十個評委都要找男王八蛋，不要找女王八蛋。最後他對劉新聞說：

「你就是那個王八蛋新聞發言人。」

劉新聞手裏拿著紙和筆，飛快地記錄著李光頭的王八蛋指示，等李光頭說完了說累了坐到沙發裏喘氣時，劉新聞說話了，他對李光頭的絕妙主意歌功頌德一番，提出自己的兩條小小的修改意見，首先他說叫處女膜奧林匹克大比賽有所不妥，是否改成首屆全國處美人大賽。

李光頭點點頭說：「改得好。」

劉新聞說第二條意見，說十個評委都是男性是否也不妥？還是應該有幾個女性評委。這條意見李光頭沒有同意，他擺擺手堅決地說：

「不要女的，評比姑娘裏面誰漂亮誰不漂亮，還不是我們男人說了算數，要女人進來幹什麼？」

劉新聞沉思片刻，說評委都是男性可能會有負面效應，媒體上會有爭論，會有非議，會成爲一個話題被人們沒完沒了地討論下去。

「這樣才好呢。」李光頭叫了起來，他說，「我就是要他們爭論，要他們非議，要他們沒完沒了地討論下去，這樣我李光頭就永遠是根骨頭啦。」

劉新聞辦事雷厲風行，第二天就把處美人大賽的新聞稿發出去了。他在辦公室裏天南地北地打了一天電話後，組委會主任和副主任的領導名單確定下來了，十個評委的名單也確定下來了。李光頭也在辦公室裏五湖四海地打了一天的電話，把那些日子前來洽談過生意的董事長總裁們的電話統統打遍，確定了贊助商和廣告商的名單。最後李光頭給陶青縣長打了一個電話，把他的宏偉計畫向陶青彙報了一番後，說到時候請陶青出面，把城裏最寬闊的大街留出來，就在大街上舉行首屆全國處美人大賽。李光頭吞著口水說：

「到時候會有上千個美女從全國各地趕來參加比賽，他媽的個個都是處女，縣裏最大的地方也就是電影院，電影院裏只有八百個王八蛋座位，光是那些來比賽的美處女都裝不下，你我的位置沒了，其他領導的位置沒了，連評委的位置都沒了，我們總不能坐到美處女的大腿上去吧？還有那麼多想看美處女的王八蛋群眾們，所以只能在王八蛋大街上……」

陶青縣長欣喜若狂，他說這是劉鎮發展史上的一個重大契機，弄好了全縣的GDP都能上去三到五個百分點，他告訴李光頭：

「你放心，別說是一條大街了，兩條、三條都行，所有的大街小巷都給你留出來也行，讓全國各地的美處女都來吧，我們有這個接待能力。」

首屆全國處美人大賽的新聞瞬間席捲全國，退潮一樣離去的記者們又像漲潮一樣回來了，我們的李光頭又成爲了全中國的一根首席骨頭，他的音容笑貌又在報紙廣播電視上頻頻出現。劉新聞跟著水漲船高也出盡了風頭，這小子飲水不忘掘井人，他知道要是沒有李光頭的信任和提拔，那有他今天的人模狗樣。所以劉新聞在舉行新聞發布會的時候，回答所有的問題都是一句一個「李總」。

有記者問：「爲什麼要舉行全國處美人大賽？」

劉新聞字正腔圓地回答：「爲了弘揚祖國的傳統文化，爲了讓今天的女性更加自愛，自愛後才有眞正的自信，同時也爲了今天的女性更健康和更衛生，我們李總決定舉行首屆全國美處女大賽……」

記者打斷他的話：「你說的更衛生是什麼意思？」

劉新聞回答：「處女膜對阻擋病菌入侵，保護內生殖系統，維護生育能力，是有十分重要的作用。這就是我們李總所說的更衛生。」

另一個記者問：「你們對參賽選手有什麼要求嗎？」

劉新聞繞口令似的說：「美麗端莊、健康婀娜、氣質出眾、才韻內斂、善解人意、溫柔體貼、尊老愛幼、清純忠貞、無性經歷……」

這個記者繼續問：「那些因爲運動而處女膜破裂的是否有資格參賽？還有因爲被強暴而處女膜破裂的是否也有參賽資格？」

劉新聞回答：「我們李總對上述兩類女性十分尊重，對此問題他曾經反覆斟酌，茶飯不香，睡眠不足，最終爲了維護首屆全國處美人大賽的純潔性和權威性，我們李總只好忍痛割愛，他專門要我通過新聞發布會向這樣的女性致敬，同時呼籲全國的男性朋友們給她們更多的關愛。」

一個女記者說：「你們舉行所謂的處美人大賽，其實就是封建主義的男尊女卑，其實就是對女性的歧視。」

劉新聞搖搖頭說：「我們都是母親的孩子，我們都熱愛敬重母親，我們的母親都是女性，所以我們熱愛敬重女性。」

最後一個記者提問：「處美人大賽的冠軍是否會成爲你們李總的新娘？」

劉新聞笑著回答：「我們李總舉行的是選美大賽，不是選妻大賽。當然也不能完全排除我們李總會愛上某一位處美人，前提是這位處美人也愛上我們李總，愛情是不可預測的。」

新聞發布會上了電視，我們劉鎮的群眾都看到了，劉新聞油頭粉面西裝革履，回答問題時滴水不漏恰到好處。李光頭也看了電視，他對劉新聞的表現十分滿意，他說：

「這王八蛋確實是個人才。」

新聞發布會之後，首屆全國處美人大賽就拉開序幕了。大賽分初賽、複賽和決賽，前來參賽的處美人都要她們食宿自理，只有進入決賽的一百名處美人的食宿由大賽組委會承擔，這一百名處美人將決出冠軍、亞軍和季軍，獎金分別是一百萬、五十萬和二十萬。大賽組委會將推舉獲勝的三位處美人進軍美國好萊塢，將這三位處美人打造成國際巨星。全國各地的報名信像雪片一樣飛來，郵局的郵車又是每天扔一麻袋信件在李光頭公司的傳達室。全國各地的處女們如此踴躍，本鎮本縣和鄰鎮鄰縣的處女們也不甘示弱，她們也紛紛報名，她們揚言肥水不流外人田，一定要把冠、亞、季三軍留在本地，絕不讓那些外地女子拿走。這些報名參賽的很多已經不是處女了，有的已經結婚，有的已經離婚，有的和一個男人同居著，有的不知道和多少個男人同居過了。她們紛紛去了醫院婦產科，紛紛去做處女膜修復術。

我們劉鎮的群眾都是井底之蛙，不知道處女膜修復術瞬間風靡全國了。直到一個名叫周遊的江湖騙子來到，劉鎮的井底之蛙才知道世界發生了什麼。周遊告訴劉鎮的群眾，現在是處女膜經濟時代了，他說這是北京的經濟學家說的。劉鎮的群眾才知道不僅那些前來參賽的女子去做了處女膜修復術，更多的不來參賽的女子被這股潮流引導著，也突然覺得處女膜彌足珍貴了，也去醫院做了處女膜修復術。一時間從全國大城市的大醫院，到鄉村小地方的小衛生院，都紛紛推出處女膜修復術。修復處女膜的廣告也是鋪天蓋地而來，電視上看到了，報紙上看到了，廣播裏聽到了，打開電腦一上網騰地彈出來了；在機場在車站在碼頭在大街在小巷，一抬頭就會看到處女膜修復術的廣告。周遊告訴劉鎮的群眾，處女膜修復術已經成爲了全中國最爲暴利的行業，他說經濟學家所說的處女膜經濟：

「就是從你們這個劉鎮起源的。」

周遊最後說：「所以我來了。」

這時候我們劉鎮的群眾已經感受到什麼是處女膜經濟了。我們的縣醫院，我們下面的鄉醫院當然是近水樓台先得月，他們的廣告到處張貼，橋欄上，電線杆上，街上的牆壁，公共廁所的牆壁，只要你看得見的地方，全貼著修理處女膜的廣告。你睡一覺醒來，在你家的門上貼上了；你好好地吃著午飯，從你家的門縫裏塞進來了。你去商場買雙鞋，給你一張廣告；你去買張電影票，給你一張廣告；你進了餐館拿著功能表看著時，一張廣告塞過來，你剛剛點了一道菜「紅燒豬蹄」，眨一下眼睛變成了「處女膜修復」，廣告蓋住了你的菜單。我們劉鎮的男女老少都知道處女膜修復術是怎麼回事了，他們說：

「就是割個雙眼皮那樣簡單。」

我們劉鎮的孩子像是背誦課文似的說：「手術三十分鐘，採用局部麻醉，術後無需休息，不影響正常生活和工作，不影響月經來潮。」

我們縣醫院的廣告都做到蹬三輪車的胸前背後了，紅色的塑膠布上寫著黃色的大字，中間挖個洞從頭上套進去，像個雨披似的。那些蹬三輪車的男人們每個胸前背後都寫著：

「還你一個完整的女兒身，修復成功率達一〇〇%，手術滿意率達九九·八%，再次初夜見紅率達九九·八%。」

處女膜經濟的突然興起，給李光頭的處美人大賽推波助瀾。那些日子一筆筆贊助商和廣告商的錢打進了李光頭公司的帳號，李光頭兩眼紅腫還在不停地打電話，還在邀請新的贊助商廣告商加盟，他整天對著話筒吼叫，嗓子啞了還在叫：

「機不可失，時不再來，快快快……」

劉新聞更是忙得焦頭爛額，說起來他是李光頭的王八蛋新聞發言人，可是所有的王八蛋事情他都得幹。李光頭別的什麼都不管，只顧對著話筒像個劊子手似的吼叫，像個乞丐似的到處要錢。劉新聞一個人早就忙不過來了，他每天都在雇用幫手；他的辦公室早就不夠用了，又借了別人的辦公室，後來乾脆到外面租了一幢房子，正式掛起了「首屆全國處美人大賽組委會」的招牌，爲了保密和公正，劉新聞請李光頭給縣武警中隊打了個電話，此後就有兩個持槍的武警在組委會門口站崗放哨了。組委會的工作人員每人胸前都掛個牌子，上面還有照片，沒有那個牌子的人誰也別想進去。

我們這個劉鎮，李光頭出名後別人叫我們李光頭鎮，現在處美人大賽出名了，別人都叫我們處美人鎮了。我們這個處美人鎮開始大興土木，縣政府出面把沿街的房屋全部粉刷一新，縣政府通過縣裏的廣播電視，通過各級單位下達指示，要求家家戶戶都把窗玻璃擦得乾乾淨淨，要擦到看不見窗玻璃爲止；要求家家戶戶不要再往屋外街上亂扔垃圾了，尤其是大賽開始後，要求家家戶戶寧可把垃圾藏在床底下，也不能扔到街道上，違者重罰，用豬肉的價格來處罰，誰要是扔了二十斤垃圾，誰就得被罰掉二十斤豬肉的錢。縣政府號召全體群眾動員起來，要像女人化妝那樣把我們這個處美人鎮搞得楚楚動人，以亮麗的形象迎接首屆全國處美人大賽。然後我們的處美人鎮開始張燈結綵了，標語橫著掛在大街上，豎著懸在大樓上，那條用來比賽的大街搭起了高高的廣告架，李光頭通過電話吼叫來的巨大廣告一幅一幅出現了。

大賽開始前一周，我們這個處美人鎮已經人滿爲患了。首先來到的是記者們，文字記者攝影記者來了一批又一批，電視轉播車也開進來了；隨後來到的是嘉賓們，都是李光頭的贊助商和廣告商，還有領導同志們和評委同志們。我們劉鎮最豪華的賓館是李光頭開的，他把記者朋友們和嘉賓朋友們全塞了進去，剛好把賓館塞滿。報名的處美人超過了兩萬，因爲食宿自理，最後來到的也有三千。這些處美人從全國各地趕來，我們劉鎮所有的賓館招待所一下子都客滿了，原來的雙人房改成四人房了，也裝不下這麼多的處美人。爲了維護我們劉鎮亮麗的形象，爲了不能讓那麼多的處美人睡在街道上，我們劉鎮有些男群眾管不住自己的性欲，他們趁著黑暗強暴了幾個處美人怎麼辦？就是不去強暴處美人，趁著黑暗在處美人身上亂摸幾把，也會讓我們劉鎮丟盡面子。縣政府號召群眾把自己的床讓出來給處美人睡，好在這時候是夏天了，群眾紛紛響應，很多家庭的男人們都抱著個蓆子睡到大街上和小巷裏，給處美人們騰出睡覺的地方。趙詩人也睡到了大街上，趙詩人一室一廳的房子接待了兩個處美人，每個處美人一天要交一百元的住宿費，趙詩人一天就要掙兩百元。宋鋼和林紅的家也是一室一廳，宋鋼看到趙詩人每天都能掙兩百元，他抱著草蓆也要睡到了大街上去，他讓林紅還在屋裏睡，不能接待兩個處美人，也能接待一個，一天能掙一百元。林紅不答應，說宋鋼是個病人，不能在大街上睡。宋鋼堅持要睡到大街上，林紅生氣了，說宋鋼天天去醫院打針治病，眼看著身體好起來了，睡到大街上萬一病情加重了，花掉的錢比掙來的肯定多。宋鋼不知道李光頭已經在接濟他們了，林紅說治病的錢是父母和親友給的。宋鋼鋪上草蓆已經在趙詩人旁邊躺下了，看到林紅站在門口氣哭了，只好站了起來，捲起草蓆抱著回到屋子裏。那幾天宋鋼早晨打開屋門，第一眼看到的就是趙詩人，趙詩人躺在一根電線杆下伸著懶腰，趙詩人見了宋鋼就坐起來滔滔不絕地說，說睡在大街上比睡在家裏的床上舒服多了，也涼快多了，還能每天掙兩百元。宋鋼十分羨慕，他看著趙詩人臉上被蚊子咬得滿是紅點，他指著趙詩人的臉問：

「你的臉怎麼了？」

趙詩人得意地回答：「青春痘長出來了。」

三十五

江湖騙子周遊就是這時候來到我們劉鎮的。這個周遊看上去一表人才，現在的騙子都是長相出眾，長得都像電影裏的英雄人物。周遊提著兩個二十九英寸彩電的紙箱子從長途汽車站走出來時，口袋裏只有五元錢。我們劉鎮除了首席代理宋鋼，所有男人口袋裏的錢都比周遊多，仍然自卑地覺得自己是窮人，這個只有五元錢的周遊卻是滿臉的《福布斯》（*Forbes*，世界知名商業雜誌）中國排行榜上的表情。

這時候是黃昏了，月光還沒有照射下來，路燈和霓虹燈已經交相輝映了。街上的劉鎮群眾因爲炎熱，恨不得要光屁股了。這個周遊西裝革履，他把兩個大紙箱子放在兩隻腳旁，站在汽車站外的街道上，就像是站在有空調的大廳裏似的一點都不覺得熱，他臉上掛著《福布斯》中國排行榜上才有的微笑，問街道上來去的群眾：

「這是處美人鎮嗎？」

江湖騙子周遊一連問了五遍，來去的群眾不是匆匆點個頭，就是匆匆地「嗯」一聲，沒有一個人站住腳認眞看看他，沒有一個人走上來和他說上一兩句話。群眾們不上鉤，讓周遊無從下手。要是在往常，這麼一個與眾不同的人物站在大街上，我們劉鎭的群眾早就像看猩猩一樣好奇地圍著他了。現在是什麼時候，現在是三千個處美人已經來了兩千八百多個了，還有兩百多個記者，還有以前只能在電視上才見得到的節目主持人，還有領導們和評委們，我們劉鎭的群眾都見過了，群眾一下子都是見過大市面的人了。周遊以爲他叫幾聲「處美人鎭」，我們劉鎭的群眾就會驚奇不已，他不知道外地來的人叫「處美人鎭」已經叫了一個多星期了，我們劉鎭的群眾自己都叫上「處美人鎭」了。

周遊在汽車站前一直站到天色黑下來，也沒有人上來搭腔，他就無法行騙。只有幾個蹬三輪車的上來拉生意：

「老闆，去哪個賓館？」

周遊口袋裏只有五元錢，他要是乘坐一次三輪車口袋裏的錢就變成零了。他知道這些蹬三輪車的不能惹，少一元錢都會和他拼個頭破血流。所以蹬三輪車的上來拉生意時，他理都不理他們，而是從西裝口袋裏掏出個玩具手機，這個玩具手機像眞的一樣，裏面裝上一節五號電池，悄悄按上一個鍵，手機的鈴聲就會響起來。當蹬三輪車的上來問他去哪個賓館時，他的手機就響了，他拿出來對著手機怒氣衝衝地說：

「接我的專車怎麼還不來？」

天黑以後周遊知道這麼站下去沒什麼希望了，他只好提著那兩個龐大的紙箱子往前走了，這時候他怎麼走也走不出《福布斯》中國排行榜上的步伐了，他走出來的是苦力的步伐。我們劉鎭的大街人山人海，人山人海裏面又是美女如雲，周遊提著的兩個大紙箱不停地與美女們的大腿相撞，與我們劉鎮群眾的大腿相撞，在路燈和霓虹燈的閃爍裏，在外國歌曲和中國歌曲的引吭高歌裏，在爵士樂和搖滾樂的轟鳴裏，在外國古典音樂和中國民間音樂的抒情裏，周遊走走停停，停下來的時候他舉目四望，欣賞著被李光頭弄出來的新劉鎮，歐式古典建築和美式現代建築裏夾雜著大紅燈籠高高掛的明清一條街；他看見了希臘式的大圓柱，那是李光頭最豪華的飯店；他看見了羅馬式的紅牆商場，那是李光頭的名牌服裝店；中式的灰瓦院子裏是李光頭的中國餐廳，日式的庭院裏是李光頭的日本料理；他看見了哥德式的窗戶和巴洛克式的屋頂……周遊心想這劉鎮完全是個混血兒鎮了。

誰也不知道這個江湖騙子晚上都去了些什麼地方，他提著兩個又笨又大又重的紙箱子，大熱天裏西裝革履，而且又飢又渴又累。這騙子身體眞好，他這麼走著，一直走到晚上十一點鐘了，竟然沒有中暑，也沒有暈倒在地昏迷過去，這騙子肯定是把自己的身體也給騙住了。他走了一圈下來，看到滿街躺著我們劉鎮的男群眾，聽著男群眾滿街的議論，就知道我們劉鎮所有的賓館招待所都客滿了，知道這些男群眾的家裏都住滿了處美人。

周遊走到趙詩人的草蓆前時停下了，那時候趙詩人還沒有睡著，正躺在草蓆上往臉上拍打著蚊子。周遊看了看趙詩人，對趙詩人點點頭。趙詩人沒有理睬他，心想這小子是幹什麼的？周遊的眼睛看到了街道對面蘇媽的點心店，他餓得前胸貼後背，他知道要是再不吃點東西就做不成騙子了，只能做餓死鬼了。他提著兩個大紙箱走過了街道，雖然他西裝革履，可他走出來的已經是難民的步伐。他走進了對面的點心店，裏面的空調讓他精神爲之一爽，他在靠近門口的桌子前坐了下來。

因爲夜深了，點心店裏只有兩個顧客在吃著。蘇媽已經回家睡覺去，她的女兒蘇妹坐在收錢的櫃台前，正和兩個女服務員說話。蘇妹三十多歲了，我們劉鎮的群眾還不知道她的男朋友是誰，就像不知道她的父親是誰一樣。

蘇妹看到周遊風度翩翩走進來，又風度翩翩地坐下，只是他的兩個大紙箱子一點風度都沒有。周遊一眼就看出這個長相一般甚至有點醜的蘇妹是店裏的老闆，他英俊的臉上掛著英俊的笑容，像是在欣賞一幅名畫似的看著蘇妹。從來沒有一個男人像周遊這個騙子那樣欣賞地看著自己，蘇妹心裏砰砰亂跳了。當一個女服務員將點心單遞給周遊時，他才依依不捨地將眼睛從蘇妹臉上移開，看起了單子。他看到一籠小包子剛好是五元錢，就點了小包子。女服務員拿著酒水單子問他想喝些什麼，她一口氣說出了一堆飲料的名字，周遊搖搖頭說：

「我血液黏稠，不能喝飲料，給我一杯涼水吧。」

女服務員說沒有涼水，只有礦泉水，周遊仍然搖著頭說：「我不喝礦泉水，那是騙人的，裏面沒有什麼礦物質了，礦物質含量最高的就是涼水。」

周遊說完後又像剛才那樣欣賞地看著蘇妹了，看得蘇妹芳心亂跳。周遊知道蘇妹肯定會給他弄一杯水過來，他的手伸進口袋後玩具手機就響了，他拿出手機假裝轉過身去接電話，他對著手機說話時對方好像是他的祕書，他抱怨著對方沒有提前給他訂房間，讓他到了劉鎮後找不到住處。當著蘇妹的面和當著那幾個蹬三輪車的不一樣，他沒有發火，就是抱怨也是十分文雅，最後他還安慰了對方幾句。當他把手機關了放進口袋轉回身來時，蘇妹已經拿著一杯水站在他身旁了。他知道蘇妹拿著的是礦泉水，他也渴得像是剛從沙漠裏出來一樣，他彬彬有禮地站起來接過水，彬彬有禮地表示了感謝。然後坐下來小口喝著水，小口吃著包子，開始和蘇妹聊天了。

他從包子下手，他說這包子味道不錯，誇獎著蘇妹這家點心店乾淨衛生，說得本來已經轉身的蘇妹又站住了。他趁熱打鐵，建議蘇妹推出一種新的包子品種，蘇妹就在他對面坐了下來。他說應該推出一種帶吸管的小籠包子，他說在北京上海最高檔的點心店裏，小籠包子端出來時每個上面都插著一根吸管，這種小籠包子皮薄肉多，肉汁當然更多，顧客先是慢慢地將鮮美的肉汁通過吸管吸進嘴裏，吸完肉汁後再吃掉包子，他說這是目前最高檔的小籠包子，也是人民群眾新生活的標誌，吃包子不再是爲了吃麵粉皮吃肉餡，而是爲了吸汁，他說：

「有些人吸完肉汁就走，皮和肉餡碰都不碰。」

周遊說得蘇妹兩眼發亮，蘇妹說明天就開始試驗這種新的小籠包子，周遊趁機說他明天就來檢驗，他說一定會將自己吸肉汁的寶貴經驗全盤托出，毫無保留地獻給蘇妹，一定要幫助蘇妹將帶吸管的小包子風靡起來，不僅要吸引方圓百里的顧客，就是北京的顧客，也要讓他們坐著飛機來品嘗。說得蘇妹笑容滿面，最後她有些害羞地說：

「你眞的會幫我？」

「當然。」周遊瀟灑地揮了揮手。

這個江湖騙子花去了身上僅有的五元錢以後，聲稱要試吃帶吸管的小包子，將今後幾天吃的都提前騙到手了。他提著兩個紙箱子從蘇妹的點心店裏出來後，步伐比剛才飢餓時好看多了，現在他要尋找免費住處了，他再次走到了趙詩人的面前，打起了趙詩人草蓆的主意。

要不是蚊子的叮咬，趙詩人早就睡著了，那些嗡嗡響著的蚊子咬得他全身發癢，咬得他心煩意亂，他正揮舞著手劈里啪啦地打著蚊子，打得他滿手都是蚊子的血。周遊提著紙箱子過來了，他把兩個紙箱子在趙詩人的草蓆旁放下後重疊在一起。趙詩人在路燈下張開他滿是蚊子血的手，對周遊說：

「這都是我的血。」

周遊禮貌地點點頭，他的玩具手機響了，他要行騙的時候玩具手機就會響。他拿著手機上來就是一聲「哈囉」，接下去是一串趙詩人聽不懂的外國話。趙詩人好奇地看著他，等他說完了，趙詩人小心地問他：

「你剛才說的是美國話吧？」

「是。」周遊點點頭說，「跟我美國分公司的經理談了一下業務。」

趙詩人猜對了他說的是美國話，十分得意地告訴周遊：「美國話我還能聽懂一些。」

周遊看著趙詩人一副小人得志的模樣，知道剛才那一通電話還沒有把他給鎮住，他的玩具手機自然還得再響，他拿起手機說了一句：

「不弄懂……」

接下去又是一串趙詩人聽不懂的外國話，等他說完了把手機放進口袋，趙詩人仍然小心地問他：

「你剛才說的不是美國話吧？」

「義大利話。」他說，「跟我義大利分公司的經理談了一下業務。」

趙詩人再次得意地說：「我一聽就知道不是美國話。」

這個江湖騙子遇到了一個自鳴得意的土包子，兩個電話都沒有把趙詩人鎮住，手機只好第三次響了，他拿起來說：

「約波賽奧……」

這次周遊把趙詩人鎮住了，趙詩人不敢再自作聰明，他不恥下問：「你剛才說的是哪國話？」

周遊微微一笑說：「韓國話，跟我韓國分公司的經理談一下業務。」

趙詩人臉上出現了崇敬的表情，問周遊：「你會說多少個國家的話？」

他伸出三根手指：「三十個國家。」

趙詩人嚇了一跳：「這麼多！」

周遊謙虛地笑了笑說：「這裏面包括了中國話。」

趙詩人還是十分崇敬，他說：「那也還有二十九個呢。」

「你數學很好。」周遊表揚了一下趙詩人，接著搖著頭無奈地說，「沒有辦法，我的業務遍及世界各地，從北極到南極，從非洲到拉丁美洲，逼得我學會了這麼多外國話。」

趙詩人完全被他鎮住了，差不多是崇拜地看著他了，不再對他說「你」了，改成了「您」，趙詩人問：

「您做什麼業務？」

周遊說：「保健品。」

周遊說著脫下了西裝放在了紙箱子上，又解下了領帶，塞進了西裝口袋，他在解襯衣紐釦時，趙詩人小心翼翼地問：

「您的紙箱子裏面裝著什麼？」

周遊說：「處女膜。」

趙詩人滿臉的驚愕，看著周遊脫下襯衣擱在紙箱子上，他和趙詩人一樣上身赤裸了。周遊看著趙詩人驚愕的表情說：

「你沒聽說過處女膜？」

「我當然聽說過。」趙詩人仍然滿臉疑惑，他說，「處女膜都是裝在女人身體裏的，怎麼會裝在您的紙箱子裏？」

周遊嘿嘿地笑了，他說：「這是人造處女膜。」

「處女膜還有人造的？」趙詩人萬分驚奇。

「當然有。」

周遊坐在了趙詩人的草蓆上，脫下他的皮鞋和襪子，又脫下了他的長褲擱在紙箱子上，他把自己脫的和趙詩人一樣了，光著身子只穿一條短褲。他一邊脫著一邊對趙詩人說：

「心臟都有人造的，處女膜人造算什麼。這人造處女膜用起來和眞的一模一樣，絕對有疼痛感，絕對能初夜見紅。」

周遊說著在趙詩人的草蓆上躺了下來，就像是躺在他自己家裏的床上一樣。他還用腳踢踢趙詩人的身體，要趙詩人讓過去一點。趙詩人不幹了，心想這是他的床，這小子竟然想把他踢出去。趙詩人的火氣上來了，他不再說「您」了，他踢著周遊說：

「喂，喂，這是我的床，你躺上來幹什麼？」

周遊躺在草蓆上用手指敲了敲，不屑地說：「這也叫床？」

趙詩人說：「這草蓆範圍內的都叫床，都是我的床的範圍。」

周遊舒服地躺著，閉上眼睛打著呵欠說：「行，就算它是床吧，讓朋友躺一下也是應該的。」

趙詩人在草蓆上坐起來，要把這個馬上就要睡著的人推出去，趙詩人說：「什麼朋友？我們剛剛認識，剛剛說了幾句話。」

周遊閉著眼睛說：「有些人剛認識就成朋友，有些人認識一輩子也不是朋友……」

趙詩人站起來了，抬腳去踢周遊，趙詩人說：「你他媽的滾出去，誰和你是朋友？」

趙詩人有一腳踢在了周遊的大腿根部，他大叫一聲坐了起來，他捂住自己的下身衝著趙詩人罵道：

「你踢在我的蛋子上啦！」

趙詩人繼續踢過去，他說：「我就是要踢破你的蛋子，處女膜都能換人造的，我要把你的蛋子也踢成人造的。」

周遊跳了起來，衝著趙詩人喊叫：「我告訴你，我周總去哪裏都是住五星級大酒店的總統套房……」

這時候趙詩人才知道他姓周，趙詩人不理他這一套，趙詩人說：「別說是姓周總理的『周』，就是姓毛主席的『毛』，我這張床也不讓你住，住你的總統套房去吧。」

周遊站到了趙詩人的草蓆外面，開始給趙詩人講道理了：「你們這裏別說是總統套房了，就是普通旅館的普通房間都沒有了，要不我周總會躺到你的草蓆上來嗎？」

趙詩人覺得周遊說得有道理，劉鎮確實一個旅館的空房間都沒有了，要不趙詩人家裏怎麼會躺著兩個處美人？趙詩人想了想後，同意周遊睡到他的草蓆上，不過要付錢，他對周遊說：

「這張床的底價是二十元一夜，看在你是外地人，看在你會說二十九種外國話，外加一種中國話，我也不哄抬物價了。二十元的一張床，我主人睡掉了一半，就收你這個客人十元一半的錢。」

「行，成交。」周遊爽快地說，「我付你二十元一天，你睡的半張床算是我請客。」

趙詩人立刻笑臉相迎了，心想這小子到底是老闆，氣度就是不一樣。趙詩人又重新說「您」了，他的手伸向周遊：

「請您現在就付錢。」

周遊沒料到趙詩人還有這一手，他不高興地說：「住酒店都是離開時才結帳……」

周遊說著從紙箱子上拿起西裝，他的手伸進口袋時，趙詩人還以爲他是去拿錢。他的手只要伸進口袋，那個玩具手機就會響，他摁了那個響鍵。他拿出來的自然不是錢，是手機了，他對著手機大發脾氣，罵對方沒有給他預先訂房間，讓他現在露宿街頭。他在電話裏獅子大開口：

「什麼？找他們省長？來不及啦。什麼？讓省長給他們縣長打電話？現在是什麼時候了？現在是凌晨一點多啦，還打個屁的電話……」

趙詩人聽得兩眼發直，周遊看了趙詩人一眼後，在電話裏改變話題了：「行啦，不說住宿的事了，我的幾個推銷員呢？他們爲什麼還沒有來？什麼？他們出車禍了？他媽的，把我的賓士車也撞壞了……總不能讓我周總親自推銷產品……算啦，算啦，你也別認錯了，趕緊去醫院好好照顧推銷員他們吧，我這裏的事自己解決。」

周遊關了手機放進口袋後，看著趙詩人說：「我的推銷員出車禍了，來不了，你願意爲我工作嗎？」

趙詩人不知道周遊口袋裏一分錢都沒有，周遊把手機放回口袋後，沒有拿出錢來，趙詩人還以爲他忘了。當周遊問趙詩人是否願意爲他工作時，趙詩人也忘了這二十元的床費了，他試探地問周遊：

「什麼工作？」

周遊指指兩隻紙箱子說：「推銷產品。」

「就是處女膜？」趙詩人問。

周遊點點頭說：「我給你一百元一天的工資，根據你的業績還會有獎金。」

一百元一天的工資？趙詩人一陣欣喜，小心翼翼地問周遊：「工資什麼時候付給我？」

周遊斬釘截鐵地說：「當然是產品推銷完以後。」

周遊一副你愛幹不幹的樣子，讓趙詩人不敢再提工資的事了。趙詩人向周遊要手機號碼，他說員工應該知道老闆的電話。周遊說出了一個讓趙詩人瞠目結舌的號碼，前面是000，中間是88，後面是123。這既不是中國移動的號碼，也不是中國聯通的號碼。趙詩人問周遊：

「這是什麼號碼？」

周遊說：「英屬維京群島的號碼。」

趙詩人吃了一驚，那是一個他從未聽說過的地方，這一吃驚讓他把那二十元的床費也忘了。趙詩人趕緊把自己的身體往旁邊縮過去，盡量給他的臨時老闆騰出大一點的地方，他說：

「周總，請您睡下。」

周遊對趙詩人的舉動十分滿意，點點頭躺下後鼾聲立刻起來了。這時候趙詩人又想起來他還沒付那二十元床費，趙詩人不敢再踢他了。

第二天一早，趙詩人睜開眼睛時，他的臨時老闆已經穿好西裝在繫領帶了，江湖騙子周遊見到趙詩人醒來了，假裝不能確定似的問他：

「我昨天是不是雇用你了？」

「是。」趙詩人專門強調說，「一百元一天的工資。」

周遊點點頭，像個老闆那樣發號施令了。第一件事就是要趙詩人把兩個裝滿了人造處女膜的紙箱子搬到倉庫裏去，趙詩人傻乎乎地看著他，不知道他的倉庫在什麼地方。周遊看到趙詩人站著沒動，就說：

「快去呀。」

「周總，」趙詩人說，「您的倉庫在哪裏？」

「你家在哪裏？」周遊反問道，又說，「你的家就是我的倉庫。」

趙詩人終於明白了，心想這小子把他家當成倉庫也可以，可是應該付錢。趙詩人笑瞇瞇地問：

「周總，您打算花多少錢租倉庫？」

周遊看了一眼地上的草蓆說：「二十元一天。」

趙詩人欣然接受，他提起那兩個紙箱子準備上樓時，周遊又叫住他，從一隻紙箱子裏拿出兩疊人造處女膜廣告，一疊廣告是國產的孟姜女牌處女膜，價格一百元一隻；一疊廣告是進口的聖女貞德牌處女膜，價格三百元一隻。周遊手裏拿著厚厚兩疊廣告，左顧右盼地說：

「本來應該有二十個推銷員趕來，出了車禍全躺在醫院裏了，現在只有你一個不夠用……」

這時候宋鋼推門出來了，趙詩人看見宋鋼立刻叫了起來：「宋鋼，我雇用你做推銷員，八十元一天，幹不幹？」

宋鋼還沒有反應過來，周遊拍了拍西服，對趙詩人說：「我雇用你一百元一天，你再雇用他八十元一天，你就掙二十元？」

「不對，」趙詩人連連搖頭，對周遊說，「是你付錢，八十元給他，二十元給我的回扣。」

周遊繼續拍著西服說：「那是我雇用他，不是你。」

周遊看到宋鋼夏天還戴著口罩，奇怪地問宋鋼：「你的嘴巴壞了？」

「嘴巴沒壞，」宋鋼在口罩裏笑著說，「是肺壞了。」

周遊點點頭說：「我雇用你了，一百元一天。」

宋鋼不知道是什麼工作？他不安地說自己有肺病。周遊告訴他：「這份工作用不上肺，用嘴就夠了。」

周遊說著將兩疊廣告分開來，塞給趙詩人和宋鋼，布置了他們一天的工作，要他們拿著廣告見到個女人就給她，他說：

「連老太太也不要放過。」

周遊讓趙詩人和宋鋼頂著炎炎烈日，滿街走來走去散發廣告，他自己躲進了蘇妹有空調的點心店。這個江湖騙子一天都沒有從裏面出來，他開始幫助蘇妹製作帶吸管的小籠包子了，他從早晨開始就進廚房了，與滿臉幸福的蘇妹一起指導著點心師傅如何製作。蘇媽坐在收錢的櫃台前，看著自己女兒進出時臉上出現了少有的開心，不由愁上心頭，她總覺得那個風度翩翩的周遊是個靠不住的男人。她自己年輕的時候也曾經被一個英俊男人騙過，懷孕生下了蘇妹，結果這個對她山盟海誓的男人一轉身從此消失了，再也沒有他的音訊。

江湖騙子周遊一天都在品嘗著帶吸管的小包子，不是說肉汁不夠多，就是說肉汁不夠鮮美，他從上午一直吃到下午，吃掉了七十三個吸管小包子，吃得他說話都打嗝了，吃得蘇妹都心疼地看著他了，問他是不是暫停一下，明天再試驗帶吸管的小包子？他才摸著肚子順水推舟地同意了。然後他喝著蘇妹給他沏的綠茶，坐在離空調最近的位置上，海闊天空地吹起牛來了。

宋鋼和趙詩人汗流浹背地在大街上晃蕩了整整一個上午，宋鋼的口罩都被汗水浸濕了。這時候來參賽的處美人們差不多到齊了，滿街都是漂亮和不漂亮的外地姑娘，姑娘們的聲音南腔北調地響來響去。雖然又熱又累，宋鋼和趙詩人還是興致勃勃，宋鋼的高興是這麼輕鬆的工作一天還能掙一百元，趙詩人的高興是他從來沒有見過有這麼多姑娘在擠來擠去。趙詩人悄悄告訴宋鋼，他覺得自己像是進了女浴室，遺憾的是她們都穿著背心裙子。兩個人捧著周遊的人造處女膜廣告，遞給這些處美人看，這些處美人都是嬉笑著接過廣告放進自己的手提包裏，然後驕傲地抬頭說：

「我們用不著這個。」

兩個人中午回家時，趙詩人偷偷看了一眼對面的點心店，看到周遊正在吃著吸管小包子，他把手裏剩下的廣告都塞到宋鋼手裏，說自己下午有別的事，剩下的廣告讓宋鋼去散發。林紅還在針織廠上班，宋鋼獨自在家裏吃了午飯，給自己換了一副口罩，戴上一頂草帽，脖子上掛了一條毛巾，裝了一瓶涼水，拿著廣告又出門了，他看了看對面的點心店，周遊還在試吃著吸管小包子，宋鋼笑了一下。周遊抬頭看到了正要出門的宋鋼，他沒有看到趙詩人，心想這小子又在玩什麼花招。周遊對宋鋼點點頭，宋鋼也點了點頭，轉身向東走去了。

趙詩人溜回家中吃了午飯，趁著兩個處美人在外面逛街，趕緊在沙發裏躺下來睡覺。趙詩人一覺睡到黃昏時刻，兩個處美人回來了，見到趙詩人穿著短褲躺在沙發裏，幾聲驚叫才把趙詩人嚇醒，他趕緊跳起來，把自己掃地出門。趙詩人跑到樓下時，看到周遊還在對面的點心店裏，他揮著手正說著什麼，周圍全是劉鎮的群眾，有些坐著在吃小包子，有些站在那裏聽他吹牛。

趙詩人悄悄走到宋鋼敞開的門前，看到林紅正在裏面做飯，宋鋼坐在沙發上看著電視，他問宋鋼：

「廣告都發出去了？」

宋鋼點點頭，趙詩人回頭看看對面的點心店，確定周遊沒有看見他，他趕緊跑起來，鍛煉似的在街上一口氣跑出了一百七十米，把自己跑了個滿頭大汗，再用雙手擦乾淨剛才睡出來的眼屎，像是勤奮推銷了一天的處女膜，疲憊地走進了點心店。夸夸其談的周遊看到趙詩人進去時，向他招了招手，對身邊的人說：

「趙總助來了。」

群眾不知道總助是什麼意思？周遊說，就是總裁助理。趙詩人一下子榮升爲總裁助理了，先前他還以爲自己是個推銷員。趙詩人剛才還是疲憊的面容，立刻紅光滿面了，趙詩人推開前面擋著他的群眾，走到了周遊的身後，彎下腰說廣告都發出去了，然後像個眞正的助理那樣站在周遊的身後。周遊抬頭問他：

「你下午一直在睡覺？」

「沒有，」趙詩人連連搖頭，「我下午走遍了劉鎮，把廣告全發出去。」

「你的嘴像是剛睡醒一樣臭。」周遊說。

群眾一片鬨笑，趙詩人臉紅了，他再次說自己一個下午都和宋鋼在散發廣告。周遊微微一笑說：

「我看見宋鋼了，沒看見你。」

趙詩人還想申辯，周遊擺擺手讓他別說了。接下去周遊口若懸河，繼續說著他的傳奇經歷，蘇妹坐在對面聽得兩眼發直。周遊看了看趙詩人滿臉滿脖子的汗水，對他說一聲辛苦了，回頭繼續說他在非洲的經歷，他說：

「非洲的農民是世界上工作效率最高的……」

群眾問他：「爲什麼？」

他說：「他們都是光著屁股耕田，一邊耕田一邊拉屎撒尿，在耕田的同時也給田地施肥了。」

群眾讚嘆不已，覺得這確實是個好辦法，兩種農活同時做了，省工又省力。而且還不用擦屁股，風一吹就把屁眼給吹乾淨了。

接著周遊指著點心店外面走來走去的處美人們，對群眾說：「才這麼些姑娘就把你們看花眼了，不就是來了三千個嗎？」

周遊說他有一次上了太平洋的一座島嶼，他喉嚨裏咕咚響了幾聲，說是那個島的名字，翻譯過來叫「女島」。他上了島才知道自己進了女兒國了，島上有四萬五千八百多個女人，個個美若天仙，就是沒有一個男人。有個男人在他之前上過這個島嶼，那也是十一年前的事了，周遊瞪著眼睛對群眾說：

「你們想想，她們十一年沒有見過男人啦，見了我還不……」

說到這裏周遊賣關子地喝了口綠茶，又讓一個女服務員給他續上水。在場的男群眾等得心急火燎，埋怨那個女服務員手腳太慢，等周遊再次喝了口綠茶後，男群衆都瞪著眼睛問：

「見了你怎麼了？」

周遊舒服地呼吸了一會兒，終於繼續說了：「她們排著隊要輪奸我，當然我的處夜權是給女國王的……」

周遊說那個女國王可不是老太太，在她們女兒國裏，只有公認最漂亮的女人才能做國王，他大大描述了一番那個芳齡十八的女國王有多麼漂亮，他說：

「外國人說就是維納斯，中國人說就是西施了。」

男群衆迫切想知道的是他跟女國王睡了沒有，男群衆問他：「你的處夜權給她了嗎？」

「沒有。」周遊搖搖頭。

「爲什麼？」男群衆驚愕不已。

周遊說：「雖然她漂亮，可是我和她還沒有產生愛情。」

男群衆連連搖頭，他們問：「後來呢？」

「後來？」周遊輕描談寫地說，「後來我逃出來了。」

男群衆問：「你是怎麼逃出來的？」

「很簡單，」周遊說，「把自己化妝成個女人，就逃出來了。」

男群衆一片惋惜之聲，中間有人埋怨他：「你逃出來幹什麼？要是換成我，就是手槍頂著我腦門，大炮頂著我屁股，戰斧式巡航導彈衝著我心窩飛來，我他媽的也死活不走。」

「是啊！」其他男群衆齊聲贊成。

「我不同意。」周遊說，「我的第一次一定要獻給我深愛的女人。」

周遊說著瞟了一眼對面坐著的蘇妹，蘇妹滿臉羞色。聽完周遊的女兒國歷險記之後，有個女群眾問他：

「你去過多少個國家？」

周遊裝模作樣地想了想後說：「太多了，用電子計算器都算不清楚。」

趙詩人拍馬屁的時機來了，趙詩人說：「我們周總會說三十個國家的話，當然裏面包括我們中國話。」

群眾「啊」地驚叫起來，周遊卻是謙虛地擺擺手說：「誇張了，誇張了，三十種話裏面，能用來談生意的也就是十種，還有十種只能應付一下日常生活，另外十種也就是打個招呼。」

「那也了不得啊！」群眾說。

趙詩人接著拍馬屁：「我們周總去哪裏都是住五星級酒店的總統套房。」

群眾又是「啊」地一聲，周遊還是謙虛地擺擺手說：「有時候也不住總統套房，剛好人家外國總統來了，我只好住商務套房了。」

這時周遊想到昨天晚上就和趙詩人一起擠在街上的草蓆上，有些群眾也看到了，他話鋒一轉，說自己是大丈夫能屈能伸，五星級酒店的總統套房能住，露宿街頭也行。他說有一次他在阿拉伯的沙漠裏睡了三天三夜，那個太陽毒啊，他說差點把自己烤成個木乃伊。他還在拉丁美洲的叢林裏睡過一個星期，他睡著後，野獸們就在他身旁走來走去。有一次一頭母老虎和他睡在一起，他把頭枕在倒地的樹幹上，這頭母老虎的頭也枕在樹幹上，他們就臉對著臉睡了一個晚上，早晨是老虎的鼻鬚把他癢醒了，然後他才知道自己和一頭母老虎像夫妻似的睡了一宵。

趙詩人繼續拍馬屁：「我們周總的手機號碼都不是中國的，是英什麼地方的。」

周遊糾正說：「英屬維京群島。」

有群眾驚訝地問他：「你是那個小島上的公民？」

周遊搖搖手說：「我的公司是在那裏註冊的，這樣才能夠在美國納斯達克上市。」

群眾驚叫起來：「你的公司還是美國股票？」

周遊謙虛地說：「很多中國公司都在美國上市。」

群眾裏有買賣股票的，問他公司的股票代碼是什麼，他說了四個英文字母ABCD。接下去他鼓勵群眾以後有機會去美國的話，一定要買這支ABCD的股票，他說ABCD的業績連續三年都是成倍增長。群眾在一片驚嘆聲中紛紛要他的手機號碼，紛紛把他那個00088123像個寶貝似的放進自己的口袋。周遊把號碼告訴群眾的時候，也警告群眾沒事不要打這個國際漫遊的號碼，他說：

「你們喂喂喂才喂了三聲，一個月的工資就沒了。」

周遊這個江湖騙子把我們劉鎮的群眾完全給鎮住了，群眾擠來擠去圍著他，崇拜地看著他，聳起耳朵聽他說，一直到凌晨一點鐘了，群眾才散去。趙詩人這個總裁助理跟著他的周總從有空調的點心店裏出來，鋪開草蓆睡在了熱烘烘的街道上。那個三十多歲的蘇妹，那個從來沒有戀愛過的蘇妹，完全被周遊的騙術征服了，她看到周遊和趙詩人躺下後，遲疑不決地拿著點燃的蚊香走過來。昨晚上周遊被蚊子一咬，臉上也有了十多個青春痘。蘇妹把蚊香放在周遊的身旁，不好意思地說：

「這是店裏的蚊香，有空調後就用不上了，給你們用。」

周遊立刻站起來，彬彬有禮地表示感謝。蘇妹愛慕地看了看周遊，然後對趙詩人說：

「其實你們睡到店裏去多好，裏面有空調，不熱，也沒有蚊子。」

趙詩人正要說好，周遊卻謝絕了，他說：「沒關係，這裏比阿拉伯的沙漠，拉丁美洲的叢林舒服多了。」

三十六

周遊在蘇妹的點心店裏免費享受了三天的吸管小包子，在處美人大賽正式開始的前一天，這個江湖騙子要親自上陣了。趁著林紅上班的時候，在宋鋼家裏，周遊花了兩個小時指導趙詩人和宋鋼如何推銷人造處女膜。周遊對趙詩人沒有結婚十分失望，問他有沒有情人？趙詩人先是搖頭後又點頭，他說：

「現實情人沒有，夢中情人很多。」

「夢中情人？」周遊搖著頭說，「我們不是推銷夢中處女膜，是現實處女膜，一定要有個現實女人做話題。」

然後周遊滿意地看著宋鋼，他說宋鋼的太太林紅很漂亮，聽說在劉鎮曾經是一個家喻戶曉的美人，也是個名人。周遊神采飛揚，他說一定要充分利用名人效應，要宋鋼站到大街上現身說法，講述林紅用了人造處女膜的種種好處妙處和神魂顛倒處。宋鋼第一次聽到別人用這樣的語句說他的林紅，他面紅耳赤地說：

「林紅沒有用過人造處女膜。」

「你說她用過，她就是用過了。」趙詩人說，「你的話最權威。」

周遊讚賞地對趙詩人點點頭，對宋鋼說：「趙總助說得很好。」

宋鋼搖頭說：「我不能這樣說。」

趙詩人急了：「周總每天付你一百元，你連句話都不願意說……」

「別的話我能說，這樣的話我不能說。」宋鋼仍然搖頭。

趙詩人還要說什麼，周遊擺擺手讓他別說了。周遊想了想，對宋鋼說：「這樣吧，你什麼話都不用說，讓趙總助說，你只要在旁邊站著，你都不用點頭，你不搖頭就行。」

宋鋼心想自己不用說話，也不用點頭，就放心了。周遊讓趙詩人和宋鋼每人抱著一隻大紙箱子，像兩個奴僕似的跟在他身後，他空著兩手大搖大擺地走在前面，宋鋼抱著的紙箱子上面還放著一條板凳。

三個人走到了用來比賽的大街中央，周遊站在了凳子上，讓趙詩人和宋鋼打開兩隻紙箱子，取出裏面的進口國產兩種牌子的處女膜，開始推銷了。滿街的處美人和滿街的群眾圍著他們三個，就像晚上睡覺時圍著周遊和趙詩人的蚊子，嗡嗡響個不停。周遊首先推銷進口的聖女貞德牌處女膜，他高高舉起手裏的人造處女膜喊叫著：

「這是進口的聖女貞德牌人造處女膜，售價三百元一片。現在去醫院做一次處女膜修復術要三千元。去醫院三千元只能做一次處女，買我的聖女貞德牌，三千元可以做十次處女。」

然後周遊像是演默劇似的介紹起了使用方法，他說：

「1.先將手洗乾淨並擦乾（他做了洗手和擦手的動作），將本膜一片從密封鋁箔中取出，自然揉成小團。2.將上述小團置入陰道最深處（他的手伸到褲襠裏去了），置入動作要迅速，以免黏在手指上帶出（他的手像是被燙了似的從褲襠裏抽了出來）。3.置入三到五分鐘可行房事（這次他沒做動作）。4.房事後到洗手間清洗處陰黏著的血色黏液即可（他的手又到褲襠裏去做了清洗的動作）。5.房事開始時，女方應適當改變體位（他的身體斜了起來），使男方開始不易進入，並配合人造膜破裂時出現的撕裂痛症狀（他皺著眉做出了撕裂痛症狀），若配痛苦呻吟及害羞狀（他沒有呻吟倒是做出了害羞的樣子），效果更佳。」

在處美人和群眾的歡聲笑語裏，周遊開始推銷國產處女膜了，他說：

「這是國產孟姜女牌處女膜，售價一百元，若按照醫院手術的價格，用孟姜女牌就可以做三十次處女啦……」

有群眾喊叫：「你試給我們看看。」

周遊笑著問：「有哪位婦女同志願意當眾試試？」

處美人和群眾鬨堂大笑，那個群眾說：「你就一隻手捏著，另一隻的手指去捅。」

群眾齊聲叫好，周遊笑著說：「這可要一百元呢，你們這些人超過一百人了，你們每人拿出一元錢，我就試給你們看。」

群眾紛紛掏出一元錢，趙詩人和宋鋼滿頭大汗地在他們中間擠來擠去，終於收齊了一百張一元錢。周遊開始試驗了，他打開孟姜女牌的盒子，從裏面取了鋁箔包著的人造處女膜，撕開鋁箔後，將孟姜女牌處女膜捏在左手，右手的食指往處女膜上一捅，第一下沒有捅破，他又捅了第二下，還是沒有捅破。處美人和群眾大笑，一個男群眾說：

「這是老處女吧？」

「這是孟姜女牌處女膜。」周遊驕傲地說，「孟姜女都能哭倒長城，她的處女膜當然結實。」

周遊在一片笑聲裏捅了第三下，這次捅破了，血色黏液流了周遊一手，他得意地揮著他的手說：

「看到了嗎？看到了嗎？這就是初夜見紅！」

處美人和群眾的歡笑聲漸漸下來以後，周遊按照事先排練的喊叫起來，因爲趙詩人沒有結婚，他喊叫著問宋鋼：

「宋鋼，你老婆昨晚用的是哪個牌子的處女膜？」

「當然是進口的聖女貞德牌，」趙詩人替宋鋼回答，他也像周遊一樣驕傲地說，「宋鋼的老婆還能用國產貨？」

周遊仍然大聲問宋鋼：「昨晚行房事時，你老婆是什麼感覺？」

仍然是趙詩人大聲說：「她是一聲慘叫啊！」

周遊滿意地點點頭，繼續問宋鋼：「你是什麼感覺？」

還是趙詩人說：「當場嚇出一身冷汗。」

這次回答讓周遊很不滿意，他皺著眉說：「應該是快活的渾身冒熱汗。」

趙詩人馬上糾正道：「先是一身冷汗，一、二、三，三秒鐘後就快活得渾身冒熱汗啦！」

「說得好！」周遊大聲說，「三秒鐘享受從北極的冷到非洲的熱。」

周遊對趙詩人的快速糾正非常滿意，他讚賞地對趙詩人點點頭，又信心滿懷地看著宋鋼了：

「宋鋼，你最後總結一下，人造處女膜的最大好處是什麼？」

這時的宋鋼滿臉通紅，都從口罩裏紅了出來，紅到了額頭上和脖子上，他沒有想到自己不說話也不點頭，還是如此狼狽不堪，他恨不得在地上找條縫鑽進去。最後的總結還是趙詩人替宋鋼說了，他指著宋鋼大聲說道：

「宋鋼這輩子只和他老婆一個女人睡過，他老婆用了人造處女膜以後……」

趙詩人伸出兩根手指：「宋鋼這輩子就睡過兩個處女啦。」

「說得太好啦！」周遊興奮地兩眼閃閃發亮，他對著所有的人喊叫，「這就是人造處女膜的好處，它不僅能讓失去處女膜的女性重新找回自信自尊！也能讓男性對自己的老婆更加忠誠！快來買吧，女性朋友們應該來買，男性朋友們更應該來買！比起醫院手術的價格，聖女貞德牌可以讓男性朋友在一個女人身上獲得十次處女開苞的幸福，孟姜女牌更是可以獲得三十次開苞的幸福！」

外來的處美人和我們劉鎮的群眾嘻嘻哈哈地看著他們的表演，看到後來有些糊塗了，一個男群眾指著宋鋼對趙詩人說：

「人家明明在問宋鋼，你出來說什麼？」

「你願意把自己和老婆睡覺的事說出來？」趙詩人指著那個男群眾說，「你不願意，宋鋼也不願意，宋鋼就讓我替他說了。」

這時的宋鋼後悔莫及，他一直低垂著頭。宋鋼什麼話都沒說，沒有點頭也沒有搖頭，可是他站在那裏痛苦不堪，彷彿有把鈍刀子在割他的肉。周遊他們的推銷異常成功，當時沒有人買，到了深更半夜，就不斷有人悄悄推醒睡在大街上的周遊和趙詩人，要買他們的人造處女膜。連續幾個晚上，周遊和趙詩人被推醒的次數，遠遠超過被蚊子咬醒的次數。大多是那些前來參賽的處美人，還有我們劉鎮的姑娘，當然男人也少不了，他們都是受了趙詩人說話的影響，心想睡不了別的女人，就在自己女人身上多享受幾次處女的美感吧。周遊爲此對趙詩人是刮目相看，他說：

「你是個難得人材，將來我們還要合作。你這次的獎金肯定超過你的工資。」

趙詩人聽了喜出望外，問他：「能有多少獎金？」

周遊說：「到時候你就知道了。」

三個人在大街上的表演當天就傳到林紅耳朵裏了，林紅氣得渾身發抖，回到家裏本來是要大發脾氣的，看到宋鋼坐在沙發上忐忑不安的可憐模樣，她心又軟了，心想宋鋼是爲了給家裏多掙錢，她搖搖頭走到了屋外，看到趙詩人神氣活現地走了過來，林紅的怒火全衝著他去了，她看看四下沒人，壓低聲音狠狠地對趙詩人說：

「王八蛋！」

三十七

舉世矚目的首屆全國處美人大賽終於拉開了帷幕，考慮到大賽是在大街上舉行，考慮到烈日炎炎和處美人的嬌嫩皮膚，組委會決定初賽安排在下午和黃昏之間進行。這是我們劉鎮有史以來最爲壯觀的一個下午，三千個處美人全部穿著三點式比基尼，高矮胖瘦美醜不一的處美人站成一排，長達兩公里，我們劉鎮最長的那條街道都不夠用了，處美人的隊伍拐個彎通過了一座橋排列到另一條大街上去了。

夕陽還沒有西下的時候，我們劉鎮已是萬人空巷，所有的商店關門了，所有的工廠停工了，所有的機關下班了，所有的人都擠在大街的兩旁，所有的梧桐樹上都像是爬滿了猴子似的爬滿了人，所有的電線杆都有男人在跳鋼管舞，爬上去滑下來，再爬上去再滑下來。街道兩旁所有的房屋的視窗上擠滿了人，所有的樓頂站滿了人。醫院裏的醫生護士也全跑出來了，他們說這次不出來飽一下眼福，下次的眼福就要千年等一回了。病人們也出來了，斷腿的拄著拐杖，斷手的吊著胳膊，正在輸液的自己舉著個瓶子，剛動了手術的也由親友抬著架著，躺在板車裏，坐在自行車後座上，都出來啦。

鄰城鄰縣的蹬著自行車來，五、六個小時蹬過來，看一眼處美人們再五、六個小時蹬回去。我們這個只有三萬人的劉鎮這一天起碼超過了十萬人，大街被騰出來了，處美人站成一排，交通警武警派出所的民警全部出動，在對面站成一排，阻擋著群眾，員警的眼睛是這一天最幸福的眼睛，他們看處美人看得比誰都清楚。更幸福的眼睛是那些記者的眼睛了，只有他們可以在空出來的大街上走來走去，他們見到漂亮的就上去採訪，眼睛盯著處美人的隆起的胸部看，還盯著處美人的肚臍看，好像要看她們一個水落石出。

處美人的身後擠滿了男群眾，三千個處美人的屁股全被偷偷摸過了，無一漏網。有些男群眾更是光著上身只穿短褲，他們嚷嚷著叫罵著讓後面的人別擠他們，自己的光身體就堂而皇之地在比基尼處美人的皮肉上蹭著擦著，處美人有的哭，有的罵，有的叫喊時，這些男群眾滿臉無辜的表情，回頭去叫罵身後的群眾了，讓他們別推別擠。

李光頭口口聲聲地說，在大街上進行處美人大賽是為了讓群眾免費觀看。可他當上了一次衛生間，出來後又生財有道了，他讓劉新聞立刻組織人員去宣傳去銷售檢閱票了。劉新聞大力宣傳大力銷售，一口氣賣出了五千多張檢閱票，他把本城本縣鄰城鄰縣所有的卡車都租來了，還是裝不下五千多個檢閱者，最後把方圓百里所有農民的拖拉機都租來了。五千多個檢閱者站在卡車上和拖拉機上，閱兵似的閱著處美人。處美人的隊伍也就是排出去兩公里，汽車和拖拉機的檢閱隊伍排出去了四公里以上。

前面是二十輛敞篷的檢閱轎車，坐著李光頭和陶青他們，坐著大賽組委會的領導同志們和評委同志們，坐著出錢贊助的貴賓同志們，王冰棍和余拔牙坐在最後那輛敞篷轎車上。余拔牙本來是要從歐洲去非洲了，王冰棍在電話裏告訴他處美人大賽後，余拔牙立刻改道回來了，心想這種出風頭的時刻，自己是一定要拋頭露面的。余拔牙西裝革履地站在敞篷轎車上，他的西裝合體合身，襯衣領帶的顏色和西裝顏色搭配的恰到好處。余拔牙穿上西裝以後，舉手投足間派頭十足，好像他除了西裝就沒有穿過別的衣服，好像他還在襁褓裏就西裝革履了。再看看他身旁的王冰棍，也穿著一身西裝，可是袖管太長了，連手指甲都看不見了，裏面襯衣的領口過寬，扣上紐釦了還能看見兩根鎖骨，外面吊著一根公司保安繫的那種廉價紅領帶。余拔牙看到王冰棍的一身穿著十分失望，他對王冰棍說：

「你穿衣沒有品味。」

二十輛敞篷檢閱轎車後面是連綿的卡車，前面是貴賓票的卡車，卡車上有座位有桌子有飲料有水果；接下去是甲級票的卡車，上面只有座位沒有桌子；乙級票卡車上沒有座位桌子，而是站成了兩排人；丙級票卡車上站了四排人；丁級票卡車上擠滿了人；卡車後面是望不到頭的拖拉機，拖拉機就是普通票了，上面像是運送牲口似的塞滿了人。

劉新聞沒有站在前面的敞篷轎車上，他像個奧運會裁判，手舉發令槍站在大街的入口。第一輛敞篷轎車上的組委會主任，就是李光頭讓劉新聞去找來的那個領導同志，對著麥克風囉嗦地說著官方語言，說著改革開放以來祖國各地的大好形勢，從全國的GDP增長說到全省的GDP增長，再從全市的GDP增長說到我們劉鎮的GDP增長。好不容易說到劉鎮了，話題一轉又說到全國去了，海闊天空一番後再次回到了劉鎮，說到馬上就要開始的處美人大賽，說處美人大賽的舉行顯示了人民群眾的生活日益提高，顯示了中國的國際地位日益提高，處美人大賽既是弘揚了祖國的傳統文化，也是和全球化浪潮的親密接軌。這個領導同志唾沫橫飛了半個小時以後，終於喊叫了：

「我宣布，首屆全國處美人大賽正式開始！」

劉新聞「砰」地開槍了，敞篷轎車、卡車和拖拉機的閱美人隊伍隆重進來了，像是馬拉松比賽一樣壯觀。敞篷轎車、卡車和拖拉機響聲隆隆，速度慢得像是人在地上爬一樣，緩緩地沿著大街向著夕陽駛去。三千個不斷遭受性騷擾的處美人本來已經憤怒無比和傷心欲絕，槍聲一響她們立刻集中精神，個個挺胸扭腰，眼睛含情脈脈，笑容掛在嘴角，風情三千種。

她們看著組委會領導和評委的敞篷轎車過去了，後面還有長得望不到頭的檢閱卡車和檢閱拖拉機，身後的男群眾還在她們身上偷雞摸狗，她們早就想收場了，早就想回去好好洗一洗，把那些男群眾摸過的地方徹底洗一洗。可是李光頭是什麼人？他什麼事都想在別人前面，他早就料到這些處美人眼睛裏只有評委沒有群眾，早就料到這些處美人等著評委的敞篷轎車過去了就會轉身走人。這樣後面卡車上的檢閱者，尤其是拖拉機上的檢閱者就什麼都看不到，只能抬頭看看夕陽是怎麼西下了。這些出了錢買了票的人就立刻會成爲社會上的動亂分子，他們會立刻聚眾鬧事，會立刻到他的組委會辦事處打砸搶。李光頭爲了控制局面，同時也是爲了提高購買檢閱票的熱情，初賽的成績不讓那十個評委打分，而是讓那五千多個買了檢閱票的群眾打分。

你們想想，十萬個群眾擠在這個夏天的傍晚，十萬個群眾都在流汗，汗臭味在我們劉鎮的大街上飄揚著開始發酵了，讓我們劉鎮的空氣都發酸了；十萬個群眾都在吐著二氧化碳，裏面有五千張嘴還在吐著帶口臭的二氧化碳；十萬個群眾有二十萬個胳肢窩，這二十萬個胳肢窩裏有六千個是狐臭型胳肢窩；十萬個群眾有十萬個屁眼，十萬個屁眼裏起碼有七千個屁眼放屁了，有些屁眼放了不止一個屁。放屁的不只是群眾，汽車拖拉機也在放屁，它們放得是理所當然的屁。汽車開的越慢，尾氣越多，汽車的尾氣還算好，是灰顏色的，在大街上散開來像是浴室裏的水蒸汽；拖拉機的尾氣就要命了，滾滾黑煙像是房子著了火一樣。

我們劉鎮的空氣污染著三千個處美人，這些處美人把胸挺了三個小時，把腰扭著三個小時，把微笑在嘴角掛了三個小時，把深情在眼睛裏含了三個小時，就是爲了讓卡車和拖拉機上五千多個土包子選上她們。這五千多個買了檢閱票的土包子個個以初賽評委自居，他們人人手裏拿著紙和筆，嘴裏叫嚷嚷。尤其是拖拉機上的土包子，他們雖然像牲口似的擠成一堆，可他們是世界上最爲敬業的評委，把眼睛瞪圓了，剛把前面擋住的人頭撥開，自己的人頭又被後面的手撥開了，他們人人都要把處美人看仔細了，他們的紙和筆都舉在頭頂，把漂亮的記在紙上，還互相推薦互相討論，像是給自己買股票一樣認眞，站在後面的更是兢兢業業，剛看清楚了一個臉蛋身材都不錯的處美人，還沒看清楚她胸前的號碼，拖拉機就過去了，後面的人焦急萬分地問前面的人，那個長得什麼樣的處美人的號碼是多少？彷彿怕自己錯過了一隻明天就要爆漲的股票。

三千個處美人從下午就來到了大街上，她們或濃妝或淡抹，在街道上排成兩公里就花掉了差不多兩個多小時，卡車拖拉機又檢閱了她們三個小時，汗水把她們化妝的臉弄得五顏六色，長達四公里的轎車卡車拖拉機全部駛過去後，排出的尾氣又染黑了她們五顏六色的臉，她們個個像是剛從煙囱裏爬出來似的黑乎乎，群眾笑顏逐開地說她們是來自非洲的處美人。

像個廟會一樣的初賽天黑時終於結束了，五千多個土包子仍然興致勃勃，他們拿著被汗水弄得皺巴巴的紙，在大賽組委會的小樓前排起了長隊，挨個交上他們的評選，一直交到深夜，他們覺得自己出錢買的不是檢閱票，而是全國大賽的評委，這個頭銜可以讓他們快樂一輩子。劉新聞看著他們愚蠢的熱情，心想土包子就是土包子，心想就是把他們扔到紐約扔到巴黎，他們還是徹頭徹尾的土包子。就是這些土包子評委淘汰了兩千個處美人，只剩下一千個進入複賽。

住在趙詩人家的兩個處美人淘汰一個，留下一個。淘汰的收拾行裝黯然離去，進入複賽的那個喜氣洋洋也收拾了行裝，她要住到賓館裏去了，現在賓館裏有空房間了。

這時候周遊已經在露天草蓆上睡了七個夜晚，他已經賣掉四十三片人造處女膜了，他口袋裏有點錢了，他付給趙詩人一百四十元錢，說是前面七天的住宿費，而且特別強調一下，他請客讓趙詩人在他身邊睡了七個晚上。然後他轉身走進了對面的點心店，坐下來和蘇妹親密無間地說著話，吃著帶吸管的小包子了。帶吸管的小包子已經試驗成功，他不能再白吃不給錢了，他開始在蘇妹店裏記帳，他說每天付那麼一點小錢太麻煩，等他走的時候一次付清。

周遊從點心店裏出來後，趙詩人以爲他也要住到賓館去了，結果他要到趙詩人家裏來住，他看了一眼趙詩人狹小的家，滿臉不屑的表情，他說：

「算啦，我就睡你家的破沙發吧。」

趙詩人說：「這太委屈您啦，您還是去住賓館吧。」

周遊搖搖頭，在破沙發裏坐下來架起二郎腿，那模樣像是坐在自己家裏，他說：「我住不慣賓館的單間，我住賓館，最差也得住套間，可那些套間都被領導評委占著。」

趙詩人向他建議：「您可以包兩個房間，就是套間了。」

「胡說。」周遊說，「兩個房間怎麼能叫套間？兩個房間我怎麼睡？」

趙詩人說：「你可以前半夜睡這間，後半夜睡那間。」

周遊嘿嘿地笑，他說：「實話告訴你吧，我套間都住不慣，在賓館裏我只能住總統套房。」

趙詩人說：「那您就包它一個樓層，每個房間都去打個瞌睡，不就是總統套房了嗎？」

周遊眼睛瞪著趙詩人說：「你小子別給我來這一套，我就喜歡睡你家的破沙發，我鮑魚魚翅吃多了，現在就想吃鹹菜喝稀粥。」

這個江湖騙子是趙詩人的臨時老闆了，趙詩人的薪水獎金他還沒有付，他賴在趙詩人家裏，趙詩人還不能有半句怨言，還得笑臉相迎，還得裝出幸福滿懷的模樣。趙詩人要是把他趕出去，就是把自己的薪水獎金趕出去了。

三十八

首屆全國處美人大賽的複賽是在兩天後的黃昏進行，仍然是在那條大街上，我們劉鎮仍然是萬人空巷，大街上仍然是幾萬個人頭在攢動，只是沒有了卡車拖拉機，沒有了那些土包子評委，而是在大街的中央搭起了主席台，主席台的上下左右全是廣告，大街的兩旁也全是廣告，從手機廣告到旅遊廣告，從美容廣告到瀉藥廣告，從內褲廣告到棉被廣告，從玩具廣告到健身廣告……什麼廣告都有，吃的玩的用的，活人和死人的，外國的和中國的，人需要的和動物需要的。就是絞盡腦汁地想，就像中學生參加高考那樣絞盡腦汁地想，也想不出還有什麼廣告漏掉了。

李光頭和組委會的領導們和評委們坐在主席台上，余拔牙和王冰棍也坐在主席台上，在余拔牙的精心調教下，王冰棍身上的西裝也革履了。音樂響起，音樂都是歌星哇哇地在唱，通過高音喇叭哇哇地唱出來，唱兩句就得暫停一下，廣告響起了，再唱兩句又要暫停，一首歌起碼要暫停四次以上，他們說這是官方暫停時間，在高音喇叭裏唱著的那些著名歌手全成了結巴歌手，暫停的時候高音喇叭就哇哇地叫喊出廣告來了。一千個處美人排成兩行，在不斷暫停的歌聲裏，在不斷喊叫出來的廣告裏，在主席台前來回走了三次。這次群眾被一根繩子隔在外面了，男群眾摸不到她們的屁股了，男群眾只能用色瞇瞇的眼睛，用滿嘴的下流話，對她們進行搖控性騷擾了。一千個處美人來回走了三次後，太陽就落山了，複賽也就結束了。李光頭和領導們和評委們走了，一千個處美人也走了，幾萬個群眾也散了，高音喇叭還在哇哇地叫著廣告，一直叫到深更半夜。

複賽以後又淘汰了九百個處美人，只剩下一百個進入最後的決賽，決賽將在電影院裏進行，這樣李光頭又可以賣票了，又可以將大把的鈔票塞進自己的口袋了。這些天李光頭成了三陪先生，陪領導、陪評委、陪客戶，陪他們吃、陪他們玩、陪他們欣賞女色。從前威風凜凜的李光頭，整天笑臉相迎地陪著，臉上都陪出劉新聞的表情來了。三千個處美人讓他看得頭暈眼花，剩下一千個處美人時，他頭不暈了眼睛仍然花著，最後只有一百個處美人時，李光頭心明眼亮了。他把劉新聞叫來，說再不弄幾個處美人來睡睡，就沒有機會了。他說大賽一結束，這些處美人遠走高飛，再想睡覺時，就只能到夢裏去和她們睡了。他說剩下的一百個處美人，每個都不錯，每個他都有興趣睡上一覺，可是只有幾天時間了，只能優而擇優睡之。他說首先看中的是1358號，這個處美人身高差不多一百九十公分，三圍突出身材火辣。李光頭說他以前睡過身材最高的女人是一百八十五公分，這下他要一口氣兩次打破自己的吉尼斯紀錄，與他睡過女人的身高紀錄和從未與處女睡過的紀錄。

劉新聞立刻在百忙之中抽出時間約見了1358號，忙得眼睛通紅嗓音沙啞的劉新聞已經無力欣賞美女了，可他一見到身材挺拔臉蛋甜美的1358號時，也是砰然心動，他與處美人相處這麼久了，也沒有發現這個1358號。他心想李光頭確實厲害，能從多如牛毛的姑娘裏面一眼將她挑選出來，足見李光頭睡女人的功夫獨樹一幟。

劉新聞沒有在組委會臨時租用的辦公樓裏約見1358號，而是在公司的咖啡廳裏，就是那家全中國最黑的黑店，當然是劉新聞代表李光頭請客了。劉新聞首先微笑地祝賀1358號進入最後的決賽，然後東拉西扯起來，第一次給人拉皮條的劉新聞顯然缺乏經驗，他不知道如何把話說在點子上，既不能說明白，又要讓對方完全聽明白。

劉新聞不知道1358號處美人已經不是處女，已經是一個孩子的母親了，她是花了三千元做了處女膜修復手術後千里迢迢趕來參賽的。到了我們劉鎮以後，1358號立刻知道這個首屆全國處美人大賽是怎麼回事了，尤其是進入複賽以後，那些參賽的姑娘紛紛去和評委們睡覺。評委只有十個，想和他們睡覺的處美人成百上千，把那十個評委都睡得面黃肌瘦了。她後悔自己花了三千元去做那個修復手術，她覺得那是殺雞用牛刀，需要的時候到周遊那裏去買一片聖女貞德牌或者孟姜女牌的人造處女膜就行了。眼看著其他參賽姑娘用一片片人造處女膜把自己一次次武裝成處女，再一次次把那十個評委紛紛搞定時，1358號心裏焦急萬分，自己重金修復的處女膜至今還無用武之地，那些人造便宜貨卻在這裏橫行天下。她覺得自己應該主動出擊了，不能等著評委主動找上來，那十個評委已經被參賽姑娘們睡得暈頭轉向了，睡得手無縛雞之力了，都快睡成性廢品了。等他們被姑娘們睡成性廢品以後，她那怕是下凡的仙女，這些評委就是看她一眼的興趣也不會有了。

這時候劉新聞找她了，她暗暗竊喜，她起先以爲是劉新聞在打她的主意，通過這些天的觀察，她覺得這個男人可不是一個簡單的新聞發言人，而是一個可以左右大賽結果的人物。所以她在咖啡廳裏坐下來後，一直用甜美的笑容看著劉新聞，她從不主動說話，劉新聞說一句，她就答一句，心裏卻在悄悄地研究著劉新聞所說的每一句話。從劉新聞時明時暗的話裏面，她慢慢發現打自己主意的不是對面這個男人，而是這個男人的老闆李光頭。劉新聞不斷地說著李總對她評價很高，她很有希望進入大賽的最後三名，當然她還要加倍努力。可是怎麼努力呢？劉新聞笑而不說了，讓她心裏焦急起來，她只能主動把話題往那方面引導了。當劉新聞剛說完一句李總喜歡她時，她立刻裝著害羞的樣子接過來說：

「李總怎麼會喜歡我呢？」

劉新聞微微一笑地說：「李總非常喜歡你。」

她裝出不相信的樣子來，她說：「他都沒和我說過一句話。」

劉新聞俯身向前說：「李總今天晚上就要和你好好說話了。」

「今天晚上？」她高興地問，「在哪裏？」

劉新聞看到她興奮的樣子，緩慢地說：「就在李總家裏。」

她顯得更高興了，她說自己特別想去參觀一下李總的豪宅，然後她問劉新聞，李總今天晚上是不是要在自己家裏舉行一個大型活動？劉新聞搖搖頭，神祕地笑了笑說：

「不是大型的活動，是只有你和李總兩個人的小型活動。」

她立刻收起了臉上的笑容，一聲不吭地坐在那裏。劉新聞手指敲打著沙發扶手，耐心地等待著她的決定。這時候她拿著手機站起來，說要給她媽媽打個電話，她一邊撥著手機號碼一邊走開去。劉新聞看著她在那裏走來走去地和她媽媽說話，當她關了手機走回來時臉上有了歡欣的笑容，她說了一句讓劉新聞十分滿意的話：

「我媽媽同意我去李總家。」

這天下午李光頭沒再當三陪先生，爲了儲備體能在晚上和1358號處美人進行肉搏大戰，李光頭一個下午都在家裏蒙頭大睡。當他醒來時，劉新聞提著一個口袋已經坐在客廳裏等候多時了，李光頭問他口袋裏是什麼？他不慌不忙地打開口袋，拿出放大鏡、望遠鏡和一台顯微鏡，告訴李光頭：

「放大鏡和望遠鏡是買來的，顯微鏡是從醫院借來的。」

李光頭還是不明白，他問劉新聞：「弄這些來幹什麼？」

劉新聞說：「是爲了您觀察研究處女膜準備的。」

李光頭哈哈大笑，他對自己的新聞官十分滿意，他拍著劉新聞的肩膀說：「你這個王八蛋眞是個人才。」

李光頭的誇獎讓劉新聞精神煥發，他恭維李光頭獨具慧眼，選中的1358號不僅是個絕色美人，還是個純潔美人。他告訴李光頭，1358號處美人晚上到他家裏來，事先還打電話徵求她媽媽的同意。李光頭點點頭稱讚1358號的媽媽：

「她媽媽是個明白人。」

晚上八點整，劉新聞親自把1358號處美人送到李光頭的豪宅，送進李光頭的臥室，才轉身離去。這時候李光頭已經洗過澡了，光屁股穿著睡衣，坐在沙發裏看電視。看到1358號處美人進來了，李光頭心想人家是處女，自己應該像個紳士那樣，他關了電視站起來，對著1358號處美人點頭哈腰了一下，他想說幾句談情說愛的話，可是這樣的話他一句也想不起來，他惱怒地捶了一下自己的光腦袋說：

「他媽的，我不會談戀愛。」

李光頭看到1358號處美人羞羞答答地站在那裏，心想不要浪費費時間了，還是直截了當吧，他指指衛生間溫和地說：

「去洗一洗。」

1358號處美人局促不安地站在那裏，彷彿沒有聽懂李光頭的話，李光頭想起來自己剛才忘了說「請」了，他趕緊補上說：

「請你去洗一洗。」

1358號處美人害怕地問他：「洗什麼呀？」

「洗澡呀。」李光頭說。

1358號處美人繼續害怕地問他：「為什麼要洗澡？」

「為什麼？」李光頭說，「我要看你的……」

李光頭沒有說出後面「處女膜」三個字，他吞口水似的把這三個字使勁吞了回去。1358號處美人繼續害怕地問他：

「看什麼呀？」

李光頭抓耳撓腮了一會兒，只好實話實說了：「看你的處女膜。」

1358號處美人嚇得驚叫一聲，隨即眼淚流了出來，她說：「你怎麼這樣說話？」

「他媽的，」李光頭罵了自己一聲，又捶了一下自己的腦袋說，「我李光頭只會這樣說話。」

1358號處美人又害怕又傷心，她哀求地看著李光頭說：「你不要對女孩這樣說話。」

李光頭覺得自己確實是太粗暴了，他對1358號處美人鞠躬道歉：「對不起。」

1358號處美人仍然站在那裏，仍然流著眼淚哀求似的看著李光頭，李光頭繼續道歉，他說：

「對不起，我從來沒有和處女相處過，我不知道怎麼和處女說話。」

1358號處美人擦了擦眼淚後，又拿出了手機，她又說要問問媽媽。她說著走進了衛生間，關上了門。李光頭聽著她在衛生間裏小聲說著什麼，過一會兒他聽到了沖澡的聲響，李光頭嘿嘿笑了，心想她媽媽同意她的處女膜給他看了，她媽媽幫助他省去了一堆口舌的麻煩，他對自己說：

「她媽媽確實是個明白人。」

1358號處美人從衛生間裏出來時，也像李光頭那樣穿上睡衣了，她徑直爬到了李光頭的大床上，趴在了床上，抱著枕頭把臉埋了起來。李光頭脫了自己的睡衣，光著屁股，捧著放大鏡和望遠鏡還有顯微鏡，也爬到了大床上。李光頭像是掀裙子似的將處美人的睡衣掀了起來，他看到了處美人滾圓飽滿的屁股，李光頭高興的對她說：

「好屁股。」

他先是捧著屁股親了四口，又咬了四口，把1358號處美人親得咬得渾身發抖。接下去李光頭開始用他的放大鏡和望遠鏡了，他馬上發現那個顯微鏡用不上，就扔到了床下。由於角度太平了，李光頭看不見她的處女膜，他就要她翻身過來仰躺著，她抖動著屁股就是不願意。李光頭只好讓步，讓她把屁股抬起來，她還是抖動著屁股不願意，李光頭不由罵了一句：

「他媽的，處女眞是麻煩。」

李光頭心想重賞之下必有烈女，他開始許諾了，他說：「屁股抬起來，我就保證你進入前三名。」

1358號處美人仍然抖動著屁股，好像仍然不願意，不過她的屁股抖動著抬起來了。她的臉埋在枕頭裏，聲音嗡嗡地說：

「我媽媽說了，只能看，不能幹別的事。」

李光頭心花怒放地拿起放大鏡，看了一會兒，又換成了望遠鏡，他覺得沒有放大鏡看得清楚，又重新拿起放大鏡。李光頭左看右看，上看下看，把處女膜看得像自己的手指一樣清楚後，再次用上望遠鏡了，這次他將望遠鏡反過來拿著看，他發現處女膜一下子變得遙遠了，像是霧裏看花似的，他是霧裏看處女膜，看得他滿臉的疑惑，喃喃自語：

「這處女膜看上去傻乎乎的，遠看近看都看不出個天眞爛漫。」

1358號處美人仍然聲音嗡嗡地問他：「好了沒有？」

「沒有。」李光頭說。

李光頭說著放下望遠鏡，他沒再拿起放大鏡，而是幹了處美人媽媽不讓幹的事。他一下子插了進去，將處女膜一下子捅破了。1358號處美人發出了一聲尖叫，她一邊疼痛地叫著，一邊哭著說：

「我媽媽不讓……」

「去你的媽媽。」

李光頭一邊幹著，一邊快活地對她說：「給你媽媽打電話吧，你現在是冠軍啦，你有一百萬獎金啦。」

1358號處美人的哭聲慢慢沒有了，疼痛的呻吟聲持續不斷，她的嘴裏仍然不斷嗡嗡地叫著：

「媽媽，媽媽……」

李光頭壓在她背上幹了一會兒後，要求她翻身過來，說要變化一下姿勢，她死活不願意翻身過來。李光頭就用力要把她翻過來，她又哭上了，她一邊哭一邊哀求李光頭，說她這是第一次，說她害怕，說她不敢看他。李光頭憐香惜玉了，只好繼續壓在她背上幹，他又罵了一聲：

「處女眞他媽的麻煩。」

這個晚上李光頭把1358號處美人幹得死去活來。1358號處美人本來以爲幹完一次，李光頭就會放她走人，沒想到李光頭不讓她走，一個晚上幹了她四次。前兩次她堅決趴著，堅決不翻身過去。她心想一旦翻身過來，李光頭就會看見她腹部的妊娠斑了。後來她又疼又累睡著了，那時李光頭也睡著了，她想不到李光頭睡著了兩個小時後又醒來了，趁著她熟睡時一下子把她翻過來了，幹了第三次。就是這一次，李光頭看到她肚子上有一些斑紋，她驚醒後看到自己肚子上的妊娠斑被李光頭看見了，趕緊翻身過去，李光頭只好繼續壓在她的背上。李光頭一邊幹著一邊問她肚子上爲什麼有斑紋？她一邊呻吟著一邊說她小時候得過皮膚病。李光頭沒再問她，她此後再也不敢睡著了，怕她的妊娠斑再次被李光頭看見後就會眞相大白，她一直抱著枕頭趴在床上。李光頭幹完第三次後又睡著了，她仍然不敢睡。天快亮的時候，李光頭幹了第四次，還是壓在她背上幹完的。接下去李光頭一口氣睡了五個小時，當他醒來時，1358號處美人已經穿好衣服坐在沙發裏了。

送走了1358號處美人，李光頭喜氣洋洋了兩個小時。劉新聞來的時候，李光頭的嘴角還掛著笑意，劉新聞很高興，心想李光頭昨晚上一定在床上大放光彩了，他笑瞇瞇地說：

「我剛才見到1358號了，她都瘸著走路了，我想昨晚上李總一定是雄風席捲……」

李光頭伸出四根手指說：「席捲了她四次。」

劉新聞吃了一驚，他也伸出四根手指說：「換成我，四個星期能席捲一次就相當不錯了。」

「我終於認識處女膜了。」李光頭得意地笑了笑，隨即有些失落地說，「他媽的處女膜和我想的不一樣，一點都不天眞爛漫。」

李光頭指著放大鏡和望遠鏡還有顯微鏡，繼續說：「這個顯微鏡用不上；這個望遠鏡要反過來看才有意思，好像隔了條馬路偷看對面樓裏的處女膜似的；這個放大鏡最實用，看起來最清楚。」

「美中不足的是，」李光頭說，「四次全是在她後面幹的。」

李光頭說著突然皺眉了，他想起了1358號處美人肚子上的斑紋，他以前和年輕的母親們幹這種事的時候，在她們的肚子上也見過這樣的斑紋。李光頭終於明白1358號處美人昨晚上爲什麼一直趴著，爲什麼死活都不願意翻身過來，他突然叫了起來：

「他媽的，我上當啦。」

劉新聞嚇了一跳，眼睛瞪圓了看著李光頭，李光頭說：「她生過孩子啦，她肚子上有妊娠斑，他媽的，她一定是做了處女膜修復手術，他媽的，不是個原裝貨，是個組裝貨……」

劉新聞看了李光頭很久，才明白發生了什麼，他非常不安，他說：「對不起，李總，是我的過錯，沒讓您破紀錄……」

「不是你的錯，」李光頭擺擺手說，「是我自己挑選的人。」

接著李光頭又寬宏大量地笑了，他說：「這女人的身體眞是個好身體，屁股滾圓滾圓，腰細肩寬，兩條腿又圓又長，臉蛋也漂亮。怎麼說我也算是破了一項身高的紀錄……」

劉新聞向李光頭發誓，他立刻去再找一個過來，一定找一個眞正的處女，一定要在處美人大賽結束前，讓李光頭把另一項紀錄也破了。

劉新聞已經知道李光頭的口味了，他把進入決賽的處美人仔細研究了一遍，找來了一個身高也在一百八十公分以上的處美人，也是一個屁股滾圓兩腿很長的女孩，只是臉蛋沒有前一個甜美。劉新聞覺得這個也不錯，這個也符合李光頭的口味。

劉新聞不知道這個864號早就不是原裝處女了，甚至連個組裝處女都不是，她最多是個散裝處女。這個864號爲了拿下大賽冠軍，已經和六個評委睡過覺了，已經在江湖騙子周遊那裏買了六次進口的聖女貞德牌人造處女膜了，六次都初夜見紅了，六個評委都被她騙了，還都以爲自己和一個處女睡了呢。這個864號還不如前面那個1358號，1358號雖然做了處女膜修復術，她起碼還是個組裝處女，起碼將第二次貞操保持住了，一直保持到上了李光頭的大床爲止。

劉新聞派人去找864號時，這個散裝處女正在和第七個評委打情罵俏，正準備著將第七個評委拉上床。

劉新聞也在咖啡廳和864號見面，這個處美人落落大方的樣子讓劉新聞很高興，和1358號假裝害羞不一樣，864號上來就緊挨著劉新聞坐下，親熱地和劉新聞說話。劉新聞覺得這次輕鬆多了，這次不需要每句話都拐彎抹角地說，他說話可以變得直接一些了。他上來就說這次大賽發現了一些問題，不是處女的姑娘也來參賽了，而且有些姑娘爲了能夠最終獲獎，竟然去拉攏評委。

劉新聞沒有點明參賽姑娘和評委睡覺，而是用了「拉攏」這個詞。864號聽了劉新聞的話以後一陣緊張，她誤以爲有人到劉新聞那裏去檢舉她和評委睡覺。她情緒激動了，指責有些姑娘自己和評委睡覺以後，又去誣陷其他清白的姑娘。864號說著的時候眼淚都流了下來，她一再聲明自己是清白和純潔的，她說她可以經得起檢查，她對劉新聞說：

「你帶我去醫院做檢查，或者你親自檢查。」

劉新聞想不到這次談話這麼順利，才說了幾句話就這麼有深度了，他親切地笑著對864號說：

「爲了證明你的清白，檢查是必要的，而且應該由我們李總親自出馬來檢查。」

864號處美人與劉新聞分手後，立刻去找了江湖騙子周遊，當時周遊的口袋裏只剩下最後一片國產孟姜女牌人造處女膜了。他坐在點心店裏正和蘇妹說著鴛鴦蝴蝶話。864號處美人在門口向周遊使個眼色，周遊知道她又需要人造處女膜了，她是周遊的老顧客。周遊假裝沒有看見她，繼續和蘇妹甜言蜜語，864號處美人像是家裏著火似的焦急，周遊等到蘇妹起身去廚房看看時，才慢慢地走到門口，864號處美人急匆匆地向周遊要聖女貞德牌，周遊摸出了最後那片孟姜女牌說：

「沒有聖女貞德，只有孟姜女了，這是最後一片了。」

864號處美人接過孟姜女牌，遞過去錢，罵了一聲：「那群婊子。」

仍然是晚上八點的時候，劉新聞把864號處美人送進了李光頭的臥室。李光頭仍然是光屁股穿著睡衣在看電視，864號害羞地站在那裏時，李光頭仍然不會談情說愛，他關了電視站起來，倒是先把鞠躬道歉的事做了，然後伸手指著衛生間溫和地說：

「請你去洗一洗。」

864號站著沒有動，她說她要先說句話。李光頭不知道她要說什麼，心想處女就是麻煩，以後不再搞處女了，他覺得自己沒有對付處女的耐心。

864號說話了，她滔滔不絕地說了一番如何崇拜李光頭的話，說當初在報紙讀到有關李光頭的報導時，她就告訴自己，要獻身的話應該獻給李光頭這樣的男人。說完她就轉身進了衛生間。

李光頭心花怒放，心想這個864號性格開朗，比1358號省事多了，心想早知如此，剛才就不用先鞠躬了。864號在衛生間裏洗澡以後，悄悄將人造處女膜放進了陰道。這次她用的是國產的孟姜女牌，她不是爲省錢，而是進口的聖女貞德牌已經銷售一空了，沒辦法她只好用國產貨了。

她穿上睡衣出來時，看到李光頭已經脫掉睡衣，光屁股站在那裏嘿嘿地笑著。她驚叫一聲，用雙手捂住自己的臉。李光頭脫了她的睡衣，把她弄到了大床上，這個過程裏她始終雙手捂著自己的臉。

李光頭拿著放大鏡首先照起了她的肚子，怎麼照也沒有照出妊娠斑來，李光頭很高興，又去照處女膜，處女膜也看清楚了，只是覺得和1358號的處女膜有些不一樣。他沒有細想，他覺得有些不一樣是很正常的事，心想就是同一個女人，兩個奶子還有大小呢。

李光頭拿著放大鏡和望遠鏡興致勃勃地觀察研究時，864號一直捂著臉，不過她的身體倒是扭動起來了，她在床上的模樣羞羞答答風情萬種，讓李光頭歡喜無比，讓他對科研一下子沒興趣了。他扔了手裏的放大鏡和望遠鏡，就撲到了她的身上，她捂著臉的手立刻摟住了李光頭的脖子。864號哼哼地呻吟著，李光頭呼哧呼哧喘著氣，兩個人幹了一會兒，孟姜女牌人造處女膜不僅沒有破，還被李光頭弄了出來。

周遊弄來的假冒僞劣產品差點毀了864號的美好前程。當李光頭滿臉疑惑地將人造處女膜拿在手裏看著時，864號心想完了，她哆嗦著，眞正害怕地看著李光頭了。李光頭弄明白手裏是什麼東西後，罵了起來：

「他媽的，又是個假貨。」

864號看著李光頭滿臉怒氣地將人造處女膜一扔，她痛哭流涕了，她哀求李光頭，讓她把事情解釋清楚，她正在想著編造什麼樣的假話時，李光頭揮著手，他沒興趣也沒耐心聽她的解釋，李光頭對她說：

「你他媽的別哭，你他媽的也別解釋。既然你不是處女，你就做個蕩婦吧，你把我李光頭弄高興了，是個蕩婦也能拿到第三名。」

864號先是一怔，接著飛快地擦乾淨眼淚，然後一個翻身將李光頭坐在身下了。李光頭一驚，心想她那來這麼大的力氣。她坐在李光頭身上幹了起來，一邊叫著呻吟著，一邊扭動著上身，她的上身彷彿扭出了世界上最爲淫蕩的舞蹈，連李光頭這樣的老江湖都看得目瞪口呆。在床上打遍天下無敵手的李光頭，第一次遇上勁敵了，李光頭使出渾身解數，864號也使出渾身解數，兩個人在床上大戰了不知道多少個回合。

第二天劉新聞見到李光頭時，看他滿臉喜色，以爲他昨晚上終於遇到眞貨了。結果李光頭告訴他：

「還是個假貨，是人造的，他媽的都掉出來啦。」

李光頭說他剛插進去時就覺得有些不對勁，他對劉新聞比喻道：「就像鞋子裏有隻襪子，腳伸進去怎麼都覺得硌著一樣。」

劉新聞惶恐不安地指責自己，說自己辦事不力，劉新聞找了一堆髒話來罵自己，最後又委屈地說：

「別的我還可以先替您試試，這個處女我要是先試了，哪怕是個眞的也變成個假的了。」

李光頭擺擺手，他說雖然昨晚上遇到的不是處女，可這個864號弄得他快活似神仙，他說他在女人的江湖上闖蕩了這麼多年，從來沒有遇到過像864號這麼瘋狂的女人，這麼崇尙進攻的女人。他說這次眞是棋逢對手了，這次眞是人生得一性知己足矣。他說兩個人你來我往，一個春風吹，一個戰鼓擂，不是東風壓倒西風，就是西風壓倒東風；兵來將擋，水來土掩，一個剛剛魔高一尺，另一個馬上道高一丈。他說用蕩婦去形容她都他媽的太文雅了，她是全世界重量級蕩婦中的超級至尊。他說昨天晚上兩個人翻來覆去打了一場曠世罕見的肉搏大戰，最後是兩敗俱傷不分勝負。

接下去李光頭讓劉新聞去搞定十個評委，讓他們不要評選冠軍和季軍了，只要評個亞軍出來就行了。他說冠軍是1358號，季軍是864號，雖然兩個都不是處女，可兩個都上了他的床，他在床上一時高興都許下諾言了，他拍著自己胸脯說：

「我李光頭是個一諾千金的人，說出的話從不收回。」

首屆全國處美人大賽終於在我們劉鎮的電影院落下帷幕。劉新聞完成了李光頭交代的任務，搞定了十個評委，讓1358號拿下冠軍，864號拿下了季軍。亞軍是79號，這個79號是周遊的最佳顧客，她不像864號那樣睡一個評委買一片人造處女膜，她上來就買了十片聖女貞德牌，然後乾淨利索地通吃了十個評委。

大賽虎頭蛇尾，一百個決賽的處美人一天時間就走光了。李光頭在公司門前站了一天，和處美人告別，和組委會領導告別，和評委告別。在和1358號握手時，李光頭悄悄問她：

「孩子多大了？」

1358號先是一怔，接著會心地笑了，悄悄說：「兩歲。」

在和864號握手時，李光頭湊到她耳邊說：「老子甘拜下風。」

十個評委像是老弱病殘似的被人扶上了車，十個全部腎虛腎虧，兩個發了低燒，三個吃不下東西了，四個說自己的視力大幅度減退，只有一個還像個人樣子，自己走上車的，他在和李光頭握手告別時還有說話的力氣，李光頭悄聲問這次是不是大飽豔福了？他唉聲嘆氣地說，自己已經不喜歡女人了。

大賽結束以後，報紙廣播電視的批判聲此起彼伏，說這種處美人大賽是封建主義捲土重來，是對女性自信自尊的踐踏，等等等等，矛頭直指大賽的始作俑者李光頭，劉新聞也被捎帶著批判了一番。緊接著又曝出了醜聞，一些沒有進入前三名的處美人越想越咽不下這口惡氣，紛紛以不公開自己身分的方式，將評委的性索賄和某些處美人的性行賄告知天下。當然最大的醜聞是1358號創造的，處女比賽最後被一個媽媽拿走了冠軍，這條消息立刻席捲全國。1358號在對付記者時簡直就是一個女李光頭，她頻頻亮相，所有的採訪都來者不拒，她承認自己有一個兩歲的女兒，但她堅持認爲自己仍然是處女，她說自己在精神上永遠是一個處女，因爲她保持了精神上處女的純潔性。這個1358號竟然給處女重新下了定義，這個處女新定義立刻引起社會上的廣泛討論，反對者有，支持者也有，討論來爭論去，折騰了足足半年時間。

這半年裏李光頭興高采烈，和他有關的討論只要繼續，他就一直是一根骨頭了。他非常讚賞1358號對處女的重新定義，他對劉新聞說精神是最重要的。李光頭爲此感慨不已，他說現在的姑娘個個靠不住，他說也就是二十年的時間，社會風氣急轉直下，二十年前沒結婚的姑娘十個裏面九個是處女，現在反過來了，十個裏面最多一個是處女。話音剛落，李光頭立刻反駁自己，說現在十個姑娘裏面半個處女都沒有了，現在大街上走來走去的姑娘沒有一個是處女，現在只有幼稚園裏還有處女，出了幼稚園再去找處女，好比是大海撈針。

「可是，」李光頭話鋒一轉，「精神上的處女仍然比比皆是。」

接著李光頭延伸了1358號處美人的精神論，他知道那些像狗一樣撲來撲去的記者會很快忘掉他李光頭，可他李光頭不在乎，他說：

「在精神上，我李光頭永遠是根骨頭。」

三十九

周遊賣掉最後一片人造處女膜，這時處美人大賽沒有結束，剛剛進入最後的決賽，這個江湖騙子要告別我們劉鎮了，要告別蘇妹點心店裏帶吸管的小包子，要告別那些買了人造處女膜的處美人。也要告別趙詩人了，周遊說趙詩人爲他工作了十天，薪水一千元；租用了趙詩人家的倉庫十天，租金二百元；由於趙詩人工作出色，獎金是二千元。周遊的手指在舌頭上沾了一下口水，嘩嘩地數給趙詩人三千二百元。他的手指又在舌頭上沾了一下口水，又數給趙詩人五百元，說這是給蘇妹的包子錢，他忘記了在蘇妹的點心店裏欠了多少包子錢，他說五百元是肯定超過了，他讓趙詩人轉交給蘇妹。

周遊沒有告別宋鋼，他同樣付給宋鋼一千元薪水和二千元獎金。然後他坐在宋鋼家的沙發上，在劉鎮販賣人造處女膜的巨大成功，讓周遊雄心勃勃了，他海闊天空地描述起了美好的前景。他告訴宋鋼，他需要一個助手，這個助手就是宋鋼。論工作能力，趙詩人強於宋鋼，可是趙詩人靠不住，隨時都會出賣他。周遊說十天時間相處下來，覺得宋鋼是一個可以充分信任的朋友……

「你是這樣一個人，」周遊在宋鋼家的沙發上架起二郎腿，「我把所有的錢交給你，離開一年再回來，你也不會花掉我一分錢。」

然後周遊動情地說：「宋鋼，跟我走吧！」

宋鋼情緒激動，一個嶄新的前景出現了。他知道自己在劉鎮已經沒有前途了，永遠只能做個「首席代理」，如果跟著周遊出去闖蕩，就有可能成就一番事業。他不知道林紅爲了給他治病花掉了多少錢？他不知道這是李光頭的錢，林紅說是她父母親友的錢，他知道林紅的父母親友裏面沒有一個是富有的，他覺得林紅是在向別人借錢給他治病，長此下去就會拖垮林紅。宋鋼對沙發裏的周遊點點頭，堅定地說：

「我跟你走。」

到了晚上，宋鋼把販賣人造處女膜掙到的三千元錢交給林紅，林紅吃了一驚，她沒有想到宋鋼跟著那個名叫周遊的人，在大街上走來走去，走了十天竟然有三千元。看到林紅吃驚的樣子，宋鋼吞吞吐吐地說了很多話，先是說自己的身體經過治療，現在感覺好多了，又嘆息起治病花掉的錢，然後又說了一堆「樹移死，人挪活」和「水往低處流，人往高處走」的道理，林紅聽了一頭霧水，不知道宋鋼在說些什麼？最後宋鋼才告訴林紅，他打算跟著周遊出去闖蕩一番事業。把周遊對他說的所有話，一字不漏地告訴了林紅。宋鋼懇切地問林紅：

「你同意我去嗎？」

「不同意，」林紅搖著頭，態度堅決地說，「你先治病，病治好了再說。」

宋鋼神情悲哀地說：「就怕我的病治好了也晚了。」

「什麼晚了？」林紅不明白。

宋鋼嘆息一聲說：「家裏的錢根本不夠我治病，你父母親友的錢也不多，我知道你是向別人借的錢，就是病治好了，欠的錢我們也還不清了。」

「錢不用你去想，」林紅明白他的意思了，「你好好治病就行。」

宋鋼搖了搖頭不說話了，他知道再說下去林紅也不會同意。二十年的夫妻生活下來，只要林紅不答應的事，宋鋼就不會去做。宋鋼不說話，林紅以爲他不再堅持自己的想法了。林紅不知道宋鋼已經鐵了心要跟著周遊去闖蕩江湖，那一刻她忘記了宋鋼性格裏的倔強。當林紅像往常一樣睡著後，睡在林紅腳旁的宋鋼徹夜無眠，他傾聽著林紅均勻的呼吸，撫摸著林紅溫暖的小腿，無數往事湧上心頭，想到明天就要和林紅分別，不由心酸起來，這是他們結婚以來第一次分別。

第二天早晨，林紅騎車去針織廠上班時，宋鋼站在門口，一直目送林紅騎車在大街上遠去。然後他回到屋子裏，在桌前坐了下來，鋪開白紙給林紅寫信。宋鋼寫得十分簡單，先是請求林紅原諒他的離去，接著請求林紅相信他，他這次出去一定能夠成就一番事業，雖然比不上李光頭，他掙到的錢也一定會讓林紅無憂無慮生活一輩子。最後他告訴林紅，他帶上了一張他們的合影照片和一把屋門鑰匙。照片他每天晚上入睡前都會看上一眼，帶上鑰匙表示他隨時都會回來，只要掙夠了錢，他就立刻回到家中。

宋鋼寫完後，起身找出了他和林紅的合影，這是當初剛剛買下那輛亮閃閃永久牌時的照片，兩個人扶著自行車幸福地微笑著。宋鋼把照片拿在手裏看了很久，放進了胸前的口袋。他翻箱倒櫃，找出了那只印有「上海」兩字的旅行袋，這是從父親宋凡平那裏繼承的唯一遺產。他把幾身四季的衣服放進了旅行袋，把沒有用完的藥品也放了進去。宋鋼覺得還有時間，把林紅換下的衣服放進了洗衣機清洗，開始整理打掃起了屋子。宋鋼滿頭大汗，把屋子打掃得一塵不染，把窗玻璃擦得明亮如鏡。

這天中午的時候，宋鋼和周遊像兩個小偷一樣離開了我們劉鎮。周遊對宋鋼提著的老式旅行袋很不滿意，他說這都是舊社會的旅行袋了，提著它什麼生意都做不成，他把宋鋼的衣服倒進了紙箱子，把宋鋼的旅行袋隨手扔進了路旁的垃圾筒。看到宋鋼留戀地看著垃圾筒上的舊式旅行袋，周遊安慰他，說到了上海以後就給他買一個上面有外國字的箱子。

然後宋鋼抱著紙箱子，周遊提著他的大黑包，兩個人在炎熱的中午，低頭匆匆地走向了長途汽車站。宋鋼不知道周遊的大黑包裏有十萬多元的現金，周遊來的時候把自己全部的錢都買進了人造處女膜，到我們劉鎮時口袋裏只有五元錢了，他賭了一把，賭贏了，現在帶著十萬多元的現金揚長而去。當他們兩個人乘坐的汽車開出車站時，周遊這個江湖騙子回頭對我們劉鎮說：

「後會有期。」

宋鋼也回頭看起了他的劉鎮，看著大街上幾張熟悉的臉迅速遠去，又看著熟悉的房屋和街道逐漸遠去，宋鋼一陣心酸。他心想幾個小時以後，林紅騎車從這條熟悉的街道回到家中，知道他已經離去時，她可能會生氣，也可能會傷心落淚。宋鋼在心裏對林紅說了一聲「對不起」。長途汽車的行駛，讓宋鋼眼中的劉鎮越來越遠，消失在了廣闊田野之後。宋鋼回過頭來，身邊的周遊抱著他的大黑包呼呼睡著了，宋鋼覺得自己的眼淚流了出來，正在被口罩吞沒。

黃昏的時候，林紅騎車回到家中，開門進去後看到家裏十分整潔，她笑著叫了兩聲，她說真乾淨。然後她喊叫著宋鋼走進廚房，沒有看到宋鋼，往常這時候宋鋼已經在做晚飯了，林紅心想他去哪裏了？她從廚房裏出來，經過客廳的桌子時，沒有看到上面宋鋼留給她的信，她走到門口，開門後在屋外站了一會兒，夕陽西下的街道上人來人往，對面蘇媽的點心店已經亮燈了。林紅回到屋子裏，走進廚房做起了晚飯。她似乎聽到了鑰匙開門的聲響，她以為是宋鋼回來了，站到廚房門口，屋門沒有動靜，她轉身繼續做飯。

林紅做好晚飯，把飯菜端到了桌子上，這時天已經黑了，她開燈後看到桌子上有一張紙，她沒有在意，在桌前坐下來看著屋門，等待著宋鋼回家。林紅在等待的時候突然感到身旁的白紙上有幾行字跡，她有些驚慌地拿起來，匆匆讀了一遍才知道宋鋼走了。林紅拿著宋鋼的信奪門而出，彷彿要去追趕宋鋼似的向著長途汽車站疾步走去，她在路燈和霓虹燈閃耀的大街上走出了一百多米後腳步慢下來了，她意識到此刻的宋鋼已經遠離劉鎮遠離自己了。林紅茫然地站住了腳，看著大街上來往的人流和車輛，低頭看一眼手上的白紙，緩慢地走回了家中。

這天晚上林紅坐在燈下，搖著頭將宋鋼簡短的信讀了一遍又一遍，眼淚一顆一顆掉在紙上，直到化開後把宋鋼的字跡弄得模糊不清，她才放下這張白紙。林紅沒有在心裏責備宋鋼，她知道宋鋼這樣做是為了自己；她責備的是自己，竟然沒有察覺宋鋼的決意要走。後來的日子裏，林紅度日如年，在廠裏不斷遭受煙鬼劉廠長的搔擾，回到家中就是一片寂靜，身邊沒有了宋鋼，倍感孤獨的她只好將電視長時間開著，聽著裏面發出來的各種聲音，想念著宋鋼，甚至想念著宋鋼的口罩。晚上入睡前，林紅心裏就會一陣難過，她想到宋鋼走的時候沒有帶走家裏一分錢。

林紅沒有告訴別人宋鋼跟著周遊走了，只說宋鋼南下廣東做生意去了。周遊在劉鎮販賣人造處女膜，林紅覺得不是正經生意，她以為宋鋼跟著周遊到廣東後仍然販賣人造處女膜，宋鋼做這樣的生意讓她說不出口。

林紅每天都在等待著宋鋼的來信，她每天都會在中午的時候走到工廠的傳達室，看著郵遞員將一捆信件扔在傳達室的窗台上，她急忙打開來，一封封地看著自己的名字。宋鋼沒有給她寫信，一個月以後，宋鋼給她打來了電話。那是晚上了，宋鋼的電話打到了蘇媽的點心店，蘇媽急匆匆地走過街道敲響了林紅的屋門。然後是林紅急匆匆地跑過街道，進了點心店拿起了電話，她聽到了宋鋼的聲音，宋鋼在電話另一端急切地說：

「林紅，你好嗎？」

林紅聽到宋鋼的聲音眼圈就紅了，她對著話筒喊叫：「你回來，你馬上回來！」

宋鋼在另一端說：「我會回來的……」

林紅繼續喊叫：「你馬上回來！」

兩個人就這樣說話，林紅要宋鋼立刻回家，宋鋼說他會回來的，不知道說了多少遍。林紅開始是用命令的語氣，後來哀求宋鋼了。宋鋼始終說著他會回來的，他肯定會回來的。然後宋鋼說要掛電話了，說這是長途電話，太費錢了。林紅仍然在電話裏哀求宋鋼：

「宋鋼，你快回來……」

宋鋼把電話掛了，林紅拿著電話還在說話，聽到話筒裏響起一串盲音，林紅失落地放下了電話。這時她才想起來沒有問問宋鋼的情況，她只是說了一堆「回來」。林紅難過地咬了咬自己的嘴唇，她看了看坐在櫃台裏臉色陰沉的蘇妹，林紅向蘇妹苦笑了一下，蘇妹也苦笑了一下。林紅走出點心店時，想和蘇妹說句話，可是不知道說什麼，就低頭走了出去。

後來的幾個月裏，蘇妹和林紅同樣傷心失落，周遊這個江湖騙子不辭而別後，蘇妹的肚子逐漸大起來了，群眾議論紛紛，猜測是誰將蘇妹的肚子搞大的。群眾胡亂懷疑，可疑物件越來越多，最後多達一百零一個，趙詩人也被他們懷疑進去了，趙詩人就是被懷疑的第一百零一個，趙詩人對天發誓對地跺腳地表示自己的清白，結果越描越黑，群眾更加懷疑是他幹的。趙詩人苦口婆心地告訴我們劉鎮的群眾：點心店的蘇妹雖然長得不怎麼樣，可人家也是公認的富婆，要是把她肚子弄大了，他還會在自己的破屋子裏住嗎？趙詩人說：

「我早就搬到對面點心店去做老闆啦。」

我們劉鎮的群眾這才相信趙詩人是無辜的，群眾繼續懷疑群眾，竟然沒有一個人懷疑是周遊幹的。周遊是一個了不起的騙子，他和三千個處美人一起來到我們劉鎮，那些處美人和評委睡，和組委會的領導睡，和李光頭睡，和劉新聞睡，和……睡，睡來睡去。評委、領導、李光頭和劉新聞等等蒙在鼓裏睡，睡得全是做了修復術的組裝處女和用了人造膜的散裝處女，只有周遊一個睡了個原裝處女，讓我們劉鎮女人裏面唯一的處女蘇妹也成了前處女。

周遊走後五個月，蘇妹的肚子開始挺起來了，她仍然每天坐在收錢的櫃台前，不過她不再和女服務員說話，也不再和顧客說話。周遊的不辭而別讓她傷心欲絕，此後她臉色陰沉，再也沒有笑容。她母親蘇媽常常發呆，常常嘆息，有時偷偷落淚，她怎麼也想不通，自己的命運爲什麼會在女兒身上重現？群眾先是好奇，先是興奮，慢慢地也就習慣了，群眾說蘇媽就是這樣的，誰都不知道她的肚子是誰搞大的，只知道她生下了蘇妹。如今蘇妹的肚子也被一個神祕男人搞大了，蘇妹懷胎十月後生下的也是一個女兒，蘇妹給女兒取個名字叫蘇周，就是這時候仍然沒有群眾去懷疑周遊這個江湖騙子，群眾這時候對懷疑沒有興趣了，開始熱衷於預言家的工作了，他們大膽預測，說這個名叫蘇周的女嬰長大成人後，也會和外婆和母親一樣，肚子神祕地大起來。群眾老練地說：

「這就叫命運。」

四十

江湖騙子周遊在我們劉鎮販賣人造處女膜大獲全勝，他帶著宋鋼從上海出發，沿著鐵路南下，再接再厲地推銷起了陰痙增強丸。他的陰痙增強丸也分爲進口和國產兩種，進口的名叫阿波羅牌，國產的名叫猛張飛牌。這兩個人在鐵路沿線的一些中等城市下車，然後在車站、在碼頭、在商業街叫賣他們的陰痙增強丸。西裝革履的周遊左手舉著阿波羅牌，右手舉著猛張飛牌，喊叫似的演說起來：

「每個男性都希望有一個碩大的陰痙，展現男子漢的陽剛威猛，由於種種原因很多人成年後陰痙短小，這樣的現象普遍存在……」

周遊搖晃著手裏的藥瓶，讓圍觀的群眾聽聽裏面藥丸的碰撞聲響，他聲稱右手拿著的國產猛張飛牌增強丸，是祖國醫藥之瑰寶，源于故宮博物院館藏的明清兩代皇家醫案，在眾多原始配方中優選研製而成。而左手上的進口阿波羅牌增強丸，則是外國人民之驕傲，是在美國輝瑞公司王牌產品「偉哥」的核心基礎上，加入基因技術和納米技術，隆重誕生了阿波羅牌。周遊像個貨郎搖動著拔郎鼓一樣，搖動著他左手和右手上的阿波羅牌和猛張飛牌，親切地告訴群衆，它們的大名叫增強丸，小名叫增大增粗延時丸。周遊拍著胸口說，只要服用兩到三個療程，保證成爲一名：

「極品眞漢子！」

這時候的宋鋼已經知道周遊是個江湖騙子了。他們乘坐的長途汽車離開我們劉鎮，駛進上海的街道後，周遊一把摘下宋鋼臉上的口罩，扔出車窗掛在了上海的樹枝上。周遊告訴宋鋼，現在沒人知道他的肺壞了，所以他的肺病痊癒了。宋鋼呼吸著上海的空氣，回頭張望著在樹枝上搖晃的口罩，汽車拐彎以後口罩也就消失了。

幾天以後宋鋼就知道周遊是一個什麼人了，他們七拐八彎，來到了郊外一個堆滿假煙假酒的地下倉庫，在倉庫黑暗的角落裏，周遊買下了兩紙箱的陰痙增強丸。然後周遊抱著猛張飛牌，宋鋼抱著阿波羅牌，跳上了南去的列車，開始了他們一年多的慘澹經營。

那一刻宋鋼坐在硬座車廂裏，車廂裏坐滿了南下的民工，他們的方言五花八門，他們有的去廣東，有的到了廣東以後再渡海去海南島，他們都是沒有結婚的年輕人，他們指望掙到一筆錢以後回家娶妻生子。周遊坐在他們中間，臉上保持著矜持的笑容，偶爾和幾個外出打工的農民搭訕幾句，不時地抬頭瞟一眼行李架上的兩紙箱陰痙增強丸。宋鋼覺得西裝革履的周遊坐在民工中間十分滑稽，有兩個民工詢問周遊是做什麼生意？周遊看了宋鋼一眼，隨便地說了「保健品」三個字。周遊知道這些民工沒有錢來上當受騙，所以他懶得夸夸其談。

宋鋼已經知道周遊在劉鎮所說的一切都是彌天大謊，他憂鬱地望著窗外無限伸展的田野，心裏七上八下，跟著這個江湖騙子前途何在？宋鋼不知道。想到周遊在劉鎮確實掙到了很多錢，宋鋼心裏又燃起了希望，他希望能夠盡快地掙到一大筆錢，然後立刻回家，他幻想的數目是十萬元，這樣林紅此後的生活就會無憂無慮。為了林紅，宋鋼在心裏告訴自己：

「我什麼事都願意做。」

幾年來宋鋼都是通過被口水浸濕的口罩呼吸，接下去的日子沒有了口罩，宋鋼覺得空氣變得乾燥了。本來話語不多的宋鋼，跟隨著周遊造謠撞騙以後越來越沉默寡言。很多個夜深人靜的晚上，宋鋼從睡夢裏醒來，腦海裏重複地浮現出了當初他離開劉鎮時的情景，想像著林紅每天傍晚騎車回家後孤獨一人的生活，宋鋼眼睛潮濕了。很多個旭日東升的早晨，宋鋼走出陌生的小旅店，走上異鄉的街道時，都會有一陣強烈的衝動，他想立刻回到劉鎮，回到林紅身邊。可是木已成舟，宋鋼告訴自己不能空手回去，要掙夠了錢才能回去，現在只能咬牙堅持下去，跟隨著周遊繼續行走江湖。

宋鋼經常拿出那張他和林紅的合影仔細端詳，他們的生活曾經是那麼的美滿，那輛永久牌自行車就是他們幸福的象徵。這張合影在最初的幾個月裏是宋鋼的精神支柱，半年以後宋鋼就不敢再看了，他只要看到照片上林紅美麗的微笑，就會坐立不安，就會情緒衝動地想立刻回到劉鎮。於是在後面的日子裏，宋鋼把這張合影壓在了箱底，努力讓自己忘掉它。

兩個人兩個月裏行走了五個城市，周遊親自上陣叫賣增強丸，周遊的叫賣像是攔路搶劫一樣，抓住一個人的胳膊就是滔滔不絕地說起來，他喊破了嗓子也只是賣出去了十一瓶，五瓶阿波羅牌和六瓶猛張飛牌。宋鋼也跟著叫賣，宋鋼手裏拿著增強丸，就像在劉鎮手裏拿著白玉蘭一樣，文質彬彬地詢問走過身邊的每一個成年男子：

「需要增強丸嗎？」

「什麼增強丸？」

宋鋼微笑著將阿波羅牌和猛張飛牌的說明書遞過去，耐心地等待著他們讀完，讓他們自己決定是否應該買下一瓶試試。有些人將說明書讀了一遍又一遍，最終還是空手而去。周遊認爲宋鋼錯失了很多機會，宋鋼不同意周遊的話，他說這些增強丸的療效本來就十分可疑，迫不及待地推銷只會讓人產生懷疑，宋鋼說推銷的時候應該欲擒故縱。兩個月下來，宋鋼賣出了二十三瓶增強丸，他「欲擒故縱」的業績比周遊的「攔路搶劫」高出一倍。

周遊對宋鋼刮目相看了，不再把宋鋼當成自己的助手，客氣地稱宋鋼爲合夥人，說以後掙到的錢二八分成，他自己八，宋鋼二，而且向宋鋼公開財務。那天晚上他們住在福建的某一個小城裏，在一家小旅店地下室的房間裏，周遊愁眉不展，他說雖然住的是最便宜的旅店，吃的是最簡單的食物，兩個月下來只賣掉三十三瓶增強丸，掙到的錢又被吃住花乾淨了。宋鋼長時間沒有說話，他走神了，他想到了在劉鎮獨自一人的林紅。

宋鋼回過神來以後，慢吞吞地告訴周遊，他以前在劉鎮叫賣過白玉蘭，他發現站在服裝店門口比站在大街上更容易，爲什麼？因爲愛漂亮的女孩都在服裝店裏，她們買了衣服以後就會順便買下一串白玉蘭。

「有道理。」周遊連連點頭，問宋鋼，「什麼地方男人最集中？是那些想做極品眞漢子的男人。」

「洗浴中心。」宋鋼想了想後回答，然後他笑著說，「只要看一眼就知道誰的短小了……」

「有道理。」周遊兩眼閃閃發亮了，「這就叫有的放矢。」

「可是，」宋鋼猶豫地說，「去洗浴中心要多花錢。」
「該花的錢就要花，」周遊堅定地說，「捨不得孩子套不住狼。」
兩個人說幹就幹，帶上十瓶阿波羅牌和十瓶猛張飛牌去了旅店附近的一家洗浴中心。他們把增強丸放在櫃子裏，脫光了衣服赤條條來去了。這家洗浴中心並不豪華，也讓宋鋼吃了一驚，裏面有三個大池子，中間是清水浴池，兩旁一個是牛奶浴池，一個是玫瑰浴池。周遊率先坐進了牛奶浴池，宋鋼也跟著坐了進去。周遊看看幾個正在淋浴的人，悄悄告訴宋鋼，既然花錢了，就好好享受一番。宋鋼點點頭，身體泡了進去，他低聲問周遊：
「這眞的是牛奶嗎？」
「奶粉泡的。」周遊老練地說，「劣質奶粉。」
兩個人在劣質奶粉浴池裏泡了半個小時，周遊起身走過了清水浴池，一臉舒適地泡進了玫瑰浴池。宋鋼一個人坐在牛奶浴池裏，心裏有些不踏實，也起身走了過去，坐進了漂滿玫瑰花瓣的池水裏。宋鋼用手抓起一把玫瑰花瓣，看著紅色的池水，驚訝地對周遊說：
「顏色都泡出來了。」
「是紅墨水，」周遊從容地告訴宋鋼，「倒進來幾瓶紅墨水，再灑上一些玫瑰花瓣。」
宋鋼一聽是紅墨水，急忙站起來。周遊一把拉住了他，讓他坐在自己身邊，說就是紅墨水也比清水貴。周遊說完後聞了聞玫瑰花瓣上的蒸汽，滿意地告訴宋鋼：
「還灑了幾滴玫瑰香精。」
接下去兩個人瞇著眼睛，舒展四肢泡在了紅墨水浴池裏。這時一個四肢發達的男子甩動著碩大的陰痙走了過來，他的身後跟著一條大狼狗。周遊看了一眼男子的下身，輕聲說了一句「極品眞漢子」。男子聽到周遊在說他，站在中間的清水浴池邊吼叫一聲：

「你小子說什麼？」

男子吼叫了一聲，後面的狼狗「汪汪」叫了一串，宋鋼一陣哆嗦，周遊強作微笑地把他的手從玫瑰池水裏伸出來，指了指男子的下身說：

「說你是極品眞漢子。」

男子低頭看了一眼自己的陰痙，滿意地笑了，然後跳進了清水浴池，像是一顆深水炸彈，濺起的清水飛越了玫瑰浴池，紛紛落在另一端周遊和宋鋼的臉上。男子泡在清水浴池裏，狼狗趴在池邊，男子右手搓著自己的胸脯，左手替狼狗搓背了。狼狗的眼睛像個職業殺手的眼睛一樣，盯著周遊和宋鋼，盯得這兩個人心裏陣陣發虛，宋鋼只是輕輕嘟噥了一聲「狗怎麼也能進來」，那條大狼狗就衝著宋鋼一陣狂吼。嚇得宋鋼和周遊再也不敢出聲，泡在池水裏一動不動。

這期間有幾個赤條條的人手裏拿著白毛巾走進來，他們本來是想在池水裏泡一會兒的，進來時還說說笑笑，看見一條大狼狗趴在清水浴池邊，立刻嚇得面如土色，躡手躡腳地退了出去。然後在外面的更衣室大聲責問服務員：狗怎麼也可以進來洗澡？他媽的還是一條大狼狗。趴在清水浴池邊的狼狗聽到外面的吵鬧聲，暫時不盯著周遊和宋鋼了，扭過頭去對著更衣室「汪汪」吼叫起來，更衣室立刻鴉雀無聲了。然後一個服務員小心翼翼地走了進來，他走到離狼狗五米遠的地方站住了，對著那個男子輕輕叫了幾聲；

「先生，先生……」

這個服務員本來是想來勸說男子把狼狗帶出去，可是狼狗衝著他吼叫了幾聲，嚇得他連連後退，一溜煙跑回更衣室了。周遊趁機移動到了池邊，剛剛站起來，狼狗回過頭來看到周遊站在池邊的台階上，立刻警惕地站起來，「汪汪」吼叫了，周遊進退兩難，滿臉討好的笑容看著那個男子。那個男子拍拍狼狗，讓狼狗重新趴了下去。周遊憋住呼吸，假裝從容地走下台階，看見有一扇木門，就推開走了進去。宋鋼也慢慢地向著池邊移動，狼狗一直盯著他，他就一直對著狼狗親切地微笑，移動到了池邊剛站起來，狼狗也霍地站了起來，「汪汪」吼叫了。那個男子再次拍拍狼狗，狼狗趴下後，宋鋼迅速地跳下台階，也是見到木門就推開跑了進去。

周遊和宋鋼先後跑進了桑拿浴房。宋鋼進去後才發現是一間熱昏了腦子的小木屋，周遊驚魂未定地坐在裏面，宋鋼問周遊：

「這是什麼地方？」

周遊看到宋鋼也跑進來了，立刻裝出從容的模樣，回答宋鋼：「桑拿。」

宋鋼喘著粗氣在周遊身旁坐下來，周遊拿起木勺將水灑在火爐上，一股熱浪蒸騰而起，宋鋼覺得呼吸都困難了，他說：

「這裏面太熱了。」

周遊得意地說：「這就是桑拿。」

這時木門開了，那個四肢發達的男子走了進來，周遊和宋鋼又是嚇了一跳，看到那條大狼狗沒有跟進來，他們長長地出了一口氣。那個男子準備躺下來，周遊和宋鋼趕緊站起來，給他騰出地方，他滿意地點點頭，在最上面的木台階上躺了下來，周遊和宋鋼坐在下面的木台階上。蒸了一會兒，周遊覺得自己有些吃不消了，他起身說要出去了。周遊拉開木門，那條大狼狗就趴在門口，衝著周遊一陣吼叫，周遊嚇得趕緊關上門，轉回身來自我安慰地說：

「再蒸一會兒。」

周遊在宋鋼身旁坐了下來，躺在上面的男子指揮他們：「加點水。」

「好。」

周遊說著往火爐上澆水，熱浪滾滾而來，宋鋼覺得自己熱得快要暈過去了，他對周遊說：

「我好像不行了。」

「你快點出去。」周遊推了推宋鋼。

宋鋼站起來，知道那條大狼狗就在門口虎視眈眈，硬著頭皮拉開了木門，趴著的狼狗立刻站起來，吼叫著像是要咬宋鋼的下身。宋鋼馬上關上木門，下意識地捂著下身退了回來，苦笑著在周遊身旁坐下。兩個人坐在桑拿房裏熱得暈頭轉向，可是門口的大狼狗比地雷還要讓他們害怕，他們只好繼續坐著，繼續忍受著蒸熱的煎熬。他們指望那個躺著的男子馬上起身出去，把門口的狼狗帶走，可是那個男子躺著越來越舒服，還吹起了口哨。周遊心想再堅持下去肯定會昏死在桑拿房裏了，他起身搖搖晃晃地走到男子跟前，低頭在他耳邊叫了幾聲：

「先生，先生……」

吹著口哨的男子睜開了眼睛，看著周遊。周遊有氣無力地說：「您的保鏢……」

「什麼保鏢？」男子沒有明白。

「您的狗保鏢守在門口，」周遊說，「我們出不去。」

男子嘿嘿一笑說：「再加點水。」

周遊抹了抹滿臉的熱汗，轉身又往火爐上澆水了，熱浪洶湧而起。宋鋼歪著腦袋都快倒下了，周遊搖晃著上前一步，對那個男子說：

「加過水了。」

「好。」那個男子說，「你們出去吧。」

「可是，」周遊說，「您的狗保鏢……」

那個男子這時嘿嘿笑著起身下來，拉開木門把吼叫的狼狗引到一旁，讓周遊和宋鋼安全地走出來。那個男子繼續在桑拿房裏躺著，那條狼狗繼續在門口守衛著。周遊和宋鋼死裏逃生似的來到更衣室，周遊一口氣喝了八杯純淨水，宋鋼一口氣喝了七杯。兩個人耷拉著腦袋在更衣室裏面坐了十多分鐘，終於緩過來了，然後穿上洗浴中心的睡衣，帶上他們黑包裹的增強丸，人模狗樣地走進了休息大廳。

大廳裏躺著二十來個客人，有的在修腳，有的在做足底按摩，投影電視裏是一場足球比賽。周遊對宋鋼使了一個眼色，兩個人分開走到了休息廳的兩端。宋鋼躺在了一個中年男子的身旁，這個中年男子正在看足球比賽，宋鋼耐心地等到中場休息，才拿出增強丸的說明書遞過去，文雅地問：

「先生，你有時間讀一下這個嗎？」

中年男子怔了一下，接過說明書認真讀了起來。中年男子讀完了國產猛張飛牌的說明書，宋鋼又遞上去進口阿波羅牌的說明書。中年男子認真讀完兩份說明書以後，看了看大廳裏休息的其他人，低聲問宋鋼：

「多少錢一瓶？」

周遊的推銷風格直截了當，他手裏就拿著現成的進口和國產增強丸，微笑地問身旁躺著的年輕人：

「你想做極品眞漢子嗎？」

「什麼極品？」年輕人不明白。

周遊滔滔不絕地解說起來，說得年輕人拿著兩瓶增強丸看了又看，還拉開睡褲看了一眼自己的陰痙，周遊也順便看了一眼，對他說：

「你已經是眞漢子了，可惜還不是極品。」

年輕人滿腹狐疑地看著周遊問：「不是假貨吧？」

「是眞是假，」周遊微笑地說，「你試試就知道了。」

那個四肢發達的男子和他的狼狗也來到了休息大廳，男子和狼狗長驅直入，休息大廳裏一片驚慌，幾個服務員一番謙恭的勸說，那個男子同意不讓狼狗進來，狼狗就趴在了休息大廳門口，一夫當關萬夫莫開了。躺在休息大廳裏的客人誰也不敢出去了，只能耐心地等待狼狗的主人離開。周遊和宋鋼如魚得水了，他們不急不燥地一個一個去遊說，哄騙他們買下增強丸。狼狗的主人看著這兩個人對別人竊竊私語，不對自己說半句話，心裏十分好奇，把周遊叫了過去，問他是在幹什麼？周遊就把阿波羅牌和猛張飛牌遞到他的手中，恭維地說：

「您不需要這個。」

狼狗的主人看完藥瓶上的說明，大聲對周遊說：「誰說我不需要？強者還要更強。」

「說得好！」周遊興奮了，他指指大廳裏休息的其他人，低聲說，「這增強丸對他們都是雪中送炭，對您就是錦上添花啦。」

狼狗的主人滿意地笑了，他伸出兩根手指說：「我要兩瓶。」

「兩瓶只是一個療程，」周遊耐心地解釋，「需要兩到三個療程才能見效。」

狼狗的主人爽快地說：「我要八瓶。」

「好。」周遊點點頭，問他，「你是要進口的，還是國產的？」

狼狗的主人說：「四瓶進口，四瓶國產。」

周遊遲疑了一下，假裝內行地說：「這進口的是基因技術和納米技術，國產的是明清兩朝皇家醫案，混合在一起服用不妥。」

「進口的我吃，」男子指指趴在休息大廳門口的狼狗說，「國產的它吃。」

四十一

周遊和宋鋼繼續在福建漫遊，在一個個洗浴中心推銷他們的增強丸，瞄準陰痙短小者，對症下藥，耐心誘導，夸夸其談。當他們離開福建，來到廣東時，兩紙箱的陰痙增強丸已經全部推銷出去。周遊總結經驗教訓，覺得將近五個月才把增強丸推銷出去，效益實在太低，利潤更是不見蹤影，加上吃住車旅費用，只賠不賺。周遊懷念他在劉鎮推銷人造處女膜的輝煌經歷，他覺得不能再推銷男性保健品了，女性在這方面更願意花錢。於是到了廣東以後，兩個人開始推銷波霸牌豐乳霜。

此刻的宋鋼已經離家半年了，在福建的時候他給林紅打過三次電話，都是在夕陽西下以後，站在買煙酒食品的小店鋪前，街道上塵土飛揚，來來往往的行人大聲說著閩南語，宋鋼雙手緊緊拿著話筒，彷彿怕別人來搶奪話筒似的，手掌裏都滲出了汗水，他的聲音結結巴巴，說話顛三倒四。電話另一端林紅的聲音疾風暴雨似的響著，要他回家，要他馬上回家，在一聲聲「回家」的呼喚裏，林紅急切地詢問宋鋼的身體，宋鋼說他的身體很好，肺病痊癒了，他的聲音輕得像蚊子的叫聲一樣，他說：

「我不咳嗽了。」

宋鋼重複說了幾遍，另一端的林紅才聽清楚，林紅喊叫著問他：「你還在吃藥嗎？」

宋鋼這時掛斷了電話，他放下電話以後輕聲回答林紅：「不吃了。」

然後宋鋼茫然若失地站在路燈亮起的街道上，看著一張張陌生的面孔，聽著一聲聲陌生的話語，搖了搖頭，緩慢地走回簡陋的小旅店。

那時候周遊盤腿坐在床上，抹著眼淚在看電視裏的韓劇。周遊在福建的時候看了三部半韓國電視連續劇，到了廣東以後找遍了所有的電視頻道，也沒有找到他看了一半的那部韓劇，周遊大驚小怪地說了一番廣東的壞話，然後集中精神推銷起了波霸牌豐乳霜。

在此後的幾個月裏，耳邊的閩南語變成了廣東話，他們行走了十五個地方，竟然只推銷出去了十多瓶。周遊在山窮水盡之時靈機一動，決定壓低價格向美容院推銷，結果所有的美容院裏都有豐乳霜出售；周遊又瞄準了藥店和商場，所有的藥店和商場裏也在出售豐乳霜，他們見到了上百個品牌的豐乳霜，價格比他們的波霸牌還要便宜。周遊窮途末路了，他和宋鋼提著波霸牌豐乳霜，在異鄉的街道上像兩隻無頭蒼蠅，尤其在那些十字路口，兩個人垂頭喪氣地東張西望，互相詢問該往何處走去？周遊對推銷豐乳霜已經毫無信心了，見到一個年輕的女子走過來，周遊就會推推宋鋼，讓宋鋼挺身而出，自己像個哨兵一樣站著不動。宋鋼低著頭走上去，謙恭地問來往的女子：

「需要豐乳霜嗎？」

那些女子像是遇到強盜一樣，捂住自己的包緊張地離去。有一次一個漂亮的女子沒有聽清楚，站住腳問了一聲：

「什麼？」

宋鋼的雙手就在自己胸口比劃起來，他說：「豐乳霜，就是讓你的胸大起來，挺起來。」

「流氓！」

女子尖聲喊叫了，她一邊離去一邊回頭叫罵，路上的行人紛紛站住腳看著宋鋼，宋鋼面紅耳赤，一臉苦笑地走向若無其事的周遊。

這時候周遊在廣東的電視裏找到了新的韓劇，白天四處碰壁，到了晚上周遊立刻興致勃勃了，韓劇播出前一個小時就在床上正襟危坐，手裏拿著搖控器，要求宋鋼到外面去走走，不要打擾他觀看韓劇，若宋鋼不願意出去，也可以待在屋子裏，不過……周遊對宋鋼說：

「你不能出聲。」

宋鋼沒有待在屋子裏，他漫無目標地行走在別人的城市裏，張望著一幢幢樓房裏的一扇扇窗戶，然後他靠在街邊的一棵樹上，出神地看著某一扇窗戶裏的某一個家庭，年輕的丈夫和年輕的妻子，他們在屋裏走動，有時是一個人影出現在窗前，有時是兩個人影，有時沒有人影只有燈光了。宋鋼站在那裏長時間凝視著，直到這一男一女同時走向視窗，一左一右同時將窗簾拉到一起，拉到一起時他們親吻了一下。這溫馨的一幕讓宋鋼的眼睛潮濕了，那一刻他無限思念千里之外的林紅，他眞想立刻插翅飛回劉鎮，可是他不知道什麼時候才能掙到錢？他憂鬱地覺得回到劉鎮的日子越來越遠了。

周遊在廣東的時候看完了四部韓國電視連續劇，接下去他在電視裏找不到新的韓劇了，爲此他大發脾氣。那時候他們已經在海邊了，在一家破舊的小旅店的二層房間裏，窗外的馬路對面聳立著一個看板，也是豐乳霜的廣告，廣告上面不是一個婀娜女子，是一個肌肉發達的猛男，這個猛男的胸脯竟然高高隆起，威風凜凜地戴著紅色胸罩，下面是紅色三角內褲。周遊發脾氣的時候沒有看到這個廣告，他發完脾氣覺得已經沒有什麼韓劇可看了，失落地坐在了床上，他的心思終於回到了自己的波霸牌豐乳霜。這個江湖騙子拿出計算器，用手指在上面點來點去，半個小時以後他抬起頭來神情悲哀，只說了三個字：

「完蛋啦！」

宋鋼早就知道完蛋了，六個月的東奔西走只賣出去了十多瓶豐乳霜，這期間周遊像個沉迷於女色的昏君一樣，沉迷在韓劇裏，現在沒有韓劇了，周遊必須面對現實了。周遊告訴宋鋼，若不在一個月以內將所有的豐乳霜推銷出去，那麼只能去法院了。宋鋼不知道去法院幹什麼？周遊雙手拉緊一下自己的領帶，像個面臨倒閉的國企老總似的說：

「申請破產保護。」

宋鋼苦笑起來，心想都淪落到這個地步了，周遊還在說大話。就在兩個人覺得走投無路的時候，周遊突然看到了馬路對面的豐乳霜廣告，他定睛看著上面威風凜凜的三點式猛男，嘴裏驚叫起來：

「比基尼！」

宋鋼也看到了，他的嘴巴張開以後就沒有合攏，他在夢裏都沒有見過這麼驚世駭俗的廣告。周遊嘴裏念念有詞了，他說：

「沒想到男人也可以有一對豐乳……」

周遊獲得了靈感，他的眼睛離開馬路對面的看板以後，開始色瞇瞇地打量起宋鋼來了。宋鋼被周遊看得渾身不自在，宋鋼說：

「你這是幹什麼?」
周遊感嘆起來:「你要是有一對豐乳,我們的波霸牌肯定被一搶而空。」
宋鋼臉紅了,這一瞬間周遊看到了宋鋼臉上掠過一絲女性的羞澀,周遊的眼睛閃閃發亮了,他滿腔熱情地說起了自己的計畫,就是給宋鋼去做豐胸手術,宋鋼擁有一對驕人的豐乳以後,就會像對面看板上的猛男一樣吸引人了。周遊耐心細緻地告訴宋鋼,豐胸手術是小手術,在醫院的門診室就可以做,他說:
「和處女膜修復術一樣簡單。」
宋鋼茫然地轉向窗外,看著馬路對面的看板,看著看板上面的樓房,看著樓房上面的天空,他心裏的悲哀和絕望在目光裏飄向了遠方,他回過頭來後堅定地點頭了,他說:
「只要能掙到錢,我做什麼都願意。」
周遊沒有想到宋鋼這麼爽快地答應了,他興奮地跳了起來,在屋子裏地走來走去,尋遍世上美好的詞語來讚美宋鋼,聲稱以後掙到的錢不再是二八分成了,應該是五五分成,兩個人各一半。周遊最後感動地說:
「在劉鎮的時候,我就知道你會爲我兩肋插刀。」
「不是爲你,」宋鋼搖搖頭,「我是爲了林紅。」
從福建到廣東,被韓劇薰陶了整整一年的周遊,帶著宋鋼來到美容整形醫院時,對其他豐胸手術不屑一顧,對韓式豐胸手術情有獨鐘。醫生向他們推薦了三種,韓式無痕豐胸、韓式假體豐胸和韓式自體脂肪豐胸。醫生介紹韓式無痕豐胸是運用了韓國全新的UNTOUCH技術,確保手術微創無痕,術後就是最親密的人也無法察覺，而且成形後自然逼眞，觸感柔滑酥軟，盡顯柔水欲滴之態，行動時乳房還會隨著步態和動作的節律，輕微自然顫動，性感嬌媚，流露萬千女人風情。周遊聽完介紹，微笑地說：

「就用韓式無痕豐胸。」

那個下午是宋鋼一生裏最爲尷尬難受的時刻，他低垂著頭坐在那裏一聲不吭，聽著周遊巧言令色，編造他從童年到少年到青年一直到現在，如何夢想著有朝一日變成女兒身。醫生在和周遊說話時，不停地去打量宋鋼。宋鋼的臉色青紅皀白地變來化去，聽著他們談論如何先給自己隆胸，隆胸手術之後再如何切除他的陰痙和睾丸，還要尿道移位元，再造人工陰道。醫生保證再造出來的女性外陰形態生動逼眞，陰道具有足夠的深度和寬度，陰蒂具有靈敏的性感覺功能。宋鋼聽了心裏陣陣噁心，周遊神采飛揚，一邊對醫生的話連連點頭，一邊欣喜地看著宋鋼，彷彿宋鋼眞要成爲一個女人了。最後醫生認眞端詳了一番宋鋼，說還要給他做鼻整形、頦整形、顴頰等面部骨骼女性化的手術。

周遊和醫生約好了三天以後就來做韓式無痕豐胸手術，兩個人走出美容整形醫院後，周遊紅光滿面地對宋鋼說：

「你要是眞變成一個女人，我就會娶你，我會像韓劇裏男主角愛女主角一樣，愛你愛得死去活來。」

從來不說髒話的宋鋼，臉色鐵青地對周遊吼叫了一聲：「去你媽的！」

然後在一個陰雨綿綿的上午，宋鋼跟在周遊的身後，走出了那家破舊的小旅店，他們走在濕漉漉的馬路上，周遊向著來去的計程車招手，宋鋼看著霧茫茫的大海，他聽到了海鳥的叫聲，可是看不到海鳥的飛翔。三個小時以後，宋鋼躺在手術台上，醫生在他的胸前畫了兩個紫色的圓形，他在無影燈下閉上眼睛，進行全身麻醉時，他的腦海裏突然出現了一隻孤零零的海鳥，在彌漫著煙霧的海面上滑翔，可是他沒有聽到海鳥的叫聲。

雖然醫生告訴周遊，男性胸部和女性在組織結構上有差異，手術過程比女性豐胸要複雜。手術還是很順利，不到兩個小時就完成了。宋鋼留院觀察了一天，第二天出院時仍然陰雨綿綿，宋鋼忍受著腋下創口的疼痛，坐上計程車回到了他們海邊的小旅店，他從計程車裏出來，在周遊付錢的時候，再次出神地看起了霧茫茫的大海，什麼都沒有了，沒有海鳥的叫聲，也沒有海鳥的飛翔。

宋鋼在小旅店裏靜養了六天，窗外飄揚了六天的陰雨，對面看板上戴著紅色胸罩的猛男在陰雨裏若隱若現，宋鋼每次看到他時都是一陣羞愧，彷彿看板上的人是自己。周遊無微不至地照顧宋鋼，每天殷勤地詢問宋鋼想吃什麼，後來乾脆把附近幾家小餐館的菜譜抄錄下來，拿回來讓宋鋼親自點菜，宋鋼點下的都是最便宜的菜，周遊立刻給餐館打電話，讓他們送餐到旅店的房間，周遊在電話裏每次都是獅子開大口，他神氣地說：

「我們宋總鮑魚魚翅吃膩了，送個豆腐素菜過來……」

宋鋼成爲了宋總，一個胸前突然出現了一對女性豐乳的宋總。宋鋼拆線以後，周遊喜氣洋洋地上街買了紅色胸罩回來，他告訴宋鋼，這是D杯胸罩，戴D杯的都是眞正的波霸女王，然後討好地對宋鋼說：

「你也是。」

宋鋼看到周遊買回來的是對面看板上的那種紅色胸罩，他拿過來一把扔在了地上，周遊撿起地上的胸罩，對宋鋼說：

「紅色的多好，紅色的醒目顯眼……」

宋鋼說：「去你媽的！」

「我馬上去換，」周遊點頭哈腰地說，「宋總，我知道你是一個低調的人，我馬上去換成白色的。」

五天以後雨過天晴，宋鋼在襯衣裏戴上了白色胸罩，他和周遊坐船去了海南島。在廣東晃蕩了七個月也沒賣出多少瓶波霸牌豐乳霜，周遊覺得廣東是一個不祥之地，他決定去海南島大展宏圖。胸口增加了兩個假體乳房以後，宋鋼走路的時候失重了，他的身體不知不覺地前傾下去，幾個月以後宋鋼駝背了。當宋鋼身體前傾地走上渡海輪船，手握欄杆站在甲板上，感覺著胸口假體乳房的沉重，眺望著遠去的廣東海岸，心裏空空蕩蕩，他不知道前面會發生什麼？在波濤的響聲裏，在閃爍的陽光裏，在藍天和大海之間，他看到了海鳥眞實的飛翔，聽到了海鳥眞實的叫聲。宋鋼想念起了電話裏林紅的呼喚，要他立刻回家的呼喚。船在波浪裏顛簸，海風吹亂了他的頭髮，林紅的呼喚恍若海鳥的叫聲，逐漸遠去了。宋鋼不由傷心落淚，他伸手抹去眼角的淚水，告訴自己已經離家一年多了。他在離開劉鎮時就夢想著回家的這一天，現在一年多過去了，他離家越來越遠了。

周遊和宋鋼開始在海南島推銷波霸牌豐乳霜，就像一年多前在劉鎮推銷人造處女膜那樣，兩個人站在大街上，四周圍滿了男男女女。宋鋼像個模特那樣一聲不吭，解開他的襯衣紐扣，露出裏面白色的胸罩和一對D杯的大乳房。周遊上下翻動他的三寸不爛之舌，高舉波霸牌豐乳霜滔滔不絕，說這是由天然維他命和生長素配製而成，裏面百分之三十五是維他命，百分之六十五是生物基因科技研製出來的生長素。生長素可以令乳房在幾天內經歷N次發育，令乳房蓬勃生長，其速度比「野火燒不盡，春風吹又生」還要快上N倍；維他命成份不但保持乳房彈性，還令皮膚表層更加細滑幼嫩，而且……

「絕對不含荷爾蒙激素，確保安全可靠。」

周遊介紹完手裏的豐乳霜，開始介紹宋鋼的一對豐乳了。他向圍觀的男男女女介紹宋鋼，說這位是他們公司的宋總，周遊振振有詞，說現在市面上豐乳霜多如牛毛，可是眞正有效的只是九牛一毛，宋總爲了檢驗波霸牌是否眞有療效，親自試驗，沒想到兩個月以後……周遊說到這裏感動地擦起了眼淚，他指著宋鋼的胸脯說：

「我們宋總沒有了男子漢的偉岸，出來了風流少婦的婀娜……」

圍觀的男男女女笑個不停，他們擠來擠去像是看外星人一樣，好奇地看著宋鋼。他們一個個都要往前擠，都要把宋鋼的乳房看得眞眞切切，有幾個近視眼都將嘴巴鼻子湊上去了，像是要吃奶一樣。宋鋼面紅耳赤，有一個身材嬌小的女人竟然用手去捏了捏宋鋼的乳房，宋鋼生氣地打開了她的手。有個男人立刻指責這個女人：

「你怎麼可以摸男人的性器官？」

「這叫性器官？」那個嬌小女人驚訝地叫了起來。

「只要是大乳房，只要能摸出高潮來的，都是性器官，」那個男人指著說話女人的嬌小乳房說，「你這個難道不是性器官？」

那個男人說著也在宋鋼的乳房上捏了起來，宋鋼憤怒了，打開了那個男人的手，又推了他一把。圍觀的女人高興了，她們說長出這麼大乳房了應該算女人，她們集體指責那個男人：

「你怎麼可以隨便摸女人的乳房？」

「他是女人？」輪到那個男人驚叫起來了。

「不是女人，怎麼會有這麼大的乳房？」女人們眾口一詞地說。

「是男是女不重要，」周遊高高舉起手裏的波霸牌豐乳霜，「重要的是誰抹了它，誰就能夠成爲今世上的波霸女王。」

那個摸了宋鋼假體乳房的嬌小女人第一個走上來，她模樣害羞地掏錢買下了兩瓶後就匆匆離去。有幾個中年婦女上來買走了幾瓶，她們一邊付錢一邊說是給她們的女兒買的。然後年輕的女子也掏錢買波霸牌了，她們說是給朋友買的。接下去男人也上來買了，他們說是給女朋友的女朋友買，或者說是給老婆的小姊妹買。周遊笑容可掬，一手拿錢一手交貨，不到一個小時就買出去了三十七瓶，周遊得意地舉起一箱波霸牌豐乳霜，高聲喊叫：

「三十七瓶名花有主啦，這些花落誰家呢？」

周遊放下箱子後，一個男人擠上來悄悄指指周遊的褲襠，悄悄問：「抹在那個地方有用嗎？」

「你說的是陰痙？」周遊大聲說，「當然有用。」

「喂，喂，」那個男人低聲說，「你小點聲。」

「知道，」周遊對那個男人點點頭，舉起豐乳霜對圍觀的男人們大聲說話了，「這波霸牌豐乳霜也具有陰痙增強丸的功效，可以增大增粗，還可以延時，不過使用時千萬小心，要遵醫囑，否則過於肥大就不是陰痙了。」

「不是陰痙是什麼？」有男人嬉笑地問。

「過於肥大……」周遊想一想後說，「就是乳房了。」

周遊出師大捷喜上眉梢，第一天就買出去了五十八瓶豐乳霜。這一天對宋鋼來說，好比是上刀山下火海，解開襯衣讓異鄉的男男女女盡情觀賞他胸口的一對假體乳房，還有人動手動腳，議論他是男是女，有一刻宋鋼快要瘋狂了，他咬咬牙挺了過來。夕陽西下周遊收拾箱子時，宋鋼像一個剛剛被強暴的女子那樣，充滿屈辱地扣上襯衣的紐釦，臉色鐵青地跟隨著周遊走向旅店。周遊知道宋鋼心裏難受，他安慰宋鋼：

「這裏沒人認識你。」

第二天上午兩個人又來到了昨天的街上，繼續著昨天的表演，這一天周遊推銷出去了六十四瓶豐乳霜。按照周遊的習慣，第三天應該換地方了，上升的銷售業績讓周遊流連忘返，仍然站到了這裏。到了中午的時候，第一天捏過宋鋼假乳的那個嬌小女人帶著一個粗壯的男人走來了，這個像屠夫一樣男人走到宋鋼面前，仔細看了看宋鋼胸口的那對假乳。當時周遊正在眉飛色舞地推銷波霸牌，沒有注意這個男人紅腫起來變得巨大的嘴唇，這個男人看完宋鋼的假乳後，一把抓住周遊的衣服，劈頭蓋臉一陣叫罵，說周遊買出的豐乳霜裏有毒藥。周遊被這個男人的突然襲擊弄懵了，他聽著嗡嗡的聲音從這個男人巨大的嘴唇裏飛出來，過一會兒才聽明白，這個男人紅腫的嘴唇擦上了波霸牌豐乳霜了。周遊使勁撥開男人抓住他衣服的手，理直氣壯地責問他：

「你怎麼把豐乳霜當成唇膏擦了，你眞是糊塗……」

「放屁！」嘴唇紅腫的男人氣勢洶洶，「老子怎麼會擦你的豐乳霜。」

「那你擦了什麼？」周遊糊塗了。

「老子……」

這個男人不知道說什麼了，他的妻子紅著臉解釋說：「是我擦的……」

周遊沒有等她說完就叫了起來：「你怎麼可以把豐乳霜擦到他的嘴唇上？」

「我沒有擦在他嘴上，」這時她的脖子都羞紅了，她指指自己的胸口說，「我擦在自己這裏了，我沒有告訴他擦了豐乳霜，他不知道，所以就……」

圍觀的男男女女在寂靜裏突然爆發了浪濤般的大笑，宋鋼也忍不住笑了一下，周遊更是喜笑顏開，他連聲說：

「我明白了，我明白了……」

「你說，」這個男人吼叫道，「是不是有毒藥？」

「不是毒藥，是生長素起作用了。」周遊指指這個男人紅腫的嘴唇，對圍觀的男男女女說，「看見了吧，短短兩天就隆起了這麼多，連紅色的乳暈都隆出來啦！」

這個男人的妻子不安地輕聲說：「可是我自己這裏沒有隆起來。」

「你當然沒隆，生長素之精華全被他吸走啦！」周遊指著她丈夫的紅腫嘴唇，不失時機地繼續對廣大的男女做起了廣告，「看見了吧，他僅僅是間接受益，要是直接受益，他的兩片嘴唇就會隆成兩隻耳朵啦！」

在男男女女的哄笑裏，這個嘴唇紅腫的男人惱羞成怒，揮手給了周遊一記巴掌，搧得周遊跌跌撞撞。這一掌好比當初童鐵匠在劉鎮的大街上揍了少年李光頭，周遊的耳朵裏也像是養了蜜蜂一樣嗡嗡叫了很多天。

這個半路殺出來的紅腫嘴唇反而幫助了周遊，讓周遊推銷出去了九十七瓶豐乳霜。第四天一早，周遊左手捂著嗡嗡叫著的耳朵，帶著宋鋼悄悄地離開了。後來的十多天裏，他們在海南島的推銷一帆風順。他們像蜻蜓點水一樣，每個地方住上兩三天，還沒有露出破綻的時候已經溜之大吉。此刻的宋鋼慢慢習慣解開襯衣的舉動，屈辱也在慢慢消散，眼看著周遊黑包裏的現金越來越多，宋鋼心裏踏實了。到了晚上周遊坐在旅店的床上，聽著自己左耳朵裏面嗡嗡的響聲，沾著口水數完一天的收入，告訴宋鋼又掙了多少錢時，宋鋼的臉上出現了笑容，他覺得離回家的日子又近了一天。

這時的周遊又在電視裏發現了沒有看過的韓劇，一到晚上就在床上正襟危坐，熱情地邀請宋鋼和他一起觀看，殷勤地向宋鋼解說劇情。宋鋼已經很久沒有給林紅打電話了，他起身出門，周遊叫住他，就讓他在房間裏給林紅打電話。宋鋼說在旅店裏打電話多花錢，周遊說現在有錢了，不怕多花；宋鋼說在房間裏打電話會影響周遊看韓劇，周遊說他不怕影響。兩個人坐在自己的床上，一個表情生動地看起了韓劇，一個撥通了千里之外蘇媽點心店的電話。

宋鋼雙手捏著話筒，蘇媽跑去街道對面喊叫林紅的時候，他聽到點心店裏嘈雜的聲音，裏面還有嬰兒的啼哭。宋鋼聽到急匆匆的腳步跑向另一端的電話時，知道林紅來了，他的手顫抖起來，然後聽到了林紅急切的聲音：

「喂——」

宋鋼的眼睛一下子潮濕了，林紅在電話裏「喂」了幾聲後，宋鋼才哽咽地說：「林紅，我想你。」

林紅在電話另一端沉默了一會兒，她的聲音也哽咽了，她說：「宋鋼，我也想你。」

兩個人在電話裏說了很多話，宋鋼告訴林紅，他現在海南島，他沒有告訴林紅正在推銷豐乳霜，只是說現在做的生意很紅火。林紅告訴他劉鎮的一些事，電話裏嬰兒的啼哭越來越響亮時，林紅悄悄告訴宋鋼，蘇妹產下一個女兒，取名叫蘇周，劉鎮沒有人知道女嬰的父親是誰？兩個人不知不覺說了很長時間，周遊看完了兩集韓劇，兩個人還在互相傾訴。宋鋼看到坐在床上的周遊無所事事地看著自己，他知道應該掛斷電話了，這時林紅在電話裏懇切地叫了起來：

「你什麼時候回來？」

宋鋼的回答充滿憧憬了：「快了，快回來了。」

宋鋼放下電話以後，表情失落地看著對面床上的周遊，周遊也是滿臉的失落，他是爲不知道後面的劇情而失落。宋鋼神思恍惚地苦笑了一下，然後他想和周遊說話了。他悽楚地自言自語，不知道這一年多時間林紅是怎麼過來的？周遊仍然沉浸在韓劇裏，對宋鋼的話不得而知。過了一會兒宋鋼問周遊，是否還記得劉鎮點心店的蘇妹？周遊像是從睡夢中驚醒似的點了點頭，警惕地看著宋鋼。宋鋼告訴周遊，蘇妹產下了一個女兒，名叫蘇周，劉鎮誰也不知道女嬰的父親是誰？宋鋼的話讓周遊驚訝地張大了嘴巴，半晌沒有合攏。

這個晚上兩個人都在床上輾轉反側，宋鋼想念林紅，想念林紅的一舉一動，想念林紅的微笑和林紅的生氣；周遊的腦海裏一次次浮現出蘇妹的笑容，還有一個女嬰的笑容。後來宋鋼睡著了，周遊繼續睜著眼睛回味著蘇妹的笑容和女嬰的笑容。宋鋼在天亮後醒來時，看到周遊已經穿戴整齊，床上放著兩堆鈔票。周遊神氣活現地向宋鋼宣布：

「我就是蘇周的父親。」

宋鋼一下子沒有聽明白，周遊指著床上的錢說，他們全部的財產都在這裏，總共四萬五千元，按照五五分成的原則，每人各兩萬二千二百五十元。周遊說著將一堆鈔票拿起來放進自己的口袋，指著另一堆對宋鋼說：

「這是你的。」

宋鋼滿臉疑惑地看著周遊，周遊說還剩下兩百多瓶豐乳霜也歸宋鋼所有。然後周遊慷慨激昂地演說了，他行走江湖已經十五年了，江湖險惡令他身心疲憊，苦海無邊回頭是岸，他決定正式告別江湖，回到劉鎮隱居，做蘇妹的好丈夫，蘇周的好父親，老婆孩子熱炕頭其樂融融也。

周遊說完提起他的黑包轉身出門，這時宋鋼終於明白了，明白是誰讓蘇妹懷孕生下了女兒，明白周遊的豐乳霜事業要半途而廢了，他叫住周遊，指著自己胸口的假體乳房問：

「你走了，我這個怎麼辦？」

周遊充滿同情地看著宋鋼的一對假體乳房，對宋鋼說：「你自己決定。」

四十二

宋鋼跟隨著周遊走後將近十個月，我們劉鎮又出了一個大新聞，李光頭花錢從俄羅斯請來了一位大畫家，專門給自己畫肖像，傳說李光頭的肖像和北京天安門城樓上的毛主席畫像一樣大。傳說這個大畫家剛剛在克里姆林宮好吃好睡了三個月，給普金畫了肖像，葉利欽下台了成了昨日黃花，他也想請這個大畫家去畫肖像，可是出的價錢沒有李光頭高，所以俄羅斯大畫家來到我們劉鎮了。我們劉鎮的群眾都親眼見到了這個俄羅斯大畫家，白頭髮白鬍子，高鼻子藍眼睛，這個大畫家最愛吃中國的點心，每天都笑呵呵地沿著大街走過來，在蘇媽和蘇妹母女倆的點心店裏吃著包子。

俄羅斯大畫家最喜歡的就是帶吸管的小籠包子，他每次都要五屜小籠，每屜小籠裏面有三隻小包子。五屜小籠十五隻包子上面插著十五根吸管，擺在俄羅斯大畫家面前像是插了十五根蠟燭的生日蛋糕似的，他小心翼翼地一點點將裏面的肉汁吸進嘴裏，將肉汁吸完了，再將包子拿起來咬著嚼著吃下去。這是江湖騙子周遊傳播到劉鎮的，是他親自教給蘇妹，還親自把蘇妹的肚子弄大。周遊拂袖而去，帶吸管的小籠包在我們劉鎮紮下了根，而且一舉成名，男女老少每天都排著隊來咝咝地吮吸，點心店裏是一片嬰兒吃奶的聲音。

俄羅斯大畫家在蘇妹的點心店裏吸了三個月包子裏的肉汁，吃了三個月包子的皮肉後，他的肖像作品也完成了。這天他拖著行李箱來到了點心店，他在吸著吃著的時候，群眾知道他要走了，要回他的俄羅斯去了，估計他回去要給葉利欽幹活了。俄羅斯大畫家吸完了吃完了，李光頭的桑塔納也停在了點心店門口。當時林紅就站在門口看著，裏面沒有李光頭，李光頭的司機將大畫家的行李搬進桑塔納的尾箱，大畫家抹著嘴巴走出來，抹著嘴巴鑽進了桑塔納，林紅目送著俄羅斯大畫家的離去。

此刻的林紅和宋鋼分別一年多了，林紅形影相弔，早晨騎車出門，傍晚騎車回家，本來窄小的屋子，宋鋼走後讓林紅覺得空空蕩蕩了，而且無聲無息，只有打開電視才有人說話。自從宋鋼第一個電話打到對面的點心店，林紅經常在傍晚時分站到門口，出神地看著點心店進進出出的劉鎮群眾，起初她是在期待宋鋼的電話，可是宋鋼的電話總是遙遙無期，林紅站在門前的時候已經不知道自己爲什麼了？

這時的林紅心裏充滿了委屈，那個煙鬼劉廠長知道宋鋼走了以後，對林紅更加放肆。有一次他把林紅叫到辦公室，關上門以後，就把林紅摁在沙發上，那次把林紅的襯衣都撕破了，還撕斷了林紅的胸罩，林紅拼命掙扎大聲喊叫，才嚇得他不敢繼續下去。以後林紅再也不去煙鬼劉廠長的辦公室了，煙鬼劉廠長幾次讓車間主任叫林紅去，林紅都是堅定地搖頭說：

「我不去。」

車間主任不敢得罪煙鬼劉廠長，站在那裏一遍遍地懇求林紅趕快過去，林紅明確告訴車間主任：

「我不去，他手腳不乾淨。」

林紅不再去廠長辦公室，煙鬼劉廠長開始每天來到林紅的車間視察了，他像個幽靈一樣悄無聲息地走到林紅身後，突然捏一把林紅的屁股，因爲機器擋住了其他女工的視線，有時他會突然捏一下林紅的胸部，林紅每次都是憤怒地打開他的手。有一次煙鬼劉廠長竟然從後面抱住了她，使勁親著她的脖子，車間裏還有其他女工，這次林紅忍無可忍了，她使勁推開煙鬼劉廠長，指著他的鼻子大聲喊叫：

「請你手腳乾淨點！」

其他女工聽到了林紅的喊叫，紛紛吃驚地跑過來，煙鬼劉廠長惱羞成怒，訓斥她們：

「看什麼？幹活去。」

林紅回到家中哭了不知道多少次，心裏的委屈無人可以訴說。宋鋼來電話的時候，她幾次想把自己的委屈告訴宋鋼，可是身邊都有別人，她咬咬牙又把話咽了下去。放下電話回到家中以後，她又獨自落淚，心想就是將這些告訴了宋鋼，宋鋼又能怎樣？

林紅站在傍晚的門前時，經常看到李光頭坐在桑塔納轎車裏，在她面前一閃而過。宋鋼走後兩個月，李光頭的桑塔納轎車有一天停在了林紅的面前，李光頭從車裏鑽出來，笑嘻嘻地走到林紅跟前。李光頭突然走向自己，林紅不由臉紅了，就在她不知道應該說些什麼的時候，李光頭的眼睛繞過她的身體往屋裏張望，嘴裏念念有詞：

「宋鋼呢，宋鋼呢……」

然後李光頭知道宋鋼跟著別人出遠門做生意去了，李光頭氣得直搖腦袋，連聲罵道：

「這王八蛋，這王八蛋……」

李光頭一口氣罵出了五聲「王八蛋」，氣沖沖地對林紅說：「這王八蛋讓我傷透心了，這王八蛋跟誰做生意都願意，就是不願意跟我一起做……」

「不是這樣的，」林紅急忙解釋，「宋鋼一直把你當成最親的人……」

李光頭已經轉身走向桑塔納轎車，他拉開車門時回頭看著林紅，同情地說：「你怎麼會嫁給這個王八蛋？」

李光頭的轎車在黃昏裏遠去後，林紅心裏百感交集，往事歷歷在目，年輕的李光頭和年輕的宋鋼，一高一矮形影不離地走在我們劉鎮的大街上。林紅萬萬沒有想到二十年後，兩個人的命運如此不同。宋鋼離家一年多後，李光頭遵守他的承諾，每隔半年都往林紅的銀行戶口打進去十萬元，給宋鋼治病花去了兩萬多元，剩下的二十七萬多元，林紅沒有動用一分錢。雖然宋鋼遠在千里之外，雖然宋鋼在電話裏說他的生意做得很紅火，林紅還是不敢動用銀行戶口裏的錢，那是宋鋼治病的錢，也是宋鋼的養老救命錢，她知道宋鋼不是一個做生意的人，她擔心有一天宋鋼空手而歸。那個煙鬼劉廠長對她虎視眈眈，她知道自己遲早要離開針織廠，遲早也會下崗失業，她就更不敢動用銀行戶口裏的錢了。她曾經在那些服裝店流連忘返，看中過很多適合自己的服裝，可是她一件也沒有買下。

只要看見林紅站在家門口，李光頭的桑塔納轎車每次經過時都會停下來，按下車窗玻璃問林紅：宋鋼回來了沒有？知道宋鋼還沒有回來，李光頭就會罵上一句「王八蛋」。有一次李光頭打聽了宋鋼的消息以後，突然關心地問林紅：

「你還好嗎？」

林紅心裏一顫，李光頭出口就是粗話髒話，突然溫柔的一句，讓林紅眼淚奪眶而出。就是在這一天的下午，煙鬼劉廠長已經明確告訴林紅，下一批裁員名單裏有她的名字，一周後正式宣布。自從上次在車間裏林紅大聲喊叫要他手腳乾淨點，煙鬼劉廠長三個月沒來林紅所在的車間，這次他進來時不像一個幽靈了，他大搖大擺地走到林紅跟前，低聲告訴她，她一周後就會被裁掉。煙鬼劉廠長這次沒有動手動腳，而是冷冷地提醒林紅，如果她不想被裁掉，下班後就到他的辦公室去。林紅什麼話都沒說，她只是咬住自己的嘴唇，下班後她仍然是咬著嘴唇騎上那輛老式永久牌回家。然後她木然地站在自己家門口，當李光頭問了她一句「你還好嗎？」後，林紅哭了，她想到了在煙鬼劉廠長那裏遭受的委屈，忍不住舉手擦起了眼淚。

坐在轎車裏的李光頭已經過去了，看到林紅哭了，立刻讓司機停下車，急匆匆地下車跑過來，問林紅：

「宋鋼出事了？」

林紅搖了搖頭，她第一次說出了心裏的委屈，她擦著眼淚哀求李光頭：「你能不能跟劉廠長說一聲……」

李光頭滿臉疑惑地看著傷心的林紅，問她：「那個煙鬼劉廠長？」

林紅點點頭，遲疑不決後充滿委屈地說：「你能不能跟他說一聲，讓他放過我……」

「這他媽的王八蛋！」李光頭明白了，咬牙切齒地罵了一句，然後他對林紅說，「你給我三天時間，三天以後你就可以放心了。」

三天以後，縣政府來人宣布撤銷了煙鬼劉廠長的職務，理由是煙鬼劉廠長讓針織廠連續三年效益下滑。煙鬼劉廠長陰沉著臉收拾起了辦公室自己的物品，然後灰溜溜地走出了工廠的大門。煙鬼劉廠長還沒有來得及宣布裁員名單，自己先被裁掉了。煙鬼劉廠長整整兩個小時沒有抽上一根煙，走出廠門時手裏也沒有夾著香煙。傳達室裏的老頭說他和煙鬼劉廠長共事三十年了，第一次沒有見到他手指上夾著香煙。針織廠的男女工人們嘿嘿地笑，說這個老煙鬼都忘記了抽煙，肯定是喪魂落魄了。

新來的廠長上任的第一件事，就是把林紅從車間調到辦公室工作。新廠長看見林紅時笑臉相迎，悄聲告訴她，若不喜歡現在的新工作還可以換，針織廠所有的工作她可以自由挑選。

林紅沒有想到會是這樣的結果，心裏感慨不已，對自己如此艱難的事情，到了李光頭那裏如此簡單。這時的林紅對李光頭已經充滿了好感，她覺得自己過去那麼討厭李光頭，實在是沒有道理。後來的日子裏，林紅站在門口的時候，她自己都分不清是在等待宋鋼的電話，還是在等待李光頭的經過？

俄羅斯大畫家一走，我們劉鎮的群眾都知道李光頭的巨幅肖像完成了，聽說就掛在他一百坪米的大辦公室裏，聽說上面蒙著一塊紅色的天鵝絨，聽說除了李光頭自己，沒有人見過這幅肖像。李光頭公司裏的人已經到處對劉鎮的群眾說了，李光頭要請一位最重要的人物來給他的肖像揭幕，群眾紛紛猜測這個重要人物會是誰，起先都覺得是本縣的陶青縣長，可是紅色的天鵝絨蒙著肖像都一個多月了，李光頭還沒有準備著要揭幕，這一個多月陶青縣長哪裏都沒去，整天等著李光頭打電話請他去揭幕肖像。後來李光頭的手下又傳出話來，說肖像遲遲沒有揭幕是因爲李光頭買的新車還沒有到貨，李光頭要用他的新車去接這位最重要的人物。群眾覺得這個重要人物肯定比縣長大，要不李光頭爲什麼要用新車去接呢？接下去謠言四起，先說是市長來揭幕，又說可能是省長，然後有人說這個重要人物將來自北京，可能是某一位黨和國家領導人。最後竟然有人斬釘截鐵地說，李光頭要請聯合國祕書長來揭幕。有些群眾開始看電視讀報紙聽廣播，幾天下來什麼都沒看到，什麼都沒讀到，什麼都沒聽到，這些群眾說：

「沒有聯合國祕書長來中國訪問的新聞啊？」

另外一些群眾說：「所以李光頭一直在等著呀！」

有群眾去劉新聞那裏打聽，這時的劉新聞已經是副總裁了，劉鎮的群眾起先都叫他劉總，他覺得「劉總」有和李光頭的「李總」分庭抗禮之嫌，要求群眾叫他「劉副總裁」，群眾覺得太麻煩，就叫他「劉副」。劉副的嘴裏好比是長出了處女膜，絕對保密，不管前去打聽的是朋友還是親戚，他都是一臉嚴肅地說：

「無可奉告。」

兩個月過去了，李光頭預訂的兩輛新車來了，一輛是黑色的賓士，一輛是白色的寶馬。爲什麼一下子買進了兩輛轎車？李光頭聲稱要融入大自然，白天坐白寶馬，黑夜坐黑賓士。這是我們劉鎮最早來到的高級轎車，停在李光頭公司門前時，群眾圍著黑賓士白寶馬，嘴裏不停嘖嘖。群眾一口咬定賓士是天下第一黑，寶馬是天下第一白；賓士比非洲的黑人還要黑，寶馬比歐洲的白人還要白；賓士比煤炭還要黑，寶馬比雪花還要白；賓士比小學生用的黑墨水還要黑，寶馬比小學生用的白紙還要白。群眾最後總而言之，賓士比黑夜還要黑，寶馬比白天還要白。天下第一白的寶馬轎車在我們劉鎮的白天裏轉了兩圈，天下第一黑的賓士轎車在我們劉鎮的黑夜裏轉了兩圈，兩個兩圈的時候，李光頭都沒有坐在裏面，只有他的司機在裏面。那個桑塔納司機升級成賓士寶馬司機了，他開著新車出來兜圈子時，神氣地嘴唇都突起來了，劉鎮的群眾說粗心一看還以爲他嘴唇上長出了痔瘡。

群眾說李光頭的白寶馬黑賓士終於來啦，給李光頭肖像揭幕的重要人物也快要浮出水面。群眾再次議論紛紛，猜測起那個揭幕肖像的重要人物究竟是誰？再次從市長開始一直猜到聯合國祕書長，群眾已經把陶青縣長排除在外了。

這天傍晚，林紅獨自一人吃過晚飯，又獨自一人站在門前的時候，劉副出現了，他急匆匆地走來，他身後還跟著一個人，那人肩上扛著一卷紅地毯，跟在劉副後面一路小跑，跑得上氣不接下氣。劉副直奔林紅家門口而來，他急步走到林紅身前，非常禮貌地請林紅讓開一下，林紅滿臉疑惑地側身讓開，看著劉副指揮身後那個人將紅地毯鋪開來，從林紅家門口一直鋪到大街上。四周的群眾目瞪口呆，他們不知道發生了什麼？林紅也是目瞪口呆，也不知道發生了什麼？劉副微笑著，像是面對記者似的對林紅說：

「李總請您去揭幕肖像。」

林紅仍然目瞪口呆，她以為自己聽錯了。身邊的群眾先是驚訝的鴉雀無聲，隨後爆發出了一連串動物園裏才有的叫聲。劉副壓低聲音，悄悄對林紅說：

「快去換身衣服。」

林紅醒悟過來了，她知道什麼事情正在發生，她茫然地看著四周圍觀的群眾，聽著群眾嗡嗡的聲音，似乎聽到有人說一眨眼醜小鴨變成天鵝了。林紅苦笑了一下，不知所措地看了看劉副，劉副再次低聲催促她去換衣服，她只看到劉副的嘴巴在動，沒有聽清他在說些什麼。

林紅站在我們劉鎮的黃昏裏，彷彿失去了知覺，她的眼睛空洞地張望著街道上越來越多的群眾，有一刻她好像忘記了正在發生什麼，她皺眉想了又想，終於想起來了，她有些憂鬱地搖了搖頭，緊張地往身後看了看，沒有看到宋鋼，只看到自己家虛掩的屋門。她回過頭來時，聽到了群眾的喊叫聲，一輛白色的寶馬轎車沿著大街徐徐過來了，一輛黑色的賓士跟在後面，群眾嘈雜地喊叫：

「李光頭來啦！」

李光頭確實來了，他的兩輛新車一起來了，他已經有兩個司機了。白色的寶馬轎車首先開過來了，停在了紅地毯前，黑色的賓士轎車停在後面。劉副趕緊上去打開車門，西裝革履的李光頭微笑著從車裏出來，他手裏拿著一枝紅玫瑰，胸前的口袋裏插著一朵紅玫瑰。李光頭走到茫然無措的林紅面前，將手裏的玫瑰遞給她時，這個土財主竟然像個洋貴族，先將玫瑰輕輕地吻一下，然後才遞給林紅。林紅看著李光頭手裏的玫瑰連連搖頭，李光頭拉起她的手，把玫瑰塞到了她的手裏。李光頭拉住林紅的手踩著紅地毯，走到寶馬轎車前，又像個洋貴族那樣伸手做了一個「請」的動作。林紅緊張地回頭看看，還是只看到自己家虛掩的屋門，她又看了看四周的群眾，看到一張張表情古怪的臉，聽到亂鬨鬨的人聲，這時候一個清晰的念頭閃現了，她想盡快離開這裏，她爬進了寶馬轎車。從來沒有坐過轎車的林紅不是坐進去，而是爬了進去，劉鎮的群眾都看到她翹著屁股像是爬進了狗洞。再看看李光頭，他向群眾揮揮手後，是屁股先坐進去，隨後身體才彎著跟進去。

劉副幫著關上車門後，白色的寶馬轎車駛去了，黑色的賓士轎車緊隨其後。劉副的手下把紅地毯重新捲了起來，重新扛在肩上，跟著劉副走去，劉副走的時候，有群眾問他：

「林紅揭幕肖像後，會和李光頭過夜嗎？」

劉副頭也不回地說：「無可奉告。」

四十三

白色的寶馬轎車和黑色的賓士轎車緩緩地行駛在我們劉鎮的大街上，落日西沉霞光消失之時，寶馬轎車駛到大街拐彎處停下了，李光頭說了一聲「天黑了」，打開車門拉著林紅鑽出了前面的白色寶馬，在黑夜降臨的這一瞬間，鑽進了後面的黑色賓士，融入了到黑夜的大自然裏。此刻的林紅手裏捏著玫瑰，仍然深陷在茫然之中，甚至不知道剛才已經換了一輛轎車，李光頭卻紳士似的一直微笑地看著她。

黑色的賓士在劉鎮的夜幕裏駛進了李光頭的公司，李光頭跳下車，繞到另一側親自打開車門，迎接林紅從裏面爬出來。然後繼續像個紳士那樣拉著林紅的手走進了他燈火通明的辦公室。進了辦公室以後，李光頭拉著林紅的手在沙發裏坐下來，深情地看著林紅說：

「這一天我等了二十年了。」

林紅迷惘地看著李光頭，她不置可否地笑了笑。李光頭拿過她手中的玫瑰扔在了沙發茶几上，伸出雙手撫摸起了林紅的臉。林紅渾身顫抖了，李光頭的雙手滑到了她的雙肩，又從肩膀滑到她的胳膊上，最後捏住了她的雙手，等待著林紅身體的顫抖漸漸平息下來。李光頭覺得自己有千言萬語要對林紅說，可是他怎麼也想不起來應該說些什麼？他搖了搖頭，滿臉痛苦地對林紅說：

「林紅，請你理解……」

林紅迷惑地看著李光頭，不知道要她理解什麼？李光頭可憐地說：「我已經不會談戀愛了，請你理解……」

「理解什麼？」林紅輕聲問。

「他媽的，」李光頭罵了自己一聲說，「我不會談戀愛，我只會幹戀愛了。」

接下去李光頭完全是個土匪了，林紅還在迷惑地望著李光頭，不知道他在說些什麼時，李光頭一把抱住了她，同時一隻手伸進了她的內褲。動作之快簡直是迅雷不及掩耳，等林紅明白過來發生了什麼時，她已經被李光頭壓在沙發上了，褲子已經被剝到膝蓋上。林紅雙手緊緊抓住自己的褲子，急切地喊叫：

「別，別，別這樣……」

李光頭像是一頭野獸，不到兩分鐘就把林紅身上的衣服剝了個精光，然後用一分鐘把自己剝了個精光。林紅手腳並用地抵擋赤裸裸的李光頭，她哀求地叫起了自己丈夫的名字：

「宋鋼，宋鋼……」

李光頭把林紅壓在沙發上，雙手按住她的雙手，雙腿分開她的雙腿，大叫一聲：

「宋鋼，對不起啦！」

李光頭插進了林紅的身體。林紅幾年沒有被男人碰過了，李光頭上來第一下讓她驚叫一聲，突如其來的快感讓她快要昏迷過去了。李光頭抽動的時候，她哇哇哭了起來。很久沒有這種事了，林紅像是乾柴碰到了烈火，她哭泣，不知道是爲了羞恥哭泣，還是爲了快感哭泣。過去了十多分鐘後，林紅的哭泣轉換成了呻吟，身上的李光頭正在方興未艾，她漸漸忘了時間，完全沉浸到身體的快速收縮之中。李光頭和林紅幹了一個多小時，這一個多小時讓林紅體會到了從未有過的高潮，而且接連來了三次，後面的兩次都在原來的高潮之上再掀起一個高潮，讓她的身體像賓士寶馬轎車的發動機一樣隆隆地抖動著，讓她的喊叫像賓士寶馬轎車的喇叭一樣呱呱地清脆響亮。

完事以後林紅躺在沙發上累得不能動了，李光頭趴在她身上呼哧呼哧地喘氣。林紅想到宋鋼和自己從來沒有超過兩分鐘，宋鋼健康的時候每次都是草草了事，不健康以後連草草了事也沒有了。林紅摸了摸李光頭的身體，心裏想：

「原來男人是這樣的。」

李光頭在她身上趴了幾分鐘以後，就精神抖擻地跳了起來，精神抖擻地進了辦公室的衛生間將自己沖洗一番，穿上衣服出來後，看到林紅已經將自己的衣服蓋在身體上了，他讓林紅也去沖洗一下，林紅躺在沙發上不願意動，她有氣無力地搖了搖頭。

李光頭沒再和她說話，他坐到了辦公桌後的椅子上，哇哇叫著打了幾個電話，都是生意上的事。李光頭打著電話的時候，林紅用衣服遮住自己的身體，神情恍惚地回想著剛剛發生的一切，她腦海裏波濤洶湧，她的回想不知去向，就像是波濤上顛簸的小船。她只是覺得突然，彷彿閃電一樣，突然發生了，又突然結束了。然後她感受到了燈光的刺眼，她意識到自己赤身裸體躺在李光頭的沙發上，她用衣服遮住身體搖搖晃晃地站起來，搖搖晃晃地走進了衛生間沖了澡。她穿上衣服以後覺得自己慢慢緩過來了，她看著鏡子裏的自己，臉色立刻羞紅了，她遲疑不決，似乎不敢走出衛生間，她不知道如何面對李光頭。

這時李光頭的電話也打完了，李光頭推開衛生間的門，大聲說著餓了，伸手拉著林紅走出了辦公室，兩個人全忘了肖像揭幕的事。林紅懵懵懂懂地跟著李光頭坐上賓士轎車，去了李光頭公司下面的一家飯店，在一個包間裏，林紅第一次吃了鮑魚和魚翅，她早就聽說過鮑魚和魚翅了，知道自己在針織廠一年的薪水也只能吃上幾次，可是她什麼味道也沒有吃出來。

林紅以爲吃了晚飯以後就可以回家了，她不知道這才剛剛開始呢。李光頭飯後仍然興致勃勃，帶著林紅去他公司下面的一家夜總會，林紅又懵懵懂懂地坐在了一個卡拉OK包間裏，李光頭生機勃勃一口氣唱了三首情歌，他讓林紅也唱三首，林紅說她不會唱歌，李光頭就把她摁在沙發上，又要脫她的褲子了，林紅再次拉住她的褲子，再次說著：

「別，別，別這樣……」

李光頭連連點頭地說：「就脫一條褲管……」

李光頭脫下了她一條褲管，這次她沒有喊叫宋鋼的名字，她斜躺在沙發裏抱住李光頭，李光頭在她身上像發電似的晃動，又是一個多小時。乾旱已久的林紅仍然享受到了高潮的來臨，這次沒有三次了，只有一次高潮。然後她兩腿發軟跟著李光頭走出了夜總會，懵懵懂懂地去了李光頭家，兩個人靠在床上看完了一部香港電影，這時快凌晨三點了，平時習慣早睡的林紅睏得眼睛都睜不開了，李光頭一翻身又壓住她做愛了，她不再推搡，她順從了，這次沒有高潮了，好在仍然有快感，只是後來覺得陰道越來越疼。一小時以後李光頭終於完事了，她眼睛一閉就睡著了，她剛睡了兩個多小時，被李光頭推醒，李光頭想起來還沒給自己的肖像揭幕。她只好爬起來，跌跌撞撞地跟著李光頭來到了他的辦公室，到了辦公室以後她算是清醒了。林紅這次才看清楚李光頭的辦公室有多麼氣派，她走到了巨幅肖像前，伸手扯下了那塊巨大的紅色天鵝絨，她看到肖像大得占去差不多一面牆，肖像裏的李光頭頂天立地那麼巨大，他西裝革履地微笑著。林紅看看肖像，又看看李光頭，她正在說畫得眞像李光頭時，李光頭第四次摁住她了，把她摁在地上的紅色天鵝絨裏，十個小時裏第四次和她做愛。這一次林紅除了疼痛，其他什麼感覺都沒有了，她覺得李光頭在和她做愛時，彷彿是用鞭子在抽打她的陰部似的，讓她有一種火辣辣的疼痛。林紅咬牙忍受著，她常常發出啊啊的叫聲，讓李光頭誤以爲她是快活以後在喊叫。李光頭沒完沒了，這次超過一小時了，還不見他有收工的打算，林紅忍不住連聲嘆氣了，李光頭問她爲什麼嘆氣，她才告訴李光頭自己疼得實在是受不了。李光頭趕緊停下來，托起她的屁股看看她的陰部，那地方又紅又腫。李光頭反而埋怨她了，埋怨她爲什麼不早說，他說要是知道她疼痛，他絕對不會再幹了，就是頒發給他吉尼斯大獎，他也不會再幹她了。然後他用紅色天鵝絨將自己和林紅裹了起來，說一聲不幹了，睡覺吧。就呼呼大睡了。兩個人躺在地上一覺睡到中午，直到劉副來敲門時，他們才醒來。

李光頭吼了兩聲：「什麼人？什麼事？」

劉副在外面膽戰心驚地說話，他說沒有什麼事，只是一個上午沒有見到李總，心裏有點擔心，便來敲門了。李光頭嗯了一下，大聲對劉副說：「我很好，我還在和林紅睡覺呢。」

林紅中午的時候走出李光頭的公司，李光頭要讓白色的寶馬轎車送她回家，她不願意，她覺得坐上寶馬轎車又是興師動眾，又會讓劉鎮的群眾看她的笑話，她說自己走回去。她沿著大街慢慢往家裏走去，她每跨出一步，陰部都是隱隱作疼。林紅終於相信群眾的傳言了，群眾說李光頭是一個牲口一樣的男人，每個女人從李光頭床上下來時都像是死裏逃生。

林紅走到家門口的時候，幾個鄰居擠眉弄眼地看著她，她假裝沒有看到，進屋後就關上了門。林紅和衣躺在床上，天黑了都沒有下床。她腦子裏雜亂無章，長時間回想著這短短一夜所發生的，每一個細節都在清晰地重複出現；還有和宋鋼漫長的二十年生活，宋鋼離去一年多以後，隨著宋鋼身處異鄉遠在千里之外，林紅覺得和宋鋼的共同經歷也變得遙遠了，反而和李光頭的一夜情眞眞切切。林紅想到宋鋼的時候流出了眼淚，可是她心裏明白，有了和李光頭這一夜以後，即使有再多的內疚羞愧，她和李光頭的關係也已經開始了。

李光頭和林紅的緋聞立刻傳遍全城，群眾三三兩兩閒言碎語地聚在一起，這個李光頭自從上了法庭以後，緊接著就是處美人大賽，俄羅斯大畫家畫他的肖像和林紅的揭幕，一口氣給了群眾們四個驚喜，讓群眾的生活波瀾起伏，讓群眾覺得每天的生活都像是升起的太陽一樣新鮮。只是做夢都沒想到最後給李光頭肖像揭幕的不是聯合國祕書長，而是我們劉鎮曾經的美人林紅。群眾先是大聲感嘆，說這實在是個大冷門！接著群眾轉念一想，當初李光頭一氣之下去醫院把自己結紮，絕了自己的後代，還不是爲了這個林紅，如今李光頭揭幕肖像是假，睡掉林紅是眞，眞是項莊舞劍意在沛公！李光頭打雷似的和林紅隆重地睡了一覺，就像他自己聲稱的那樣，什麼地方跌倒的，就從什麼地方站起來，終於是壯志已酬。這麼一想群眾就個個滿臉成熟了，他們說：

「意料之外，情理之中。」

四十四

李光頭讓林紅休息了四天，其實到了第三天的夜晚，林紅的身體已經衝動起來了，她輾轉反側，渴望著李光頭此刻就壓在她的身上。她和宋鋼結婚二十年，她的性欲沉睡了二十年，如今年過四十了，突然被李光頭喚醒，她的性欲開始洶湧澎湃了，她終於發現了自己，終於知道自己有著多麼強烈的性欲。第四天的晚上，李光頭的黑色賓士來到林紅的家門口時，聽到喇叭聲的林紅激動的渾身發抖，她兩腿顫抖地走出屋門，鑽進了李光頭的黑色賓士。

此後的日子，李光頭的賓士寶馬轎車每天都來接送林紅，有時候是大白天來寶馬，有時候是大半夜來賓士，李光頭日理萬機不是什麼時候都有空，什麼時候空下來了，他就什麼時候和林紅睡覺了。林紅不再羞羞答答，每次抱住李光頭的時候都像是要勒死他一樣，甚至開始主動去扒掉李光頭的衣服。李光頭沒有想到林紅會如此強烈，驚訝地對林紅說：

「他媽的，你比我還要厲害。」

林紅有了第一個晚上的教訓以後，知道自己承受不了李光頭接二連三的做愛，就和李光頭約法三章，二十四小時內最好只幹一次，最多只能幹兩次。林紅說了一句讓李光頭聽了嘿嘿笑個不停的話，林紅說：

「你就讓我多活幾年吧。」

接下去的三個月裏，林紅差不多天天和李光頭做愛，在李光頭家的床上，在李光頭辦公室的沙發上，在飯店的包間，在夜總會的包間，有一次深更半夜竟然在賓士轎車裏，李光頭突然心血來潮，既不想去家裏的床上幹，也不想去辦公室的沙發上幹，他想在車裏幹，他讓司機上廁所去，不管他有尿無尿有屎沒屎，都讓他去廁所裏蹲上一個半小時再回來，然後兩個人四條腿四條胳膊在車裏見縫插針地放好了，哼著叫著幹了一個小時。

李光頭和林紅瘋狂做愛三個月以後，突然覺得沒有新鮮感了，他們在床上，在沙發上，在地上，在浴缸裏，在車裏，而且站著坐著跪著躺著趴著，前後左右什麼姿勢都用過了，林紅什麼樣的聲音也都喊叫過了。失去了新鮮感的李光頭開始懷念過去的歲月，他開始對林紅說，要是二十年前就和她做愛那就太美了。李光頭告訴林紅，那時候天一黑李光頭就想像著她身體的兩三個部位起勁手淫，李光頭問她：

「你知道我一年裏有多少天在爲你手淫？」

林紅搖搖頭說：「不知道。」

李光頭說：「三百六十五天，過年過節都沒休息。」

然後李光頭兩眼放光，對著林紅喊叫：「那時候你是個處女！」

李光頭喊叫了三次以後，決定送林紅去上海的大醫院做處女膜修復術。當林紅重新是個處女以後，他要和她眞正做愛一次，而且要把這次做愛當成是二十年前發生的。這次做愛完了以後，他們從此不再做愛了。李光頭揮著手說：

「我就把你還給宋鋼啦！」

林紅知道兩個人分手的時候快要到了，突然感受到了失落，她在李光頭的瘋狂裏充分滿足了自己的瘋狂，那些日子她的內心和身體分離了，而且越分越遠，彷彿中間隔著千山萬水，她的內心每天都在思念著宋鋼，她的身體每天都在渴望著李光頭。她不知道以後沒有了強勁的李光頭，自己如何度過那些漫漫黑夜？林紅的性欲就像森林之火，燃燒起來後就很難撲滅了。林紅悲哀地感到自己已經無法回到過去的清心寡欲，爲此她仇恨自己，可是她對自己又是無可奈何。

這時林紅隱約感到宋鋼快要回來了，那個帶走宋鋼的周遊一個月以前突然出現在蘇妹的點心店，林紅聽說了，也看到他了，當時心裏一驚，想走上去問問宋鋼的情況，可是李光頭的白色寶馬轎車過來了，她的勇氣沒有了。後來是讓劉副去周遊那裏打聽，林紅才知道宋鋼暫時不會回來，宋鋼在海南島繼續做著保健品生意，周遊告訴劉副，宋鋼掙到大錢了，沒興趣回家了。

林紅還是忐忑不安，她每天都在擔心宋鋼會突然回來，這樣的擔心讓她身體的欲望逐漸冷卻下來，讓她想到宋鋼的時候就會眼淚汪汪，讓她覺得自己是在犯罪，於是她不再那麼強烈地渴望李光頭了。她覺得和李光頭有這樣的三個月應該足夠了，等到宋鋼回來後，她就會加倍地去愛護宋鋼，她了解宋鋼，這是世界上最善良的男人，不管她做了什麼對不起宋鋼的事，宋鋼都會一如既往地愛著她。所以她希望在宋鋼回來之前結束和李光頭的關係，她一口答應去上海做處女膜修復術。

第二天李光頭就和林紅坐上寶馬轎車去了上海，李光頭要去北京和東北洽談生意，一走就是半個月，他知道處女膜修復手術一個小時就可以做完，他要林紅在上海等著他，寶馬轎車和司機留在上海供林紅使用，讓林紅剩下的日子裏在上海吃喝玩樂逛商店買衣服。

周遊是在金秋十月的時候出現在我們劉鎮的，就像他第一次來時一樣，提著兩個大紙箱從長途汽車站走了出來，這次紙箱裏裝著的不是人造處女膜，是孩子的玩具。周遊叫了一輛三輪車，一副衣錦還鄉的模樣坐了上去，沿途看著劉鎮的男男女女，遺憾地對三輪車夫說：

「變化不大，還是過去那些人。」

三輪車來到了蘇妹的點心店，周遊下來後多付給車夫三元錢，讓車夫替他提著兩個大紙箱。周遊神氣十足地走進了點心店，看到坐在收款櫃台裏的蘇妹時，彷彿他不是銷聲匿跡了一年多，只是出差四、五天而已，他親熱地叫了一聲：

「太太，我回來了。」

蘇妹受了驚嚇似的面如土色，看到周遊若無其事地走向自己，蘇妹渾身顫抖地從櫃台裏走出來，躲進了裏面的廚房。周遊微笑地轉回身來，環顧四周，看到一些吃著包子的群眾目瞪口呆，他用點心店老闆的語氣問他們：

「味道不錯吧？」

然後周遊看到了驚愕不已的蘇媽，蘇媽懷裏抱著一個四、五個月大的嬰兒，周遊笑著走向了蘇媽，他甜蜜地叫著：

「媽，我回來了。」

蘇媽也像女兒一樣渾身顫抖了，周遊從不知所措的蘇媽懷裏抱過來嬰兒，親了又親，親熱地問嬰兒：

「女兒，想爸爸了沒有？」

周遊讓車夫打開兩個大紙箱，把所有的玩具都放到一張桌子上，將他女兒放在了玩具中間，旁若無人地和女兒一起玩耍了。老實巴交的蘇媽吃驚地看著周遊從容地與點心店的群眾周旋，群眾這時候才醒悟過來，原來是這個人弄大了蘇妹的肚子。群眾嘻嘻哈哈地笑了起來，七嘴八舌地說話了，指著在桌子上玩耍的女嬰問周遊：

「這是你的女兒？」

「當然。」周遊不容置疑地回答。

群眾互相看來看去，再問周遊：「你和蘇妹結婚了？」

「當然。」周遊仍然不容置疑地回答。

「什麼時候？」群眾刨根問底。

「以前。」周遊乾脆地說。

「以前？」群眾糊塗了，「我們怎麼不知道？」

「你們怎麼會不知道？」周遊也是一臉的糊塗。

這個江湖騙子一邊逗得女兒嘎嘎直笑，一邊與群眾胡說八道，說得群眾一個比一個糊塗，到頭來眞有群眾相信他的話了，群眾對群眾說：

「他們眞的結婚了。」

蘇媽是連連搖頭，心想這個周遊眞是大白天說瞎話。蘇妹躲進了廚房以後沒再出來，天黑後聽到周遊還在點心店裏和劉鎭的群眾高談闊論，她實在沒臉出來見人，就走出廚房的小門，悄悄回到家中。到了晚上十一點，點心店關門打烊了，周遊抱起已經睡著的女兒，跟在蘇媽後面從容不迫地回家了。周遊一路上都在親熱地和蘇媽說話，蘇媽低著頭一聲不吭，她幾次都要把外孫女抱回來，周遊幾次都是客氣地擋回去，他說：

「媽，我來抱。」

周遊抱著女兒跟著蘇媽回到了家中，蘇媽沒有馬上關門，遲疑地看了看周遊，最後還是不忍心把他趕出去。周遊在客廳的沙發上睡了三天，這三天裏只要周遊在家裏，蘇妹就在臥室裏閉門不出，周遊的神態好像什麼都沒有發生，高高興興地和蘇媽一早出門去點心店，深夜後又高高興興地和蘇媽一起回到家中。這三天裏蘇妹沒去點心店，她和女兒待在家裏。周遊十分知趣，雖然三天沒有見到自己的女兒，可是回家都是深夜了，女兒又在蘇妹的房間裏，他沒說一個字，自覺地睡在了沙發裏。到了第四天的晚上，蘇媽推門走進了蘇妹的房間，在蘇妹的床上坐了差不多半個小時，只是輕輕地說了一句話：

「不管有多少不對，你的男人起碼還知道回來。」

躺在床上的蘇妹嗚嗚地哭了，蘇媽嘆息一聲，抱起熟睡中的外孫女走了出去，走到已經睡在沙發裏的周遊面前，周遊霍地跳了起來，想從蘇媽手中抱過來女兒，蘇媽搖搖頭，指了指蘇妹的房間，周遊看到蘇妹的房門虛掩著，在女兒臉上親吻了一下，堂而皇之地走進了蘇妹的房間。周遊關上房門以後，像是每個晚上都在這間屋子裏睡覺一樣，熟練地走到床前，鑽進了被子，摁了一下開關熄燈。蘇妹背對著他睡，他不慌不忙地側身抱住了蘇妹，蘇妹掙扎了幾下還是讓他抱住了，他抱住蘇妹以後沒有下一步的動作，只是輕描淡寫地說：

「我以後不想出差了。」

四十五

宋鋼繼續在海南島的秋天裏流浪，攜帶著剩下的豐乳霜早出晚歸，身邊沒有了周遊，宋鋼茫然不知所措，他沒有勇氣解開襯衣露出裏面的假體乳房了，他目光呆滯地站在街道旁，像是一棵無聲的樹木，他的波霸牌豐乳霜整齊地放在紙箱子上。來往的男男女女奇怪地看著他，看著這個胸脯高聳的男人站立了一個小時又一個小時，似乎一動不動。一些女人走過時彎下了腰，看了看紙箱上排列整齊的豐乳霜，又拿在手裏仔細察看，她們看著宋鋼襯衣裏的一對蓬勃的乳房，個個掩嘴而笑，她們不好意思詢問宋鋼的胸脯，只是一次次低頭看看手裏的波霸牌豐乳霜，又一次次抬頭去看看宋鋼的波霸胸脯，尋找著兩者之間的聯繫，她們舉起豐乳霜，小心翼翼地問宋鋼：

「你用過這個嗎？」

這時的宋鋼臉紅了，他習慣性地扭頭去尋找周遊，可是四周全是陌生的面孔，應該是周遊替他回答的問題，他必須自己來回答了。他不安地點點頭，嘴裏輕輕地說：

「嗯。」

那些女人指指宋鋼的胸脯，又指指自己手上的豐乳霜，繼續問：「你那個就是用這個抹大的？」

宋鋼羞愧地低下了頭，繼續輕聲回答：「嗯。」

宋鋼用他的羞愧打動了不少女人，她們覺得這個男人看上去老老實實，一副可靠的模樣。於是沒有了周遊的巧言令色之後，波霸牌豐乳霜仍然一瓶一瓶地在銷售出去。那些過路的男人不像女人說話那麼含蓄，他們看到宋鋼挺拔的胸脯後個個像是吃了興奮劑，他們的眼睛湊上去，像是貼在顯微鏡那樣快貼到宋鋼的胸口了，他們的眼睛退回來後，就伸出兩根手指指點著宋鋼的胸口問：

「你這兩個是胸脯呢，還是奶子？」

宋鋼又是習慣性地去尋找周遊，這時的周遊已經睡到蘇妹的床上去了，開始了和蘇妹正式的夫妻生活。宋鋼孤零零獨自一人站在天涯海角，面紅耳赤地聽著這些異鄉的男人議論紛紛。他不知道如何回答這個胸脯和奶子的問題，好在有人自作聰明地替宋鋼回答了。

「是不是這樣，」那個人手裏舉著豐乳霜問宋鋼，「你這兩個以前是胸脯，抹了這個波——霸——牌豐乳霜以後，就變成奶子了。」

宋鋼在一片鬨笑裏繼續著他的羞愧，他微微點頭，輕輕說：「嗯。」

周遊突然離去後，宋鋼在海南島繼續漂泊了一個多月，他胸口的兩個假體乳房形成纖維膜開始硬化了，宋鋼不知道是什麼原因？他只是覺得乳房逐漸像石頭一樣堅硬了。與此同時他的肺病捲土重來，本來已經不咳嗽了，停藥以後再加上長期奔波的疲憊，宋鋼時常覺得胸口悶得發慌，半夜裏常常在睡夢裏咳嗽著醒來，宋鋼不擔心自己的身體，他擔心的是以後的日子。眼看著紙箱裏的豐乳霜越來越少，最後只剩下五瓶了，宋鋼惆悵滿懷，他不知道賣完豐乳霜以後還能賣什麼？沒有了周遊，宋鋼行走江湖就沒有了方向，彷彿樹葉離開樹枝以後只能隨風飄去。此刻的宋鋼知道什麼叫孤零零了，唯一陪伴他的就是照片上的林紅，他和林紅的合影就帶在身旁，可是他不敢拿出來。他太想回家了，可是掙到的錢太少了，還不能讓林紅此後的生活無憂無慮，他只能讓自己繼續漂泊下去，像孤獨的樹葉那樣。

這時候的宋鋼站在某個小城的廣場上，推銷最後五瓶豐乳霜。一個五十多歲的男人扯著嘶啞的嗓子正在叫賣刀具。這個男人在地上一字鋪開十多種刀具，有菜刀有砍刀有水果刀有削筆刀，還有刺刀飛刀匕首，這人手裏舉著一把砍刀，大聲喊叫：

「這是鎢鋼所鑄，能砍碳素鋼、模具鋼、不銹鋼、鑄鋼和鈦合金，刀刀見血，不見折口……」

這人說著當場蹲下表演，一刀砍斷了一根粗鐵絲，起身後舉著砍刀走了一圈，讓圍觀者檢查一下刀刃上是否有折口？圍觀者紛紛說沒有折口後，他再次蹲下，捲起褲子，像是刮鬍子一樣用砍刀刮起了自己的腿毛，起身後手裏捏著一撮腿毛再次走了一圈，讓圍觀者看清楚了。

「看到沒有？」這人嘶叫道，「這就是古代傳說中的寶刀，削鐵如泥，割毛如吹……」

然後他開始解釋：「什麼是鎢鋼？世界上最堅硬最名貴的金屬材料，不僅用在刀具上，也用在名錶上，鎢鋼錶可是比金錶還要貴重，瑞士兩尼中國依波都是鎢鋼手錶……」

「什麼瑞士兩尼中國依波？」圍觀者不明白。

「瑞士兩尼就是爵尼手錶和羅西尼手錶，都是世界名錶。」這人抹了一下嘴角的口水，「依波錶是中國名錶。」

那個下午宋鋼賣出了三瓶豐乳霜，他站在廣場的遠處，沒有看清這人的臉，只聽到這人嘶啞地喊叫了三個小時，宋鋼覺得他最多賣出去五、六把刀具。這人將沒有賣出的刀具放進了一個帆布口袋，背在肩上響聲叮噹地走了過來，他走到宋鋼身旁時被一對高聳的乳房吸引了，他湊上去看了看，又抬頭看了看宋鋼，滿臉驚訝地說：

「你明明是個男的……」

宋鋼已經習慣這樣的議論了，他微笑地看了這人一眼，扭頭看起了遠處，那一刻宋鋼突然感到這人十分面熟，他轉過頭來時，這人嘿嘿笑著走去了。這個宋鋼覺得面熟的人走出了十來米以後站住了腳，轉過身來仔細地看起了宋鋼，小心地叫了一聲：

「宋鋼？」

宋鋼想起來他是誰了，失聲驚叫道：「你是小關剪刀？」

我們劉鎮的兩個天涯淪落人在異鄉相遇了，小關剪刀走到宋鋼面前，像是察看刀刃一樣打量起了宋鋼，他看了宋鋼的臉，又看了宋鋼胸口的假體乳房，看到乳房時他欲言又止，看到臉時他開口了：

「宋鋼，你變老了。」

「你也變老了。」宋鋼說。

「十多年了，」小關剪刀滿臉滄桑地笑著，「我十多年沒有見過劉鎮的人，沒想到今天見到你，你出來多久了？」

「一年多了。」宋鋼的聲音裏充滿了惆悵。

「爲什麼要出來？」小關剪刀搖著頭說，「出來做什麼？」

「保健品。」宋鋼吞吞吐吐說出這三個字。

小關剪刀拿起紙箱上的最後兩瓶豐乳霜看了看，又忍不住看起了宋鋼胸口的假體乳房，宋鋼臉紅了，他低聲告訴小關剪刀：

「這是假的。」

小關剪刀表示理解地點點頭，拉著宋鋼的胳膊，要宋鋼去他臨時租借的家裏坐坐。宋鋼將剩下的兩瓶豐乳霜插在褲子口袋裏，跟著小關剪刀走了很長的路，在夕陽西下時來到了城外一個住滿了民工的地方。小關剪刀帶著宋鋼走上了坑坑窪窪的泥路，兩旁都是簡易小屋子，屋前掛滿了衣服，一些女人就在屋門口的煤爐上做飯，一些男人站在那裏抽著香煙，懶洋洋地互相說著話，他們的孩子在胡亂奔跑，看上去一個比一個髒。小關剪刀告訴宋鋼，他差不多每個地方住上一個月就要更換，要不刀具就會賣不出去了，他說明天就要走了，去另一個地方。小關剪刀帶著宋鋼來到一處簡易小屋前，一個四十多歲皮膚黝黑的女人正在門口晾著衣服，小關剪刀衝著她喊叫：

「明天就要走了，洗什麼衣服？」

那個女人回過頭來也衝著小關剪刀喊叫：「就是明天要走，今天才洗衣服。」

小關剪刀生氣地說：「明天一早的汽車，要是衣服乾不了怎麼辦？」

那個女人毫不示弱地說：「你先走，我等衣服乾了再走。」

「他媽的，」小關剪刀罵道，「我娶你真是瞎了眼睛。」

「我瞎了眼睛才嫁給你。」那個女人回他一句。

小關剪刀怒氣沖沖地對宋鋼說：「這是我老婆。」

宋鋼對那個女人點頭笑笑，那個女人奇怪地看著宋鋼胸口挺拔出來的一對乳房，小關剪刀指指宋鋼說：

「這是宋鋼，我的老鄉……」

小關剪刀看到他老婆的眼睛盯住宋鋼的胸口，很不高興地說：「看什麼？這是假的，做生意需要。」

小關剪刀的老婆明白了，她點點頭，也對宋鋼笑了笑。小關剪刀拉著宋鋼走進了一間十多坪米的小屋子，裏面只有一張大床，一個櫃子，一張桌子和四把椅子。小關剪刀將背上的刀具取下來放在了牆角，讓宋鋼在椅子裏坐下，自己也坐了下來，對著外面的女人喊叫：

「快給我們做飯……」

屋外的女人也喊叫：「沒看見我在晾衣服？」

「他媽的，」小關剪刀罵了一聲，繼續喊叫，「我和宋鋼十多年沒見了，快去，買一瓶白酒，買一隻雞買一條魚……」

「快去？哼！」屋外的女人響亮地哼了一聲，「你來晾衣服？」

小關剪刀的拳頭使勁捶了一下桌子，看到宋鋼不安的模樣後，他搖了搖頭說：「賤貨。」

屋外的女人晾完了衣服，取下圍裙掛在窗台上時，也罵了小關剪刀一聲：「你才是賤貨。」

「他媽的，」小關剪刀看著他老婆走去，回頭對宋鋼說，「不管她了。」

然後小關剪刀急切地向宋鋼打聽起了劉鎮的很多個名字，李光頭、余拔牙、王冰棍、童鐵匠、張裁縫、蘇媽……宋鋼緩慢地說著這些名字的故事，同時也穿插著說起了自己的故事。宋鋼說著的時候，小關剪刀的老婆買了白酒和魚肉回來了，她把白酒放在桌子上，套上圍裙在門外的煤爐上做飯了。小關剪刀擰開了瓶蓋，發現沒有杯子，又吼叫了：

「杯子呢？他媽的，快給我們拿杯子。」

「你沒有手？」小關剪刀的老婆在屋外吼叫，「你自己拿。」

「他媽的。」

小關剪刀嘴裏罵著站了起來，找來兩個杯子倒上白酒，自己先喝了一口，抹了抹嘴巴後，看到宋鋼沒有拿起杯子，就說：

「喝。」

宋鋼搖搖頭說：「我不會喝酒。」

「喝。」小關剪刀命令似的說。

說著他舉起杯子等待宋鋼，宋鋼只好拿起杯子和小關剪刀碰了一下，抿了一小口，火辣辣的白酒吞下去時讓宋鋼咳嗽了。這個晚上宋鋼第一次喝上白酒，小關剪刀喝下去了七兩，宋鋼喝了三兩，兩個人喝著說著，他們的話像流淌的河水一樣源源不斷。聽到李光頭的巨富，余拔牙和王冰棍跟著李光頭一起富裕，童鐵匠自己富起來，張裁縫和蘇媽的日子也是越來越好，歷經磨難的小關剪刀已經沒有抱怨，沒有嫉妒了，他平靜地點頭，平靜地微笑。然後宋鋼小心翼翼地說到老關剪刀，說已經幾年沒有看見他了，聽說他病了，整日躺在床上，小關剪刀的眼角出現了淚水，他回想起了當初神情激昂地離開劉鎮時，他的老父親拄著拐杖在後面一聲聲地喊叫，他擦了一下眼睛說：

「不要說了，我無臉回去見他。」

宋鋼說到自己如何下崗失業，如何到處尋找工作，如何弄壞了肺，又如何和一個名叫周遊的人出來闖蕩江湖，現在周遊回到劉鎮了，他一個人還在四處漂泊，而林紅獨自一人在劉鎮天天盼著他回去。小關剪刀連聲嘆息了，他觸景生情地喃喃自語：

「我知道，我知道一個人出來有多難，我出來十多年了，要是知道自己出來是這個模樣，我當初肯定不會出來。」

宋鋼難過地低下了頭，也喃喃自語了：「我要是知道這樣，也不會出來了。」

「這都是命，你我的命裏沒有錢財。」小關剪刀同情地看著宋鋼，「我爸爸經常說，命裏只有八斗米，走遍天下不滿升。」

宋鋼喝下去了一大口白酒，他劇烈地咳嗽起來。小關剪刀也喝了一大口白酒下去，看著宋鋼的咳嗽慢慢停止了，他動情地對宋鋼說：

「回去吧，你在劉鎮還有林紅呢。」

小關剪刀告訴宋鋼，他最初出來闖蕩的兩年裏，差不多每天都想著要回到劉鎮，可是沒有面子回去，過了四年五年以後，他就回不去了，他說：

「你才出來一年多，你還能回去，再過幾年你回去的心都會死了。」

兩個人喝著白酒訴說衷腸的時候，小關剪刀的老婆給他們做好了晚飯，自己匆匆吃完後，開始整理行裝，她在屋裏進進出出，對兩個人說些什麼漠不關心，她把全部的家當整齊地放在牆角後，已經是晚上十一點多了，她一聲不吭地躺到了床上，蓋上被子睡覺了。宋鋼起身告辭，他說已經很晚了，要回到自己在小旅店的房間。小關剪刀拉住他，不讓他走，無限憂傷地說：

「我十多年沒有見到劉鎮的人了，下次不知道是不是還能再見到？」

宋鋼重新坐了下來，兩個人繼續你一言我一語說著種種傷心事。小關剪刀離開劉鎮到了海南島，也像宋鋼在劉鎮一樣，做了一年的搬運苦力，他又去了廣東和福建，在建築工地做了幾年，跟過五個包工頭，五個包工頭都在年底發薪水的時候逃跑了，然後他才幹起了現在這份推銷刀具的活。小關剪刀苦笑著說，他在劉鎮是磨刀，出來以後是賣刀，一輩子都是「刀」命。後來他們回憶起了小時候的種種往事，兩個人開始吃吃地笑了。小關剪刀高興起來了，他回頭看看已經睡著的老婆，滿臉欣慰的笑容，他說自己離家出走十多年沒有撞上財運，倒是碰上了桃花運，他嘿嘿笑著說自己找到了一個好女人，他說：

「我在劉鎮找不到這麼好的女人。」

然後小關剪刀講述起了他們的婚姻，那是十三年前，小關剪刀在福建推銷刀具的時候見到了她，她一個人蹲在河邊，一邊洗衣服，一邊擦著眼淚，這情景讓小關剪刀心裏突然難受起來，站在那裏看了她很久，她沒有發現。小關剪刀長長的嘆息聲她也沒有聽到，她沉浸在自己的悲傷裏，繼續擦著眼淚繼續洗著衣服。小關剪刀只好轉身離去，幾年孤零零的生活讓小關剪刀心裏一片淒涼，她悲傷的背影在他腦子裏揮之不去，小關剪刀走出了幾里路以後毅然回頭了，他重新來到河邊，她仍然蹲在那裏哭泣著洗衣服，小關剪刀走下了河邊的台階，在她身旁坐了下來。兩個人開始說話了，小關剪刀知道她父母雙亡，她的丈夫也跟著別的女人跑掉了。她也知道了小關剪刀，知道他當初如何信誓旦旦地離開劉鎮，四處碰壁以後生活如何地艱難。同是天涯淪落人，相見何須曾相識。小關剪刀眞誠地對她說：

「跟我走吧，我會照顧你的。」

這時她已經洗完衣服了，本來要站起來了，聽了小關剪刀的一番話，她又蹲在了那裏，她出神地看了一會兒河面，才端起臉盆裏的衣服起身走上了台階。小關剪刀一直跟隨她走到家門口，看著她把衣服晾在繩子上，小關剪刀又說了一遍：

「跟我走吧。」

她木然地看著小關剪刀，說了一句沒頭沒腦的話：「我的衣服還沒有晾乾。」

小關剪刀點點頭說：「衣服晾乾了我再來。」

小關剪刀說完轉身離去，這天晚上小關剪刀就住在了這個福建的小鎮上，第二天一早他來到她的屋門前時，看到她已經收拾好了行李，一個很大的箱子，站在門口等著他走過來。小關剪刀知道她答應了，走到她面前問了一句：

「衣服晾乾了？」

「晾乾了。」她點點頭。

「走吧。」小關剪刀揮一下手說。

她拉著大箱子跟著小關剪刀遠走他鄉，從此行走江湖開始了另一種艱難的人生。

小關剪刀說完他的婚姻故事時，天濛濛亮了，小關剪刀的老婆醒來後下了床，看到兩個人還在說話，她沒有一絲的驚訝，熄滅了電燈後就走出門去。過了一會兒她買了十個熱氣騰騰的大包子回來，小關剪刀和宋鋼吃著包子的時候，她在門外將已經晾乾的衣服收下來，鋪在床上麻利地疊好，放進了那只大箱子。她拿起一個包子，一邊吃著一邊在屋裏檢查還有什麼忘記帶上的東西。小關剪刀一口氣吃了四隻大包子，宋鋼只吃了一隻就說吃不下去了。小關剪刀的老婆就將剩下的四隻包子放回袋子，又小心地放進了一隻很大的旅行袋中。然後她將一隻大背包揹在了身後，右手提著大旅行袋，左手拉著大箱子走了出去，站在門外等著小關剪刀出來。小關剪刀將刀具袋揹在身上，右手拉著另一個箱子也走了出去。他們走到了屋外，小關剪刀用左手使勁拍了拍宋鋼的肩膀說：

「宋鋼，回去吧！聽我的話，回劉鎮，再過幾年你就回不去了。」

宋鋼點了點頭，也拍了拍小關剪刀的肩膀說：「我知道了。」

小關剪刀的老婆對宋鋼微笑了一下，宋鋼也微笑了一下。宋鋼站在那裏看著這對患難夫妻迎著日出向前走去。小關剪刀的老婆揹上那只大背包以後，宋鋼看不見她的背影了，只看見她左手拉著的大箱子，右手提著的大旅行袋。這對夫妻走去時又在大聲爭吵了，小關剪刀揹著刀具袋，左手拉著一隻小了很多的箱子，他要去搶她右手的大旅行袋，她死活不給他，他又去搶她左手拉著的大箱子，她仍然不給。兩個人都在罵罵咧咧，小關剪刀吼叫：

「他媽的，我還空著一隻手呢。」

「你的手？哼，」她響亮地說，「又是風濕病，又是肩周炎。」

「他媽的，」小關剪刀繼續罵道，「我娶你眞是瞎了眼睛。」

「我瞎了眼睛才嫁給你。」她罵了回去。

四十六

宋鋼在海南島的日出裏與小關剪刀夫妻揮手告別，又在與小關剪刀相逢的廣場上孤零零昏沉沉地站了一天，賣出了最後兩瓶豐乳霜。

宋鋼決定回家了，小關剪刀的一席話，讓宋鋼無限想念遠在劉鎮的林紅，他擔心自己也會像小關剪刀一樣，再過幾年連回去的心都會死了。他在那家小旅店睡了最後一個晚上，第二天就去了整形醫院，取出了胸口的假體乳房。這時他的假體乳房已經硬化，醫生面對這個沉默的病人時，以爲他是假體纖維囊形成了才來做摘除手術。醫生問他是否定期做乳房按摩？宋鋼沉默地搖搖頭，醫生告訴他問題就出在這裏，乳房的硬化就是因爲沒有定期做按摩。手術完成後，醫生讓他六天以後來拆線，然後熱情地向他推薦自己的醫院，說宋鋼要做變性手術的話，這家醫院是首選。宋鋼點點頭拿了消炎藥，走出了整形醫院。

宋鋼當天下午坐車去了海口，汽車在海邊的公路上行駛時，宋鋼再次看到了海鳥，成群結隊地在陽光下和波濤上飛翔，可是他的耳邊充斥著車內嘈雜的人聲和汽車的馬達聲，他沒有聽到海鳥的鳴叫。當他在海口上船，渡海去廣州的時候，在浪濤席捲出來的響聲裏，他終於聽到了海鳥的叫聲，那時候他站在船尾的甲板上，看著海鳥追逐著船尾的浪花，彷彿牠們也是浪花。夕陽西下晚霞蒸騰之時，海鳥們離去了，牠們成群結隊地飛翔而去，像是升起的縷縷炊煙，慢慢消失在了遙遠的海天之間。

宋鋼坐上廣州到上海的列車時，已經沒有海鳥了。宋鋼重新戴上了口罩，他覺得自己的肺病越來越嚴重了，每一次的咳嗽都讓腋下的傷口崩裂似的疼痛。這時候宋鋼可以拿出那張甜蜜的合影了，年輕的宋鋼和年輕的林紅，就是那輛永久牌自行車也是年輕的。他有半年多時間沒有拿出這張照片，他怕自己看上一眼就會牽腸掛肚很多天，怕自己會半途而廢逃回劉鎮。現在他沒有顧慮了，他的眼睛時時看著照片上的林紅，偶爾也看上一眼自己年輕時的笑容，可是他的腦海裏仍然飛翔著海鳥的影子。

秋風掃落葉的時候，宋鋼拉著箱子走出了我們劉鎮的長途汽車站，這個戴著口罩的男人在黃昏裏回來了。他踩著地上的落葉，腳步「沙沙」地走向自己的家，他口罩裏的呼吸聲也在「沙沙」地響著，他的情緒異常激動，馬上就要見到林紅了，這樣的想法讓他劇烈地咳嗽起來，可是他沒有感覺到腋下傷口的疼痛，他飛快地走在我們劉鎮的大街上，街道兩旁閃爍的霓虹燈和嘈雜的音樂恍若過眼雲煙。當他遠遠看到自己的家門時，眼睛濕潤了。他摘下眼鏡走去，一隻手拉著箱子，一隻手用衣角擦著鏡片。

宋鋼走到了家門口，還在長途汽車上的時候，他已經將鑰匙捏在手中了，現在這把鑰匙就在他拉著箱子的手心裏，他放下箱子，將汗水弄濕了的鑰匙插入鎖孔時猶豫了一下，他改成了敲門，敲了三下，又敲了三下，他呼吸急促地等待著林紅開門出來的驚喜瞬間，可是屋裏沒有任何動靜，宋鋼只好擰動了鑰匙，推門而入時聲音顫抖地叫了一聲：

「林紅。」

沒有聲音回答他，他放下手裏的箱子，走進了臥室，走進了廚房，也走進了衛生間，都是空空蕩蕩，他六神無主地在客廳裏站了一會兒，然後想起來林紅可能剛剛下班，正騎著自行車回家，他立刻站到了門外，眺望著晚霞映照下的街道，街道上人來人往車來車去，宋鋼激動地站在門口，直到晚霞慢慢消失，夜幕徐徐降臨，仍然沒有看到林紅騎車而來的身影，倒是幾個過路的人見到宋鋼後站住腳，有些驚訝地說：

「宋鋼？你回來了？」

宋鋼木然地點點頭，他看到的是熟悉的臉，可是他腦子裏全是林紅的模樣，一下子沒有想起來這幾個人的名字。宋鋼在自己的家門口站了一個多小時，他眼睛轉到了對面的點心店，他奇怪地看到上面閃亮的霓虹燈店名更換了，不是「蘇記點心店」，換成了「周不遊點心店」，然後他看到了周遊在點心店裏晃動的臉。宋鋼的腳步移動起來，穿過街道走進了點心店。

宋鋼看到蘇妹坐在收款櫃台的後面，周遊正在和幾個吃點心的客人說話，宋鋼向蘇妹點點頭微笑了一下，蘇妹看到戴著口罩的宋鋼時怔住了，一下子沒有反應過來。宋鋼轉向了那個江湖騙子，叫了一聲：

「周遊。」

周遊也像蘇妹那樣怔了一下，接著認出來是誰了，周遊立刻熱情地喊叫著走上來：

「宋鋼，是你，你回來了？」

周遊走到宋鋼面前時想起了什麼，他更正道：「我現在改名叫周不遊了。」

宋鋼想到了外面的霓虹燈店名，他在口罩裏笑了，他看到一個坐在兒童椅子裏的小女孩，問周遊，現在叫周不遊了：

「這是蘇周？」

周不遊神氣地擺擺手，再次更正：「她叫周蘇。」

蘇妹也走了過來，她看著正在咳嗽的宋鋼，關心地問：「宋鋼，你剛回來？你吃過晚飯了嗎？」

周不遊立刻像個老闆那樣對一個女服務員說：「拿菜單過來。」

女服務員拿過來功能表，周不遊示意她遞給宋鋼，對宋鋼說：「宋鋼，我這裏的點心你盡管吃，不收你錢。」

宋鋼咳嗽著擺擺手說：「我不在這裏吃，我等林紅回家一起吃飯。」

「林紅？」周不遊的臉上出現了奇怪的表情，「你就別等了，林紅跟著李光頭去上海了。」

宋鋼聽了這話心裏一驚，蘇妹焦急地對周不遊說：「你不要亂說。」

「誰亂說？」周不遊據理力爭，「很多人都親眼看見的。」

看到蘇妹使勁地對自己眨眼睛，周不遊不再往下說了，他關心地看看宋鋼的胸脯，神祕地笑了，他小聲問：

「你拿掉了？」

宋鋼迷惘地點點頭，周不遊剛才的話讓他神思恍惚起來。周不遊拉著宋鋼在椅子裏坐了下來，他架起二郎腿躊躇滿志地說：

「我把保健品事業留給你以後，我的興趣就到餐飲業上面了，我馬上要在劉鎮開設兩家『周不遊點心店』，今後的三年裏我準備在全中國開設一百家連鎖店……」

蘇妹在一旁打斷他的話：「劉鎮的兩家還沒開呢。」

周不遊瞟了蘇妹一眼，沒有搭理她，繼續對宋鋼說：「你知道誰是我的對手嗎？不是李光頭，李光頭太小啦，是麥當勞，我要讓周不遊的餐飲品牌在祖國的地盤上徹底打敗麥當勞，讓麥當勞的股票市值跌掉百分之五十。」

蘇妹不滿地說：「我聽了都臉紅。」

周不遊再次瞟了蘇妹一眼，然後低頭看了一下手錶，焦急地站了起來，對宋鋼說：

「宋鋼，我們改日再談，我現在要回家看韓劇了。」

周不遊走後，宋鋼也轉身走出了點心店，回到他空空蕩蕩的家中，他把所有的電燈都開亮了，摘下口罩在臥室裏站了一會兒，又到廚房裏站了一會兒，再在衛生間站了一會兒，然後站在了客廳的中央，開始劇烈地咳嗽了，腋下一陣一陣的疼痛，彷彿是縫合的傷口裂開了。宋鋼疼得眼淚直流，彎下腰低頭坐在了椅子裏，他雙手捂住胸口，等待著咳嗽慢慢平靜下來，傷口的疼痛慢慢緩解過來，他抬起頭來時發現眼睛一片模糊，他茫然地眨了幾下眼睛，仍然是一片模糊，他不知道爲什麼會這樣？過了一會兒才發現鏡片上已經布滿他疼痛的淚水了，他取下眼鏡，用衣角擦拭鏡片，重新戴上眼鏡後一切又清晰了。

宋鋼戴上口罩，起身再次來到了屋外，他仍然幻想著林紅會從遠處走來，他的眼睛張望著街上的茫茫人流，路燈和霓虹燈的閃爍讓我們劉鎮的大街光怪陸離。這時候趙詩人走過來了，趙詩人走到宋鋼身旁時打量了一下宋鋼的口罩，又後退了一步，叫了一聲：

「宋鋼。」

宋鋼輕聲答應了一下，張望人流的目光來到了趙詩人這裏，他遲緩地認出來是誰了。趙詩人嘿嘿笑了，他說：

「不用看你的臉，看你的口罩，我就知道你是宋鋼。」

宋鋼點了點頭，咳嗽了幾下，疼痛讓他的雙手不由自主地捂住了兩側腋下。趙詩人同情地看著宋鋼，問宋鋼：

「你是在等林紅吧？」

宋鋼點了點頭，又搖了搖頭，他混沌的目光又投向了茫茫人流。趙詩人輕輕地拍了拍宋鋼的肩膀，勸慰似的說：

「不用等了，林紅跟著李光頭走了。」

宋鋼渾身一顫，有些害怕地看著趙詩人。趙詩人神祕地笑了笑，再次拍拍宋鋼的肩膀說：

「以後你就知道了。」

趙詩人神祕地笑著走上了樓梯，回到他自己的家中。宋鋼仍然站在屋門口，他的心裏翻江倒海什麼都想不起來，他的眼睛裏兵荒馬亂什麼都看不清楚，他的嘴巴在口罩裏咳嗽連連，可是他感受不到腋下的疼痛了。宋鋼木然地站在我們劉鎮的大街旁，直到大街上的行人開始稀少，霓虹燈逐漸地熄滅，四周寂靜下來，他才像一個顫巍巍的老人那樣轉回身來，低頭走進了自己的家，沒有了林紅的自己的家。

宋鋼度過了一個艱難的夜晚，他獨自一人躺在曾經是兩個人的床上，覺得自己的身體在被窩裏是冰涼的，被子也是冰涼的，甚至屋子都是冰涼。他的腦海裏雜亂無章，周不遊的話和趙詩人的話已經讓他感到發生了什麼，一個是他曾經相依爲命的兄弟，一個是他摯愛永生的妻子，他沒有勇氣往下去想，因爲他害怕，他似睡非睡地度過了一個不眠之夜。

第二天的上午，戴著口罩的宋鋼心裏空空蕩蕩地走在了我們劉鎮的大街上，他心裏不知道要去什麼地方，是他的腳步知道，他的腳步帶領著他走到了李光頭公司的大門口，他的腳步停止以後，他就完全不知道接下去該怎麼辦了。這時他看到王冰棍興沖沖地從傳達室裏跑了出來，熱情的喊叫：

「宋鋼，宋鋼你回來啦。」

王冰棍成了我們劉鎮的富翁以後，像個二流子那樣整天在大街上遊蕩，幾年下來他對遊蕩徹底厭倦了，他開始像個副總裁那樣去公司的辦公室坐班了，別人都在忙忙碌碌，他一個人閒來無事，一年時間下來他對坐辦公室也徹底厭倦了，他就自告奮勇地要去公司的傳達室做一個看管大門的，這樣一來起碼有些進出的人和他說話。王冰棍是公司的第三股東，劉副不敢怠慢，下令將原來的傳達室拆除，新蓋起來一個氣派十足的傳達室，一個大客廳，一個大臥室，一個大廚房，一個大衛生間，按照五星級酒店的標準豪華裝修，夏天中央空調，冬天地熱取暖，義大利進口的沙發，德國進口的大床，法國進口的櫃子，大書桌老闆椅一應俱全。王冰棍住進了五星級傳達室以後歡歡喜喜，從此沒有回家看看。他對劉副讚不絕口，每次見面都要對劉副歌功頌德一番，劉副聽得心花怒放。王冰棍最滿意的是TOTO馬桶，拉完屎不用擦屁眼，一股水流沖洗的乾乾淨淨，而且還將他的濕屁眼烘乾。劉副還給王冰棍傳達室的屋頂裝上了五口電視信號接收大鍋，劉副告訴王冰棍，這五口大鍋一裝，比中國富裕國家的電視全能看到，和中國一樣富裕國家的電視全能看到，比中國窮的國家的電視也能看到一些。於是王冰棍的傳達室整天傳出來各種腔調的語言，像是聯合國在開大會一樣。

這時候王冰棍最親密的戰友余拔牙的世界旅遊也升級了，跟隨旅行團和自助遊，對余拔牙來說已經是陳年舊事，他每到一地就花錢雇用一名女翻譯，他對遊山玩水也厭倦了，他的興趣全跑到示威遊行上面去了，他已經在歐美幾十個城市參加過示威遊行，他不分青紅皀白，什麼示威，什麼遊行，只要遇上了立刻興沖沖地加入進去，遇到對立兩派的遊行時，他加入人多勢眾的那一派。余拔牙已經會喊叫十來種語言的遊行口號了，他經常和王冰棍通電話，說話間不經意地夾雜這些外國口號。

王冰棍對余拔牙到處去示威，到處去遊行，理解成是到處去參加文化大革命，每當余拔牙在電話裏告訴王冰棍又在什麼城市遊行示威後，王冰棍立刻給他最信任的劉副打電話，說外國的什麼城市鬧文化大革命了。

余拔牙對王冰棍的這種理解十分不滿，他在國際長途電話裏訓斥王冰棍：「你這個土包子，你不懂，這是政治。」

余拔牙在電話裏解釋自己爲什麼如此熱衷政治，他對王冰棍說：「這叫飽暖思淫欲，富貴愛政治……」

王冰棍起初不服氣，有一天突然在外國的一個電視新聞裏看到了余拔牙，余拔牙的左臉在遊行的隊伍裏閃現了一下，王冰棍驚訝的目瞪口呆，從此對余拔牙十分崇敬了。當余拔牙打來電話時，王冰棍說在外國電視裏看到他時，王冰棍激動得說話都結巴了。電話那一端的余拔牙也是驚訝地結巴了，像動物一樣啊啊地叫了很多聲，然後立刻問王冰棍，有沒有把他的鏡頭錄影下來？王冰棍說沒有錄影，余拔牙在電話裏大發脾氣了，一口氣罵了王冰棍四個蛋，笨蛋蠢蛋傻蛋王八蛋！然後傷心地說，他一生最親密的朋友，竟然沒有把他橫空出世的鏡頭錄影下來。王冰棍十分慚愧，一聲聲向余拔牙保證，以後再有這樣的鏡頭一定錄影下來。此後王冰棍的電視頻道緊緊跟隨余拔牙的足跡了，余拔牙每到一個國家，王冰棍就鎖定這個國家的電視，兢兢業業地尋找遊行示威的畫面，找到後立刻像是貓盯住老鼠一樣，眼睛一眨也不眨地盯住電視，手裏拿著搖控器，只要余拔牙一出現立刻錄影。

王冰棍看到宋鋼站在門外的時候，剛好是余拔牙從馬德里坐飛機去多倫多的時候，王冰棍暫時不用盯住電視了，他看到很久不見的宋鋼，立刻衝出去把宋鋼拉了進來，讓宋鋼在義大利沙發裏坐下來，開始滔滔不絕說起余拔牙的種種奇聞軼事，然後感嘆道：

「這余拔牙哪來的這麼大的膽子，一句外國話不會說，什麼外國都敢去。」

此刻的宋鋼沉淪在混沌裏，腋下的疼痛隱隱襲來，他口罩上面的眼睛游離地看著王冰棍，王冰棍說出的話，他一句也沒有聽進去。宋鋼知道李光頭不在這裏，林紅也不在這裏，他不知道自己爲什麼要走到這裏？他一言不發地坐了半個小時，又一言不發地站了起來，走出了王冰棍的豪華傳達室，王冰棍還跟在他後面喋喋不休地說著，走到大門口王冰棍站住了，繼續在說著什麼，宋鋼什麼都沒有聽到，他的眼睛空洞地看著我們劉鎮的大街，腳步沉重地走回自己的家。

四十七

宋鋼回到我們劉鎮以後，悄無聲息地度過了六天的時光。六天裏他自己做了六次飯，每天只吃下去一碗米飯，他閉門不出，只是在需要買菜的時候才走上街道，他遇到了不少熟人，這些熟人的片言隻語讓他朦朧地知道了李光頭和林紅之間發生了什麼，他看上去麻木不仁。到了第七天的晚上，宋鋼找出了家裏的相冊，將他和林紅所有的合影一張一張看過來，嘆息一聲後合上了相冊。又找出了父親宋凡平、母親李蘭、兄弟李光頭和自己的全家福照片，這張黑白的照片經歷了很多歲月，已經泛黃。宋鋼仍然嘆息一聲，將照片放進了相冊，躺到床上淚如雨下了。

混沌了七天後，宋鋼的思維終於清晰了，當初李光頭、林紅和他之間的情感糾葛歷歷在目，一晃二十年過去了，現在宋鋼終於明白了，林紅不應該嫁給他，林紅應該嫁給李光頭。這樣一想，宋鋼突然釋然了，彷彿是心裏的石頭終於落地，他一下子輕鬆起來。

第八天的曙光來到後，宋鋼坐在吃飯的桌子前，認真地寫起了兩封信，一封信是給林紅的，另一封信是給李光頭的。他寫得很吃力了，有很多句子他不知道寫得對不對，有很多字他都不會寫了。他傷感地想起自己二十歲的時候，曾經那麼喜歡讀書喜歡文學，他曾經寫下過一篇小說，李光頭讀完後大聲讚揚。這麼多年下來，生活壓得他喘不過氣來，他不讀書不讀報，如今突然發現自己連信都不會寫了。

宋鋼把不會寫的字記在腦子裏，然後戴上口罩去書店查字典，查完字典回家繼續寫信。他連本字典都不捨得買，雖然他給林紅帶回來三萬元，他覺得自己一生都沒有讓林紅過上好日子，最後的錢一定要留給林紅。幾天下來，他來來回回到書店去了十來次，書店的人見了他就會嘿嘿地笑，他們私下裏說這個宋鋼以前是首席代理，現在成了個首席學者了。宋鋼每天都到書店來查幾次字典，書店的人忍不住開玩笑地叫他首席學者，後來又叫他首席字典。宋鋼聽了微微一笑，什麼話都不說，只是低頭認眞地查他不會寫的字。首席字典宋鋼花了五天時間，一邊寫一邊去查字典一邊修改句子，終於將兩封信都寫完了，他又認認眞眞地抄寫了一遍。然後他如釋重負地站了起來，去郵局買了兩個信封和兩張郵票，在信封上寫好地址姓名，貼好郵票後，他把兩封信藏在胸前的衣服口袋裏。

這時候宋鋼感到腋下越來越疼痛了，而且疼痛彷彿越綳越緊，他疑惑地感受著這種綳緊的疼痛，慢慢解開衣服，感到貼身的襯衣已經和腋下的皮肉黏連了，脫下襯衣時彷彿是撕下了皮肉一樣，劇烈的疼痛讓他渾身冷顫，等到疼痛慢慢安靜下來，他舉起胳膊，低頭看到兩側腋下的傷口已經化膿了，縫合傷口的黑線緊綳紅腫的傷口，他想起來應該是手術後六天拆線，現在十三天過去了，所以傷口的疼痛越綳越緊。

宋鋼起身找出了一把剪刀，拿著鏡子準備自己拆線，可是擔心剪刀不乾淨，就點火將剪刀燒烤了五分鐘消毒，又拿著剪刀耐心地等待了十分鐘，讓剪刀完全冷卻下來，他開始一點點剪去腋下的黑線，黑色的線頭沾滿了剪刀，他感覺繃緊的腋下在一陣一陣疼痛裏逐漸放鬆了，他拆完線以後，感覺整個身體突然放大似的鬆開了。

傍晚的時候，宋鋼將他帶回來的錢用一張舊報紙仔細包好了，放在了枕頭下面，只在自己口袋裏放了十元錢，將鑰匙拿出來仔細看了一會兒，然後放在了桌子上，戴上口罩走到門口，他打開屋門時回頭看了看自己的家，看了看放在桌子上的鑰匙，他覺得自己的家清晰可見，桌子上的鑰匙卻是模糊不清，他輕輕地關上了門，關上門以後他站了一會兒，心想鑰匙在裏面了，自己不會回來了。

宋鋼轉身走過了街道，走進了周不遊點心店，他從來沒有吃過帶吸管的小包子，現在他想去品嘗一下。他進去的時候，沒有看到周不遊和蘇妹，他四處張望了幾下，也沒有看到蘇媽，他不知道周不遊把蘇媽和蘇妹也發展成了韓劇迷，從週一到週五的這個時候，三個人就會端坐在家裏，神情專注地盯著電視螢幕。宋鋼遲疑不決地在門口站了一會兒，一個陌生的女服務員坐在收款櫃台的後面，他只好走向陌生的女服務員，想了想以後，說出了一句詞不達意的話：

「怎麼吃……」

女服務員不明白他的話，問他：「什麼怎麼吃？」

宋鋼知道自己說錯了，可是一下子又想不起來準確的說法，他指指幾個正在吃著吸管小包子的群眾說：

「這個帶吸管的小包子……」

那幾個群眾嘿嘿地笑起來。有一個群眾問他：「小時候吃過你媽的奶吧？」

宋鋼感到這人要捉弄他了，他突然聰明地回答：「我們都吃過。」

「你長大後吃過包子吧？」那個群眾繼續問。

「我們都吃過。」宋鋼繼續聰明地回答。

「好。」那個群眾說，「我教你，先像吸你媽的奶一樣，把包子裏的肉汁吸乾淨了，再像吃包子那樣把剩下的包子吃了。」

群眾哈哈笑個不停，坐在櫃台裏的女服務員也忍不住笑了。宋鋼沒有笑，剛才自己的回答讓他的思維清晰了，他對女服務員說：

「我是問多少錢？」

女服務員明白了，收了宋鋼的錢，開了票遞給他，宋鋼拿著票還站在櫃台前，女服務員讓他先找個位置坐下來，說吸管小包子正在蒸著，還要十分鐘時間。宋鋼看看那幾個嘿嘿笑著的群眾，走到了遠離他們的桌子前坐下。宋鋼的眼神無動於衷，他像個小學生那樣端坐著等待他的吸管小包子。

宋鋼的吸管小包子終於端上來了，面對蒸騰的熱氣，宋鋼慢慢摘下了他的口罩，他把吸管含進嘴裏後呼呼地吸起了裏面的肉汁。那幾個譏笑他的群眾嚇了一跳，裏面的肉汁沒有一百度的高溫，也有個八九十度，宋鋼呼呼地吸著，就像吸著涼水似的一點都不覺得燙。他吸完一個包子又呼呼地吸完了另一個，三個小包子裏的肉汁一下子全吸完了，然後他抬頭看看那幾個吃驚的群眾，他微笑了一下，他的微笑讓那幾個群眾覺得脖子上冷颼颼的，他們覺得宋鋼似乎是精神不正常。宋鋼低下了頭，拿起一個包子放進嘴裏吃了起來。吃完了三個小包子，宋鋼戴上口罩，起身走出了點心店。

這時候夕陽西下了，戴上口罩的宋鋼迎著落日走去。宋鋼沒有像往常那樣低頭走在大街上，他的頭抬起來了，他的眼睛左右看著，看著街道兩旁的商店和行人，有人叫他名字時，他不再是低頭匆匆答應一聲，而是友好地向那個人揮揮手。走過商店的玻璃窗時，他也會停下來仔細看看裏面展示的物品。我們劉鎮的很多群眾在這個傍晚看見宋鋼走去，他們後來回憶說，宋鋼以前每次出現在大街上都像是在趕路，只有這個傍晚他像是在逛街，他們說他對每家商店玻璃窗裏的物品都是看了又看，對每個擦肩而過的人都會回頭張望，甚至對街道兩旁的梧桐樹也是興趣十足，他還在一家音像店前站了有五、六分鐘，聽完了兩首流行歌曲，還隔著口罩對旁邊走過的人說：

「這兩首歌真好聽。」

宋鋼走過郵局的時候，從胸前的口袋裏取出了寫給李光頭和林紅的兩封信，他將信塞進郵筒以後，還蹲下來向裏面張望，確定自己的信已經掉進去了，他才放心地離去，繼續迎著夕陽向西走。

宋鋼走出了我們劉鎮，走到了鐵路經過的地方，他在鐵路旁的一塊石頭上坐了下來，摘下了口罩，幸福地呼吸著傍晚新鮮的空氣，看著四周田地等待收割的稻子，有一條小河就在不遠處流淌著，晚霞映紅了河水。河裏的霞光讓他抬起頭來了，他看著日落時的天空，他覺得天空比大地還要美麗，紅彤彤的落日掛在晚霞的天空裏，浮雲閃閃發亮，層巒疊嶂般的色彩彷彿大海的潮水一樣在湧動著。他感到自己看到了光，斑斕的光穿梭在天空裏，而且變幻莫測。接著他的頭低了下來，他重新去看四周的稻田，稻穗全披上了霞光，彷彿紅玫瑰似的鋪展開去，他覺得自己坐在了萬花齊放的中央。

這時他聽到了列車遙遠的汽笛聲，他取下眼鏡擦了擦，戴上後看到半個夕陽掉下去了，火車從掉下去的半個夕陽裏駛了出來。他站了起來，告訴自己離開人世的時候到了。他捨不得自己的眼鏡，怕被火車壓壞，他取下來放在了自己剛才坐著的石頭上，又覺得不明顯，他脫下了自己的上衣，把上衣鋪在石頭上，再把眼鏡放上去。然後他深深地吸了一口人世間的空氣，重新戴上口罩，他那時候忘記了死人是不會呼吸的，他怕自己的肺病會傳染給收屍的人。他向前走了四步，然後伸開雙臂臥在鐵軌上了，他感到兩側的腋下擱在鐵軌上十分疼痛，他往前爬了過去，讓腹部擱在鐵軌上，他覺得舒服了很多。駛來的火車讓他身下的鐵軌抖動起來，他的身體也抖動了，他又想念天空裏的色彩了，他抬頭看了一眼遠方的天空，他覺得真美；他又扭頭看了一眼前面紅玫瑰似的稻田，他又一次覺得真美，這時候他突然驚喜地看見了一隻海鳥，海鳥正在鳴叫，搧動著翅膀從遠處飛來。火車轟響聲隆隆地從他腰部碾過去了，他臨終的眼睛裏留下的最後景象，就是一隻孤零零的海鳥飛翔在萬花齊放裏。

四十八

李光頭和林紅坐著白色寶馬轎車在夜幕降臨前回到了劉鎮，駛進了李光頭的豪宅。林紅做完了處女膜修復術，李光頭在北京和東北談成了幾筆生意，兩個人從車裏出來時彷彿凱旋而歸，剛剛走進客廳，李光頭的手機響了，是劉副打來的電話，告訴李光頭，晚餐已經準備好了，隨時可以進餐。李光頭關了手機說：

「這王八蛋做事周全。」

李光頭和林紅將行李扔在客廳裏，雙飛燕似的走進了餐廳。這時天色昏暗下來了，李光頭打開餐廳的吊燈，看到桌子上已經擺好了晚餐，桌子中間放著一叢紅玫瑰，一瓶一九八五年的法國紅酒放在不銹鋼冰桶裏，紅酒已經開啓，木塞插在瓶口。李光頭和林紅面對面坐了下來，李光頭對劉副十分滿意，他對林紅說：

「這王八蛋弄得很浪漫。」

林紅看著桌上的晚餐和玫瑰花叢咯咯笑了，她說好像是外國人在吃飯。李光頭立刻像個外國紳士了，挺直了腰拿起冰桶裏的紅酒，拔掉木塞往自己杯中倒了一點，放下酒瓶後，舉起酒杯輕輕晃動起來，再舉到鼻子前聞了一下，然後才喝上一口，他讚賞地說了一句：

「這酒不錯。」

起身後左手背在身後，右手拿著酒瓶風度翩翩地給林紅的杯子裏斟上了紅酒，坐下後舉起自己的酒杯，殷勤地等待著林紅也舉起酒杯。林紅忍不住笑起來，這個滿口髒話粗話的李光頭突然如此優雅了，林紅第一次見到，她笑著問李光頭：

「從哪裏學來的這一套？」

「電視裏學來的。」

李光頭優雅地回答，舉著酒杯等著林紅的酒杯伸過來碰了一下，林紅小小地喝了一口，放下了杯子。李光頭像是跟人拼酒量一樣一口喝乾了杯中的紅酒，把酒杯放下後，李光頭狗改不了吃屎了，對著林紅粗魯地喊叫一聲：

「快吃，吃完了快洗，洗完了到床上等我。」

同樣的時候，宋鋼坐在周不遊點心店裏，平生第一次吃著吸管小包子，灼熱的肉汁燙傷了宋鋼的口腔，宋鋼全然不覺，當他站起來走出點心店，向著城西的鐵路走去時，李光頭已經狼吞虎嚥地吃完了晚餐，焦急萬分地催促著林紅快吃。這就是人世間，有一個人走向死亡，可是無限眷戀晚霞映照下的生活；另兩個人尋歡作樂，可是不知道落日的餘輝有多麼美麗。

沒有了晚霞，沒有了落日，只有沉沉黑夜籠罩著我們劉鎮，宋鋼在微弱的月光裏臥軌自殺。這時候林紅已經光著屁股躺在李光頭的床上了，她等著李光頭從衛生間裏出來。李光頭在衛生間裏磨蹭了很久，他剛剛擰開水籠頭，劉副的電話再次打來了，劉副估計李光頭應該進入衛生間了，他在電話裏恭恭敬敬地告訴李光頭，衛生間的櫃子裏有一副觀察處女膜的新式武器。李光頭在電話裏親熱地罵了劉副一聲「王八蛋」，沖澡後急急忙忙地擦乾身體，彎腰打開了櫃子看看是什麼新式武器，沒想到從裏面拿出來的是一副煤礦工人的用具。李光頭先是怔了一下，隨後連聲稱讚劉副這個王八蛋了。

靠在床上的林紅聽著李光頭在衛生間裏嘮叨，不知道他在說些什麼，當李光頭出來時林紅一下子怔住了。光屁股的李光頭竟然戴著一頂煤礦工人的帽子，帽子上有一盞礦燈，腰上繫著一根皮帶，皮帶的後面掛著一塊電池，一根電線像是清朝的辮子從他的礦帽掛到了皮帶上。李光頭看到林紅怔在那裏，「啪」地一聲打亮了礦燈，一束光芒照射著林紅的下身，李光頭得意洋洋地說，這下要好好欣賞林紅的處女膜了。李光頭像是一個煤礦工人在礦井裏爬動一樣，嘿嘿笑著爬到了床上。林紅反應過來了，她捧著肚子大笑起來，她怎麼也想不到李光頭會把自己武裝成這樣。林紅笑得都喘不過氣來，開始咳嗽了，李光頭很不高興，一抬頭光束照在林紅的胸前了，他說：

「你哪像個處女？」

林紅還是笑個不停，笑得眼淚汪汪，她一邊笑一邊說：「笑死我了，笑死我了……」

李光頭生氣地坐在一旁，光束照在牆壁上了，他看著林紅笑，等林紅笑夠了，他生氣地說：

「他媽的，你完全像個蕩婦，你哪像個處女？」

林紅用手捂住嘴笑完最後幾聲，裝出認眞的樣子，問李光頭：「處女應該怎麼做呢？」

李光頭指導她：「你第一次看到男人光屁股，應該馬上捂住自己的臉才對。」

林紅偷偷笑了幾下，用雙手捂住自己的臉了，可她的兩條腿還叉開著，李光頭又不滿意了，他說：

「只有蕩婦見到光屁股男人才叉開腿，哪有處女叉開腿的。」

林紅夾緊自己的雙腿，她問：「這樣行不行？」

李光頭繼續指導她：「還應該用雙手護住那地方，不讓男人看。」

林紅不高興了，她說：「你又要我雙手捂住臉，又要我雙手護住那地方，我有四隻手啊？」

李光頭一想也對，他開始請教林紅了，他問：「你第一次和宋鋼是怎麼做的？」

林紅說：「是在被窩裏，關著燈呢。」

李光頭趕緊下床把所有的燈都關了，這時他頭上的礦燈顯得更亮了，照得林紅都睜不開眼睛。林紅讓他把礦燈關了，他不願意，他說關了礦燈他就看不見處女膜了。他又問林紅：

「宋鋼是怎麼看你的處女膜的？」

林紅說：「他沒看，他不好意思看。」

「這傻瓜。」李光頭說，「我要看，不看白不看。」

說著李光頭爬到林紅的大腿上，要看她的處女膜，林紅的雙手使勁護住那地方，不讓他看，他使勁拉開了她的手，她的屁股就側過去了，當他剛使勁把她的屁股擺正了，她的手又護住了那地方。李光頭來回幾次都沒成功，他說：

「他媽的讓我看呀！」

林紅說：「是你自己要我雙手護住的。」

「他媽的，」李光頭說，「護是要護住，你應該半推半就啊。」

「好吧。」林紅說，「我半推半就了。」

李光頭使勁了兩次後，林紅的手鬆開了，她嗯嗯叫著的雙腿亂蹬了幾下，彷彿賭氣似的叉開了。

李光頭十分滿意，他說：

「好！演得好！」

李光頭的礦燈照著看了一會兒，林紅又假裝害羞似的雙手護住了那地方，李光頭高興地叫了起來：

「像！演得眞像！」

這時林紅對李光頭不滿意了，她說：「你哪像是第一次的童子軍？你戴著礦燈像個老嫖客，男人第一次也會有點害羞的，宋鋼就很害羞。」

李光頭覺得林紅批評得有理，他關了礦燈，解下了腰上的皮帶連同礦帽一起扔到了床下，他說：

「現在黑燈瞎火了，我們就是處男對處女了。」

兩個人在黑暗裏抱在了一起，互相撫摸著抱了一會兒後，李光頭插進去了。林紅發出了一聲喊叫，這是眞實的疼痛喊叫。李光頭聽了興奮的渾身哆嗦，他和林紅幹了那麼多次了，這樣的喊叫還是第一次聽到。林紅接下去呻吟了，是疼痛的呻吟，也是快感的呻吟，她身上的汗都出來了，快感在疼痛裏逐漸往上爬，她的身體從未有過這樣的刺激，她強烈地感受著疼痛在推動著身體的快感，就像火箭推動太空梭一樣，然後海嘯般的高潮來臨了，洶湧而來的快感讓她渾身抽搐，她聲嘶力竭地喊叫起來：

「好痛啊……」

這一刻李光頭覺得自己回到二十年前了，久經肉體沙場的李光頭也是從未有過這樣強烈的刺激，兩具身體激動地互相推波助瀾，林紅夾緊李光頭的時候，李光頭抱緊林紅，林紅身體開始抖動時，李光頭的身體也抖動了。當林紅高潮來臨渾身抽搐時，李光頭覺得自己抱住的彷彿是地震時的大地，這時李光頭的高潮無比輝煌地呼嘯起來了。

然後兩個人癱瘓似的躺在床上，兩顆心臟狂奔似的激烈地跳動著，林紅氣息奄奄，李光頭呼哧呼哧，兩個人都享受到了瘋狂的高潮，抵達了前所未有的頂峰，現在彷彿是從珠穆朗瑪峰上面緩緩墜落下來，四周白雪皚皚，兩個人都覺得自己的身體輕得像是白紙，隨風飄落，正在回歸大地。

四十九

這個夜晚林紅經歷了史無前例的高潮以後，她的身體彷彿散亂了，她閉上眼睛疲憊不堪地躺在床上，恍若任人宰割的羔羊，讓李光頭生機勃勃地幹了第二次，第三次，第四次，林紅在李光頭那裏再次體驗到了什麼叫死裏逃生。第三次時林紅不答應了，她有氣無力地說先前約法三章過，說好了最多兩次。李光頭理直氣壯，他說今天把自己當成處男了，處男第一次嘗到女人的滋味，還不是小狗掉進了糞坑，吃個沒完沒了，兩次怎麼收得住。林紅只好麻木不仁地讓李光頭幹了第三次，結果李光頭還要來第四次，林紅差點要哭了，她覺得自己快要累死了，李光頭說這是最後一次和林紅做愛了，這次完了以後就不再做愛了，就把她還給宋鋼了。

劉副凌晨兩點多鐘給李光頭打電話的時候，李光頭正在和林紅幹第四次，林紅正在咬牙忍受著疼痛，忍受著這個牲口一樣的男人。這時手機響了，李光頭一邊幹，一邊拿起來一看，是劉副的手機號碼，他罵了一聲沒有接。過了一會兒，手機第二次響了，李光頭又罵了一聲，還是沒有接。後來手機響個不停，李光頭火冒三丈，他打開手機吼叫了：
「老子正在興頭上……」
李光頭吼叫了一聲以後，聽到劉副在電話裏的一句話，立刻像是一枚炮彈炸開似的喊叫了：
「啊！」
他驚慌失措地從林紅身上跳了起來，跳下了床，然後赤裸裸像個傻子一樣站在那裏，舉著手機半張著嘴，聽著劉副說一句，身體就會抖一下。劉副說完了掛斷手機了，李光頭仍然耳朵貼著手機，像是失去了知覺那樣一動不動，過了一會兒手機掉到了地上，發出的響聲把他嚇了一跳，他回過神來以後，痛哭流涕地詛咒自己：
「我他媽的不得好死，我不被車撞死，也要被火燒死；不被火燒死，也要被水淹死；不被水淹死，也要被車撞死……我這個王八蛋啊……」
林紅已經累得奄奄一息了，她迷迷糊糊地感到李光頭壓在她身上接了一個電話，這個電話像彈簧一樣，把李光頭從她身體上彈了出去。接著就沒有聲響了，然後李光頭揮舞著拳頭，在屋子裏一邊狠毒地罵著自己，一邊捶著自己的腦袋。林紅睜開了眼睛，她不知道發生了什麼，緊張地坐了起來，看到李光頭的手機掉在了地上，李光頭嗚嗚地哭著，像一個孩子那樣雙手擦著眼淚哭，哭得悲痛欲絕，林紅隱約感到了什麼，她不安地問李光頭：
「出了什麼事？」
李光頭眼淚汪汪地對林紅說：「宋鋼死了，這個王八蛋臥軌自殺啦！」
林紅半張著嘴，恐懼地看著李光頭，彷彿李光頭剛剛強姦了她，她跳下了床，迅速地穿上了衣服。穿好衣服以後，她不知道接下去該怎麼辦了，她滿臉的不知所措，像是剛剛有醫生告訴她得了絕症似的。過了一會兒，她淚如雨下了，她咬破了自己的嘴唇，仍然無法阻止自己的眼淚。她看到李光頭還是赤條條站在那裏，突然對他的身體充滿了厭惡，她仇恨滿腔地對李光頭說：

「你為什麼不死？」

「你這個婊子，」李光頭終於找到了可以發洩的敵人，他咆哮如雷了，「宋鋼的屍體在你家門口放了三個多小時啦，等著你去開門！你這個臭婊子還在外面偷男人……」

「我是臭婊子，」林紅咬牙切齒地說，「你是什麼東西？你是混蛋王八蛋！」

「我是混蛋王八蛋，」李光頭也咬牙切齒了，「你他媽的是蕩婦淫婦！」

「我是蕩婦淫婦，」林紅恨之入骨地說，「你是禽獸不如！」

「我是禽獸不如，」李光頭眼睛通紅地說，「你他媽的是什麼？你他媽的害死了自己的丈夫！」

「我是害死了自己的丈夫，」林紅尖利地喊叫了，「你害死了自己的兄弟！」

李光頭聽了這話以後再次嗚嗚地哭了，他突然變得可憐巴巴了，他伸出手走向林紅，哀聲說：

「是我們兩個人害死了宋鋼，我們都不得好死……」

林紅打開李光頭伸過來的手，厭惡地喊叫：「滾開！」

林紅轉身走出李光頭的臥室，走下李光頭的樓梯，走到李光頭的客廳時，發現赤條條的李光頭跟在她身後，她打開屋門走出去時，赤條條的李光頭也跟了出來，林紅站住腳說：

「別跟著我！」

「誰他媽的跟著你！」赤條條的李光頭喊叫著快步走到林紅前面，「老子要去見宋鋼！」

「你站住！」林紅也喊叫了，「你沒臉去見宋鋼。」

「老子是沒臉去見宋鋼，」李光頭聽了這話傷心地站住了腳，然後回頭指著林紅罵道，「你這個婊子也沒臉見宋鋼。」

「我也沒臉見他，」林紅神情黯然地點點頭，彷彿同意李光頭的話，「可他是我這個婊子的丈夫……」

李光頭哭了：「他是我的兄弟……」

李光頭哭著捶胸頓足地走上了大街，捶胸頓足的時候他突然發現自己赤條條一絲不掛，他不知所措地站住了。林紅從後面走上來時，他竟然害羞似的雙手遮住了下身。林紅同情他了，輕聲說：

「你回去吧。」

李光頭像一個聽話的孩子那樣點點頭，林紅從他身旁走過後，聽到他嗚咽地說著：

「我會有報應的，你也會有報應的。」

林紅點點頭，抬手擦著眼淚說：「我肯定會有報應。」

這個夜晚秋風陣陣月光冷清，一個沿著鐵路撿煤塊的人，發現了死去的宋鋼，他告訴了住在鐵路旁邊的兩戶人家。宋鋼身上沒有一點血跡，列車輪子是從他腰上碾過去，衣服都沒有碾破，可是他的身體斷成兩截了。深夜十一點的時候，宋鋼被兩個住在鐵路旁邊的人用板車拉回到自己的家門口。這兩個人是宋鋼做搬運工時的工友，他們吃驚地認出了戴著口罩的宋鋼，看到了石頭上的衣服和衣服上的眼鏡，他們商量了一下後，找來了一輛板車，將宋鋼抬到了板車上，將宋鋼的眼鏡放進宋鋼的衣服口袋裏，又將宋鋼的衣服蓋在宋鋼的身上。宋鋼的身體很長，他躺進板車後腦袋都掛到外面了，兩隻腳仍然拖在地上。於是一個工友在前面拉著板車，另一個工友在後面抬著宋鋼的雙腿，走上了我們劉鎮寂靜的街道。滿街的落葉在車輪裏「沙沙」地響著，偶爾有幾個行人在路邊站住腳好奇地看著他們，宋鋼生前的兩個工友誰也不說話，他們一前一後彎著腰，把宋鋼送回到自己的家門口。兩個工友放下板車後，將宋鋼的身體拉下來一些，讓宋鋼的腦袋不再掛在板車外面，讓宋鋼的雙腿彎曲下來，兩隻腳支撐住地面。然後兩個工友輕輕敲了一會兒門，又輕聲喊叫了一陣，他們無聲地等待了半個多小時，知道屋裏沒有林紅。一個坐在了板車的把手上守護宋鋼，另一個沿著空無一人的街道走去，這個人要去找李光頭公司的人，他知道宋鋼是李光頭的兄弟，也聽說過林紅和李光頭的緋聞。死去的宋鋼已經回家了，可是進不了自己的家門，他仰臉躺在門外的板車上。坐在板車把手上的工友，茫然地看著秋風吹起的樹葉不斷飄落在宋鋼的身上，有些樹葉來自上面的樹木，有些樹葉來自地面，被風颳起後掉進了板車。守護宋鋼的工友一直等到凌晨兩點，才看見另一個工友帶著劉副走來。

劉副站在板車前看了看宋鋼，搖了搖頭後，走到一旁給李光頭打電話了。劉副打完電話後，走回到板車前，三個人無聲地站在宋鋼的家門口。差不多凌晨三點時候，他們看到林紅從遠處走來。林紅出現在我們劉鎮空空蕩蕩的大街上，她走過一盞路燈時渾身閃亮，隨即走進黑暗裏，接著又渾身閃亮地走在另一盞路燈下，隨即又走進了黑暗裏。她低著頭雙手抱住自己的肩膀幽幽地走來，像是從生裏走出來，走到了死，又從死裏走出來，走到了生。

林紅走到這三個人的跟前，她躲閃著他們的眼睛，她側著身體從板車旁走過去，她在開門的時候回頭望了一眼板車裏滿身樹葉的宋鋼，屋門打開了，裏面黑洞洞的，林紅回頭望了一眼宋鋼後，忍不住在板車前俯下身去，撿去宋鋼臉上的樹葉。她看到的不是宋鋼的臉，是宋鋼的口罩，她一下子跪在地上失聲痛哭，她渾身哆嗦地摘下宋鋼臉上的口罩，藉著月光她看到了宋鋼寧靜的臉，她痛哭著，雙手顫抖著摸索宋鋼的臉。這張臉曾經有過那麼多的幸福微笑，這張臉不久前在列車上還充滿了憧憬，現在生命離去了，這張臉已經和深夜一樣冰涼了。

五十

林紅經歷了一個無聲的凌晨，宋鋼被兩個生前的工友抬到床上時，林紅意識到他的身體斷了，兩個工友抬著宋鋼的手腳走向床邊時，宋鋼的身體彷彿被折疊起來了，屁股擦著水泥地過去了，他身上的樹葉在掉落下來。宋鋼躺到床上以後，他的身體就從折疊變成了整齊地鋪開，有幾片樹葉掉落在了床上。劉副和宋鋼生前的兩個工友走後，黎明前的劉鎮寂靜無聲，林紅坐在床上雙手抱著膝蓋，淚水長流地看著安靜的宋鋼和安靜的樹葉，她的腦海裏時而模糊一片，時而清晰如新，模糊的時候就像黑夜一樣黑暗寂寞，清晰的時候宋鋼在說話、在微笑、在走路、在充滿愛意地撫摸著她。這是兩個人甜蜜的祕密，沒有任何人可以滲透進來。現在二十年的共同歲月戛然而止了，此後的歲月沒有共同了。

林紅覺得渾身發冷，覺得孤零零空洞的寒冷，她一遍遍地告訴自己，是自己害死了宋鋼。爲此她痛恨自己，她想尖聲喊叫，可是她沒有喊叫，她無聲地揪下了自己一把頭髮，捏在手裏使勁拉扯，她的頭髮劃破了她的手指，讓她的兩手鮮血淋淋。她可憐巴巴地看著已經永遠寧靜的宋鋼，嘴裏一聲聲地

說：

「你爲什麼要走？」

然後她心裏湧上了很多委屈，她想到宋鋼走後自己孤立無援，在煙鬼劉廠長那裏遭受到的種種委屈，不由哭訴起來：

「我還有很多委屈沒有告訴你，你就走了……」

第二天上午林紅收到了宋鋼自殺前寄出的信，宋鋼的信寫了有六張紙，每一行字都是感人肺腑。宋鋼告訴林紅，這麼多年來他一直覺得很幸福，他感謝林紅一直陪伴在他身邊，他說自從他的肺壞了以後，他就想著要和林紅分手了。可是林紅告訴他，無論發生什麼事，她都不會和他分開。他說就憑這句話，他也死而無憾。他請求林紅原諒他的自殺，不要爲他難過，他說和林紅共同生活二十年，勝過和別的女人共同生活二十生，他對自己的人生心滿意足。宋鋼還充滿歉意地告訴林紅，一年多前他不辭而別，就是想掙到足夠的錢，讓林紅可以無憂無慮地生活，可惜他沒有掙錢的本領，只帶回來了三萬元，就壓在枕頭下面。宋鋼希望林紅沒有自己這個負擔以後，可以好好生活了，依靠自己的能力去好好生活。宋鋼最後說，他不恨李光頭，更不恨林紅，而且也不恨自己，他只是先走一步，他會在另外一個世界裏時刻眺望林紅，他相信總有一天他們會重逢，那時候他們就永生永世在一起了。

林紅把宋鋼的信讀了一遍又一遍，也哭了一遍又一遍，把信紙全都哭濕了。然後林紅哭泣著起身，脫下宋鋼的衣服，給他擦洗身體時，注意到了他胸口的紅腫，她驚慌的手捏著毛巾，從宋鋼胸口的紅腫擦到腋下已經化膿的傷口時，她渾身顫抖了。她擦乾眼淚將宋鋼的傷口看了又看，不一會兒眼淚就模糊了她的視線，她再次擦乾眼淚，再次仔細看起了宋鋼的傷口，隨即她的眼睛又模糊了。她不知道這兩道傷口如何而來？不知道宋鋼漂泊在外時發生了什麼？她手裏拿著毛巾呆呆地站立很久。她流淚，她搖頭，她疑惑，她迷惘，她不知道。直到她從枕頭下面拿出宋鋼用舊報紙仔細包好的三萬元，那一刻她差點昏厥過去，雙腿一軟跪在了床邊，看著散落在床上的鈔票，她終於知道了，她把床上的錢一張張拿在顫抖的手裏疊起來，她從宋鋼胸前的紅腫和腋下的傷口裏知道了，這裏面的每一張都浸透了宋鋼的血汗。

五天以後，宋鋼的遺體火化時，我們劉鎮的群眾再次見到林紅，看到她的眼睛像電燈泡似的又紅又腫。這時的林紅已經沒有眼淚了，她面無表情目光冷漠，當宋鋼的遺體被推進火化爐時，她沒有像群眾想像的那樣失聲痛哭，她痛苦地閉上了眼睛，她在心裏對化成灰燼的宋鋼說：

「無論我做過什麼，我一生愛過的人只有你一個。」

李光頭也收到了宋鋼的信，李光頭也讀得眼淚汪汪。宋鋼在信裏回顧了兩個人悲慘的童年，兩個人的相依爲命。提到了自己回到鄉下以後，如何長途跋涉進城來看望李光頭；提到了他十八歲那一年回到劉鎮參加工作時，李光頭如何幸福地上街去給他配鑰匙；提到了兩個人第一次領到工資時的喜悅；然後提到了林紅，這時候宋鋼的語調變得愉快了，林紅沒有愛上李光頭，林紅愛上了他，宋鋼差不多是驕傲地這樣寫。宋鋼告訴李光頭，他爲李光頭的每一次成功都是暗暗高興，他說媽媽臨死前囑咐他要好好照顧李光頭，他現在很高興，見到媽媽的時候沒有任何顧慮了，他會告訴她，李光頭如何了不起。寫到這裏宋鋼又感傷起來，他說自己非常想念爸爸宋凡平，如果沒有那張全家福的照片，他肯定記不起爸爸的模樣了，希望那麼多年過去後爸爸的模樣沒有變化，他在陰間遇到爸爸時可以一眼認出來。信的最後一頁，宋鋼囑咐李光頭爲了他們的兄弟之情，一定要給林紅一個好好的安排。宋鋼信裏的最後一句話是：

「李光頭，你以前對我說過：就是天翻地覆慨而慷了，我們還是兄弟；現在我要對你說：就是生離死別了，我們還是兄弟。」

李光頭也把宋鋼信讀了幾遍，他每讀完一遍就搧自己一個耳光，然後痛哭幾聲。宋鋼死後，李光頭變成了另外一個人，他不再去公司上班了，整日待在他的豪宅裏沉默不語，只有劉副一個人可以進入他的豪宅，可以站在他的面前。劉副向他彙報公司的經營時，他像個幼稚園的孩子望著老師那樣望著劉副，劉副彙報完以後聽取指示時，李光頭往窗外看了一眼，嘆息一聲說：

「天快黑了。」

劉副站了一會兒，什麼指示也沒有得到，只好提醒李光頭：「李總，您的意思是……」

李光頭扭回頭來，可憐巴巴地看著劉副說：「我現在是個孤兒了。」

林紅在整理宋鋼的遺物時，發現有兩件應該交給李光頭，全家福的照片和宋鋼抄寫下來的李光頭當廠長的任命檔。林紅把兩件遺物裝在兩個信封裏，讓劉副轉交給李光頭。李光頭從劉副手中接過兩個信封，首先打開的信封裏滑出了全家福的照片，掉到了地上，李光頭跪在地上撿起照片，拿著照片和另一個信封走向了自己的書桌，坐下後拉開抽屜後摸索了很久，找出了另一張全家福的照片，李光頭將兩張照片看了又看，小心翼翼地放在了一起，推進去抽屜。然後站起來走向劉副時打開了另一個信封，看到二十多年前宋鋼親手抄寫的任命檔時，他的腳步停止了，疑惑地看著上面的字，看到下面宋鋼當初用紅墨水畫出來的公章時，李光頭知道這是什麼了，他的身體搖晃了一下，一頭栽倒在地。

宋鋼遺體火化的這一天，李光頭才走出他的豪宅，他不要賓士不要寶馬，獨自一人眼睛潮濕地走到了火化場。宋鋼被推進火化爐的時候，林紅沒有哭泣，李光頭失聲痛哭了。然後李光頭淚汪汪孤零零地走出火化場，黑賓士白寶馬緩緩地跟隨著他，他回頭看見了大發脾氣，讓黑賓士滾蛋白寶馬滾蛋！然後擦著眼淚繼續獨自走去。我們劉鎮的群眾見了驚訝萬分，他們說：

「沒想到李光頭變成了林黛玉……」

李光頭不去公司上班，他重新回到了福利廠，那個曾經叫劉鎮經濟研究株式會社，後來又改成了劉鎮經濟研究院的地方。宋鋼漂亮的字體抄寫了當初的任命檔，勾起李光頭對往事的很多回憶，他已經很多年沒有見到手下的十四個忠臣了，現在李光頭想念他們了。

李光頭的突然出現，讓兩個仍然一邊下棋一邊悔棋一邊對罵的瘸子一陣驚喜，他們喊叫著「李廠長」激動地跑出來時，一個摔了跟頭，一個踉蹌地撞在了門框上，李光頭像是父親對待兒子一樣，扶起摔倒的瘸子，又撫摸撞了門框瘸子的青腫額頭。然後李光頭拉著兩個瘸子的手，走向另外十二個忠臣。兩個瘸子激動地喊叫：

「李廠長來啦！李廠長來啦！」

三個傻子和四個瞎子聽到了，五個聾子沒有聽到。四個瞎子的反應比三個傻子快，他們手裏的竹竿指點著地面往門外走，只有一個走出來了，另外三個擠在門口了，誰也不讓誰，他們嘴裏喊叫著「李廠長」，他們的眼睛眯縫著，讓他們張開的嘴看上去好像大的離奇。三個傻子也反應過來了，他們同時走到門口，看到李光頭時也是一口一個「李廠長」了，可是門口被三個瞎子堵住了，三個傻子不管不顧，六隻手同時推了出去，讓堵住門口的三個瞎子摔了三個嘴啃泥。又是李光頭一個個把他們扶起來，然後瘸傻瞎九個忠臣滿臉幸福地簇擁著李光頭走進了會議室。端坐在會議室裏的五個聾子這時才知道喜從天降了，紛紛從椅子裏跳起來，兩個會發聲的聾子也叫起了「李廠長」，三個不會發聲的聾子嘴巴跟著一張一合，口型依舊完美。李光頭站在他們中間，聽著一片「李廠長」的叫聲，聽夠了以後擺擺手，又指指會議室裏的椅子，讓他們全部坐下來。十四個忠臣坐下來以後還在嘰嘰喳喳，一個瘸子喊叫著讓他們安靜，另一個瘸子對著五個聾子重複做出捂住嘴巴的動作，會議室裏立刻安靜下來了，從前的瘸子正廠長對另外十三個忠臣說：

「歡迎李廠長講話。」

十四個忠臣鼓掌了，李光頭一擺手，掌聲立刻停止了。李光頭將十四個忠臣一個個看過來，然後感嘆起來：

「你們都老了，我也老了。」

三個傻子聽到李光頭說完了話，唯恐落後於他人，搶先鼓掌了。五個聾子不知道李光頭說了些什麼，傻子鼓掌了，他們立刻跟進。四個瞎子胡亂追隨潮流，也在使勁鼓掌。兩個瘸子覺得剛才的話似乎不應該鼓掌，可是眾人鼓掌，自己不得不鼓掌。李光頭擺擺手說：

「我剛才講的話，不宜鼓掌。」

兩個瘸子立刻放下了手，四個瞎子也放下了，其後是五個察顏觀色的聾子，三個傻子繼續鼓掌，看到其他人的手都放下了，就沒有信心了，也放下了手。李光頭抬頭看看會議室，又通過視窗看看外面的樹木，連聲嘆息了。李光頭嘆息起來，十四個忠臣的臉色一個個凝重了。李光頭感慨地回憶起二十多年前初進福利廠的情景，他一邊說著一邊從胸口掏出宋鋼抄寫的廠長任命檔，展開來讀了一遍，讀完後將任命檔舉起來給十四個忠臣看看，十四個忠臣個個探頭俯身過來，李光頭苦笑著說：

「這是手抄版，正版放在縣委組織部的檔案裏。上面的公章從前是紅色的，現在變黃了，這是宋鋼親手抄寫的，公章也是宋鋼親手畫的，他一直珍藏至今，他爲我高興，還專門爲我織了一件遠大前程船的毛衣……」

李光頭難過地語塞了，兩個瘸子和四個瞎子神情戚戚，三個傻子似懂非懂，看到李光頭的講話停止了，馬上抬手「劈劈啪啪」地鼓掌，五個聾子這一次小心了，他們看看李光頭哀傷的表情，又看看使勁鼓掌的三個傻子，猶豫不決。兩個瘸子對著三個傻子低聲喊叫：

「不宜鼓掌，不宜鼓掌。」

三個傻子東張西望了一番，感到形勢不妙，掌聲就下來了。這時李光頭一臉傷心的神情，講述起了自己和宋鋼的歷歷往事，講到宋凡平慘死在汽車站前，他和宋鋼如何孤立無援時，李光頭難過地說不下去了。兩個瘸子擦著眼淚，首先嗚嗚地哭了起來；四個瞎子雙手握住竹竿，抬起他們的臉，淚水從他們沒有光芒的眼睛裏緩緩流出；五個聾子聽不到李光頭在說些什麼，他們看到了李光頭的悲傷，李光頭的悲傷從他們的眼睛裏傳達到了他們的心裏，五個聾子哭得和兩個瘸子一樣傷心；三個傻子仍然似懂非懂，看到偉大的李廠長正在悲傷之中，看到另外十一個夥伴傷心流淚，他們張開嘴巴「哇哇」大哭了，他們後來居上，哭得響聲震天，一下子壓住了十一個夥伴的哭聲。

此後的十多天裏，李光頭每天都來到這個所謂的劉鎮經濟研究院，一遍遍講述著往事，十四個忠臣忠心耿耿地哭著。李光頭自己不再落淚，他的悲情故事讓十四個忠臣淚流滿面。十四個瘸傻瞎聾忠心耿耿的悲傷，給了李光頭巨大的安慰，彷彿自己的悲傷已經轉換到十四個忠臣那裏了。李光頭一邊講述往事，一邊安慰他們，讓他們不要難過，李光頭越是安慰他們，他們越是難過，十四個忠臣推波助瀾地哭成一片。李光頭深深感到，天高地厚茫茫人間，只有十四個忠臣可以分擔他心裏的悔恨和悲傷。

然後李光頭回到公司上班了，他來上班是爲了完成宋鋼生前的囑咐，他要劉副給所有的生意夥伴打電話，要在他自己開的那家飯店裏擺上三天的豆腐宴，要把他認識的有錢人都請到劉鎮來。劉副擬定名單以後，拿著電話哇哇叫了一天，告訴他們李光頭的兄弟宋鋼死了，請他們捧場來吃一頓追悼宋鋼的豆腐宴。一天下來劉副的嗓子啞了，他把全國各地的生意夥伴都請了過來，把本城本縣有頭有臉的人也都請了過來，窮人和沒頭沒臉的一個不請。

李光頭的豆腐宴從早餐就開始了，一直到午餐到晚餐，有些人坐了幾小時的飛機，又坐了兩小時的汽車趕來時都是深夜了，李光頭就增開了夜宵豆腐宴。宋鋼火化以後，李光頭再次和林紅見面了，兩個人冷眼相對，形同陌路。李光頭和林紅披白麻戴黑紗，在飯店的門口站了三天，那些來赴豆腐宴的貴客，每個都塞給林紅一個大信封，信封裏少的放了幾千元，多的放了幾萬元。銀行裏的人每天都看到林紅來存錢，每次都存進來一大包的錢。三天下來，林紅收了一百多個信封，群眾說她收了幾百萬元，群眾說她數錢時把手指數腫了，把手腕數脫臼，把眼睛數出血水來了。

擺完了豆腐宴，李光頭對林紅說：「宋鋼交代我，要給你一個好好的安排，你還要我做什麼？」

林紅說：「夠了。」

尾聲

三年的時光隨風而去，有人去世，有人出生；老關剪刀走了，張裁縫也走了，可是三年裏三個姓關的嬰兒和九個姓張的嬰兒來了，我們劉鎮日落日出生生不息。

沒有人知道宋鋼的死在林紅心裏烙下了什麼？只知道她辭掉了針織廠的工作，又從原來那幢樓房裏搬走了，她用豆腐宴上拿到的錢買了一套新房子，獨自一人住了進去，半年裏深居簡出。劉鎮的群眾很少見到她，見到了也是一張表情冷漠的臉，群眾說她是一張寡婦臉。只有少數細心的人發現了她的變化，這些人說林紅的衣著越來越時髦，越來越名牌。原來的舊房子閒置了半年以後，林紅開始拋頭露面，結束了她的隱居生活，重新回到劉鎮群眾的視野之中。她把舊房子裝修一新變成了美髮廳，自己做起了美髮廳老闆。林紅的美髮廳從此音樂響起，霓虹燈閃爍，生意日漸興隆。我們劉鎮的男群眾來到林紅的美髮廳時，不說「理髮」這個土包子詞語，個個洋氣地說「美個髮」；平日裏說話粗魯的人也不說「理髮」，他們說「美他媽個髮」。

這時候對面點心店的周不遊仍然在聲稱：三年內要在全中國開設一百家周不遊連鎖點心店。這樣的話周不遊說了三年了，不僅外面的一家沒開，就是劉鎮的另外兩家也是毫無動靜。周不遊仍然夸夸其談，還在發誓要讓麥當勞的股票市值跌掉百分之五十。蘇妹習慣了周不遊的吹牛，知道這個男人白天不吹牛，晚上不看韓劇，就會生不如死，蘇妹已經懶得替他感到臉紅了。

周不遊點心店依舊如故，林紅的美髮廳卻在悄然變化，剛開始只有三個男性髮型師，三個女性洗髮工。一年以後小姐們一個一個來到了，她們來自天南地北五湖四海，有高有矮、有胖有瘦、有漂亮的也有醜的，個個都是袒胸露背超短裙，一共二十三個，來到劉鎮以後就住進了這幢六層的樓房。原先的住戶一家一家搬走了，趙詩人也跟著搬走了，林紅花錢租用了他們一室一廳的屋子，重新裝修後，每個一室一廳裏都住上一位小姐，於是整幢樓房南腔北調了。

這些小姐白天都在寂靜無聲地睡覺，到了晚上就熱鬧了，二十三個濃妝豔抹的小姐全擠在樓下的美髮廳裏，像是二十三隻過年時的紅燈籠，亮閃閃地招徠顧客。男人們站在外面，一雙雙賊眼看進去；小姐們坐在裏面，一個個媚眼拋出來。然後美髮廳像是一個黑市了，一片討價還價聲，男人們說話像是買進毒品似的小心謹慎，小姐們說話像是賣出化妝品似的理直氣壯。找好了小姐談好了價錢，男人們就和小姐們勾肩搭背走上了樓梯，這些男女在樓梯裏就浪聲浪語了，進了的房間後，這幢六層的樓房裏就像動物園一樣，什麼叫聲都有了，成了男男女女叫床的大百科聲音全書。

我們劉鎮的群眾都說這裏是紅燈區，周不遊店心店與紅燈區隔街相望，生意興隆日進斗金。以前點心店晚上十一點就關門打烊，現在改成了二十四小時營業。從凌晨一點開始，直到凌晨四五點，紅燈區出來的客人和小姐就會絡繹不絕地穿過街道，走進點心店，坐下來以後嘴裏「嗞嗞」響了，吃起了吸管小包子。

我們劉鎮有誰眞正目睹過林紅的人生軌跡？一個容易害羞的純情少女，一個戀愛時的甜蜜姑娘，一個心裏只有宋鋼的賢慧妻子，一個和李光頭瘋狂做愛三個月的瘋狂情人，一個生者戚戚的寡婦，一個面無表情深居簡出的獨身女人。然後美髮廳出現了，來的都是客以後，一個見人三分笑的女老闆林紅也就應運而生。當那些濃妝豔抹的小姐一個個來到以後，林紅更是八面玲瓏熱情應酬了。那些小姐不叫她林紅，都叫她林姐，慢慢地我們劉鎮的群眾也不叫她林紅，也叫她林姐了。林紅變成了判若兩人的林姐，她見到客人登門時滿臉笑容甜言蜜語，可是當她走在大街上看著與生意無關的男人時，她的目光冷若冰霜。

這時的林姐雖然眼角和額頭爬滿了細密的皺紋，可是豐滿風騷，總是穿著黑色的緊身服，圓滾滾的屁股和圓滾滾的胸，她的右手整天拿著手機，像是拿了根金條似的不鬆手，她的手機白天黑夜地響，她差不多每時每刻都在笑瞇瞇地對著手機說「局長呀」「經理呀」「哥呀弟呀」，然後她就會說：

「走了幾個舊的，來了幾個新的，新的個個年輕漂亮。」

接下去她要是說「我送過來給您看看」，對方一定是個VIP顧客，不是縣裏的大官也是縣裏的大老闆；若她說「您過來看看」，對方也就是個普通客人，縣裏的小官和小老闆。要是工薪階層的給她打電話，她仍然是笑瞇瞇，只是口氣不一樣了，她會簡單地說：

「我這裏的小姐個個漂亮。」

童鐵匠是林姐的VIP。現在的童鐵匠六十多歲了，他老婆還比他大一歲。童鐵匠已經在我們劉鎮開了三家連鎖超級市場，童鐵匠已經是童總了，可是他不准員工叫他「童總」，仍然叫他「童鐵匠」，他仍然說「童鐵匠」三個字聽起來虎虎有生氣。

六十多歲的童鐵匠仍然像個年輕人那樣精力旺盛，那雙眼睛一看到漂亮姑娘就會閃閃發亮，像是賊見了錢一樣。他的胖老婆在五十多歲的時候動了兩次大手術，先是切掉了半個胃，接著又切掉了整個子宮，他老婆幾年裏瘦掉了一半的肉。他老婆身體垮了以後骨瘦如柴，性欲也徹底垮了，童鐵匠仍然生機勃勃，仍然每週最少也得幹上兩次，每次都讓他老婆痛不欲生。他老婆說每次完了以後都像是經歷了一次子宮切除手術，讓她兩個月都緩不過來，可是這個童鐵匠才過幾天又捲土重來了。

童鐵匠的老婆爲了能讓自己活下去，堅決不讓童鐵匠幹了。童鐵匠就像發情的公豬找不著發情的母豬一樣脾氣暴躁，在家裏時砸碗摔盆，到了超市又要謾罵員工，有一次還和一個顧客大打出手。童鐵匠的老婆覺得童鐵匠這麼憋下去早晚要出事，遲早要被別的女人勾引走，在外面包上二奶、三奶、四奶和五六七八奶，童鐵匠辛苦掙來的錢自己還捨不得花，到頭來全讓別的女人拿去了。這個女人左思右想之後，只好把童鐵匠送到林姐這裏來了，讓林姐手下的小姐們去治療他暴躁的脾氣。小姐們要收小費，林姐要收管理費，花錢不少。童鐵匠的老婆雖然心疼這些錢，可是轉念一想，就當成是把童鐵匠送去醫院治病，該花的錢還是要花，她心裏也就安穩多了，她覺得這也算是破財免災。

這個童鐵匠每次來林姐這裏時都是理直氣壯，每次都是他老婆親自陪同前來，他老婆擔心他在小姐那裏吃虧，親自爲他挑選了小姐，談好了價錢，付了錢以後才離去。留下童鐵匠和小姐上床去大戰一番，自己坐在家裏等著童鐵匠回來傳送捷報。

童鐵匠第一次嫖娼完畢回到家中，他老婆對他和小姐幹了一個多小時很有意見，審問他是不是愛上那個年輕小姐了？童鐵匠說錢都花了，爲什麼不多幹一會兒呢？他說：

「這叫投資和回報成正比。」

童鐵匠的老婆她覺得丈夫說得有理，以後童鐵匠每次嫖娼完畢後，她首先關心的是和小姐幹了有多長時間？童鐵匠雖然六十多歲了，仍然十分神勇，差不多每次嫖娼都要有一個多小時的進行時。他老婆非常滿意，覺得投資和回報成正比了。童鐵匠也有狀態不好的時候，有幾次半小時就完了，他老婆就很不高興，覺得投資多回報少，就要修改投資計畫，把每週兩次投資童鐵匠嫖娼，改成每週投資一次了。

童鐵匠覺得自己十分委屈，他老婆爲了少花錢，給他找的都是不漂亮的小姐，剛開始也還覺得不錯，小姐雖然不漂亮，可是很年輕。時間一久，童鐵匠對不漂亮的小姐漸漸沒有了興趣，在床上和小姐大戰的回合自然逐漸減少。畢竟林姐那幢樓裏面還是有些很漂亮的小姐，童鐵匠看在眼裏饞在心裏，就哀求他老婆下次給他找個漂亮小姐，他老婆不同意，因爲漂亮小姐要的錢多，投資成本就會大大增加。童鐵匠向她老婆發誓，只要是漂亮小姐，他一定幹她兩個小時以上，一定收回投資，堅決不吃虧。

結婚幾十年來，童鐵匠在老婆面前一直趾高氣揚，尤其是後來開店又開了連鎖超市以後，事業上的成功讓童鐵匠更加得意洋洋，常常訓斥謾罵他的老婆。如今哀求老婆給他找個漂亮一點的小姐時，他不惜下跪不惜眼淚汪汪，他老婆看著他這副可憐樣，想想他以前的神氣樣，不由搖頭嘆氣地說：

「男人怎麼就這樣沒出息？」

說完後就同意在過年過節的時候給童鐵匠找個漂亮小姐了。童鐵匠如獲聖旨般的立刻去找來年曆，把所有的節日都寫在紙上記在心裏，從春節開始，先把傳統的節日都找了出來，什麼中秋節、端午節、重陽節、清明節等等一個不漏；接下去是五一勞動節、五四青年節、七一建黨節、八一建軍節、十一國慶日；還有老師節、情人節、光棍節、老年節；還有外國人的萬聖節、感恩節和耶誕節；最後把三八婦女節和六一兒童節都算了進去。童鐵匠把所有找到的節日一一告訴他老婆時，他老婆嚇了一跳，失聲驚叫起來：

「我的媽呀！」

然後兩個人像是做買賣似的討價還價起來，童鐵匠的老婆首先刪除了外國人的節日，她充滿民族自豪感地說：

「我們是中國人，不過外國人的節日。」

童鐵匠不同意，他做了十多年的生意了，知道的事情自然比他老婆多，他振振有詞地說：

「現在是什麼時代？現在是全球化的時代。我們家的冰箱、電視和洗衣機都是外國牌子，你能說你是中國人就不用外國牌子嗎？」

他老婆嘴巴張了又張，不知道說什麼？最後只好說一句：「我說不過你。」

外國人的節日被保留了下來，童鐵匠的老婆在傳統的節日裏面找出來清明節，她說：

「這是死人的節日，不能算在你這個活人身上。」

童鐵匠仍然不同意，他說：「清明節是活人哀悼死去的親人，還是活人的節日，我們每年這一天都要先給我父母上墳，再給你父母上墳，怎麼能不算？」

他老婆想了很久後又說了一句：「我說不過你。」

清明節也給留下了。接下去他老婆堅決不同意五四青年節和教師節，還有六一兒童節，童鐵匠也同意將教師節刪除，可他不同意刪除六一兒童節和五四青年節，他說自己是經歷了兒童和青年以後，才有今天的老年，他理直氣壯地說：

「列寧同志教導我們：忘記過去意味著背叛。」

兩個人你一言我一語，爭論了一個多小時以後，他老婆又讓步了，她說：「我說不過你。」

最後爭論的焦點集中在三八婦女節上，童鐵匠的老婆說：「婦女節和你有什麼關係？」

童鐵匠說：「婦女節才要找婦女嘛。」

童鐵匠的老婆突然傷心起來，抹了抹眼淚說：「我是怎麼說也說不過你。」

童鐵匠乘勝追擊，又想起了兩個節日來，他說：「還有兩個，你的生日和我的生日。」

童鐵匠的老婆終於憤怒了，她叫了起來：「我生日那天你還要去嫖娼啊？」

童鐵匠馬上知錯就改，他又是搖頭又是擺手地說：「不算，不算，全部不算！你生日那天我哪裏都不去，二十四小時陪著你；我生日那天也哪裏都不去，也二十四小時陪著你。兩個生日是我的忠貞節，這兩天裏別說是和別的女人睡覺了，就是看都不會去看她們一眼。」

童鐵匠最後的讓步，讓他頭腦簡單的老婆還以爲自己最終獲勝了，他老婆欣慰地擺了一下手說：

「反正我說不過你。」

童鐵匠由老婆親自陪著到林姐那裏找小姐，而且過年過節還有獎賞，還可以找價錢貴的漂亮小姐，讓我們劉鎮的已婚男人十分羨慕，說這個童鐵匠眞是命好運氣好；說這個童鐵匠就是變成了一堆狗屎，也會交上狗屎運；找了這麼一個通情達理和思想解放的老婆，支持丈夫去放蕩，自己卻忠貞不渝。我們劉鎮的已婚男人再看看自己的老婆，一個個都是蠻橫無理和思想僵化，一個個都是一手攥緊男人的錢袋子，一手攥緊男人的褲帶子，兩手都不軟，兩手都很硬。這些已婚男人一個個唉聲嘆氣，遇上了童鐵匠就會悄悄地說：

「你怎麼就這麼好的命？」

童鐵匠滿面春風，他謙虛地說：「也就是找了個好老婆的命。」

如果他老婆就在身邊的話，他會多說上幾句話，他會說：「我這個好老婆，不僅世上找不著，就是打著燈籠到天上去找，到地下去找，到海底去找，也找不著。」

自從童鐵匠的老婆陪同他去林姐那裏找小姐後，他的暴躁脾氣立刻沒有了。他在老婆面前幾十年的趾高氣揚也沒有了，他對手下的員工也不再罵罵咧咧，他像個知識分子那樣溫文爾雅起來，滿臉微笑，說話也沒有了髒字。童鐵匠的老婆很高興丈夫的變化，童鐵匠不僅沒有了趾高氣揚，在她面前開始唯唯諾諾了，以前都不願意和她一起上街，現在上街就替她提著包；以前任何事都不和她商量，現在什麼事都要徵求她的同意。童鐵匠還把公司的董事長讓出來了，讓給了他老婆，自己滿足於當一個總裁，公司的檔都要她簽字，她雖然什麼都不懂，可是只要是丈夫拿過來讓她簽字，她就知道應該簽字了。別人拿過來的檔，她沒有把握絕不會簽字，當上面有丈夫的簽名後，她才會簽字。她不再是個家庭婦女了，她和童鐵匠一起上班一起下班，她也開始講究穿著打扮了，也穿上名牌服裝，抹上了名牌口紅。雖然她對公司的業務一竅不通，公司裏的員工都對她點頭哈腰，也讓她覺得自己事業有成了。她喜歡講大道理了，遇到和她一樣當了幾十年家庭婦女的人，她就會開導人家，說女人不能完全依靠男人，還是要有自己的事業。開導到最後，她就會說上一句時髦的話：

「要找到自我價值。」

童鐵匠什麼節日都銘記在心，成了我們劉鎮的活年曆。劉鎮的女人想讓丈夫同意她們買一件新衣服，就會在大街上喊叫著問童鐵匠：

「最近有什麼節日？」

劉鎮的男人想找個理由讓妻子同意他們去搓一宵的麻將，也會在街上問童鐵匠：

「今天是什麼節日？」

孩子們纏著父母買玩具，看見童鐵匠走過來，也會叫起來：「童鐵匠，今天有我們小孩的節日嗎？」

童鐵匠成了我們劉鎮有名的節日大王，他工作起來更是幹勁十足，他不僅超市的買賣越做越好，還做起了日用品的批發業務，我們劉鎮的很多小店都從童鐵匠的公司進貨，他公司的利潤當然是節節攀升。他老婆覺得這一切都是歸功於自己當初的英明決策，及時解決了童鐵匠的性欲危機，童鐵匠精力充沛，公司的業務也是蒸蒸日上。與公司利潤的不斷增加相比，花在小姐身上的那點錢眞是算不了什麼了。童鐵匠的老婆覺得回報已經大於投資了，有時候不是過年過節，她也會給童鐵匠找個漂亮的高檔小姐。

這一男一女兩個六十多歲的人，每週兩次去爬林姐紅燈區的樓梯，童鐵匠精神煥發，他老婆氣喘噓噓，他們說話時從來不在乎別人會不會聽到。童鐵匠有了第一次不是過年過節也找了個漂亮小姐，以後每次來他都想找個漂亮小姐了。他站在樓梯上哀求他老婆，像是孩子哀求母親買玩具那樣，他可憐巴巴地說：

「老婆，給我找個高檔小姐吧。」

他老婆一臉董事長的神氣說：「不行，今天既不是過年，也不是過節。」

他像個董事長下屬似的說：「今天有筆應收款到帳了。」

他那個董事長老婆聽了這話就會滿臉笑容，就會點點頭說：「好吧，給你找個高檔小姐。」

這幢樓裏的小姐們都不喜歡童鐵匠，說這個男人實在是讓她們吃不消，說童鐵匠一上了床就不知道什麼時候才能下床。童鐵匠都是白頭髮白鬍子了，上了床以後像個二十出頭的小夥子，給的小費卻比誰給的都要少。童鐵匠每次都是他那個病歪歪的老婆陪同前來，他老婆每次都要在小姐喊出的價格上再打個折扣，小姐和他老婆討價還價時是費盡了力氣，都把牙齒給磨薄了，每次談判價格就要花掉一個小時。童鐵匠的病老婆說上幾分鐘話，就要喝口水喘上幾分鐘的氣，歇過來了才能繼續向小姐砍價。小姐們說接待一個童鐵匠，比接待其他四個男人還要累，拿到的卻是一個人次的小費，還打了折扣。小姐們都不願意為童鐵匠服務，可是童鐵匠是我們劉鎮有身分的人物，是林姐的VIP，小姐們又不能拒之門外，只要有小姐被童鐵匠和他老婆看中了，這位小姐就會苦笑，就會有氣無力地說：

「完了，又要學雷鋒了。」

劉成功劉作家劉新聞劉副，現在是劉CEO了，他也是林姐的VIP。李光頭在宋鋼死後，把總裁讓位給了劉副，劉副總裁變成了劉總裁以後，不喜歡別人叫他「劉總」，他要求別人叫他「劉CEO」。我們劉鎮的群眾嫌四個音節太麻煩，說像是日本人的名字，就叫他「劉C」。劉成功從一個窮光蛋劉作家，變成了富翁劉C。他穿上了義大利名牌西裝，坐上了李光頭送給他的白色寶馬轎車，花上一百萬元人民幣買斷他與前妻的婚姻，說是給她的青春損失賠償費，終於一腳蹬開了那個二十多年前就想拋棄的女人，然後左擁右抱弄來了一二三四五個美貌姑娘當情人，用他自己的話說，這些情人都是陽光少女。他家裏已經是春色滿園了，仍然時常忍不住要到林姐這裏來逛逛，他說是家裏的飯菜吃多了，就想著要到林姐這裏來嘗嘗野味。

這時候的劉C對趙詩人更是不屑一顧了，趙詩人聲稱自己仍然筆耕不輟，劉C說趙詩人還在搬弄文學是自尋短見，好比是拿根繩子勒自己的脖子。劉C伸出四根手指數奚落趙詩人：

「都寫了快三十年了，只在從前的油印雜誌上發表了四行小詩，這麼多年下來，連個標點符號也沒看見增加，還在說自己是個趙詩人，不就是個油印趙詩人嘛……」

下崗失業幾年的趙詩人對劉C也是同樣不屑一顧，聽說劉C奚落他的時候伸出了四根手指，還說他是個油印趙詩人，他先是怒髮衝冠，接著冷笑了幾聲，他說對劉C這類勢利小人的評價用不著伸出四根手指，伸出一根就綽綽有餘了。趙詩人伸出一根手指說：

「一個出賣靈魂的人。」

趙詩人搬出了在我們劉鎮紅燈區的房子，在城西鐵路旁邊租了一間廉價小屋，每天有上百列次的火車在他的廉價小屋前駛過，他的廉價小屋每天就會上百次地震似的搖晃。桌椅搖晃床也搖晃，櫃子搖晃碗筷也搖晃，屋頂搖晃地面也搖晃，趙詩人把廉價小屋的搖晃比喻成觸電一樣的抽搐，這個觸電的比喻讓趙詩人自作自受，晚上睡著後列車駛過屋子抽搐時，趙詩人幾次夢見自己坐進了死囚的電椅，一把眼淚一把鼻涕作別西天的雲彩。

窮困潦倒的趙詩人每月靠林姐付給他的租金生活，雖然也穿著西裝，卻是一身皺巴巴髒兮兮的西裝。我們劉鎮的群眾彩色電視都看了二十年了，現在開始換上背投電視和液晶等離子電視了，這個趙詩人還在看他的十四英寸的黑白電視，裏面的圖像時有時無，趙詩人抱著它走遍大街小巷，都找不到一個會修理黑白電視的人，他只好親自來修理。當圖像突然沒有的時候，他像是搧耳光似的給它一巴掌，圖像出來了；有時候搧上幾個耳光圖像還是不出來，他就用上少年時期的掃蕩腿了，一腳就把圖像掃蕩出來了。

從前文質彬彬的趙詩人如今憤世嫉俗，說話也開始罵罵咧咧了。劉C生活中美女如雲的時候，趙詩人生活中一個女人也沒有，只能在廉價小屋的破牆上掛上一份陳舊的美女年曆，畫餅充飢地看了一眼又一眼。沒有一個活生生的女人願意正眼看他一下，他曾經試著去和幾個比他年齡大的寡婦套近乎，幾個寡婦都是一眼識破了他的陰謀，明確告訴他，先把自己養活了，再來動男歡女愛的腦筋。趙詩人無限惆悵，很多年前他有過一個模樣秀氣的女朋友，兩個人相親相愛地度過了一年的美好光陰，後來趙詩人腳踩兩條船去追求林紅，結果雞飛蛋打，林紅沒有追求到手，原有的女朋友也跟著別人跑了。

劉C的前妻被拋棄後，雖然對自己躺在銀行存摺上的一百萬元心滿意足，還是要站到大街上去哭訴一番，控訴劉C的無情無意，她在控訴的時候仍然是伸開了十根手指，而且翻了一番，當然說的已經不是睡覺的次數，說的是二十年的夫妻恩情。她說二十年來為劉C洗衣做飯，風裏來雨裏去地照顧劉C；劉C下崗失業後，她不離不棄，更加體貼關愛。她誇獎自己的身體是冬暖夏涼型的，冬天像個爐子給劉C取暖，夏天像個冰塊給劉C降溫。她哭著說著，說現在的劉C是滿身體的銅臭，滿眼睛的色情；說過去的劉C是個純情作家，走路風度翩翩，說話溫文爾雅，她當初愛上他嫁給他，就因為他是個劉作家，現在那個劉作家沒有了，她的丈夫也沒有了……

當時的聽眾裏有人想起來了趙詩人，想給她和趙詩人拉皮條，對她說：「劉作家是沒有了，趙詩人還在呀，趙詩人至今未婚，是個鑽石王老五。」

「趙詩人？鑽石？」她鼻子裏哼了兩聲，「連個垃圾王老五都算不上。」

劉C的前妻覺得自己已是劉鎮的富婆，竟然有人將她和那個窮光蛋趙詩人相提並論，她深感侮辱，又狠狠地加上了一句：

「就是一隻母雞，也不會多看他一眼。」

連母雞也不會多看一眼的趙詩人，時常出入於王冰棍的五星級豪華傳達室，坐一坐義大利沙發，摸一摸法國櫃子，躺一躺德國大床，能夠沖洗和烘乾屁眼的TOTO馬桶自然也不會放過。趙詩人對王冰棍掛在牆上的液晶大電視讚不絕口，說是比他準備要出版的詩集還要薄上幾毫米，裏面的電視節目之多，也超過了他準備要出版詩集裏的篇目。聽著趙詩人口口聲聲準備要出版一本詩集，王冰棍送上一片祝賀，打聽詩集在哪裏出？王冰棍說：

「不會在劉鎮出吧？」

「當然不會。」趙詩人想起當年處美人大賽時，江湖騙子周遊說過的一個地名，他信手拈來：「在英屬維京群島出版。」

王冰棍過著豪華的無聊生活，日復一日地用電視頻道追蹤著余拔牙的政治足跡，日復一日地向別人講述著余拔牙的政治傳奇。我們劉鎮的群眾聽膩煩了，給王冰棍取了個綽號叫「祥林哥」。只有趙詩人對王冰棍的講述不厭其煩，他每次都是洗耳恭聽，一副心醉神迷的模樣，讓王冰棍錯以為人生得一知己足矣。其實趙詩人不厭其煩的是王冰棍的大冰櫃，他把裏面的各種飲料喝得瓶底朝天。

這時候席捲全中國的反日浪潮開始了，上海北京的反日遊行上了電視上了報紙上了網路，眼看著上海的日本商店被砸，上海的日本汽車被燒，我們劉鎮的一些群眾也不甘落後，也拉著橫幅上街遊行，也想砸破些什麼，也想燒掉些什麼，他們看中了李光頭所開的日本料理，於是群情激昂地來到了日本料理店，砸破了落地玻璃，搬出椅子點上火，燒了兩個多小時，裏面其他的設施沒有破壞。童鐵匠一看形勢不對，立刻撤下超市裏所有的日本貨，又在超市入口處掛出大橫幅：堅決不賣日本貨！

在世界各地尋找政治熱點的余拔牙也回來了，眞正的人生知己回來了，王冰棍對趙詩人就沒有興趣了。王冰棍關了豪華傳達室的大門，讓趙詩人每天都去吃幾次閉門羹，隔著窗玻璃看著裏面的大冰櫃，趙詩人吞著口水望飲料而興嘆。那些日子王冰棍滿臉虔誠地追隨在余拔牙左右，在我們劉鎮的大街上早出晚歸，到了晚上恨不得和余拔牙睡到一張床上去。本來我們劉鎮的反日遊行已經偃旗息鼓，余拔牙這星星之火回來後，反日遊行又開始燎原了。余拔牙說話間十來種語言的口號順勢而出，劉鎮的群眾耳熟能詳，十幾天下來十來種語言的口號也是需要時就能脫口而出。如今的余拔牙不是過去那個方圓百里第一拔了，經歷了世界各地的政治風波以後，余拔牙回到劉鎮儼然是一副政治領袖的嘴臉，而且處變不驚，用他自己的話說：

「我是從政治的槍林彈雨裏面走出來的。」

余拔牙決定率領王冰棍前往東京，去抗議日本首相小泉純一郎參拜靖國神社。王冰棍聽了這話一個哆嗦，別說是出國了，就是出劉鎮的次數，也沒有他一個手掌上的五根手指多，況且還要去人家的國家，去抗議人家的首相。王冰棍心裏實在沒底，他小心翼翼地對余拔牙說：

「我們還是在劉鎮抗議吧。」

「在劉鎮抗議，最多也就是個群眾。」余拔牙是有政治抱負的，他開導王冰棍，「到東京去抗議，那就是個政治家了。」

王冰棍對群眾還是政治家不在乎，他在乎余拔牙，崇敬余拔牙，知道余拔牙見多識廣，只要跟著余拔牙就不會有方向性錯誤。王冰棍在鏡子裏看看自己蒼老的臉，心想這輩子馬上要過去了，竟然一個外國也沒有去過。王冰棍咬咬牙狠下一條心，決定跟隨余拔牙去一趟日本東京，余拔牙去搞他的政治，自己去搞一下外國遊。

劉C對公司的第二和第三股東要去東京抗議十分重視，專門安排了一輛新到的豐田皇冠轎車送他們去上海機場。劉C是一片好心，說這輛新款的豐田皇冠還沒有坐過人，余王二位乘坐的是處女車。

余拔牙和王冰棍坐在豪華傳達室的義大利沙發上等候，余拔牙見到來接他們的是日本轎車，招手讓司機下來，語氣溫和地對司機說：

「去找把大鐵錘過來。」

司機丈二和尚摸不著頭腦，不知道大鐵錘何用？他看看余拔牙，又看看王冰棍，王冰棍也是一臉的糊塗。余拔牙繼續溫和地對司機說：

「去吧。」

王冰棍也不知道大鐵錘有什麼用？既然余拔牙說了，一定有道理，王冰棍催促司機：

「快去呀！」

司機一臉傻乎乎的樣子走了，王冰棍問余拔牙：「大鐵錘幹什麼？」

「這是日貨。」余拔牙指指門外的豐田皇冠轎車，在義大利沙發裏架起二郎腿說：「我們坐了日本轎車，再去日本抗議，政治上會很敏感的……」

王冰棍明白了，連連點頭，心想余拔牙確實厲害，確實是個政治家；心想劉C實在是糊塗，明明知道他們要去日本抗議，還用一輛日本轎車送他們，簡直就是沒有政治頭腦。

這時司機提著一把大鐵錘回來了，站在傳達室的門口，等待余拔牙的指示，余拔牙擺擺手說：「砸了。」

「砸什麼？」司機不明白。

「把日貨砸了。」余拔牙仍然是溫和地說話。

「什麼日貨？」司機還是不明白。

王冰棍指著門外的轎車叫了起來：「就是這輛車。」

司機嚇了一跳，看著公司的兩位老爺股東，一步一步退了出去，退到豐田皇冠轎車前，放下大鐵錘就跑了。過了一會兒，劉C滿臉笑容地過來了，向兩位老爺股東解釋，這輛豐田皇冠不是日貨，是中日合資貨，起碼有百分之五十是屬於祖國的。王冰棍向來信任劉C，他轉身對余拔牙說：「對，不是日貨。」

余拔牙慢條斯理地說：「凡是政治上的事，都是大事，不能馬虎，把祖國的百分之五十留著，把日貨的百分之五十砸了。」

王冰棍立刻站到余拔牙的立場上了，他說：「對，砸掉百分之五十。」

劉C氣得臉色鐵青，心想大鐵錘最應該砸的就是這兩個老王八蛋的腦袋！劉C不敢對著兩位老爺股東發火，轉身衝著司機怒氣沖沖地喊叫了：

「砸！快砸！」

劉C怒不可遏地走了，司機舉起了大鐵錘猶豫再三後，一錘子砸碎了前面的擋風玻璃。余拔牙滿意地站了起來，拉著王冰棍的手說：

「走。」

「沒有車，怎麼走？」王冰棍問。

「打的，」余拔牙說，「打德國桑塔納的去上海。」

我們劉鎮的兩個七十來歲的富翁拉著箱子走到了大街上，站在那裏看見計程車就招手。王冰棍對余拔牙剛才從容不迫的神態十分讚嘆，余拔牙沒說一句狠話，做出來的卻是狠事。余拔牙點點頭，對王冰棍說：

「政治家不用說狠話，小流氓打架才說狠話。」

王冰棍連連點頭，想到馬上就要跟隨著了不起的余拔牙去日本了，不由心潮澎湃。可是轉念一想，王冰棍又擔心了，他悄聲問余拔牙：

「我們去日本抗議，日本的員警會不會抓我們？」

「不會。」余拔牙說，接著又說，「我打心眼裏盼著來抓我們呢！」

「爲什麼？」王冰棍嚇了一跳。

余拔牙看看四下無人，悄聲對王冰棍說：「你我要是被日本的員警抓了，中國肯定出來抗議交涉，聯合國肯定出來斡旋，世界各地的報紙肯定出來刊登你我的肖像，你我不就是國際名人了？」

看著王冰棍似懂非懂的嘴臉，余拔牙遺憾地說：「你呀，你不懂政治。」

李光頭不是林姐的VIP。三年多過去了，李光頭沒有和林紅見過一面，也沒有碰過其他女人，他和林紅最後一次做愛已成千古絕唱。宋鋼的死訊讓李光頭炸開似的從林紅身上跳了起來，瞬間的驚嚇和後來的悔恨讓李光頭一蹶不振，從此陽痿了，用他自己的話說：

「我武功全廢了。」

李光頭武功全廢以後，勃勃雄心也沒有了，去公司上班也是三天打魚兩天曬網，越來越像一個不理朝政的昏君。李光頭用豆腐宴給了林紅一個安排以後，立刻就把總裁讓位給了劉副。

李光頭讓位的這一天是二〇〇一年四月二十七日，晚上的時候他坐在衛生間的鍍金馬桶上，牆上的液晶電視裏正在播放著俄羅斯聯盟號飛船發射升空的畫面，美國商人大衛思·蒂托花了兩千萬美元的買路錢，穿著一身宇航員的衣服，掛著一臉宇航員的表情，得意洋洋地去遊覽太空了。李光頭扭頭看看鏡子裏的自己，滿臉拉屎撒尿的表情，彷彿是剛看了鮮花又去看牛糞，李光頭對鏡子裏的自己很不滿意，想想人家美國佬都去太空吃喝拉撒了，自己還坐在小小劉鎮的馬桶上虛度年華。李光頭對自己說：

「老子也要去……」

一年多以後，南非的IT巨富沙特爾沃思也花了兩千萬美元，也乘坐聯盟號飛船上太空去遊蕩了。沙特爾沃思說地球上有十六條軌跡，所以他每天看到十六次日出和十六次日落。接著是美國的流行樂歌手巴斯也聲稱要在這年的十月一飛衝天……這時候的李光頭像熱鍋上的螞蟻一樣了，他焦躁不安地

說：

「已經有三個王八蛋搶在我前面了……」

李光頭雇用了兩名俄羅斯留學生吃在一起住在一起，教授他學習俄語。爲了讓自己的俄語突飛猛進，李光頭立下規矩，在他的豪宅裏不能說中國話，只能說俄國話。這就苦了劉C，劉C每月一次來彙報公司經營時，二十分鐘的話要說上三個多小時。李光頭聽得明明白白，偏偏裝出一副不懂中國話的神情，要兩個留學生翻譯成俄語，聽到了俄語以後李光頭若有所思地晃起了腦袋，他在尋找腦袋裏不多的俄語單詞，他找不到準確的單詞，就找幾個湊合的單詞，留學生再翻譯成中文，劉C聽得直翻白眼，不知道李光頭在說些什麼？李光頭也知道沒有說對，可是他不能出來糾正，因爲他不能說中國話，他繼續在不多的俄語裏尋找不準確的單詞。劉C累得筋疲力竭，彷彿是在和動物說人話，和人說動物話，心裏一聲聲地罵起了李光頭：

「這他媽的假洋鬼子。」

李光頭在勤奮學習俄語的時候，也開始了體能訓練，先是在健身房訓練，接著跑步游泳，又是乒乓球、羽毛球、籃球、網球、足球、保齡球和高爾夫球，李光頭的體能訓練花樣翻新，每一樣沒有超出兩周就膩煩了。這時候的李光頭已經清心寡欲，像個和尚那樣只吃素不吃葷，學習俄語和體能訓練之餘，他時常想念起小時候宋鋼煮出的那次了不起的米飯。提起宋鋼，李光頭就忘記說俄語了，滿臉孤兒的神情，不由自主地說起了我們劉鎮土話，然後念念有詞地說著宋鋼遺書裏最後那句話：

「就是生離死別了，我們還是兄弟。」

李光頭在我們劉鎮開了十一家飯店，他全去試吃了一遍，仍然吃不到小時候宋鋼煮出來的那次米飯，又去別人開的飯店吃，也吃不到。李光頭出手闊綽，吃到的不是「宋鋼飯」，也會往桌子上放了幾百元，才起身走人。我們劉鎮的群眾紛紛在家裏煮出私家飯，請李光頭去嘗嘗是不是傳說中的「宋鋼飯」？李光頭挨家挨戶地去了，後來不用嘗了，看一眼就知道了，他把飯錢放在桌子上，搖著頭站起來，搖著頭說：

「不是『宋鋼飯』。」

李光頭如此思念「宋鋼飯」，我們劉鎮一些有經濟頭腦的群眾發現了商機，紛紛像考古學家一樣，去發掘宋鋼的遺物，準備在李光頭那裏買個好價錢，有一個幸運兒竟然找到了那只印有「上海」兩字的旅行袋。宋鋼跟隨周遊離開劉鎮時，手裏就是提著這只旅行袋，可是被周遊扔進了劉鎮的垃圾筒。李光頭看見這只旅行袋一眼就認出來了，往事歷歷在目了，李光頭抱著旅行袋時神情戚戚，然後用兩萬元的高價買了回來。

我們劉鎮炸開了，真真假假的宋鋼遺物紛紛出土。趙詩人也找到了一件宋鋼的遺物，他提著一雙破爛黃球鞋守候在各類球場，終於在網球場見到前來進行體能訓練的李光頭，趙詩人雙手虔誠地捧著破爛黃球鞋，一臉親熱地叫著：

「李總，李總，請您過目。」

李光頭站住腳看了一眼破爛黃球鞋，問趙詩人：「什麼意思？」

趙詩人討好地說：「這是宋鋼的遺物啊！」

李光頭拿過破爛黃球鞋仔細看了幾眼，扔給趙詩人說：「宋鋼沒有穿過這雙球鞋。」

「宋鋼是沒有穿過，」趙詩人拉住李光頭解釋起來，「是我穿過，您還記得嗎？小時候我給您們吃掃蕩腿的事，我就是穿著這雙黃球鞋，主要掃蕩宋鋼，次要掃蕩您，所以它也算是宋鋼的遺物。」

李光頭聽完這話「哇哇」叫了起來，在網球場的草地上一口氣給趙詩人吃了十八個掃蕩腿，年過五十的趙詩人摔了十八個跟頭，從頭頂疼到腳趾上，從肌肉疼到骨頭裏。李光頭掃得滿頭大汗氣喘吁吁，連聲喊叫起來：

「爽！爽！爽！」

李光頭發現掃蕩腿才是自己訓練體能之最愛，看著躺在草地上呻吟不止的趙詩人，李光頭招招手讓他站起來，趙詩人沒有站起來，而是呻吟著坐起來，李光頭問他：

「你願意爲我工作嗎？」

趙詩人一聽這話立刻跳起來不呻吟了，他春風滿面地問：「李總，什麼工作？」

「體能陪練師，」李光頭說，「你可以享受公司中層管理人員的薪水待遇。」

趙詩人沒有賣出他的破爛黃球鞋，倒是當上了李光頭的高薪體能陪練師。以後的每一天，趙詩人都是戴上護膝和護腕，大熱天也穿上棉襖和棉褲，風雨無阻地站在網球場的草地上，忠於職守地等待李光頭來掃蕩他。

李光頭學習了三年的俄語，俄語大有長進；訓練了三年的體能，體能日漸強壯。再過半年他就要去俄羅斯的太空訓練中心，去接受太空人的基本訓練課程。眼看上太空的日子越來越近，李光頭心馳神往，坐在客廳的沙發上時，常常忘記自己立下的規矩，說幾句俄國話，又說幾句劉鎮土話。李光頭像一個老人那樣喜歡嘮叨了，對著兩個俄羅斯留學生，左一個宋鋼，右一個宋鋼。他數著自己的手指說：美國佬蒂托帶上太空的是照相機、攝影機、光碟和老婆孩子的照片；南非佬沙特爾沃思帶上太空的是家人和朋友的照片，還有顯微鏡、便攜電腦和磁片。然後他伸出一根手指，說中國佬李光頭只帶一件東西上太空，是什麼？就是宋鋼的骨灰盒。李光頭的眼睛穿過落地窗玻璃，看著亮晶晶深遠的夜空，滿臉浪漫的情懷，他說要把宋鋼的骨灰盒放在太空的軌道上，放在每天可以看見十六次日出和十六次日落的太空軌道上，宋鋼就會永遠遨遊在月亮和星星之間了。

「從此以後，」李光頭突然用俄語說了，「我的兄弟宋鋼就是外星人啦！」